云乡琐记

邓云乡　著

中华书局

图书在版编目（CIP）数据

云乡琐记/邓云乡著. —北京：中华书局，2015.4
（邓云乡集）
ISBN 978-7-101-10473-8

Ⅰ.云…　Ⅱ.邓…　Ⅲ.随笔-作品集-中国-当代
Ⅳ.I267.1

中国版本图书馆 CIP 数据核字（2014）第 235369 号

书　　名	云乡琐记	
著　　者	邓云乡	
丛 书 名	邓云乡集	
责任编辑	胡正娟	
出版发行	中华书局	
	（北京市丰台区太平桥西里 38 号　100073）	
	http://www.zhbc.com.cn	
	E-mail：zhbc@ zhbc.com.cn	
印　　刷	北京瑞古冠中印刷厂	
版　　次	2015 年 4 月北京第 1 版	
	2015 年 4 月北京第 1 次印刷	
规　　格	开本/880×1230 毫米　1/32	
	印张 15½　插页 4　字数 350 千字	
印　　数	1-6000 册	
国际书号	ISBN 978-7-101-10473-8	
定　　价	46.00 元	

小丁 绘

　　邓云乡，学名邓云骧，室名水流云在轩。一九二四年八月二十八日出生于山西灵丘东河南镇邓氏祖宅。一九三六年初随父母迁居北京。一九四七年毕业于北京大学中文系。做过中学教员、译电员。一九四九年后在燃料工业部工作，一九五六年调入上海动力学校（上海电力学院前身），直至一九九三年退休。一九九九年二月九日因病逝世。一生著述颇丰，主要有《燕京乡土记》、《红楼风俗谭》、《水流云在书话》等。

一九八八年五月邓云乡与妻子蔡时言合影

邓云乡《曲园老人到上海》手迹

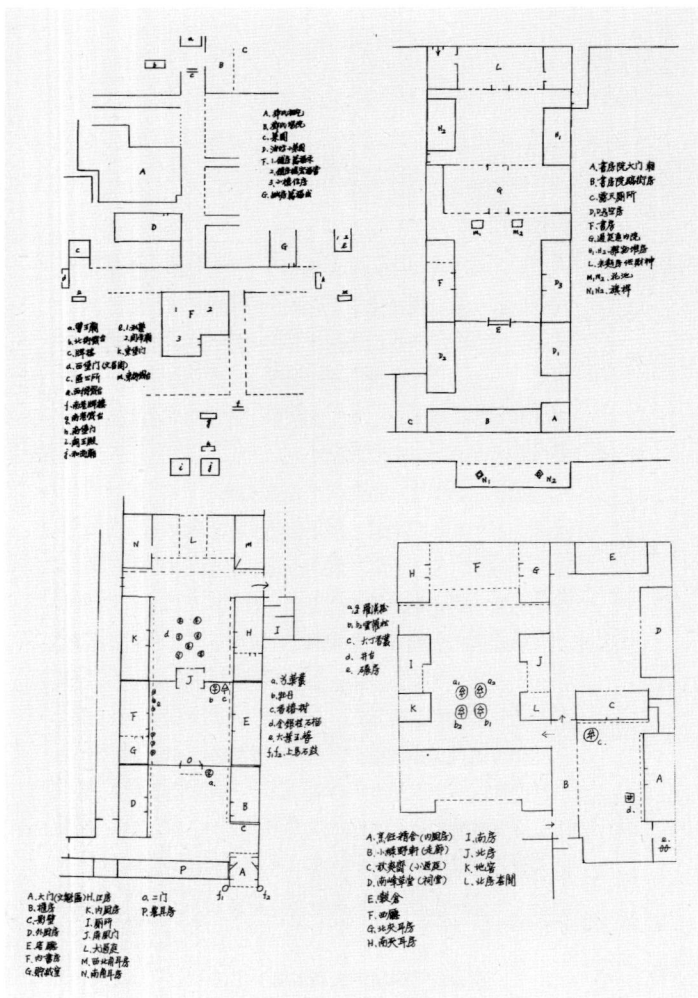

邓云乡手绘邓家祖屋平面图

出版说明

邓云乡（一九二四——一九九九），学名邓云骧。山西灵丘人。教授。作家，民俗学家，红学家。出生于书香世家，祖父和父亲都曾在清朝为官。幼时生活在山西灵丘东河南镇，一九三六年初随父母迁居北京，一九四七年毕业于北京大学中文系。做过中学教员、译电员。一九四九年后在燃料工业部工作，一九五六年调入上海动力学校（上海电力学院前身），直至退休。

邓云乡学识渊博，文史功底深厚。为文看似朴实，实则蕴藏着无穷的艺术魅力。其旁征博引，信手拈来。不论叙述民风民俗，描摹旧时胜迹，抑或是钩沉文人旧事，探寻一段史实，均娓娓道来，语颇隽永，耐人寻味。

此次中华书局整理出版的邓云乡作品集，参考了二〇〇四年版《邓云乡集》，并参校既出的其他单行本。编辑整理的基本原则是慎改，改必有据。具体来说，就是：

一、凡工作底本与参校本文字有异者，辨证是非，校订讹误。

二、凡引文有疑问之处，若作者注明文献版本情况，则复核该版本；若作者未能注明的，或者版本不易得的，则复核通行本。

三、作者早年著述中个别用字与当代通行规范不合者，俱从今例。

四、作者著述中某些错讹之处，未径改者加注说明。

五、本次整理对某些书稿做了适当增补，尽量减少遗珠之恨；有的则重新编排，以更加方便阅读。

邓云乡与中华书局渊源颇深，生前即在中华书局出版《红楼风俗谭》、《文化古城旧事》、《增补燕京乡土记》、《水流云在丛稿》等多部著作。此次再续前缘，我们有幸得到其家属的大力支持，不仅提供了邓云乡既出的各种单行本作为编辑工作的参考，并以其私藏印章、照片、手稿见示，以成图文并茂之功，在此谨致谢忱。

中华书局编辑部
二〇一四年十二月

目　录

小北京初到大上海

　　上海有首儿歌："乡下人，进上海，上海闲话讲勿来……"我虽然自一九五三年十月二十一日第一次到上海已三十八年，在上海住了也实足已有三十五年，但每听到这首儿歌，也还感到似乎说自己一样，心中不免有些触动，不但感到"上海闲话讲勿来"，也多少有些感到"上海人作不来"，迄今仍免不了有些客居他乡之感也。小时候出生在北国山乡，后来在北京居住了近二十年，在感情上却一直感到那里是故乡，而上海是他乡。三十五年居然比不了近二十年，这也很奇怪，自己也说不清原因，或者这也像男女爱情，初恋总是令人思念的。

　　《上海滩》编者约我写稿，我满可以凭三十五年"市龄"（这是我自创的词）的老上海市民资格瞎吹一通，上海滩当年如何如何，可是细想想，总吹不起来。没有办法，忽然想起"乡下人，进上海"这首儿歌，便想起这个《小北京初到大上海》的题目，况且我实际是乡下人，也要符合我这个"阿乡"本色，因迄今有时仍不免于"呆头呆脑"也。

　　我第一次到上海，是一九五三年十月二十一日下午五时左右。距今已近三十八年矣。算来比秦始皇的"江山"还要长。不要说今天的小青年，即使是四十岁以下的中年人，纵使当年出生在上海，也不会记得三十七八年前上海的样子。而我这个北京人，对当时的上海，所见所闻，却历历如在目前。

北火车站吃粥

在来上海之前，甚至可以说是从小学、中学时期，对上海滩已具备了不少杂七杂八的知识。因此我虽然第一次到上海，从下火车第一步起，就没有什么生疏之感，只是心中却存在着高度的警惕性。

我提着一个箱子，随同大家走出北站，没有在广场上叫车，怕的是敲竹杠。从天目路出口出来，迎面是马路对面三大块广告牌子，当时已到吃晚饭的时候，在广告牌边上有一家低矮的粥店，边上还有馄饨店等我没注意，只是这粥店正中我的下怀：一因我爱吃粥，二因北京没有上海式的粥店。于是昂然而入，坐在一个空台子边。一问三百元（折现在三分）一大碗，松花蛋八百元一枚，热呼呼地吃了两大碗粥，一只松花蛋、一碟腐乳（北京叫酱豆腐），一顿晚餐解决了，十分舒服。所用不足两千元（即现在二角，以下同此折算），我感到上海的确不错！

吃饱了，提着箱子出来，正好一辆空三轮过来，我说去江苏路某某局，他请我上车，我问多少钱，他说六千元，我一听略一迟疑，他已看出我心理的变化，爽快地说：

"放心吧，不会多要你的。"

我便上了车，心中还有些半信半疑，而当车踏着踏着，直到北京路成都路处，我才不再怀疑了，因为我感到已走了好多路了。这点路，如在北京，坐三轮已超过六千元了。我知道这位四十来岁蹬车的汉子并没有骗我，十分放心了——坐三轮车、坐敞篷马车，老实说，在观赏上比小汽车爽朗得多。我一放心，便细细左顾右盼地观赏起来，正走在北京西路这一段上，两旁的各式各样洋房,给我一种特殊的新鲜感觉。一路行来,我感到上海的确大,怎么还不到呢?

复兴饭店为家

转了几个弯,到了现在延安西路江苏路口达华饭店大楼前,付了钱,进了大楼。当时已天黑了,机关早已下班,我把介绍信给门房间一看,他说到九楼招待所去住。但是下班了,电梯没有人开,要我自己走上去。其时我三十不到,还是小伙子,二话没说,健步登楼,当爬楼梯到八楼时,眼前豁然开朗,宽阔的大厅高墙上,画满了《圣经》的壁画,显然这还是解放前的旧物,没有动过。事后我才知道这原来是一家高级公寓,刚接收过来不久。待登上九楼,宽敞的大厅,三面有玻璃,一面进门处有值班人员办公室,厅内摆了许多单人床,雪白的床单,像战地医院一样,极为整洁。可是空荡荡地只有我一个人。值班人员告诉我随便哪张床都可以睡,边上不远就是盥洗室。盥洗室内一色进口货,白瓷砖墙壁,闪闪发光,也都整洁异常,比现在一般宾馆的盥洗间似乎干净得多。原因主要是清洁工负责,其次是使用的人极少,使我留下相当好的印象。

我凭窗外眺,夜色迷朦,俯视万家灯火,屋顶像海涛一样高低起伏,夜色中茫茫望不到边。我因旅途劳顿,赶紧入睡。一觉香甜,度过了大上海的第一夜,似乎连梦也没有做,一睁眼,天已大亮。连忙起来,还未梳洗,便凭窗远眺,在这九层楼的大玻璃窗前,东、南、北三面风光尽收眼底了。我睁大眼睛望着,数着突兀的高楼有多少栋,一、二、三……看得清楚的,比较清楚、不太清楚、十分迷蒙的,后来知道:看的最清楚的是衡山,其次锦

3

江，国际已模糊，外滩诸厦则在烟雾中了。古都是没有这样的景致的，我这个北京人，一夜之间，便置身于大上海的层楼、广厦的海洋中了——上海真大呀！

我当时是来上海报到，然后再到苏州去工作。身上还有八万多元，已打好算盘，先在上海玩两天，把钱花光再报到，再领钱去苏州。在此数日真空时间，乐得逍遥一下。我梳洗完毕，穿上我最好的时装——白衬衫、浅驼色拉毛羊毛衫、宝蓝花呢裤子，外加一件银灰卡叽布制服，小圆头黑皮鞋，在门房间问清去外滩的方向，如何乘车，便出发了。

从江苏路往北走，转角是几家低房子、小铺子，虽不显眼，但与北京铺子亦明显不同，就是北京大小铺子，没有前面敞着营业的，都有门窗，而上海这类铺子，都是排门板，下了排门板，柜台就临街了。我以悠闲观赏的心情，慢慢走过去。我这身便装，在当时北京机关中，算是比较摩登的了。但走到上海街上，却看到上海人的衣着大不相同。穿西服的很多，穿长衫的大有人在，虽然当时解放已四年多了，但街上行人衣着，同解放前似乎没有什么改变。中、青年妇女，则一律是圆高领旗袍，有的浅驼色花呢旗袍，外罩一件男式羊毛衫当外衣，十分潇洒。不少人穿大方口麂皮绣花鞋，或平头浅帮皮鞋。当时很少有穿高跟鞋荡马路的。我一路欣赏上海人的衣着打扮，一面感到自己这件银灰卡叽制服太寒酸了。当时虽已当了近五年干部，而且来自北京，但对着花花世界的上海人，还不免心动。

我坐了一段电车，那时哈同花园还未拆除，展览馆还未盖，静安寺有轨电车，要绕北京路一段，再折石门路到南京西路，我坐了没几站就下了车，顺王家沙转变处往南走，在石门路进了威海卫路口路东一家中型馆子中（现在这家馆子还在，名四茹春）

吃了我到上海后的第二顿正餐。走进饭馆，先看客菜牌子：三千五百、四千（即现在三角五、四角）两种，每种价格，都有二三十种菜，炒肉丝、炒猪肝、烧甩水、炒虾腰、炒三冬、宫保肉丁、滑溜里脊之类，应有尽有。我当时喜欢吃点清淡的，点了一客炒三冬，客人不多，红漆方桌，擦得十分干净。比现在一些发黑的台布、油腻的玻璃板，真不可同日而语了。如果没见过当年饭店的干净情况，还真怀疑今天上海各饭店中的肮脏是先天带来的呢。中午一顿很乐胃的中饭，只用了四千六百元。

下午一顿，则是在淮海路复兴饭店吃的。这是旧上海法租界名店。外文名字是"Renaissance"，取义于"文艺复兴"。一万元一客公司菜，一份红菜汤，一份荷兰牛肉，面包、黄油、咖啡。门口竖着一块牌子，由名厨邱锦昌（记忆或有误）烹制法式名菜，每天换一品。不过公司菜可能不是名厨烧的，但荷兰牛肉，配生菜、马铃薯片、甜萝卜片，满满一餐盆，又嫩又烂，味道醇厚。我南来之前，在北京部中兼管交际，招待苏联专家，经常用国际俱乐部西餐，来到上海，第一次在复兴饭店吃公司菜，就感到其口味毫不亚于北京国际俱乐部，说明当时复兴的烹饪水平，的确是第一流的。这家店后来我常去，有两个寒假我在上海，每天上午十时多去，中午饭、下午茶、晚饭、晚上茶，都在这里。这里有很考究的西式火炉，很温暖。我从北京来，不习惯冬天房中没有火，因而喜欢这里。寒假在上海玩。只是晚间在亲戚家住，白天便以复兴当家了。上午十时半过后进去，店堂里没人，随便找个火车间坐下。几位老服务员当时都是三四十岁左右，也都认识我了。到时候一份公司菜，荷兰牛肉而外，或是葡国鸡，或是奶油烙鱼，或是烧牛尾等主菜。吃完中饭，一点开始，下午茶，一杯清茶，只一千元，即现在一角钱。而且电唱机放轻音乐，十分优美。下午客人极少。我一个人或看书,或写东西,安安静静度过一个很有洋味的下午。晚饭我照例还是公司菜。晚饭客人多了,外面大厅、里面方厅、后面小厅,均可坐满,有不少请客的人,觥筹交错,十分热闹。当时尚未公私合营,私营企业工资大,二三百万很普遍,老板当然钱更多,而且都是知识阶层,所以客人很整齐,没有现在那种满嘴脏话的暴发户。自然我是客人中最穷的,当时我拿的是北京工资,月收入只八十几万。但每天只要两万二千元便可在此很舒服地生活一天。工薪所入足可应付裕如了。晚饭后,再是一杯茶,不再看书写东西,相约的几位上海知友从家中都来了。火车间座位四个人,一边喝茶,一边聊天,海阔天空,无所不谈。我把这里又当作我客中的会客室了。三十七八年过去了,现在上海之大,想找这样一个地方,已是渺不可追矣。这里我后来来上海工作时,还经常去,直到“自然灾害”之前还不错。老服务员都很热情,并不因为我是只吃公司菜的客人而冷淡我。

石库门房子听雨

来沪第二天,我去看望一位前辈。他在北京是尚书门第、长房长孙,宅子是带大花园的大院子,大客厅、中客厅……而客居上海的住处,只是两间一套,带厨房、卫生间的银行宿舍。看惯北京大宅门的里三进、外三进四合院,看这一套宿舍,似乎连他北京老宅子的门房都不如,真是感到太凄凉了。后来到两个知名人士的宅子,都是花园洋房,都有小花园、客厅等等,但感到气派仍无法和北京大宅门相比。北京是纯中国式的官派,上海是洋味的商城,在气氛上有明显差异。

在北京时,我由书上和朋友口中知道上海弄堂石库门房子。茅盾《子夜》中把石库门房子写得很生动,什么前客堂、前楼、厢房、单亭子间、双亭子间、灶披间、天井等等。我到上海的第三天,住在亲戚家,这是一座十分标准的石库门房子,他家住二楼整个楼面,前楼窗外是天井,厢房开间大,又很深,中间板壁隔开,前后两个房间,也各有十二三平方公尺,前楼也有后房间,边上还有大卫生间。在楼梯转角处,是个双亭子间,另有人家。那天晚间我住在前楼中,正好下起秋雨来,檐前的雨淅淅沥沥滴在天井中,如果易于伤感的人,在客中听了,肯定是会失眠的。而我虽是到沪的第三夜,却毫无羁旅愁况,反而雅爱这种石库门房子前楼听雨的情趣,细品它与北京四合院房子中听雨的不同处,体会到另一种美的感受。想着想着,已经进入梦乡了。

寄售商行猎奇

三十八年前,由北京到上海来,最突出的感觉,就是马路上商店多,大大小小各式各样商店,栉比鳞次,比北京不知繁华多少倍。当时老公司先施、永安都还开着。我也都进去看了看,可是不买东西,看了也不感兴趣。我最感兴趣的是参观寄售商行。现在这种铺子没有了,那时这种铺子真多。这不同于拍卖行,也不同于过去北京的古玩店、估衣铺、挂货铺。寄售商行是综合的,其中样样都有,由金刚钻戒指到旧皮鞋,都可寄售,自然最多的是旧衣服,毛的、呢绒的、旧表、旧金笔、照相机等等。当时上海不少有钱人家收入都锐减了,还有不少阔人的外家(大太太以外的小家庭),阔人跑了,经济没有来源,靠卖东西过日子;有不少人走了,衣物、细软带不走,也都送进寄售店,总之货源极多,价钱便宜,销路也很好。北京人有逛小市的习惯,鲁迅先生在北京就爱逛小市,《鲁迅日记》中就常有记载。自然更多的是逛书铺、书摊。我久住北京,也有此习惯。但上海书摊、书铺无啥逛头,即在三十八年前也是如此。但大大小小寄售商行,五光十色,那比小市阔多了,因此逛起来也有味道多了。自然对各种旧货多少要懂点行。比如粗细皮货的毛、皮成色,英制、美制、国产呢绒的差别,工艺品玉雕、牙雕、竹雕的粗细水平,中国景泰蓝成器的大体年代和日本七宝烧的差异。瓷器粉彩、釉下蓝、窑变各品高下差异,红木家具花梨、紫檀、核桃木的不同,螺钿工艺,大理石能否上谱,款式高下,甚至各种玉,各种宝石、钻石的成色等等,有了这样的知识,逛起寄售商行来才有乐趣,才会有所发现,以鉴定的乐趣惊异地注视那些价值很高,虽然买不起,也不想买的珍贵异物。我正好有这点水平,也正好能享受这点乐趣,因而一到上海,就大得逛寄售商行之乐。

过去上海的确有有钱人,也的确有好东西。我平生所见最大最好的一粒钻石,是在重庆路口那家大寄售商店的玻璃柜台中见到的,当时这家商行首饰柜台寄售的钻戒,大大小小起码有数百枚,有一枚闪蓝光的独粒非洲钻,五点六克拉,宝光四射,特别显眼,很远就能看到。近前隔着玻璃细看,标价六千万(即现在六千元)。我童年在北京厂甸火神庙见到过外国人摆摊卖钻戒,最贵标价三万银元。相比寄售商店的合算多了。在这家商行,我见到过一对最好的鸡血馒头章,高近二寸,方约八分,顶部浑圆,呈馒首状,这是过去刻对联用章的石料。一对章上部三分之二是血,鲜红润亮,十分整齐,真是鸡血章的神品,标价只六十万元,即后来六十元。这对章后来不知谁买去了,现在如果还在,少说也值三四万元。在淮海路不大的一家寄售行,还看到过一条新海龙,全长首尾近五尺多,毛色油亮,大红黄缎托子簇新,我见过的珍贵皮货不少,像这样够上国宝的整只海龙统子还是第一次见到,标价四千万元,老实说并不算贵。举以上三个印象最深的例子,以见逛寄售商行丰富内容的一斑。二十年前,一位旧货店皮货柜台的店伙对我说:"要不是'文化大革命',一条淮海路的旧货,五十年也卖不光……"一可见财富之厚,二也可见破坏之惨了。

三十八年过去了,回忆初到上海的情况,我离开北京时,只二十八足岁,不能叫"老北京";在上海虽住了这些年,人也老了,但毕竟是客居,又不能叫"老上海"。上海话喜欢叫"小江北"、"小山东"、"小宁波"之类的称呼,因而这篇短文就题作《小北京初到大上海》吧!

大儒巷潘家

我与苏州不但有缘，而且很深，这话要从近六十年前的童年往事说起。

"七七事变"前，我考进了北平当时一所著名私立志成中学，这学校人很多，初一分五个班，年纪最小，个子最小的分在最后一班。小小的教室，六行座位，我是中间一行第四人，在我旁边、前面各坐一位小朋友，头都特别圆，面孔很白，头发既非分头，也非我那种短短的平顶头，而是四面垂着的短短的童发。我是乡下来的，没有旧制服，穿的是新童子军黄卡制服。他们是城里小学毕业的，有旧制服替换，常常穿旧制服，圆头白脸，笑眯眯地比我都顺眼，很快就成了好朋友。这两位都是名家子弟，一位是福州郑家，郑孝胥侄孙，名叫郑凤胡。一位是苏州大儒巷潘家的子弟，名叫潘詠台。苏州潘家是大户，但分两族，一是"贵潘"，一是"富潘"。"贵潘"是潘伯寅尚书的后人，"富潘"就是大儒巷潘家，族大，兄弟子侄众多，有几位在国华银行、新华信托银行工作的，我接触过的父辈"芬"字辈，平辈"詠"字辈。"芬"字以上是什么字我没有听说过。沦陷时期，我在他家见过一份由桂林辗转寄来的讣闻，"芬"字辈、"詠"字辈列名的有几十个，讣闻印得十分考究，而且很创新，淡绿色的洋纸加暗花，完全不同于旧式的木版印的大本讣闻，给我留下极深刻的印象。

我和这二人成了好朋友，而放学时，郑住屯绢胡同，出校门往西，潘住口袋胡同，我住西皇城根，出校门往东，而且先到他家,再到我家。这样我就常常和潘结伴回去,先到他家玩一会儿,再告辞回自己家。战前住处宽松,他一家住一座四合院。他父亲名蘅芬,字杜若;他是过继给叔父的,他生父名兰芬,字畹九。都是从《楚辞》中起的名字,十分典雅,从名字中也可看出苏州老辈的传统文化气氛。他家是路南的门,进门先是外院四间北屋,中间两间堂屋,一边一间套间,他住一间,一间是他天津外公来时住,床前小柜上放着一个相架,是他外公身着长衫、手扶手杖的小影,瘦而有神,十分潇洒,边上毛笔题着一首诗:"古人不可见,良朋又不来。独立晚风里,清凉亦快哉!"

他外公我只见过一回,而这张照片不知看过多少回,老人神态、笔迹迄今仍如在目前,诗句也清晰无误。只是署名什么"叟"的别号忘记了。老人姓陆,名字也忘记了,而他两位舅父的名字我却不会忘,虽然未见过,但在天津名气很大,陆观虎、陆观豹都是著名中医,家中还开着几家很大的中药铺。苏州陆姓,也是大族,可以说是代有令名的。清末陆凤石状元,也久住北京。当时北平乔寓的苏州人不少,有两三代的,也有本人带家眷来的,有在职的,有赋闲做寓公的,也有赋闲生活困难的,沦落憔悴的,包括当时大名鼎鼎、刘半农教授访问过并为之作传的赛金花。

我的房东是福州陈玉苍尚书的后代,我的同学又是苏州名家子弟,我所接触的他们的生活,使我初步了解了明、清以来北京乔寓的南方仕宦之家的生活方式,这样人家在当时的北平占有相当大的比例。这些家庭有不少共同特征,如老一辈的、成年的,在家都说家乡话。福州人说福州话,苏州人说苏白,饮食习惯一般都是南方的,尤其女眷。所以潘家同学回家之后,他父母和他都说苏州话,而他回答却说北京话。他两个小妹妹的奶妈是三河县人,因而她们说北京话,又有苏州音,又有京郊的怯音。

后来他们小辈都不会说苏州话了,而且饮食习惯也爱吃葱、蒜、饺子、烙饼等面食,北方化了。这使我想起现在移居国外的第二代、第三代,不少都已不会说中国话。堪培拉柳存仁教授常来信,说他孙女不会说普通话,中国字更认不了几个,只能说两句简单的广东话,不胜叹息,感到很寂寞,似乎这也是自然规律。

当时的北平,南方各大省都有在平同乡会的组织,另外还有南货挑子,大多是各省会馆长班的后人做这种生意,这些人也都是第二代、第三代,不少都未回过老家,但他们会说家乡话,因为自清代以来,会馆住的都是单身同乡人,会馆里面,一般都说家乡话,苏州人说苏州话,福州人说福州话。有语言环境,所以永远会说。他们挑些家乡土产,如福州人挑鱼圆、伊府面、桂圆、光饼等,苏州人挑西瓜子、豆沙粽子、水磨糯米粉等,按期到在京同乡人家中去卖,不少挑子都是女的,便于同女眷们交谈,我好奇地听着潘家小同学的母亲在院子里和南货挑子的中年妇女说苏白,声音好像仍在耳边回荡一样。

人生聚散会合的缘分,有时是短暂的,有时却似乎是终生的。我与苏州大儒巷潘家小同学建立的友谊,以后扩展到他全家,一直保留到现在,称他父亲为伯父、母亲称伯母,姐妹也叫大、三姐、老五、老七,像一家人一样。他父亲一直在北京电话局工作,由"七七事变"前,直到解放后一九五六年退休。生活的变化,值得一述。"七七"战前住一所四合独院,沦陷后先是外院四间北房住了一户人家,独院成为与人合住了。过了一两年,房东卖房了,他家搬到苏州胡同七贤里借住本家的楼下。北平极少小洋房,而这里是七栋两开间、别墅式的、连在一起的坐西朝东的红砖小洋楼,有如天津、上海的高级弄堂,起名"七贤里",是天津潘姓银行家的产业,房东住最里面的一幢楼上,他家借住楼下。客厅、餐厅、卧室三四个房间,十分阔气。这处房产可以想见苏州大儒巷潘家在当年平、津两地的财力多么雄厚。

可是我同学这一房却是靠工薪度日的,自己没有房子,不得不借租房子住,七贤里住了不久,他家搬到顺城街象坊桥,租人家四间南房,又搬到东单二条,借住本家一座独立小洋楼楼下,又搬到煤碴胡同近支本家院子中,住四间东房……前后近二十年中,我几乎每周都到他家去,而且每搬一次家,他还没有通知我,我就找到了,这能不说是"缘"吗?在这"缘"中,我也深感友谊之深厚,生活之艰辛,世事之沧桑,俯仰之间,均成陈迹,知之者渐少了。只有他家老五,同在上海,虽少见面,却时通电话,互解寂寞了。

在四十二年前深秋的一个下午,我忽然作了苏州大儒巷畹九先生的座上客,这是我小时候以及大了工作时,万万没有想到的。当时我调工作到华东,先到上海报到,然后到苏州,离京时已说好了的,这是公事。私事方面,我欣然想到江南逛逛,看看好同学的老家,"天堂"是个什么样子,预先同学父亲潘杜若先生给他胞兄、也就是同学生父畹九先生写了介绍信。我住在新学前一个学校中,到大儒巷顺平江路往北过来,左手转弯,并不太远,不过也不近,大约有四华里吧。我是到苏州的第三天下午去拜访他的,平江路是我第二趟走(第一趟是到苏州第二天去拙政园),而大儒巷是我第一趟到。走在那极为狭长的尖石子路上,穿着硬底皮鞋,感到极为硌脚,望望两面高墙,又狭又长,也像是走不完,更感吃力。在北京骑惯自行车,走惯宽广马路、胡同的我,不由地感到这条尖石子路十分难走,似乎意味着艰难的生活开始了。巷子长而安静,走半天也遇不到一个行人,但不时又从墙内飘来浓郁的桂花香,这是童年在故乡院子里闻惯的,不过那都是种在大盆中,而这却是高高的大树,我走累了,立在路边,抬头望着那伸出墙外的枝丫,黄闪闪的小花金桂,稍微泛红的丹桂,这是我第一次见到的桂树。

平江路很窄,我心里暗笑它为什么叫"路"?而转到大儒巷,却宽了,坐北朝南的门前是笔直干净的石子路巷子,旁边沿巷子一条清澈而很深的河,水位很低,路南院子高大的后墙下面,全是丈许长的大条石整齐地砌起来的。巷子里,几乎没有一个行人,午后的斜阳照映着石桥、流水,有的人家后门一条狭狭的石桥接到北面石子路上。潘家的院子在巷子东头路北。好气派的一所大房子。因为我后来去过许多次,所以先大体介绍一下:宽敞的大门进来是门厅,再过来是轿厅,再过去是正院,当时这些高大宽敞的厅,虽然陈旧了,但很肃穆,没有人使用,空荡荡的,想见当年停满轿子时的盛况。右手转弯,也有院子或花园,只是我没有进去过,不知其详。左手转弯进一门,顺轿厅山墙走,就是笔直的通向后面的弄堂,上面有房顶,两边是高墙,左右三进院子,都有门通向弄堂,如果不开,便无光线进入。潘畹九先生住在最后一幢楼上,记得第一次去时,我进入弄堂,两眼墨黑,伸手不见五指,地下铺的条砖,年代久了,又高低不平,正在为难之际,亏得中间一幢,咦呀一声,开门了,不但漏出光线,还走过来一个人,这才引我找到后面的门,敲门进去,不然我真不知道如何找。自然,以后我就熟了。这已是这幢大宅最后一进,后墙就是河,弄堂顶头就是后门,那是另一条巷子的河了。所谓"水巷吴宫",临顿路两旁的大巷子,都是这样排列着的,在元代石刻《平江图》画得清楚,在陈从周教授编的《苏州旧宅图录》中有照片,只是那样美丽的水巷,可惜现在没有了。

潘畹九先生在上海汇丰银行做了几十年做账房,当时退职在家,楼上前楼、厢楼,高大的轩窗,全部敞着,凭着栏杆俯视天井,这样的房舍,过去我只在图画书上看见过,现在也坐在古老宁静的轩窗前了。我细细品味这江南深院楼居的意境,"庭院深深深几许","一院苔痕新雨后"……虽然都很有诗意,但冬天的冷、雨天的潮湿、夏天的蚊子……这些都无法解决,受不了。不但我不喜欢,同学父亲潘杜若先生五十年代中期退休回来住了一两年,似乎也已不习惯,后来又回北京去了。我在第一次见面之后,过了几天,老先生请吃便饭。这是我平生第一次在苏州幽静的巷子中,古老的宅第中,接受苏州老年伯的邀请,陪着这位老人吃便饭,喝了一点黄酒,吃了点家乡风肉,看得出老人当时的经济情况很不好,很拮据,我作为晚辈陪他吃饭,完全是出于礼貌,但叙谈得很好,老人说话风趣,只是桑榆暮景,过了没有几年,也就下世了。但这古老的风味留在了我的记忆中,算来两位老人如果在世,都是一百零几岁的人了。这就是苏州大儒巷"富潘"芬字辈的老弟兄,老辈仪型,现在年轻朋友是很难想象的了,而我却思之如在目前。

以上是我姑苏旧缘之一,其他华胥之梦尚多,留待以后慢慢说吧!

旧梦姑苏四十年

　　四十年在历史的长河中是短暂的一瞬;四十年前的事在我的记忆中,像昨天的事一样清晰;四十年前的事在四十五岁以下的朋友脑海中则是一个谜了。时间多么奇怪而不可思议,感慨之余,那么四十年前的姑苏又如何呢?

　　四十一年前的十月底,我由上海到了苏州,下车取了行李出站,人不多,站外停的只有极少的三轮车,其他都是黄包车,而且都很旧,有的还是死轮胎的,即车轮铁圈外,包一圈厚厚的有花纹的橡皮,不用充气。这种轮胎的黄包车,北京叫洋车,在北京早在民国初年就没有了,而苏州还很多。这可能因为苏州旧时都是石子路的关系……反正我就坐上这样一部黄包车,带上行李、拎包,向新学前而去。各地拉黄包车的朋友,有一个共同特征,就是抄近路,走小巷子过去,所以这辆黄包车进平门之后,并不是顺北寺塔这条路一直下去,而是一下子就转弯了,经过什么路,什么巷,我全不知道,一切都交给他了,一路上尖石子路,其颠簸是用不着说了,而最惊险的是下桥的时候,他大声喊叫着我听不懂的话,双足离地,两手像玩双杠一样,架在车把上,直向人堆中冲了下去,眼看着要撞到别人身上或小贩担子上了……但说时迟,那时快,他用手一摇车把,躲了过去,又向前奔了——这是我到苏州的第一个印象,迄今不但记忆犹新,也实在佩服这位车夫的特技。

　　我教书的学校,先报到的是新学前的建筑学校,做了不到两个星期，又调到金门外的电力学校，过去叫苏高工，是很有名的。在这两个地方，我都有住处，值得一说。新学前的这个学校，住的是平房，一排大概是八九间吧，原是一间大房，隔成一间间朝南的房子，每间两个人。我和一位安徽寿县籍的老师同房间。我第一次睡在没有顶棚的房间中，躺在床上，面向天，不是雪白的灰顶或纸顶棚，而是直视房顶椽子、房梁的房子，和隔壁房间，只是隔断墙，而顶部都是连着的。因而左右房间人说话的声音，听得清清楚楚，我初来乍到，虽在北京和苏州人已做了十六七年朋友，可是还听不懂苏州话——一宿无话，天亮醒来，朦胧听左右房间，一片咦呀唔哦的吴侬软语，茫然不知说些什么，不由漂泊江南之感油然而生了。

　　这房子如继续住下去，我不知是否能十分习惯，但两周之后，因调学校我搬到了金门外一个很好的房子中去了。这是一幢很精美的假三层小洋楼，一个小花园，进去贴南墙一条引路，有一座小山石，再过去就是那座小楼，上台阶宽大走廊，进门右手正楼梯，上楼二楼四个房间。右首并排两大间，西面是一排落地窗，窗外大阳台，阳台外一排高大的梧桐，高出楼顶，正好挡西晒太阳，南面斜望，从人家屋顶空隙处，可以望见一角运河，来去帆影。房内装修，狭条打蜡地板、护墙板，顶部还留有原主人的花灯架，没有灯泡，大约有二十平方米米大，住了三人，各据一方，进门处有一条长课桌放热水瓶、面盆等。人各一床，一课桌当写字台，放在床前，由花灯架各拉一根电线至各人桌上，一个白灯罩吊在头顶当台灯。尚有一椅、一小书架。我的床在西窗边，躺在床上，可看窗外梧桐、天上白云、运河帆影。同室三人，两人都比我大近十岁，一位坐办公室，奉公守法，除白天整天不在房中外，晚饭后有时还加加班，只是晚间睡睡而已；另一位是酒中仙，不是去外面喝酒，就是回房中睡觉；因而房中白天十分安静，每天下课后，除开会外，我总是回到院中、房中，一个人享受这位不知名资本家遗留的别墅的清雅幽静。有一次雪后，下午三点多，我回到宿舍，推开街门进来，南墙山石留有残雪，一枝南天竹又青又翠，结子一串串，鲜红似小樱桃，我观赏了大半天，深深体验到江南庭院冬日的情趣。最宜人的是初夏时期，梅子黄时雨固然恼人，而天气晴朗时却格外可爱，满窗桐叶，绿到床边，有一次午睡醒来，睡眼朦胧之际，忽然眼前一亮，树叶间一点娇黄，原来是个黄鹂，离我也不过一丈多远……

冬景虽可爱，但是江南的冷，实在叫人难受。我从小在北方山乡，又在北京成长，漫长冬天，总是在有火的房间生活，古语说得好，"昏暮叩人水火，无弗与者"。我在到苏州之前，从未意识到冬天房中可以不生火，暖气是奢侈品。苏州第一次过冬天，又不停地下雨，又冻又湿，晚间又不习惯穿着大衣坐在房中，真是苦不堪言，一筹莫展，与几位同事便每天晚间去铁路饭店附近一家浴室去泡澡堂子，先脱光洗个澡，然后大家裹上大毛巾，躺在榻上，泡上一壶茶，天南地北地乱聊一顿，等浴室打烊时，再着衣回去睡觉。无锡人早上坐茶馆，晚上泡混堂，叫"早上皮包水，晚间水包皮"，我到苏州没有多久，便习惯"水包皮"了——冻得我无所逃于天地之间，不得不如此也。

当时住宿舍不要钱，但澡堂子洗澡要花钱，吃饭也要花钱……总之，没有钱还是不行的。当时我由北京调苏州十分不合算，七十六万（即七十六元）多钱的工资，到苏州要少好几万，这是因为地区差价的关系。但苏州东西也真便宜。学校伙食每月只九万五千（即九元五角），中晚两餐，八人一桌，三只中砂锅，一大荤、一小荤、一素菜，大荤如红烧大肉、狮子头、砂锅大鱼头等,小荤肉丝水芹、肉片茭白、肉丁什锦酱等,素菜则青菜、豆腐、线粉之类,都是家常菜,但烧的尚可口,保证够吃。早餐则稀饭、馒头,粥菜皮蛋、咸蛋、油条、油炸花生米、肉松、腐乳、酱菜,每天换一样。台子经常碱水刷,食堂干干净净。早饭、中饭一般都在学校吃,而晚饭则不甘寂寞,丢掉食堂的吃饭权利,而再花钱去吃小馆了。石路过去,有一家卫生粥店,是常去的地方,说是"粥店",却是菜馆,当时最普通的客菜,标准价三角五(改币前三千五百,以后数字均如此折算)。如炒腰花、炒肚片、炒肉丝等;四角五,就好得多,如烧甩水、炒虾仁、炒虾腰、烧四宝等,虽是家常菜,但却有三四十种,掌灶师傅手艺真好,尤其烧头尾、炒虾腰等,又鲜又嫩,滋味无穷。通常二三同事,叫三四个菜,喝酒的朋友,加半斤加饭,酒足饭饱,不超过二元钱。我爱吃甜食,玫瑰方糕有时太腻,睡觉之前,肚皮饿了,到石路一个老太婆摊子上吃猪油豆沙粽子,又糯又热又甜,一角钱一只,是我平生吃的最好的粽子,遗憾的是爱吃这些东西,吃了就回去睡觉,不讲究口腔卫生,迄今牙全要蛀光了,而牙根全在里面,真是苦不堪言。但那的确好吃,我对此亦无恨无悔。而且这位老太婆的摊头是由年初一到年三十,昼夜二十四小时,全天候服务,午夜三点也可吃,早上四时也可吃,这也是独一无二的,当时那老太婆已老态龙钟,现在想来,早已成为"广陵散"了吧?

观前街、北局、太监弄路较远,不能天天去,一般一个星期去二三次,这是当时苏州精华所在,自然不只是吃了。但吃也应说说,观振兴"双过桥"四角一碗,老苏州先吃浇头下酒,有滋有味,到了满脸红涨,"醉味个哉"才慢慢把面吃完。和一位好友到松鹤楼楼上吃饭,叫了一盘蟹粉豆腐,一盘粉蒸肉,都是大件的,一盘粉蒸肉,十二个荷叶包,堆得满满的,一元二角,用筷子夹在小碟中，挑开荷叶，香味扑鼻，入口即化，但只吃了蟹粉豆腐、三块肉，翻过的肉就吃不下了。带回来又吃了两天。到观前街逛，由金门慢慢沿景德路走过来，经过人民路时，附近的旧书店、书摊，是我最好的去处，在北京从小养成的逛旧书摊、旧书铺的习惯，看见了自然就进去了，东看看、西看看，一因工资小，闲钱不多，二因客中住单身宿舍，与别人同屋，所以一般是只看不买。但与书店主人不晓得为什么三言五语就熟起来了，他们听我说北京话，是北京调来的，而且熟悉琉璃厂，听过赵斐云先生的课，把我当行家了。当时顾颉刚先生还在上海，他们告诉我，前两天顾先生来过了，买走什么书等等我见一个书摊上有一套完整的沦陷时期苏青编的《天地》，张爱玲一些重要的文章都是在这上面发表的。当年北京朱朴的《古今》较多，这个杂志很少见，我看是全套的，便以每本一角的价格全部买下了……直到"十年浩劫"开始时才被抄家者抄走。星期天下午，常在吴苑茶馆凑几个人喝茶聊天，由北面"吴苑深处"进去，到第二进厅，嘈杂的人声中找座位坐下，一壶茶、瓜子，和朋友们一边休息，一边闲聊，一边观赏各桌的茶客，各种小贩：穿着蓝布紧身罩衫拿小皮箱卖香烟的姑娘，卖木梳的老人，卖五香豆腐干的汉子，卖眼镜的男人，卖茶叶蛋的妇女，卖香瓜子的孩子，卖茉莉花的小姑娘……其他卖毛巾、袜子、粽子糖、粽子、各式各样的小贩川流不息，卖香烟的姑娘最会起腻，买这个一包，那个马上过来，索性一包也不要买，省去不少麻烦。

我到苏州不懂苏州话，可不久就学会了听评弹，由听评弹不久又学会了听苏州话、说苏州话。当时石路有雅乐书场、龙门书场，阊门里面有中南书场，黄鹂坊桥在一座古老宅子的宅中还有不知名的书场，北局后来又恢复了光裕书场，另外在转角处一家大书场,场名忘记了。我去的最多的是靠近金门爱河桥的那些家,就是雅乐、龙门,还有阊门里的中南。前两家是热闹地段,后一家较为冷清。我开始听是在雅乐,三档书,有一档说《何文秀》,还较记得清楚,开始一句不懂,但唱词七字一句,且押韵,读音如读诗,我熟悉旧诗、诗韵,一两次就全懂了,演员唱完上句,我已想好下句,八九不离十。一周之后,表白、解说我也都听懂了。有两位男演员,说《张洪祥刺马》,我感到十分精彩。这故事除《清史稿·马新贻传》中提到外,邓之诚先生《骨董琐记》有详细记载,迄今仍是一谜案。这两位艺人说起来有声有色,可惜演员名字忘记了。我这人最不善于记名字,只有少数特殊名字记得:一是王再香,因其名字从"王者香"而来,被记住了。但是她说什么,已忘记了,只记得是位中年女演员。另一位也姓王,单名鹰,也很特殊,因为评弹艺人都是两个字的名字,而她只是单名,较特殊;二是以一位姑娘而起名鹰,亦很少见;三是记得她好像初出档,唱张鉴庭调门,听她唱开篇,铿锵有力,且有苍劲之音,以梳着两条长辫子的姑娘唱起来十分不易。在中南书场认识了一位老艺人,好像叫周小春,当时已近六十,和一位年轻姑娘拼双档。有时我去的早,和他在台下聊天,他说战前听过刘宝全的大鼓,又说唱大鼓配大三弦,评弹配小三弦,问我听得懂吗?我说听得懂……娓娓而谈,如白发梨园,说天宝遗事,亦十分有趣。苏州当时,市民并不多,但类似平民化的娱乐场所特别多,书场、绍兴戏、扬剧、淮剧、锡剧、沪剧、电影院等,城内外四五十家,一般都客满,或七八成座。听书很便宜,雅乐、中南只一角,还管喝茶,小贩为你预先放一包香瓜子,只三分钱,连座位也占好了,你晚些去也没有关系。洋玩艺很少,当时北京盛行单位办舞会,上海舞厅尚有一二十家,舞客也不少。而苏州没有,只在北局有一家很小的音乐咖啡座,有三四个年轻人奏流行音乐,却冷冷清清,没有什么客人,有一次晚间我由北局经过,闻"蓬拆"之声,曾开门张望了一下,但未进去。京戏不是天天有,偶有京沪名角来短期演出,但我虽是北京人,却很少听戏,所以也不大注意。

苏州当时民间穿戴,仍和解放前差不多,同事中有的老先生,冬天都是袖子管很窄的棉袍子,一般都是旧的,寒流一来,走在外面肩膀缩着,手也握紧拳头,藏在袖子管中,急急忙忙地走着,完全是叶圣陶丈小说中的人物形象。但也有特殊的,一位交大毕业在上海多年办厂的,解放后,结束了生意,回苏州在平江路花三千万(即三千元)买了一座小洋楼,苏州当时没有自来水,但他楼顶有自己的水泵,卫生设备照样使用。我曾到他家做过一次客,墙上挂满丰子恺的画,楼下天井虽小,但短墙外便是别人的花园,且有大桂树、花畦,同他家的一样朝晚享受,他想不做老板,可以教书自食其力。冬天在办公室里,穿着青狐皮袍坐在火盆旁与大家一起烤火,谈笑风生,十分热闹,但仍不失面团团、富家翁风度。不知他后来的各种"关"是如何过的? 如果健在,现在可能九十来岁了。写侦探小说《霍桑探案》的程小青先生,当时不知在哪个学校教书,我和他开过不少次研讨会。高高的个子,大约五十岁左右,十分平易近人。一起开会,我常常注意看他的脸,回想我小时候看《霍桑探案》的情景,他老先生似乎也明白,看着看着,不由相视而笑了。穿西装的还不少,但都是旧衣裳,十分考究的很少了。女同事则都是夏天旗袍,冬天西装裤子、棉袄或绒线短大衣。女同学们用粗绒线织成大裤脚西装裤子,这在北京是没有看见过的。劳动妇女工钱特别便宜,宿舍洗衣服的一位,每人只收一元钱包月,冬天,每隔两三天来一次,送来洗好的,取走要洗的。夏天,天天一早就挎着篮子来了,我们还没有醒,她就把洗好的衬衫、背心、短裤、袜子折好,整整齐齐地放在你床前的椅子上,把换下来的拿走了。如有袜子上小洞、缺落的钮子等,也会替你补上,服务实在周到。而同室的另外两位舍不得这一元钱,宁可自己洗,弄得地上都是水,真是不可思议。

星期天,早上到城里去玩,进金门时,常见挑担卖鱼、卖菜、卖藕、卖菱的妇女,都梳着乌黑的大圆头,白银簪子,粉红头绳,发根扎着很长很紧的一段,斜角包一块印花翠蓝布头巾,上身翠蓝布衫很紧,滚圆的两肩,随担子显出力量。腰中都系毛蓝粗花布折短作裙,随担子显出健美腰身。下面格子布长裤,裤脚卷起,露出小腿肚子肌肉,赤脚草鞋,迎着朝阳,走进城去,有时一连串好几位……看上去真美,使人想起梁红玉抗金兵船上的女兵……

石头城旧梦

　　石头城是值得思念的地方,其值得思念的核心,在于其历史和文化,更在于其历史、文化和今天的结合,和思念者的结合。这样才有味道,有情思。秦淮碧水,门巷乌衣,如你不读一读《南史》,你是不会有"六朝如梦鸟空啼"的兴亡之感的。这你又如何能理解南京,南京又如何能联系你,"白门柳色残秋雨,玄武湖波淡夕阳",对你也只是过眼云烟,不会引起你的思念了——那还不如到新街口买只板鸭,回去切半只蒸蒸,下下老酒,还是有滋有味,可能口角留香,在剔过牙齿、打过饱嗝、摸摸肚皮之余,也许会想起南京——不过,这也不容易,当年我在南京时,中央商场卖板鸭的,堆的像小山一样,几角钱一斤,春节时,十元钱买三只大肥咸水鸭,到上海亲戚家送礼过年,只用我月工资十分之一,潇潇洒洒白吃一个寒假,人家还说我礼品丰盛,今天能想象吗?

　　整整四十年前,我从遥远的北国来到这久已憧憬的六朝胜地,石头城、建邺古都、应天名府……说不完的陈芝麻、烂谷子在我脑海中盘旋,带着一脑袋这样的思念,从下关下车,坐三轮车两毛钱进了挹江门,经山西路、颐和路,一直到草场门角下,颐和路一转弯,除去 A、B 大楼两座建筑而外,一路只是菜园,秋山、竹篱……直到草场门,才看到新盖的楼房,而草场门却是不开的,只有封闭的城门和倾颓的长满了野草的城墙,萧瑟、寥廓,空气中充满了江南的湿度,即所谓六朝烟水气了。我深吸了一口气,似乎已溶化在它的怀抱中……

读熟俞平伯、朱自清二位先生的《桨声灯影里的秦淮河》，怎能不对之朝思暮想呢？何况还有余澹人的《板桥杂记》、孔尚任的《桃花扇》，到南京当天，晚饭后便巴不及待地约朋友由僻处西北隅的草场门，赶到南城边去逛夫子庙、访问秦淮河了。只是一些简陋的房舍，尘土的小巷，昏暗的灯光，感到十分扫兴。去的固然不是时候，找的可能也不是地方，或者是"萧条异代不同时"吧。真是乘兴而来，败兴而返，转了二三十分钟，便满足了我访问秦淮的绮丽梦幻，回宿舍睡觉了。在南京住了一年半，单身一人，课余多暇，后来又去了多少次夫子庙，想找找知堂老人文章中常提的六朝居吃杯茶，尝尝干丝。可是始终未找到，在一家店名奇珍阁的茶楼吃过几次茶，吃吃干丝，的确不差。近年听说一条臭水沟的秦淮河，已经治理好了，真想再去看看，坐坐画舫，不过，那自然也是别人的灯影了——仍旧让它存在于思念中吧，逝者如斯夫，四十年岂是一个短时间。

玄武湖是最寥廓醉人的所在，不知有多少次坐在那绿洲的藤椅上，望着烟水迷茫的湖水波光，望着一片屏障般的紫金山影、黛色，望着斜照中的一脉台城……消磨永日、喝茶、聊天、闲眺、沉思、写文、瞌睡……无不在斯。知堂老人诗云："疲车羸马招摇过，为吃干丝到后湖。"老南京把玄武湖俗称为"后湖"，只此一词，就可显现老人是本世纪初就在江南水师学堂读书的老南京了。不过玄武湖的干丝我却没有吃过，只记得三分钱一枚的大包子十分不错，星期天在此消磨一天，中午一笼五枚大包，一壶好茶，就吃的很饱了。而诗句中"疲车羸马"却十分引我遐思，不过这不是去玄武湖，而是去中山陵。当年我住草场门，年纪又轻，去玄武湖，散步走出来，经颐和路、山西路、过大转盘，再往前走，一出玄武门，便是玄武湖了，顺长堤走去，晨光中紫金山色，波光中霞光点点；还有那高大的雪松，一排排，郁郁苍苍，好不爱人，这都还是二十年代末、三十年代初南京政府经营五洲公园时的遗物，其兴速也，其亡忽也，"六朝如梦鸟空啼"，南京历来就是凭吊亡国之君的地方，作为首都，如何能和北京相比，只是这些高大的雪松，北京是少见的。

而坐马车去中山陵，对我说来，也可以说是"疲马羸车招摇过"了。那是由新街口西面马路边上乘坐，每人只两毛钱。当时正是春夏之间，妻子由沪来宁，青岛亲戚也来了，还带着小孩，大家先到新街口大三元吃中饭，饭后便坐了一辆这样的马车，一直向东，悠闲而潇洒地出发了。马是老马，车旧一些，也不太破，白垫子干干净净，马自然不跑，只是款段地行着。经过明故宫、博物馆，出中山门。在林荫路上更为宜人，悬铃木初出嫩叶，真是新绿照眼。空气中也弥漫着春夏间特有的暖香味，车的速度正好，其感受正像是西湖中坐游船，游人在自然的怀抱里，似乎现在任何旅游汽车都无法与之相比……

住在草场门，有一条小路，可以说是荒僻小径，可以步行到清凉寺、隋家仓、五台山一带，来去极少行人。记得第一次去时，正是满山黄叶的秋天，慢慢走到清凉山下，在高处红墙上，斜照中"六朝古寺"四个大字，已经显现在丛林黄叶中，充满了萧条古穆的气氛。上得山来，到了扫叶楼，吃了一杯茶，一个人静静地坐着，一面休息，一面闲看墙上一副陈旧的对联，是龙阳才子易实甫写的："人不白头因水好；冬犹赤脚为师高"，大概是清末民初的遗物了。现在年轻朋友知道易实甫、易君左父子的人已很少了。坐了一会儿，天已暗了，给了和尚两毛钱，下山循原路而返。这条路来往甚便，只是中间经过一处，胆小的朋友，不免有些恐惧,就是要经过一个日寇侵略时期的火葬场,有一日式四楞石柱碑,上刻"聚会一处"四字,每对此碑,总使人有毛骨悚然之感。想起日寇侵华时南京的大屠杀,学院门口有个卖粥的,他是幸存者,常常说起当年逃难时的恐怖。

人们常说南京是长江三大火城之一,夏天最热。其实我倒不怕热,夏天赤膊看卷子,手臂上的汗一擦,眼看着它又从毛孔冒出来,不停地喝茶,不停地擦汗,照样笔不停挥,十分痛快。但是南京的冷,我真是害怕,五四年冬,一场大雪,草场门雪有二三尺深,人倒在雪中,绝对看不见。宿舍中所有新装管道,卫生设备,全部冻裂,我这北国山乡出生的人,对这样的大雪,这样的寒冷,也是生平第一次经历……南京引起我思念的东西太多了,但是我最怕的却是它的寒冷。

离开南京近四十年了,近年偶然经过,也只是匆匆而来,匆匆而去,只见它高楼日多,变化日大,旧迹无暇寻找,旧梦已日渐渺茫了。文中又能留下多少印痕呢?

春雨的情思

江南早春,是落雨的季节。"杏花春雨江南",这种境界,只能在江南领略。在深深的巷陌小楼边,在湿滑滑的近村田塍小路上,在摇着小船从石桥涵洞下出来时,在岸上几户人家的小园墙头……

这在北国是想象不到的。北国的春,燕山脚下的风沙,呼呼地震撼着沉睡了一冬的朴实的土地,"不刮春风地不开",吹开冻土、吹醒麦苗,那一派褐黄色的田垅,慢慢有绿意了,返青了,那黄土墙边、井台边上的两三株杏花,也含苞了。如果幸而今年不旱,落上一场雨,那真是落在大地的心窠里呀,多么珍贵啊,"春雨贵如油"呀!

"帘外雨潺潺",是江南春雨的特有情趣;"到黄昏,点点滴滴",是江南雨意的缠绵处,撩人心弦处,此即所谓"点点不离杨柳外,声声只在芭蕉里"也,"可怜薄命作君王"的落魄帝子,在汴梁午夜梦回,听到的还是金粉南朝的雨声;而饱经丧乱、故乡沦陷、家破夫亡的嫠妇,却不耐守着窗儿的点滴。前者只记繁华,后者更伤离乱,同为词人,应有轩轾。所谓知人论事,读古人词,自应想见其景、其情、其人。

三十余年前,由北国浪迹到江南,住在姑苏阊门外的一所楼上。那是一所很讲究的楼宇,楼窗是落地的,楼的主人不知哪里去了,整座的楼作为一所学校的教职工宿舍。我以一名教员的身份,在楼中得到一席之地。躺在床上,望着那高大的落地玻璃窗,窗外是几棵碧绿的梧桐,梧桐的枝叶空隙处,又能望见运河上悠悠而过的帆影,楼的后窗外是一条狭狭的石板路的巷子。姑苏春天的雨是耐人相思的,那年春天雨水也很多。我常常斜躺在床上,望着窗外的雨,点点滴滴地把梧桐叶子洗得又绿又亮,那湿漉漉的光泽像要沾到我身上一样。那树隙中高大的帆影,在雾蒙蒙的水气中一片飘浮过去,一片又飘浮过来。我渐渐蒙眬了,耳边响着潺潺的雨声。我忽然想到,楼后面的那条小巷子,怎么没有卖花的声音呢? 我多么憧憬放翁诗中的境界啊!童年时在北国山村中,在那如豆的菜油灯下,读过的诗句"小楼一夜听春雨,深巷明朝卖杏花",蓦地出现我的意念中。我玩味着这两句诗,似乎耳畔真地传来了那甜软的卖花声……这是多么充满着春之生机、浮动着美的情思的意境啊!

　　一年后,我到了杭州,住在羊坝头一所古老的房子中,这个地名,也还是放翁时的老地名。那是很老式的楼房,木制的方格子的和合楼窗,推开后,是一片片鱼鳞般的沾着青苔的瓦片。我住在这个古老的小楼上,欹在枕上,常常听着夜雨敲打着屋瓦的点点滴滴的声音,时而思远,时而怀人,那断断续续的思绪在一种诗的境界中徘徊着,会想起"一春梦雨常飘瓦"的缠绵,也会想起"春雨楼头尺八箫"的潇洒,但似乎都不同于放翁所写的意境,我感到:诗的境界,相差是多么微妙啊! 而我还是常常在思念着卖花声……

　　有一个春雨绵绵的季节,我专门的工作是扫校园。你们知道吗? 冬青树的叶子是在春天落。在霏霏的春雨中,我独自扫着长长的一条林间小路,把落叶轻轻地扫着、扫着……我望着那扫过的路,那湿润的、干干净净的、望出去十分舒展的路,那样安详、那样坦然……雨还似有似无地下着,我这时忘却了一切,只观赏着那扫过的路。"春雨孩儿面",有一天在微雨中正扫着,忽然一片云,一阵风,大雨点来了。我连忙跑到路边一座倒塌了一半的花房下,坐在几块断砖上,望着那降下的雨帘,淅淅沥沥,越下越大。这时忽然想起:快到吃午饭的时候了,雨这么大,怎么办呢?我呆呆地望着,忽然想起了几句小令【皂罗袍】:"今日里听雨在这颓垣下,这雨意和情思该放在那搭……"

这似乎也是一点点诗的情思。

头上未生灵骨,不配戴诗人的桂冠,但那春雨的情思,听雨的境界,那深深的石板路的巷子中,悠悠地传来的卖花声,我却也时时在思念着。如果去找,那喜悦的诗神不也常常在那霏霏的江南春雨中吗?

江南春节今昔

　　俗话说"百里不同风",各地的风俗习惯有时差异甚大。京津两地相距仅二百四十里,天津人旧时爱吃油炸蚂蚱,而北京人一般就不吃。绍兴和杭州相隔只一条钱塘江,绍兴人一天三顿都烧饭吃,而杭州人早上却只吃泡饭。说到春节,这本是祖国各地都要过的节日,但怎么过法,各地却不尽同,有时差异是很大的。举个最普通的例子吧,北方人过年一般都吃饺子,江浙人过年则绝对不吃饺子;而绍兴、嘉兴、湖州等地,竟要包粽子吃,这大概是北京人想不到的吧。

　　旧时说到过年,起码由腊月二十三"祭灶"算起,包括除夕、元旦,到正月初五为止,有的还要拖到灯节之后。那前后就要有二十多天了。

　　过年最热闹的是孩子们,这点南北一样,穿新衣、戴新帽,拿压岁钱、放爆竹、吃好东西。但在吃的方面,各地却大有区别,城市有城市的,乡村有乡村的,北方有北方的,南方有南方的。南方孩子们吃年粽,吃年糕,吃福橘,吃冬米糖,这在北方是没有的。在大人,尤其是当家人,旧时过年是苦多于乐的,要筹办年货,计划过年的开支,还要应付一年的账目,是十分伤脑筋的事。《越缦堂日记》咸丰八年除夕记云:"索逋者至夜未毕,家中无一文钱,然计出钱已及百五十贯矣,尚负其半,不知所出,屠苏筵上,尊俎萧然,惟有闭门匿影耳。"所谓"年关",这又是过年的难处了。

时代不同,风俗也有所变化。现在过年,一般家庭中债务问题没有了,且节前多有收入。旧时过年祭神、祭祖的事也极少了,即使偶然有,也只是少数老年守旧的人意思意思。所以,愁债和迷信的成分基本上已没有了。

年夜饭是现在江南春节中最重要的节目。除夕头天晚上为"小年夜",除夕叫"大年夜"。"年夜饭"就是大年夜的晚饭,这要隆重准备,最好是远人归来,全家人一个不缺,全到齐了吃才好。吃年夜饭在绍兴谓之"分岁"。"分岁"即是家宴,菜用十碗头,有几样特别的菜。"鲞冻肉",碗面上搁个白鲞头,谓之"有想头";处州菉笋,米泔水浸软,油煎加酱醋煮;藕切片,加白果、红枣、红糖煮熟,名藕脯;这两样谓之"偶偶凑凑"。偶然、凑巧,是"逢凶化吉"的吉祥话。

不过这是绍兴的年夜饭。"鲞冻肉",即鲞鱼和冻猪肉,一过钱塘江,到了杭州、湖州等处就不作兴吃了。杭、嘉、湖及苏州、上海郊县等处的年夜饭有不少共同之处,第一,"蛋角"是少不了的,这是"元宝"。用鸡蛋做皮,中间摆点肉馅,做成蜡蜡黄的蛋角,不但名称好听,而且又中看、又中吃,和粉红色的肉圆、碧绿的菠菜、白晶晶的线粉放在暖锅或砂锅内,热腾腾地端到桌子上,单此一品,即增加了无限的温暖气氛,何况还有其他的菜呢!肉炒笋丝,名之曰"丝丝齐齐",就是诸事顺心、样样齐备的意思。肉圆一碗,名之曰"团团圆圆"。除夕谁家不想团圆呢?讨个"口彩",是人们最良好的祝愿,绝不能以迷信视之。一碗猪头肉是少不了的,这个猪头是家庭主妇早在冬至时就买来擦上花椒盐准备好的,除日烧烂了,切一碗香喷喷地端上来,谓之"元宝肉"。一碗胖头鱼是绝对不能少的,但端上来后,鱼头鱼尾不能吃,谓之"有头有尾"。一碗酱蛋烧肉,或酱蛋蹄髈也是绝对不能少的,而且酱蛋一定要每人一只,谓之"子孙万代"。当然最重要的还是酒,所谓"屠苏酒",家中不论老少,不管会吃还是不会吃,多少总要抿一点的。近人诗云:"橙皮权当屠苏酒,赢得衰颜一霎红。"等到座中人饮罢屠苏,面上通红,笑语风生,当是除夜渐深,一年将尽,不觉春意盎然了。

吃罢年夜饭,说是"守岁",孩子们大抵先睡了。而大人,尤其是主妇那还是很忙的,先要忙着做"团子",咸的是肉馅,或肉和荠菜馅;甜的是细沙馅、芝麻馅,年初一早上就要烧了吃的。这像北方吃饺子一样,在某个团子中包一个小钱,谁吃了谁有"好运到"。初一有现成的年菜,吃饭倒不十分讲究。有些年纪大的人,这天还要吃素,这是佛教的影响。

初一到初五,亲戚朋友之间互相拜年、祝贺,"新年好,身体健康"之声不绝于耳。桌子上摆着果盘,客人来了,要"泡杯糖茶",杯中放两枚橄榄或红枣子,谓之"元宝茶"。所谓"糖茶",实际就是白糖水,并不放茶叶。新年新月,客人来了,一定要烧点心。最普通的:肉丝炒年糕、汤团、油炙猪油年糕、桂元枣子汤,最不济,"水浮蛋"(即北京的"卧果儿")也要端两只上来,才够意思。

拜年,拜年

　　"山中无历日,寒尽不知年。"这是古人的幸福处,因其没有触目惊心的岁时之感。现在不同了,大美人月历到处挂着,扯到最后一张,又要换新的了。过去说,岁月像走马灯那样快;在今天速度说来,似乎远不止此了。京戏《庆顶珠》中萧恩说:"想当年听到打架,像小儿过新年、穿新衣、戴新帽一样,如今老了,不中用了……"这话也正如说到我:小儿时盼新年、过新年,那样欢乐;如今说到春节,却那样意兴阑珊,顶好不要过,把时光固定在三十晚上,不过那又如何能行呢?因而这篇春节的文章,也只能以偷闲学少年的心情来交卷的。

　　这里我想只说一点,就是"给您拜年"。拜年是春节特有的风俗,礼多人不怪,说拜年总是好的,适用于海内外华人社会,春节一早,全世界炎黄子孙都是要互相拜年的。拜年不分穷富,不分老少男女,虽不能说百分之百,但绝大多数都是由衷地拜贺的。北京俗曲道:"大年初一头一天,小妹妹跪在姐姐面前,姐姐一见忙搀起,自家的姐妹拜的是什么年?"可见其情趣多么生动了。

　　我记忆中的"过年",也就是现在说的"春节",似乎就是从"拜年"开始的。我是出生在北国山乡的人,很小的时候,大概六七岁时吧,每年"拜年"似乎是我的专职,在山村中天蒙蒙亮,就由人领着,最早是由人背着,一家一家地去拜年了。初一拜本家,各房的爷爷奶奶、大伯叔叔;初二拜亲戚,舅爷、表爷、表大伯、表叔;初三拜远亲等等。乡下一表三千里,没有多少户人家,都能扯上亲戚。初四、初五之后，本村拜完，就要拜外村、远村的了。不过我小时从不到外村去拜年。山村中不比都市，车水马龙，因为地方小，虽然算个镇，东西南北街，也不过五百来米，所以都是走来走去的。这两天街上来来往往的，一般都穿件新衣服，家境好些、又有些文化的，都是布袍子、黑布马褂，就是辛亥革命后国家规定的"乙种礼服"。熙熙攘攘，那些朴实而善良的山汉们，拜年的场景是很欢乐的，可惜没有文献资料记录下来，去年买到一本刘大鹏的《退想斋日记》，所记由光绪十七年直到民国三十一年，前后共四十二年，每年都记到正月初一"拜年"的事。刘是山西太原县人，是乡先辈，所记有点像小时在山乡所见到的，不过那里是正月初二才拜年。光绪三十三年正月初二日记云：

> 邻里戚族，俗以今日往来相贺，谓之拜年，至于灯节乃止……来拜者八十二人。

"百里不同风"，这和我们山乡就小有差别。风土名著顾铁卿《清嘉录》、富察敦崇《燕京岁时记》分别记了苏州、北京两地拜年的事，一是江南名城，一是京城，其影响所到，自是十分广泛的。《燕京岁时记》说："京师谓元旦为大年初一……自王公以及百官，均应入朝朝贺。"这就是给皇帝拜年。如何拜呢？这里我不妨引点资料作个介绍。孙宝瑄《忘山庐日记》光绪三十三年正月朔日记云：

> 俄东方渐白……与慕兄及子瑜……会于东华门内政治馆，比至，则诸人已先在……俱集于皇极门外，朝贵络绎至，皆貂服峨冠，雍雍济济……内即皇极殿，为皇太后受贺处。

俄报驾至,佩刀前引者,皆御前大臣。天子自拖西锡庆门外,降舆步行而入。御容瘦削,突额而颈,亦奇相也。久之,闻乐作,天子率王公、贝子等拜于内,百官拜于外,皆三跪九叩,礼成,驾返乾清宫……公卿以下,纷纷趋集太和殿前……良久,钟鼓徐鸣,幢盖绮列,静鞭者三,百官跽所宣诏。久之,乃俱三跪九叩,礼成各散,鱼贯而出。

原文很长,我的引文尽量省略一些。这是先给西太后拜年,后给光绪拜年。"三跪九叩",就是跪倒立起三次,每跪倒一次,就磕三个头,这是当时的大礼,已很难想象了。

辛亥革命,不只像鲁迅先生说的革掉一条辫子,也革掉了给皇上"拜年"的"三跪九叩"。给袁世凯大总统如何拜年呢?《黄远生遗著》民国二年一月七日记元旦日新闻云:

元旦之日,天气清和……午前九时,为总统府宴集各部简任官以上之时,到者约四百人……诸官向总统行三鞠躬礼毕……

"三跪九叩"已改为"三鞠躬"了。后来官场拜年又时兴过"团拜",在此不多谈了。因是春节,闲谈"拜年",由北国山乡老百姓拜年,说到给西太后那拉氏拜年,给袁大头总统拜年,虽都是实情实景,可作风俗史料,但毕竟都是历史,都是老话了。今年春节期间,街上男男女女,外出拜年的还不少,大多是小辈去看望父母,或岳父母,至于年纪大一些的,则很少外出拜年了。近年时兴"电话拜年",路远交通不便,挤车困难,老朋友打个电话拜拜年,我现在也进入这一"电话拜年"的行列了。

吴越山水人物

　　三十多年前,我第一次到太湖鼋头渚游览,远远望着那"包孕吴越"四个摩崖大字,心中便有一种感会,但一时说不出道理来,后来又去过几次,每一登眺,便不胜天地悠悠之感。细细琢磨这几个字,体会似乎深了一些。感到"吴越"者,不只是吴山越水,而是包孕着远自夫差、勾践、西施、范蠡,以迄于今,以至于未来的千千万万生活在吴山越水之间的人。岂不闻唐人诗云:"人家尽枕河。"这"人家"二字多么有情趣呢?我们行走在吴越之间,也就是苏杭一带,随便到哪一处城镇的街巷桥头,望着那水波粼粼的小河,文人叫它做"水巷";因为两面都是河房的窗户,人家的后门,从窗户上伸出晾竿,晾着小囡的尿布;从后门出来,顺着石阶走到水边浣衣、洗菜的妇女旁边……这种极为平凡但却十分美丽的生活画面,不正是年年月月、时时刻刻,包孕在吴越之中吗?

　　钟山川之灵秀,人离不开山水土地,山水土地也离不开人。"至越从吴过,吴疆与越连",吴越从古至今,真可以说是山明水秀之乡,人文荟萃之地了。据说明、清两代的田赋全国百分之七十在江、浙两省;而江、浙两省田赋的百分之七十又在苏、松、常、镇、太、杭、嘉、湖七府一州。明、清以科举取士,而取中的名额又以江、浙为最多。"状元及第",是封建时代最大的荣誉,直到今天戏台上还常演落难公子中状元,后花园私订终身的戏文。清代一共出过一百一十三名状元,江苏占了五十名,浙江占了二十名,大大超过全数之半;而苏州一府就有二十三人,又远远超过全国任何省份。苏州直到今天还有三元坊的地名,那就是乾隆四十六年状元钱启,字湘舲,四十四年乡试"解元"(举人第一名);会试又是第一,叫"会元";殿试又第一,所以叫"连中三元"。水好土肥,物产丰富,经济雄厚,文化发达,这中间有一个重要的因素,就是人。过去、现在、未来的人。

"前不见古人,后不见来者,念天地之悠悠,独怆然而涕下。"陈子昂虽是大诗人,但这样的感慨未免太凄凉了,何必如此悲观呢?"江山留胜迹,我辈复登临。"我们应该,也很自然地会念古人,思来者,看今人。在吴越旅游,处处会及景生情,很自然地想起古代著名的人。出苏州西门不远,到了横塘,看着那帆樯林立的大运河,又见那古代水路驿站的遗迹,啊!忽然想起来了,"年年送客横塘路",这不就是八百多年前退隐石湖的范成大常常送客的地方吗?有机会到绍兴去游览,穿过那古老的深巷,来到沈园旧址,看着那些忘去岁时的老屋,不就自然想起那低吟着"沈园柳老不飞绵"的陆放翁了吗?

二月间因为拍《红楼梦》电视连续剧,有机会在苏州东面甪直古镇上住了几天。那是一座四面环水的市镇,昔时只有水路可通,近年才通了公路。这是唐代诗人陆龟蒙的故乡,有名的斗鸭池就在这里,古迹已经荒芜了。我们一行参观者,站在几株有三四百年树龄的老银杏树前,仰头眺望那杈丫的树枝,那飘渺的白云,听着导游者讲说甫里先生的故事。我想我还有一册"丛书集成"本的《耒耜经》,是我很爱看的一本书,眼前的风光和记忆中的想象交织在一起,似乎这位诗人兼农艺学家的风貌就在我眼前了。他又何尝是"古人",其流风遗韵不是和现在的人融为一体了吗?吴越两地,不,应该说是整个中华民族,该有多少这样和今人融为一体的"古人"呢?

　　甪直镇上,有一个著名的庙,庙名保圣寺。寺里的罗汉像,据传是唐杨惠之所塑,神态极为飞动。五十多年前,大殿倒塌,罗汉像只剩下一半,经蔡元培、叶恭绰、顾颉刚等不少老先生们提倡,建立了钢筋混凝土博物馆保存下这半堂罗汉。他们热爱祖国文物,热心提倡、经营的精神是值得我们纪念和景仰的。他们的见解更值得我们学习。据传昆山慧聚寺天王像也是杨惠之所塑,宋代徐林曾著文告诫后人,不要妄加修饰,但后来却被俗工乱修,破坏了原作神态。叶恭绰、梁思成先生他们修保圣寺古物馆,就秉此真知灼见,把房舍修建得十分坚固,而对塑像本身,却一点也未乱动,保存了原有的艺术真趣。这些先生们去世不久,他们经营的胜迹犹完好如新,生前友好不少都还健在,呼吸相通。"后之视今,犹今之思昔",人类承先启后,世泽绵绵,从某种意义上讲,又何能截然分今古呢?

　　当然,我所说的一些人,只是吴山越水之间,极少数留名于青史或知名于通世的人物,而更多的则是默默无闻的普通人了。我常爱凝视吴越各地水巷的基石,苏州城里的河很深,一般都一丈多到二丈深,那大块大块的基石由河底挺拔地砌上来,露出水面的部分,长满古老的青苔;数不清的河,数不清的桥,数不清的大条石……经历过多少岁月,经历过多少粗糙的手。几十年前,一个寒冷的早晨,我在金门外一座小桥上,看见三个壮健的汉子,摇一条载着一块大条石的小船,因水位高过不去桥洞而忙碌的情景;那样寒冷,船又小又重,卡在桥洞前过不去,他们拼命压船头,硬把船头压低几寸,挤进桥洞。单此一刹那间的小景,不也是历史的影子吗?那数不清的基石,又该有多少人为之流过同样的汗水呢?

几十年前，我第一次到江南，在苏州教书。一次两位校工抬一张写字桌进来，一边走一边"杭育、杭育"地叫着，使我猛地想起小时在北方山乡念小学时国语书上的词句。北国乡人荷重挑物等等，从不喊号子，到此我才听到真正的"杭育"声，鲁迅先生说这是最早的文学作品——诗歌。但我当时又想笑，一张写字桌又不重，何用喊号子呢？我从此感到吴越劳动者的情趣了。

　　几十年来，我辗转于吴山越水之间，不知下过多少次乡。我感到，旧时江南的田间耕作，要比北国繁重得多。北国冬日严寒地冻，农事较为空闲，江南则一年忙到头。除水运有舟楫之利外，陆上土地珍贵，道路狭窄，昔时除耕地用水牛之外，其他轻重活都用人力。在江南乡间找不到一辆用畜力载物的大车，其他就可想见了。冬天，头戴毡帽、腰系蓝布作长裙、赤脚草鞋的老农，一双长满冻疮老茧的手，拉住你的手，便会感到十分温暖、无限沧桑，似乎把人生和历史都抚摩在手中了。吴越妇女，从古就下田耕作，自织蓝印花布头巾、围裙，裤脚卷得高高的，一只臂挽着篮子，一只手撒着种，沿着黑褐色湿泥的田垄轻盈地前进着，其美丽的生命不是融化在吴山越水之间了吗？……

　　人物，吴山越水之间的人物，过去的、现代的、未来的腴野养育了你们，你们耕耘了大地；山水滋润了你们，你们装点了山水……这就是生活，这就是历史，这就是未来！

南京东路感旧

　　"一年变个样,三年大变样",好久没有去南京路,南京路的确变了。在江西路口西南转角,有一幢七层楼的房子,已经换上闪亮的新式玻璃窗,好像外墙贴面砖也换了新的,虽然是幢老楼,但梳妆打扮一番,也像刚落成的一样了。这幢楼不同于南京路其他大楼,临街没有店面,却是南京路的阅报栏,每天贴了十来份报,让人停足阅览,在这样寸土寸金的地方,居然有大片阅报栏,你说这该有多么阔气……

　　我仰望着这新修的楼,忽然想起了四十四五年前,这幢大楼的"头头"——说的正规一些,就是当时的经理,后来和我一起当过"牛鬼"的汪经镕硕士,说起来真是一出悲喜滑稽戏,不知如何讲才好! 这还必须从头说起,虽然啰嗦,但较清楚。

　　我是一九四七年从北大中文系毕业的,解放后一九四九年八月,经家表兄介绍,到燃料工业部的前身燃料工业处当了小职员。这是管煤、电、油的,于是我便认识了几位科技界的前辈,如电业界的老工程技术人员鲍国宝、陆法曾等位。一晃三四年,一九五三年冬我调到江南部属学校教书,一九五六年调到上海这所学校工作,一直到现在。这样我虽是个搞文的,便长期成了"电器产品"了。四川成都有位张散先生,有一年忽然辗转来信,说读过我不少书,要报考我的博士生云云。我连忙回信说不敢,没有用云云。直到去年,在报上偶然还看到他的文章提到我,说始终不明白我怎么会和"电"发生关系,又在"电"里干什么,教什么云云。因为说到我在电力部的下属单位工作，忽然想到这桩趣事，就此解说一番，其实在我原是无所谓的，因为我感到赚钱吃饭和学术爱好在某种情况下，原是可以分开的。闲话少说，言归正传，还是讲这位汪经镕经理吧。我调到这所学校教书，才有幸和这位美国康奈尔大学电气硕士、前美商上海电力公司经理同事。只是我和他同事时，他已不是大经理，只不过是个专业科的教师，与我平起平坐了。

我到这学校时，他已来了一两年，办公室在同一层楼，早晚见面，打个招呼，并未细谈过。只是听年青朋友私下介绍，说他是老交大毕业，留美的，刚解放时，美商上海电力公司美国人撤退，他留下来做经理，月薪上万美金，秘书是位美国小姐，月薪还要三千呢。"三反"、"五反"运动被整下去，去安徽改造后，到这个学校教书，工资只是一百七十多块钱了，家中还如何阔气云云。有一次到郊区旅游，在车上我正好和他同座。他是当过经理的留美专家，自然很健谈。我是北京部里来的，大官见过不少，说话自然也有分寸。这样就由电说起，说到解放前做过冀北电力公司经理，解放后又担任华北电管局局长的鲍国宝老先生。他说很熟，在重庆资源委员会如何一起工作等等。他说他留下担任上海电力公司经理，就是想让美国人看看，中国照样有人才，照样能管理好这样现代化的大电厂、大公司，其他都没有想过……一晃又是好几年。

这样的人自然是"文化大革命"中的当然"牛鬼"，抄家专政、低头斗争、监督劳动，第一次进牛棚……革命行动，不是请客吃饭，不必细表。革命群众忙于武斗，"牛鬼"逍遥了几个月。第二次进牛棚，又在一起，长期劳动，他和一位副校长提着铝桶等打扫厕所，情况如何我不知道。我开始几个月则是扫院子、拾烂纸,到垃圾房把烂纸聚拢,隔一两天废品收购站一位妇女踏黄鱼车来打包收购。当时一大幢学生宿舍楼,天天四周一圈,丢下来的全是乱七八糟的纸张、乱信、油印资料、写坏的大字报、各种小报……由成刀、成领的白报纸、宣纸、大红纸到零星破信、破稿纸样样都有,每天要扫起来,堆到垃圾房……一天,由垃圾车往外一倒,乱信中忽然现出一封用毛笔写在洋纸上的信。此信引起我的注意,拿起一看,原来是汪经镕父亲写给汪经理的,信中大意说:"我儿读完硕士学位,已很不容易,正应及时回国大展鸿图,不必再读博士学位了。日前王云五先生去美国延揽人才,正可随之及时回国,莫错这良机……"信尾又说到"九姨太如何如何……",看来那是其家属的关系了。信中还说到他家的绸缎铺生意等情。我看了猜想一定是抄家的某人随手拿了又随意乱扔,或某战斗组随意审阅后扔掉了,心想这封信如果还给汪经理,他一定如获珍宝,欢喜万分,但谁敢给他呢? 说不定他又交给什么组、什么队……表白一番,显示他改造得彻底,那就更糟了。在那样的年代,对任何人,都是不惜以最坏的推理来分析其心理状态的……这些念头一动,我随手把这封信扔到乱纸堆中,一会儿打包车走,送造纸厂去作还魂纸了。近七十年前,他在美国收到他父亲信的那些喜悦和他二三十年中保存他父亲信的这点孝心,转瞬之间在世上消失了……

　　"文革"后他已老了、退休了,曾被学校临时请回来教英文,时间很短,就再未见到过,据知后来生了病,过了若干年,去世了。在南京路这幢焕然一新的大楼前,我忽然想起了他,感到一种说不出来的遗憾。倒不是为了他一个人,而是感到在那个特殊的时期中,有一大批知识分子,遭遇了同样的命运。对已发生了的事,世界上是没有"假如"的,但退一步说:如果有假如,假如

43

这个历史时期,给这些人一个适当的工作岗位,是会对国家经济建设作一些贡献的;假如这些人晚生几十年,遇到现在这样的形势那也许会大展鸿图的,可惜都不是,那命中注定是做"牛鬼"的了。就个人讲,纵然吃了不少苦头,实际也无所谓,受损失的还是一个民族的历史时代。也许有人说,他为什么不到外国去呢?其实那也还是民族的历史时代的损失。即使就个人讲,这一代人,远在异国他乡的垂垂老者,又有几位当年是心甘情愿离开故国的呢?远在美国的周策纵教授,回来参加扬州《红楼梦》国际研讨会后,回到美国填了一首《扬州慢》词,结尾道:"……伤心缘,淡月争迷,想清盈湖水,年年无奈当时!""年年无奈当时",就是这些老人们暮年的心态写照了。但愿下个世纪中国的知识分子不要再有同样的遭遇吧!

长兴岛风俗画

　　上海吴淞口边上有个长兴岛,是个好地方,我曾去过三次。

　　上海本身是泥沙淤积平原,没有山,没有石头。靠近长江口、吴淞口一带更是如此。因此所有大小岛,都不像其他海边名岛,有礁石、有山,如著名的避暑胜地青岛;上海外面大的崇明岛、横沙岛,也都是泥沙淤积的。人们在落潮的时候,露出水面的泥沙浅滩,挖泥堆高围一道堤,堤越堆越高,慢慢高出大潮汐水面,留一个口子,装上闸板,人工可以控制潮水出入。堤内的地面,涨潮时低于水面,落潮时高于水面,这样涨潮时,把水从闸口放进来,落潮时,再把水放出去,这样泥沙就沉淀了,里面的地平面也越来越高。而且经过放水不断地冲刷,原来海滩的盐碱性也改变了,这就变成了好田,可以种稻、种麦、种棉花了。海边围垦的田地,都是这样围起来的。四周堤,中间田,当地农民俗语,叫做"圩",因而这里的地名就常常叫这个"圩"、那个"圩"了。当地有人向我介绍地理环境时说的很形象,他说长兴岛像个放在海水浅滩中的大脚盆,一圈大堤就是盆的边沿,盆底就是岛上的田野。自然大堤外边仍不断有泥沙冲积,仍可围垦造圩,这样一环外面,又可堆成一环……我最后一次去时,最早的一环已经成为腹地,阡陌成行,绿树环绕,堤塍纵横,是十分迷人的田园风光了。

　　我第一次去时,是随学校同学一起去的,是下乡锻炼、围垦。那是一九六一年的深秋,由市区到吴淞口,由吴淞口上船,到长兴岛码头，然后再背着行李走到劳动的场所。如部队接防一样，原来劳动的人住在房子中要明天上午回上海，因而我们要明天下午才能住进去，当晚只能住帐篷、打地铺。就在堤上支起简易帐篷，地上铺点稻草，旧毯子半铺半盖了。折腾了一天，早已疲劳不堪，吃点干粮，喝点开水，有人还要洗脸洗脚，我则倒头就睡了。半夜里听着边上的海涛声，迷迷糊糊，用手在边上一摸，唉呀——怎么全是水呀？原来涨潮了，海水已漫到堤面上来了……这是我平生唯一的一次浸在海水里睡觉，当时大家纷纷起身，又没有灯，乱七八糟慌张情况可以想见……好在，慌乱了一会儿，天已亮了。

围垦只是两三种工作，一是挖泥，一是挑泥，一是堆堤。泥是从堤里面根脚上挖，因此在大堤外面是海滩，涨潮时是海水；而在大堤里面就是一条人工河，挖泥是一种五寸宽、一尺多长，月牙口十分锋利的短柄铁铲，左右垂直一切，后面一切，一斜就可铲起一块尺五长四方泥块，约重二十五斤，平筐一头放三块，一担重百五十斤，四块二百斤一担，这里所有的堤都是这样的泥块堆的。没有石料，过去也没有水泥，有时用芦苇编成排加固。

当时这里很少砖房，所有房子都是用芦苇、毛竹、稻草盖的，十分漂亮，都盖在堤上，全部南向，不太高，但进深很大，十分宽敞，墙是由芦苇去皮，五根一排，斜编成菱形方块，外面露着，雨水冲上去就滑落了，十分干净，里面可抹石灰，檩柱都用毛竹，屋顶是稻草，堆约一尺厚，前檐剪齐，一两年就换新草，整齐好看。上面都用稻草绳交叉扎牢，而且一行行扎的很密很紧，冬暖夏凉，风吹日晒都不透。雨水顺稻草秆流下，不会漏雨，房子不高，屋顶坡度小，很宽很深，台风季节，阻力小不会轻易吹倒。朝南，门大窗大，屋内屋外，都承受阳光，便于晒谷。只是地是泥地压光,没有砖。

灶间很大,灶头很高,一面火口,送柴草,一面是锅台,半截墙隔开,十分科学。孩子在后面添柴,妈妈在这面烧饭、烧菜,烟火从边上烟囱通向室外,比较高,不易发生火灾,灶口向后,锅台在前,没有烟熏,十分干净。灶头墙全面刷成白色,并画满彩色灶头花,都是农民自己画的。芦苇房子、灶头画,都是有江南风俗特征的,迄今我还在思念这些房舍、画面。当时海边没有污染,鱼虾很多。乡人把小口鱼篓,系在堤边,夜间涨潮,鱼就会进入篓中,早上六七点钟去取,潮退了,鱼篓中总有两三条鱼,一天荤菜便解决了。比北方山中人打猎那真不知方便多少倍。古人诗说:"黄鱼紫蟹不论钱。"在这种地方,真是一点也不假,鱼每天自动钻入篓中,供你砧俎,佐你杯盘,鱼若有知,岂不大可哀乎?

最后一次去长兴岛,是作为"牛"被押着去的……近日读九期《中国文化》,季羡林先生关于"天人合一"的文中说到李慎之教授为他给《吴宓与陈寅恪》一书题写书名,末署"弟子季羡林敬署"一事,大为感动。季老接着说:

> 为这两位恩师的书题写书名,是极大的光荣,题上"弟子"字样,稍寓结草衔环之意,这一切都在有意与无意之间进行的。然而慎之却于其中体会出深文奥义,感慨当今世态浇漓,师道不尊,"十年浩劫"期间,学生以打老师为光荣,而今有我这样的傻子、呆子,花岗岩的老脑袋瓜,仍遵古道,自署"弟子"。他在感慨之余,提笔写了一篇关于《吴宓与陈寅恪》一书的文章,寄了给我……

正说着长兴岛美丽的风俗画面,忽然引进一段季老夫子的

文章,岂非莫名其妙,思维不正常,但一注意到我前面"是作为
'牛'被押着去的"那一句,便会发出会心的微笑,明白山断云
连,我引文之妙用了。自然,这中间也还有两点要说明:第一,
"学生以打老师为光荣",这自然也并非天生如此,而是"时代"
精神,被"运动"起来的,而且打还是轻的,这次去长兴岛,就有另
一队一条"牛"(仪表专业教师)被迫拉学生行李车,被疯狂学生
赶着快跑,当场吐血死在路上,除其妻女外,谁还记得呢?第二,
"牛"也不同,整人的一旦作"牛"被整,那心理自然不平衡,至于
一直划入另册的作"牛",那也原是本分,被苕帚扫一下,也是应
该的,"我不入地狱,谁入地狱",如此而已。被作为"牛"押下
去,自然没有更多的自由,但还可以看,可以想,可以欣赏……注
意躲闪,不要送命。这次住在岛的中心地带农民家里,主妇是一
位生了三个小孩、二十六七岁娇小敏捷的江南女性,有人时她不
理我,有时"革命群众"去开会,剩我一个写交待材料时,她却特
地给我一热水瓶开水,叫我"老师,格瓶开水拨侬……"我连忙谢
谢,并制止她这样叫,她也不分辩,急忙跑开了……

　　一天,傍晚,在田里,我们用铁锴耪烂泥,隔塍一块田她在撒
种,蓝印花布包头,发髻红头绳透在外面,印花布小围裙,长方形
竹编十字背带挂在胸前,双手操作,顺着田塍,向前一边走、一边
撒,腰肢袅娜,步法整齐,操作敏快,在夕阳中,黑色土壤洒着金光,
映着远处绿树、白云……是最美丽的舞蹈形象。我记吃不记打,苦
中作乐,欣赏这美丽画面,足足二十六年了,仍在目前闪动……

　　又一天晚上,我和其它(注意,因为是"牛",只能用这个
"它")两条"牛",被押着到一处农村斗争会陪斗,夜路走了近三
十分钟,到了堤上一户农家,"牛"先在外面等着,不许动——其
他人都进房去了,黑乎乎,什么也看不见,低头细听,只听"呼

唭——呼唭",一股牛粪味,原来真让我们这些"牛"站在牛棚门前了。不一会,只听房里诨名"坦克"的大声吼叫:"对你们这些就是要武斗……"接着一个农民的无可奈何的声音:"打味个哉!打味个哉……"我这时忽然抬头四周看一看,才发现原来是间牛棚立在阴影中,乡下又无电灯,所以什么也看不见,而阴影外却是雪白的月光如霜般洒在地上,十分明亮。堤高田低,远处一望,大面积田野都沐浴在月光下,因水蒸气关系,月光照射好像与空中连着,一片白蒙蒙,真是奇观,在做"牛"时无意中见到,忽然想起唐诗中"烟笼寒水月笼纱"、"笼"字之妙……不过陶醉未久,便被带入房中"陪斗"去了。虽未敢直视,但也偶然瞥见,所住农家的主人正在狠狠地用着拳向那个说"打味个哉……"的农民肋下打着……第二天一大早,到宅后如厕时,听一个老妈妈向另一农妇嘟囔着:"阿×为啥狠狠地打伊,不过卖过两天豆腐,打的就格侬结棍……"老妇的声音,晨间乡景也深深印在我的记忆中!

小白楼思绪

我有时想起了天津的"小白楼",我常常思念着它。

四十一年前,解放之初,我由北京到天津教了几个月的书,因为住的地方离小白楼不远,附近又有几位朋友,这样便常常在这一带闲行散步、购物,以及看电影、听唱……留下一些雪泥鸿爪。虽然前不久读友人文章,据说某些理论家已在反对人写思旧文章了,而我积习难除,又没有得健忘症,所以每每一提笔,就难免要说老话了。

站在小白楼的街道上,感到最大的特点就是这地方全部是"洋派"的,在古老的北京城看惯了故宫、大庙、四合院、竖着五牌楼的前门大街……这时站在平安电影院(今音乐厅)门口这个三角地边,望着对面"维格多利"(今起士林)的二层楼,再左顾右盼,浑如到了外国的小城镇,有一种安静的"洋味"。

由春至夏,正是会友的季节。当时有一位朋友住在附近的"荷兰公寓",一幢三层的欧式红砖楼房,房间有大有小,最小的只能放一张单人床、一个茶几,而在进门楼梯转角处,却有一条假二层,作公用会客室,有两张小桌,四周围着软椅子,还有三四张单人旧沙发,如有两组客人,各据一方,随意谈谈,是很舒适的。当然不要大声,更不要不停地吸烟,或把脚翘到台子上,不然,荷兰老太婆要干涉的。——现在这地方不知作什么了?这位荷兰老太婆可能不会成为百岁老人吧?

附近行人、车辆都不多,如果一对对恋人在那里散步,窃窃私语,那是百走不厌的。可惜当时我还是一个没有恋人的单身汉,朋友们闲行散步是纯友谊的,在"维格多利"里听听歌,已是奢侈的享受了。当时还没有流行起现在的"迪斯科",不过如当时已流行起来,我可能也会喜欢它,因为不同的"流行"似乎重复在同一的年龄里。隔了四五年,一次由上海回北京,因大水冲坏杨村铁路,在天津停了一两天。又到"维格多利"吃了一顿中饭,旧币八千元(合现在八角)一客西餐,主菜番茄大虾,盘子里整整齐齐放了三个虾,朱红的番茄汁,淡黄的炸土豆片,当时我的工资小吃一餐,还是游刃有余的。吃完饭,又花五千元吃一杯"可口可乐"。伙计一边端上来一边告诉我说:"喝吧!这还是真的,老货!"

晋人阮孚自己吹火蜡屐,叹曰"未知一生当着几量屐",古人穿木屐,现在人穿皮鞋。我平生最好的一双皮鞋是在小白楼买的。那条不长的马路,顺西往东,路北两层楼下面是一家家的小皮鞋作坊,当时年轻爱漂亮,花了小半个月工资做了一双包头压花白皮鞋,使得一位在战乱中由上海跑回天津的女士一见就夸:"好漂亮的鞋!"不夸我而夸鞋,现在想想还感到好笑,"有眼不识泰山!"不知现在小白楼是否还有这么好的手艺的鞋匠?

小白楼还有些什么呢?年代久远了,但记起的几件事印象还是那么清晰、亲切……

吾家祖屋

前　言

　　我过去写过《北京四合院》小书和《中国民居清话》长文,这次又要写"中国民居",开始颇费踌躇,如何写呢? 既不能重抄,又不能炒冷饭,自己也无聊,人家看着也乏味。年纪略大几岁,常常不免思旧。小时生活在故里故居的事,有时忽然涌上脑海,浮现眼前,那样真切有味,而这都是"七七事变"以前的旧事了。距今已是六十多年。今年夏天忽然有好心的但未见过面的朋友,著名书法家陈巨锁先生来信问讯,问我家乡旧事,承他盛情,还特地驱车到我老家去看了一趟,寄来了一些现拍的照片,又写来了长信,信中说:

　　七月三日谒访先生故里东河南镇,现将日记摘抄于下:
　　七月三日,夜雨连宵,五点半起床,六点小雨中,车发忻州。同行者陈华梁、王利民二君及司机小张经过原平、崞阳、代县,于八点一刻抵繁峙县城,至县招待所就早餐,九点饭毕复前行,经砂石、大营……东转北向,行二十九公里,抵浑源县王庄堡,因铺设天然气管道(由甘肃到北京)路阻,复绕行经汤□村口,北渡唐河,时值狂雨,河水猛涨,水洪而急,初不敢渡,待多次投石测试,并询之里人,皆曰:没事!

便开足马力,一冲而过。后登浑灵公路东去……过一拱桥,下公路沿河谷而上,至一小村,名为"王品",与东河南正反方向,复又转出至桥下而南去……出河谷,又闻水声潺潺,正唐河由浑源而来,复南渡,经一小时,东行十里,抵东河南镇,时已中午十二点。由西街而入,至镇政府……首先寻访了村中老干部,六十八岁的宋滨,他说现在全村六千七百多口人,是雁北第一大村,当年邓师禹先生家是村里大户,有钱人家,他家五代单传,村里没有近的家人。至于房产,土改时全部分出,现在北街的粮站,就是邓家的地方拆盖翻修的,旧时建筑,一点不留了。镇中惟一的古松也枯死了(见所拍照片),东街的大白石头(石英石),也为坏人所毁。村北的大唐河,村南的玉皇岭,还是原来的样子。问及村中老宿,言可寻邓家远房本家,今尚健在的有八十岁的邓卿烈……在西街找到了邓卿烈老人,年七七岁,精神矍铄,很健谈,他说:你们说的邓云乡,他的小名叫祥子,我大他几岁,我见过,那时他才七八岁,站在他家北街的大门口……他家人缘很好……

　　访邓卿烈后,到北街粮食站作一巡视,无旧迹可寻,惟一口井(见照片),言是旧时所挖。……在北街路东有孙家,据说过去也是大户,建筑尚为过去遗构,惟甚破旧(见照片),拍摄数张,亦可窥见昔时晋北民居之一斑……

　　这信写得太好了,淳朴深厚,亲切感人,全是传统文字风格,比那些号称大作家、大学者的不知所云式新潮文字感人得多,我不避抄袭之嫌,大段地引用了巨锁先生的原话。一边抄一边也深深地感谢他的厚爱,他早五时起床,晚七时回到他家忻州,不辞辛劳,特地寻访我那在六十多年前已被日寇侵略者抢掠一空,后又被拆除改建,已彻底连根拔,无踪迹可寻的故家,真是铭感五衷,不知说什么好了。老想着不知如何回报他才好,这次写《茗边老话》,忽然福至心灵,何不从我记忆中的祖居说起呢?巨锁先生信中说:"亦可窥见昔时晋北民居之一斑……"晋北民居不也是中国民居的一部分吗?何况"昔时晋北民居"中之"昔时"二字,亦足以代表"中国民居"中中国民族风貌之一部分也。而中国民居完美无缺之中国风貌,必须取得于"七七事变"、抗日战争之前。因战争一来,烽火连天,沧桑异代,风貌大变。改革开放,经济建设……几十年来,纵有未受战火焚余的老屋、大屋,独少"中国民居"之居住风貌,不信,看北京那些残存的数不清的四合院,除极少特殊人家而外,哪一所不是残破不堪,七拆八改,弯弯曲曲的叫不出名的大杂院呢?就是那些特殊人家的独门独户的四合院,哪里又有左邻右舍,旧时胡同中国民居的风貌呢?因而我想我这次写《茗边老话》,何不把我记忆中最清晰的、最温馨甜蜜,但又消失了的祖宅故居,用文字记录下来呢?梁任公当年说过,他写文章笔端常带感情。我虽不敢高攀大师,标榜前贤,但这"感情"二字我还是十分珍视的。我不爱读、不爱写纯客观的文字;当然更不爱读、不爱写任何骗人的文字、装腔作势的文字……这样我这《茗边老话》前面部分就沉溺在回忆中,如蚕吐絮,细细地讲说六十多年前北国山镇一户人家的院落居住情况,以及他家左邻右舍居住情况。读者就能从中看到当年在历史性的血肉战火未到来之前的小小山镇上,中国的老百姓是过着怎么样的生活,如何恬静安详,有多么淳厚的传统文化气息。这在今天的中青年朋友是无法想象的。"中国民居"嘛!先要是中国味的,然后是民间的,最后才是居。因而只说现在的都市里的居民楼、公寓楼……这都是西式的舶来品，虽然未来都向这个方向发展，但那恐怕是国际性的、世界性的而非"中国民居"了。当然我的记忆中的祖宅，只是"中国民居"之一部分，而且是很小的一部分，但我再以之与北京四合院、上海石库门、陕西窑洞、江南天井……——比较之不就全了吗？

一

细说吾家祖居，因面积较大，院落众多，为言之有序，必须分条析理，一部分、一部分地去谈。先从大门口说起，先从大门内外说起，先从前面院落说起，先从中轴线院落说起……这样才不乱，这样才能按图索骥，使读者看明白。

吾家祖居大门，在故乡东河镇北街中间路西。南北向的街，两面人家，不是朝东，就是朝西。而东西向的街，两面人家，不是朝南就是朝北。但是东、西、南、北的朝向，不是均等的。最好的宅第，应该都是坐北朝南的，如北京东、西城大胡同，一般都是东西向的。大宅子一般都是坐北朝南，三进四进，后围房，后花园，乌压压一大片，后门开出便是后胡同。有格局，有派头。路南的房子，叫倒座，就大不如路北的气派。这是《礼记》中"明堂"制的影响，由朝廷影响到民间，由古代影响到后来。至于南北向的街，路西的门就比路东的好，因为坐西朝东，早上一开大门就迎接太阳，院子里可以西房作主房，特别高大，叫"西为正"。这种院子在北京也有，但不多。我们乡下祖宅的大门，就是这样开的。站在大门口，右面一排是我家临街房子的后墙，向南迤逦而去，中间约十余丈，直到吾家另一大门，俗名"工房门"。再过去，又六七丈，转弯，进一小巷，留待后说。左面是本家的院子，两重小院子,比我家低的多。大门对面是堡子巷卢家房子的后檐墙,也很低。说来也不是他家房子低,也是很好的瓦房,只是我家的大门,大约是我出生前二十多年新修,或者说翻建的,特别高大,所以站在台阶上面就可望到对面的屋瓦了。而就在对面屋檐下墙上,却开了一个小洞,是豆腐房,我小时站在两块石头上才够得到那个窗口,买过一块大豆腐。旧时山镇街上没有修马路,门前是"人走出来的"土路,也有石子,平日不落雨,很干燥,夏天雨后,水从南街向北冲流而去,进入小河槽,再流入大河唐河,古名滱水。雨水冲流后的路不泥泞,露出些石子沙泥很干净,平时出入都无泥泞龌龊之感。"日之夕矣,牛羊下来",山镇街上早晚都有牛羊骡马经过,经过时牲口常常要留下粪便,但一有牲口粪,便被手勤的老、少拾粪者拾走了。按照现代说法,这些人都是义务环境卫生工作者,但他们自己为的是自己种地积肥。"庄稼一枝花,全靠肥当家。"人畜粪是主要肥料,现在大概都被肥田粉代替了,没有人再拾粪了吧!

大门口说完,再说大门。祖宅前后左右十三四进院子,联在一起,有新有旧,并不修于一时。大门是光绪中叶翻修新建的。过去中国住宅,讲小门小户,大门大户。大门又讲一间大门,三间大门。我家是一间大门,不过地基很高。沿街房屋地基离街约三尺,大门地基又比之高约一尺。因此门前是五层台阶,条石砌成,阶下还有一斜坡。石阶两旁,各有一大石鼓,连底座高约三尺,出大门下台阶,下一级,两边大人斜着一跨脚就可到石鼓上,小孩则要爬上去,俗称"上马石",是便于出门骑牲口的。

大门是起脊门楼,筒子瓦,脊上兽头,一对大的,两面两对小的。在小的兽头下面,还像北京庙门楼上的兽头一样,还瓦着猴、吼、狮等三五个装饰小筒瓦,这在北京一般人家门楼顶上可不敢用,这是违制的。山镇僻在山隅,天高皇帝远,没有人管,只要好看就行。门楼两面山墙迎面叫"马头墙",角柱石、押砖石、磨砖砌到顶,上面檐口处磨砖雕花。上台阶,进大门,先是外门洞,两面墙上也磨砖贴面包镶成镜心状。在山镇乡间,虽不是最细最考究的,但较新。大门门框装在门洞中心,即中心檩处。门框上半截装隔板,门簪挂一竖额,如北京宫廷寺庙式,四周边花边,蓝地金字"都阃府"。下为门楣,两大扇黑油漆门,有如意头铁荷叶,顶门钉,晚上关上,有双插关。还有横木,平时不用。天亮就打开,不像北京大宅门,大白天也关着大门。大门下面门槛,有五六寸高。跨进来,是里门洞,还有一道屏风门,四扇,中间两扇成年开着,两边两扇,常年阖着。绿油漆贴金箔,如北京垂花门里面一样。下面也有个小门槛,不过较低。跨过来,青石台阶,很低,就进入院中了。绿油屏风门上部有四斗方"整齐中正"四字。亦如北京格局。进去迎面是一座磨砖影壁,有砖雕竖额"鸿禧"二字,正月过年时迎面挂壁灯。祖父中举人的"文魁"大匾,黑地金字,挂在前檐上。明、清两代重科举,得了功名,都要挂匾。举人挂"文魁",文章魁首之意。如中进士,便挂"太史第"的匾。至于前面说的竖额"都阃府"呢?"都"是美丽威严之义,取《诗经·郑风》"洵美且都"。"阃"是门限、内室,古语有"阃奥"之说。旧时修房子,对大门很考究,"高大门楣"是很有名的故事,在此不多说。这个"文魁"匾的高门楼,就是在祖父中举后重修的。同镇西街上有一家很有钱的老人,我小时已叫他老表爷,辈分是很高的。他家是新修的三间大门,他儿子很有科举希望,很可能中举、中进士,所以早作准备,可是后来清末科举停了,三间大门一直未上油漆。他儿子后来很不错,民国初年在外面做县长,在北京安家落户,也不回乡下。世道变了,稍微有点办法,在乡间不能安居了。

　　进大门,迎面影壁一转,就是我家中轴线上第一进院子,俗名柜房院。同大门一排,比门楼低许多的是一溜沿街东房,常年锁门,随开随关,里面放的全是各式各样农具,山行交通工具,农忙时,几十人用的大小锄、镰、犁、耧、耙、大小风箱等等,放的满满的。北房本应三间,但大门内影壁前要有空地,所以东面少一间,让作大门前院子,这样只两间了。室中一条顺山炕,靠西墙。一排小柜,沿东墙。上面堆放许多账本,一堆堆,许多叠,像藏书家案上的书一样。炕上放炕桌,炕桌左右侧睡人,可各睡二人。临窗夏日冷布荫凉透气,冬日阳光温暖。是家中掌柜张存礼、张老人(名字忘记)二人居住办事的地方。房门夏天挂竹帘,冬天装风门。对面则是三间南房,是外厨房,西墙顺山炕烧大锅,有风箱。靠东一面,临窗有高灶、汤罐,灶边有大水缸,这个灶一年到头烧着、封着,成天烧开水,总有开水壶靠在半封的灶口边。老佣人顺大伯一直住在这里。这就是一进大门院落的房舍情况。西面短墙,中间小砖门楼,不大,半新旧,由大门进来的砖墁引路,一直通到这里,也通到各个房门,没有墁的地方,是鹅卵石。在小砖门楼左侧,有花坛,种一丛芍药,年年开花,极为葱茂烂漫,还是我高祖父时种的。

　　通向里院的小砖门,两层台阶跨门槛进去,便进入了三南三北的二进院。新盖的三间南房,三间北屋,都是白木茬,还没有上油漆。据小时候奶奶告诉我,原来的老屋是因火灾烧坏,在我父亲手里翻盖的。是我出生以前的事了,我不知道。北屋三间,靠东顺山墙大炕,放炕桌。地下门前临窗放一半圆桌放茶具、茶杯茶碗。靠后墙条案、方桌,左右各一把老式木椅子。直靠背,一般家具清代式样。西墙放一西式写字台,写字台边后墙处,放一老年西式木床,三面刻花床栏。临窗西式茶几、珐琅瓷面,边上西式圆圈木小椅子。这些西式家具都是民国初年由北京家中运回山镇老家的。北屋门窗隔扇是京式的。下半中间嵌玻璃,上半糊纸,夏天糊冷布卷窗。屋顶木条仰尘架,裱糊两三层麻纸旧账纸,粉刷雪白,干净坚韧。这里是父亲起居室,每天他早上起来,由后院卧室,到这里洗脸、刷牙、看书、看报、写信、待客、各种事务,都在这里办。早、中、晚三餐都在这里吃。只有年初一我陪他吃一顿中饭。他从不到里面和我们吃饭。这些生活琐事,留待后说,这里只说房子,约略提到即可。南房三间,两明一暗,靠西墙顺山大炕,临窗全是纸窗,没装玻璃。而后墙开一西式玻璃窗,南屋后墙开窗,等于北屋,正照太阳,冬天炕上阳光也很足。地上靠后墙条案、方桌、椅子,桌上无陈设。临窗一堂箱,上面尺许方形小盖,掀开小孩可跳进去藏身,我曾跳进去躲过父亲的捉拿,在此略一笔,留待童年谈趣时细说。东面一排隔扇,隔断里间,门常年锁着,我从未进去过,钥匙柜房老张掌柜拿着,进出取货。我六、七岁时,在此屋读过两年书,很少见张掌柜进去。我曾从门缝张望过,里面四周都是货架,我家订阅的十几年的《大公报》,一份不少地都在里面。

二进院院子极为整净,全是青砖墁的。进来时的小砖门正对通向里面第三进过庭院的屏风门,因有那道门的屏风挡着,进去时左、右转进去,直接望不见。院子西北角,有一株高大的老香椿树,可惜在我记事时,树已死了,我的记忆中,只有那锯去树干的树根桩了。而在香椿树旁,却有一株三尺高的老牡丹,冬天用干草包扎很紧,春天解开,近立夏时叶茂花繁,每年都极缤纷。而南屋青石台阶上,则摆两大溜玉簪花,摆满了有二十来盆,夏天翠绿大叶白花。北国苦寒,没有芭蕉。父亲有时晚上不到后院睡，就睡在客厅里，夏秋夜间下雨时，他说听着很像雨打芭蕉的声音。

再进一道门，就是中轴线上的第三进院落。先进一个屏风门，很像北京垂花门的格局，但没有前罩檐和两边垂花，只是门框门坎。迎面半间进深，是四扇屏风门，平时不开。只过年正月里开，夏、秋运物时开。左、右全空着，一般进门从右面进出最多。进入第三进院子，如是夏季，花木扶疏；如是春末正月，那便庭燎中烧，炉火正旺。这些先慢说，只说这第三进院子。

第三进家中称大过庭院。是正院，比较老，大概是我高祖父时、曾祖父青年时代盖的了。总之，到我小时，起码有半个世纪以上了，说老话，是道光、咸丰年的建筑。五间正房，高台阶，五重到廊上。坐西朝东，俗称西为正。五间高大厅房，三间廊子，长头两间，没有廊子，俗称"夹耳子"。平面图如拉长"凹"字倒过来，这同北京四合院三正两平，中间大，两头耳房小的格局正好相反。而我觉得老家这种布局较北京四合院科学。第一正房地基高，比两面厢房高出近三尺。中间三间廊子宽约半间，因此两头耳房即较中间三间庭深半间，北面一间俗名"北夹耳"门开在走廊上，一进去，临窗半截顺山炕，后半间摆一对大柜，还有堂箱等。一直是我三姨奶奶的卧室。是我祖母的妹妹，祖母生父亲后即去世，她正守寡，便接来照看父亲。就一直住在我家，又照看大姐、照看我，我们小时都是跟着她睡的。廊子上三间庭，临廊子都是隔扇门。中间一间，两面都有四扇隔扇，如果打开，可以直通后面西庭院，可是后面从来没有开过。前面隔扇中间两扇平日合拢锁着，里面都是大缸、大瓮，里间还有小席囤子，冬天冻猪肉全放在里面。南面一间打开隔扇是大柜，套间即南夹耳房，墙上有门可进去，不通外面走廊，可能是祖母生前住房。

我小时从未听人讲，里面很少人进去，灰尘很多。柜中都是木板书，我小时一人常进去乱翻，一翻就是半天，没有人管。这五间高大的庭前檐挂了三块蓝地金字匾，比较旧了，为什么挂的、什么字，当时无人说起，现在六十多年过去，我已忘记什么字了。但是鸽子把匾后作了它们的窠，每天飞出飞进不停，一年四季早晚咕噜咕噜地叫，现在一合眼，仍能清晰地听到。屋顶起脊屋瓦完好，但兽头坏了，可见其古老。庭正面可通后院，因而叫"过庭"。但后面隔扇从不打开，去后面西庭院要由"北夹耳"窗下过去，进厨房院走小绿野轩五间走廊过去……因而这大过庭虚有其名了。而且这五间，只有北头一间有人住，偏北两间庭存物。偏南一间庭、一间南夹耳，一直是空无人住的。

大过庭下面，面对面三南三北。三间北房两明一暗。外间临窗一条顺山炕，后墙一排三联小柜，地上有地炉、地炕，冬天是最暖和的。窗是晋北格式，中间上下格子窗，可开合。下面中间嵌一方尺许玻璃，上面方格糊粉帘纸，很白，过年贴窗花，整出戏及图案等，颜色新时，极为绚丽明艳，是山镇人家最好岁时点缀。在北京、江南、四川等地无此风光。两侧两扇小窗竖开，窗棂菱形小方空，糊窗，有时作一小卷窗，以透气。进门左手炕，右手隔扇，通套间，进套间后墙一对大柜，临窗半截小炕，生母、弟妹等都住在外间，这里最热闹，亲戚女眷来了也在这里接待，炕上常常坐满了姑娘、媳妇、斗牌说笑，要么就是裁衣服、做针线……

对面南面三间，有高灶、有天窗，是没有盖厨房院时的厨房。开始家中有大师傅，即厨子，都在厨房院大厨房"烹饪精舍"做饭，临离老家一两年间，家中不用厨子，只用女工做饭，又在这里做了厨房。又过了一年多，全家就离开故乡，与这些厨房就永别了。这是中轴线的第三进院子，也是老宅的正院。父亲当年可能就降生在这个院中，不过确切我说不清了。再进去是中轴线上第四重院落。家中俗名西庭院。这是我家建筑甚新，最华丽考究的一重院落。虽在中轴线的第四重，但直接走不通，因为大过庭后面不开。要绕厨房院廊子过去，这是中轴线偏西北一部分，留待后说，还是先把最后一进西庭院布局说清楚，再说如何进去。

西庭院平面布局，仍如第三进大过庭院。坐西朝东，五大间庭。院子地基已较前院高出一尺多，大过庭前面几层台阶，而到宅在后院后檐下，只一层台阶，便与院子平了。而正房五间西庭子，又是五层台阶，又高出许多。一条脊，七檩庭，中间三间廊子隔扇，两头两间耳房，都是暗夹耳，即房门都在庭中。这座庭屋顶是筒瓦、滴水，五脊六兽。小脊上有走兽状饰筒瓦，檐前有风铃铁马，彩绘油漆，画栋雕梁。这在北京就是庙宇的格局，民宅绝对不可以。可是在山镇乡间，好多人家都是这样，是没有人管的。我初到北京时，老觉着北京人家房屋寒伧。连筒子瓦都很少，都是平盖平瓦，真不气派。后来我长大了，才知道筒子瓦、平瓦插头、滴水互相叩上，在诗词中谓之"鸳鸯瓦"，是十分华贵浪漫的。西庭廊子上三间厅，前面都是隔扇，每间四扇，全部上下轴子榫头，都能拆下装，但从未拆下过。平时只走中间一间有帘架的风门，拉开风门用手推隔扇，高大笨重，门后挂着大铃铛，一推发出沉重的叮咚声。北国冬天天寒，离家前一年冬，我与嫡母贺老太太晚间由前院回到后院西庭睡觉，提着马灯，昏黑地回到西庭院，推开这沉重古老的隔扇，天天听这沉重的铃铛声。这个厅是三间掏空，迎面三个条案、方桌、红漆椅子，椅子踏脚上，还嵌一条防止踏坏油漆的竹板，一张西式铁架子床，还有一张圈条的藤芯摇椅。这个厅用现在面积计算法计，即深四公尺、宽约十公尺多(三间口,老式一间一般一丈左右),平面四十余平方公尺。这些家具中式全是乡间做的,西式全是民初北京家中拿回来的。但说也奇怪,条案上一样陈设也没有,光光的,早上鸡毛掸一掸全干净了。西式铁床也光板无毛,连垫单都没有……整个大厅像旧家具店,这是当年山镇经过张作霖奉军蹂躏过的结果,不过还很轻,这只是重要灾害的开始……左右南北夹耳,都从厅中进入,一边八面隔扇,做工很细,雕花嵌边。上面横窗,也都裱纸彩画。边框嵌各色花牙子:连环、如意、菱角块……十分玲珑精美。北夹耳房炕靠后墙,临窗方桌、椅子、西式衣柜、迎门大梳妆台,但都没有镜子,这也都是张大帅、张少帅"后脑勺子"兵的随手打打砸砸的结果。中国农村善良百姓,无论贫富,谁敢惹"枪杆子"呢?南面耳房是临窗炕,对面后墙放着一对红油大柜,上面板箱,贴山墙放的都是红油老式皮箱。我在西厅两面耳房中都住过,这里特别要插进去说一段油漆画匠。

西庭院房子很新,是我祖父庚子第二年曾祖母去世回家丁忧时盖的,时间在一九〇二、三年之间。我小时房龄不过三十年左右,十分新。小时候常听三姨奶奶说,祖父当时常说:"木匠、瓦匠做半年,油匠来取钱!"乡下当时盖房,是木匠、瓦匠同时上,自然还有小工。由挖地基、立柱、上架子、砌墙、上梁、铺椽、瓦瓦、装门窗,土木砖瓦活全部完了,还不算完,还要有彩画油漆活,门窗要油漆,柁、梁、椽子前檐要油漆彩画,隔扇、仰尘(北京叫顶棚)要裱糊彩画,我们乡间要睡炕,炕的前沿及三面墙,都要油漆三尺高的墙围,这些做工都十分考究。离开我们镇往西三十里,有祖母娘家亲戚,和我家论姨表亲,陈姓四弟兄,都是左近有名的油漆彩画工,在旧时俗名"画匠"。讲究三种手艺:一油漆,桐油、广漆、房屋门窗檐柱、家具,讲究镜面光,且要能调各种色彩,不比现在油漆工只用调好色的油漆。二彩画,佛像、戏文、花鸟、山水,要记熟整套的谱,就不知要费多少功夫。单一个吉祥图谱,就有"松鹤延年"、"荣华富贵"、"百福流云"、"富贵不到头"、"双莲双蒂"、"六合同春"、"富贵万代"、"五蝠捧寿"、"四时吉庆"、"八仙庆寿"……不知有多少。三是糊纸札、冥器的手艺,四大金刚、十二美女、开路鬼、打路判、阴宅阳宅……样样都能用纸糊,还有裱隔扇、裱仰尘、糊窗、糊花灯……好的画匠,要有整套的手艺。而这位陈家姨表亲戚,最精的就是油漆彩画手艺,祖父这次在丁忧中大兴祖宅,盖新房,油漆彩画,里里外外,都是这家亲戚父子数人的杰作。这里只举西庭南北耳房精美炕围为例:北面耳房炕靠后墙,前沿木炕沿是朱红漆的,沿下的砖油黑油,炕上沿三面墙做三尺高油漆炕围,地子做墨绿色油漆,沿绿炕围上面三寸处刷一条墨金二寸阔长带,墨金不是一色平面,而是上深下浅,色度间次而降有立体感,由炕后墙转到左右炕沿边折而下又转进去,回旋画做立体万字交错数叠,又由立体勾状收尾,而在这深浅立体感墨金长带下与之平行,隔寸许处,又画两条相隔寸半之闪亮泥金细线,在细线中间墨绿素地上,每隔两三寸,画一组泥金细花,或菊、竹、梅、兰、松枝、蕉叶等花卉,或琴、棋、书、剑、瓶、壶等博古。我小时住在这里时,母亲不在房中,我一人坐在炕上观赏这炕围,墨绿油漆,又光又滑,墨金装饰条庄严典重,细金线、泥金细笔小组画、潇洒耀眼、百看不倦。当时只觉好看、爱看。现在细细回想,觉得这些高手工艺,是精通色彩学、光学、美学原理的。虽然他们讲不出,但是他们能想得出,画得出,油得出……那样协调、典丽、高雅、光亮的油漆炕围,是我一生所见的第一宗。后来在不少有钱的亲戚家,阔人家中见到的各种炕围,五颜六色、光怪陆离,不知有多少,但没有一家能比得上。父亲前院住的客房炕围,是新盖后油绘的,光净度与花纹也无法和这个相比,只是这些高手艺人的名字,虽然是亲戚,却一个也不知道,说不出了,但其艺术才华当年毕竟闪耀过。

西庭三南、三北厢房,亦如前面大过庭院的南北房。只是三间中间退进去三尺,等于有一间小廊子。北房两明一暗,里外间都有小炕,也十分精美受住。是我生母张老太太的卧室。她当时很年轻,有时住外间,有时住里间,有时住前院正房。我和三妹云屏、五弟云骐,都是在这三间正房出生的。南房三间也是两明,有朝南后窗,也很受住。平时空着,生母张老太太的母亲,即大同我的姥姥(南方叫外婆)来家时住在这里。暗间另外走门,室内放杂物。有砖砌地窖。院子全部是澄泥大方砖墁的,齐南北房山墙又铺一条条石,格外平整。西庭前台阶五重,用三面舒展砌法,三面均可随意上下。《营造法则》叫"如意踏跺"。两面不加"垂带"(即斜坡条石)。院中夏天摆四大棵筒栽云罗松、翠蓝松及一大棵无花果。而西庭房后,又有一大排护房树,是几棵四丈高的老柳树,屋顶全在大树荫覆下,西晒晒不到屋顶,还可遮半个院子,夏天虽盛暑亦凉快极了。燕子年年夏天在廊下筑巢,飞来飞去,几十年南北飘零,常常怀念这些燕子。只是三冬严寒,西北风吹来,呼呼更助风势,后面还有群房、菜园,也是我家的,但不通前院,都是给本家及本村亲亲眷眷住,都是远支、远亲。说到这里,中轴线四进院子说完了。

二

中轴线面向里,分右侧、左侧。如面向外,左、右正好相反。这里做面向里解说。右侧,即大门北面,前面已说过,是五服以外本家的房子，最长一辈老人我叫四奶奶。院子地基和大门都比我家院子低许多，但两进院子十分规范，其南房正在我家柜房、客厅后，高祖以上大概分家分出去的。在这两进院子后面，又是我家地界了。这就是我家厨房院，这些院子是和西庭院同时盖的。由大过庭院北耳房窗下折而北，一步台阶进一门，右面进去是女厕所，迎面有短墙以挡视线。左转则进入一溜走廊，是贴大过庭的北面山墙建的，五间，三间朝厨房院，上挂一匾："小绿野轩"四字，作八分书，谁写的，忘了。当时不懂，后来大了，知道唐代裴度有轩名"绿野"，山西人均以此为出典。廊子迎门有木栅栏窗，顺廊走到头，迎面一双开小院门，经常锁着，过年才开，那是祠堂院。左门一转，一砖旋门，无门扇，通向西庭院。迎面也是木栅栏窗，窗后绿荫复苏，花时香闻内外，是一大丛老丁香，齐檐高，大约亦是余家高祖时之故物也。三间西房，丁香亦在其南角檐下，挂一白地黑字小匾："秋爽斋"，二王行书，亦忘记是谁所写。这三间小庭中间后面有门窗，可进祠堂院，俗名"小过庭"。对着小绿野轩廊子，是一排正房，中间三间，门上挂"烹饪精舍"黑地金字匾。开门左面炕、大锅、风箱。右面临窗高灶、后墙大菜橱、大案板、东墙大菜礅子、高灶旁，进门处，大水缸。门口窗下即一眼水井，一步井台，不高，木辘轳，不过丈许深，家中都吃这口井的水，十分甘甜。夏天常在井边向下看，水汪汪一恍一恍的。冬天井口全是冰，小孩不敢走过去。有一年夏，院中觅食的鸡鸭，一个鸭掉到井中了，家中找人下井抓鸭子，我看着不少人围着井口，十分热闹好玩。过了十来天，我一个人在厨房院中玩，捉了个鸭子，抱着扔到井中，自然又给家人找了很大麻烦，挨了一顿好骂。还好，父亲在前院不知道，没有挨打。厨房东面一排两间是碾房，有碾有箩箱但是没有磨。家中不大用，都是隔壁本家的大姑娘、小媳妇，天天上午挟着筐箩、扫帚说说笑笑来推碾，随意来，随意去，从来不打招呼，像自己家里人一样。厨房西面是煤房，一年的长方煤饼，春天和好晒干，都垛在这里，供一年用。院子西面是砖墁，东面有三分之二处是泥土，没有树，自由生长些花草。需要一提的是，这一排北房的房顶，是平顶，石灰抹平轧光，因加有青灰，所以是灰色的，俗名"晒房"，是晒粮食、晒酱、晒柴草等用的。三面栏有近三尺高的花栏墙，屋角边上砌有台阶，像楼梯，上下很方便。眼界开阔，是我小时最爱在上面玩的地方。古老的山镇，南面高、北面低，南山寺庙松树、北面河道萦回，河对岸山村人家，树林，春天桃杏花。下面邓姓本家的院落，后面一大片菜园子。

厨房院西面是祠堂院，由南面廊子尽头小门进去。石子墁的院子，中间有砖引路。祠堂三间北屋，前檐挂"南峰草堂"白地黑字匾。隔扇门过年打开，迎面墙上挂邓氏远祖及吾家宗系各代考、妣牌位立轴，下面大条案供桌一排高、曾、祖亡疏牌位盒，平时套着外面木套，到过年接祖供纸亡疏时，再把木套打开，把牌位露出来。前面供桌上摆一堂锡蜡五供，中间双耳大长方香炉，有一尺多高，我小时烧香够不着插香。西面一排是谷仓，后门从未开过。院中石子缝中，有宿根石竹花，年年六七月间开的像锦绣一样，有一年放鸡进去，把花根全啄光了。小时常听三姨奶奶埋怨。"南峰"是我祖父的号，建此房时，以此名其草堂，原想子孙世代奉祀，谁想去世后不到四十来年，就一无所有了呢？沧桑陵谷之变，自非一家一人之事了，此亦中国传统文化沦亡之可悲也。

以中轴线院落为标准解说，已说清右面，再说左面。

先说中轴线四重院落与右面是联为一体的。而与左面部分,则自最后一重直到临街房檐前,有一条笔直的宽约一丈不到巷子(江南叫弄、北京叫胡同)分开,如北京大宅门之更道,但又被一段段隔开,走不通。在此笔直巷子左侧,则另成一部。可分三部分说明。

一为工房、牲口圈、谷仓部分。此部分由中轴院落前院临街东房窗下直走可通。走过前院南房东山墙,即到中轴院落左侧长巷之东端,巷口有墙有门,长年锁着。开门进去,约二十米,又有墙挡住。折向南,可入第二部分书房院,留待后说。过此巷口再入一小门,即入第一部分之外院矣。如由街上来,可由大门口沿东房后墙往前走,约三十米处,又一大门,卵石砌斜坡,无台阶,即工房院大门。石砌斜坡,便于牲口骡马耕牛出入也。进院一溜东房,门窗不全,堆柴草煤炭,右面五大间高台阶大屋,内中全空,前后墙上装木栅栏窗,前后墙均有双开板门,室中无仰尘,檩、椽均可见,脊处高近两丈。为谷库。室中大小席囤,有放粮食、高粱、谷子、黍米、黄黑豆等。秋收之后,囤的满满的,一般五月节后,可陆续卖空。

进工房院大门,转过大影壁,又一斜石砌坡,进大穿堂又一院落。穿堂右骡马圈,中间一排槽,两面对拴骡马,可十余匹,但平日只有四头骡子,一匹驴,但接常不断有亲戚客户家来人,骡马也拴在槽上,一道喂养,用乡下话说,经常是"槽头兴旺"。穿堂朝北有门,冬天晚间关上,可挡北风。出穿堂左手转弯,便是工房,两大间大北屋,一条顺山大炕,两头均有灶,冬天人多时,同时烧,热炕暖窗,红日照耀,正月冬闲,好多人天天在此耍钱。南面东面的房舍,都是半截墙拦着,不装门窗的牛圈、草料房等。院中钉有木桩,是拴牲口晒太阳钉马掌的,工房窗下一口井,上有辘轳,边有石槽,是饮牲口用的井,水也很甘甜。从工房大门口继续向前走,右手转弯一小巷,转角处一缺口,有一间小土地庙,是官地。进小巷向西,不远路北又一门楼,台阶不高,门楼也不新,但仍整齐,进门迎面东房山墙刻花砖影壁。是两间东房,对面三间西房,临门一溜南房,是书房外院,这就是书房院外院,这是属于第二部分的了。

三

第二部分简单说,是坐北朝南格局很规范的三进院落。大门前对面一高台上有一对旗杆,旧时乡间,中了功名,如中举、中进士后,要挂匾、竖旗杆,祖父中举"文魁"匾挂在大门前,贴金油漆甚新。而这对旗杆,比较旧了,高祖永清爷是拔贡。拔贡朝考一等,以七品小京官或知县用,二等用教官或佐杂,也是仕途的起步。这对旗杆可能是高祖得拔贡时竖的。大门及前院上文已说过,不多赘。前院北面有小砖门进入里院,迎面三间高台阶北屋,面对面三间西房,三间东房。因此屋西山墙外有隙地,所以西房进深较东房深,而外面看一样,是一个狭长条院子。北房台阶两侧,各有一花坛。这两进院子都空着,只有里院三间西房,两明一暗,是书房,其他房屋都空着,但窗纸糊的还很整齐。临街一排南房,窗门稍破,我靠十岁时,那里放着三口空棺材,都已油漆好了。一口是三姨奶奶的,一口是老张掌柜的,一口是老佣人顺大伯的,我家都已替他们准备好了。里院三间书房,据传我祖父就是在此读书的,但是咸丰年间稍前之事,小时人们已很少提起了,我父亲小时是在此读书的,一个黄油漆的旧书箱,我也曾使用过。我八岁起又在此读书四年多,可述者甚多,但此文只讲房屋,生活趣事,当另写文回忆了。

第二部分只说书房院尚未完，因里面还有。迎面三间高台正房，是空房，平日关着，内中四周放着许多空缸，实际是过庭，是里院南房，这又是一个方方正正的旧四合院，两东两西，都空着，门窗俱全，但很破旧，祖辈不知哪一代住的，五间北房，一条脊，经常不走前面，而由一套间后墙开门，通向中轴院落左侧通道中段，再通向大过庭院，就和主要中心部分连起来了，做什么用呢？五间房中间三间，四面面箱、大缸、大瓮，放米面、酒、油、酱、醋等，一排大面箱上，供着财神龛，这是米面房，平日锁着，每天早晚由老张掌柜拿着升斗笸箩、瓶罐等容器，来此取每日内外厨房食用米面、油、酒等物。我去书房读书几年，白日这里不锁，我穿行去书房不必出大门绕街上走。这个无人住的空院子，横着往西，还有一个破院子，也无人住，有两间暗房，墙封起来，藏了不用的旧物，旧铜锡器、旧账，都是关了张的铺子收回来的。在里面破院西北角上，可以通进车房。那是第三部分。虽然也跟我家住的院落连着，但那都是外姓人家住了。

第三部分是过书房院大门往前走，一大场门，里面东边是大的羊圈，可养一二百头羊。我很小时家中养羊，但有记忆以后，羊都卖了。迎面是大车房，有两辆轿车，一顶驮轿，两顶四人轿。一顶较新，几乎天天本村、邻村人家借了娶新娘子。院中一排西房，是张姓木匠住。两间东房，卢姓农民住，此院俗称羊圈院，由此门前再走，右转一小巷，就到我家西庭院房后，亦有一长条院，一排老柳，几间北房，也有人家住，姓什么，忘了。此小院门外一园门，进入一大菜园，约三四亩大，在我家西庭院、祠堂院及北面本家院落后。此园产权与本家合有，井台边有园屋数间，有老杏树、老桑树等，园屋所住人家即种园者，好像也姓邓，记不清了，但我家大小盆栽花木，每年均绕小巷抬到此园移入地窖中，春天再移出抬回院中,因北国天寒,盆栽花木不能露天及冷房过冬也。

　　说到这里,把我祖宅各个部分、院落,房屋四至,大体情况,基本都说完了。但除此之外,镇上其他处我家房屋尚多,还可一一说起,先从北街说。北街北头出村处,旧时并不直接通出去,先是一座牌楼,迎面是高台阶曾王庙,曾王庙西墙外是出村大路,因而此街出村曾王庙门前弯过去。庙门下面东侧一派黄泥土墙,一个大场板门,双开可进出大车,平时边上角门出入。这是我家场院和菜园子,里面三部分。一是外面车棚、大青肥池,二是里面打谷场,三是再进去菜园子。车棚临街,有大车两辆及挽具等。一排还有三间西房,是看园人住的,大门另一面,有一大丈多深的青肥池,边上有三四丈高大株老柳树,春天青肥出空,是一大坑,盛夏买各种青草蒿子等投入,让雨水流入坑中,成一臭水塘,发酵,再投入好土,蓬住,冬天上冻,春天解冻,挑开,运入田中,就是好青肥。坑北端,有一丈许土平台,上盖两间泥墙板瓦屋,夏天极为高爽,冬天太阳照耀多半天,极为明亮,屋顶烟囱,青烟时时冒出,老远就看见,是看园人母亲住的,我也叫姨奶奶,我小时常到她家中玩,她待我甚好。冬天、夏天我都喜欢这个房间。我们乡下有白土,家家平日都有水浸的白土钵,锅台壁角,手勤的人,天天要把脏处刷去,十分白净。老人屋中虽无家具,只锅台、黑瓷水瓮等物,但一年四季干净可爱。尤其他高在台上,如上楼然,要走斜坡台阶上去,童年时不知这间房为什么这么高? 现在回想,自然是挖青肥池出土堆成的台,又盖的房,想来也是百年旧物了。这是古镇泥屋,有高柳荫覆,场院宽敞,住着同祖宅西庭院高大仰尘房一样舒服,现在回思仍怡然神往。

书房院门前旗杆后一片房,是一排北房,前面也一片小园,临北街一排是油房。油房大油榨成年闲置,无人榨油。院中北房住孙姓厨师,在上街口开饭铺。年年过年时到我家掌厨,手艺很好,留待另文详说,在此不赘。

北街南头与东、西街成"丁"字状,俗称上街口。路南由西至东,至南巷口转弯处,共三处铺房,有门面,都是我家产业。第一处高台上为饼铺,不知何姓营业,生意很热闹。东面连着的是"宏福当"的旧址,后面有当铺库房大屋,通向屋顶的大货架。还有临街三间楼房,当时是邮政代办所。再转过去是南街,笔直走就到南堡门,出村进入南山了。而南街不叫街,俗叫"南巷"。当铺后面也有住家院子,由南巷别人家大门进去,经一小巷,一小门进去,也有里外小院,外院亦有南房,且有一小楼。里院三间对面东西屋,院中稍有花木,十分安静,是亲戚舅姥姥住,她没有小孩,小时我也常去。其身世且关系乡梓人望,留待后说。

东街过南巷口,路北有一大片砖房,并排三个长条院子,都是做酒的厂房,不是住人的。是我家缸房"万福成"旧址,后来都由别人租来营业。不过不是住宅,不必多谈了。我家祖宅的房子,包括上街口几处铺房,及场院里的房子,就镇上讲,是很大很多的,但也并非最精美、最典型的。本镇也还有不少好房子,再略举数处,以作比较。

在北街中间,我家对面,有一条巷子,俗称"堡子巷",进巷路北,一排三所起脊瓦房,都是五间口,青砖起脊大门楼,不过,台阶不大高,只三重,但十分整齐。第一个大门住户较杂,我未进去过。第二个大门是我第一位家庭教师卢兴先生家,两进四合院,有过庭,院子十分整齐。当时他家弟兄三人同住这两重院落,似分家又似未分家,十分热闹,我常去玩,他儿子卢丕英长我两三岁，是我小同学，青年时还来往。第三个大门也是两重院落，比他这所还新还整齐，格局也好。主人姓宋，后来续弦，娶了我姨姐。他家房子后墙，砖砌到顶，很高，钉有大铸铁长条加固钉，一排排十分考究，现在我还记得很清楚。这院我也进去过几次，留下很深印象。他家里面，隔开一条窄巷，是"堡子院"，四周有高近两丈的土夯围墙，前门、角门，我小时围墙上面已残破，但尚完整，无缺口。堡门如一小城门，进堡门，才是大四合院子的前门。绕到后面，又有后院，也是一所整齐四合院，只是老旧些。后院也可由后面堡墙侧门进去，小时一个小姑娘住在这里，和我很要好，我常到她家玩，她母亲常拉我手问长问短，窗纸明亮，室内整洁，炕上铺毡子，生活安静祥和，家中似乎没有男人……详细情况年代久远，记不清了，但战前祥和生活情况是难忘的。

南巷路东，也有两所大院子，临街都是砖砌到顶的后墙，青黑整洁，很旧，但不残破，很整齐。偏北一所，大门楼开在西房偏北处。这种开法，在北京四合院布局上是犯忌的，因为按"前朱雀、后玄武、左青龙、右白虎"的口诀，这个位置在"虎口"上，而不是在"龙头"上，但这过去是进士的宅第，姓王，祖上在咸丰、同治之际，中过进士，曾去福建做过知县。我小时房主已是进士公的孙子辈了，已经式微多年了。但我小时照例于正月里进去拜年时，感到院子里气氛十分肃穆，高大的正房，中间大厅供祖先处，黑乎乎像庙堂一样。这所院子门外，再往南走，又一大门，十分整洁，进门不是院子，而是一条笔直砖砌引路，约二十公尺，两面是其他院落高墙，尽头是一大砖影壁，左转沿西房后墙，至山墙处，一小角门，入内，又一大砖墁院落，正房、东西厢房，均甚高大，十分考究，房主也姓王，与另一院落是本家，大概是上辈老弟兄一人盖一所。现在回想，当时房龄总在百年至五十年之间。

比我家房子世纪初盖的西庭院要老的。镇上其他人家古老的整齐宅院还很多，虽六十多年过去了，但记忆仍很清晰，只是一一细说比较困难，而且读者也不见得感兴趣了。去年我弟弟邓云骐，利用出差之便，曾回去转了半天，拍了几张照片。今年七月，山西忻州文联陈巨锁先生又特地到我故乡去了一趟，拍了不少照片，寄来给我看。这里我先选两三张，分别就回忆和想象略作说明，以见其历史和沧桑，并可联到现在，亦十分有趣。

第一张是个破门楼，边上一条小巷，后面红砖砌的山墙，边上有现在住在里面的人。二弟云骐在照片后面用铅笔写道：北邻某某一家大门，蹲在地上穿黑衣服的就是他，站着照像的是他的女儿。这是现实的居民大门和居住者，但是这个简陋破敝的大门，仍很挺拔地显示着它的历史。二弟注中说"北邻"，我家当年北邻有二，第一家是本家远房四奶奶家，是一排五间东房中间开门的起脊门楼，街上就能看到他家的里院二门。虽陈旧，却不简陋。第二家就是这个门楼。进门左转，三间东房。院子长条，三南三北，西为正，三间正房。房子较为简陋，木料一般，墙头也不是砖砌到顶的，而是四周砖框，中间砌石头，外抹泥。门楼大门六十多年前就不新，现在自然更为残破了，檐头十二根椽子，以每根加空隙八寸计，大门宽度不足一丈。现在居民碰着的姿势，仍如六十年前，而穿着打扮，头上头发，都是现代款式了。而六十多年前的主人，却是十分值得思念的一位乡间学人。姓卢，名世五，字其昌，概取"五世其昌"之意。他是清代末年留学东京一高、帝大法科毕业的老留学生，辛亥前后，清末民初之际，曾在北京做过几年事，其后就退隐回乡，守几亩薄田，过平淡生活，儿子好像不大出息，不同他在一起。有一年过年，门口贴对联云："上不孝，下不慈，莫管他兄弟两个；冬无衣，夏无食，可怜我夫妻二人。"大概日子不好过,所以牢骚多,每天只喝酒,醉醺醺地。但学问极好,十分有名,和北京燕大名教授张东荪是朋友,张常来信候。小时我到他家去过几趟,临街东房大木床上堆了许多书,有两本册页画的都是彩色木屋、插秧农妇、货郎等风俗图,老先生让我看过好多遍,留下极为深刻的印象。后来我在琉璃厂也见过同样的册页,可是书名忘记了……当时老先生大约五十左右,后来日寇侵略者野兽兵打到古镇,在街头把老先生用军刀捅死了……日本侵略者欠中国人民的血债,岂只是南京大屠杀呢? 现在照片中的居住者,对这些老事自然都不知道了,而那残破的门楼却留下历史的侵略者残杀的血影,如有一天被拆除重建,那就更无人知晓了,此历史古镇、古街、古建筑、古屋……之珍贵处也。

第二张照片,也是二弟寄来的,照片后他写道:"粮库正门西望,你看到西墙严禁烟火标语底下(在'烟火'二字的下方)有一大一小两块石板吗? 那下面就是一眼井……"他让我注意下面看井,我却更注意看上面墙外的房脊、山墙,看得出是很高大起脊有兽头的庭房屋顶,看上去进深很深,也可能是吾家残余老屋。因为好砖砌的老屋,只要有人住,仍是很挺立的,有的二百多年仍很好。从远处山墙、烟囱的挺立上,可以看出吾乡民居的规模。

第三张照片,是忻州文联陈巨锁先生寄来的。照片后铅笔注明"东河南镇街门"。这张照片,我不知他在哪条街、哪个巷子拍的。不过根据我六十年的残破记忆,这个残破的砖门,很像是我前文所写北街堡子巷堡子院的街门。镇上东、西、北三条街,及南巷子,以及一些小巷等,大小像样的街门,没有多少家。考究的都是木结构重檐砖砌起脊门楼。这样高大的全部砖砌起券雕花的砖门是比较少的,只有堡子院一个。当时六十多年前,已经陈旧,但尚未凋残如此之甚。而现在六十年风霜又过去了,却仍挺立着,估计其年代,最少在一百五六十年以上。檐上三组砖雕斗拱仍十分完好,下面倒挂雕砖花栏墙,仍精美完好。下面"福星高照"四字刻砖匾,也许是自然风化,也许是人为破坏,那就不知道了。当年建造此门时,首先考虑的是其主人的财力。第二考虑的是其主人的要求,文化品位。第三考虑的是很容易找到这样的高手匠人,有这样的手艺。第四是这样的建筑材料。这个门楼除去下面门洞两扇门是木制而外,其他全部是砖和石灰砌的。小时还记得它下面两扇厚厚的门也包着铁叶子,门槛是石头的。堡门关上,即使用火攻,也很难攻破。自然遇到日寇野兽兵现代枪炮,也就无能为力了。我们县觉山寺有极有名的辽代砖塔,现在足足已有上千年的历史。所以不少古老的民居,只要不是随意拆除,是可以很悠久地保存下来的。

第四张也是陈巨锁先生寄来的。他在后面用铅笔注着"卷棚顶老屋"。这房子结构木料,用放大镜仔细观看,看得出是很好的。顶上筒瓦盖板瓦,猫头、滴水虽然檐口处均已残破,但屋顶的瓦垄仍很完好。檐口瓦下层泥可以看得出,北方天寒,我们乡下以及北京等处屋顶都要先抹灰泥然后再铺瓦,而四川、江南、湖广等南方省份,瓦就平铺在屋顶上,不用石灰泥粘。檐下是重檐作法,即先铺一排方的椽头,下面才是一重圆的檐头。方的只是檐口处摆一排,一为出檐深,二为装饰用。里面各檩之间,均铺圆椽子。这是当年考究作法。下面墙上开门,好像是后墙中间,柱头可见,上又有斗拱,顶上圆形,高处可见,可能是四架檩卷棚或六架檩,于老态中可见其考究了。屋龄当在一百五十年以上。

四

　　说完吾家祖宅已消失的房屋,再说了几处古镇旧时民居老屋,并和今日照片中的残破老屋相比较,说来说去,也只是北方山乡一古镇耳,如何足以代表"中国民居"呢?自然必须说清它的代表性和联系面。其一是中国千百年来,南北各地民居宅第,虽然风格多样,各有特征,不尽相同。但大多数,即除去极少特殊者,如草原蒙古毡包,西北土窑洞,云、贵少数民族竹楼、吊脚楼,江、淮船居,山间石屋等等而外,南北民居在建筑材料及布局上,主要是砖木结构,以四合平房为主,只是在此基础上小有变化。北方的民居,远古不说,自明、清以来,山西宅第的建筑是十分有名的,山西南路和北路,又各有不同。我的故乡山镇,在晋北偏东,历史上归大同府管辖。明代北京西北面,内长城北、外长城南,宣化府、大同府是边防重镇,设宣大总督管辖,是北京西北屏障,民风及生活习惯,多受北京影响,在民间建筑上,虽是山西省,却迥不同于晋中南。前几年我曾两次到祁县有名的乔家大院去参观,就全不同于当年我们祖宅的院落感觉,门窗样式。所有院落都是长条的,不爽朗。所有门窗,都是砌在墙上的,即如窑洞,或如洋式平房,砌墙留个长方洞,上加横木,中加窗框装窗。而大同府属各县院落房舍,无此门窗样式,大多如北京,均下半截砌窗台,上半装窗架,明柱均露在外面,院落除非地皮过小,不得已作长条形,其他均作正方形,如正房五间过小,东西厢房宁可入浅些,甚至做成廊子式,也不影响院子面积。离开我故乡山镇百余里,浑源县城中大石头巷大姐婆家,即李绍和先生祖宅,三间大门,正院两进,均五开间,院落正方,十分整齐,其西跨院,也前后两进,但是三间口,如盖东、西厢房,必然长条院子,这样便不盖东厢房,这样既不影响北房及过厅东面一间取光,冬天日晒足,而且院落成为方形,亦十分好看宽敞。再往北走一百多里,到了大同城中。这是塞上名城,汉初的古云中。北魏拓跋氏的发祥地,明代封王的地方。古城中当年大街小巷,整整齐齐。居民所住也都是四合院落,但又有其特殊处,即有些院落,少盖东西房,而多盖北房,院子是偏的。小时我住姥姥家,在李怀角(东城街名),里院一排北房,七间口,两边东西厢房各两间,是一个长条扁院子,不但宽敞,而且冬天阳光充足。塞上苦寒,这是有道理的。外院由中间通道出去,左右又各为三间北屋,一堂两屋,窗前一丈五尺多宽,自成院落。姥姥家住前院里面那三间小院,六七岁时随母亲去住姥姥家,正是六月天,堂屋挂着竹帘子,窗下摆着许多盆石榴,正在着花,跑出跑进,极为有趣。虽然老家十几进院子乱跑惯了,但这小院也不觉其小……一甲子过去了,前几年夏天,同新加坡友人游云冈,在大同住了两天,驱车特地到鼓楼东李怀角访问,门户依旧,只是残旧多了。我还在门前拍了一张照片中国居民,砖门结构的老房子,只要有人住,一二百年,三年两载,勾抹勾抹,便可永远住下去,不会倒塌。如果一没有人住,空置个三五年,便要墙倒屋塌了。所以记得小时在山镇,空闲房屋,总要找人住进去,并不要钱。因为只要有人气,老屋便可存在下去了。

北京的四合院,是世界闻名的。我曾于八十年代写专文在香港《大公报》连载介绍,后汇编为《北京四合院》一书,由人民日报出版社出版。一样的四合院,北京的就出名,外地的不出名,吾乡山镇的就更不出名,这自然因为北京是首都的关系。第二也因为北京的四合院建筑特别讲究,格局特别好。其与吾家故乡在院落建筑布局上的最大不同，就是在正房的处理上。即北京四合院的正房习惯是"三正两耳"的，即三间正房特别大，两边耳房特别小。五间口，一边一间耳房，七间口一边两间耳房。这样建筑上就要费很多事。中间三正立高大房架子，两面砌高大山墙。两边耳房各立房架子，各砌山墙。自然要费工费料的多。而山西民居，一样正房，五间或七间，都是一样大小，一条脊。因而北京四合院正房的耳房特别小，而吾乡正房两边的耳房却特别大。北京四合院在东、西耳房窗前，又有一小院落，而山西四合院，在两边耳房窗外，却是一小条院落。但北京四合院东、西厢房地基，基本与正房持平，高也高不了多少。而山西式四合院正房地基总要高出厢房一到二尺。在居住感觉上，北京大四合院七间口的耳房两间，很适宜做卧室，有恬静幽深之感，如五间口的耳房只一间面积，不过如僧家所说之"方丈"，虽亦幽深，便感觉过小。而山西雁北似吾乡古镇之正房耳房做卧室，便感觉明亮高爽，虽只一间宽，但较堂屋更深。如堂屋进深一丈，耳房多出一个廊子，便有丈三以上。与堂屋之间，没有北京正房、耳房之间两堵墙，只是隔扇，又宽了不少。因而使用面积就大多了，这是山西雁北民居的适用处。再有京式四合院，不管东、西、南、北，从哪面开门，总是想办法，让北房作为正房，很少有西为正的。自然也有例外，这种格局的房子多在南城。我过去在北京南半截胡同去一位同乡家，他家的房子就是按山西建筑格局盖的。路西的门，高台阶，两进院子，几乎同我们老家的房子一样。他家自己住后院北房三间，实际是厢房。西为正三间正房，高台阶一条脊，中间三间浅廊子，两头两间耳房，同我老家西庭院的正房一模一样，只是老了，油漆都剥落了。当时住着房客很有名的人物画家刘沧凌，现在这房子不知在不在了？

北京四合院之好,在于它一年四季的居住情调。我过去曾详细描绘过它的春夏秋冬四时,下面摘引一些旧文:

　　冬至过了是腊八,四合院春的消息已经开始萌动了。……在腊尽春回之际,四合院中自然是别有一番风光了。最先是围绕着年的点缀。以半世纪前的具体时代来说吧,老式人家还要贴春联,而新式人家或客居的半新式人家,春联一般都免了,但都要打扫房子,重新糊窗户。打扫房屋如果说雅言叫掸尘,北京人说话要讲究忌讳,大年下的,什么打呀、扫呀,说着不雅训,因而也总叫掸尘了。四合院屋里屋外,打扫的干干净净,首先给人以万象一新之感了。

　　可是在这样明媚的春光中,中午前后,忽听的院子里拍打一声,什么东西一响,啊——起风了。不刮春风地不开,不刮秋风籽不来。北京的大风常常由正月里刮起,直刮到杨柳树发了芽,桃李树开了花。四合院中是不栽杨柳树的,桃树、李树可能有,而最多的则是丁香树、海棠树,这是点缀四合院春光的使者……

　　春节到了,拜年的人,一进垂花门,北屋的大奶奶隔着玻璃早已望见了。连忙一掀帘子出来迎接。簇新蓝布大褂,绣花缎子驼驼鞍棉鞋,鬓上插一朵红绒喜字,那身影从帘子边上一闪,那光芒已照满整个四合院,融化在一片欢声笑语中了……不必多写,只这样一个特写镜头,就可以概括四合院早春旎丽了。

　　北京春天虽多风,但上午天气总是好的。暖日暄晴,春云浮荡,站在小小的四合院中,背抄着手,仰头眺望鸽子起盘,飞到东、看到东,飞到南、看到南……鸽群绕着四合院上空飞,一派葫芦声在晴空中响着,主人悠闲地四面看着,这是四合院春风中的一首散文诗。……

北京的长夏,天气酷热……四合院里的人们怎样消暑度夏呢?简言之,就是冷布糊窗,竹帘映日,冰桶生凉,天棚荫屋,再加上冰盏声声,蝉鸣阵阵,午梦初回,闲情似水,犹存睡意,仰望窗外蓝天,白云来去……这便是一首夏之歌了。

盛夏伏天雨水多,而且多是雷阵雨,下午西北天边忽然一朵黑云随风而至,一个响雷,电光窗间一闪,霎时乌云滚滚黑漫漫,瓢泼大雨来了,打的屋瓦乱响,院中水花四溅……但一会儿工夫,雨过天晴,院中积水,很快从阴沟流走了,满院飞舞着轻盈的蜻蜓,檐头瓦垄中还滴着水点,而东房房脊上已一片蓝天,挂着美丽的虹了。

晚饭过后,搬个小板凳在院中坐坐,芭蕉叶有意无意地扇着,一院的草茉莉香飘着,萤火虫在花丛中闪着,孩子们钻在花丛中捕捉着小萤火虫,大人们东家、西家闲聊着……一阵凉风,那忽焉而至的已是四合院的初秋了。

秋之四合院,在于它的绚烂的色彩,宫阙红墙,秋风黄叶,宫廷有宫廷的绚烂秋色,百姓家也有百姓家淡雅、朴实的秋之色彩。在那靠城根一带,或南城南下洼子一带偏僻的小胡同中,低低的小四合、小三合院中,主人如果是一位健壮的汉子、瓦匠、木匠、花把式、卖切糕的……省吃俭用,攒下几个钱,七拼八凑,弄个小院。一进院门,种棵歪脖子枣树;北房山墙上,种两棵老窝瓜;屋门前种点喇叭花、指甲草、野菊花、草茉莉……秋风一起,那可就热闹了,会把小院点缀的五光十色，那真是秋色可观，虽在帝京，也饶有田家风味。

当然，再精致一点的小院，南城的磨砖对缝的小四合，砖墁院子，不能乱种花草，北屋阶下左、右花池子中种上两株铁梗海棠，春花既可观，那秋日满树嘉果，粒粒都是半红半淡绿泛黄，真是喜笑颜开。南屋阶上，几大盆玉簪、亭亭出尘；几大盆秋葵，淡黄如蝉翼，轻盈似蝴蝶……待到黄菊盛开，九花吐艳，那就秋渐深了。

四合院之冬，先是黄叶乱落，继是雪花纷飞，但最令人怀念的是：晴窗负暄，冬夜围炉，足使游子凝神，离人梦远，思妇唏嘘，白头坠泪。在狂风怒吼之夜，户外滴水成冰，四合院的小屋中，炉火正红，家人好友围炉而坐，这时最好关了灯，打开炉口，让炉口的红光照在顶棚上成一个晕，这时来二斤半空儿，边吃边谈，高谈阔论也好，东拉西扯也好，甚至相对无言，静听窗外呼呼风声也好，总之，这时无一不是温馨温暖的了……

以上是我在比较家乡山镇与北京的四合院之后，摘录我旧文中关于北京四合院一年四季春夏秋冬之生活情调。供读者想象而已。因为北京四合院现在的生活情调，已因为种种主观、客观的条件破坏改变，已无法与过去相比，只能向楼居变化，细说太繁，已无法说清，且无法改变现实，只能不说也罢了。

比较完北京四合院之后，再比较其他各省，东北、西北、山东河南、云贵川广、江浙闽粤，以及台湾、港澳、内蒙、西藏、新疆等等地方，中国的地方太大了，我十分惭愧，到过的地方太少，不能一一领略，介绍其民居居住感受，但因久住上海，地在江南，对于苏、浙、皖南等地，有的住过，有的常去，大到都市闹市，花园洋房、公寓楼、弄堂石库门，小到江村茅屋，山中石楼，水边河房，以及垃圾堆边棚户、"滚地龙"、以船为家生儿育女的船民……也都见过、进去过，甚至住过，因而也都能道其居住情况，说其情韵感觉，生活情趣。加以近年电视发达，使我通过荧屏，又对不少我未到过见过的民居，有如身临其境，一览无余。比如过去读沈从文老师《边城故事》，通过文字，对湘西山区吊角楼，极为神往，但没有去过见过，便说不清楚。这些年通过电视，不只一次地见到了。其他如西双版纳的竹楼，建筑形式，生活情调，通过荧屏，也看的很清楚。使我想起小时读的古文《黄冈竹楼记》，我想大概不会相同。又如云南丽江的水畔民居，像是苏杭一带旧时河房人家，却又迥不相同，水流急而清，通过荧屏一一可见，十分有趣。福建的圆塔形古堡民居，亦通过荧屏，大开眼界。限于篇幅，均不能逐一详细比较介绍了。

吾家春酒

"置酒高殿上，亲友从我游。中厨办丰膳，烹羊宰肥牛。……"这是陈思王曹植的诗，六十年代初，我父亲汉英公住在北京广安门内里仁街，一个人靠在藤椅上，常常自言自语，吟诵这几句诗，大概是在"自然灾害"时期，没有什么东西吃，幻想年轻时宴请亲戚朋友时的豪情吧。我和妹妹常常笑他老人家。但是我似乎受到他一些影响，在有条件的时候，总爱请朋友们吃个便饭，当然，请整桌的更好。妻子去世，有悼亡诗寄苏州王西野兄。西野兄以长信慰我，信中一段云："……追思与兄通家之谊，屡蒙赏饭，其一过春节之后，由兄大姨调羹制菜，多杭州味，弟三十年代所惯尝者，记得有刚主丈同座，为话宋嫂鱼羹故事，意极欢快。后兄之大姨作古，嫂夫人闲话老年姊妹旧事。至今不忘。其一与满子兄同享湖蟹。小楼局促，春宴假邻居，蟹会则在嫂夫人卧室。自兄调至延吉路后，居处宽绰，谢老云亡，意兴稍阑珊矣。"

文中说的大姨，是我妻子蔡时言的胞姐蔡素琴，她因乡间无法生活，自从五十年代后期，就带孩子和我们生活在一起，互相照顾生活，后来岳母也来到我家，我们为老人养老送终，我随妻子叫她阿姐，她是旧式妇女，文化程度不高，但是女红和烹饪技艺却十分高超，因年轻时在杭州长大，所以烧的一手好杭州菜。家常如东坡肉、金银蹄、炒虾腰、响铃、八宝鸭子、油焖笋、醋鱼等，滋味都很好。七十年代末、八十年代初，打倒"四人帮"不久，大家心情都很舒畅，我当时住的房子虽然很小，但常常在家里请客。谢刚主(国桢)老师每年都要来上海两三次,住在复旦女儿家,老师最爱同西野兄聊天,因为都熟悉南明掌故,我总请他们到我家吃便饭,由素琴内姐烧菜,油焖笋、响铃(即油炸豆腐衣)、东坡肉、八宝鸭子是必备的。常常最后还有鸭汤馄饨。虽然都不大会喝酒,但慢慢吃,边吃边谈,极为欢畅。刚主老师总是夸鸭子烧的好,不但鸭肉鲜嫩入味,而且鸭肚皮中糯米、火腿、冬笋、香菇丁也极松软适口,浑然一体,在一般馆子中是吃不到的。王西野兄"七七事变"前夕,在杭州教过书,吃惯杭州菜,所以一入口就知道,比我还能品出滋味,同内姐讲说起来,更是样样在行,津津乐道。这样蔡素琴内姐听了更高兴,好像遇到知音一样,所以大家有说有笑,极为尽兴。秋天到了,我又请他们吃螃蟹、糖芋艿、鸭汤馄饨,当时螃蟹不过一元多钱一斤,花上十来块钱,吃的就很丰盛了……正如古人所说,俯仰之间,已成陈迹。现在回想,已是十四五年前的旧事,谢老十几年前已成古人,内姐六年前已去世,妻子也于去年九月廿六日逝去。老友王西野兄已年过八十,回忆前尘乐事,自然不胜感慨了。

信中所说"小楼局促,春宴假邻居"一句,是一九八〇年春节。因为平常年份,年年春节,都约至亲晚辈,来家吃年夜饭或初二三来家聚一聚,不请师友至交,因为家中房子小,客人来多了坐不下,不方便。而那年春节期间,宿舍刚刚加完层,由三层加成四层,隔壁一家已乔迁到四楼上去了,而新搬来的一家,尚未迁入。这样隔壁一套房子,实际也只是两间,全空着,新住户要等开学才进来。门未锁,我趁机就借这些房,请了一次春酒。乡下有句谚语道:"小家子请客,时头八节",或者叫"逢年过节"。老百姓小户人家,不比豪门大户当官的。我是个穷教书匠,自然也属于"小家子"范畴。当然,其时还有其他条件,第一是当时已是改革开放初期,市场商品丰富了,鸡鸭鱼肉,样样都有,价钱未上涨,十分便宜;第二大家心情好,妻子、内姐身体都还可以,简单说,不但买得到,而且烧得动,钱也花得起……诸般条件,凑在一起,便请来十几位客人,摆好圆桌,把很少使用的一套景德镇细瓷餐具拿出来,大家热闹一番。菜是最丰盛的,金银蹄、八宝全鸭、香菇全鸡、清炒虾仁、清蒸桂鱼……以及甜咸点心:细沙八宝饭、三鲜春卷应有尽有,好友们由中午一直吃到下午四五点钟,中饭连晚饭,吃了几个钟头,才尽欢而散……只是盛日难逢,盛筵不再,在我家的春酒宴纪录上,这是空前绝后的一次了。所以虽然过去十五年了,年过八十的西野兄仍然记得那样清楚,特别得到"春宴假邻居"这句话。

春节快到了,报馆记者打电话来采访:说是今年春节年夜饭不少人不在家中吃,到饭馆子中去聚一聚,问我对此有什么看法,我在电话中含糊其词地应付过去了,隔了两天,他又来电话,说把我的话都写到文章中,发表了,问我看到没有。我说没有,其实我根本未注意,根本也不想到馆子里去吃年夜饭。因之我想起我家几十年中春节招待亲友聚会的旧事,还不单纯在吃上,而在家人团聚、生活欢乐的气氛上。全家去吃馆子,那自然也好,最好放在春秋佳日,出外旅游、逛街时,而在什么春节、中秋、元宵这样的传统节日里,最好全家在一起,大家动手。这样才能显出更欢乐的气氛,这不也是享受人生吗? 过去我在家中也爱做些北京的食品,如腊八煮八宝粥呀、包水饺呀、蒸烫面饺呀、千层糕呀……这些妻子和内姐她们原来都不会,又都是我倡导教会她们的……可惜这都是过去的事了。家中小辈们似乎都没继承这些爱好和情感,而我自己呢? 也是心有余而力不足了,女儿上月还说:咱们也到馆子里吃年夜饭去吧……我心想,连年夜饭也到馆子里,那家庭生活还活个什么劲呢? 只是她既不会弄,身体也不好……偶然想,约几个老朋友再吃吃春酒,可是抬头一看墙上俞平伯老师写的陈子遴词字幅:"……不是甘抛年少乐,才发兴,已萧然"了!

山村·"三国"·童年

《三国演义》耗费巨资,经过三年多时间,终于被拍成电视连续剧。王扶林总导演派人送来录相带,我看了十分赞赏,写了八首绝句,其中一首道:

枕上观书到五更,山村寒夜一灯红。
乡人爱看"三分"戏,六十年来梦寐中。

说实在,我学会看书、有一点文字水平,是从看《三国》开始的。而知道《三国》故事,又是从戏台上得到的,这都已是六十多年前的事了。

我五岁时开始在省城读小学一年级,但读了几个月,就回到北方山乡镇上老家去了,一方面在镇上小学挂名,一方面在家中请先生,认字、写仿、作算术、读古书。

乡下没有什么娱乐,学生当然更没有,虽然慢慢都识字了,可以看小说——乡下叫闲书,但学校书房各位老师都不许看,那会妨碍正业,影响学习。唯一大型娱乐,就是一年中几次庙会,几次唱大戏了。

吾家世居北街祖宅,离北街戏台最近,前后台隔扇帘架上有一方大匾"霓裳羽衣",上下场门,各有白地黑字小匾,曰"今演古"、"假作真",是高祖父邓永清爷所书。大匾作颜鲁公正楷,雄浑严整,小匾稍有苏字笔意。

山村百年以来传统，正月初九西街唱三天戏，正月二十北街三天、东街三天。三月三北街三天、西街三天，六月六北街三天、南街三天，街上搭棚过庙会，七月十五后秋社戏，要看年成好坏，不一定每年都有。乡间无娱乐，整日关在书房中，自然很难过，一到庙会唱戏，书房放假，老师回家数日，那看戏便是最好的娱乐了。家乡在晋冀边缘，唱的都是北路山西梆子。声音嘹亮，慷慨激昂。那些戏班子都是私人领班，巡回演出，村中会头几个月前就付订金预约，叫"写戏"。有名角如"十四红"、"金钢钻"等班子，更要早约。按期到来，就住在后台打地铺，预先头晚装台，大帘绣工精美，前台还挂横楣，用蓝布包柱子，铺大台毯。角色整齐，行头鲜明，十分可观。能戏要会二百多出才能接生意，上午、下午、夜戏三场，开锣、压轴、大轴，一天三场演九出，如唱半月二十天不重才可以。最多的是"三国"戏："桃园结义"、"三战吕布"、"连环记"、"凤仪亭"、"捉放曹"等等，以及"芦花荡"、"打瓜园"等张飞戏。几乎一半都是"三国"戏。因此乡间老农、妇女，不管识字不识字，没有不知道一点"三国"故事的，说起来都津津有味，头头是道。这些知识都是从看戏得来的。如果有一二位读过几年书，看过闲书《三国演义》的老人，冬日街头负暄，蹲在大石头上，一边"叭嗒、叭嗒"吸着烟锅子，一边作义务说书员，大讲《三国演义》。周围一群年老年轻的人，还有小孩子，时不时，还插上一句，有时便联系到当时的现实了："你看，那曹操，大白脸，一笑眼角还往上翘，要多奸有多奸……嘿，真像袁世凯一样，欺侮孤儿寡妇，唉，不过也没办法……反正你看罢，有前清就有后清，要不怎么加个'前'字呢？"这还都是大半辈子生活在同、光年间的老人。

　　黄昏时间，街头又一群人，书房放学的孩子们，在大孩子领头下，又练起操来，唱着北洋军阀自编的军歌：

> 三国战将勇，首推赵子龙，长坂坡前逞英雄。还有张翼
> 德，当阳桥上横，吓退曹营百万兵……

六月六庙会，乡下人说"六月六，鲜羊肉"，人们穿上单布衫，戴着草帽，南北山小村落的大姑娘、小媳妇也来回娘家、走亲戚了。东西北街两旁都搭着棚，各种货摊、吃食摊，熙熙攘攘，人来人往。而这天准要落几点雨，人们说"六月六，有三分关老爷磨刀雨"，也奇怪，不管大小，这天总要下一阵。人们有的年份还要到关老爷庙谢神。关帝神像，面如重枣、卧蚕眉、丹凤眼、五绺长髯，坐着看《春秋》，左右关平白脸小生、周仓黑脸落腮胡子，牵着赤兔马，捧着青龙偃月刀，好不威风……现在想想，这个形象真不知是历史上谁创造的？

等到进入腊月，北街南口右侧，依次四个卖窗花的摊子，一张高桌，一面插着一个四五尺高的方格窗架子，糊着雪白的粉帘纸，贴满五彩刻纸窗花，最多是整出的戏。而最多是"三国"戏，有四张一套，有八张一套，如长坂坡赵云救主、甘露寺刘备招亲、凤仪亭吕布戏貂蝉、黄鹤楼周瑜坐帐等，都是刻纸，又加彩色，五彩缤纷，贴在雪白纸窗架子上，映着正南日光，喜气洋洋，特别耀眼。我常常站在摊子边人堆中，望着这卖窗花的架子，一看就是大半天。

在书房读完上《论语》，小学开始考四则难题了，我心目中对"三国"充满了憧憬。六月庙会的时候，北街摆出一个很像样的书摊，上面搭着白布棚。摆着各式各样的成套线装书，有正经书也有闲书。

当时我刚读完"上《论语》"、正读"下《论语》",还选读《古文释义》《唐诗合解》,又开始作文,写什么《惜阴说》《勤俭说》等等,知识、思维都增进了不少,可是还没有看过闲书,我好奇地在书摊边转来转去,来了好几趟,选中了一套锦章书局石印绣像全图《三国演义》,上下两函,抱回家去。不敢放在书房中,因为当时教师是不准学生看闲书的。一直拿到我住的房间。老家祖宅房子很大,我和母亲住在最后一进院子西庭的右侧里间,房后一排高大的柳树。我趴在炕上,打开书细看,每函十本,共廿册,第一册回目之后,便是人像,一页一人,魏、蜀、吴主要人物都有了,此之谓"绣像"。然后每回前面又有二图,画着回目中两句的故事。记忆最清楚的是"怒鞭督邮",张飞手持马鞭,马牵在旁边,督邮则四马圈蹄反绑了吊在一株秃头柳树上,十分传神。还有不认识的字,很急,但是没有办法。忽然想前面账房一位先生,平日爱说"三国",便随意拿了一本,跑到前面请他说"三国"。他坐在炕桌边,我立炕沿下,接过书去,问我说什么? 我翻了翻,指着当阳桥张飞的一幅图请他就说这回吧! 他戴上老花镜,捧着书,开始念了:

　　　　话说张飞把马一勒……

　　我瞪着眼睛静听着,可是他"把马一勒……"之后,却没有下文了,好半天又是"把马一勒……"一句,我听了真是大失所望,把书要过来,回到后面去了。这样把书放在枕头边上,每晚入梦前,躺在炕上,就着一盏二号煤油灯看起《三国》来,先是一回一回地看图,各回图看的都很熟。看的久了,有时看完图,又看字,慢慢字也看懂了。哎呀——我会看《三国》了,真高兴呀! 后来读苏轼《赤壁赋》："此非曹孟德之困于周郎者乎?"我不用老师讲,故事全知道,辞句也完全能理解,读起来很快就能流畅地背出来了。而且地理知识也有了,什么汉中呀、江夏呀、徐州呀……一部《三国》,不知使我增加了多少读书兴趣,文字能力,史地知识,使我直到今天,还常常思念着它。

　　山村、"三国"、童年,是连在一起的,皆逝我而远去了。北京、上海、大都市中漂泊了近六十年,自己看自己,也还是一个山里人,只是如辛稼轩词所说"平生塞北江南,归来华发苍颜"而已。现在又看《三国》电视连续剧,旧景浮现眼前,怎能不感慨而形诸咏吟呢? 听命运安排,个人能力有限,又如何能谈悔与不悔,只是乐天知命罢了。

我家的鸡

　　下午外出买东西,在回来的路上,经过附近一段最好的绿化地带,高大的雪松、藤萝、冬青长得都很好,有一百来米长,人很少,便道十分整洁,新村四周有出口,四通八达,但只有这段路最好,因而我出来入去,宁可多走几步,也要沿这段路回来。昨天,我照例拎着一包食物,沿着这条路慢慢走回来。正走着,忽听吱、吱……的小鸡叫声,寻声一看,只见一只个把月的瘦弱小鸡,沿着绿化地带的低矮铁栏杆、边走边叫边啄虫吃。快要褪毛,一点也不好看,同便道上的水泥砖,几乎是一种颜色,不注意寻找,几乎看不到。周围没有人,也没有鸡,是从哪里来的呢?我又向周围四望寻觅着……一两分钟之后,我看相反方向走来一个老人,似乎也未注意,经我指点,问他,他才注意到,却没有回答我,急忙忙跑到马路对过去了,似乎在喊马路对过乘凉的人……难道是马路对过人家养的吗?我寻思着,便走开了。那只小鸡却一路觅食而去,太小、孤零零地使人不放心。

　　都市住家,原本是禁止养鸡的,大人上班,孩子上学,家中房子不大,尤其住在高楼上,一层一层,没有鸡生活的地方,一般人家都不养鸡。但是偶然也有例外,这只小鸡或者是某个例外人家养的,孩子们感到好玩罢了。自然也要稍微有个给鸡活动的场所,比如住在楼房底层的人,有一点点小院子;或是住在楼上的人,有一个不影响别人家的阳台;当然,更重要的还要有爱护小鸡的人,能够照顾它。

我家也养过鸡,我看到这只可怜的小鸡后,在回来的路上,不由地想起近三十年前我家养鸡的旧事。那还在河间路的老房子中,是学校宿舍,三层楼,全家人多时,连岳母六口人,后来岳母去世,五口人,我和妻子、一个姑娘,内姐带一个男小孩,住两间房,大间十二平方米不到,小间只六个多平方米。两间都朝南,冬天小间满窗阳光,直晒到下午一时,只要晴天,就十分温暖。夏天窗大室小,门窗全开,满屋是风,也不十分热。顶头的一套房子是别人家。楼梯上来,右手转弯,先是大房间门,对着是厕所、厨房,再过去是小房间门,顶头是别人家的南北套间,面积稍大,并不适用。倒是我这两小间,每间都独立开门,很实惠。我和妻子、姑娘住大间,内姐带外甥住小间,外甥从小失去父亲,五六岁时来上海,穿个背带裤,腆个小肚皮,我拉着他到附近小学多报一岁上学,就像昨天的事一样,而今他也是四十岁的人了,像我的孩子从小长大,他的儿子也已考上市重点中学,叫我爷爷——在一家中患难与共几十年,也是一层骨肉缘了。

　　这个外甥小时也和其他小孩一样,读书之余,欢喜打乒乓、踢足球,也喜欢养小动物,养过小白兔、画眉鸟,而更多的是养鸡。厨房朝北有个阳台,约二三平方米大,两家合用,原是放煤球风炉的,后来都装了煤气,阳台只是放垃圾畚箕及杂物了。养小动物,就在这阳台小角落里,用两块砖头,盖块木板,便是兔子窝。用破箩筐,翻过来一扣,便是鸡笼了。由小学到初中,随着他年龄、知识的增长,养小动物的经验也越来越丰富,比如说,把很小的小鸡养大,在成长中常闹病,传染鸡瘟,很快就死了。小学时,他看小鸡不吃米,拉白屎,快死了,十分着急,但没有办法,我更没有办法。中学时,他知道,什么时候,灌两滴麻油,什么时候,给它吃半片土霉素或四环素,这样鸡便健康成长了……

本来鸡养大了,过年时就杀着吃了。可是遇到好鸡,就舍不得了。"十年浩劫"前一年,养了一只"白列克"鸡,是由小鸡养大的,当时楼后面,有一大片空地,有一个半篮球场大,有一行树,夏秋长些杂草,是孩子们踢球玩耍的地方,也是鸡啄虫觅食的地方。他每天早晨上学时,把鸡抱下去,放在空地上和别人家的鸡自由觅食一天,下午放学归来时,把鸡赶回来,鸡自动入楼门,上楼梯,转弯穿过厨房,到了阳台上,再喂一把米,鸡笼一扣,它便休息睡眠了。开始生蛋了,早上放下去,到生蛋时,一般上午十点多钟,它会自动回来,楼门开着,它自动进来;楼门关着,它等在房边,有人推门出入,它便从人们腿边钻进来,一格格沿楼梯上了三楼转弯穿厨房到阳台跳入破竹篮中生蛋,生完了跳出来,摇摇身上羽毛,叫两声,报告主人。如内姐在家,看着它在洋铁罐头中吃几粒米,抚摸它一下羽毛,它就自动又下楼去空地上觅食了。如果星期天或寒暑假,外甥在家,会把它抱在怀中,抚摸它,把米托在手心中喂它。夏天,经常爬树捉来皮虫来喂它……这样把它养得十分健美妩媚,红冠、白羽、高脚,走路昂头,左顾右盼,有几分公鸡模样,而生蛋极勤,几乎一年到头生,养了近两年,差不多成为我们家中的"一员"了。

但是横扫一切牛鬼蛇神的"文革"开始了,我是早已算定,在数难逃,所以几次抄家,进牛棚、挂牌子,在学校里、里弄里,都接受专政、交待、斗争、陪斗、劳动、请罪、汇报……应有尽有。孩子们自然要受牵连,家中的鸡也就成了问题了。开始一阵子,还只是乱哄哄地只注意到人,而未注意鸡,九月下旬,要检查卫生了,楼梯口忽然贴了一张大字报,歪七拗八地写着:

勒令(写在中间,照例画红圈):牛鬼反革命×××(我的名字照例画红叉子）限令一天内将你的鸡处理掉，不然，要采取革命行动……

全家都发愁了，怎么办？"勒令"是绝对不能违背的，杀掉最省事，但外甥怎么舍得呢，我也不忍心呀！忽然想到，他的好同学是自己盖的本地房子，父母亲都是老工人，又是党员，平日待人很好，是最光荣的革命群众。他先去和他同学联系，征得两位老人同意，便抱了鸡送到他同学家去寄养了，每月送一斤半米去，因为当时粮食定量很紧，这一斤半籼米是一定要送去的。他同学住得不远，正好在去学校的路上，这样他每天放学也便于去同学家照料这个鸡了。这只鸡在他那位成分好的同学家中，一共养了一两年……我在路上因眼前这个可怜的小鸡，不由地想起我家那只鸡，一路寻思着，后来如何，就想不起来了……

一九九四年八月末挥汗漫记

昙花之缘

　　去年八月初去台北，途经香港，住在中环友人家中，他家在十六楼，大阳台是有二十多平方米，面对中国银行老楼，左是怪模怪样的汇丰大楼，右是中行新楼，视野极好，阳台上摆满花木，连鱼缸荷花都有。北京四合院中"天棚鱼缸石榴树"，他家都摆在大阳台上了，只是没有"天棚"，顶上却是人家十七楼的阳台顶，一棵米兰，种在大盆中，长得快顶到房子了，再长上去，怎么办？另外有两株高大的昙花，枝叶油绿油绿的，不少伸出铁栏杆外面，我到的那晚，正好开了两朵，我们因为到外面去吃晚饭，很晚才回来，未看到。第二天在家吃晚饭，晚饭后大家在阳台上乘凉吃茶，昙花又开了四朵，朋友夫人笑着凑趣说："你运气真好，这是彩头，花也欢迎你，在你到来的时候，接连开放……"

　　我听了真是高兴，坐在花间，望着下面的万家灯火，中国银行楼顶光柱直冲霄汉，吹着海风，飘着昙花的馥郁，大家兴高采烈地谈着，真有些王羲之《兰亭集序》上说的"逸兴湍飞"的豪情，但当我说到昙花难得开放时，朋友却说昙花在香港，一年要开好多次呢……这才使我如梦初醒，大吃一惊——啊，原来如此！因为在我思想中，一向以为昙花是十分珍贵的，其珍贵正因为它难得开放；又因为它开得快，谢得也快，转瞬之间，花瓣一敛，花朵就垂下来，仿佛美女一样，便低头不语了。

　　我为什么认为昙花十分珍贵，难得开放呢？这是从很小留下的印象，还是在"七七事变"前，当时全家住在北平，中山公园的唐花坞新盖起来。唐花就是在花洞子中养的花,北方天寒,不少花不能户外过冬,所以养在下有火道的花洞子里,这种办法从汉唐以来就有,所以叫"唐花"。中山公园为了让当时北平人冬天也能赏花,便在西面水榭后面盖了座西北面东南的八字形宫殿式唐花坞。这是中山公园董事长朱启钤氏主持兴建的。朱也是古建筑专家,中国营造学会会长,家中养着大株昙花,每到盛夏,昙花开时,便移到唐花坞,报纸上预报花期,公开展出。每次开放,总在夜间,不少报馆记者来拍照,强光灯照着,十分热闹,我小时随着父亲去参观过好多次,留下极深刻的印象……灯光耀眼,似乎同这次在昙花下拍照同一感觉,而光阴已半个多世纪过去了。

昙花,是一种很好看的花,盛开的时候,又香又白,有点像一朵多瓣的莲花。只是开得快,谢得也快。小时候在中山公园看昙花,有时候时间不凑巧,去得过早,还没有盛开,不耐烦等待,稍看一会儿,就走了。有时去得过晚,花朵已谢,半低头了,人很多,拥来拥去,也是看看就走了。始终未见过它由开到谢的全过程,这次在香港总算大开眼界,把这"昙花一现"的全过程看全了。说来也是一种缘分。按,昙花本是梵语译音,汉语化了的外来语,在《广群芳谱》中它本叫"优昙钵"、"优昙"、"优昙钵罗"、"乌昙跋罗"等等,如果意译,应该叫"瑞应花",或"祥瑞花"。梵语"优昙钵"本是瑞应、祥瑞的意思。植物学中说它属无花果科。而无花果科的植物却开出了美丽芳香的花。这也是难以思议的。

佛经中说到昙花的地方很多,大概在印度是很常见的,我国则只云南才有野生的昙花。唐代岑参写过《优钵罗花歌》,前面有序说:"参尝读佛经,闻有优钵罗花,目所未见,天宝庚申

岁……小吏有献此花者,云得之于天山之南……"可见唐代此花尚不经见。在清代汪灏等编《广群芳谱》引《云南志》道:

> 优昙花在安宁州西北十里曹溪寺右,状如莲,有十二瓣,闰月则多一瓣,色白气香,种来西域,亦婆罗花类也。……

以上两个名称虽不一样,实际说的都是昙花。又叫"云南婆罗花"。《长阿含经》中《游行经》中道:

> 佛告诸比丘,汝等当观,如来时时出世,如优昙钵花时一现耳。

现在常用成语"昙花一现",意思是开得快、谢得快,虽然美丽芬芳,但很快就消失了。而佛经原意,只是说难得出现,告众比丘,要注意看:如来出世如昙花开放,十分难得。明人有诗道:"坐稳蒲团忘出定,满身香雪坠昙华。"诗句的意境也很好,只是也和佛有缘,显现的也是宗教思想。

看来昙花过去不惟开的时间短暂,而且引种的确稀少,在北方不大容易看见,给人的印象总是十分珍贵的。在炎热的香港栽种起来,自是不稀奇了。难得我经过香港短短三四日,却能在友人家中大赏昙花,花间拍照,也总是一种瑞应,一种珍贵的缘分,佛家讲究缘分,我当然更应该珍贵它了。

编此文时,忽然翻阅架上旧信,见一旧牛皮纸大信封,是澳大利亚友人柳存仁先生从堪培拉寄来的,信封外写着:

此系干昙花,通常每年或数年才开一次,当夜开花,天明即谢。用治贤嫂哮喘,可能有效。煮水饮。寒舍有此花,但不常开,故前未提及。

　　我忽然想到,这是妻子病中,前年存仁先生特地从遥远的南半球寄来的,万里友情,实在可感,妻子也曾煎水饮用多次,只是病入膏肓,药石无灵了,特补充于此文后,妻子去世四个多月后补记。

秋　忆

　　年纪渐大,旧事增多,回忆也多,秋天来了,凉风一吹,旧事便涌上心头,有苦难,有感慨,也有欢乐、潇洒……不过幸好没有极为沉重的伤感悲痛。这一方面由于客观,一方面也由于主观。在客观上,侥幸没有亲眼见过血肉横飞的战场,没有亲身遭遇生离死别、呼天号地的场景,在动乱的几十年中,这也是得天独厚、十分幸运的了。在主观上,不招事、不惹事、不冲动,也不怕事,知道自己的分量,决不高攀显宦、志士,老老实实活着而已,自然,也时刻警惕,注意来往车辆,防止被汽车撞着……

　　"千秋万岁名,不如少年乐。"秋之回忆最欢乐的莫如儿时在山村故乡,虽是苦寒的地方,但秋天滦水两岸的田野、山坡,还是迷人的。记忆中十分兴奋的,一是七月十五上坟,一是八月下旬起场。七月初到七月下旬,是农村最空闲和具有希望的季节,庄稼都在吐穗的季节,田里黑黝黝的,所谓"青纱帐起",人都很难钻进去。只要山洪下来,不冲坏大坝,那下再大的雨也没有关系,所谓"六七月连阴吃饱饭",粗壮的庄稼秆,多少水分也能吸收进去……人们都等待着丰收了。北街戏台上唱秋报戏,街上都是卖瓜的,人们餐桌上,豆角、西葫芦、茄子、鲜羊肉……吃不完的秋菜,小户寒苦之家,也不会像五月间,青黄不接时的为粮食发愁了。七月十五鬼节到了,慎终思远。家家要去上坟,秋天上坟比清明上坟有意思,随大人带上供品,骑上骡子、毛驴,由北街戏台下穿过去,绕过小河渠二三里压长的小杨树林子,转入西南山中坟地,树林中那样地绿,出来时天地一下宽广,天那样蓝,山那样高,野草苍然,杂着各式野花,越走越高,回头一看,整个村子一大片蓝呀呀屋顶,都在眼底,这时陶家庵坟地也快到了……余生也晚,没有和祖父母共同生活过,只是理性的崇敬而少感性的思念,所以记忆中的上坟,是只有秋日之欢乐而少哀愁的了……

至于收秋之后,起场时的欢乐,那是另一番场景,"开轩面场圃,把酒话桑麻",乡村庄户人家,家家都有块大小不同的场面,北国冷的早,八月节一过,一般就开镰了。场面各种收割的庄稼也不停地车来了,大批的高粱、豆子、菜籽……忙碌地用连枷打着,用碌碡压着,用叉耙扬着,用风箱扇着……每天都有收拾好的新粮倒入囤中、仓中,但这都不算"起场"。一定要等谷子收完,才算"起场"。北国苦寒少水,不能种稻,因而这"起场"是粟,碾出来就是小米。山乡种杂粮,品种多,但这是主要的,起场时,金灿灿的谷子堆成一个小山,照耀在阳光中,一斗斗地量着,这斗不抹平,而是堆得很高,因为粮食湿,所以入仓时都是放宽的。起场时要很多人,亲戚朋友来帮忙,而且错开日子。今天我帮你,明天你帮我,前后不过三五天,金灿灿的谷子都收到各家仓中、囤中、瓮中了。

起场这天照例吃油炸糕、全盘、喝烧酒……大姑娘、小媳妇在厨房里忙,孩子们在场面上跑着、跳着、叫着……收场过后,场面上只剩下一垛垛堆得比房还高的谷草,这是一冬的燃料。场面上大人少了,冷清了,是孩子们玩耍的天地了——《千字文》上两句话:"寒来暑往,秋收冬藏……"但没有几天,又都回书房中、学校中去,带着欢乐的满足,读"秋收冬藏"了。

农村破产,离山乡而远去了,做了北平的小市民,依旧是个孩子,古城秋色,满街绚丽,果子摊、莲花灯、兔儿爷……包括童年的乐欢,都被日寇侵略炮火击碎了。记忆中这年的秋天是在铅一样的压力中度过的,沉重的感觉迄今似乎仍未消失。

抗战胜利是在新秋中来临的,自己已是青年人,但物价的飞涨,生活的煎熬,人家说中国人是"惨胜",大家是终日惶惶,很快反动派垮了,解放了……过了几年,在深秋季节,我就漂泊到江南了。鱼米之乡,收入虽不多,但养活家人,过个安定日子,秋天买两斤螃蟹,孩子们能解解馋,还有些欢笑的记忆,而好景不长,不久就是持续的三年"自然灾害",水浸麻绳,越来越紧……在金色的秋天里,迎来的是史无前例的"文化大革命"、"十年浩劫"了……漫长的岁月,数不清的牺牲,记忆中的秋是惶惶不安的、恐怖的,甚至是绝望的,直到换来改革开放的今天。

虽然再难寻觅旧时月色,但这些年的秋色还是值得回忆的。去年八月末访台归来,九月初就去了北京,住了半个月,回到上海,十月间再去,又住到黄叶纷飞,饱览了北京的金秋,其欢乐也是难忘的。九月初到了北京,车到驻地,一所树木葱郁的学校。沿着林荫道车子缓缓开着,一转弯,在宽大的庭院中,蓝色天空高渺明洁,几只秋燕飞来飞去。我大吃一惊,几十年未见面的"老朋友"了,在上海,根本看不到燕子,一个月来,香港、台北都没有见到过燕子,一到北京,便有秋燕来欢迎,多么令人惊喜呢?

一天,坐车去中央电视台,车走南面三环路,路虽宽,车虽快,但两边新建高楼,并无北京特色,在西南角一转弯,车向北开,向西一看——呀,一派西山,明媚如洗,这才是北京的秋容啊!住的房间,写字桌边上,一扇落地窗,正对两株高大的白果树,我由浓密的绿叶看到它一树金黄,衬着蓝天白云……一夜,朔风一起,晨间小路上铺满白果树柔软的落叶了……今天,我在上海回忆着去年北京的秋情,也感到无比的欢乐和欣慰,苦难的秋毕竟是历史了……

悼亡诗自话

妻子于九月廿六日晚间突然去世了,我痛定思痛,一个人在家,忽然想到悼亡诗……

妻子的病已经很久了,今年九月中旬,我接到新加坡友人周颖南兄的电话,说是十七日来昆山,再去成都,廿三日到上海,廿四日举行第七届豫园雅集。首届豫园雅集是一九八八年春天为了祝贺著名古建筑专家、同济大学教授陈从周兄改建豫园东园落成,从周兄古稀初度,周颖南兄花甲初周而举办的。当时参加的人很多,文化艺术界老人,如俞振飞、苏步青、朱屺瞻等位都来了,来祝贺的还有前市长汪道涵先生。晚间八桌,妻子这次也参加了,经费是周颖南兄提供的,而活动是由我主办的。自此后,一年一次,均由颖南兄提供经费,由我发请柬,邀集新老朋友聚会一次,名之曰"豫园雅集"。惟日期不固定,看颖南来沪日期而定,当然也都是春秋两季。今年就预订在九月廿四日,而且我在九月廿二日就预先写了四首律诗,题作《七届豫园雅集感赋》,发表在十月四日《新民晚报》上,写诗时,雅集时,妻子还在家中病榻上,接氧气,接两三个钟头,还可起来坐一两个钟头,一切都清楚,只是人极为虚弱,没有力气而已。诗的第三首,我谈到自己生活情况,想到妻子缠绵病榻,自己糊里糊涂已七十岁,而且因一天到晚为妻子久病发愁,已忘了自己生日,是学校工会同志忽然按门铃送蛋糕才想起的,因而有一联道:

妻病每愁生意尽;客来忽讶古稀年。

　　"生意尽"本是普通古语,来自《世说新语》殷仲文说老槐树"此树婆娑,无复生意"句。"生意尽"也只是说老态、衰朽到极点,不过还并不意味着死亡。但是我写后心中忽然一动,感到不妥,便改为"生意减",心想"减"字还有余数,或能再稍延时日,不想此诗写后四日她就去世,一字竟成诗忏了,我心中十分悲哀。

　　妻子去世后就赶紧办丧事,九月卅日大殓,接着是国庆假期,孩子们都在家,伤感之余,不觉得寂寞。自六日大家都去上班后,家中只剩我一人,孑然一身,对着接回来供在桌上的骨灰箱、遗容、多半房间的尚未枯萎的花篮,日影冉冉,不觉凄凉寂寞,生死之感油然而生,思前想后,多少旧事如在目前,难以排遣伤感,便想起"悼亡诗"这一形式来,想到一两句,便可凑成一律,一共写了四首。可以排列成一组,但写时是想到什么,忽然得到一个好句子,便推敲起来,连成全首,即鲁迅写给郁达夫的"偷得半联,凑成一律"也。但想到的好句子,不见得马上就能完成,要反复思维。这样几首写成后,再重新排列一下,使之成为客观顺序,这样后面的也许是先写好的,前面的也许是最后写成的了。

　　妻子蔡时言是浙江武康人,而我原籍是山西灵丘,从小又在北京生活长大,解放后南调华东区工作时,已廿八岁足,尚是单身。我们在上海认识,两人家都不在上海,其时她家在杭州,有母亲、嫂子、侄子等,我家在北京,有父亲、弟弟等。我当时还在南京工作,居然在杭州定情,在上海登记,在南京结婚,冥冥之中,真所谓千里姻缘一线牵了。谚语说:"真姻缘棒打不散。"说明我们也是真姻缘了。因为在此以前她和我都有过异性朋友,

105

有些人关系条件都很好，但都未结为婚姻，迄今想起也感到无缘。所以古人诗说"各有因缘莫羡人"，似乎真是如此。但她原来身体很好，而结婚后几个月，去无锡旅游，就因肠粘连住院动大手术，随着我调来上海，五年后她又作胃切除手术，几十年来，疾病不断，所以我不禁想到"真姻缘是苦姻缘"这句诗了。但久思未成，后来想到她去世前不到一小时说："我恐怕过不了今天晚上了……"又想她近年越来越瘦、病骨支离的形象，这样由最早延续到最终，便写下这样一首诗：

> 真姻缘是苦姻缘，南北红绳一线牵。
> 记得定情春月夜，难忘密誓断桥边。
> 六桥本应神仙侣，四纪偏多疾病缠。
> 病骨支离浑见惯，痛心一语隔人天。

第二首是接她骨灰箱回家供奉时，我想到的，由结婚日算起，还差七个月四十年，而这四十年中，除近十数年中，生活安定较为宽裕外，以前二十多年的患难生活，自是笔难尽述。她又是岳母最小的女儿，都呼她为"小妹"。而结婚时年龄已大，这样便又有了第二首：

> 蔡家小妹婚期误，嫁与黔黎患难多。
> 牛鬼生涯贫亦乐，风云世事老犹歌。
> 最怜蔗味回甘处，已是桑榆暮境过。
> 灵座晴窗常伴我，孤魂不必泣山阿。

去年三月廿七日连日阴雨，楼顶积水排不下，房管所人将下水道顶盖漏斗打开,水太急,来不及排,六楼以下内阳台下水口反而涌出,水柱一米多高,全流入厅中,妻子正在阳台上取物,大吃一惊,当天开门开窗排水,忙乱一天,吃惊受凉,老病大发,肺气肿哮喘,发高烧,送医院住院,已报病危。后经治疗,平安出院,回家疗养,自然身体衰弱,日甚一日。今年夏天,天气虽热,而西瓜甚好,每天吃西瓜,又吃中药,一夏平安度过,我只担心她冬天要大发,不料在中秋后秋高气爽的时候,送医院住院治疗时,在急诊间就心脏停止跳动,我思想上原是送她去治疗,使之拖延时日,而忽然死亡,感到太突然,一下子痛哭失声了。五天后大殓火葬。这样写了第三首诗:

> 去春犹记传危讯,今夏翻欣娱晚晴。
> 药石原期延岁月,秋凉孰料梦魂惊。
> 死归生寄寻常事,忽地来临痛失声。
> 涕泪何能回性命,瓣香烈火送卿行。

去年她养病期间,八、九、十三个月中,去台北、北京三次出差,每次离家,均妥善作了安排,每次归来,她在病中都展开笑容。死别之后,回忆生离情景,真不胜凄惨。现家中放大的都是生活照,亲友们送了许多花篮,近日菊花仍开得很好,她遗照在花丛中,宛如生前情景。这样我写了第四首:

> 于役京华魂梦思,那堪死别记生离。
> 缠绵病榻年时事,赋到悼亡肠断辞。
> 又是秋风吹木叶,依稀斜照映东篱。
> 音容宛在黄花里,顾我归来笑展眉。

历史上最有名的悼亡诗是晋潘岳的悼亡诗三首,而律诗中最感人的则是唐元稹的三首,所谓"闲坐悲君亦自悲","死者长已矣,生者如之何?"死者什么都不知道,悼亡诗也只是抒发、排遣生者的伤感悲痛情怀而已。

　　十月十日吾妻蔡时言去世二七祭日写于浦西延吉水流云在新屋雨窗下

今年元夜时

去年元夜时,花市灯如昼。月上柳梢头,人约黄昏后。　　今年元夜时,月与灯依旧,不见去年人,泪湿春衫袖。

小时候读熟的这首正月十五日、上元节的词,几十年了,仍旧没有忘,今天乙亥年正月初九,感到日子真快,又快到灯节了,忽然想起这首词来,就写在上面,妻子去世已四个多月,也正是所谓"不见去年人"了。不过这首词的"不见"也并非一定是"悼亡"、"伤逝"之不见。我只是个人的一点联想罢了。而重在还是在此说说"元夜时"的风俗。这首词一般认为是南北宋之间女词人朱淑真的作品,但南宋时曾慥的《乐府雅词》把其列为欧阳修的作品,近代词学家况周颐《蕙风词话》也确认是欧阳修的作品"误入朱淑真集"中的。不过这些且不必多说。

这首明白如话的小词,既是情词,也是风俗词。题目是"元夕",就是正月十五夜。春节过年,除夕团圆饭、初一祭祖、拜年,忙的是家人团聚、行礼如仪的正事,说来是很严肃的,而不是游乐的。只有过了年的正月里,才有不少游乐日期和事项。比如今天正月初九,在北京就有"燕九节",是逛白云观的正日子,因为这是元代道教真人邱长春得道成为神仙的日子。但外地不过这个节日。正月十五灯节,那就十分普遍了,而且历史久远,从"金吾不禁"的成语记载,那是自汉代就开始了。而到唐、宋之后,那就更为隆重。《水浒传》中描绘,东京汴梁放鳌山,就是灯和烟火。李清照《永遇乐》词回忆东京的欢乐说:"中州盛日,闺门多暇,记得偏重三五。铺翠冠儿,捻金雪柳,簇带争济楚……"就是在老年流落江南时,回忆年轻时,在东京过正月十五灯节时的盛况。

过去在乡间年叫"过",而正月十五叫"耍",习惯说"耍十五"。江南乡间叫"调龙灯"。乡间没有什么娱乐活动,一年到头劳作,只有过年后春耕前这几天闲暇时刻,年轻人要宣泄自己的情,抒发自己的青春活力,所以要痛快地娱乐。正月十五就是一年中最好的日子。乡间有戏台,但是唱戏的是戏班子的演员,所谓"唱戏的是疯子,看戏的是傻子",看戏的人又不能上台一齐去唱,未免遗憾。用现代话说"一切重在参与",而"耍十五"的"耍"字,正是人人得以参与到欢乐海洋中去的。"耍十五"的龙灯队伍次序是:青龙、白龙、朱马、太狮、少狮、大头和尚戏柳翠,跑旱船,高跷,灯会……狮子要两个人耍,一个人套狮子头,一个人弯下腰揪紧前面一个人的腰带耍狮子尾巴,我小时耍过后一个人,弯着腰昏天黑地,什么也看不见,跟着转来转去,一会工夫就浑身大汗,吃不消了……但很好玩,感到很满足。这就是一种耍十五的欢乐。

不过,时至今日,古代的事远了,乡间的事也远了,都市生活,到了夜晚,繁华闹市,霓虹灯把夜空照耀的要多亮有多亮,正应了一句古语:真是"天天寒食,夜夜元宵"。正因为如此,所以不稀罕,传统节日的气氛也必然淡泊了,没有人注意,如果正月十三上灯日到十六落灯日大晴天,抬头看一下月亮,也只有月色似旧时了!

狮城杂忆

狮城的吃

国以民为本，民以食为天，走遍天涯，每天三顿饭是少不了的。何况住在新加坡的高级酒店里。一九八八年我随"红楼团"去狮城，住在濠景大酒店，每天除去晚饭或中饭常在外面吃而外，早饭天天在酒店吃。三年前去新加坡国大开汉学会，早、中饭都在学校餐厅吃，晚饭大都是外面有各种宴会，也是在酒店或大一些的酒楼吃。

酒店除住宿外，最重要的就是吃。有各种餐厅，一般酒店房费里都包括一顿免费早餐。自然，羊毛出在羊身上，说是免费，实际仍是房费的一部分。这种早餐是美国式的自助餐，住在濠景时，每天早七时到底层咖啡厅用早餐，环境很不错，坐在大玻璃窗前，窗外草地、朝阳、露水、蓝天……因为玻璃太亮了，好像在户外露天用餐一样。侍应小姐只管收餐券、倒茶或咖啡，要吃什么，自己去拿，各式小面包、红肠、方腿、炒饭、炒米线、橙汁、西瓜等，随意去拿，初去三五天，我胃口很好，能吃四五个小面包，有时还加点炒饭或炒米线。可是十天之后，就减到两三个，临走几天，一进咖啡厅，一闻那面包味、咖啡味就饱了。只想一套大饼、油条，哪怕来碗泡饭、吃个咸鸭蛋也好。咖啡也不能常喝，四十多年天天喝茶不厌，咖啡喝三天就作呕，可见生活习惯影响人有多么深。

　　酒店、酒店，重在酒字，宴会要喝酒，酒吧要喝酒，可是我不会喝酒，年轻时好胜，学过喝酒，也划过拳，可是醉过两次，比生病还难过。对于新加坡一些朋友西洋习惯的空口喝威士忌，更是从不领教。但是有时加冰块，只一点点酒，加许多冰块，等于喝冰水，这样我也能喝一杯了。三年前在新加坡一家酒楼国大开晚宴，吃自助火锅，学术会议的宴会是不准备酒的，要吃自己付钱。这家酒楼很大，身穿花缎旗袍、斜佩"青岛啤酒"绶带的小姐在桌前让酒，除我而外，能喝两杯的朋友，每人要了一缸。吃完结账，每缸六元多新元，合四美元。有人付账时不免感到心痛。我无此嗜好，丝毫不觉得嘴馋。只苦了好酒贪杯的朋友了。

　　我不会喝酒，对吃酒席也无太大兴趣，而且牙又不好，虽然都是真的，但从小爱吃甜食，满口龋牙，现已残缺不全，只能吃些软的、酥的，酒席上不少菜，明知很好，但不能吃，而且一桌十几个人，如几桌在一起，大家敬酒，热闹自是热闹，却又不能安静地交谈。对于不能喝两杯的我说来，真感到抱歉。这时就要有点酒量才好。相反三四个人，拣爱吃的要两样，来杯热茶，边吃边谈，是很好的享受。可如果无酒，对于爱喝两杯的人说来，也感到遗憾。一次，一位开酒楼的友人在他新开的金玉满堂酒楼设便饭，在高雅的挂满名人字画的大厅内边吃边谈，主菜是每人一罐煨鱼翅，又烂又鲜，量也多，这样的鱼翅即使在高级酒席上也难得尽兴，我吃得非常满意。而一位爱喝酒的好友，对此却丝毫不赞赏。他感到没有酒，任何山珍海味都不是好菜，只要有点好酒，小葱拌豆腐也是佳肴。

　　现在上海开了不少家潮式酒楼，专卖潮州菜。前年新加坡国大汉学研讨会，告别宴就是在最大的潮州酒楼举行的，四十多桌,十分热闹,鱼翅席,有一大海盘鱼翅羹。半个多世纪前,在北京,最常见的席面就是鸭翅席。即有一只鸭子,一大盘鱼翅。在新加坡现在也有"无翅不成席"的说法。即只要是酒席,不管贵贱,都要上鱼翅才行。手头有一张近日新加坡报纸,登着海京海上大酒楼的父亲节宴席广告,有四百二十多元一桌的,主菜是红烧大鲍翅、南乳去骨猪、原粒美鲍鱼,三百二十多元主菜就是蚧肉烩生翅、南乳去骨猪、蒜茸蒸活虾,二百六十多元主菜是蚧肉烩生翅、白灼游水虾、鲍片扒菠菜了。从价格差别,可以看出菜的差别,但都有鱼翅,贵的红烧鱼翅,那就全是鱼翅,贱的蚧肉鱼翅,蚧肉价钱便宜多了。同样蚧肉鱼翅,多加蚧肉,少加蚧肉,又可分出档次。原粒鲍鱼也很贵,六年前新加坡一位闻人在他二十八层的办公楼内请客,用的是鲍鱼席,红烧紫鲍,个子很大。香港现在也最讲究鲍鱼席,鲍鱼讲究几个头、几个头,即同样重量越大越贵。像螃蟹一样,一斤三个、一斤五六个,那价钱大不一样。现在鱼翅、鲍鱼人工的、人造的很多,同野生的大不相同了。

潮州菜中芋芳糕做的很好吃,不过是甜品,新加坡西式糕点做得好,有一次新加坡作家协会在著名的希尔顿饭店举行雅集,茶点招待。各式蛋糕做得实在好,甜度正好,松软入口即化,上海过去著名的老大昌等店是无法比拟的。我吃了好几块,迄今还感到余香满口呢。

乡情乡味

一九八八年,我随"《红楼梦》文化艺术展"代表团访问新加坡,住在狮城中文街濠景大酒店。一天,在酒店的电梯间里,三言两语,就结识了京华故人、老报人、前《星洲日报》总编叶世芙兄,这真像《红楼梦》第二回贾雨村遇到冷子兴一样,可以说是"奇遇"!

叶世芙兄是老"辅仁"的,十六岁由广东茂名不远万里到当时的文化古城北平辅仁附中读高中,也就是后来改名为"北京十三中"的学校,近年十分出名的作家刘心武就曾在这个学校教过书。但在半个多世纪之前,这个学校却是地地道道的天主教学校,叶世芙兄是三代天主教世家,由茂名到当时的北平读书,也是因教会的关系。他辅仁附中毕业后,便顺利地考上辅仁大学中文系。于一九三九年毕业后离开了古城,到了抗战的后方。一九四八年又远游南洋。他笑着告诉我:他初到北京那一年八月半,陈援庵(垣)校长笑着叫他"小广东",让他到家中去过节。而转瞬间,这个"小广东"已经是皤然老叟了。

他在辅仁初读大学时,我还不过是一个小学生,虽然同在古城,却无缘成为朋友。大学生、小学生的年龄、知识差距,也似乎不能成为朋友。而想不到在半个多世纪之后的异国酒店电梯里,却邂逅相逢,拉上了"同学"的关系,因为在他毕业后第四年,我也考上了辅仁,虽然后来我因为经济的原因,没有在辅仁上大学,但也交过"保留学籍费",也注过册,这所天主教会办的著名学府的花名册上,是有我的大名的。而且当时发榜时还登过报。在"一榜及第"的"同学"名单中,颇不乏有世界名望的人,但我在此不多说他们,只说叶世芙兄。就因了这点小小的机缘,我们在异国的电梯间里,忽然分享了古人所说的四大喜事之一——"他乡遇故知"了。

辅仁当年的老先生们:沈兼士、余嘉锡、顾随、英千里……辅仁的神父花园,辅仁的磨砖对缝的精美教室大楼,每一扇都不同的花窗户,什刹海的柳荫,后海河沿的雪,钟鼓楼的大影子……旧事、旧景、旧人,所有围绕着辅仁的一切,一股脑儿从我们两人的口中同时倾泻出来,那样津津有味,那样忘去周围的一切,不知不觉电梯到了底层,人走出来,站在大厅上继续谈着,似乎已忘却了时间,一直承他热情邀请,订下了第二天在金冠酒家的宴会时间,才依依不舍地告别,说了"明天见"。

金冠酒楼的主人是汪文华先生,世芙兄那天在"金冠"摆了三桌,席间觥筹交错,十分热闹。一边吃,一边谈着,不由地又说到了北京的旧事,因为正在吃着,所以就说到了"吃",中心落在"吃小馆"上,世芙兄感慨地说:

> 现在这酒席吃着都没有味儿,那会儿在北京作学生时,经常吃小馆,随便一个家常菜,什么木须肉、溜肝尖、爆三样……都是百吃不厌。

这话实在引起我的同感。三十年代在当时北平做过学生的人,可以说没有一个没有吃小馆的经验,也没有一个不对此感兴趣,留下极为美好的回忆。梁实秋先生的《雅舍谈吃》中,就有不少美味是回忆当年在北京吃小馆的。真是说起来迄今口角留香,虽然半个多世纪过去了,可是那味道似乎是永存的。红白喜庆宴席给人留不下什么深刻印象,而三五知己经常去小馆边吃边聊,那滋味是永远无穷的。不论是著名馆子如春华楼、五芳斋、明湖春等等,就是各大、中学校附近小馆的家常菜,也都是材料真、火候好、味道醇,真都像世芙兄所说的"百吃不厌",可惜现在这种纯正的京味菜吃不到了。吃到的都是些异乡异味,或者是些"精雕细刻"的"花拳绣腿",把做菜的功夫花在摆盘子的花样上,似乎也是世界的"新潮"。让人怎能不思念当年北京"吃小馆"之乐呢?

金冠酒楼散席后,已经很晚,酒店车来接,回到濠景,一进大厅,便有几位朋友迎上来,原来是他们在这里等了好久了。中间一位不认识的妇女,递上一张卡片,一边用带着天津口音的普通话说:如果有时间,务必请到她那里去坐坐。我看她卡片上印着:京华小吃,京津厨艺:饺子、锅贴、三鲜饺子、三鲜锅贴……地址是余街百胜楼对面街。我望着她的卡片,真想再去吃两个三鲜饺儿,可惜当天已晚了,过了两天,便匆匆飞离狮城,自然没有机会去,也就辜负了她的盛情和狮城"京华小吃"的乡味了。

新加坡组屋

《我想有个家》,一曲名歌抓住了多少人的心。但有家先要有间房子,最好有一套宽敞可以安家的房子。因而新加坡当政者在许多年前,就提出了"居者有其屋"的口号,并且努力实施,据今年最新统计,百分之八十七的家庭有自己的房子,其中五十六万户拥有组屋。

"组屋"是新加坡的名词,上海一般叫"工房",北京叫"宿舍楼"、"单元楼",大体是一样的,所不同的是,新加坡的组屋是政府筹措资金,盖了大面积的高层单元楼,即组屋。然后接受公私企业低工资者申请,用先缴几成订金,然后分期付款的办法,买得产权。有资产者,高薪阶层,都不能买组屋,组屋是优惠低工资阶层的。

我虽早就知道组屋这一名称,但第一次见到还不明白那就是组屋。六年前第一次去新加坡,当天晚间,在酒店十六楼房中窗前外眺,只见不远几幢高低一样的大楼,一条条的强烈灯光雪白雪白,看不明白是什么,既非楼窗的光,也不像建筑工地半夜施工的光。半夜起来去洗手间,那些灯光仍旧亮着,看来是整夜不熄。第二天仔细观察,才看清是高层宿舍楼房后面的走廊,因是热带,楼房外墙都用涂料涂成白色。走廊不用窗户,都装有日光灯,通夜不熄,这样晚间远远望去,就是一条条的白色光带,十分美丽,形成新加坡特殊的夜景了。

一天晚饭后,我外出散步,走出酒店大门,向附近两座组屋走去。这是两座建在坡地上的居民楼,这种楼进出多走背面,进去或楼梯或电梯,先进入走廊,然后是一家家房门。底层有的是停车场,有各种小铺子,二层以上才是住房。我走近的这两座组屋,门前有高大的热带樟树,树下有露椅,有两位上身赤膊、下穿黑色短裤、拖鞋的老年人正在乘凉,扇着芭蕉扇,古铜色皮肤,也像上海过去夏天四川路一带弄堂中常见的广东老人,并不感到是在外国。楼下几家小铺子,一家卖竹木杂货的,如刷子、衣裳架子、小笼屉、筷子等等,自然竹木手工制品而外,也有不少塑料制品。又参观一家食品、香烟杂货店,酱油、蚝油、酒类等,都是一色老式的货色,更妙的是一个小玻璃橱放在柜台上,内中是各种牌子香烟,而且是中国早已看不见的十支装小盒,牌子也是解放前英美颐中公司老牌子,什么海盗牌、大联珠、金鼠、黄炮台等。这些烟不知哪里来的,恍似站在半世纪前小烟杂店柜台前。我住的濠景大酒店的豪华商场部和这家组屋下的小店只隔着一条马路,而却像隔着一个世界,又隔着半个世纪的时间距离——而同在一个新加坡的空间和时间里,真感到不可思议。

这座组屋不太新,建成在十年以上了,大多是三室一厅的,每户使用面积在六十平方米。比上海一般多层住宅单元面积大一倍左右。这种房屋在八十年代初或七十年代末,只卖万八千元到两万元一套。如先付百分之十订金,分十年还清,加利钱,一年付不到两千元,每月付一百五十元即可。新加坡房价也在不断上涨。现在申请这样标准组屋,在五万到七万之间。如新申请,先付一二成订金后,再分十年付清,每年付五六千元,每月付五百元,相当于低工资者一个人月收入的八成。报上最近求职广告,雇一个学徒工还月薪九百呢。所以组屋的价格适应低工资的比例,这样其"居者有其屋"的口号能够保证实现。

新加坡人住房,除去大多数低工资收入的人住组屋外,大多中产以上的居民住公寓、小洋楼。而组屋也在不断变化。最早一批组屋建于二十几年前,一室一厅、二室一厅房龄陈旧的,现在大多已拆除,或准备拆除,再建三室一厅或四室一厅的高标准组屋。而原组屋的居民经济也在不断变化,儿女也在不断长大,有条件的都想改善居住环境。新加坡管房屋的机关叫"建屋发展局",适应居民需要,除建新楼外,又推出"毗邻单位组屋改装计划",即把空出来的隔壁组屋连在一起改建成更多房间的单元。一个在三室一厅住了十三年的家庭补习教师,隔壁一家搬到新建的五室一厅的公寓楼中去了。他便以五万多元代价买下这套组屋,按上述计划规定,把两套并在一起改建,原来六十五平方米,便成为一百三十平方米一大套房子了。两套合并不过十几万元。而要新买一套五室一厅的房子,最少房价要二十几万。

组屋的所有权是住房人自己,可以自由买卖。因此报纸上每天都有密密麻麻的出售或征求购买某个地区组屋的广告。举一例如下:"三房、文礼中心二〇九座,装修美观,近购物巴刹,售五十六千元……"

118

"购物巴刹"即商场,售价按英国习惯,五万六说成五十六千,因英文中无万字概念,从广告中可见新加坡今天组屋价值举此一例,足见一般了。

马路沧桑

新加坡是花园城市,马路极为漂亮,但它也有发展史,也应知道它发展的情况。张元济一九一一年所写《环游谈荟》中记道:

> 舟过厦门时,有下舱客一千七百二十二人,云赴新加坡及槟榔屿者……船仆骆姓者,广东花县人。语余新加坡猪仔馆在金镑、牛车水等街。厦门、香港等处皆有经理人……新加坡华人,除领事外。无一御长衫者,短衣散裤,辫发下垂。非中非西,别成一格。华人街市悉仍中国旧俗。有时循行数里并不见一洋房。目所触者中国之器物也……

这是八十二年前新加坡的情况。"金镑"、"牛车水"都是当时老街名,现在还是老街名,不过现在不管是华语路名、英语路名、马来语路名,马路边上路牌都是英文。街或路标"Road",大路、大道标"Way",小路、巷子标"Lane",在这些字前面的专名,有些是英文,而大多是华语、马来语的译音了。

"牛车水"一看就是十分古老的地名,吃水靠牛拉,是当年华人到了新加坡最集中的老地方。我去过好几次,附近还有"厦门街"等马路,是新加坡市中心。第一次是六年前晚饭后朋友开车邀我夜游新加坡各马路,车子开行了一两个钟点,在各路上绕来绕去，先到近海滨一处露天餐厅吃马来火锅，后又绕到牛车水吃榴莲，车停下来，我们在一条小路上下车，我周围一看，两边两层楼广东式洋房，老式木制门栏杆等，其感觉完全同置身上海金陵东路、四川南路一带一样。一家临街房屋人家，正办丧事谢客，门前摆着花圈，房中有供桌、烛火、香烟、挂着黑纱白花吊丧的客人，马路边上摆三四圆桌，设宴招待客人。正如张元济先生八十二年前所说的："华人街市悉仍中国旧俗。"就在牛车水不远，则全是几十层高的大楼簇拥着的现代化繁华大街了。转过不远就是我常去的两座二十八层桔红色瓷砖贴面大楼，四面四条小马路，在这一带大有鹤立鸡群之势。

近现代发展起来的世界各大都市，都是水陆交通重镇，何况新加坡是马来半岛柔佛州滨海尖端。码头是十分重要的。著名的红灯码头，上来就接连闹市市中心，一九九一年我再去时，这一带有几条老街又在大兴土木，友人邀请乘游艇海上归来，由红灯码头上岸，步行在桥南路一带游览，到新加坡中华书局参观。这里都是老式建筑的街面，中华书局后门出来，在一个露着泥墙的小巷拍张照片，而背景不远则是两座六十层纯钢架多角大楼正在兴建，据说是日本人投资。走老马路不远，便到了建于一八六七年的"同济院"，这是一所有雕花门、砖墙起脊、瓦片猫头滴水的中国式建筑，前门一条马路、后门一条马路、三进院子，院中假山兰花，进了院子，坐在假山边石凳上休息，好像在苏州某个园林中，不会感到是在新加坡。外面不少老房子都拆了，推土机正在紧张地工作，而这里作为古迹保留了。墙上钉有新加坡国家古迹保留局的牌子，有中英文说明。写道："由手艺精巧的工匠利用来自中国的材料建成，这是新加坡仅存的几个典型中国式建筑物之一。"

新加坡老马路旧建筑近年拆掉了不少,但又有人建议,都拆掉不好,就没有历史了,因此据说又要保留一部分,还要加以修缮,使之新旧对比,整整齐齐,显示发展变化,从马路上也可见历史沧桑。

新加坡最热闹的马路乌节路,两面大公司、百货店、购物中心、楼房、橱窗布置十分考究漂亮。但其热闹程度,比之上海南京路、天津劝业场、北京王府井一带,是不能相提并论的。就是没有那么许多人,再有新加坡不提倡夜市面,热闹的乌节路,并不像香港、今日南京路那么许多霓虹灯。乌节路的热闹,只是表现在马路上流水般的五颜六色豪华私家汽车上,前年夏天友人驾车送我到乌节路美丽殿酒店参加国际汉学会开幕晚宴,也只是辉煌的照明华灯,没有大面积霓虹广告灯。

有一条购物的马路叫珍珠坊,那里都是中等铺子,中国去的旅游者常到这条街游览购物。

新加坡各住宅区的马路都不很宽,但都极为干净安静,两三层楼的房子,都有小院子,而没有高院墙,街上都能望见楼窗,窗台上的花木。而行人极少。只是家家门前或院中,都有停车。新加坡工业区的马路也很干净,树木很多,建厂时政府就规定要留多少种树的土地,因而所有工业区的厂房、马路也都在高大的绿树丛中了。

狮城的报纸

从历史上说,几十年前,新加坡报纸有好些家,英文报纸少,华文报纸多。半世纪前,国内不少知名作家都到新加坡办过报、编过报,郁达夫就是其中一位十分著名的,抗战胜利后在马来亚被日本侵略者秘密杀害。过去最著名的华文大报一是《星洲日报》，一是《南洋商报》。《星洲日报》是胡文虎"星系报纸"中较大甚有影响的一种，在几十年前和星系报纸的另一种香港的《星岛日报》，都同样拥有广大的订户、读者。《南洋商报》影响也大，除新加坡外，马来西亚也有，现在还在继续出版。

十几年前，新加坡报纸业为了适应新形势的需要，各家主要报纸联合成立了"报业中心"，《星洲日报》和《南洋商报》合并成立《联合早报》，另又出版《联合晚报》，这是目前新加坡最大的华文报纸。因为过去《星洲》、《南洋》二报都是商业报纸，是股份有限公司的组织，成立"报业中心"之后，两报股份、资金立即并入"报业中心"发行《联合早报》、《联合晚报》，在套红报名大字上方，又印"南洋"、"星洲"二手写黑色小字。《联合早报》、《晚报》两种，再加另一华文报纸《新明日报》，合起来发行量五六年前为三十万份。但是新加坡的官方语言是英文，政府行文公告，各企业来往均以英文为主，因而英文日报更普遍。报业中心另外发行《海峡日报》，这是一家英文报，也印有一版中英文双语版，发行量很大，据说也发行三十万份。

看惯国内报纸，初看国外各种报，会感到十分惊讶，就是它版面太多了，很少有少于十六大版的报纸，即对开四大张。如《联合早报》一般五十版，即十二张半，星期刊五十四版，一份报拿到手中沉甸甸的像一本书，一本厚杂志。这五十四版，先是九张套在一起，另外三张套在一起，还有四张星期特刊。因此版面编号也很复杂，如第一张正面报头半张一版，翻过来二版，而另外半张则是三十五、三十六二版，如一拆散，找起版面很不方便。《联合早报》、《晚报》近年以来，已全部横排，而且使用中国大陆的简化字，所以我们看起来很方便。

这么些版面,全登些什么呢？照我们过去笼统地以极左的眼光看,"那还不都是广告",一句话就解决了。其实这是不对的。它这五十多版内容可以说是丰富的、健康的、活泼的。要闻、新加坡新闻、亚细亚新闻(东南亚)、中港台新闻、马来西亚新闻、国际新闻,各有两或一大版,财经广场、体育、亚太经济、财经、赛马、股票、言论、天下事、交流等也各有一大专版。副刊也很多:文艺、影艺、茶馆、青草地、作业、少男少女、保健、小说漫画,也是五花八门,洋洋大观,其中"青草地"、"作业"、"少男少女"是专为中小学生开的。"作业"用半版地位、天天刊登分年级的英文、华文、数学作业题,"青草地"专登中小学生的短文章,中小学生非常爱看。

版面多,自然广告也多,由整版的汽车、楼宇、化妆品、家具、旅游、航空广告,到只两三行字,没有一张邮票大的"迷你"分类广告,应有尽有。每天有三整张迷你分类广告,五花八门,什么都有。买屋卖屋、买车卖车、各式修理、求职、征婚,最多的是招聘各种人员的广告,大小都有,招工叫招"操作业",最大的招工广告,可登一整版。

《联合早报》和英文《海峡日报》,是两家最正规的早报。《新明日报》版面较少,软性新闻广告多一些,不适宜在前二报刊载的,便于此刊出,似乎是大报形式的"小报"。《联合晚报》是另一套人马,由总编到记者,都是《晚报》的。版面较《早报》为少,内容生活化,如美食、美容、书画、工艺、戏剧、舞蹈、健身、收藏,各种专刊很多。更适宜读者晚间消遣阅读。

新加坡所有报纸都用五号字排,行距宽,看起来十分爽朗、舒服。在很多年前,就已经是电脑排版。一九八八年我去报业中心参观他们的排字车间时,已像一个大教室,一排排写字台上都放着中文电脑，操作员在忙碌地排着稿子。同二十多年前老友叶世芙兄在《星洲日报》任副总编时，不可同日而语了。每天报纸有几张彩色版，星期日还有星期增刊。八月间去香港、台湾，他们不少报纸都用六号字印，排版密度又大，看起来都没有新加坡《联合早报》《晚报》舒服。可能也因为我是老花视力的影响吧。但字小总是伤目力，联想到现在中、小学生近视眼太多，恐怕和读书、看报字小不无关系。

尤今与新作家协会

新加坡华文作家尤今女士，最近两年中，在我国十分出名，拥有不少读者，在北京、在上海，签名售书，不少文学爱好者争相购买，以便一睹风采。电视台为此也作了采访，真可说是声誉日隆了。

尤今是新加坡作家协会会员，确切地说，是"华文作家协会会员"，因为新加坡官方文字语言是英文，又是多民族国家，有马来语、波米尔语。但是百分之七十六是华人，又号召说华语普通话，即双语制国家，一般华族知识分子最少都会两种语言文字，由于传统文化深远影响，母语和宗邦文字传统影响，所以华文作家还是十分活跃的。因而其作家协会的会员也不少。如按人数比例来比较，那恐怕比中国还要高的多，如把其他方面华人文化人，如中文教师、教授、中文报记者、中医、中文编辑、中国书画家都计算在内，那从事宗邦文化的文化人就更多了。说到尤今，不妨摘抄一九八八年《新加坡作家协会会员作品总辑》中的小传做个介绍：

尤今，原名谭幼今，毕业于南洋大学中文系荣誉班。著有新闻特写集《社会鳞爪》、小说集《模》《面团与石头》、游记《沙漠里的小白屋》《绿》《南美洲之旅》和《奇异的经验》。多年前，曾担任图书馆专业管理员、报馆记者、编辑。现为中学教师。最近几年间时常出国旅游，写了不少极饶趣味、可读性甚强的游记在报章副刊发表，殊受写作界欣赏。

六年前我随《红楼》团初次访新，承当时新作协会长王润华博士之约，与作协会员在著名的希尔顿大酒店咖啡厅举行茶会，雅集联欢，到的人很多，不知那天尤今女士来了没有？想来也是莅会的，可是我交换的名片中却遗憾地没有她的名片。三年前出席新国大国际汉学研讨会时，会间都是些学术教育界的朋友，也再无机会和作家协会的朋友们见面。这样在电视上见到采访尤今女士的镜头，则只是有似曾相识之感，无识荆之缘了。不过她的短文是常在《新民晚报》上读到的。我也算该报的作者，与异国知名女作家居然也有"同版"（同一版面）之谊，亦十分幸运了。

新加坡作家协会会员年龄层次很广，跨度很大，有出生在本世纪初的柳北岸先生、本世纪二十年代的李汝琳先生，也有六十年代以后出生的青年一代，青年男女诗人、散文家、小说戏剧家，济济一堂，好不热闹。新加坡作协是新加坡华文作家的大组织，另外还有各自小团体，如先前的"新加坡写作人协会"、"五月诗社"、"新加坡文艺研究会"，此外还有"岛屿文化社"、"加东文友俱乐部"、"阿裕尼文艺创作暨翻译协会"、"金声教育中心文艺学会"等等。另外新加坡华人祖籍大多是广东、福建、海南，不少县都有会馆或宗祠,如南安、潮汕、莆田、泉州、福州等会馆,都继承着这些地方的数百年悠久文化,知识最发达,在支持华文文艺活动方面,都发挥了很大作用。各大、专学校,中学,也都有中文学会等类组织,出版刊物、出版墙报,也鼓舞了华文文艺创作,为新加坡新的华文作家的涌现,培养了不少幼苗。

新加坡官方语言虽是英文,但华文报纸还有三家,都有大篇幅的副刊,有纯文艺的,有综合的,为新加坡华文作家提供了较为广阔的园地。英文日报名《海峡日报》,发行量最大,也有一大版双语版,推荐华文作家的优秀作品。

自从八十年代中后期,华文文学刊物如《文学半年刊》、《五月诗刊》、《新加坡文艺》季刊、《热带文艺》、《赤道风》、《海峡诗刊》等刊物也都为新加坡作家提供大量创作园地。还有不少华文出版社,也出版了不少新加坡作家的文艺作品,每年都有一些新作出版。

新加坡作家协会不仅在其国内为华文文学创作而活跃,且因其各种国际条件好,所以国际活动也十分成功。已经举办了三届国际华文文艺营,邀请中国名作家,如艾青、萧乾、已故萧军等位都去参加过,即台湾、香港、旅美的不少著名华人作家也去参加过,如白先勇、周策纵、哑弦等位。对于促进全球华文作家的感情思想交流,都起到了很有意义的作用。

自然,从个人角度来讲,新加坡作家又有其特殊的经济条件和旅行自由方便的好处,这是中国作家无法比拟的。新加坡作家一般不靠写作赚稿费生活,还有其他工作,如从事工商业、自己有资产,经济自不成问题。即教书、作编辑、大学、中学甚至小学教师,月收入都在两千新元左右,资深高中教师三四千月薪,大学讲师、教授七八千,来中国旅游,不过一千五六百,三四千元可到北欧畅游十天。用上一两个月工资,拿上护照,又会说英语,语言无障碍,便可全世界各地潇洒走一回了。此尤今之所以能全球旅游,写优美的散文也。中国作家在这点上如何能比呢?

香岛纪"行"

衣食住行,人生四大要素。廿世纪开始与结尾,行的变化最大。其特征是飞机普遍,由上海到香港,用不了两小时,就到了。我最爱晚间站在半山好友高楼的阳台上,北望九龙启德机场夜航班机的不停起落,在一片灯火的海洋中,远方一点红灯渐飞渐近……近处一架起飞的灯火又渐飞渐远,没入遥远的夜空,那样闪耀,又那样深远,那样渺茫,又那样清晰……每一个闪耀的星光,就是一架庞大的载满世界各地旅客的当代客机……但是,在同样的香港,也还行驶着本世纪前期就有的有轨电车,由早到晚,叮叮当当,忙碌地驶过中环海边的皇后大道,上面经常是装满了人,去铜锣湾,去柴湾……过去在北京、天津、上海坐惯了的有轨电车,如今在这三大城市的叮叮当当的玩艺早已绝迹多年,但在今天香港,还照常行驶着,这是上海、北京等内地朋友难以想象的。我与友人在最热闹的皇后道几次坐有轨电车,叮叮当当,跳上跳下,还像当年在南京路、静安寺、王家沙、大光明跳下跳上一样。

住在中环半山友人家中,在他家的楼下,每家人家都有一个车位,他新买一辆铁灰色的大丰田,虽不豪华,但颇实用。我由沙田中文大学雅礼宾馆搬到他家去住,是他亲自开车来接我的。在中大玩了多半天,吃完中饭,我们开车回去,从九龙塘一带马路过去,都是大面积三四层楼房子,启德机场飞机日夜不停从这些楼顶飞过,也正是我在半山凭栏眺望的红灯闪闪……新机场建成启用后,这一带三四层楼宇均将大批改建为高层了。我们穿过西面海底隧道,边谈边开,出来已如进入峡谷,两边都是三四十层高楼,已到最热闹的金钟广场一带了。

香港是岛,九龙是半岛,连着"新界"和内地。维多利亚海湾,隔开两地,同上海浦东、浦西差不多。距离很近,唯一不同是香港岛是一座石头山,除山下高楼建成一个半圆圈外,其他都建在半山上。隔海相望,夜间最辉煌。在过去没有海底隧道和地铁时,全靠轮渡。现在轮渡仍很繁忙,但不是唯一的了。隧道、地铁几分钟就过来了。有一次乘"的士"由麦当劳道到香港大学,只十多元。这天,开完会晚归,我和友人沿近道散步回来。这是一条半山上十分古老的马路,人行道不宽。沿途除新公寓高楼外,都是老式四五层房子,十分安静。上海叫"荡马路",边走边看边聊,安步当车,十分潇洒,半个多钟头,就回到友人家了。这是在香港的一次难忘的步行。

虫中丑类与书

　　前年写了一本小书《草木虫鱼》,上海古籍出版社出版之后,香港、台北商务印书馆又将此书改名《草木虫鱼世界》,在两地同时出版,而且是比大三十二开还大一些的开本,插图很多,印刷精美,在我所出版的书中,可以说是最漂亮的一种。一本不起眼的小书,居然三地同时出版,自感也有点飘飘然了。不过,且慢:也有不尽如人意处。此书原是在总题目下,随意拟题写的,反正是"草木虫鱼"的大范围,想到什么便写什么,如其中的虫吧,便把几十年苦难生活中的虫儿们都想起来了,其中不少都是很讨厌的害虫,如苍蝇、蚊子之类。但交稿后编辑先生定稿时,说是这本书名之曰"养植文化",因此所写害虫不能过多,便把苍蝇、虱子编入书中,而把"蚊子"、"蟑螂"、"臭虫"剔除了,同时信中说:谁养殖这些丑类呢? 这就像女娲炼石补天,被遗弃在大荒山下的石头一样。"苍蝇"、"虱子"便荣登著录,远航港、台;而"蚊子"等便弃诸字纸篓中。同是"虫中丑类",又何幸与不幸遭遇如此之不同乎? 偶翻书时,于乱纸堆中发现这三篇弃稿,忽思"虫中丑类",也不失为一个好题目,且与书有缘,遂冠以《虫中丑类与书》为总题,前后加个引言和结束语,找机会使它们见见世面,依次排列如下:

蚊　子

　　古代做大官的人,不如现代的享福,因为那时科学不发达,某些现代化高级条件无法办到。比如说防止蚊子吧,就很困难。
挂一顶高级绣花帐子,如贾探春秋爽斋挂的双面绣草虫花卉罗
帐;也只能说晚间睡眠时蚊子不咬,如在灯下做点什么,甚至白
天,蚊子还是要叮的。过去,北京人习惯夏天糊纱窗、糊冷布,又
挂竹帘子,因为并不十分潮湿,如果干净一些,基本上可以做到
夏天无蚊子。《红楼梦》第三十六回描写怡红院夏景,宝钗见袭
人身旁放着一柄白犀麈尾笑道:"你也过于小心了,这个屋子里
哪里还有苍蝇蚊子? 还拿蝇帚子赶什么?"后来袭人才说从纱窗
窗眼里钻进一种小虫等等。由此证明,怡红院中只有不知名的
咬人小虫,却是没有苍蝇蚊子的。不过这个在北京办得到,在南
方就十分困难。南方老式房子,一般不糊顶篷,大而且高,天气
热,冬天也开窗,夏天更是大开窗。如苏州各名园房屋,大都如
此。这样夏天晚间,黑呼呼的,就全是蚊子打转的市面了。如果
说贾宝玉就是曹雪芹的化身,那他祖父曹寅在金陵织造衙门中,
却没有怡红院的条件,照样要被蚊子叮。何以见得呢?《楝亭诗
钞》卷四有题为《蚊》的五律云:

> 豹脚潜无迹,还如鬼啖家。
> 孤飞长喋血,老喙漫生花。
> 草壤随方聚,芬烟薄市斜。
> 蹒跚笑蝙蝠,昏黑绕檐牙。

曹寅假如生活在今天,一定长年住在有空调的高级房间中,
外面的花园,一定也早晚随时喷洒进口除虫药水,不会有半个蚊
子的。但他没有被蚊子咬的生活体会,也就不会写出这样的蚊
子诗了。在这点上,古代的大官似乎更接近劳苦大众。"芬烟薄

市斜"，很快让我想起多少年前，除"四毒"时满街燃烧"六六六"粉乌烟瘴气的味道。而"笑蝙蝠"的句子，又使人想起韩愈名句"黄昏到寺蝙蝠飞"的情景，以及江南大房子夏天黄昏时，檐间蚊子打圈，蝙蝠飞来飞去穿梭般吃蚊子的画面。静中闲趣，可以感悟到人生。诗虽不是顶好，但也都是经验之谈，说明他是被蚊子咬过的。

写蚊子的名篇很多，如宋代范石湖说有《嘲蚊诗四十韵》，写得比曹寅好，可惜诗太长，未便全引，略择几句吧：

> ……
> 俄为殷雷哄，遂作密霰集。
> 口衔钢针锋，力洞衲衣袭。
> 啾声先计议，着肉便嘘吸。
> 立豹犹未定，卓锥已深入。
> 血随咕喋升，势甚辘轳汲。
> 沉酣尻益高，饱满腹渐急。
> 晶晶紫蟹眼，滴滴红饭粒。
> ……

前诗"豹脚"、此诗"立豹"，均形容蚊之后腿如豹，长而细。以豹喻蚊，也是中国文人习惯用法。此诗描写蚊子叮人，形象逼真，极为传神。正是习惯江南农村生活的诗人，才能写出这样长篇大论的咏蚊诗。

在今天一般都市人生活中的害虫，如虱子、臭虫等，则在几十年、二三十年前都已消灭了。目前上海人感到困扰的仍是蚊子、蟑螂、苍蝇等等。因而天气还未热，电视上就出现外商在做广告了:"蟑螂死光光!""蚊子死光光!"如此咒蟑螂、蚊子之速死,大有不共戴天之意。广告也要人理解:第一告诉你家中还有蟑螂、蚊子;纵使不多,也还有。所以希望它们"死光光"。第二也说明这些杀虫剂力量大概还是很有限,不然左一个"死光光",右一个"死光光",既然死光光了,谁还再来买呢?

　　说实在,久住江南的人,对蚊子叮总有些经验,不怕夜间,只怕白天,我最怕白天正在写东西,不知哪里飞来一只花蚊子,落在你腿上,闷声不响,就是一口,等你一有感觉,微微一动,它便飞了。接着你腿上便是一个大包,奇痒难熬,又是万金油,又是花露水,起码半天时间才会消失。至于晚上,则有趣得多,洗完澡,不开灯躺在凉席上。这时偶然有一个蚊子飞来,十分有礼貌,老远便嗡嗡地告诉你了。这时静中等待,听音响方向,暗藏杀机,作好准备——说时迟,那时快,啪嗒一声,嗡声寂然,开灯一看,丑类在你掌中已粉身碎骨,鲜血淋漓了。而那鲜红的血,常常还是你自己的血,而蚊子是只吮血不出血的。

蟑　螂

　　人的胆量有时很奇怪,很大的人有时会怕一个很小的昆虫,比如有的人最怕毛毛虫。我年青时就常捉一个小毛毛虫吓唬一位要好的女同学,吓得她一边逃,一边笑着骂"缺德"。而我呢?在上海几十年中,最怕捉蟑螂。看见蟑螂,不敢用手拍它,常常眼看着它很快就逃走了。我青少年时代,都是生长在北京的,北京过去没有蟑螂,初到江南生活,看到这个怪物,就感到十分可怕,恐惧的心理状态,一直持续到现在。前几年常回北京,一次在一座大楼的亲戚家中吃饭,说起蟑螂,他们说北京现在也有了,据说是上海带去的。上海人去北京工作的不少,搬家时把上海家中家具都带到北京,多年旧家具,在缝隙中,常常藏有蟑螂卵,到了首都,气候一暖,破卵而出,这样北京的蟑螂也就繁殖开了。

正像有人说"美国月亮比中国圆"一样,据说蟑螂外国也是有的。这个"据说"我也是十分相信的。因为我知道有时十分干净、高级的地方,也会有蟑螂乱跑。八九年前一个冬天,在上海一家高级宾馆中住了几天,夜间暖气很热,半夜迷迷糊糊起来上厕所,顺手一开电灯,耀眼的灯光照在乳白色瓷砖和大理石上,忽然惊动了十来只巨型蟑螂惊慌地在洗脸台及瓷砖上乱爬,沙沙有声,一下子把我吓傻了,解手也忘了,不知如何是好……自然,这些四散逃窜的虫中丑类,也是惊惶失措了——这正应了吾乡俗谚所说,"麻秸秆儿打狼——两头害怕"了。

后来有人告诉我,这些高级宾馆中,一年温暖如春,而且食物营养丰富,是蟑螂最好的饲养场。据说这些大蟑螂品种,是加拿大的,随着外国客人的行李箱把虫卵带入而孳生的……虽是闻所未闻的奇闻,却是言之成理的事实。

按,蟑螂的蟑字是俗字,辞书上没有,正名是"蜚蠊"。旧版《辞海》注云"动物名",并注有拉丁文国际学术名,这里就不引了。下面详注说:"亦作飞蠊,一名蜪蝐,一名蟑螂,属昆虫类直翅类,体形椭圆而扁,长寸许,色黄褐,有光泽,头部小,触角颇长,如鞭状,翅为模质,前翅小,后翅大而阔。脚扁平,行走迅速,多栖庖厨之暗处,入夜则出而觅食。触之有一种臭气。"按,这就是蟑螂的尊容,好像也并无难看之处,只是多了一点臭气。

臭　虫

说到臭,虫中丑类,最讨厌的要算臭虫了。南方有的地方的人叫它"壁虱"。乾隆时汪启淑《水曹清暇录》载《燕台新月令》六月云:

> 是月也:仪官浴象,象始交。果子干成,槟子香,海茄大于盆,蝎始孕。壁虱臭,桃奴出。闻观果解。

汪启淑与《红楼梦》作者曹雪芹同时代,所记《月令》诸事,现代北京人,纵使老北京,也多已不懂了。但"壁虱臭"三字是懂的,即"臭虫臭"是也。清初诗人查慎行,晚年因其弟文字狱的牵连,系北京刑部狱中,有描述当年监狱生活的五言绝句四十首。其中一首云:

> 虫以臭得名,横行臭难掩。
> 均为血肉害,蚖虱当未减。

这就是大诗人笔下的臭虫。臭虫正名是床虱,又名荐虱、蟙虱。日本文中名"南京虫",多少有点侮辱"南京人"的意思,但过去各处臭虫也都有,倒不止南京一地,不知因何南京独蒙此恶名,未免有些不公。我最怕臭虫,记得五十年代中后期,家中人多,居住条件很差,每每为臭虫所困扰,三天两头要收拾房间,而地方小,又不能彻底清扫,经常用开水烫棕棚,都苦其不知藏在何处,只能"勤拿",却无法断根。冬天还好办,臭虫怕冷、不繁殖、不活动，一到夏天，就发愁了。民间《九九消寒歌》道：

  ……九九八十一，穷汉受罪毕，才要放脚眠，壁虱蚊蝇出。

  民间谚语道出了穷汉的苦恼，而臭虫则是专门吸穷汉血的。古代深宅大院，一般是没有臭虫的，高寒地区，也无臭虫，臭虫是要有一定温度才繁殖生长得快。北方有"高粱红，臭虫吃了人"的说法，即经过一夏繁殖，到秋天多得不得了。据记载，臭虫也是吻类昆虫的一种，形体圆扁，长约二毫米，色赤褐，头小，口吻适于吮吸。胸作凹形，短而阔，腹部扁平，分八环节，腹密布横皱，脚黄，三对……试看，这副尊容，也够怕人的。亏得它小，人还好对付它，如把它放大一百倍，或几十倍，那恐怕要变成为害更大的可怕怪物。当然，变大了，也就不容易藏身，人们也许更容易消灭它了。

  "不能留芳百世，亦当遗臭万年"，这是历史奸雄的名言。似乎在虫中也是如此。臭虫的特殊处，不只在于臭，而且繁殖奇快。据记载，雌虫每次产卵约五十个，每年产三四次，成长快，每年据说要传七代。寿命长，耐饥，不怕饿，绝食三四年也不会死。记得有一本笔记中记载：有的人家，破旧家具、棕棚等，丢置数年不用，缝隙中藏着的臭虫，状如薄纸，人们以为它死了，而放在人皮肤上，它马上便会吮吸人的血液，使人奇痒无比。有的书上还说：这种饿了多年、其薄如透明纸的臭虫，吮吸人的血，不但奇痒，而且有毒，可置人于死地。

  北方还有一句谚语："栈房的臭虫——吃客呢！""客"读作"劫"音，是一句歇后语，说明老式不讲卫生的客栈，臭虫最多，咬得客人整夜不能睡眠,是十分可怕的。看同治时人吴焘《游蜀日记》,同治十三年由北京到成都途中所记,多次记到臭虫,如五月十七日记云:"至西安府……入城寓天福客栈……寓所房屋宏敞,惟暑气蒸灼,蟹虫尤多,竟夕不能成寝。"二十二日记云:"过马嵬三十里,为长宁镇,俗名东扶风,为武功县地。连日宿店荒陋,蟹虫之盛,南方所无,余每夜篝灯就寝,卧而复起者恒数次。"书中这种记载还很多,在此不多抄了,我最怕臭虫,择抄这些文字时,浑身还感到发痒,说来真是太可怕了。

但说也奇怪,有人不怕臭虫咬,或者说臭虫不咬他。我太太就是这样一位奇人。虽然她身体不好,五六十年代就多病。但她不怕臭虫。记当时夏夜,床中偶有一二臭虫孳生,我便整夜难以睡稳,一夜不知起来几次,而她却呼呼酣眠,从未醒过。气得我叫醒她问她,她却睡眼惺忪地说:根本不咬! 翻个身,又睡着了。真没有办法!

结束语

虫中丑类,给人们生活以很大困扰。不过近几年寒舍随着居住条件的改善,以上三种害虫,臭虫早在二十年前就消灭了,蚊子近年也没有,只是蟑螂,每年夏天还发现一二次。读曲园老人《春在堂随笔》卷八,有一则专记此虫者,作个文抄公,引在下面,作为《虫中丑类与书》的结束语吧:

夏夜每有虫行几案间,亦能飞,人习见之,不为异,呼其名,如曰"章郎"。不知是此二字否也? 儿妇辈尝问余:"此虫有可考否?"余谓自注《尔雅》、《广雅》及《本草》者,从不言有章郎虫。惟乾隆时，钱唐赵学敏著《本草纲目拾遗》虫部有灶马，云俗呼赃郎，又作蟑螂，治疗疮及一切无名肿毒及小儿疳疾。《纲目》所谓"蜚蠊"也。因按《本草》陶注云："形似䗪虫，而轻小能飞，本在草中，八月九月知寒，多入人家屋里逃尔。有两三种，以作廉姜气者为真，南人亦啖之。"余谓此虫虽廉姜气，然实生屋壁间，不在草中，四月间即有，非至八九月畏寒始入室也。陶注所云未知是此虫否？苏恭注云："此虫味辛辣而臭，汉中人食之，言下气，名曰石姜，一名卢蟰，一名负盘。"然则此虫即《尔雅》"蜚蠦蜰"矣。郭璞注曰："即负盘、臭虫。"邢昺疏曰："蜚是臭恶之虫，害人之物。故《春秋左氏传》曰：有蜚不为灾，亦不书。"然则此虫，又即《春秋》"庄二十九年有蜚"之蜚矣。《汉·五行志》引刘向说，以为蜚色青，近青眚。此虫之色不青，未必即《春秋》所书者。转展推求，究无确据。惟《广雅》有一说曰："蜚蠊，蜚蠊也。"然则此虫，即《周礼》注所谓蠊也。《秋官·赤发氏》"凡隙屋除其狸虫。"注谓："蠦，肌蛷之属。"按肌蛷，盖即蠷螋，今所谓襄衣虫也。蠦即此虫矣。此二虫皆藏匿墙壁内。赤发氏掌除墙屋，故主除之，亦可证其非生于草间也。蟑螂皆俗字，"赃郎"亦无义，殆即蠦字之合音。按《字典》蠦字有张略一音，今呼章郎者，即张略之转也。为此一小虫，授引经史至数百言，老人多事，亦可笑矣。

博士卖驴，书券时连写三纸，尚未见驴字。读了曲园老人这段蟑螂考据文章，忽然想起这个有名的故事。读书人读书多了，越读越蠢的说法，或者是有一定道理的。考据了半天蟑螂，连蟑螂在碗橱后、灶边、饭桌下……等处产卵,江南村镇主妇人人皆知的事,也未说清。经学大师,岂不可笑乎?"虫中丑类与书"之关系,恐怕也还是现代科学书能给人以具体知识,而情趣有时又要从中国老书中去找,这里二者合一就好了。

微虫四记

蚊　子

　　今年夏天我家有一件值得欣慰的事，就是没有蚊子了。往年也不多，但是三天两天偶尔总有一只飞来，冷不防叮你一口，开始不感觉，等到有所感觉，它早已饱餐之后，远飚而去了，真是恨得你毫无办法。只好又痒又抓，自己对付自己，一会儿抓起一个大红包，擦点花露水或万金油之类的。自然过半个钟头也就消失了。不过只是偶尔有一只，并不是蚊阵如雷，轮番"轰炸"，所以也未用蚊帐、蚊香以及"敌敌畏"之类的喷雾药水来防犯——况且内人不怕蚊子、臭虫等，这些虫儿从不咬她，却专咬我，我在羡慕她之余，只好稍作牺牲了。今夏蚊子没有了，这毕竟是值得欣慰的。

　　蚊子干扰着读书人。尤其是江南的读书人，受其困扰更为严重。清代洪亮吉记他小时在外家（外祖父家）读书时的艰苦情况说：夏天晚间也要读书，在油灯下，蚊子很多，书桌下放一小水缸，灌满水，把脚和小腿伸到水缸中，这样下面蚊子就不叮了。这样苦读，简直像"头悬梁、锥刺股"一样，想来是很难受的。

　　江南夏日黄昏时，于门前映着暝色看蚊子打圈，是很有趣的，那一圈圈乱飞在空中的蚊子，黑呼呼地，不知有多少，只是在转来转去乱飞，不知为什么，这时它也似乎无暇叮人，因为它们只顾乱哄哄地飞成一团。

一两只、三五只蚊子叮人最厉害。但像沈三白一样，把它们放在帐子里，再喷口烟，看着它们在烟中飞翔，有鹤入云端之势，那也是深得静中之趣的。可惜现在吸"万宝路"的朋友无此灵性，无此雅趣。不然，蚊子又该值钱了。

臭　虫

偶从书架顶部找到一本多年不动的线装破书，坐在桌前乱翻，忽然从书缝中掉出一个小东西来——呀，一只干瘪了的小"死"臭虫。半透明的浅咖啡色，一点点一动不动。我一看不得了，知道它的厉害，连忙找来火柴，划着一根，熊熊的火焰，把这个小"死"臭虫烧焦了。为什么这么残酷呢？因为这种玩艺藏在某处，几年不吃，薄的像纸，像是死了，实际上还活着。接触空气，过一会儿，便会动起来。如果放在人皮肤上过不了三分钟，你便会感到突然奇痒，它的毒刺已深入你肌肤，在吸你的血了！

臭虫怎么会藏在书中呢？人们常躺着看书，而有臭虫的人家，床头枕边，是小虫出没之所，误钻入枕边书页内，白天休息，书一放回书架，它凭嗅觉再很难找到吸血的对象，只好藏身书中，一瘪若干年了。掏旧书的乐趣是说不完的，但也常会买来旧书时，带来别的人家的臭虫。

臭虫正名叫"床虱"，或叫"荐螽"。也有不少地方俗名"壁虱"。因而流传的《九九歌》："九九八十一，穷汉受罪毕，才要放脚眠，蚊虫螨蚤出。"最后一句，也常写作"蚊虫壁虱出"。在日文中，臭虫写作"南京虫"。这对南京是很不尊重的。臭虫热天才会活动繁殖起来。天冷时是没有的。过去有卖特效臭虫药的,包了好多层,十分神秘,打开一看:"勤拿"二字。实际只有弄得干净一些,臭虫就会消灭掉,现在大家讲卫生,一般都没臭虫了。

清初查初白诗:"虫以臭得名,横行罪难掩,均为血肉害,蚍虱当未减。"那是在刑部狱中写的,那是可怕的地方,是当年臭虫的大本营了。

青　虫

晚上灯下看书,忽然一只青虫不知从什么地方飞来,落在你那摊着的书页上。这在江南夏夜读书时,是常常遇到的。当然这要爽朗的老式或半洋式的房子,开着窗,有扇纱窗,如果窗外有棵梧桐或几根竹子或一株芭蕉,那就更好了。这碧绿的小虫忽然而来,在书上跳来跳去,殊可解你寂寞,它不伤害你,不像蚊子那样冷不防狠狠叮你一口,或是苍蝇那样落在你皮肤上、甚至额头上痒痒地那样可厌。它只是落在你桌上、书上飞两下就走了——不知从何而来,亦不知向何而去了。

青虫的学名是什么,我不知道。它自有它的生活轨迹、生命历程,如查阅世界名著法布尔的《昆虫记》,或者讲的很详细,很有趣,但我没有去查阅,也不想去查阅。何必知道得那么详细呢?我只喜欢它偶然飞来的情趣而已。

但是世界上的事也的确难说,一只青虫、两只青虫,忽然而来,又跳跃而去,或可解你读书时寂寞,添点情趣。如果来多了,它虽然不咬你、叮你,却也就够麻烦的。近四十年前,住在苏州一座小楼上,那是一个学校的宿舍,环境很好,很大的房间,只有两三个人住,各据一方,我书桌靠落地窗边,窗外几株高大的梧桐,树隙中可以望见大运河冉冉的帆影,在这样的窗前灯下读书是很美的。有一晚正在入神时,突然飞来数不清的青虫,打着团乱拍我的眼帘、鼻子,用手挥来挥去全是,这时我读书的雅兴全变成愤怒的火焰,不得不用脸盆抹了肥皂水,挥来挥去歼灭它们了。——后来看闲书,见有人引用汉焦延寿《易林》的话:"青蛉如云,城邑闭门。"忽然悟到:"青虫"大概就是"青蛉"吧!

斗蛐蛐

斗蛐蛐,即斗蟋蟀,直到现在,南北各地到秋天仍是孩子们、少年们最欢乐的游戏。不少白头翁也都怀念着他童年时斗蛐蛐的旧梦,看到这幅图也会悠然神往的。这幅图确切说是两幅:左面是成年人斗蛐蛐的紧张情景,右面是儿童围着卖蛐蛐的汉子,边上两个青年冷眼旁观,窃窃私语,议论着好坏,想买一个俏货。

大人斗蛐蛐,要赌输赢,带着赌博性质。旧时北京宣外大茶馆中,常有斗蛐蛐的会在门口红纸大书"秋色可观",在赌中亦有书香气。至于儿童,则纯属游戏了。图为工笔所绘,右面儿童一组,笔致尤为传神。最妙是买好捧着蛐蛐要走的那个孩子,还回过头来注视另外两个小孩,不放心,可能他们买到更好的,这全是宋人院本《婴戏图》的笔法。

海上京腔

晚上有时睡不好,早上四点就醒了,一醒就胡思乱想起来,忽然想起一个好书名:《海上京腔》,正好和北京一位先生的"京华海派"配对子,而且平仄很调,只是重复了一个"海"字,十分遗憾,无法和鲁迅先生的"南腔北调"、"五讲三嘘"媲美了,而且把上海颠倒过来,称作"海上",有些年青朋友也觉着眼生。在去年初中华书局出版的《文化古城旧事》一书中,就有一位十分认真的读者,给编辑部寄来了校对信,又转到我处,把"海上闻人",校正成"上海闻人"。我只好又把它改了回来,告诉这位热心读者,用"海上"的地方,有时用上海似乎不相宜,如著名吴语小说《海上花列传》,亦如"忽闻海上有仙山"、"海上生明月",但"海上"却非泛指,而是专指十里洋场的上海,因之有了"海上闻人"、"海上名家"、"海上寓公"种种说法。上海的别称很多,沪、沪渎、申江、春申、沪上等等,各有各的用法,如"海上京腔",改成"沪上京腔",虽然"海"字不重了,却感到不顺、不雅、不响……总不如"海上京腔"妥帖。中国文字有时是很怪的,虽然意义相同,而一字之差,却也有些讲究,说道理有时也很难,正是可意会而不可言传也。因此我颇孤芳自赏我这"海上京腔"四字书名,其因由就是书中收了一篇《小北京初到大上海》,为此这书名倒也是实事求是的。

记得七八年前《上海滩》杂志的一位朋友,向我约稿,我说写什么呢? 忽然想自己来上海一晃已几十年了。记得一九五三年工作调动,初到上海时,实足年龄不过二十八岁,眼睛一眨,已经六十多岁一个老头子了。而少年心情,仍如在昨日,初到上海北站,出站后在马路对过一粥店吃白粥、皮蛋,滋味尚在颊齿间……怎么会几十年一晃而去呢?因趁兴写了初到上海情况,有如写昨天的日记,一提笔就写了七千字,还感到意犹未尽,写完了标个什么题目呢?便按照上海人欢喜叫外地人"小山东"、"小江北"的习惯,题作《小北京初到大上海》,虽然有点轻飘飘,但当时确是"小",也非故作多情。这篇文章编到书中,又已是几年之后的事情,而我已七十一足岁了,能不感俯仰之速乎?说那些"少壮不努力,老大徒伤悲"之类的话已经迟了。

转瞬到今年我已至上海报上户口,工作生活足足四十年了,重新拿起笔来写东西、出书,也已十五六年,而最爱写的,最感兴趣的,最有滋味的,还是写北京旧事。其实我不是北京人,也没有福气做北京的官,而为什么那样憧憬北京旧事呢?其间有两个原因,一个是客观上的,一个是主观上的。客观上的是我还沾着一点"七七事变"前北京(当时叫北平)那种文化气氛的边,这种气氛不完全是传统的,也不完全是北京纯乡土的,而是融会了西方文化和全国传统文化精华所形成的气氛,那样深醇宽宏,舒展厚实。北京出生的孩子可能感觉不到,而我这由山乡到达北京的孩子却特别敏感,留下了深深的烙印。主观上的则是那句流传了上千年的老话:"千秋万岁名,不如少年乐。"人在任何情况之下,青少年时期的生活见闻,喜怒哀乐,总是最甜蜜的回忆。因此文中、书中写到北京的也就特别多了。自然这也和"身在江湖,心怀魏阙"完全不同,敏感的朋友也千万不要误会。

我在上海生活足足四十年了,天生笨拙,既未学会上海人的处世哲学——是什么,我也说不清,也说不好十分标准的上海话,但毕竟生活四十年了,对上海的生活也有所习惯和欢喜,这样写点什么,说的什么,又爱和上海或江南作些比较,这就是标准的"海上京腔"了。几个月前,北京电视台来我家拍电视,让我谈京、沪文化比较,细说太烦了,我忽然想到:北京缺少两条像上海南京路、淮海路那样的繁华商业大街……最近出版社编我一本随笔集,要我起书名,我忽然又想到"海上京腔"这组词语,不正好作我的书名吗?谨将这点菲薄的意思奉给上海、北京以及海内外的读者们吧!

黄叶谭风

"民俗随笔"的编者来信约我编一本随笔集,要我先起个书名,我忽然眼前出现一个美丽的金色画面,便起了一个《黄叶谭风》的书名,这里的黄叶,具体说指的是三年前九十月间北京定福庄某校专家楼前的一株大白果树的黄叶,因为本书所收的第一部分,正是在这个阶段,这个楼中,看着窗外白果树叶子由绿而黄、由黄而落的过程中写完的。

我多少年没有在北京好好地过一个秋天了。这次住在这个面东的小楼上,阳台落地窗,天天对着外面的园林、竹丛、高大的白果树。春天、白云,北京的秋是著名的,这里的秋就更美丽,一直看到白果树叶子变为金黄、轻轻地没有什么声音飘落下来,先是三片五片,后是十片八片,直到小小水泥汀的路上铺满落叶时,我才离开,印象太美太深刻了,所以名我书为《黄叶谭风》了。"风"是风俗而已,这里用"俗"字就不妥。至于"谭"吗?就是谈字,用个异体字,也是文人故伎,多少有点酸气,附记博通家一笑。

老舍先生当年曾说过,无论走到哪里,想写点什么,总想起北京。最近又收到华盛顿大学陈学霖教授的新著《刘伯温与哪吒城——北京建城的传说》和澳洲国立大学柳存仁教授的《大都》,都是讲北京的书。前者是用二十年功夫写成的学术专著,后者是一位少年、青年时在北京生活了十四年,后来远赴国外,走遍世界的海天游子深情的回忆,而写的都是北京。为什么,因为北京不只是中国上千年的古都，而且是紧密衔接着今天的全世界瞩目的中国人的首都。它不但内容宏博，历史悠久，而且影响深远，感情密切，牵动着每一个关心它的人的心。我少年时期、青年时期，在那里生活了近二十年，经历了艰难屈辱的八年沦陷时期，抗战胜利后的混乱战争年代，直到解放后，工作几年，调离北京，辗转来到上海，一呆就是四十来年，但是一提笔写东西，首先想到的就是往昔的北京，北京的风土人情。收在书本中的"京华风俗谈古"部分，是我十八九年前，"十年浩劫"之后重新拿起笔写文时的旧稿，一部分是写旧时的厂甸，一部分是写旧时的饭馆，当时以《鲁迅日记》为纲，旁及其他书籍，铺缀成文。曾作为两章编入《鲁迅与北京风土》一书中，在十五年前出版过。因这两部分是极生动的北京民俗史资料，这次我把它分割出来，略加改动补充，编入此书中。

再有四年，本世纪就结束，下世纪就开始了。今年五月末，我去北京，匆匆十日，浏览北京，睹今感昔，想象未来，记事记感，每日一篇，总标题曰"王府井的十个早晨"。编作本书的最后一部分，这样世纪初、世纪末的北京，都留下了点滴的记录，自然我个人心中、眼中的，虽不免管窥蠡测之嫌，但却无添油加酱之笔，直书而已，岂有它哉？

除了以上两大部分，还有一些零星《红楼》风俗文及近来写的一些有关风俗的短文。全书编好，亡妻逝世亦已将两年矣。此书虽未收入纪念她的文章，但大部分是她在世时写的。第一部分电视播出时，她病势尚未十分沉重，每次播出都观看，我在边上陪着。看着荧屏中的我和身旁的她，相对一笑，感到无限欣慰。此情景历历如昨，却已渺不可追矣。

春雨·青灯

　　又编了一本读书随笔,取名《春雨青灯漫录》,为什么？说明如下：

　　"小楼一夜听春雨,深巷明朝卖杏花",是陆放翁的绝唱；"春雨楼头尺八箫,何时归看浙江潮",是曼殊大师的名句。春雨,从任何角度来说,都是一种美的意境。"青灯有味是儿时",又是放翁的名句,说的是老年人回忆儿时读书灯的感觉。虽然我们现在点的是雪亮的电灯,但是不在灯下打麻将、喝老酒、数钞票……而只会摊本破书来解闷,这句诗中青灯的味道还是感觉着满不错的。看书之余,或有所感,或有意会,或者勾起你某一点小小的甜蜜的或伤感的回忆……这样便忍不住要写出来,无计划、无体系、自由之至,也散漫之至,这就有了这本书的书名——"春雨青灯漫录"了。

　　世界上有的事,说来虽很美丽,但在人的感觉上,却往往因地、因事、因时、因年龄而异。就说春雨吧,北方和南方就有所不同,北方干燥少雨,春间难得落场透雨,那真是"春雨贵如油",而在江南,则是"帘外雨潺潺,春意阑珊",一春不知要落多少场雨,根本不稀奇。我由一九五三年到了江南、苏州、南京、上海,由一九五六年春到现在,眼睛一眨,已经四十一年,足足过了四十一个春天,没有哪一年不是春雨绵绵,晴暖天气少,阴雨天气多。阴雨多,日照少,就十分寒冷。明代李日华笔记中就多次记到江南气候特征,冬暖春寒,年年清明节边还穿着冬天的衣服。因而春雨的味道我体会的是十分深刻的。随着年龄的增加,晴、雨在身体上的反应也越来越敏感起来。如果明天是晴天,半夜解手后,再就枕一睡就能睡到五时半、六时醒来,这便是好天气的反应。如果明天下雨,或下大雨,那解手后第二觉睡到三时,甚至二时半就醒了。这样便再难入睡。纵使勉强睡着,不到一小时,又醒来了。我不习惯躺着,一醒就想起来,而起来时间又太早,只好垫个靠枕,半坐着,开灯看一会儿书,也不舒服,便闭目养神,前两天,夜雨较大,雨声嘀嘀哒哒,似乎滴滴都滴入神经中,只想再睡一会儿,可又睡不着……什么"小楼一夜"、"春雨楼头"的美丽感觉便会都没有,只剩下烦躁和不舒服了。可见陆放翁写此诗时,还在中年以前,苏曼殊则更是裙屐少年时的绮丽情思了。如在老年半夜因春雨滴答而睡不着时,那就只有诅咒"雨脚如麻未断绝",我近日颇有此感了。

春雨的感受虽不同,而读书的情味却未减,这样儿时的青灯就更值得回忆。我始终是一个趣味主义者,从儿时学会看书、写文,得到一些趣味后,就一直沉溺于这种趣味中,以此寄托心身感情。我很惭愧,做学生读书时不是一个刻苦用功的学生,少而壮、壮而老,除在学校时被迫为考试、为升学而用功读无兴趣的书,做"牛鬼"时被迫背"语录"、"老三篇"、《敦促杜聿明投降书》等而外,没有为兴趣以外的目的而读过什么书,写过什么文了。做学问等等,更谈不到。因此一句老话:"老而好学,犹秉烛之明。秉烛之明,犹胜昧行。"这话对我说,似乎太严肃了。还是回忆点儿时的情趣好,因此虽是电灯时代,还用了"青灯"一词,可喜的就是这点情趣。我不敢用"秉烛"一词,不但不敢担这好学之名,而且感到那样好学读书太吃力,没有意思,不如凭趣味读书自然,欢乐。不过趣味又是多方面的,想到什么写什么,十分冗杂,抽屉中拿出一大堆剪报,必须分分类。这样就冷静地再回味一下,也十分可喜。友人来电嘱编文集,整理旧稿、新稿,分为三类,一标题曰"春雨江南",多为江南记游思旧之作,间及饮馔。二标题曰"青史青灯",多为读书之作,间及师友赠书,自己书的检讨,以及读书有关的零星杂感。史事多于文学,因此"青史"冠于青灯之前。三为"世纪文化反思"部分,乃去年新写者,想到数十题,此均先在报刊上发表者,编入书中以存之。所收均如散珠,无连贯体系,故曰"漫录"也。

　　一九九七年四月十五日晨,丁丑谷雨节近,记于浦西水流云在延吉新屋雨窗下

九月秋思

　　出版社委托徐城北兄编一套"名人谈名家"的随笔丛书,他也约我编一本,春天来函相约,转眼就是夏去秋来,八月间在北京见面,归来一晃就是九月初,来函催稿,我不免有些忙乱,连忙着手思考编辑。我虽然不是什么"名人",也不想当名人,但平生师友享盛名者也不少,况且人人有个名字,真正无名氏是没有的,名有大有小,有远有近,昔人诗云:"尔曹身与名俱灰,不废长江万古流。"所谓名也者,也不过是一时之闪耀耳。所谓名者,谁又能留芳千古呢? 自然遗臭万年也不易。只是对我来说,这个想也未想过,真是无所谓耳。所拳拳者,只是一点师友深情的依恋耳。而重在一个忆字上,因情而忆,因忆而情,这样文章就来了。于是我也就滥竽充数,编这本随笔集了。自然这是与依附"名人",捕风捉影,认玉皇大帝作干亲家,和阎王爷拜把子等等名人异趣的。

　　急急忙忙翻旧稿、剪报编新书,内容有点轮廓了,还要有个书名,起个什么书名好呢? "时惟九月,序属三秋",小时候读熟了王勃《滕王阁序》的句子。我们这个时代的中国人,比起古人,比起外国人,就麻烦许多。一个九月吧,又是阳历九月,又是阴历九月,按王勃的九月说,是深秋。按现在的九月说,有时还不到中秋。不过秋总是一致的,凉风起天末,游子正徘徊。"万里悲秋常作客,百年多病独登台。"《淮南子》中云"春女思,秋士悲",而"不知秋思在谁家",悲也是思。时代不同,杜少陵当年的情怀与今日虽多有不同,而其秋思念远的情感想来差异不大,因而《九月秋思》这个书名忽然涌上心头,现在眼前。这样书名也就有了。

"老吾老,以及人之老;幼吾幼,以及人之幼。""九月秋思",在我来说,也是由近及远的。忽然想到,我妻子去世已快三年了,她是一九九四年九月二十六日去世的。时间真快,转瞬已经三周年了。今年清明节时,按照我们祖宗传统的习俗,要扫墓,要祭祀亡人,我在家里为她举行了小小的家祭。我思念她。孩子们也思念她,写了一篇短文《家祭》,刊登在报纸上。还有在她去世那年写的悼亡诗和发表在报上的《悼亡诗自话》的文章,并在一起,编在本书的前面,从我个人来说,作为对她的纪念。她自然不是社会上的名人,但与我共同生活近四十年,共过患难,经历过共同的人生,编此书时正在九月,"九月秋思",首先想到的是她。这是我的随笔,倒不是以我为中心,而是自然的实话实说,我想读者是能理解的。自然,自己妻子去世了,能写悼亡诗,能写文章悼念,能登在报上,印在书中,这本身就是很不容易的事,这也是缘于改革开放的大好形势,是真的好,而非过去习惯口号中喊的那种"大好"。这在年轻朋友可能觉得没有什么了不起,而在我这糊里糊涂转瞬间活了七十来年的人却感到无比珍贵,在五六十年代时,是做梦也想不到的。不过这不是轻易得来的,而是不知付出了多少年的家破人亡、生离死别、死走逃亡、血肉横飞……的代价的,近七十年前,中国人最大的灾难也发生在这金秋的九月,那就是血写的"九一八"。日本首相在今年九月初,去沈阳参观,对记者说:"要学习历史,但不能改变历史……"如果真懂得学习历史,那还是可贵的,最可恶的是那些掩盖历史、歪曲历史、捏造历史……用来骗弄那些健忘的芸芸众生,那些没有经历过战争、饥饿、死亡以及"七七"战前安定社会生活的后生小子……但是"九一八"的噩耗，我是记忆犹新的，那时我还在北国山镇，是个不满十岁的乡下小孩子……今年夏天，几次有故乡人来信告诉我家乡的消息，为此又把有关故园、故居的文章编在一起，前面并加了按语，编在书中。在此再次谢谢这些朋友，也奉劝年轻朋友们多读些历史，思考些真实的历史，而不是迷信那些广告式的历史……

回忆师友的文章最多，是本书的主要篇章。着手编辑时，七月份写的那篇长文《〈印象〉的印象》，已寄给香港一家刊物，不知何时刊出。而前一两天，忽然把清样寄来了，说是要在十月号刊出。来的正好，我便复印了一份，编在这组文章的前面。回忆师友的文章，有不少已故学术前辈，自然都是历史人物了。也有现在健在的，远在异国他乡的远人，以及外国友人，都寄以珍重的思念吧！《香港杂忆》、《狮城琐记》两组文章附在后面，每组文字前面，都附有前言或按语，在此就不多说了。

这本书征稿信中写明要附照片，因之不少文中均附有照片及画札手迹。照片彩色多而黑白少，考虑此种书之成本、货价，能否将照片印出，大成问题也？不过已编在文中，也只好随他去吧！编辑此书时，不少文章均附有按语，或前言，以资说明。这篇《九月秋思》的赘语，既是纪念亡妻蔡时言一组文字的前言，也就是全书的总序了。

一九九七年九月廿三日丁丑秋分日上午序于浦西水流云在之室南窗下

"八股"回响

去年春天,出版了一本《清代八股文》,一不是炒冷饭,二不是开倒车,三也不是赶时髦……那么为什么写这本书呢?总得有点原因,说出一些想法呀。说来也还是一点点历史癖,即对历史想有点自己的科学认识,是否能做到且先不管。因为我知道明、清以来的文化教育,识字之后,读书做文基本上完全是八股文教育,没有另外一种教育形式,此其一。自明末以来,就有人痛骂八股文教育,甚至把明朝灭亡的原因归到八股文的教育与考试制度上,此其二。明、清两代在政治、军事、学术、文艺各方面都人才辈出,而这些人都是受八股教育出身的,此其三。明代灭亡之后,接着是清代顺、康、雍、乾一百五十多年的繁荣昌盛,此其四。这样就出现了两个必须回答的问题:

一、为什么在明代就被骂为十分腐朽,导致亡国的八股文教育制度,却在几百年中培养出那么许多杰出人才,国家用人从未缺乏,为什么?

二、为什么导致明代灭亡的八股文教育、考试制度,清代完全照搬,却开创了一百五六十年繁荣昌盛的局面,这又如何解释?

这两个问题是十分重要的,却很少有人提出来解答。我怀着这样的疑点去思索这两个问题。十三四年前,就想到过,曾写过一篇长文《八股文三问》。这次人民大学出版社约我写清史的书,我便又想到这个问题,进一步做了系统的探讨,写了这本《清代八股文》。书是浮浅的,但态度是认真的,看法是实在的。

我写的时候,没有了解近年学术界对这一问题的看法,也没有向任何专门家讨教,只是自己闭门造车而已。只是在写的过程当中,远在堪培拉的柳存仁教授知道我在泡制这株"臭咸菜",感到十分有趣,大老远地挂号寄来他早年小楷抄的笔记,及几篇海外学者论文的复印件。我因当时所要找的材料基本已够,又急于交稿,不想旁征博引,扩大征引范围,增加篇幅,因而未用。匆匆交了稿,已经近十六万字,在这套丛书中,该是最长的了,因为它原是一本不登著述之林的小册子啊!

这本书最后一篇原本没有,是后补的。为什么补这篇呢?因看到一些别人写八股文的文章,并听了一些朋友的建议,才感到有必要再加一篇,说说它的反面作用。在写这最后一篇的同时,也使我大开眼界。就是这一腐朽的题目,居然在北京、台北、香港都有人注意,有人写文章。直到近日,香港中文大学邝健行博士还寄来他《谈八股文体与其发展历史》的复印件,那还是五年前发表的文章呢,早在我这本小书出版之前了。这么多学者在本世纪即将结束的时候,开始注意到流传了五百多年、本世纪开始时即已废除了的文体,又有人开始研究它,除有吾道不孤的欣慰感之外,也深深感到不少学人的确是已在回顾中华文化一些十分重要的问题了。虽然大多数的文章还在重复历史上的陈言,并未触及到一些明显的矛盾,想到如何解答历史问题,但也不乏对我所说的感兴趣的人。三月末美国唐德刚教授来信说:

　　　　策纵兄转下大著《清代八股文》,一周未竟读之,不能中
　　止也。正是言我辈所欲言,空谷足音,敬佩何似。说来话
　　长,非三两张纸所可尽言……

156

"敬佩何似",我自然不敢当,而同意我的观点,"正是言我辈所欲言",这自然是我非常高兴的。

四月下旬,应香港中文大学新亚书院之邀,前去访问。在邝健行教授的办公室中,谈了不少八股文的历史问题,也参观了一些他收藏的"制艺选本"、"小题作法"之类的木刻线装本,相对感慨今天要做深入研究十分困难。即以最起码的小题(初学一句话的题目)破题来说,便有正、反、虚、实、顺、逆、明、暗、破题面、破题意、破本题、破某字⋯⋯种种不同的破法,想问个究竟,便无处讨教,不免有寂寞之感了。他托我回来再找些资料,当然这种资料现在找起来,未免太难了。我除托各旧书店友人留意外,又给远在北京的顾起潜先生写了封信。不久顾老即回了这封长信。

顾老的信,有两点特别值得我们注意:一是顾老早在三四十年代就开始注意收集八股资料了;二是信中还提到解放后叶揆初、张菊生二位老人常常借阅这些资料,每以佳句相告。张菊老重游泮水之年,将入泮课题,重做一遍,陈叔通老人还有和作。这些老人都是翰林出身,自是精通八股⋯⋯只是几十年过去,老人们早已故去了,现在想讨教,自然无处去问了。邝健行博士在我离开香港后,五月九日又发表了《八股与思维》一文,文中特别提到我那本小册子:

可是大陆学者邓云乡教授不尽这样看,邓教授最近出版了一本书,名曰《清代八股文》,里面写出了他的"异端"见解⋯⋯就让不同的意见并存,再行深入分析探源便是,这已经是学术思想"活泼泼地"的具体表现了。想到早被一棍子打死的八股文还有学者拿出来再讲再辩,惊异之中,不无兴奋之情。

多承邝博士以加引号的"异端"相许,感谢当前的时代和学术气氛,不然,也恐断送老头皮了。

不过还有一点非常抱歉的,就是《清代八股文》一书错字奇多,先后已承朱淡文、王运天、王湜华、田遨诸好友及自己校对,印有勘误表,已九十余处;近又承自美回京的马里千学长寄来新勘误表,又增加数十处……昔人说:"校书如扫落叶。"我于此,则真有"无边落木萧萧下,不尽长江滚滚来"之叹了!

日译出友谊

日本东京图书出版株式会社近日寄来一包书,十本《北京风土记》,就是波多野太郎教授和矢岛美都子教授翻译的我的《燕京乡土记》。这书早在一九九二年就出版了,第一次寄来过两本,后又寄来五本,这次又寄来十本,前后寄来十七本。这书定价较贵,每本三千日元,每本再加九十税金。十本书也三万多日元了。

译者波多野太郎教授是日本汉学界的前辈,明治四十五年生人,明治元年是一八六八年,四十五年,即公元一九一二年,那还是民国元年呢,现已是八十五岁的老人了。一九八七年中国北京开会,曾写信告诉我,我特地乘火车赶到北京见过一面,还一同拍了几张照片,只此一面之缘,后来即再无机会见面了。老人晚年在横滨大学任教,退休后仍是横滨大学名誉教授,著述甚多,不一一介绍了。另一位是女士,一九五〇年出生,在亚细亚大学任教,大概是波多野教授的学生吧,不过这是我的猜想,我和这位女士,既未见过面,也未通过信。另外在本书的翻译过程中,我曾接到附有另川濑老先生的来信质疑,前后两封,每次都有近百个疑问,我都一一予以详解,原稿我还留着,抄写后我都一一寄回去了。

日本友人翻译过我两本书,早在一九八四年,日本东方书店,就由早稻田大学杉本达夫教授、中央大学井口晃教授翻译我的《鲁迅与北京风土》一书出版。书名《北京的风物(民国初期)》，其时正是八十年代中后期，一时成为畅销书，各大报纸《读卖新闻》、《朝日新闻》等都作了报道，刊出评价文章，直到一九八七年《朝日新闻》社评还举此书作例子，评论当时思潮动态。日本出版书籍，新书中附一张空白读者意见卡，画出表格，对内容、装订、印刷、定价等各种意见，随时填入卡中，寄回出版社，有些再寄给作者。当时我收到近百张这样的卡片。读者由七十多岁的老人到十七八岁的青年都有。

这本书有两位日本友人值得思念。一是责编中村正先生，当时也是近七十的老人。"七七"战前或沦陷时曾到过北京，翻译此书时，先是和北京原出版社联系的，后来才同我直接通信，正好当时我一助教黎平女士出国去日本，中间又多了一个直接联络的人。中村正先生在责编过程中，不断寄书来送我，如《燕京风俗》画册，青木正儿编，内田道夫解说的《北京风俗图谱》等。如《燕京风俗》是印刷极为精美的巨型画册，当时售价就一万多日元。译本出版后，出版社给北京原出版社十五本书，而只分给我五本。后来我出国到新加坡开会，过了两年，又去台北"中研院"访问，我都写信给中村正先生，再要两本书，都一一无偿寄来，我作为礼物送人。而且当时还付我五万日元稿费，至于给北京出版社多少，事先是否订有合同，我全不知道。都是中村正先生很热心地关照的。再有一位就是《北京的风物》一书插图作者臼井武夫先生，这位先生"七七事变"前在北京住友银行做过员，是中日复交后首任驻华大使小川平四郎的朋友。他的回忆北京的书《北京追想》就是小川氏写的序。臼井氏出书时已是住友银行取缔役会长，位置相当高了，但还热情地写回忆北京的书，后来又出版《柳絮上黄尘》。书名就把北京写得非常形象。臼井把他的书斋命名为"望燕楼"，我还为他的楼写过诗，写过字幅。他来信十分客气,还说十分惭愧,不能用中文写信给我。其实我更惭愧,虽然半个多世纪前从片冈良一教授学过日文,可早已忘得一干二净,也只能用中文写信给他了。还值得一说的是,臼井氏是多才多艺的老先生,不但会写文章,而且会画画,速写极为传神,他自己的书,都是他自己画的插图,都是半世纪前他在北京的速写旧稿,翻译我的书,也是他老先生画的插图。一幅琉璃厂信远斋的门面速写,逼真传神。臼井老先生于明治四十三年,东京帝大毕业,比波多野教授还大两岁,现在是八十六岁的老人了。

由于《北京的风物》一书的良好友谊,所以翻译我的《燕京乡土记》时,我十分欣慰,我想对原作者一定像东方书店和中村正先生那样尊重,送书、付稿费都会十分优惠。想不到出书之后,第一次只寄了两本书,而且一本是坏的,后来写信去问,又寄了五本。使我十分失望,也无可奈何,慢慢忘记了。去年旅日友人回沪,说起此事,也感如倪云林所说,一说便俗了。朋友真去问了出版社,这样又寄了书来。只能旧事重提,虽大似嗟来之食,而为了礼貌,只能说声谢谢了。

不过也很感慨,时光过得太快,又是十几年过去了。思念"七七事变"以前北京情况的日本友人,八十年代初中期,七十岁上下的人很多,有思旧情怀的读者很多,所以《北京的风物》一类的书,一时成为畅销书。等到《北京风土记》出版,晚了七八年,当时那一批读者更老了,所以同样内容的书也不能再畅销了,不能像过去那样对待原作者,或者也是可以理解的。但友谊也还是存在的了。

我的"水流云在"

"水流心不竞,云在意俱迟。"这是一种很好的、很理想的意境。我坐在窗前,常常抬头看看窗外的云朵,有时动、有时不动。晴天,一抬头,总也能看到一点云,在我的窗前,万里无云的天气似乎极少,多少总有几朵,或一层薄薄的烟雾。阴天、雨天当然就更多,比如写此文时,就是阴天,或叫多云,抬头一望,满天是云,但有薄有厚、有白有黑,偶然一亮,似乎要透日光,但一转眼又暗了。雨天的云有时压得很低,有时来得很快,但这多是夏天雷阵雨。江南冬天,坐在窗前,望出去是一个色,像一大块铅版压在头顶上,虽然不会真压下来,但看着它总感到不舒服。而当晴天时,偶一抬头,在满窗阳光的蓝天上,正有两朵白云,便会自然引起你的遐思,思绪会忽然想到万里之遥的人与事,或几十年前的旧事、旧情,如在水边,你会注意到水不断地流,云的倒影停在水中,流者自流,停者自停,悠闲自在,互不干扰。我坐窗前,抬头所见,都是天上的云,那样远,又那样近,只是没有水,而那水还是在不断地流着,流光的流和流水的流是一样的,在静中都能感觉到,每一个字也从我笔端流走了,意境和感觉是一致的,"水流"和"云在"是不可分的,在我的感受是和谐的、美好的、舒畅的……常常写完长文,随手就写一个完稿于"水流云在轩"窗下,这是我的一点欣慰的人生感受。

"水流云在"意思本来已经很好了,杜少陵诗中,在乡间野望,面湲湲之流水,望悠悠之白云,与情俱化,又加"心不竞"、

"意俱迟"三字，不竞是无求无争，俱迟是与云同样舒缓，正如彭泽令之"云无心而出岫"也。以此胸怀，可以作人，可以处世，可以交友，可以谈情，可以言诗，可以写文，可以论画，可以品茗……虽不能至，心向往之也。自然，这也得有一个相对稍微宽松的大环境，虽无法想象"水阔凭鱼跃，天高任鸟飞"。但池中鱼，洋洋焉；园中鸟，啁啾而鸣焉；也还有些舒缓宽松的天地，如变成釜中鱼，或盘中的油炸铁雀儿、油炸鹌鹑等美食佳肴，供在圣坛上，或被大款们品味一番，再吐出点骨头……那就惨了。幸而赶上呼吸一点宽松空气的大环境……因而感受到"水流云在"意境之趣，写点文章，已出版了一本《水流云在杂稿》，又编了一些读书的文章，名之为《水流云在书话》，交上海书店出版公司，等待出版，今又承安迪兄之命，把近一两年写的长长短短文字，编一本书，仍以"水流云在"命名，原想赶时髦，叫它"水流云在散文"，或者生意好些，安迪兄却说他所编的这些书，已有一个"文"的总名了。要我的书名最好不再加"文"，我一想去掉"文"只剩下"散"，那就变成乐家老铺的丸散膏丹了，岂不要因侵犯商标而打官司吗？因而索性连"散"也不要，换个"集"字，这就成了《水流云在集》，可以申报注册了。

所收是近年写的杂七杂八的东西，长短都在里面，请读者自看，在此不必多说，遗憾的是，这些文字大多是在妻子蔡时言同志病中写成的，而编书时，她去世已快半年了。因而我把《悼亡诗话》放在第一篇，作为代序，也是一点纪念吧。恐怕书与读者见面时，已在她逝世周年之后了。我的"水流云在"，两朵云现只剩下一朵飘浮在海天之际了，能不悲乎？

水流云在书室铭

有关书斋的文章,过去读过不少,最有名的是《陋室铭》和《项脊轩志》,小时候读得滚瓜烂熟,真可以吹牛说是倒背如流,直到今天,半个多世纪过去了,还记得不少。但是不晓得为什么,对于《陋室铭》,只是很熟,却不喜欢,也可以说是没有感情,感到他那些话语,什么"唯吾德馨……苔痕上阶绿,草色入帘青,谈笑有鸿儒,往来无白丁"等等,全是以我为中心的自我标榜,而不能感动别人,最后"何陋之有"一句,更像是阿 Q 的口吻,既不亲切,又无情趣,真不知道它为什么成为千古名文?相反,《项脊轩志》就十分感人。"室仅方丈……百年老屋,尘泥渗漉,雨泽下注",这比"陋室"还陋,至"屋始洞然"之后,细细描述,的确引人入胜,而至"予居于此,多可喜亦多可悲",则生活感真切,也就更感人。作者的感情与读者联系在一起了。虽然归有光是"八股文"专家,但《项脊轩志》却真切感人,无迂腐气,无道学气。

小时候读这篇文章,常常神往于他所写的"借书满架"、"小鸟来啄食"、"明月半墙,桂影斑驳"的"书斋"境界。常常想,要有这样一间小书房该多好呢?

中国文人似乎是有"吹牛"习惯的。在前面我刚刚说过《陋室铭》的自我吹嘘,而我却也未能免俗,或者说有同样的劣根性。因为仅我那一间六平方米的小屋,我居然也给它起了个名字,叫"水流云在之室",或者叫"水流云在轩"。不知道的人,以为我一定很阔,又有"楼"又有"轩"。实际说穿了,像满街开的"贸易中心"和"公司"一样,是有名无实的空头,只不过学校家属宿舍三层楼上一间六平方的斗室而已,哪里配称什么"斋"呀、"轩"等等的美名呢?

"书斋"自然是要有书的。自己也不知为什么沾染上爱买书的"坏习惯",虽然从小到大,一直到了"徒伤悲"的"老大",家庭变化以种种原因,不知丢过多少次书,丢过多少书,为书花过多少钱,担过多少惊,害过多少怕……但还是想它、买它,迄今未衰,也真是"生死冤家"了。为此这样一个小房间,书占的地方越来越多,而容纳我的地方越来越小了。这样我索性爬到外甥搬走时遗留给我的一个吊床上睡觉,每天爬上爬下。为了使得下面的"书斋"像"斋",我只好每天辛苦一些了。我在一篇题为"阁楼吟"的诗和小序中曾写道:

> 吾居室大不足日人之三叠席,置书架者四,藤木椅凳者三,几一、桌一、雪柜一,更无隙地置床矣,奈何奈何! 权效绳床之制,悬之屋顶。美其名曰"阁楼",实同"梁上君子"也。室在三楼,距地球约两丈,阁楼又距楼之地板五尺余。为此,又何得而登乎? 虽马齿徒增,已难驰骋;幸螳臂尚便,犹可攀援。是以日夜踏凳、几、窗棂而登,蜷曲以卧焉。未敢羡鱼,日须缘木,情同抱茧,状类鸡楼。众鸟欣有托,吾自爱吾阁,连日蒸热难眠,忽而闲吟得句,似意识流之徘徊,非蒙太奇之创作。先为小引,拜上看官:万勿误会,幸甚幸甚!

> 人生天地间,殊愧草与木。
> 草能风露饮,树可雪霜宿。
> 有巢氏多事,教民构梁屋。
> 从此入牢笼,累身有家室。

谋生惭我拙，无计营三窟。

只令住阁楼，日踞而夜伏。

阁楼空中悬，动如荡湖船。

友人来寻觅，笑我燕巢檐。

坦腹元龙卧，上床足酣眠。

不做大槐梦，为待黄粱餐。

春秋差尚可，冬夏愁煞我。

寒夜冷凝冰，如厕起踌躇。

伏中汗若浆，溽暑难成寐。

倚枕意朦胧，瞑中漫思索。

昔贤如可亲，一一供闲话。

堪笑少陵翁，茅屋思广厦。

达哉居陋巷，箪食瓢饮者。

悠悠万古情，尘埃与野马。

曲肱闲看云，日日阁楼下。

云亦忒纷纭，意态殊难画。

聊为阁楼吟，宇宙一传舍！

　　这是我在六点三平米书斋时的旧作，后改建稍作放大，后又搬到延吉四村，条件大大改善了。

　　搬到新居已经一年。我的"书斋"自然也跟着搬过来了。我署款也改署"延吉水流云在新屋"。有几架书，有一张小小的写字桌，晚间有一盏橙黄的读书灯，边上还有张小床、沙发，可以看书，可以写字，可以对着灯发愣、胡思乱想，疲倦了可以睡觉……没有"苔痕上阶绿"，也没有"小鸟时来啄食"，因为这是在十四层大楼的五楼，上面还有好多层人，下面也有好多层人。自然这又是现代生活的特征,和《陋室铭》、《项脊轩志》的时代不可同日而语了。但毕竟我有了一间可以当作"书斋"的房间,这是十分可喜的。

至于说到书斋和读书、抄书、写书(不敢说"著",孔夫子还说"述而不作"呢,何况我辈)的关系,那倒是另当别论的。我的《鲁迅与北京风土》,就是在大热天,赤着膊,坐着小竹椅子,以方凳为写字桌,每天以五千字的速度写成的。过去长期以来,一间斗室,晚间家人睡了,自己一个人坐在一张小小的两斗桌前,读点自己爱读的,写点自己爱写的……这中间说不到什么刻苦用功、勤奋写作等等,也谈不到什么"书斋"等等,而书仍是不断地读,文还在不断地写……原是一个最平凡的读书人的平凡生活,又有什么可说的呢?现在有了一个书斋,一年多了,却也没写什么东西,说到此间,不免又感到十分惭愧了。

北京胡同

从明代永乐年间说起，也就是十五世纪开头算起，五百几十年中，北京的胡同和四合院，给北京一代又一代的人们，提供了一个安定、宁静、和睦、整齐、舒展的生存空间、生活环境。开开大门，走出胡同，通向大街，通向外地，通向全世界；走进胡同，回到院中，关好大门，一家人团聚在一起，说笑、游戏、读书、吃饭、睡觉……几百年中，过的都是这样的日子。直到现在，还有一大部分北京人这样生活着，虽然人越来越多，居住越来越拥挤，房子越来越残破，烧饭、入厕、沐浴等那样不方便……但一抬脚走出房门、街门，便是通畅干洁的胡同，夏日的老槐，冬日的白雪，残秋的黄叶，春暖的浮云，散步在胡同中，脚踏实地，溜溜达达，早晨，迎着旭日；黄昏，踏着斜阳；遇到街坊邻里，老远就打招呼："您早！""您回来啦……"直到今天，人们还眷恋于这种传统的富有人情味的生活方式，望着那远处盖起的设备齐全的高层公寓，又是向往，又是迟疑，心想那么高，一层层，人压人，一天到晚，踩在楼板上，身为地之子，却连地球都踩不到，还是老房子好，开开门，就可以在胡同中溜达，这又该多么自由舒展呢？何况还浸泡在那样悠久的、传统的历史溶液里……

世界各地、天涯海角，不知有多少北京的游子，他们的乡梦、相思，都是在北京的胡同里。大胡同、小胡同，漫长笔直的、曲里拐弯的，那各式各样的大门，新的、旧的、残破的、磨砖对缝的、青灰涂抹的……房屋后墙、院墙，那破旧的门扇，偶然还残留旧时的油漆,旧时的门联:"忠厚传家久;诗书继世长",这些天涯梦里的场景,当年都是历史的真实,清晰、迷濛、模糊……几百年来,胡同中的房子,那一座座的宅子,一块块的宅基地,破了拆、拆了盖,新的变旧的、旧的又变新的,一代又一代,一个又一个的新主人,真不知经历了多少朝,多少代,留下了多少遥远的记忆……时间的、空间的,这不就是北京胡同文化的内涵吗?

北京旧时究竟有多少条胡同呢? 据一九三六年马芷庠所编《北平旅行指南》记载:当时不算郊区,只内外城街巷胡同约二千七八百条,加上各城门外关厢,恐怕真要够三千来条了。北京城建布局,叫街的少,叫胡同的多,叫街的大多是南北向的,叫胡同的绝大多数都是东西向的,内城特别明显,大街、小街,直通南北,大胡同、小胡同,横贯东西。到了前三门外,靠北面一半,基本也是如此,东西珠市口往南,虎坊桥、骡马市大街、菜市口、彰仪门大街(即广安门)以南,因为这些街是东西向的,所以胡同都是南北向的了,又以虎坊桥、菜市口为中心,往南去烂缦胡同、半截胡同、教子胡同、米市胡同、丞相胡同、贾家胡同、果子巷、粉房琉璃街、八角琉璃井……都是与明、清文化学术源流有密切关系的南北向大胡同。在内城,这种南北向的大胡同是极少的。内城东单、西单、东四……这些都叫大街。还有东城的南小街、北小街,西城南沟沿、北沟沿(现在叫佟麟阁路)、府右街、锦什坊街,还有一条小小的兴隆街等等,这些都是南北向的,在这些大街、小街的两旁,一排排都是整齐的胡同,直到现在,还保持着历史的规模。

大街、小街一般都是商业区,一排排大小胡同,便都是住宅区。胡同中有数不清的四合院,数不清的人家。大宅门一进、两进、跨院、花园,大门在前胡同,后门在后胡同。东西的胡同,大宅门的大门,一般都在路北,也就是坐北朝南,因而整齐的大胡同,东口西口笔直,不管从哪里进来往前走,你必然会明显地发现,路北的大门多,而且宏伟。路南的大门少,而后墙多而高,偶有街门,也多比较小,不成格局。北京旧时计里程,前门到崇文门、崇文门到东便门,门见门三里,长的胡同如旧时东单南东西裱褙胡同、苏州胡同、船板胡同等,差不多都有三华里;而短的胡同,如后门大街,义留胡同,只是两座房子中间的夹道,便可一溜而过了。宽阔的大胡同,如东北城铁狮子胡同(现叫张自忠路)、宣武门绒线胡同,都是很宽很直的大路,很早就修了柏油路,也叫胡同。而旧时西长安街路北一条南北胡同,南段叫双栅栏,北段叫兴隆街,没有绒线胡同一半宽,都是住家,没有商店,却也叫街,古老的历史原因形成的传统叫法,现在很难理解。

大小胡同都有一个名字,由于几百年的历史旅程,代代相传,北京胡同的名字,真可以说是千奇百怪。归纳一下,不外以下几点:

第一个原因形成的胡同名,大约有这么几种:一是明清两代宫廷机构的名称变成胡同名,如东厂胡同、箭厂胡同;二是寺庙宫观、王侯府第所在地,如马神庙、麻状元胡同、端王府夹道等;三是地理特征,如大甜水井、枣林大院、冰窖胡同等等;四是以行业集中划分的,如巾帽胡同、草帽胡同、羊肉胡同等等。

第二个原因形成的地名较容易理解:如东四、东单都按数字排胡同,东四头条至十二条、东单头条到三条(头条即东长安街北面高台上,南面的房屋在庚子时毁坏拆除了)。其他阜内宫门口几条、宣外棉花胡同几条、宣外教场几条、鲜鱼口内长巷几条等等,都是按数字排列的胡同名。西四北帅府胡同、石老娘胡同、南魏儿胡同等大胡同,现在也叫西四几条,不过那不是历史上的叫法，而是近年新改的。

　　第三种原因所形成的胡同名，也相当复杂。如进口处小，里面大，就叫口袋胡同；一条笔直，一条稍弯，叫弓弦胡同和弓背胡同；一头直、一头分为两叉，叫裤子胡同；弯弯曲曲，一共八个，就叫八道湾；进口大，越走越窄，就叫牛犄角胡同；新开的一条街，就叫新开路；其他狗尾巴、羊尾巴、猪尾巴……都是胡同名，不过后来都改了，大、小羊尾巴胡同，改成大、小羊宜宾胡同了。居民吃水要紧，所以有许多井儿胡同、四眼井、三眼井、甜水井胡同、苦水井等地名；有许多河，所以有不少河沿地名，南河沿、北河沿、南北沟沿、东西河沿；有河有沟就有桥，甘石桥、甘水桥、李广桥、厂桥；北京几百年来要开冰窖藏冰，所以有好多冰窖胡同；历朝有不少私家园林，所以有不少胡同叫花园、什锦花园、梁家园、葡萄园……还有什么三转桥、四块玉、五虎庙、六部口、八角琉璃井，最古的南北燕角（辽代地名）、最雅的百花深处、最欢喜的喜鹊胡同、最俏皮的花枝胡同，还有最凶的鬼门关（后改为贵门关）——所谓"寄萍堂外鬼门关"，当年白石老人住在这条胡同，却活了九十七岁！

　　改革开放，北京城市建设发生了巨大的变化，高楼林立、道路通达，不少胡同都已全然改观，但留下的也还不少，这对北京未来的建设，是一个十分严峻的考验。既不能全部拆除，又不能很快改变那些古老胡同的残破面貌。当前北京的胡同文化，正处在一个转折过渡时期，现在我们走在北京胡同中，不管是本地人、外地人、中国人、外国人，只要肯观察和思维，我想你最少会有四个方面的感受和收获。

　　一是历史的想象或考证，如今你不论走到北京哪条古老的胡同，望着两边的房屋，残缺的磨砖墙、长着茅草的屋瓦、斑驳的大门、黄褐色的后窗……无一不使你感到历史的悠久、岁月的沧桑。如果你再有一些人文历史知识，那差不多每一条大胡同中，都有过各个历史时代的古迹、名胜，足供你流连、凭吊。

二是艺术的观赏与研讨。大小胡同，两旁都是人家、房屋、院落、大门。你不用进大门，就足够你作不同建筑艺术的观赏，高台阶的大门、小门楼的砖门、一条脊的片瓦、元宝脊的筒子瓦、猫头滴水、门楼上的砖雕、木雕、不同的柱脚石的石雕、石鼓、石狮、残缺的铜门钹、油漆门联……古建筑、雕刻、木、瓦、石匠，各种风格、各种流派，五六十年前、一二百年前，甚至更远更古老，那些高手工匠，没有留下姓名的精心佳作，随处可见，足供你观赏、研讨。你可以多看看，多比较比较，就只那些不同的残破门鼓、门枕石的石雕艺术，你收集起来，加以研讨，就可以写成学术论文，得到博士学位。

第三是生活的感受或调查，现在北京大大小小的胡同，两旁半新旧的、残破的，或者少数两边已盖了高楼，或者还有少数修理得十分整齐的四合院，这里多数是机关、少数是一家住的独门独院，而大多是许多家住的大杂院，院中又盖满了各式各样的小房，卫生设备大多没有……住在这些胡同中的人，他们的心态自然是十分复杂的了。一个外乡人、一个外国人，如何去了解他们的生活呢？如果走一条胡同、两条胡同，去访问几家、几十家，你或者不但能感受到北京人今天的生活，也还能感受到北京人昨天、前天、十年前、几十年前的生活情趣。

第四是风景的流连和欣赏。春夏秋冬，朝暮四时，阴晴雨雪，古老的胡同，风景各有不同，不同的色彩、光线、音响，变化着你的视觉、听觉、感觉……只要你细心观赏，懂得欣赏，那夏日斑驳的槐阴、冬日半融的残雪，甚或严寒时白茫茫的一片，黑呼呼的大门,后窗漏出的微弱灯火,电杆上寂寞的街灯……总之,即使在寒冷寂静的时候,胡同中的风景,也是有情有景、绵延不断的温暖人间。到了春天,你从白云中看到人家起盘的鸽子,夏日你从半敞的大门中望见人家院中盛开的火一样的石榴,秋天枣树杈上挂满的花红枣,冬天从灰蒙蒙的房角天空望见白塔、钟鼓楼的影子,偶然身旁人家后墙洋铁烟囱中喷出一团黑烟……这些都是胡同中的风景,是温暖的、充满生活气息的,使你也融化在北京胡同的历史文化中了。

纸上"四合院·石库门·大世界"

电视台找我做了一个小节目,座谈京、沪风俗,同时邀请的还有邓友梅、舒乙、沙叶新等三四位名家,题目是《四合院·石库门·大世界》,题目是个好题目,并以此题引发开来,比较京、沪风俗之感受、同异,也是十分有趣味的,遗憾的是时间太短,三言五语,不得要领,未尽所言。于言者、于听者说来,似乎都不够过瘾,因而止不住又想写篇短文,如牛反刍一样,再咀嚼一番,因是写在纸上、印在纸上的,所以题目就叫《纸上"四合院·石库门·大世界"》,以区别于前者,且免引起版权之争。

我三十年代前中期,由山乡随父母来到北京,直到一九五三年深秋,随着秋风落叶飘落到江南,在北京生活了将近二十年。一九五三年来到上海报到后,苏州、南京转了一两年,于一九五六年二月又到了上海,直到现在,毛估估四十年七个月,精确计算也已三十八年十个月,时间不可谓不久矣。北京生活不足二十年,上海生活则已将两个二十年。但时间虽长,却改变不了本质,迄今自己仍感到似乎做不来上海人,但几十年中,差不多年年都回一两次北京,而又觉自己离北京越来越远,自认为是老北京,又是老上海,实际却既非老北京,又非老上海,虽然都有所感受,或者能滔滔不绝地说上一套;但又感所知甚少,因为这两个地方毕竟太大、太深,历史既久远,变化又神速,三言五语又如何能说的清呢?不过,这个题目太好了,四合院、石库门、大世界,哪一个不能引起人遐思的呢?因此忍不住还想唠叨几句。

先说四合院，我虽然近六十年前就到了北京，但老实说，我家住的不是四合院，住在苏园十三年，那是清末尚书第宅，是林木茏葱，带有大花园的半西式大房子，我家在后院群房中，四周离街都隔着很远很远，这是特殊院落的特殊感受，不同于一般的四合院，可以不谈。第一次见到的四合院，是舅父家，东城小椿树胡同，地名很好听，三南三北，两东两西，是一所小四合。北房很高大，南房较小，边上多半间大门，北房东山墙，多半间厕所，东西很浅，且系平台，东面厨房，西面下房。北房三大间，一明两暗，明间堂屋，进深丈五，开间丈许，用现在算法，有十七八平方米，迎面条案、八仙桌、冰桶、左右茶几、椅子，还有两张大安乐椅，木制形同单人沙发，厚棉花靠垫和坐垫，作为客厅、待客、留饭、打牌……都很方便。右手里间，掀帘子进去是卧室，当地大铁架床，挂帐子，右侧过去，帐子后放箱笼，如套间贮藏室，前面一点也看不见，临窗大写字台，光线充足，冬日全是太阳，再加里外间都有洋炉子，温度可始终保持在二十度，夏天堂屋冰桶，每天冰车送二十枚一方冰，冷气散出，最热也难过三十度，下午最热时，藤躺椅上午睡醒来，从冰桶中取出食物，或几块西瓜，或一碗绿豆汤，又凉又爽，纵无电扇、空调，也决不会让你气喘流汗。当时这间卧室是舅父、舅母住的，他当时做一个下台的厅长的秘书。左手里间，临窗还有炕，是小表弟和奶妈的卧室，虽然其时表弟已读小学三年级，但仍是孩子……南屋本也是舅父家的客房，后来住了一位做小职员的同乡，有太太、儿子，儿子是个好学生，已在著名的市立四中读初三了。这只是一个小四合，虽非北京人所说的一家住的独门独院，但也只两家同乡人家，关系简单，十分安静。

　　后来常去的四合院，则是一位苏州籍小同学家，他父亲在电话西局做工程师,是著名苏州大儒巷潘家的后人。他家住口袋胡同,这所院子很特殊,路南的门,北、南、西三面临街,没有邻居,东屋后墙,连着电话局的西墙,五南、五北、三东、三西,比较合乎格局,只是门在路南,外院是北房,里院正房却是南屋。一家人住,夫妇二人,五个女孩,一个男孩,三四个男女佣人,靠一位普通工程师的月入过日子。后来我随着年龄的增长,到过的、临时、短期住过的标准四合院越来越多,体会越来越深,兴趣也越来越浓了。我很小的时候,住在故乡祖宅中,大门、边门、旁门、后门,十三四个院子连成一片,正中一穿就是四进,和母亲两人住在最后一进,西为五间正房,三南、三北,实际只住一间,其他都空着……到了北京,在苏园租人家房子住,院子虽大,但有房东、有邻居,因而在童年的心理中,一方面爱苏园的花木、院子大,孩子们多,十分热闹;但也感到独门独院的四合院别有情趣,另有派头。因此对亲戚家、朋友家、同学家的四合院观察也极为细致,对之极为羡慕,这样也无形中增长了不少知识。这中间南城、北城、热闹地段和偏僻胡同,大宅门、一般院子、小四合好坏新旧也各不相同,住在里面感觉也大不一样。不妨举三个不同的例子:

一是老同学萧宏遇的家,著名酸梅汤信远斋东家是他伯父,住在东琉璃厂文明胡同,这条小巷先往北再向东一拐弯到底就是他家院门,胡同是死胡同,走不通,两所一模一样的磨砖对缝的小四合,中间一条空地,盖了一排西房,另走一较简陋的小院门,胡同很窄,对面两辆洋车也走不过去,汽车就更不用说了。压根就没有准备汽车开进来。胡同虽小,但极为整洁,院子虽小,却十分精美,胡同是条砖墁的,院子是青方砖墁的,南北房都十分高大,都有廊子,高台阶,青条石台沿,廊子地面大方砖,柱子油成黑色,窗门都是荸荠色,同江南房子做法一样。台沿上摆的玉簪、秋葵,冬天雪后,院子不扫,像汉白玉雕刻的一样。半间大门、还有半间门房。不住人,堆杂物,进门左手一转弯,就是客厅,中间一排六扇隔扇,中间帘架,夏天竹帘,冬天风门。西面一间,下面大玻璃窗,上面糊窗、糊窗纱,同学父亲在天津,母亲和弟妹都住里院,只有他住在这里,下学回来,自行车放在门洞里,一人坐在窗前做功课、画国画。其环境之幽雅安静,不走出大门,其感受亦无异于大观园之怡红院、潇湘馆……我不知多少次在他房中感受这种纯京朝派的静谧气氛,只能感受而不能言传。

二是西四北南魏儿胡同一位好同学家,他尊人是著名的北长街专做宫中生意的泰来粮店东家。不过他很小他尊人就去世了,他同母亲一起生活,有个时期,我就住在他家。路南的大红门,两进院子,但不是正规的两进院落。一层是临街一溜北房,加东西各一间成为长条形三合院,但北房高,光线充足,十分受住。里院七间口,三正,左右各两间平房,三东三西,是个大三合,北房又高又大,带廊子。看上去是前胡同大房子的后院和后罩房,分割开来出售的。他家先住临街小三合,后来搬到里面大三合住,不过都有邻居。南魏儿胡同是西四北有名的胡同,由大街东口到沟沿西口,路北一家挨一家,都是大宅门,早年老虎总长章士钊就住在这条胡同,名画家陈半丁住在东口路北,所有路北的院子,都是十分整齐的大宅门,一般后墙都是砖包到顶的,好的则是磨砖对缝的,胡同中间路北一所高台阶大门,又高又大,全部磨砖对缝,大门上颜色已发黯的联语:"天予厥福;世有令名。"但大门一年到头都关着,几年中来往经过,从未见这家开过门。不知最早是谁家,近西口路北一家栅栏门的大院子,也很整齐,是一位中医家,病人不多,名气也不大,但房子十分阔气。

这种栅栏门里面是停车场,然后才是大门。八道湾知堂老人家就是这种格局,是清朝家中拴车的人家的格局。这些房子都比我同学家房子阔气。同学家的房子不是整砖砌的,北屋临街后墙抹着青灰,遮住里面的碎砖,后院的房子虽然大,也不是精致的磨砖对缝,但收拾得十全整齐。先住前院,北房没有廊子,冬天最舒服,半窗红日,由一早直晒到下午一两点钟,又烧着炉子,虽然火整日封着,也永远是暖融融的感觉。后来搬到后院,开始没有房客,只一家住,院子又深,邻院大槐树荫凉,遮满整个东房屋顶,下午西晒又被邻院偏南大槐树挡住,虽是东房,夏日也无暑意。大学快毕业时,我在东屋住了两个多月写毕业论文,两明一暗,里间空着,我住外间,一副铺板,一张大写字台,一个大方凳,家具极为简单,地是大青砖地,扫得干干净净,窗户下面玻璃、上面冷布卷窗,挂着竹帘子,虽然没有现在的卫生洁具,更没有什么空调等等,但生活之舒畅、方便,真是神仙过的日子。写文时,竹帘冷布空气通畅,静得恰到好处,即可偶闻胡同中之漫长叫卖声,写的有些累了,站起来伸个懒腰,抬脚一掀帘子走在当院中,一百四五十平方米的大院子,足够你伸腰、踢腿、抬头看天,白云浮动,青天高渺,偶有不知谁家的鸽子一群飞过……大门以外,胡同以外,不远就是闹市中心、政治中心,连着全国、连着世界,但此时此刻,与你全无关系,这就是北京四合院给你的最安静、最舒适、最自由自在的生活环境。对于大多数今天北京市民来说,这都像梦一样地远去了。

三是解放后,我给单位里买了不少所房子作为宿舍,我家也沾光住了进去,这些房子都是过去的大宅门,先住进豆腐池,这所房子三路,中路连垂花门外三进大院子,东路前院有南北屋,而无东西屋,北屋五间连廊子花厅,院中有太湖石、小假山、高大的槐树，及北方少见的梧桐，中间更道，顺着向后走，左转垂花门，一所新盖的抄手游廊、磨砖大四合，还没有上油漆呢，西路前面是马号，中间是准备盖花园的一大片空地，再后面短墙小门外，是一大溜北房，是整个院子的围房，也叫后罩房。另有小街门，通向后胡同。这在《红楼梦》中曾写到过。我一看就懂，而无此经验的人难以想象。我家在东北角新盖的那个大四合北屋西面住过，一间堂屋，一间里屋，一间套间耳房。堂屋、里屋之间，有一堂黄杨细雕落地罩，流云百蝠，极为精美，至今历历如在目前。抄手游廊西耳房转角处，又有廊子衔接通向正院，我在小耳房中窗前坐着，望着窗外廊子转角处，极富幽思，深得曲槛回廊之趣。虽是机关宿舍，不同于旧时家族深宅大院，但我有幸在这样精美的四合院中住了几个月，当时邻居也不多，也是十分难得的缘分了。

后来又由豆腐池搬到东单二条，这原是翁相国的宅子，著名的"翁同龢三次访鹤；吴大澂一味吹牛"名对中"访鹤"故事就是在此发生的。但房子比起豆腐池，那就差多了。我家住了一间北房，两间西房，但房子不但陈旧，而且是经过原承租单位改建过的，窗户已改成西式窗户，院子也小，不成格局，只是出门就是东单，生活购物方便而已，四合院的风格和感受，宁静、舒展、爽朗等等好处都已没有了。过了两年，我也调动工作，离开北京，到南方来了。

首先是到上海，在延安西路现在达华饭店，当时是一个机关招待所，住了两晚，随即搬到西宝兴路兴如里亲戚家中，这是一幢两开间石库门房子。石库门房子，是十九世纪以上海为主，旁及苏、杭等小城市新兴的一种住宅房子，一般都是几幢，或者一条弄堂、两条，甚至多条弄堂成片的住宅房子。大门的墙头很高，一般在四公尺左右，中间三条青条石镶成门框，大门很厚，防盗防火，像库门一样，十分安全。高级一点的，在墙头还装上铁栅栏，可防攀登逾越。石库门的高墙俗名风火墙。石库门分一间、两间，或三开间。我亲戚家住的是两开间石库门房子。进大门先是天井，约三米多宽，深二米多，顶多七平方米，不足北京一般四合院大门里影壁前那块面积大，关上门，没有进光处，只有抬头见到的一小方蓝天，右侧楼下厢房，露在天井的一排窗，迎面是客堂间，公用，上楼必经之路，客堂左手是楼下人家房门。客堂后面板壁，转过板壁，对着是灶披间的门，而右面是扶梯上楼，扶梯上去一转弯再上去，便是亭子间房门，再一折上到二楼，亭子间低于二楼三级楼梯。二楼中间客堂上面先是后楼，隔开板壁是前楼。左面厢楼，也分前后，用板壁隔开，这厢楼相当深，由南窗到北窗，长有七米多。后面还有一卫生间、浴缸、面盆俱全，而上水道了，马桶也没有，所以只是样子，不能用。亲戚夫妻带孩子住厢楼前后间，二十四五平方米，十分宽敞。前楼作为客堂，后楼饭厅。我来了，亲戚招待我住前楼，朝南六扇长窗，对着是石库门风火墙上面的铁栅栏，晾衣裳竹竿很方便地由窗台搭到铁栅栏上。我初到上海，一两天就住在这极为标准的石库门房子前楼过夜，其感受是十分新鲜而且深刻的了。几天之后，我去苏州，这年寒假来沪度假，又在这里住了整整一个寒假，其感受自然更深了。

兴如里在上海是数千条弄堂中很小的一条，临街一排店面楼，中间是弄堂门，进来坐北朝南只有两幢两开间的石库门房子，到底转弯又有两幢朝东石库门房子，顶头还有两幢朝北石库门房子。实际上只不过北京一所大四合院的地皮面积，而利用地形，临街先盖了一排两层的店面房子，约有七八开间，里面又曲曲弯弯盖了六幢石库门房，坐北朝南两幢是最好的，而偏东一幢更好，因为厢楼南窗正对转弯的一截弄堂，前面没有房屋阻挡，夏天通风，冬天阳光充足，日照时间长。而亲戚就住在这条弄堂中最好的一幢楼上。北京一所房子的地皮，上海却盖了七八间铺面，六所独立的石库门房子。如这七八间铺面，起码可以容纳三四家人家，楼下开店，楼上住家。而六所石库门，一家住一所，也住六家，如一所两家，就是十二家，如照现在的密度，那自然就更多了。四合院是院子大，房子相对小，而石库门是天井小，而房子却不少，也不小。石库门一般楼下前客堂、后客堂，前厢房、后厢房、灶披间，一楼半亭子间，二楼前楼、后楼，厢楼前楼，厢楼后楼，如再搭阁楼、二层阁、三层阁，考究一点的再加卫生间。这样只是四合院两间带廊子大北房的地皮，盖成两开间两层石库门房子，就有这么许多房子供你使用，其方便就远远超过四合院的两间大北房了。这样四合院和石库门就有了明显的差异：一是讲格局、讲款式、讲气派……一是讲效益、讲方便、讲安全……北京重传统，四合院必须按照《营造法式》的格局盖，虽然瓦木匠头儿不抠书本，但从祖师爷那里传下来就是这样，谁也不能改。况且房主也不答应，盖出不合格局的房子，谁敢住，谁敢买呢？比如"四六不成材"，只有四间宽度，要么"四破五"，三间在中间，两边各半间，要么只盖三间，留一块空地，或作门洞，或作厕所……总之不管怎样，决不会盖四间一样大小的正房，这叫"不合格局"。款式是讲品位的，哪一级的人住哪一级的房子，气派是讲气度和派头的，抬脚迈方步，进上房不能乱走引路……讲究起来那是说不完的。北京从明、清以来，盖四合院都是为一家人住的，极大多数是为官打公馆的，自然也有不少靠出租房屋、收取房租谋利或过日子的，但一是出租大多是租整个院子，二是没有大面积盖许多所相同的四合院出租的。而石库门则不然，石库门弄堂房子一出现，就是为了适应上海开埠以来，土地日趋增值、地窄人稠的需要，而为了出租、出售，大面积兴建的。兴如里在上海是极小的弄堂，实际这种弄堂很少，更多的是大弄堂，一盖就是同样的石库门房子几十幢、上百幢，盖的目的，就是为了投资，获得比存款更高、更稳妥的经济效益。要多赚钱，就得在同样大的地皮上多盖房，但又要居住方便，这才便于出租、出售，人口稠密，且都是外来人口，良莠不齐，铤而走险的盗贼太多，这就需要防火防盗，因而风火墙要高，门和门框都要特别坚实，这就要特别注意安全了。

　　四合院、石库门从一开始就有以上这些差异。一是偏重自住，偏重官吏公馆；一是目的出租、出售，适应商埠发展需要。简言之，一是第宅产业，一是营利商品。前者希望年代久远，最好能传宗接代；后者则希望流通越快越好，最好今天盖好，明天全部卖光。而住在里面的人心态又不同。四合院大多是自己住自己的房，环境舒展，轩窗爽朗，环境安静，自成一统，与人无求，与世无争，这样环境中培养起来的心态，好的方面是坦率，不斤斤计较……坏的方面是保守，不能适应外界变化，好逸恶劳……石库门大多不是祖宅，纵使是自己的房子，也多是由外省外地到上海新买的，或是租的，总有客居的感觉，小小的天井，楼上楼下，弄堂狭小，环境局促，弄堂中各种声音，由早上刷马桶的声音，到开库门的声音、弄内车铃声、人语声……都能传到楼上，前窗对后窗，下望亭子间，夏天开着窗，躺在床上睡午觉的胖太太都能一览无遗……虽然石库门很坚牢，但纵使一家住，也还是在嘈杂的人世中，无法与外界隔绝，同弄堂的张家保姆、李家阿姨……总要经常见面，或是讲交情，或是计较利益，好的方面是较精明、反应快、较积极、能吃苦,坏的方面则是较狭窄、欢喜计较,更多的市民意识,讲究享受……生存环境,影响人们的意识和心态,细说太复杂,但大体是这样的。

但又有一个共同点,即北京四合院、上海石库门,在近六十来年中,又有着相同——或者说类似的变化,即人越来越多,房子越来越小,心态也随着产生了新的变化。四合院第一个大变化是"七七事变",在抗日战争之前,东西城各大胡同中,不论大小整整齐齐的四合院中,极少住两家以上的,一般都是独门独院,小同学中,也都是一家一个院子,甚至一家几个院子,极少租人家几间房的。而抗战一开始,除极少殷实老北京及少数做汉奸官吏的外,大多都住不起独院了。大院变小院,小院变成几间房。房子越来越小,人家越住越多。解放后,各机关买大四合院,改作宿舍,城里所有好房子,大多卖给各单位,原有房东,或带钱出国,或另买小院,或住入公家宿舍,这样两进院的大四合,副部长住五间大北房,司长住西屋三大间,秘书住外院三间房,司机住两间南房……除去特殊人物,一家住大四合院的,几乎没有了。没有卖给公家的四合院,除自住几间外,大多也都公私合营,住户越来越多,不过有一点要注意的,即大多修理不起,越来越破;大门也多整天敞着,不像早年一两家住时成天关着大门了。简单地说,就是变成经济地位较巩固,文化程度较高,生活较安定的大杂院了。如是一个单位的住在一起,就更有管束、依靠和照顾;如不是一个单位,也一住就是二三十年,成为老街坊、老邻居了。这就是四合院在新的形势下所形成的人际关系,由此也产生了新的心态,家家户户安于这种居住环境,没有人幻想住独门独院,即使过去住惯独门独院的,也不再作匪夷之思,甚至怕人知道他住过独门独院。这就意味着他出身不好,最低是剥削阶级出身,甚至就是阶级敌人、专政对象了。但是在此情况之下,四合院还是四合院,纵然在东西南北房门口,都摆着煤球炉子,耳房小院也都住着一户户人家,画栋雕梁的抄手游廊虽然油漆剥落,但还是旧日的格局,一大早起来,站在当院,举目四望,还是宽敞坦荡的院子,像各屋住户的心态一样,还是老样子……

七十年代末,因唐山地震,波及北京,人们学会了盖简易防震棚,进而形成一股风,四合院中家家窗前盖小房,捡点破砖,弄点水泥,凑合两根破木头,掏换两扇破窗户,捡点破油毡……在自己窗前门前,自力更生,各显神通,盖起千奇百怪的小破房。北京这时的居民(不能笼统地叫"北京人",因为时代不同、经历不同、经济不同、来源不同,由明清到民国、沦陷时期、解放初期、后来直到现在,没有固定的"北京人",只有各个时期的居民,各个时期的心态,而且是不同的心态),五六十年代的户主,都已渐渐老矣,孩子都已长大成人,插队落户的大批回城,要分房、要住处、要厨房……总之都要自力更生扩大居住面积,这样七十年代末、八十年代初,所有四合院,除极少数特殊的而外,几乎没有一所不是小房越来越多,越乱、越破……院子几乎无例外地没有了,一进大门,几乎都是曲里拐弯的小胡同、小弄、小巷……简直说不上来,没有一个中国话的名词可叫得出了。

与北京四合院历史变化的同时,上海的石库门也发生着类似的变化,但又有显著的不同。相同的是北京人越来越多,而上海的人越来越更多。最早的四合院、石库门,都是为一家人家准备的,四合院一个厨房,一个或两个(分男女)厕所。石库门一个灶披间,大都用马桶,极少有卫生设备。增加两三家人家,合用厨房或厕所还可以,如增加到八、九、十来家,那就无法合用,四合院只好家家门口摆煤球炉,厕所变成公共厕所,这是前期;八十年代,四合院居民开了窍,家家自盖厨房,大院子成了小厨房"八卦阵",都变成张家、李家的私有财产,剩下的只是一条弯弯曲曲的小路了……石库门天井太小,楼上人家也无法乱占,解决烧饭只有两个办法,一是灶披间炉子排队,一是楼梯口都放炉子,变成厨房间。四合院可用公共厕所,石库门"红漆马桶饭桌旁",各家都有自己的马桶,早上马桶倒掉,刷洗干净要晾干,或排在门口晒太阳,这还是好的,不然就得排队摆在楼梯上,这在石库门房子中迄今仍是司空见惯的场景,心态也是在这种环境中形成的。

北京四合院的院子大多已没有了,石库门的石库门则依然如旧;北京四合院一进大门,便看到面目全非,石库门却一进大门,除稍陈旧外,还无多大变化;四合院可以盖小房,而石库门只能搭阁楼、二层阁、三层阁……尽管坐着伸不直腰,但躺下能睡觉就可以,石库门的住户最会打算盘,有一句极精明的名言,叫做"占天不占地",不是不想占地,是无地可占……

海外有经济实力的朋友,幻想旧时北京四合院的居住空间、环境之舒展、幽静,憧憬这样的小院,极想买一所住住,托我向北京几位友人写信打听,一打听,真是吓一跳,不但绝无而仅有,想找一所有院子的小四合院极为困难,而且纵然找到,也是奇货可居,论平方米,少则八九千,多则过万,而且难觅确信,难以买成……不过我想纵然买成,也难以得到旧时的感受。试想左邻右舍,不是破大杂院,没有院子的曲里拐弯的小房缝,就是二十层的大高楼,或是五六层的旧宿舍楼,一条胡同中,只有你一家是一所整天关着街门的独院,那不是形单影孤,脱离群众吗?你又如何能感受四合院时代的京朝风味呢?说不定前后左右眼下就有——或突然冒出一座高楼,你的安静的小院,不用装监视器电眼，便在它的日夜视野之下，一览无遗了……试想想，这样你又何苦花几百万买四合院呢？我过去写《北京四合院》一书时，已经一再说明，对大多数居民来说：北京四合院的时代毕竟过去了，这是无法挽回的。上海石库门目前尚未听说有人抢购，自然也是历史的残余，逐步在减少了。世人眷恋于北京四合院的大名，一些投机者便视为生财之机，或以一所较完整的老房子认为奇货，待善价而沽；或新造一些四合院卖给海外人士，甚或价钱越炒越高，但这都是真假古董商的生意经，和北京残破四合院以及其中的居民是没有多大关系的了。

忽然想到——题目中还有一个"大世界"，大世界有大有小，有宏观，有微观，上海八仙桥有座老建筑娱乐场名"大世界"，我小时在北京读丰子恺先生《绿缘堂随笔》时，有一篇有一句说："隔壁阿婆白相了大世界回来……"从此我就知道了它。四十年前我初到上海，一位亲戚请我逛大世界，买票进去，我感到实在无聊，不到三分钟，我就出来了，这正是上海石库门居民招待乡下亲戚的好地方，似乎也代表了一部分石库门文化，不过我后来再未进去过。而从宏观上说：北京四合院，上海石库门，也都包孕在纷纷攘攘的大世界中，题目也还讲得通了。

寓楼遐想

　　自从一九八八年十一月搬到延吉新村,妻子于九月底去世,在新居住了将近六年,忽然想起"金窝银窝,不如自家的茅庵草窝",这一句江南常说的谚语。何况家中还不是草窝,因此十分爱这个家,也很少外出了。人人都想有两间舒适的房屋,有个安定的家。因而《我想有个家》这首流行歌曲,一出来就唱红,风靡海内外;因而当年郁达夫先生在西子湖畔筑起了风雨茅庐,家居无事,每每也想起田园诗人陶渊明的名句:"众鸟欣有托,吾亦爱吾庐。"古人、今人、名人、老百姓想法是一样的,茅庐者,自谦也。

　　杜甫在成都住的是草房,秋风太大,把他房顶上的茅草都吹跑了,急得老诗人追也追不上,被一群孩子把草抱走了。老诗人无可奈何,忧愤交加地写下了《茅屋为秋风所破歌》,一直传诵至今。其实老实说,好的茅草屋住着并不差,在江南及成都一带,冬暖夏凉,一般比瓦房还舒服。我三十年前在长江口外长兴岛,就住过当地的草房,毛竹做屋架,芦苇编墙壁,稻草当屋顶,毛竹中空,轻而耐用,如不被虫咀,是很牢的自然轻型建筑材料,整根芦苇每五六根一排,编为菱形块作墙,编得要密要紧,除去怕火而外,十分坚固耐用,室内石灰抹平,可以涂墙粉,很光滑漂亮,室外露着,斜风雨也不怕,雨水自然滑落,只要下面排水沟开好就可以了。当然,如刷一层沥青更好。不用洋钉铅丝等物,立在屋基泥中,用竹篾或粗一些青麻绳穿孔扎紧在毛竹柱子上,不像铅丝等物很快长锈,起码三五年才会老化。用一小捆、一小捆的新稻草,铺在屋顶上,像鱼鳞一样,顺着一层一层,由房脊到屋檐,铺一尺来厚,冬天寒气进不来,雨天雨水顺稻草表皮滑下,不会聚水,易于泄水,自然不会漏,夏天、阳光晒不透,十分阴凉。这样的房子,即使在今天,如果风景幽美的乡间,有一所,前面有块草地,有棵老树,屋内铺上地板地毯,有电源、煤气,可装电灶、煤气炉、取暖、热水以及电话、电传等等现代设备,夏天树下乘凉吃饭,冷天檐下负暄,那便是十分理想的家,又何必广厦千万间呢? 不过有一两点要注意,第一就是所有小捆稻草,一定要用麻绳扎紧扎牢,要把所有稻草捆按顺序和下面的毛竹棵紧扎在一起,即使较大的风也吹不动;第二就是年年深秋要换新稻草。我看过人家换新稻草屋顶的场景,秋阳明丽,金黄的新草闪闪发光,换草的师傅把屋檐一批草铺扎好,然后用剪刀把屋檐的草剪齐,看着真漂亮,只是现在这样好手艺的师傅不知还有没有了?

古老年代盖住家房子,是就地取材,所以古书中说"穴居野处",大多是说不种稻子,没有竹子、芦苇等植物的黄土高寒地区。这就是窑洞,直到今天人们还常常提到,电视上也常常看到。抛开它的政治光环不谈,只说它作为居家的安乐窝,本身也还不坏,也是冬暖夏凉的,我小时候在北方也住过。窑洞区域的人们,缺少树木、缺少石头、砖瓦,多的只是黄土、黄土……一曲"我家住在黄土高坡……",也唱在玻璃屏幕、激光闪耀的 KTV 中,但黄土窑还是黄土窑。黄土窑就靠那结实的略有粘性的黄土,一种是山坡切齐挖进去一两丈深;一种是平地挖下去,挖成一个坑,在朝南整齐的一面再挖进去;还有一种在平地用木架子起卷外加夹板,中填黄土夯成者,总之都离不开黄土。砂土挖或夯都成不了窑洞,江南的黑土胶泥水分太多,也无法夯成窑洞,只有那憨厚响亮的"黄土高坡……"有。窑洞都是热炕,一窗暖日,粉纸窗花,一条热炕,小媳妇、大姑娘盘腿坐着绣兜兜、做嫁妆、说说笑笑,也是一曲青春梦,未必需要那喊破喉咙的野气……

秦砖汉瓦,已显示了人类的高度文明了,那是两千多年前的或是三四千年的发明,秦俑会告诉你一切。不过秦俑在坟墓里,那不是他的家,"可怜无定河边骨,犹是春闺梦里人",那断臂膊、少腿的秦俑,不会家在未央宫中,而是在土窑内,茅檐下,瓮牖中,衡门边……小时候在北京,第一次逛故宫,走的是外东路,还没有到三大殿,而我对那高墙头、高门槛、高台阶的大房子毫无兴趣,我不想住在那里,只想回家。当年"老佛爷"不愿住宫里,只愿住颐和园乐寿堂,是有道理的,自然,乐寿堂给我住也愿意,因为那同城里大四合院的大北房差不多,而且还要款式……只是没有福气住。

十几年前,香港报纸要我写文介绍北京四合院,那是十分令人神思的住处,后来这些文章经过补充,出版了一本《北京四合院》。国内尚未见人提起,却引起了在伦敦挂牌做建筑师的邓孔怀兄的注意,远道辗转寄来长信;信中说他是一个"已从事多年现代建筑设计的人,原来在香港受过半中不西的教育,后来又到英国学建筑设计……"接着说:"虽然如此,我以往都醉心于我国的传统建筑,闲来无事常找这方面的书报来读……"随后说:"读了《北京四合院》感到这两三年来,积极地找建筑师写的古建筑书籍,竟没有一本及得上先生的。先生非建筑师出身,而能写出建筑的真髓,真是难能可贵。"等等。这虽是对我的溢美之辞,但他却是十分认真的,因为在这封长信的后面,他足足写了九页,近百道有关"北京四合院"具体施工的问题,要我回答,包括垂花门两旁短墙如何封顶等。亏得我不单是摇笔杆的纸上谈兵的朋友,也有点真个儿的本事。解放前曾为人修建过两三处四合院,管过现场施工。解放后又为公家管过房子，拆修改建的大四合院也有十来所，有些实际施工知识，按他的问题一一回答，并附了简单草图，这样我们成了朋友。去年去香港下榻他家，又面谈了许多，越谈越起劲，他夫人也是建筑师，直到今天还迷着北京四合院，想买一所小院，修理一下，自己住一住，领略一下古老小四合的味道，只是遗憾的是，访求快一年了，还没有成功。回过头一想，住高楼的，谁不想一出房门就脚踏实地呢？因此草屋、窑洞、四合院都值得怀念了。

南北四合房

　　海外的好古之士,羡慕北京四合院,只是想象羡慕那种古老承平时代的旧都风情,并不单纯是向往四合院。同北京住房类似的四合院,如果盖在其他地方,那味道就不一样。如北京附近各县直到天津、保定一带的四合院,格局也同北京城里的院子差不多,可是住着感觉就两样,原因是旧时北京城凝聚、弥漫着几千年全国的传统文化气氛。这在别的地方是找不到的。天、地、东、南、西、北谓之"六合",东、南、西、北四至,谓之"四合"。西洋人盖住宅,是房子在中央,院子在四周。中国人盖住宅,是房子在四周,院子在中央。广义地说四合院,中国南北各省的民居院子,不管四进五进的深院,一个两个的独院、跨院,大多也都有南北东西四面围起来的房屋,但格局同北京四合院就不一样。如北京四合院北屋正房,都是有正房,有耳房,或三正两耳,或三正,耳房各两室四间,都是正房高大,耳房低小。东房、西房又略高于耳房,略低于正房,跳在当院一看,就能看出各房高低错落有致的格局。往西走出几百里,翻过太行山,一到山西,也是有东西南北房的院子,格局就两样,正房五间一条脊,一样高,如著名的祁县乔家大院,拍电影《大红灯笼高高挂》以此作过场景,不少人在银屏上都看到过,我去参观过两次,进大门一条巷子,路北三个大门,路南三个大门,北面的门进去都两进院子,南面大门都一进院子,院子都是长条的,正房都是一条脊一样高,窗户很小,院子很狭窄,是无法和北京的爽朗大宅门相比的。山西北

191

路的民宅就和乔家大院那种格局不同，小时候在家乡祖宅居住，自己家的房子，镇上其他人家大院子，有的三四进，但都很宽敞，虽然正房也都是一条脊，没有中间大两边小的那种正房、耳房的格局，但院子都是方的多，窗户也都是全部木制，每间房窗台上两边竖开小格子小窗，中间上下大方格和合窗。格局更接近于京派。而乔家大院砖墙上开窗，更像窑洞。

　　南方民居，苏、沪一带我生活了数十年，是十分熟悉的。上海的石库门是开埠后适应人口增长，半中半西的产物，不是纯粹的中国式建筑。苏州同里、黎里、甪直等古镇，迄今还保存不少明代住宅建筑，大多是前门弄堂，后门临河。河身两边都是四五尺长，尺许高的大条石，由水下砌上来的。院子高大的后楼墙就建在这笔直的条石上，由水下到房顶一般都有二三丈高，虽石上青苔斑驳，而高墙仍挺立削直。显示了昔日东南旧家财力之雄厚，及高手匠人工艺之精巧。而房屋前面，楼下前檐往往伸出一大截，楼上大方格窗缩后一截，这是明代式样，临窗下视，可见楼下屋瓦，街头遥望，可见楼上美人，在明代绣像小说，如《三言》、《二拍》、《金瓶梅词话》的木刻插图中，有不少这样的楼窗，思古幽情，正如画上画的一样，使人也会忽然想起"倚马立斜楼，满楼红袖招"的旖旎诗句。有一次我在同里参观，在一面破旧的墙边推开一扇油漆剥落的破旧的门，忽然眼前一亮，一片红光，大吃一惊，原来是一株一二百年的老山茶正在灿漫着花……我恍似进入南明的旧家，怀疑花下会走出柳如是、顾横波式的人物。

　　成都在四川，福州在福建，东西数千里，可是两地老式四合院也都差不多。我在福州参观林则徐纪念馆，据说是林的老宅子，厅堂院落，小有差别，也同北方差不多，只是房子单薄些。在四川乐山石湾，参观郭沫若故居，也是当年老房子，三进院子，房

192

间都很深，但是不高，四周连在一起，虽较荫凉，但不高爽。而苏、杭一带的老房子，有几进院子的大宅子，门厅、轿厅、前厅，以及更道、后楼、厢房等等，都十分高大，一般前厅后面板壁可以高到一丈五六尺，所以过去条案上面还可以排八尺整宣的中堂。不过这种房子居住起来，并不舒服，冬天之冷，不要说了，而且南方多雨，冬天连阴雨，又潮又湿，十分难耐。而夏天窗户都敞着，蚊蚋成圈，青虫乱飞，晚间根本不能点灯做事。从居住舒服来讲，那是根本无法和北京的四合院相比的。深宅大院只是门第气派，环境幽深。从居住舒服讲，远没有郊区新盖的朝南的大草房实惠。当然，这与气候条件也大有关系。不少江南人在北京呆长了，就不愿再回南方，知堂老人就是最典型的一个，不要说八道湾的宅子远远比绍兴东昌坊口新台门气派，就是晚年住到后院那三大间高台阶北屋也十分舒适，冬天炉子上开水卟卟冒热气，满窗大太阳；夏天纱布卷窗，竹帘子静悄悄，读书写文，如无人干扰，足可以闲适恬静，以终天年……老人不只一次说南中居住之苦；夏天蚊子，熏蚊子的烟使人睁不开眼；冬天年年手上要生冻疮，到了北京再也没有生过。

日本伊东忠太著的《中国建筑史》，有陈清泉译本，所述多在宫廷寺庙，对民居说得很少。但有一个共同特点，就是由宫殿、寺庙，到官衙、住家，包括陵墓，都有一个中轴线，左右基本对称，四周围着中央的空地院子，在平面布局上都是相仿的。故宫太和殿那么大，从空中看，也是个极大极大的四合院；住家户够上格局、三南三北，两东两西，也是个小四合院。只有园林建筑的房子，农村竹篱茅屋、山间山家小屋……以及少数民族的竹楼、毡帐等不同于这样的格局。再有中国盖住宅，先讲立房架子，即立柱、架檩、上梁、铺椽等，先木作，后砌墙等泥瓦作，屋顶的力全吃在柱子上,而且有一条檩,就有一对柱子撑着,纵然墙倒了,房架子还在,这是符合现代力学结构原理的。这种大结构的房架子,南北各省,纵然小异,但大结构都是一致的。这自然是很古老的劳动人民的智慧创造,只可惜二三千年来进展缓慢,民间一部"鲁班经"(即《鲁班营造正式》、《鲁班经匠家镜》)木作、瓦作,历代工匠,口传心授,历来创新的文献几乎没有。再有宋李诚《营造法式》,以及清代工部的《营造则例》,各种建筑,也都以宫廷祠庙为主。至于民居则大体如现在的"标准图纸"一样,都规范化了。各地民居,所有同异,也都是代代相传,宋、元、明、清以来,匠人师徒沿习,大部件都是一致的尺寸,一致的作法,根据建房人要求,根据房屋基地,按惯例施工。所以过去皇家宫殿,先进烫样,即模型,至于盖民宅,是没有建筑图纸的,更没有模型。这一点,比之于现在高度发展的建筑学,那是差距甚大了。

女词家及其故居

　　不说女词人，而说女词家，是因为叶嘉莹教授是学者，是研究词学而蜚声海内外的当代专家。去年我应台北"中央研究院"文哲所筹备处主任戴琏璋教授的邀请，八月间去该所访问了两周，加上提前到达几天，这样在"中研院"活动中心住了十八九天。天气太热，很少出去玩，多数时间在院内，倒有了几天安静读书的机会。其时正赶上文哲所刚开完林玫仪教授主持的词学国际研讨会，送给我的《中国文哲研究通讯》，主要刊登的就是这次盛会的"论文摘要"和几篇词学论文。而第一篇专题演讲，就是叶嘉莹教授的大作《从花间词的女性特质看辛弃疾的豪放词》。文中以辛稼轩的豪放词和《花间集》的婉约词来做比较，结尾说："而辛弃疾是英雄豪杰壮志干云，他的词淋漓慷慨豪放泼洒，怎么能和用女性语言、女性情思的《花间集》比并而谈呢?"词家举了《水龙吟·过南剑双溪楼》，即起句"举头西北浮云，倚天万里须长剑"这首词的例子，说"他的感情是双重的，句子是破碎的，语气是畏惧的，正如女子被人压制一样。古时君臣的关系和夫妻男女的关系有近似之处，所以辛弃疾虽是英雄豪杰但感情的表现却是复杂的、是双重的"。其中突出引用了此词上片结句："凭栏却怕，风雷怒，鱼龙惨。"又引了下片起句："峡束苍江对起，过危楼，欲飞还敛。"说明虽有英雄志气，但却被当朝所排挤、约束而无能为力。亦正如《花间集》中温庭筠"懒起画蛾眉"，尽管玉人严妆以待，但换来的却只是"终日两相思，憔

悴尽、百花时"的心灰意懒。与温庭筠比较,又引稼轩此词结束句:"元龙老矣,不妨高卧、冰壶凉簟。"这样得出结论说:

> 虽然用的是男性口吻,但是它的语法却是有女性语言的特点;零乱、破碎、没条理,和《花间集》中的小词相当接近。

在此我只把女词家这篇专题讲演长文结尾部分作一个简单的介绍,不再作详细分析和评论。但也注意到作者引法国女性主义女作家特丽·莫艾(Toril Moi)的主张:男性语言是理性的、有条理的、有秩序的,女性语言是破碎的、没有条理的、没有秩序的、零乱的。这一说法很有趣,而女词家将其引用到小词上说正是女性的语言最好。而词的本身有短的句子,可写为整齐的,也可写为破碎的。进而又说到稼轩词中破碎句子,如"千古江山,英雄无觅孙仲谋处"及"舞榭歌台,风流总被,雨打风吹去"。实际都是十二、十三个字的长句子,在词的音节上截成三个短句入谱,这是否就是破碎的语言,是否就是女性语言的特征,仁智之间,自有待于专家的进一步探讨。在此亦不多赘。

我读此文还感慨于另外一点,即古老的诗词与今天的关系。词家在前面有一段提到说:

> 不久前我在大陆讲学,很多同学都说现在是经济挂帅,一切向"钱"看;您讲这些古典诗歌听起来固然好听,而我们学这些古典文学到底有什么用? 我回答他们说:学古典诗歌的最大好处就是——使人心不死。哀莫大于心死,而身死次之。学古典诗歌就是要让你对宇宙万物、花开花落、草

长莺飞都有所关心……

后面引了辛稼轩"一松一竹真朋友,山鸟山花好弟兄"《鹧鸪天》的句子为例总结说:"如果一个人对草木鸟兽都关怀了,那么你能对你的国家,你的同类的'人'不关怀吗? 这也就是中国古典诗歌的意义和价值,也是我们文化中一个宝贵的传统。"

在当前中国传统文化中的高层次古典文学艺术的继承和延续,不绝如缕,的确大成问题的时候,叶教授苦心孤诣的话,自是使人感动,但效果如何,纵使受感动的人是否能有所领会而改变其看法,这恐怕在各种现实的影响下,也很难见效了。在与世界同时代发展,而经济落后一大截的现实中,现实的经济挂帅,也是可以理解的。我在客中有幸读到这样的宏文,亦是难得的文字缘了。而更重要的是另一层缘分。

叶嘉莹教授现在是加拿大皇家学院的院士,在遥远的异国,深切关怀的则是故国的文化。"谁知散木有乡根",这是十多年前她的一句诗,全诗我一时记不起了,可是这句我却记得很清楚。女词家生长京华,毕业于辅仁大学,是顾羡季先生的高足。我也上过顾先生两年课,不过在学生时代没有同过学。我看叶教授的论词著作是在八十年代初,后来在一篇介绍文章中,知道叶教授京华故居是在察院胡同,我忽然想起:这不是叶大夫家吗?"七七事变"以前,母亲生病,较长时期请叶大夫来家看病,我也经常因为送药方请大夫改方子到察院胡同叶宅,看病时间长了,就建立了很熟的友谊。父亲派我给大夫送节礼,过年拜年,这样察院胡同叶宅,我也就是熟门熟路的了。有一次在北京,诗词学会招待叶教授,我恰巧在京,也参加了这次小小的盛会,同叶教授见面,寒暄之后,顺便问了一句:察院胡同叶大夫……叶教授回答说："是我伯父。"啊，到此我才明白了原来半个多世纪以前的叶大夫家，就是女词家叶教授的故居。

这是一所标准的大四合院，虽然没有后院，只是一进院子，但格局极好，十分规模。半个多世纪前，一进院子就感觉到的那种宁静、安详、闲适气氛，到现在一闭眼仍可浮现在我面前，一种特殊的京华风俗感受。旧时西城一街南北长街沟沿，由西直门大街转弯往南，一直前行，北沟沿、南沟沿，可以直到宣武门西顺城街，城墙边上，清代象坊桥、象坊养大象的地方，民国初参、众两议院所在地。沟沿由北行来，穿过报子街后，往东拐一小弯又往南，右手第一条胡同就是察院胡同。进胡同走不到百米，路北大红门，就是这所房子。但顺沟沿由北来，却不必绕这个弯进察院胡同，只在过了报子街口，正对西南角一条小胡同穿过去，右手一拐，就是这所大四合的大门了。实际这条小胡同就是沿这个大院东厢房后墙走的，由北来，未进小胡同之前，就可望见院内北房高大的屋脊和山墙了。

记得第一次去时，正是夏天，敲开大门，迎面整洁的磨砖影壁，转弯下了一个台阶，是外院，右手南房，静悄悄地，上台阶，进入垂花门，佣人引我到东屋，有廊子。进去两明一暗，临窗横放着一个大写字书案，桌后是大夫座位，桌边一个方凳，是病人坐了给大夫把脉的。屋中无人，我是来改方子的，安静地等着。一会儿大夫由北屋打帘子出来，掀竹帘进入东屋，向我笑了一下，要过方子，坐在案边拿起毛笔改方子……头上戴着一个黑纱瓜皮帽盔，身着本色横罗旧长衫，一位和善的老人，坐在书案边，映着洁无纤尘的明亮玻窗和窗外的日影，静静的院落……这本身就是一幅弥漫着词的意境的画面。女词家的意境想来就是在这样的气氛中熏陶形成的。

中国诗词的某些感受和中国旧时传统生活的感受是分不开的。"庭院深深深几许","雨打梨花深闭门","更无人处帘垂地"……这种种意境,只有在当年宁静的四合院中,甚至几重院落的侯门第宅中才能感受到,在西式房舍甚至在几十层的公寓楼中,是难以想象的。叶教授所以成为名闻中外的学者、词家,原因自然很多,但我想察院胡同那所大四合院旧时的宁静气氛,对她的影响一定是很大的吧。

附录:

<h2 style="text-align:center">我与我家的大四合院</h2>

叶嘉莹

今年二月十四日的《光明日报》"东风"版上,刊登了邓云乡先生的一篇大作,题为《女词家及其故居》,其中所写的就是我与我家的大四合院。对于"词家"之称,我虽然愧不敢当,但邓先生的大文则使我非常感动。作为一个病人的家属,邓先生其实只不过是到我家来,请我伯父改过几次药方,真没想到相隔半个多世纪以后,邓先生竟然还会对我家宁静的庭院以及其中所蕴含的一种中国诗词的意境,仍然留有如此深刻的感受,和如此长久的记忆。而我自己,作为这所庭院的一个后人,我生于斯,长于斯,我的知识生命与感情生命都形成孕育于斯,我与这一座庭院,当然更有着说不尽、割不断的,万缕千丝的心魂的联系。不过,这个庭院已经就快要从北京这一座文化古城中消失了,因为国家对这一片地方已有大规模的拆迁改建的计划。我家胡同西口对面的一排房子，目前已被拆成了一片断瓦颓垣。当然我也明白，不有旧的破坏何能有新的建设，我也愿意见到新的北京将有一片新的高楼大厦的兴起。只是，正如邓先生大作中之所叙写，我家故居中的一种古典诗词的气氛与意境，则确曾对我有过极深的影响，这所庭院不仅培养了我终生热爱中国古典诗词的兴趣，也引领我走上了终生从事古典诗词之教学的途径。面对这一所庭院即将从地面上消失的命运，我当然免不了一种沉重的惋惜之情。其实我所惋惜的，还不仅只是这一所庭院而已，我所惋惜的乃是这一所庭院当年所曾培育出的一种中国诗词中的美好的意境。我曾梦想着要以我的余年余力，把我家故居改建成一所书院式的中国古典诗词研究所，不过事实上困难极大，问题甚多，这决非我个人之人力、财力之所能为。我对此也只好徒呼免免了。不过，我个人愿以古典诗词之教学来报效祖国的心意，则始终未改。邓先生大作中曾经引了我十多年前的一句诗，我的原诗是："构厦多材岂待论，谁知散木有乡根。终生报国成何计，难忘诗中屈杜魂。"我从一九七九年以来，曾回国在国内各大学讲学多次。最近这一次是从去年底回国来的，目前我就正住在邓先生文中所写的这一座四合院内。邓先生的大作既使我深受感动，因此遂忍不住想要写几句话，既可作为对邓先生之大文的回应，也可算是我对我家故居即将被拆除前的一点告别语吧。

　　我家原是满族人，我家的四合院是在我曾祖手中购置的。我的曾祖父讳联魁，是满清的二品武官。我的祖父讳中兴，是满清的翻译进士，曾在工部任职。我家大门上方原来悬有一块黑底金字的匾额，上面写着"进士第"三个大字。大门两侧各有一个小型的石狮子。大门外是门洞，下了门洞外的石阶，左角边有一块上马石,上马石的左边是一个车门。大门的里面也有个门洞,隔着一方小院,迎面就是邓先生文中所写的那面磨砖的影壁墙,墙中央刻有"水心堂叶"四个字。里面的门洞右边是门房,门房右边是车门里面的门洞,车门洞的右边是一间马房。进入大门后,从迎面是影壁墙的那方小院向左拐,下了三层台阶,是一个长条形的外院。左边一排是五间南房,三间是客房,两间是书房。右边则是内院的院墙,中间有个垂花门。要上两层台阶,才能进入垂花门,门内是一片方形的石台,迎面是一个木制的影壁,由四扇木门组成,漆着绿色的油漆,每扇门上方的四分之一处各有一个圆形的图案,是个红色的篆体寿字,从石台两侧走下就是内院。内院有北房五间,东西厢房各三间,北房前的两侧各有一个小角门。西角门内的小院中有两间存放什物的房子,东角门外有一条过道,通向另一个小门,小门外是一个长条形的东跨院,跨院的南头直通车门洞,北头则是厨房和下房。从东角门的过道往左拐是一条窄路,可以通向后院。后院原是花园,其后把花木移去,盖了房,有些亲友住在里面。我家前面的大四合院原是方砖铺的地。祖父不许种花草,只有几个大花盆,里面种着石榴花和夹竹桃等花木。还有个大荷花缸,有时夏天在里面养些荷花。原来是祖父母住北房,伯父母住东厢房,我父母住西厢房。我是父母的长女,我就是在西厢房出生的。我才出生不久,祖母就去世了,又过了四五年,祖父也去世了。伯父母就迁入了北房,东厢房就做了伯父给人看病的脉房。伯母和母亲都喜欢养花,就在院子里开了两处小花圃,一处在北房前,一处在西厢房的窗下。里面种些四季应时的花花草草,垂花门边上的内院墙下还种了爬山虎和牵牛花。母亲还在墙角两侧插植了一棵柳树和一棵枣树。我上了初中后,又去一个同学家移来了一丛竹子,就种在我住的卧房的窗外。

我小的时候,父母没有送我进入一般的小学去读书,而是由姨母来做我和小我两岁的弟弟的家庭教师。那时小我八岁的小弟还没有出生。只有我和大弟两个人,他读《三字经》,我读《论语》。另外还由伯父教我背诵一些唐诗。大概是我十一岁的时候,伯父就教我学着做诗。我当日是关在大门里长大的,没有其他生活的体验,所以我家庭院中的景物,就成了我主要的写诗的题材。记得有一年秋天,院里其他花草都已逐渐凋零,只有我移来的那丛竹子青翠依旧,我曾写了一首七绝小诗,说:"记得年时花满庭,枝梢时见度流萤。而今花落萤飞尽,忍向西风独自青。"又有一年初夏,我家才拆下冬天防寒的屋门,换上了很宽的竹帘子,院内的榴花与枣花都在盛开,我就又写了一首七绝小诗,说:"一庭榴火太披猖,布谷声中艾叶长。初夏心情无可说,隔帘惟爱枣花香。"还有一个夏日的黄昏,雨后初晴,我站在西窗竹丛前,看到东房屋脊上忽然染上了一抹初晴的落日余辉,而东房背后的碧空上,还隐现着半轮初升的月影,于是我又写了一首《浣溪沙》小令,说:"屋脊模糊一角黄,晚晴天气爱斜阳,低飞紫燕入雕梁。　　翠袖单寒人倚竹,碧天沉静月窥墙,此时心绪最茫茫。"这些都是我早年的极为幼稚的作品,若不是因为受了邓先生大文的感动,我是决不会将这些幼稚的作品公之于世的。邓先生在他的文章结尾处,曾经推测我之所以终生从事于诗词之教学与研读的原因,说:"我想察院胡同那所大四合院旧时的宁静气氛,对她的影响一定是很大的吧。"我现在就以我这些幼稚的作品,来向邓先生证实,他的推测应该乃是确实可信的。

最后我还要向邓先生做一点说明,事实上我家的院子如今早已面目全非。一九七四年我第一次从海外回国时,我家已经成了一个大杂院。大门上的匾额不见了,门旁的石狮子被打毁了,内院的墙被拆掉了,垂花门也不在了,方砖铺的地也已因挖防空洞而变得砖土相杂而高低不平了。不过,尽管有这些变化,我对我家庭院仍有极深的感情,只因那是我生命成长的地方,只因我曾见过它美好的日子。即使有一天它被全部拆除,它也将常留在我的记忆中,常留在我那幼稚的诗词里。

南长街一住宅

北京中南海东侧,有一南北长街,地近中枢机要,是大宅门集中的地方。在南长街东侧,中山公园西门的北面,旧时先是两所破旧的小院,再过来便有一所青砖大宅子,临街一色青砖墙,十分整齐,中间一座大红门,坐东朝西的大门,从外面看,门两面都是高墙,一般看不出院子里面的格局。而门前便道十分开阔,气派不小,地势冲要,院落很新。过路人即使不懂房屋建筑,也会知道房子的主人一定不是普通老百姓,多半是一个什么官。一点也不错,这所房子最早是三十年代中期宛平县长王冷斋建造的。

说起王冷斋,现在知道的人可能不多了。但是在五十六年前,他却是大大有名的人物。虽是小小的县长,而名字却是各大报纸头条新闻的人物。因为"七七事变",在卢沟桥畔宛平县掀起抗日烽火第一页时,他正是宛平县长,所以他的名字与抗日战争是紧密地联系在一起的。一九四六年,日本侵略者签署无条件降约时,王冷斋作为当时证人也去日本出席了签约仪式。自此之后,就不再听到他的消息了。

南长街南面通长安街高大的拱门,是辛亥革命后民国初年朱启钤做内务总长时才开的。在清代这里没有门,因而中山公园西墙外即旧时社稷坛西墙外是皇城内的死角,走不通。据陈宗蕃《燕都丛考》所记:南长街东侧南面南花园一带,早已是民居。中山公园西门往北,原有几条小胡同。再北是北河沿等处,已圈入中山公园。但记云"其东为东河沿",说是河边的空地。

这所房子的宅基地，东边就是中山公园后门河边。现在游人站在公园后面河边，右看是紫禁城、角楼，左看就可看到这所房子一排西式临河大窗，约有八九间之多，开窗便是水面，有如江南河房，并可眺望角楼、宫墙、宫柳、公园柏树林。北京精美四合院大宅子不知有多少，但像这样得天独厚，四时朝暮，各有美景，荷香桨声即在窗外的宅子，可以说是独一无二的。只不知现在这里住的是哪一位能享此清福的主人了。

三十年代前期，王冷斋氏建此住宅时，不知原来是否空地，还是破旧房拆除改建，总之这块房基地位置太好了。西临马路，东临河边，临马路一边稍长，临河一面稍短，东南角缺一条。平面设计很巧妙合理，东面临河一排河房，大约有八九间之多，临河面每间四扇西式大窗，好像一排房子，而院内三间南面的，在外面，三间在垂花门作为东房，北头两间接着北屋耳房。外院三间又连着垂花门外三间南房。这个院落东面是个完整的四合院。西面与东院并排是一个三合院。此院北屋与东院北屋一条脊三大间，东屋则是东院西屋，两面开窗。西屋则是与大门并排一溜西房中的三间。另外五间在西院外院，大门进来，右手门房一间，过去佣人房、车房，北面还有房正对东院垂花门外长条小院。大门则正对东院南屋山墙。大门进长条小院南面还有两间南房，好像是厕所，厨房在大门南边。这是四十年前记忆中的印象，或小有出入，但大体情况是正确的，因为我对这宅太熟悉了。

从北京标准大四合院来说，这座宅子并不十分符合格局，但从实际使用来说，从利用特殊地理位置来说，从情调幽雅来说，都独具匠心，设计非常合理。设计者把这样一块宅基地分成四个小院，一进大门，门房、车房、厨房一个外院，只有西房、南房，十分宽敞，院子铺一色洋灰砖，用新式建材，十分干净，一看就是大宅门格局,是司机、门房、听差等位的活动场所。左手短墙小月亮门里面,一个精美的小三合院,自成格局,独立一家人。大门直接向前走,穿过外院稍斜便到了东院南屋窗下,便是十分幽雅的外客厅。左手垂花门进入东院内院。而迎面顺垂花门东墙走去,却是西式屋门,外面看去似乎中西合璧,虽不是普通四合院感觉,也无特殊之处,但推门一进去,却豁然开朗,东面一排大窗,中山公园后河风光,一览无余,且是东向,早上初日晨光晚间晴天满月,宫阙倒影,黄瓦翠柏……尽收眼底。这排房屋,连在一起,全是很好的地板,和其他房间花砖地不同,显然是这排房子下面为了水边防潮,空出一段,留有气眼,架龙骨、铺地板。每三间有玻璃隔扇隔开,全部打开,便可成为一上百平米的长形大厅,如果夏日开家庭舞会,那真是再好也没有了。

这所房子大约是抗战前不久,即一九三七年春建成的。我依稀记得小时坐车经过南长街时,看到这里施工的情况。但不久"七七事变"发生,王冷斋氏就到后方去了。估计他新宅子虽然盖起来,却并未进去住,沦陷时期住的也是汉奸官吏,当时都知道,现在年代久远,自然忘记了。抗战胜利后,王氏是否回来住过,也不清楚,而我最熟悉的,则是从楚溪春先生手里买这所房子的情况了。

楚溪春,字晴波,现在知道他名字的人也不多了。他是保定军校五期毕业生,河北人,却长期在山西军界,是阎锡山的将领。北京解放前夕,几个月中,他是傅作义的部下,好像是负责城防司令之类的职务,记得紧急时,各要人家属乘飞机南逃,买飞机票都要他批,北平和平解放,傅宜生将军及其部下都是起义将领。楚晴波自然也是起义将领了。他是如何买下王冷斋这所房子的,当时也曾听说起过,但事隔多年,也忘记了。

一九四九年八月，我失业在家，先父汉英公也失业在家，全家生活无着。这时原在清华读书，"七七事变"后分别了十二年的我姑母的儿子贾林放自老区回到北京，到家看舅舅来了。其时他已是井阳（井陉、阳泉）煤业公司经理，后来做到煤炭部副部长。他是我唯一的姑表兄长，看了情况，便介绍我到正在筹备中的燃料工业部前身燃料工业处工作。只领点生活费，每月二百斤小米。算是试用。也不上班，也没办公室，只是替处里买房子，这样便骑个破自行车，到处找房牙子，到处看房子。当时北京各大业主、旗人贵族、北洋军阀后人、各大商人、著名伶人，总之凡是有大房子的人，都急于出售，而各个有钱的部，重工业部、铁道部、财政部……都在买。这样在这个时期，我真看了不少名宅子，每天看房情况，下午四五点钟回单位报告，如果合适，再带处长去看，中意了便找业主谈，讲价钱，办手续。南长街这所精美的宅子，就是在这种情况下替公家从楚溪春手中买到的，当时币制不稳定，买房谈价钱都以布价作标准。即几百匹、几千匹布。牌子是"绿阳光"或"五福"，过款时即以当天报纸所登布匹牌价折算，一匹洋布长度一般十丈零八尺，以现在每市尺一元多计，一匹布现在时价不过一百多元。当时北京一二百间大房子的房价不过三千匹布左右，只合现在三四十万。南长街这所房子是一千六百匹布买成的，照现在人民币折算，不足二十万元。真是便宜到极点了。

公家接收后，这所房子最初作为燃料工业部高级干部宿舍。民主人士的副部长李范一先生，有个时期住西面那个精美的三合院中。我表哥贾林放最初调到部中任经理司司长，住在东院北屋和东屋转角那几间房中，我多次到他家去闲谈，记得还在那精美的垂花门前照过相，我感到十分欣慰，自己经手替公家买的房子，又给自己表哥住，这也是一份缘分了。

报子街路南

　　去年秋天,在北京,住在定福庄,每天上午没有什么事,晨窗多暇,面对窗外高大的银杏树,金色的秋阳,不忍虚度光阴,时写小文自遣,忽然想到"四合院杂忆"还欠着稿件,便写了一篇《女词家及其故居》,寄给《光明日报》"东风"版。文章刊出时,文中所写叶嘉莹教授正巧在北京,看后也写了文章。真是"燕子归来,旧巢何处,惆怅京华春色"。我不免也感慨系之了。

　　我想察院胡同的房子要拆迁,连报子街路南面的房子恐怕都要动了吧,这本来是连在一起,近在咫尺的呀!五十年代初,拆宽长安街,直通复兴门外,先把石驸马大街路南,报子街路北的民房全部推平,变成大马路,现在昼夜汽车奔驰的马路近红绿灯一段,几十年前是报子街东口路北的聚贤堂饭庄,清末所建,二层楼,又办宴席,又可住人,如现在之酒店。再往西是复兴公寓。为宁姓所开。"七七事变"之初,名医萧龙友先生在聚贤堂办七十整寿,印有《息园老人寿启》及七言古风《自寿诗》,言菊朋、言慧珠以及其他许多名角唱堂会戏,我和老人侄孙萧承龄兄正在志成读初中二年级,现在奔驰的车中人,有谁知道此点呢?

　　报子街路南,从东往西走,进去不远,路南一所房子,老画家王雪涛先生住过,门口一块不到一尺长的黄杨木牌子,刻王雪涛三字,填洋绿。"七七事变"前,不少文艺界人士门口都钉着这样小牌子,同闪光的黄铜牌子,什么"丁寓"、"王寓"不同,似乎高雅多了。后来王先生搬到甘石桥红庙,七十年代末,我去看望时，还说起报子街故居门口的牌子，不提，连先生自己也忘了。

再往西走，一所磨砖小四合，高台阶，这是伶人之家，有名的里子老生张春彦先生的宅子。这是一所很整齐的小四合院，路南的院子，大门照例在西面，即左侧"青龙"口。小砖门，进去三南三北，两东两西，一所整齐精致的小房子。

因为有一位同乡买卖人租了张先生西房作房客，我去看望，这样连张先生也认识了。当时是沦陷后期，张先生搭班在马连良扶风社，还搭张君秋的班子，演出很忙。有一次上午去，正好在院子里遇到，很客气地打招呼，当时我高中快毕业了，一个青少年，而张先生已是五十左右的名角了。问我要看戏吗？今晚上开明有戏。张君秋《孔雀东南飞》。说着，进屋拿了两张招待票给我，让我同那位同乡一齐去看戏，这是我第一次听张君秋唱戏，实际我也听不懂，只是年轻人，凑热闹而已。后来过了一两年，西单商场桃李园，晚上唱大鼓，白天有票房。楼下全是书摊，我经常去逛书摊，一同逛书摊的同学，有人胡琴拉的很好，也去桃李园票房玩票，我同他去过好多次，张春彦先生也是这家票房的成员，遇到过不少次。后来就再未见过，只是那所房子，前几年还在，近年看到，好像是北屋后墙推倒，改为门窗，已开买卖了。

往东走不了二三百米就是西单十字路口了。如在哈尔飞、长安两处唱戏，几乎等于门对门或隔壁邻居。

再往西走，到沟沿转弯往南，坐西朝东，三间很浅的临街房子，那是老傅的成衣铺，如往南走，便是叶嘉莹教授故居左侧小巷。而马路对过，一个不成格局的三合院，一个小砖门，两株并不高大的杂树，院子倒宽敞，是五十年代中后期去世的戏剧家张鸣岐先生旧居，生前在青艺工作，现在京华人海，知者已很少了。

如果不转弯，笔直走，一边沟沿，路南一幢大房子，大红门在中间，东面是正院，西面是偏院，临街北房后墙，一色蓝汪汪磨砖新墙，好不整齐，好不气派，一年到头，大门紧闭，很少有人出入。这是著名北方军阀高桂滋的宅子，沦陷八年，有人代为看房，好像没有人住过，抗战胜利后，老同学陕西人冯承异兄一家搬进去住在西院，承异兄尊人大约与高将军有旧，住进去本是等着接待房主归来的。因此这所宅子我去过好多次。一进大门，迎面磨砖刻花大影壁，右手大月亮门，进去西院；左手大月亮门，进入东院。虽然路南，但格局极好。

他家住的西院，只有五间大北房，宽大的廊子，阶下花坛药圃山石；房中地板、灰顶、大枝花灯，看得出这原是高宅的大客厅，五间进深很深，西头一间用隔扇分开，可作书房，也可作客室，当时作他父母的卧室。他家住进去时，连家具沙发等都是原有的。胜利之初，我初去参观时，好像还未住人，后来大概高将军的家人来住了。解放后，再未进去过，近年坐车经过这里，还常常望见这所房子的后墙，大概这次也在拆迁范围之内了。

承异兄是我中学同学，又是陕西人，在北京，山、陕认大同乡，小时就常到他家去玩，他也来我家，他父亲也很喜欢我们在一起玩。"七七"前他家住按院胡同路北，两进大四合院，也是高桂滋的房子。沦陷后先搬鼓楼铃铛胡同，后搬西四南羊肉胡同，都只住几间房，胜利后又搬到报子街。他先在伪北大物理系，中间辍学海关工作两年，胜利后回临大读外文系，后转清华外文系，是系主任陈福田教授最赏识的高足，有一次英文作文得九十五分，在当时是清华外文系历史上空前的高分……可是一别之后，再未联系，四十多年来，不知天涯何处了。

改革开放，给北京建设带来巨大变化，看来古老的四合院，要大面积、大面积地拆除,改建为高楼大厦了。清初王沄曾写过《云间第宅志》,记载的是明末、清初松江城里官宦住宅的变化,是一本很有名的小书;今天又有谁来写一本《春明第宅志》或《北京第宅志》呢?

历史的李香兰

　　本世纪前中期的历史长河,冲击着多灾多难的神州大地,泥沙俱下,鱼龙混杂,有的人力挽狂澜,有的人随波上下……如此形容,似乎很形象,却也难以解释这段混乱复杂的史实,更难说清一个人的种种遭遇,看了《别了,李香兰》的电视剧,忽然引起了这点感慨。

　　话得从世纪初期说起。"九一八事变"前,日本的南满铁路株式会社掌握着以沈阳为中心的铁路全权,主要职员差不多全是日本人。这些日本人大都是全家在东北生活,这就是所谓殖民地的"殖民",他们不归中国政府管。在抚顺一家日本铁路职员山口的家中,添了一个小女孩,叫山口淑子,她就是后来的李香兰。

　　在日本侵略中国时期,一般"殖民"家庭(他们叫侨民)自不同于他们的军警统治者,当然更不同于他们的高级统治决策者。这些家庭主要是为了生活到了满洲,与当时中国大官僚比,差着不少。这个日本女孩,在生活在中国的日本人家庭出生,后来又认中国李姓官僚为义父,起中国名字"李香兰"。

　　"九一八"后,东北不少青年学生都到北京(当时叫北平)读书,也有不少全家搬来北京,时称"东北流亡青年"。这时东北大学也搬到北京(抗战开始又流亡到四川三台,台湾柏杨就是这个学校毕业的)。李香兰十四岁时到了北京,投奔义父潘毓桂,改名潘淑珍,进入西单北堂子胡同翔教女中读书,校长陈仲益,初高中俱全,是当时西城比较好的学校。在教会和私立中学里,较之东城贝满、慕贞等名校差一些,但较华光、春明等女中水平高。三十年代前期,北京的中学教学质量大都有保证。她在这里完成了高中学业。她是日本人,从小说日本话,在中国学校又读中国书,说一口北京话,在翔教读书又学了一定程度英语,这样她就掌握了日、中、英三种语言文字,对她后来的艺术、政治生涯起了很大作用。

"七七事变",日寇侵华,北京沦陷,这时她正高中毕业。她这样一个特殊身份、聪明美貌、成绩优秀的高中女生,自然成为日本侵略者掌权人物注意物色利用的对象。因而在她毕业不久,由沦陷的北平回到东北满洲,加入日本人办的满映画株式会社,简称"满映",唱歌演电影,很快出名。又回北京,又到上海,等到沦陷中、后期,她已经是红遍中外的大明星大歌星了。

《别了,李香兰》电视剧中,一开场的镜头是唱《夜来香》,演她的青年演员选的很好,与当年的李香兰长的非常像,再加上同样的衣着打扮,化妆发饰,几乎一下子把时间倒退了四十七年,重现了半世纪前的历史——那段血腥的苦难的历史中,又有绮丽的生命活跃着,告别得了"李香兰",却告别不了历史的记忆,人的感慨大都在于此吧。

当年李香兰的名气太大了,因为她的歌直到今天人们还爱听,何况当年。但大多数听众都不知她是日本人,直到抗日战争胜利,她被作为战俘遣返回日本,当时留学日本的一些华人学生还把她当中国人,谴责她的汉奸罪。老友李进守教授,当时在早稻田大学读书,同一群华侨学生去海滨游泳遇到她,一起围攻质问她,经她说明是日本人后,才算解围。电视剧中一再表现她这种矛盾的苦闷心理。当时日本侵略者要这样打扮她,目的很容易理解。历史中的李香兰,如何能与历史的时空血缘分割开来呢?

我大约小她四五岁,是在同样的历史长河支流中成长的。她成为明星时,我是沦陷区一个中国学生,与她住处很近,极熟悉她作中学生时的生活环境和历史气氛。她寄居的辟才胡同西口汉奸潘毓桂家,她读书的北堂子胡同翔教女中,我在口袋胡同志成中学上学的六年中,骑车绕来绕去,几乎是每天必经之路。沦陷八年的北京城,沦陷前北平作为文化古城的宁静生活环境、文化气氛,沦陷后被彻底破坏,永远成为历史陈迹,但情景留在记忆中是那样清晰,因此在压迫、饥饿、困苦之余,另外的是深深的回忆和遥远的企盼……看看《别了,李香兰》,虽然时逾半世纪,仍不免抚摸着记忆的伤疤。

一九八八年七月初,我随"《红楼梦》文化艺术展访问团"出访新加坡后回到北京,原"《红楼梦》电视剧组"负责人打电话给我,说日本友人要拍以李香兰为题材的电视剧,联系合作拍摄,约我参加,我在电话中婉言谢绝了。历史的印痕使参加这种工作十分为难。这年年末,一位担任剧务的朋友陪剧作家安倍彻郎先生来上海,住在和平饭店,安倍先生据说是电影《一盘没有下完的棋》的编剧,这次编了《别了,李香兰》一剧。和平饭店是旧上海的华懋公寓,历来是豪华的饭店,也是当年李香兰住过的地方。这次约我和安倍先生在宾馆见面,又在新雅吃了一顿饭。我送了他一本自己写的书、一幅字。他回东京后来过两次信,寄了一幅山口淑子议员拿着我的字幅的合影。她当年拍《万世流芳》时,一曲《卖糖歌》和一曲"达呀达,你醒醒吧,就是你的情人,你也该把他放下;何况他是你的冤家,也是我的冤家……"都风靡一时。在《万世流芳》中她演鸦片烟馆中的卖糖女,王引演她的情人"达",五六年前王引先生病重,由海外回到上海治病,在上海去世。曾写信给安倍彻郎先生转告她,记得回信中说她十分感慨。历史的印象总是留在人们记忆深处,又如何使之消失呢?

《别了,李香兰》电视剧原只有日语版,据知前年在东京播放过。直到春节华语版才在上海播出,使人又看到"历史的李香兰",对中国青年观众来说,只是看历史故事;而对我说,却似乎回到历史的真实中去了,怎能不感慨万千呢!

京味《皇城根儿》

　　电视连续剧《皇城根儿》播放完了,作为一部京味的情节室内电视剧,很值得一看,不惟京味很浓,而且情节曲折入情入理。在"京味"的表现上,不但京腔、胡同、四合院、大红门全是古老的京派,祖传秘方再造金丹是京师传统故事,而且高楼大厦、豪华的办公室、名歌星、走穴商、大小倒爷、咖啡酒吧……也显示了今天北京的社会面,有时代感。编剧者处理很妙,剧中的人物没有官方的,最大的不过是研究所主任,是骑自行车的人物,这样就可以少一些语言忌讳,成为纯粹的一部娱乐型情节戏。又不是廉价的爱情、荒诞的巧合、庸俗的歌舞、粗野的跌打,甚至装腔作势的同情、缠绵、说教……总之不是那种不堪入目的港式商业片或程序化广告式的各式各样名人传记片,因而它有戏,有看头,不落俗套。比这另一部京味"爱"剧,真是不可同日而语。《皇》剧打开电视机就能把人吸引住。而另一部"爱"剧打开不到五分钟,便感如同嚼蜡,只好关了。过一会儿,不死心,又打开,又看不下去,只好叹口气,又关了……事实如此,不说也罢,只说《皇城根儿》吧。

　　故事以"再造金丹"为引线,情节安排在年代上有些小矛盾,因为解放迄今已四十三年多了。一说就是四十年前,似乎很远,实际还很近,正是五十年代当初,"镇反"、"三反"大运动热火朝天的时候。北京当时拥有祖传秘方的人家都惶惶不可终日,哪里还能用跟班摆谱呢? 赌输全部家产呢? 经过者迄今记忆犹新，如同昨日，但对中青年来说已是渺茫的历史；或者对年纪虽长却患有健忘症的人说来，也早已糊里糊涂了。如把故事往前再推五年十年，或更合理些，但又不可能，剧中人年纪不能太大，也不能按历史年代细扣，所以用"再造金丹"为线索，张口"四十年前"，编排京味故事，抛开这个历史过程中各项政治情况不谈，含糊过去，也是一个取巧的办法，符合老北京的传统。

所谓"传媳不传女"的祖传秘方名药，在半世纪前的北京真不少。如芳嘉园纪家"万病无忧膏"、崇文门外喜鹊胡同高氏"接骨回生丹"、东直门关管胡同沈家"小儿七珍丹"，有的是明代，有的是清初，都是三四百年来祖传著名的灵丹妙药。解放前住西皇城根，认识不远酱坊胡同庄家小友，他家祖传"独角莲膏"十分出名，熬膏药时，只有他母亲知道配方、熬法，亲自操作，从来不让他姐姐看。"金一趟"和"再造金丹"想来都是虚构的人物，但有其社会历史的真实性，因而编为故事情节较合理，发展较自然，看来较真实。悬念处理，由神秘而真相大白，最后算总账，引人入戏，又不落俗套。

场景是百分之百的"京味"，其好处在于大小四合院、小胡同和高楼大厦相结合，反映了北京城今天的市容特征。高楼大厦的办公室、新式公寓以及三居室、四居室的多层居民楼，这些场景不必多说，上海观众一看都明白。金一趟的那座大四合院却值得介绍一下。正如剧中人徐老头所说："这么气派的大四合，在今天的北京已经不多了。"的确如此，现在北京大小胡同里破大四合杂院还有的是，要这样气派的独门独院、即一家人住一所大院的却不多见了，除非是极为高级的大官，还要对四合院有感情的，不然，不是住不上、住不起，就是不愿住。像金一趟这样的名医身份还能住得起这样一所大红门四合大独院，在解放前不稀奇，今天现实生活中则不知有没有？

电视中的大四合院，用现在北京话说："够派！"八字大红门，大门墙边有一块类似小碑的方块嵌在墙内，上有"四合院"字样，这是近年为保存标准四合院实物新砌的，这样就可不拆了。这是实景。门前是一条不甚笔直的胡同。但是一进大门，进入院中，就是在棚里搭的景了。有连接大门内外的镜头时，一种是大门开一道缝，不能全部打开，只看到一点影壁；一种是把内景镜头和外景接在一起，这时观众会明显地看到里外光线不一样。这是照明上较明显的缺点。

棚中的大四合院，垂花门里院，大北房"三正两耳"，三间正房客厅、诊疗室，西耳房金一趟卧室，东耳房金枝卧室，客厅中三件成套大沙发、花砖地花地毯，全部京派。西屋两明一暗，里间张全义、金秀卧室，外间书房兼起居会客，上午也有大太阳，是很舒服的居室。杨妈住东房，有廊子，夏天西晒也晒不到。这住房安排都是老规矩。垂花门外一溜南屋是客房。小厨房不够大，在外院西南角。不算大门洞，里外院十五六间房，不算院子，只房间按现在说法，就近二百平米。大楼四室、五室一厅哪里有这么宽敞呢。这就是大四合院的气派，今天观众又如何想象呢？但也有缺点，精致的四合院缺少卫生间，金秀要在门口洗脸盆架子上洗脸。上厕所更不便。不过现在这样高级四合院一般已装了新式洁具。可过去没有，电视中也没有。

演员都不错，一口京腔，把原剧本对话表现的都很流畅，表情在镜头特写中能随语言变化而显现神情，说明导演手法眼光都很敏锐，能在监视器的屏幕上选取最佳镜头录下来。不足之处仍不少，也不免有乏味的说教。如最后张道士走出金家说的几句话，似乎是大彻大悟，以及周仁又来金家，这些都是乏味的蛇足,完全不必要。结尾的缺点不免影响全剧了。

　　演员有些对白用的是纯北京话的词语,上海有些观众可能听不懂,但也颇有味。如张全义对妻子金秀叫"秀儿",而对真正的情人叫"英子",这里"子"读轻音。"秀"字在此就儿化韵,而"英"却不加儿化韵,而叫"英子",都是极亲密的昵称。这在北京是很习惯的叫法,听来十分亲切,外地人却无法感受。因此也感到各种语言的细微处是只能直接感受,无法解说或翻译。

　　作为四十三年前皇城根儿的一个老住户,看完《皇城根儿》,有责任作个介绍,因此写了这篇短文,虽如白头宫女说天宝遗事,也略加评论。可说的尚多,限于篇幅,就此打住吧。

百年东长安街

　　北京王府井南口往东,直到东单,东长安街路北一大片,港商投资,要建东方广场。在保存旧貌和新楼改建、经济效益的矛盾下,引起一点小波澜,大概不久将来就要解决了,也不必大惊小怪。新的大厦总是要建起来的,因为看刊物上登的这一带的鸟瞰照,东长安街北面,一大片大概包括东单二条以北所有的房子都已拆除,已是一片瓦砾了。作为一个四十多年前,在东单二条原为尚书旧宅住过四五年的江南京华游子来说,能不牵动一点感情、黯然心惊吗?

　　北京在变,本世纪来,这一带是首当其冲的。本世纪开始,庚子年,这一带是董福祥军队攻打东交民巷的前线,当时这一带建筑物还是清代二三百年旧物。据陈宗蕃《燕都丛考》所载:王府井南口左右东长安街,有堂子、翰林院、理藩院、銮仪卫、外驾库、温公府,以及东单头条大片民居。庚子战乱后,根据《辛丑条约》,东长安街南面,都划为使馆区,所有建筑全部拆除,修了有枪眼的围墙,在围墙外有五六十米阔的空旷地带,由天安门东南面公安街北口一直往东,到东单转弯往南,全是空地操场。长安街北面,王府井南口往西,大面积地方,原是理藩院旧址,温公府旧址,庚子之后,战乱焚毁,全被拆除,自东往西,分别新建的是平汉铁路局、邮政总局、北京饭店,王府井南口往东,则是东单头条胡同,南面的民房全部拆除了,北面的民房,则全部改建为西式楼房,自西往东,依次是长安饭店、平安电影院等。

陈氏《燕都丛考》成书于一九三〇年,书中所写,均自己亲身考证,所记王府井南口东西两面情况,距庚子时,只不过三十年,其变化已十分大。但当时皇城尚在,原文在此段结尾处说:"西与北公安街连接处,为皇城外墙,民国元年辟一门,有坊,南向,曰'履中'。"

我小时候由山村到北平时,已在陈氏出书之后,正是袁良氏任市长时拆除皇城之后了,家住西城,上学也在西城,很少到王府井一带去,常去这一带时,那时人已比较大了。而路线也有两条,如去东安市场,则多走北路,走西安门、故宫,到北池子,走东华门大街,或经沙滩、骑河楼、乃子府等处往南,只有到协和医院,走南面,东长安街,进王府井不远,往东一转弯就是帅府园,协和医院巍峨的宫殿式大楼就在眼前了。我最早去是"七七事变"前一年,父亲常去协和看病,我跟去过几次。还去过一次东单菜市,留下最初的印象。当时只知东单二条、东单三条,却没有头条,也不知东长安街北面那一大片树林子,以及高出一块的那些楼房,前面那条小马路,就是东单头条胡同。由当时一直到解放,这一带没有什么变化,现在拆成瓦砾,筹建东方广场的这一大片,当时由东往西排过来是东单菜市、大棚零星小吃摊、过来东单邮局、三星舞厅、新建的影院(解放后青年剧院)等单位,再过来长安饭店旧址,后来改成卖飞机票的地方。

解放后,最早变化的就是东长安街南面空地,从南河沿、南池子南口对面说起,先是公安部北墙外盖起的一座三层楼,人叫"宋得贵大楼",因为主持基建的是一个名宋得贵的干部,"三反"时因盖楼贪污被处决了。玉河桥东面直到邻近东单,这一大片长条地带,分给四个部盖办公大楼,由西往东,依次是纺织部、燃料工业部(后分煤、电、油三部)、劳动部、对外贸易部,后来这些部在"三反"前后,依次盖起了大楼,只有劳动部,虽然分到了王府井、长安街十字路口东南角那样重要的一块地皮,据说因为没有经费,一直闲置了许多年。而其他几个部,下属单位都有钱有物,很快就盖起新楼了。当时我正在燃料部工作,参与建楼工作,盖楼要砖,我一个电话,打到开滦煤矿,这样开滦砖厂的红机制、标有"KMA"凹字印的红砖,五百万全部调到部里来了。初建主楼连地下五层,两翼四层,煤炭部时期,又加了两层,现在好像是国家旅游局,对面北京饭店十八层新楼,是拆除了铁道部(即平汉路局旧址)旧楼和老北京饭店五层楼盖的,北京饭店西面五十年代所盖新楼,是一九五三年初开工的,当时我还在北京,办公室隔马路斜对其工地,常常过去看看,没有打桩,用的是沉箱法。八十年代后期,北京饭店又盖了贵宾楼,那是隔开一条霞公府马路,拆除了清代重要的"堂子"建造的,"堂子"是满洲人祭神所在。

看一月八日香港《亚洲周刊》所刊登的东方广场工地现场鸟瞰图,东单二条南北两面的房子,基本上都已拆光了。这个美联社所拍鸟瞰图大概是在北京饭店新楼东面阳台上俯拍的。是由西向东眺望,最近新盖的"麦当劳"尚未拆去,最远的一大片灰屋顶的矮房子不知是不是未拆除的东单菜市。至于宅后面的那就是我四十二年前居住过四五年的燃料部东单二条家属宿舍了。提起这所房子,就是大大有名的尚书门第,《燕都丛考》注引《壬癸诗存》云:

　　翁松禅师住东城二条胡同,尝集句榜门云:盖簪喧枥马,束带听鸣鸡。庚子乱后,门巷不可复识矣。

所说"不可复识"，并不确切，因为这所房子的产权当年还在翁氏后人手中，当时翁家北京没有人，房子是租给英美颐中烟草公司作北京办事处，而翁氏后人，是侄孙还是侄子，我记不清了，当时在天津颐中公司任职。一九四九年底我和燃料工业部一位处长代表公家买他的房子作为宿舍，这位瘦瘦的翁先生，穿着灰色旧西装，几次来和我们谈判，最后成交，过款时，我带他到会计科领钱，情景历历，真像昨天的事一样，而四十五年已经过去了。这位翁先生，当时大约不到四十岁，后来去了香港、美国……看着这一片瓦砾的鸟瞰照，忽然想起这位翁先生来，不知现在在异国何处了？想想将来东方广场大楼建成之后，谁又晓得这楼里某一块地方当年是光绪老师翁同龢尚书生活过的地方呢？百年长安街，看来要彻底改变面貌了。

王府井今古

深深庭院

　　五时醒来,周身不甚舒畅,因在家几年来,都遵医嘱,睡硬板床,外出一般都是弹簧垫子床,有时新垫子较硬还可以,如质量不好的旧垫子,像是睡在高低不平的烂棉花堆里,实在是受罪。昨夜招待所第一夜,一人睡张大床,垫子又太软,整夜没有睡好,醒来把枕头垫垫高,靠在那里发愣……

　　眼前忽然一亮,面对高窗,没有窗帘,透过玻璃,映入眼帘的是浓绿如洗的老树树冠,衬着碧蓝碧蓝的晴空,这北京特有的、最普通的枕上所见,小时枕上天天看惯的,几十年后,忽于无意中见之,真是太意外了,精神顿时为之一爽,不舒畅的感觉没有了,立刻起床,刷刷牙、擦把脸,推门出来,便是院中——住惯楼房的人,是没有这样方便的脚踏实地的感觉的。几年不回北京,回来居然住在古老的而又新装修的四合院平房中,真是没有想到的特殊机缘。

　　站在院中,脚踩砖地,仰望晴空,深深地吸了一口气,啊,好新鲜呀,四周房间,静悄悄的,客人们都还在梦中,我转过走廊,来到前院,五大间厅房,西面一侧走廊贴着西院后墙,直通前面,一转弯,便到前门了。长条的院子,西南一角新种草地,还有旧时几株松树。东南角有些山子石,还是旧时遗物,西北角有个亭子,有片竹林,有几株石笋,院中心似乎是喷水池,旧的已残破,新的尚未修好……五月末的北京早晨,天亮的早,时间还不到五时半,朝阳已照到树梢了,但毕竟太早,前厅值夜班的接待尚未起来,北面几间大客房更是安静,我一个人坐在廊子边栏杆上,享受这难得的晨风,望着草地上闪闪晶莹光芒的露珠,思绪自然地展开了今夕之感。

有幸在这里下榻,自然想起十几年前,几十年前的旧事,这地方,远的不说,只说近百年中,足够写一本厚厚的变迁史了。一百年前,据传这里是荣仲华(禄)的府邸。民国初年,这里是黎元洪的住宅。后来成为东方文化委员会、东方文化图书馆的所在地。抗战胜利后,北京大学复员,这个院子是胡适之校长的住宅。解放后前期,不知是什么机关,八十年代初这里是民盟中央办公的地方。近人陈宗蕃《燕都丛考》东厂胡同记云:

> 其西则东厂胡同口,有黎总统府第,今已售诸日本文化委员会。

后面注中又有按语道:

> 按,荣文忠即荣禄,第在东厂胡同,民国后为黄陂黎总统所有。民国十一年大事修葺,移大门于马市大街,未及移居,黎公出都,遂成废置,十五年售诸日本文化委员会。

陈氏《燕都丛考》成书于三十年代前期,修订于三十年代中叶。所说"日本文化委员会"和"东方文化事业委员会"都有关系,有一笔基金,就是庚子赔款应赔给日本的那部分,也如美英庚款一样,兴办中国文化事业,其间办了一个图书馆,二十年代末、三十年代初,由王树枏、柯劭忞、伦哲如、徐森玉等专家主持,前后买了不少珍本旧书。就是现考古所图书馆的前身。这些房子原来都是连在一起的。

这所花园、花厅,我过去曾来过两次。第一次是一九四五年深秋,抗战胜利后刚刚接收过来不久,一位同学被临时派到这里协助整理接收的图书,一边整理,一边编目。不是那些旧存的善本线装书,而是大批日文书。就在这五大间花厅上,空荡荡的房子,地板上堆的全是书,三四个人各据一个大台子整理编目,临时工作,我去找过他两次,对房子印象很深。第二年胡适之先生回北大,这里就成为他的住宅了。台湾历史博物馆所印《胡适百年纪念文物展》画册上,还印有一张胡氏夫妇在东厂胡同院中的照片。据说一九四八年匆匆离去时,就是由这里走的。八十年代初,一位朋友在民盟中央工作,我又来这里找过他两次,是从翠花胡同后门进来的,当时前门不知是什么机关,后门似乎是新开的,一恍又是十四五年过去了……我坐在走廊上,面对冉冉晨光,思潮起伏,已是半个多世纪了。

坐了一会儿,忽然想起,方才靠在枕头上、映入眼帘的那株老槐树呢?似乎不在院中,站起来,从院中散步出去,看看附近环境,一到门外,却感到一种说不出的不协调,几幢居民楼,横七竖八,一家狗肉馆,怪模怪样,大小汽车东倒西歪乱停着,既非小广场,也非直路,斜着不远通到东厂胡同,这缩进来的不规则的一块,显见原来大概是连在一起的四合院大房子,被拆除改建,便是七零八落,杂乱无章,不中不西,不今不古的眼前景物了。而一家居民楼前,大丛的玫瑰红月季,着花正繁,数百朵在朝阳中,带露迎风,十分耀眼,我观赏几分钟,精神为之一振。又从左侧一小巷,穿到后面翠花胡同,笔直清爽,两边房屋,多未改建,大体还是老样子,路北一大门,虽老态龙钟,尚巍然挺立,门敞着,有推车姑娘出来上班,我也随便走进去,一进大门,往左一拐,一株几人合抱的老槐在破旧前院中,直上晴空,把整个院子荫覆的绿荫荫的,估计树龄,起码有二百多年,倒还不错,树根部有坚固的方铁栏杆保护着。上面还钉着牌子,编着号,看来是北京园林部门统一管理的。就是这株老槐,在晴空中的绿耀眼树冠,隔着两排房子、院子,一条后胡同,透过小窗,映入我靠在枕上的眼帘中,这时我立在树下,仰视着那浓郁的杈丫枝叶,于缝隙中看到高渺的晴空白云,已浑忘时空之感,完全融汇在这晨风中了。

街树晨风

第二天仍是五点多起床,早上还有点凉,衬衫外加件羊毛衫,穿着拖鞋,去王府井大街散步。

王府井是个古老的地名,又叫"王府街"。《明成祖实录》:"永乐十五年六月,于东安门下东南,建十五邸,通屋为八千三百五十楹。"这样有了"王府街"的名称,永乐十五年,是一四一七年,离现在足足五百七十九年,近六百年了。王府有不少甜水井,现在还有大小甜水井胡同的地名,这样习惯上就叫王府井大街了。实际按旧时北京街道图,王府井大街只是南到东长安街,北到金鱼胡同十字路口,短短的不到二里长。金鱼胡同西口往北直到灯市口,叫"八面槽"。灯市口西口往北,叫"马市大街"。一条路三个地名,现在统一叫"王府井大街"了。在北头东南角花圃丛中,有一块大铜牌子,中、英文两种文字说明,介绍了王府井的历史,是一九九三年北京东城区街道办公室立的,也十分别致。不过这是我过了两天早晨才发现的,简述王府井历史,附记于此吧。

我十分闲散,迎着五月末的晨风、朝阳,从东厂胡同走出去,先一拐弯,顺马路右侧人行道慢慢走去,时间过早,连扫街的朋友也没有出来,因而极为安静,初日透过街树,把金色光芒洒在便道上,形成斑驳点子,一眼望去,静无一人,此时感会,真是无法形容。走了不远,右侧一座耀眼的庞然大厦,是一家十几层新开张的酒店,楼从马路边退进去足有二三十米,留出了门前的停车引路,上面有高大的玻璃罩棚,两边几十间落地大玻璃窗,擦得极为透明,初阳光线极强,直照里面,纤细无遗,前厅大堂酒吧、商场一览无遗,但静悄悄,一个人也没有,只有门前两个拉门侍应生仍像木偶似地站在那里……我闲看了几眼,也无兴趣,再看门前,靠马路人行便道处,却有惊人的发现,左右两侧,各有一株三五人合抱,五六丈高的老槐树,茂茂葱葱,翠绿如洗,把四五层高红色大理石的大厦前厅裙楼都挡住了。树根下面均有考究的金属栏杆围着,这两株古树,树龄最低也在二百年以上。这家酒店楼房并不稀奇,地势却好,在马路边上,座西面东,而更难得的是门前有这样两株葱郁的老槐树,这是现代尖端科学、几亿金钱,都无法立时办到的,而这家酒店却无意中得到了,这也真是难得的巧合,不知这家主人意识到这点没有?

五月末的北京,五月末的王府井早晨,最宜人的就是马路两边的街树,绿荫荫地,一路连绵过去,由北头一直到东长安街,有百年以上的老树,也有近几十年的新树,长的都很好。北京在历史上,内城外城各街巷最多的是槐树,夏天在高处一看,如北海白塔、景山顶上亭子四周眺望,除故宫黄瓦外,其他一片绿海,一般平房四合院,都隐藏在万绿丛中。构成绿海的主要是槐树,大多是明、清以来,几百年树龄的老树。二三十年代以来,讲求路政,修筑马路,路边要种街树。种老式刺槐,自然很好,但是成长慢。有些街道,便种另一种洋槐,易种易活,成长快,夏日开白花,一串串的,像藤萝花一样,还有清香,本是十分好的街树,叶密荫浓,同刺槐一样,远看简直分不出。但有一缺点,就是木质太脆,根又浅,夏日雷雨大风,一浸一吹,不是连根拔起,就是枝干折断,露出白花花的树茧子,雨天街头常常见到。而中国老式开黄花的刺槐,就不易被吹断吹倒,这在中国唐代长安,就广泛地种在宫中、种在天街了。还留下了"槐花黄,举子忙"的谚语。北京自辽金以来,就习惯种槐树。因而近几十年街树,有速成的洋槐,但也多老式刺槐。王府井马路两边的街树,有洋槐,也有不少刺槐,解放初期,我住家东单二条、灯市口朝阳胡同时,那些街树都不大,树冠也小。几十年过去了。这次早晨散步,沿着树阴走去,觉得都是树冠葱郁如盖的大树了。真是树犹如此,人何以堪,我一边走着,一边不由地用手抚摩着一些树的树杆,不知不觉,已经过乃子府、东华门大街,到了王府井最热闹的地段了,马路对过,全是工地,不想细看,横穿到对面,仍旧沿着树荫,当然马路东侧,晨间全是大楼阴影,也无所谓树荫。但是我爱这行街树,沿路边树下慢慢走回去,也在嘉树的荫覆之下了。

王府井的繁华是自本世纪初开始的,但是虽然名气很大,而其繁华程度实在有限,过去短短的,不过一里来长,只热闹了一个东安市场,现在加长了,也不三几华里长,久住上海,逛惯南京路、淮海路,那真不成比例。比之其他名都名街,东京银座、香港皇后大道、狮城乌节路……那繁华程度,现代化气派,更无法与之比拟了。但所有这些名都名街,楼再高、商店再豪华、来往的绅士佳丽再多，却都没有这两边美丽而古老的街树，这在夏的晨风中的连绵不断的古槐……王府井寸土寸金，变化太快了，一年两年，就是一幢十几层的耀眼大楼拔地而起了。而十年八年，三二十年，一棵两丈高的槐树也长不成材，这葱绿的街树，老的都以百年计，小的也在五六十年以上，见乔木而思故国，王府井的街树，是其他一些名都所没有的。只是它的繁华，还是那样寒伧。在几处新建的大厦旁边，破旧的临街小屋，屋檐上长着丛丛青草，门窗杂乱改装，漆上红蓝黄绿的怪颜色，挂着奇奇怪怪的招牌、卖香烟杂货的、卖小吃的、卖冷饮的、洗照片的……白天做生意，晚上住家，我散步经过其门前，六点不到，正是刚起床时，咦呀一声，屋门推开，一头乱发，睡眼矇眬的大赤膊男子，短汗衫半裸体的妇女，端着痰盂罐、便盆匆匆地把一夜的便溺倒在马路边的下水沟中，又匆匆钻到小屋中去了。北京临街房屋上百年的老习惯，依然如故……你又让他们怎么办呢？但愿推土机早点把这些临街小屋推平……

一圈绕回来，走累了。我坐在首都剧场高台阶上，小憩片刻，沉思了一会儿，近六时半，才慢慢回到住处的小餐厅中吃早点。一顿纯北京味的早点，油饼、稀饭、泡菜、鸡蛋等，十分乐胃。

难觅旧居

第三天早晨我想找找我旧居的故址。

四十三年前我调离北京时，我北京的家住在东单二条东口路北，那原是著名的光绪老师、翁同龢相国的故宅。解放初是我经手替燃料工业部从翁氏后人手中买过来的。后来前面盖了一座三层楼作单身宿舍，后面几个院子作家属宿舍。我调到上海后,父亲弟妹仍住在那里,两年后,这里改为保育院。住户都搬到灯市口朝阳胡同,这样朝阳胡同便也是我旧居所在地之一了。这条宽不足三米,长不足三十米,只有三个门牌的死胡同,却在著名的北京文献上居然有记载,陈宗蕃《燕都丛考》二编"内一区各街市"灯市口条记云:

> 灯市口大街在昔时为内城繁盛处所……路北有朝阳胡同,不通行。

或许是因为鼎鼎大名的灯市口的关系,所以这样小的一条胡同,居然也能名见经传,而且还是一个不坏的名字:"朝阳",丹凤朝阳吗? 传统的吉祥话,多么华赡,只是不知是何时起的了。

朝阳胡同在灯市口西口路北,灯市口名叫大街,但是也很短,只是较宽较直,历史上它的名气太大了。其繁华的往昔,可以远溯到明代,名气远远超过王府井大街。只是在我的记忆中,它只是一条名街,由东四一带通往王府井、东安市场、东华门大街的通衢要道,并没有什么大商店、大买卖。只是西口路南有著名的郭啸麓图书处,卖外文书和名牌金笔、绘图仪器、计算尺等等。西口路北有一大排带木栏杆阳台的二层楼房,是著名的北辰宫公寓(也叫饭店),客死香港的女作家萧红,一九三七年四五月间来当时北平,就在北辰宫住过,写给萧军的信中说:

> 二三日内我就搬到北辰宫去住下……北辰宫是个公寓,比较阔气,房租每月二十四元或者三十元,因为一间空房没有,所以暂且等待两天。

过了两天，又一封信中道：

> 昨天夜里就搬到北辰宫来，房间不算好，每月二十
> 四元。

北辰宫的右侧，一个西式大门，一株大树，院中一座二层独幢洋房，在这二者中间，有一个小小的胡同口，如不特意去找，几乎是很难发现的。这就是我说的朝阳胡同。小小胡同，在我家在此住两间小宿舍时，却正是这小胡同名满天下的时期，斜对门的小门中，就是《文汇报》驻京办事处。一九五七年暑假，我回北京，正住在朝阳胡同家中，对门这个办事处可热闹了。当时正是名文《或策划于秘室，或点火于基层》、《这不是阴谋，是阳谋》发表不久，这个办事处女主任首当其冲，三天两头在报纸头条上登出来，已故亡妹邓云屏当时只是三十岁的家庭妇女，在家带孩子，也"反右"、"大右派"等新名词不离嘴了。正是暑假中，孩子们都放假，天天聚在小胡同中玩，看一群群请愿的、抗议的人到这个小小办事处来。办事处主任出门还有辆很小的类似旧时"贝贝奥司汀"式的小汽车……

四十年过去了，当我踏着晨光，迎着晓风，特意再来到灯市口时，自然旧的一切都没有了。今日灯市口西口路南，是精美的天伦王朝酒店，这里挖地基时，五六年前，外甥在这里工作时，我都见过，也多次进去过。这里原来的工程师学会俱乐部，没有了，知道的人也不多了。四十多年前，我在这里多次办周末舞会，两毛钱一张票，由各部工会卖，场场满员，琴台上五人小乐队疯狂地演奏，鼓手陶锽高个小伙子，能歌能敲能弹，但几年后犯了事，现则不知天涯何处？……歌舞浑如昨日，现则无处寻觅

矣。马路对面,原来那个花园洋房,五十年代初作过某国大使馆的旧址上,盖起了十层美国乡村假日酒店,我来寻访时,虽只早上不到六时,但门前已停了一辆雪亮的大巴,花花绿绿的洋老头老太太被导游像赶鸭子一样,呱呱地已赶上车准备出发了。原来北辰宫的旧址,《文汇报》办事处旧址、我们那个宿舍的北面一大片,全部盖了一幢白色新楼,好像是什么工艺美术之类的机构,两座大厦之间,一条短短的,约十几公尺宽的沥青路,十分整洁,又从那里去寻找那个丈把宽的小土胡同朝阳胡同呢?"阳谋"、"阴谋"、"秘室"、"基层"……都已是历史成尘,无处寻找,谁还再去注意? 说书先生也不会编成评书,说给后人听了。

朝阳胡同过去不通行,北京俗话叫死胡同,现在两座大厦中间这条整洁的短路,走到北头左手一拐便出去,又到王府井大街上,"死胡同"变成活通道了。两侧停满了漂亮的小汽车,回想四十年前那位办事处女主任那辆可怜的小旧汽车,真感到不可同日而语。四十多年前,朝阳胡同这幢宿舍,不是我经手买的,房东是谁,记不得了。正门在路西,大门两侧各有几间临街东房,进去中间一个大四合。往南还有一小院,只有一排南房。胡同北头还有一个较简陋的院门,进去有两株树,有一排正房,一排南房。西面有短墙月亮门,进去正是前面四合院北屋的后面,却是一个十分幽雅安静的后院。五大间高台阶带廊子的大北房,台阶下种着几丛牡丹,十分茁壮,解放初早在我家搬进去之前,我因负责装修,多次到这里来看过,当时旧住户已全部搬光,房子空着,正是春天牡丹含苞时,看看屋宇爽朗,门窗冷落,名花无主,原住的人不知飘零何处,内心也真为之叹惜过……所谓"吹皱一池春水,干卿底事"? 一恍,快半个世纪过去,正是我站立的地方,只是高渺的夏空,略似旧时了。

新楼老态

第四天一大早，我带上照相机，出去拍两张照片。东厂胡同散步出去，到了王府井大街上，往南走了不远，马路对面，就是中华书局、商务印书馆的灰色五层楼。我来北京那天，是下午一时多到飞机场的。预先与三弟、弟妹电话约好，小侄子邓晶借其董事长王总坐车来接，出机场十分顺利。时间尚早，安排好办事时间，第一个去处，就是王府井中华书局，将《增补文化古城旧事》的八百多页校样送还给责编近代史室副主任沈致金先生，中华书局的朋友很多，见完沈致金兄就到古代史室找张忱石兄，自一九八〇年初认识他们以来，一恍已经十五六年了。这座灰色楼房我不知来过多少次，每次进入他们的办公室，四面书架子上，堆满了平装书、古老的线装书，十分宽大的写字台上，也堆得满满的都是书，只中间玻璃板一点点小地方，几位老朋友，每天就在这书堆里，说的文一点，叫"坐拥书城"，一点点小玻璃板上，黑笔、红笔、大字、小字、勾勾改改、涂涂写写，怡然自得、勤勤恳恳，岁月自笔端而去，外面四周盖起了多少幢豪华的酒店，他们头上都添了几缕白发，而办公室中的气氛依然如故……中华古老的文化历史与滚动着的时代经济发展、世界潮流，在此是客观并存的，似乎互不相干而现实又有某种联系影响的……

我熟悉的这座已显比较古老的新楼，早上五点半钟左右，门前静悄悄的，连传达室的人都未起床，我站在门口端端正正地拍了一张照片，又往南走，转弯，在这座老新楼的南面拍了一张照片，这个楼是曲尺形的。邻王府井大街那面，一大排是坐东朝西的，走廊右侧的房子西晒，左侧的东晒，在夏天都不舒服。走到走廊南端左拐,一排房间是朝南的,是最好的房间。我为什么叫它"古老的新楼"呢?因为它现在的确是很古老的旧楼了,但是年代实际并不长。它是解放后五十年代中期新盖的。大约是一九五六年吧,当时我家正住在它后面朝阳胡同,站在院中斜望,就可看到它南面一排楼窗。当时这是名满京师的"文艺大楼",什么作家协会、戏剧家协会、美术家协会……那数不清的协会都在里面办公,每天进出大楼的都是世界名望的家,我有两位同学在里面工作,我暑假回京,住在家里,与大楼虽然后面走不通,但绕灯市口西口走,也没有几步路,常到这里去。当时一进大楼迎面楼梯走上去,就是大礼堂。负责宣传的著名领导人物常常在这里作报告。在各个运动当口,什么某某同志的动员报告,那真是会场鸦雀无声,无形声波不但震动全楼,而且像波环一样,越扩越大,波及全国,甚至某个穷乡僻壤,某个小小演员,小小摇笔杆的朋友,就波涛所及,构成罪名,祸及妻孥,而离开这座灰色的五层楼,还十万八千里呢……有一次我正找一老同学,他在门口匆匆告诉我:下午某某同志作报告,我听了匆匆走了……脸上恐惧惶惶之情,如在目前。现在则都是留在记忆中的历史的瞬间了。

　　我始终是个乐观的人,记忆中更爱回忆美好的。进门楼梯往下走,就是礼堂的底层,是一个内部茶室咖啡座,中间大厅,座位不多,两边摆了不少火车座,可以在此喝茶、喝咖啡、聊天。中间柜台卖叉烧、豆沙等包子,也有汤面、炒面及点菜等午餐供应。这里我和朋友们来过不少次,上午人不多,喝喝茶,吃点点心,随便谈谈,十分舒畅。有一次近十一点钟了,忽见老舍先生扶着手杖进来,到柜台前买几个豆沙包。过去我在燃料部时,曾接待先生来部作过一次报告,那时先生刚回国,部的办公楼还在东交民巷。因旧有一面之缘，所以上去同先生打招呼，寒暄了几句。这是我和先生最后一次谈话。"文化大革命"刚开始，这幢大楼门前据说天天开斗争会，极为热闹。只是当时我正在上海挨斗、劳动改造，未曾亲眼看见，只是耳闻罢了。拨乱反正之后，当我再来到这座灰楼、有幸认识傅璇琮、张忱石、许逸民各位学长时，已是中华书局的各个办公室了……我在晨光晓风的吹拂下，拍完照片，静静地看着这幢王府井的老新楼，俯仰之间，整四十年了。

解放前，灯市口以北这一段，楼房还是极少的。记得做学生时骑车向北走，两旁都是大院子和一些临街的小铺子，只远远的有一个灰砖三四层楼，中间还有个塔尖，似乎已经高耸入云了。陈宗蕃《燕都丛考》记云：

> 又北为马市大街，路东有救世军教堂一，俱极崇伟。

当年王府井大街灯市口以北这段，叫马市大街。路东只有这座救世军的灰楼，连地下室也不过四层，中间塔尖装十字架的地方也不过五层楼高。当时老远地就看见，如今则隐藏在绿树丛中，在高楼林立的王府井，人们几乎注意不到了。

我由中华书局门前，踏着朝阳树影，慢慢向北走去，真是一箭之遥，走得虽慢，也很快到了。中华书局灰楼，建在解放后，叫"新老楼"。这座救世军破楼，建在二十年代。就叫它作"老老楼"罢。这座"老老楼"似乎骨架还不错，仍无歪斜，笔直地立在那里，似乎已经是居民楼了，住了不少人家。底层有两间外墙涂了怪模怪样的油漆彩画，似乎是卖啤酒之类的东西。从几个门望进去，楼梯黑乎乎的，往高处看，顶上的塔尖和十字架也不见了，方方的一块，像个城堡望楼一样，时间很早，门前也十分安静,没有人,我照了两张相,也不胜感慨。我生平没有宗教思想,自然也尊重别人信仰宗教。而这救世军的破旧大楼,似乎它自顾不暇,又谈什么救世、救人呢?……溜溜达达,想着想着,已回到住处,准备到餐厅吃早点了。

溜达胡同

大街是动脉,胡同是支脉,住家是细胞。"大胡同三千六,小胡同赛牛毛"的北京,时至今日,也大大改观了。王府井由南到北,由北到南,大小胡同不知有多少。顺着数下去,路西翠花胡同,东厂胡同,大、小草场胡同、乃兹(奶子)府、韶九胡同、锡拉相同,过了东华门大街,菜厂胡同、大小阮府胡同、大小甜水井、梯子胡同、大小纱帽胡同、霞公府。路东报房胡同、箭厂胡同、灯市口、椿树胡同、甘雨胡同、西堂子胡同、金鱼胡同、帅府园、东单三条、二条,直到东长街北面高处,只有一面房子的东单头条。这都是大胡同,还不算那些数不清的小胡同。只逛大街,不走胡同是不能理解王府井的过去、未来的,因此忽然想这次利用早上辰光,去串串胡同,看看胡同的变化。

第五天一早散步出去,顺东厂胡同往东走,不去大街,去看看路南的胡同。顺便拍几张照片。走了不远,路南一个胡同口,一个小院子,三南三北,双扉紧闭,收拾得整整齐齐,不知谁家的院子,居然这样安静整齐,今天北京很少见了。走进胡同看看,里面却是三四个破小院,简陋小屋,似乎每间一家人,大似困难户,殊无足观。且走进去,一转弯,是人家小院门,是死胡同,走不通。只好又出来。迎着朝阳,往东又走几步,路南又一巷口,进去,却已不是胡同,不是四合院,却是两座红砖六层楼宿舍,中间一个院子,有些绿化,已有出来买菜、买早点、早锻炼的居民,往里走,也无人管,一望却十分出奇,一大排白色六七层的宿舍楼,长近百米,像一大面白色墙壁一样,坐西面东,巍然而立。初夏朝阳正炽,东晒大太阳照满楼窗,既不好看,又不实用,不知是哪位工程师设计出这么难看的怪楼。而这座白楼正对王府井一座新建十几层酒店的后面,谁要住在酒店后门一带,那是最倒霉不过的,出垃圾、出废气、运货色、职工进出,一天廿四小时,人声、车声、噪声、废气、废物垃圾会不停侵扰,让你整夜不得安生,前门出入的豪商显宦,是不会想到后门的苦恼的。不过幸好,这排宿舍白楼,离这酒店后门,中间很远,起码有一百多米,形成一个大广场,差不多有个足球场那样大,如果是一片草地,再有十几株老树,那就十分理想了。北面,六层红宿舍楼。东面,十几层楼闪闪发光的酒店。西面,一大排白色宿舍楼。南楼,还是一排大小几座四合院,望之低矮的绿荫荫的槐树,再加一个大芳草嘉树的绿化广场,也还是足以体现北京古老文明与时代发展相结合的风貌。可惜都不是。这一大片拆去多少所四合院的空场上,酒店后门上的垃圾库、街道停车场、停自行车以及其他不知名的临时建筑占满了,理想中的北京旧胡同协调古今的蓝图,被现实的杂乱无章的眼前利益所代替了。从这一小广场也使人看到,老北京、旧胡同、四合院,改造成为新的北京,该有多么不容易了。

核对一甲子前所编《旧都文物略》内一区地图,这广场路南的四合院及胡同出口,是黄土岗胡同东口,旧时这一带东北面是一大片房屋,而南面胡同多弯曲杂乱,顶到奶子府(乃兹府),没有东西笔直的大胡同,由广场西南弯过一条胡同,便到了关东店(现名什么胡同,没有注意)。但当年关东店往北走不通。现在拆迁、改建大楼而后,倒走通了。我从西角转过去,到了南北胡同关东店。两边绿树成阴,两面都是四合院。往南走不远,路东一幢大房子,临街几个车库,三间大门,中间连门扇也没有了,却是一所旧而整洁的大四合。既然无门,自可随便出入,我信步走进去一看,原来是前院,一排大北房,中间一间,原是过庭,现在也门窗全无,做了过道。一位女郎推自行车正出来。前院四大棵核桃树,虽然树龄不长,也不过三四十年,却长得很好。北方核桃大树亭亭,有如南中梧桐,但木料很好,树下一排花盆,一位不太老的先生正用喷壶浇水。进穿堂门望一望,宽敞的大四合,有的门窗已经西化,北、西、东三面似乎各有疆界,从窗前花池可以明显看出。有两位正在打太极拳锻炼者走出来。同浇花的一位先生闲聊两句,问问这是哪个机关的宿舍,说是团中央的,看来这几位都是青年的老领导了。听说黄土岗胡同全批租出去,拆迁改建了,问问这里是也要拆,这位先生似怕听这个"拆"字,摇摇头走了。

在关东店,走到南头乃兹府口上,又走回来,东面墙上,一块石头刻着"惠王府旧址"。惠王名绵愉,是嘉庆皇帝第五个儿子,先封郡王,后封亲王,全称"惠端亲王",太平天国前锋北进时,封为奉安大将军,英、法联军侵略时,曾受命和僧格林沁办防务。同治三年死,死后谥"端",所以合称"惠端亲王",现在则只剩下墙下这嵌着的刻石了。早上闲遛弯,散步到南头,时间已不早,原路走回来,几所大四合院老宅子,院墙青灰、大门红漆,油漆一新,十分安静。走到北头,广场上所见那一大排白色高楼宿舍的楼门,正在这条胡同北头路东,一排有好几个楼号,门口停满了杂乱的自行车,不停地有人出来骑上车上班去了。西面还都是老四合,但修缮得很好,院内全是古槐绿荫,门前也有绿树,院门都关得严严的,十分幽静。看来都是高级干部的住宅,院中肯定没有杂乱的小房,虽关着大门,但院中夏的风光是可以想见的。只是在一大排六层高楼下面,院中看高楼,好似看山崖,楼上看四合院,则都如狭谷底部了。一天到晚,院中被楼上人一览无余,有什么意味呢?因而这些四合院修缮得再好,也非昔日庭院深深深几许的情调了。

照过去,关东店北面是走不通的,但修了大楼,这点方便了,从这排大楼尽头往东一拐,一条夹道,弯了两弯,又走到东厂胡同,也该回去吃早点了。

东华门边

王府井两边的胡同的确不少,利用早上个把钟头的时间遛胡同,一个早晨走不了几条。因此在遛完黄土岗、关东店之后的第二天早晨,我向相反方向走,出口往西,去看两条十分著名的胡同。

东厂胡同出西口,先是一条小马路叫东皇城根,斜坡下去,又一条宽阔的奔驰汽车的南北通衢,叫南河沿大街。现在不知有没有人会产生疑问,为什么平行两条马路,中间隔着一些小破房,而且一高一低,又叫两个街名呢?岂不知这两条平行的马路中间,当年是一条长长的皇城,把它隔开,皇城不像紫禁城那样有垛口的城墙样子。而是黄琉璃瓦封顶的宫墙样子,有如现在东西长安街北面南池子、南长街两面的墙。墙的外面,就是现在的东皇城根马路,墙的里面,是一条河,河的两岸,就是河沿。这条河的水由什刹海前海沿西、东不压桥而来,向南流到东交民巷御河桥,现在河道都埋了大涵管变成暗流,上面都铺成大马路,旧迹很难看到了。一九二九年冬天刘半农先生写《北大河》的时候，这里还有皇城，有河，隔着墙，里外是不通的。直到三十年代中期，袁良当市长时，才拆去了皇城。

我走出东厂胡同西口，没有再由几个台阶下去走南河沿大街，便转入东皇城根遛达，几十年前，这里虽然邻近东华门、王府井，却是十分冷落的地方。解放前，这里是石子马路，连柏油路也没有。现在自然是很好的柏油路，只是太脏，满地是油，两旁都是卖肉、卖鱼、卖菜的摊子，由东厂胡同西口直到乃兹府，连绵不断。时间尚早，还未开市，但人已冲动，给半扇肥猪剔骨的，给活鱼放水的，给菜洒水的，边上支着床盖着脏被子酣睡未醒的，睡眼迷蒙到摊后解手的……走着走着要绕过一大堆垃圾。"如入鲍鱼之肆，久而不闻其臭"，可惜我前几个早晨闻惯了老槐树的清香，今天早上初入鲍鱼之肆，还未立志在此做肉贩子、鱼贩子，马路上遛达，也只好忍受着各种怪味了……可以想见，菜蓝子工程多么不容易！

顺着皇城根往南走，过了乃兹府西口，两面又都是各地的小饭馆子。突然望见南面两部高耸入云的塔吊，冲出绿树，直上晴空，我便向那两座塔吊的方向走去。走到近前一看，已到东华门大街，原来在锡拉胡同西口到东华门大街之间，全部是一个大工地。两个大塔吊正忙碌地工作着，但门口无人，我闲散地站在那里看一看施工的情况，只见又大又深的一个坑，足有几十米见方，近二十米深，正在一层层扎钢筋、浇水泥，这里离东华门近在咫尺，大概不是修摩天大楼，看里面的盘旋架子，像是地下车库，出来一看土地牌子，果然是车库。想象一下，如果东华门里面，仍旧有皇上，那到军机处上朝的小军机，把车开到这个车库停下，再走着进东华上班，恐怕还是够远的。显见这不是为上朝的官修的,或者为东面咫尺之遥的王府井一带商场市民修的。而奇怪的是王府井好多新建大楼,似乎都无地下车库,灯市口南宽阔的人行便道,却停满了大小车辆,行人倒要走在马路下面,本来就不宽的马路,更显其杂乱无章,灯市口的那些豪华酒店,也黯然失色,多少带着几分北京特有的土气了……新的、现代的、洋气的,在北京似乎总不尽如人意。而一想起历史,发思古之幽情,那又是世界其他名城难以与之相比了。

就说这锡拉胡同吧。就是因历史人物大大出名的胡同。本世纪开始,庚子年旧历七月廿一日,第一位发现甲骨文的王懿荣,就是在他锡拉胡同住宅内跳井自杀的。同时自杀的还有他的夫人、长媳。当时他的头衔是京师团练大臣、国子监祭酒、南书房翰林。他死的前一日,八国联军侵略者攻入北京,半夜听到攻打东安门枪声,白天就写下了"主忧臣辱,主辱臣死,于止知其所止,此为近之"的遗嘱跳井了。其井就是锡拉胡同十一号砖井。锡拉胡同还有袁世凯的住宅,胡同口外不远就是东安门,民国元年二月末,袁世凯在北京制造兵变,把他家门口的东安门放火烧了。这就是著名的锡拉胡同。几十年前,我到这条胡同几户人家,家家都是几进极精美整齐的四合院,今天我顺车库工地向东走去,一路上不是工地,就是新盖的楼房,路面也未展宽,仍似是过去四合院地基,感到既不像小马路,又不像上海的大弄堂、居民新村……总之,没有四合院的胡同,也就没有胡同的感觉了。

走出锡拉胡同东口,往北一转弯,又由韶九胡同走回来。韶九胡同旧名烧酒胡同,也是东西笔直,十分整齐的胡同。这胡同中,在清代有一个关帝庙,极为著名。清代外省总督、巡抚晋京见皇帝,与现在不同,时间要很早,一般在五六点钟,必须头天晚上住在离皇宫极近的地方,这样这关帝庙就成了大官招待所了。林则徐放钦差大臣前夕,见道光皇帝,就是头夜住在这里第二天五更上朝的。他的同时人李星沅《日记》道光廿一年十月也记道:"酉初至东华门外烧酒胡同关庙小寓……苏拉(即太监)张路安赍绿头牌及请安折、履历片到寓,约明日丑正同递。"一九八三年夏,我住在东皇城根一单位中,经常走这条胡同,当时两边还都是大四合院,不少都是老干部的宿舍,仍很整齐,这次再走过去,那些老房子也都拆光了。盖了些新宿舍楼,有一个大院,正在拆,只是院里一株高入晴空的老槐树,绿意正好,未被砍伐,估计不小于二百年树龄,说不定就是当年关帝庙的树木,也可能见过当年的林大人呢,仍默默无语,亭亭如云地荫覆着后人,这个大院拆去后盖什么大楼呢?想想看走出西口,又回到皇城根路上,慢慢往北走了。遛胡同的味道,已远非昔日可比了!

红楼如旧

北京一甲子前有皇城的时候,东西城交通是很不便的。即以过去北京大学红楼前沙滩说吧,出门往东走不了几步,迎面就是河沿、皇城墙,只能往北、往南沿河沿走。这就是当年刘半农先生说的"北大河"。不过这堵墙头我没有看见过。到我随母亲坐洋车到骑河楼的时候,这堵皇城墙已被当时市长袁良拆除了。但是也还是不太方便。我在沙滩红楼上学时,出门往东过河沿,过无水的桥,到皇城根,迎面是民宅的墙,而且地基明显地高出一块。要想再往东,必须往南左拐走翠花胡同、东厂胡同,往北右拐走弓弦胡同,这样才能到王府大街。现在沙滩往东,约四十年前,拆去不少民房,改成马路,名为"五四大街",成了四通八达的大路了。我住在东厂胡同,早晨出门走后面翠花胡同,出西口,斜着就望见老北大红楼了。第七天一大早五点半钟,我就走王府井大街相反的方向,走沙滩一带访旧,红楼东首,绿树掩映,柏油路一色清,时间很早,马路上人极少,连岗亭也是空的,十分宁静漂亮……可惜红楼前辈学人适之先生、知堂老人等位没有看见今日红楼前的风光。正是人无百年寿,当时青年现在也老了。

我过马路沿红楼前人行便道往西走去。这里前几年我曾几次走过,红楼前短墙外面,全是临时小屋、摆小摊卖各种武打、惊险等小说的,人头拥挤、乱糟糟的,我真感慨,当年最高学府,如今国家文物局门前,全是些格调不高的书摊,为了赚两个租金,不惜门前幽雅安静的环境,全部破坏了观瞻,真是得不偿失……这次我经过,小摊都没有开始营业,十分安静,走到红楼门前,也静静的,大门楼前还是世纪初的老样子,沿马路往前走,旧时东斋平房早已盖了楼房,不过也还是新老楼。马路对面的建筑,也还都是老样子,只是有一个大小便都要钱的新厕所,好像叫什么"收费厕所"。想来也是时代产物,没有办法的办法,细说太繁,一笔带过。

向西走到汉花园转角处,我向北拐去,过去这里是北大东斋的围墙,现在已是居民楼了。对面原来有一澡堂子,现在没有了,小饭馆、纸店等为大学生服务的,都早已成为历史陈迹。新修的一些不高楼房和门面,也无心去看。没有几步,已到了旧时北大办公处,也就是北大西门门前。现在不知是什么机关,而且两层门,十分整齐,都是新修的,原来老式大红门不见了。现在是新的大绿栅栏门。原北大图书馆的楼还是老样子,不知现在是否仍是图书馆,五十年过去了,当年稚嫩的常春藤——俗名爬山虎,已经爬满整个楼的墙壁,连高大的钢窗也遮住了不少,夏天在这楼前听蝉声、听雨声,弄个躺床乘乘凉想来都是很好的……我望着这楼窗外的碧绿的常春藤,久久不忍离去……但终于沿着景山东街向西走了。

北京人多,购买力强,一大早卖菜、卖肉的已准备做生意了。景山东街东口南北两面,与过去的冷落迥不相同,似乎又是小小的菜市,几个大肉摊子,大胖姑娘正在翻动整片的大肥猪,五花胖肉,准备做生意了。看那些肉倒是真不错,生意肯定好。对着旧时北大西门,这样耀眼的肉市,真是我意想不到的。远方的北大白头游子恐怕也很难想象了。继续往西走,原来近一百年前"京师大学堂"旧址都变样了,那个退进去的五间大门也没有了。手头正好有民国八年出版的商务印书馆《实用北京指南》,印有北京大学的校门,写文时我随手翻开,印证我的记忆,门相当高,但台阶很低,中间坡度可出入车辆,中间三间,两根明柱,只中间两扇大门开着。两头两间,已砌上墙头,留一双扇六格玻璃窗,冬天所拍,窗户关着,窗帘可见。门口尚有一邮筒。这些现在都为新楼所代替了。再往西不远,路北便是有名的西斋,学生宿舍,现在是一个单位的宿舍,问一问门口传达室的一位大嫂,她随口说了一句,我听过也忘了。只向里面望了望,这是我只住过一年的地方,中间长引路西面还是老样子,只是房子更加残破了。而在西斋残破房屋的对面,原来是中老胡同一大片旧四合院的地方,当年西南联大刚复员时,这些小院是教授宿舍,我几次去看望过沈从文先生,当时不少名人都住在这里。现在已全部拆除,盖起了十分精美的宫殿式五层楼,好大的一片,十分漂亮,正门在西口路南,挂着牌子,好像是成都的什么机构,也未细看,溜溜达达,走出景山东街,来到美丽的景山东大街了。

漂泊江南，几十年没有早晨在这样美丽的大街上散步了，我更放慢了脚步，呼吸着景山、紫禁城的早晨新鲜空气，望着景山墙外林间草地早锻炼的人们，真羡慕他们的福气，景山东大街的东侧，一些房子大体都没有改变，都是整齐的小院，粉刷得干干净净。远看紫禁城筒子河的晨氛水气，绿树角楼，照映着景山的高下亭子，满山老树，一线灰色城墙，以及筒子河的水波，在初阳下光芒闪耀，构成一幅有现代色彩的"宫阙朝阳图"，只有归来的远人，才有敏感的发现，马路两侧早锻炼的老头儿、老太太们不知感觉如何？

走到南头，到了景山前大街上，往东，慢慢踏向归途。北面一排院落，都是小楼，西式格局，还是六十年前的样子，门墙如故，树木大了，院中藤萝架都绿荫满院了。有一幢是一九三六年盖的，施工时的景况还如在目前。还有现在美国的原子物理专家邓昌黎博士尊人邓芝园先生经营的模范牛奶厂办事处就在这里，灰色小楼仍是老样子，而现在知道的人恐怕极少了。继续往前走，到三叉路口，北池子、银闸、沙滩，过去小时随母亲去舅父家的必经之路，风光依稀，没有太大的变化，但我没有走银闸，仍走沙滩，即现在的五四大街南侧，马路上公车、行人多了。我也加快步伐，很快回到东厂胡同住处了。

东安市场

早在三年前，元旦前后，远在澳大利亚的柳存仁教授，回北京旅游，住在金鱼胡同一家酒店中，打电话和我聊天，说东安市场要拆了重建。后来还看到报载新闻，为了拆不拆吉祥戏院的事，闹得沸沸扬扬，十分热闹。这次回到北京，住在东厂胡同，天天在王府井一带早晨遛弯，自然要特别看一看，说一说东安市场了。

一百年来，东安市场是王府井大街的灵魂，王府井大街的百年繁华，东安市场是占了半壁江山的。东安市场创建于世纪初清代宣统年间，其旧址原为清初吴三桂赐第。吴反清失败后，赐第被没收废弃，成为八旗某旗的养马场、马圈。清末善耆办警政时，辟为商场，招商营业，初期防火不善，几次被烧，北京旧有"火烧旺地"之说。屡修屡建，越建越好，至二十年代之后，形成十分完善的规模，而且有一大批各行各业足以显现京华风度、竭诚服务的从业员，这批人一直服务到五十年代。鼎盛时期的东安市场，有四个门，两条正街、正街两房店面，中间摆摊。再有东面一大片饭馆子、戏园子、小食摊，还有南花园、球房、咖啡西餐、杂耍园子，共有铺子二百四十来家，摊子三百五十家，以及大小中西餐馆十余家，球房四五家、戏园、杂耍园子等，用现在话说，就是集购物、娱乐、饮食于一处的一个大场所。正街等处两房铺面，都是二层楼，中间又在楼顶上加了铁皮罩棚，十分空敞。中间货摊既无风雨日晒之苦，通风又好，人多也不显气闷。一九六七年"文革"武斗正烈时，我因父亲去世，回京奔丧，料理先父后事完了，闲住半月，还去过两次旧时东安市场，仍是老样子，只好多铺子都关张了。隔了数年，一九七五年再次回京，东安市场已拆除改建，并改名"东风市场"，进去过两趟，已成了全无风格特色的百货公司，只是些一般货色，上海去的人全看不上眼，而且面积大，高度不够，空气浑浊，走不上几步，就感到缺氧头昏，只好很快就跑出来。旧时住在东单二条，每日晚饭后到市场遛弯的潇洒闲散之情，也留在午夜梦回的思念中了。

如今那个不伦不类的"东风市场"又随风而去了，前两天早晨在东华门大街上,已望到远山一般的高高脚手架、尚未完工的新东安市场的倩影了,第八天早晨,特地散步到金鱼胡同口上它的近处看看,观察一番,欣赏一番,凭吊一番,先立在这个庞大建筑物的边上,仰头往上看看,侧着望一望,又拍了几张照片,首先拍的是那块大的广告牌子。一幅大面积的模型图,看是完工后的形体。从鸟瞰图观察,新东安市场占有了老东安市场的全部面积,是一个庞然大综合楼。正门在金鱼胡同西口马路转角,圆型上顶如天坛祈年殿,东面一高顶方亭,连南面为一曲尺形大楼。逶迤南面旧时东安市场南花园一带,也全部包在大楼里面,看上去阁道连云,高低起伏,用古文《阿房宫赋》的词句恐怕不能形容新东安市场大楼于万一了。

大楼东部南部远望早已封了顶子,宫殿式的装饰建筑像景山顶上方亭一样,很远就能望见。而下半部分脚手架还搭得密密麻麻,两边一眼望不到边,什么时候全部完工还不知道。而这么大的楼宇,外面全部完工之后,内部装修恐怕还要庞大的资金和相当的时间。未来的新东安市场是个什么样子呢?我站在门口想象一下。闪光的玻璃,闪光的花岗石,闪光的各种金属扶手,几十部上下自动扶梯,望不到头的货架,望不到头的玻璃柜台,染黄头发、涂满唇膏的售货小姐……一切世界名都、名店应有的东西这里可能都有,但是如何体现北京的特有风格呢,用句老话说,就是"京朝派"。旧时东安市场适应于中西男女老幼各种人士的消闲环境,和蔼态度,以及那整条街的旧书摊,旧书铺,东来顺的肉饼、爆烤涮,五芳斋的蟹黄烧卖,小小酒家的叉烧肉、鱿鱼卷等又向何处寻觅呢? 更不用说吉祥戏园梅兰芳的《洛神》、韩世昌的《游园惊梦》了。萧红《北平书简》之五写道:

> 我在东安市场吃饭，每顿不到两毛，味极佳。羊肉面一
> 毛钱一碗。再加两个花卷，或者再来个炒素菜，一共才是两
> 角。可惜我对着这样的好饭菜，没能喝上一盅，抱歉！

未来的新东安市场对此恐怕是很难想象了。自然，这毕竟是"七七"战前的历史了，今日和未来的新东安市场又如何呢？投资上亿美元的新厦是香港和北京合资的，据闻土建部分已近完工，内部装修资金尚未到位，眼前好像是停工。等到全部完工开张之后，这样的豪华，恐怕对一般北京小市民来说，也只是来凑热闹、开开眼、偶一来之的场所了。照几十年前那样天天到市场遛弯，纵使有钱，可是来干什么呢？

站在金鱼胡同西往东看，旭日初升，金光耀眼，全是山一样的大楼、大酒店，早已不是当年的金鱼胡同，"胡同"这一概念，在此全失去其原有的意义了。极目东望，真恨不得立时出现一条大马路，直向东延伸十里、二十里……直向东冲出去，起码连接到团结湖一带，也有点现代化世界名城的气派，好像城建当局在这点上还缺少一点魄力。只好局促于王府井、金鱼胡同于一隅了。

对着原市场北门的，即金鱼胡同西口北面那一大片也全拆除了，入眼的全是断井颓垣，好像是刚闹完大地震，自然不像刚挨完炸弹，因为没有火烧的痕迹，旧时有名的大饭庄子福寿堂，解放后不久就已关张，不知作了什么单位的家属宿舍，四年前我经过这里，外貌已残破得像一堆垃圾了。但那却真是磨砖对缝的早期带洋味的楼房大院，眼前拆的居然还剩下半堵破墙头。要不快点都拆光，要不不要拆，而除金鱼胡同西口而外，王府井南面半条街，全是破破烂烂的瓦砾场，一摆两三年了，一个看门

的老头一边早锻炼,一边发牢骚道:"他们只顾个个捞了,哪儿管王府井呢?"

老新字号

王府井过去的名店不知有多少,不只是街面上,包括胡同口里,也都有不少名店。那天经过锡拉胡同,忽然想起当年的馆子"玉华台",在东口进口不远路南,是有名的维扬馆子,名菜砂锅鸡、砂锅豆腐,名点江米烧卖、汤包等,生意不让大街上的东兴楼、萃华楼等。五十年代搬到西单亚北号旧址,情况如何,就不知道了。年代久远,老字号差不多都没有了。第九天一大早,又顺王府井西侧人行道溜达,快到东华门大街时,见一二遛早老人抬头观望,我不由地也扭头望去,一看,差一点笑出来,原来是清华园澡堂子,在老翰林陈云诰写的颜体字旧式匾额下面,又一个美术体红字横牌:"清华园餐厅"。下面一行小字:"二十四小时昼夜服务",又一个伸出来的灯匾红字写着:"清华园餐厅,昼夜服务,日式烧烤,北京爆肚,家常炉菜,KTV包间。"边上还有两条好像对联一样的大白红字牌子,上首是"清华康乐池",下首是"四联美发厅",还有两块小字牌子写着菜名价格,名目繁多,未及细看。真是杂七杂八,乱七八糟,不知所云,不知如何是好,当年北京澡堂子第一块招牌,日文昭和十六年编的《北京案内记》"风吕屋"部分列在第一位清华园,混到今天这个份儿上,说来也真够分的了。可是有什么办法呢?北京人长期以来,家中都无洗澡设备,不要说一般老四合院,就是八十年代初西便门小区盖的大面积十五六层的宿舍楼,也全部没有洗澡间。一位十分熟悉的老首长,一搬进去就骂:这些设计的好像一辈子不懂洗澡一

250

样。实际也的确是这样。北方又冷又穷，又缺水，洗澡历来是奢侈的。过去北京大宅门也很少有浴室，鲁迅在北京十天半月才到东升平洗一次澡，《日记》中还特地记一笔。因而高级浴室生意一直很好。有人从小习惯在澡堂子洗澡，马连良当年住西城辟材胡同里一小胡同中（名字忘了），很大的房子，也修了浴室，可他唱红之后成为"扶风社"的马老板，每天还是坐汽车到清华园温热三池中泡一泡，每天必到，这是从科班时养成的习惯。澡堂里大池，南方叫大阳，日本叫"混合风吕"，房间盆汤日本叫"部屋风吕"，日本过去不少乡下人也有泡浴池的习惯。所以过去清华园地址繁华，设备高级，自战前二三十年，直至沦陷时期，生意一直非常好。初到北京的客人、旅游者，每天要到澡堂子洗澡，现在王府井一带大小几十家大酒店、小饭店、招待所，没有一家没有浴室，附近居民也都设法装上淋浴设备，谁又去到澡堂洗澡呢？看来它的凄惨状况，即使再变花样，也维持不了多久了。东安市场新厦一完工，西北角这一大片也必要拆除重建，转眼就是下世纪，王府井这一老字号，也必然消失在历史云烟中了。不过，这是好的历史变化，北京有许多人不要到澡堂子洗澡了，自然，也还有不少居住条件差的，澡堂子越来越少，洗澡不方便，这也还是过渡时期的困难，只好看进一步的经济发展，生活改善了。

经过清华园，顺着西面人行道，继续向前溜达，西侧新旧楼宇，变化太快，似乎没有什么特色老店，不过也没有什么特色新店。走着走着，不知不觉，已来到"百货大楼"门前，门前宽敞的广场干干净净，一个人也没有，离开门营业还有两三个钟头呢。我向上看一看，几个其大无比、臃肿不堪的大字："北京市百货大楼"，正显示了它既不是老字号，可也不是新字号，真是一个大字号，自然也确实是一个带着老解放、老革命的官字号……论岁数，开张也过了不惑之年了。三四十年代，直到解放初期，论商业百货，首推的是上海四大公司：先施、永安、大新、新新，逛过上海四大公司，天津中原公司也不过小小的六层楼，真不在话下。至于北京，只有东安市场、西单商场……大百货公司是没有的。一九五四年、一九五五年之间，王府井盖起了百货大楼，虽没有上海的公司大、货色全，但在首都，老解放区来的各级官吏干部眼中，老北京市民眼中，的确是大开眼界了。外国大使馆也凑热闹，不少使馆的豪华新车天天开到百货大楼前，一停就是多半天，引得不少小青年围观。新百货大楼三层营业面积，样样都有，社会主义企业，质量保证，童叟无欺，全北京人，没有不知道百货大楼的，什么稀奇高贵东西，去百货大楼买，如果没有，那肯定北京城就买不到了。可惜几年之后，五十年代末，六十年代初，自然灾害、经济困难一些年代中，偌大的百货大楼，货架上摆的都是陈列样品，概不出售，几乎除冰棍外，什么东西也买不到了。好在这些都已埋在历史的尘埃中，中青年朋友都已不知道了。但这也是历史、历史书上总应该记一笔。

近二十年中，百货大楼仍是北京购物的中心，不过看得出，似乎也到了离退休的年龄，新大楼老了，大招牌也老了，那窗橱样子似乎也老了，大使馆的外国汽车也很少再停在它的门口不走，只有东北、西北的老乡到了北京还慕名前来，时代摩登男女大概都去有自动扶梯、玻璃屏幕的各大商厦和各式专卖店了。眼看对门新东安市场的大楼三两年之后，落成营业时，那时谁还来百货大楼呢？而且用不了两三年，刚才我东厂胡同遛达出来时，经过灯市口乃兹府东口，一座山一样的大楼正在拆脚手架，边上大牌子上写着是某百货商厦，十月间即将开始试营业，不很快成为百货大楼的营业对手吗？

　　溜溜达达，沿着东侧散步回来，东面除去新东安市场一大片工地外，其他南面也都是拆得一片瓦砾，谈不到什么新字号、老字号了，在这里本世纪似乎已提前作了结束，似乎都在准备着赚下世纪的钱了……

北口南口

　　上海人没有方向感，只会说左转、右转，从不说东西南北。北京人自古方向感就强，六十年前雇洋车，一张嘴说是东口、西口、南口、北口……方向分明，从不混乱。我住在东厂胡同，每天一大早遛弯，走王府井，总是由北向南，然后再由南向北。但遛弯是闲散的散步，没有目的，走累了就往回走，从来没有到过王府井南口，第十天下午就要去机场回上海了，一大早起来，就想到南口看看，其故有二：一是想看看四十三年前我调离北京，当时上班的地方；二是看看南口到东单一带拆迁后的情况。不过王府井南口离开东厂胡同，说远虽不算太远，说近也不近，步行遛弯，吃早饭恐怕赶不回来，而且很吃力。忽然计上心来，何不先到北口，转个小弯，再坐公车，两三站地，坐到南口，绕个大弯，这样一条王府井大街，不就南北口都看到，十分完整了吗？何况一大早公交车辆又不挤，随意坐两站，不也是潇洒走一回吗？

　　王府井北口就在东厂胡同后，翠花胡同东口外，对面就是华侨大厦，雄踞十字路口的东南隅，而斜对面就是著名的美术馆。当年十年大庆，十大建筑之一，黄琉璃、大屋顶。在清晨阳光照耀下，闪闪发光。这个大十字路口的西南角，便是翠花胡同古老的四合院民房，这样冲要的地点，要不了多少年，肯定会批租出去,营建大厦,眼前不过还是老样子,低矮的平房,却有两家小饭馆,冲洗照片的店生意特别好。东北角连着民航大楼,新大楼是三十多年前盖的,也十分苍老了,而外围原有矮平房又未拆去,杂乱而不谐调,已经很多年了,迄今依然如故。不过各个矮小屋中单体户生意都十分热闹。不过早上仍很安静。只是过马路美术馆东侧,临时菜市十分热闹,黄瓜、西红柿、茄子、柿子椒、土豆……摆摊的在树丛中争奇斗艳。在绿化地带铁栏杆里面,一群老头、老太太正在晨锻炼,大多满头白发或花白头发,在朝阳晨风中随着收音机音乐,抬手动足,扭动身体,是幸福的画面,还是凄凉的桑榆晚景? 想想天地无私、造化无情的自然规律,想想百年来死在各种战争及与人奋斗、其乐无穷的数以千万计的短命鬼,一切老年人都应该达然面对世界和人生了。

在王府井北口西面转一小圈,过马路在美术馆对面上了无轨电车,车上人已不少,都是头戴安全帽,集体到某工地上班的外地民工,北京现在有多少万外地民工,不知道,但那数不清的高层大楼不停地完工,全是他们的功劳。整个一条王府井大街,几乎一多半就是一个大工地,外地民工之多可想而知了。在灯市口站,有一大伙下去了,我看着他们的后影,在马路上自然排成一行,鱼贯而去了,可见已形成训练有素队伍了,在新世纪中,必然会更加壮大……到我下车时,已快到王府井南口。跳下车来,走了不远,已到北京饭店新楼东侧,眼前就是东长安街了。放眼四望,三四年没有到这里,这里新变化的确不少。东望外贸部办公楼,已经盖了耀眼玻璃墙面的新厦,已不是四十几年前那单薄的灰砖大屋顶楼群了。何时盖的新楼,不知道。往西看,御河桥口上纺织部,也盖了十分漂亮的新楼,过去的灰磨砖楼也不见了。只有北京饭店新楼对面的原燃料工业部、现国家旅游局的楼还是老样子。只是加层装修，没有拆除重建。四十五年前，我参加了这幢楼的基建工作，向开滦矿调全年的机制砖，用上海的钢筋工、砌墙工、东北的水暖工、北京的木工……以及去清华请梁思成先生来审查图纸、开座谈会等每一件事，历历如在目前。这幢大楼，初建时中间主楼连地下五层，边楼四层。后煤炭部时期，又加两层。现中间七层，两边六层。全长百二十米，地下室窗很大，都能用。这楼的基础特好，原是沦陷后期，日寇铁路株式会社建的，全部钢筋水泥浇铸的大块。原是日寇准备修通前门车站的地下通道，做逃命用的，未完工就投降了。燃料部建楼时正好利用。四十三年前，我调到华东，告别了这里，但在五六十年代间，我每回北京，总来这里，因煤炭部在这里，我熟人太多了。"十年浩劫"之后，这里成了国家旅游局，八十年代初，因友人在内办公，曾来过一次，自此之后，再未进去过，现只能在外面隔着玻璃窗看看了。我告别此楼时，只二十九岁，四十三年之后，我居然又在晨光中悠闲地观看此楼，一时多少酸甜苦辣、多少《录鬼簿》中人的面容……涌上心头，奔来眼底，逝者岂真如斯乎？能无动于衷吗？

在这座大楼中上班时，我家住在东单二条东口，那原是清末光绪师傅翁同龢相国的宅子，离开后几十年，这里倒再未去过。去年一月，一天晚上，忽接香港友人电话，问我东方广场的事情知道不知道，我听了有些茫然。他约我写篇谈保护北京古建筑的短稿，而且要求明日上午写好，中午派人来取，电传出去，后日即可见报。后来这篇短稿以《从京华旧梦到新境界》为题，在《亚洲周刊》上登了出来。刊物寄来，从一幅彩色示意图和一幅大的原场鸟瞰照片上看出，真是好大的一片，东长安街高台上原东单头条、东单二条，直到后面的东单三条，全部是一片瓦砾，不知什么时候，早已拆光了。本世纪开始，八国联军侵略者只毁了一个东交民巷，全部变成大使馆。本世纪末，这东单头、二条、三条及什么小二条、神路街、井儿胡同、牛角湾、牛毛大院、马尾巴等小胡同，全一古脑儿扫光了。香港人的钱，北京官的权，将来换来的是八十多米高，几百米长、八十五万平方米的庞然大物方匣子，雄踞在东单、王府井南口之间，北面一个大墙幕……想想真不知是个什么样子，这是这期《亚洲周刊》第一篇所写，封面总标题是《古都争夺战——北京东方广场咋起风暴》，快两年过去了，我站在王府井南口东面高台上，望着那些一眼望不到头的断墙残壁，一片狼藉，才真正感到"钱"与"权"交换的巨大威力。但有两点十分遗憾，这"威力"居然也不那么顺利，受阻搁浅了。而美国鬼子充了硬骨头，麦当劳居然不买账，不搬家，在瓦砾边上照样营业，早上人少，我安安静静地拍了两张照片……一切，都留待下世纪吧！

我穿过长安街已经陈旧了的地下通道，到了马路南面，在台基厂北口坐上电车，一会儿工夫，又回到王府井北口了！

"茶馆"思绪

报载北京办起了或者叫开张了老舍先生笔下的茶馆,而且在消息边刊登了照片,一座楼房似乎是铝合金楼窗外,挂着"茶馆"二字的大招牌。这自然是很吸引人的,说它是老舍先生笔下的茶馆,也未为不可,起码"茶"字,高明的文字专家们或者可以称之为"当代苍颉"们尚未创造出简体字,也还是古已有之的形体,只这点,就可说是老舍先生笔下的茶馆,以广招徕,接待豪华大"巴司"上鱼贯下来的以奇异眼光看中国的外国老头儿、老太太了。——当然其中年轻的也有,但我经常遇到的旅游团,似乎以老年人为多。好在我这里不是写法律条文,稍有出入,也无伤大雅,想读者是不会认真计较的。

像在纽约博物馆中仿网师园殿春簃建明轩一样,在现代化西式楼房中,开办一个老舍先生笔下的茶馆,也是可以的。在此我也并不主张一定要盖成大屋顶仿古建筑。说来其实是一样的。即西式洋楼中也好,中国式古建筑也好,老舍先生笔下的茶馆,只能存在于老舍先生的剧本中、舞台上,在现实生活中,是完全消失了,正像今天北京新建的琉璃厂已不是当年延续了二三百年的琉璃厂一样。这是谁也没有办法改变的。

吃茶,北方人叫喝茶,"吃"、"喝"二字稍有区别,这里且不去讲究。只是有一个共同点,即它是文化,是艺术,是生活中文化、艺术、风俗的表现,是物质生活中的文化、艺术情趣。岂不闻妙玉姑娘云乎?"一杯为品,二杯为解渴,三杯为饮驴乎?"茶要

257

细细地、慢慢地、悠闲地去品，艺术境界无穷，学问也无穷。看张岱《陶庵梦忆》中讲茶的文章，能品出产地、春采、秋采、水的特征等等，那真感到曹雪芹是瞠乎其后了。他通过妙玉所讲的茶理，似乎是"贾行家"，有欺骗读者之嫌。

　　当然，对于一般人说来，爱喝茶也是品味和解渴兼而有之的。夏天大树下，藤椅芭蕉叶；冬于雪窗前，一炉旺火……际此之时，二三知己，一壶好茶，足可以畅叙平生，消除尘梦。不然，茶馆中一坐，纵使一个人，也可以看足你眼前的众生相……写至此，我不禁思念起苏州的"吴苑"来，那也是消失在历史长河中的旧梦，无法起死回生了。

　　茶是既清香又苦涩的，人说懂得品味苦涩的茶，是成年人（当然也包括老年人）的不幸处，品着茶似乎是品味着人生。对于儿童和青少年，还是不知其味的。喝茶要热，要时间，对于口渴的儿童、青少年说，远不如凉开水——当然，最好是橘汁或"可口可乐"。所以，前面说外国老头儿、老太太参观老舍先生笔下的茶馆，不说外国青年人，只凭这点也是有道理的。

　　"茶馆"思绪，似了未了，先说此点吧。

巡捕厅邓宅

　　春节前后,电视台播出《皇城根儿》,家中人和我都很爱看,我最感兴趣的有两点:一是剧名,二是四合院场景。这两样像是一个强磁场,一个特殊的历史强磁场,一下子把我吸回到近半个世纪前。原因一是我在西皇城根住过十三四年;二是我喜欢四合院、熟悉四合院。因而我忽然想起一个好题目,就是"四合院杂忆"。杂忆之一则是"巡捕厅邓宅"。

　　看《皇城根儿》的四合院场景,金秀、张全义住的西屋,两明一暗的布置,外面的廊子,恍如是五十年前老同学邓昌国巡捕厅家中的卧室,连陈设沙发等几乎也是那个样儿,像极了。一九四七年五六月间,我和他在这样的房间里畅谈了一上午,还在他家吃了午饭,下午才告辞。当时是我在北大即将毕业,到处托朋友找饭碗的时候。自此次见面后,即再未重逢。第二年秋冬之际,形势紧张,他府上全家去了台北。五十年代初,听说他在比利时留学深造。过了若干年,听说他已担任台湾"国立"音乐院院长,但四十年睽违,两个世界的隔绝,只是偶然和其他老同学见面,说起他而已。一九八八年夏,海峡两岸关系发生变化,回来探亲的人不少,他也回到北京开音乐会。六月初我由上海到北京,准备随团出访新加坡,以为他还在北京,托朋友去打听说是已经走了,失去了见面的机会。前年初秋,在上海一次恳谈会上,遇到几位台湾朋友,一起开了两天会,休息时与台湾舞蹈家刘凤学博士闲谈。说起邓昌国的名字,她说很熟,现在人在美国。当时还想写封信给他弟弟老同学邓昌黎博士,问候问候,可是一直拖延着。一晃又是一年,去秋在扬州开国际红学会,遇到台湾辅仁大学林明德教授,闲谈时,说起台湾一些朋友,又说到他。林教授说:"他前不久已经去世了。太太是日本人,在前几年已离了婚……"我听了不免吃惊,又不免感慨系之,他比我大一岁,算足了也不够七十岁,在今天举世高龄化的时代,他的人生旅途,似感稍短促了。看着电视中西屋上午的红日当窗,宁静气氛,近半世纪前的谈话情景,忽然浮现在我眼前,真是今昔殊途,死生异路,岁月匆匆,情何以堪了。

半个多世纪前,北京四城大胡同中,有不少有名的人家。"巡捕厅邓家",在西城,在教育文化界中,在福建同乡中,是十分有名的。主人邓芝园先生,名萃英,是著名教育家,早年留学日本、美国,后来回国投身教育界,曾任北师大校长、安徽教育厅厅长等职。三十年代中,即不再任公职,改办实业,经营模范牛奶厂。"七七事变"后,邓未离开北京。他卖掉牛奶厂,只任私立志成中学董事长,在巡捕厅家中深居简出,堵门教子,培养出了邓昌黎这样世界著名的科学家、邓昌国这样有成就的音乐家。邓芝园先生去台湾后,大概又参加了教育行政工作。看钱宾四(穆)先生《师友杂忆》,述及一九五五年台湾组织教育代表团访日,团长为当时国民党教育部长张晓峰,团员中有钱及邓萃英、黄君璧等人。

芝园先生哲嗣五人,长子邓健飞曾在重庆银行界工作,抗战胜利后任北平信托局局长。二子名字不详,其他昌民、昌国、昌黎三子,都是志成中学同学。邓昌民比我们高两班,后来辅仁经济系毕业。昌国小名四宝、昌黎小名五宝,与我都是同班同学,少年友谊,十分要好。

他们是福建人，而我住皇城根福建陈家房子，由"七七事变"前二年，直到解放，十三四年中，患难与共，先是房客，后是要好朋友。最后两年，生计艰难，承照拂不收房钱。房东同孙先生夫人，是邓昌黎母亲何先生（她是留日学医的，时任市立医院院长，一般均这样称她）胞姐。陈家孩子们均叫她"二姨"。福建在京世家，相互联姻，均是亲戚。何是清末曾任江西建昌、江苏苏州知府何刚德的晚辈。何刚德光绪三年进士，分吏部为部曹二十余年，始放外任。福建人文鼎盛，在清末官场有一大批人，且均有著述。何刚德所著《春明梦录》、《客座偶梦》等书，都是有史料价值的笔记。按年代推算，我的房东陈伯母及昌黎母亲何先生都是何刚德的孙女辈。福建人家喜欢打牌，何先生差不多三天两头到皇城根打牌。昌国、昌黎兄弟虽不是同母所生，但昆仲感情极好，从北师附小读小学、育英读初中时即在一起，家庭教育都是何先生辅导的。高中同学时，昌国与我过从最密，每周总有一两次，下午放学一同骑车到头发胡同市立图书馆借书看书。他借音乐书，我借文艺书，五四以来新文学作家群的二三百种书，都是这一时期看的。为此他常到皇城根我家找我，我也多次到巡捕厅他家去找他。

　　巡捕厅在阜城门里锦什坊街南头，是一条东西向的胡同，在城墙未拆除前，其西口已是城根了。邓家的院子，在东口路北，也是一座大红门，半高台阶，半旧大门，终日紧闭。他们兄弟在高中读书时，放学后，两部旧自行车，出小口袋胡同西口，顺沟沿骑行不远向西北进入锦什坊街，不远转弯到家。到门前下车，把车靠在台阶边，提了书包上台阶揿门铃，立即有门房佣人开门，不必打招呼，便进去了。旧自行车自有佣人给搬进去。我有时跟他们一齐去玩，也是如此，他家平时门房连回事、听差、车夫，

261

最少有三四个男佣人终日在安静地侍候着。而他们弟兄出来旧制服、旧自行车，车胎底廉价皮鞋，在外面谁也不知他家派头。这样情况现在人是难以想象的。

他家的四合院比电视里"金一趟诊所"还要大。大门进去对影壁，连大门临胡同是一排五六间南房，一个长条外院。而对一排南房的不是垂花门，却是里院南房的后窗。转过影壁从里院南房东山墙过去左转，才是正院。一座够格局的四合院。先是垂花门外长条外院，左手是三间厅，右手是连垂花门的磨砖墙，垂花门正对三间南厅门，中间引路高出院子约一尺多，从垂花门出来不用下台阶，便可进入南厅门。那是他家客厅，我从未进去过。北京四合院在宅地宽敞的条件下，常有这样的：即从里面看，这好像大四合院的南房，而从大门进来看，又如北房，却有窗而无门，不是一般北屋。这样临街南屋全是佣人住房。而正式四合院的南房，却包在院中，有敞亮的南窗，成为更考究的厅了。

由于这个标准四合院全部包在大门里面，南房不临街而在院中，因而垂花门里的正院更深入一层，即是"庭院深深深几许"了。进入垂花门，东、西、北三面房都有廊子，但并不宽大，大约北房不是三正两耳、耳房两间瓦房的七间口，而是单间耳房，因而东、西房都较入浅，又有廊子，院子便是南北长、东西窄，成长方形，不同于标准大四合的正方形院子。正房一定很进深，不算廊子，深度以现在量度说有五米左右，旧时说丈五进深。这是旧时较好的正房标准深度，我从未进过他家正房，但从院中隔着大玻璃窗，可望见其深度。东西房则较浅，除去廊子，净室内由门到后墙，一般不足三公尺。如两明一暗，暗间作卧室，后面放张双人床，那临窗只能放张狭窄的写字台了。

在高中读书时，我每去他们家，都是随着进里院东厢房。东厢房三间没隔断,俗名"三间掏空",是昌国、昌黎兄弟的二人居住,去了稍玩一会儿就走了。我上大学时因生伤寒病,耽误了一年,最后一九四七年初夏去他们家时,我即将毕业,他们则已毕业近一年了。这次见面,他已搬到西屋,套间卧室,外间书房会客。当时昌黎已于数月前赴美,继杨振宁博士之后,师从现代世界物理学之父、意大利人费米教授做研究生去了,过了不到十年,成了举世闻名的原子物理学家、加速器专家。而这样的世界学人,就是在这巡捕厅四合院中长大,在小口袋胡同志成中学那样破旧的教室中培养出来的。如说北京的"胡同文化",这应该也算一页吧。

"老照片"考

　　五月二日《新语林》上刊登了一张老照片,十分有趣。大标题是《西餐厅中的洋商与买办的欢宴》,下面小字注云:"照片拍摄时间:约为一九二〇年。"有趣虽然有趣,而这注解的拍摄时间,虽加"约为"二字,却也是明显错误的。何以见得,且听我慢慢道来。

　　这是一张保存很好的照片,虽经辗转翻拍制版,却仍旧十分清晰。图中人物神态、衣着打扮,虽在报纸上,也衣冠楚楚,神采奕奕,仔细观赏分析,便可确定其拍摄年代。所谓品头论足,不妨先从其头与脚说起,从坐在最前面主位席及右侧第一位中宾说起。

　　主位席那位,因系正面,气宇轩昂,双眉舒展,鼻梁如柱,但看上去像现在的光头,脑后辫子看不见。在他边上坐第一个客位、臂倚大菜台、身躯微微向前、双目下垂、略显肥胖的客人,却是侧面像,后脑辫子清晰可见,而且用放大镜观察,油光在摄影时的反光都十分清楚,可见辫子上是擦了不少梳头油的。鲁迅说过:"辛亥革命,只革掉了一条辫子……"一九二〇年是民国九年,除去北京老旗人偶然在帽盔中还藏有一条手指粗的小辫外,南北通都大邑,包括乡下人,都早已剪掉辫子了。当然也有例外,如辜鸿铭老先生和他的车夫,直到一九二二年还保留着头上的辫子,还吟诗以"菊残犹有傲霜枝"自豪。但这是极个别的,也非相片中那些人物的形象。因此从这照片中人物脑后的油亮辫子来看,这照片的拍摄年代在清代,而非民国,即一九一一年之前。

　　看完头,再看脚。侧身坐主位的下面一只脚清晰可见,是黑皮(或缎)双梁厚底鞋;边上坐客位下面两只脚也清晰可见,是黑缎(或皮或绒)云头浅绑厚底洒鞋,这种鞋在上世纪末,有的叫"夫子履",有的叫"蝴蝶梦鞋"。因为在官场中,在任官穿官服袍、褂、花翎顶戴,下面不能穿鞋,要穿靴子,只有幕僚师爷,穿便服,才穿鞋。官称师爷为"老夫子",师爷称官为"东翁",所以称考究的鞋为"夫子履";又因庄子休妻故事编的戏名《蝴蝶梦》,戏中庄子所化书生打扮潇洒,脚下那双云头鞋十分考究,所以这种样式的鞋俗名"蝴蝶梦"。同、光时"百本张"俗曲说到鞋的地方很多,如《风流公子》:"那小鞋儿大约是八寸罢,做了个得……俏步儿一挪那蝴蝶一哆嗦。"如《胡子论》:"南琴双脸汉文式……漂布袜椿偏喜窄……"如《胡子谱》:"浅颜色漂布袜子包脚面……穿一双红裹儿瘦鞋是蝴蝶梦……"从这二位脚下观察,厚底双梁、云头蝴蝶梦鞋,布袜子,绑腿裤子,侧坐者绑裤腿的飘带还依稀可见。从当年萧长华唱《请太医》的古老打扮上来看,这张照片的拍摄年代,最晚也在上世纪末,绝不会是本世纪所拍的。

　　为什么这样肯定呢? 因为除品头论足而外,还可从衣服上看。照片中有十五人,仔细观看大约有六七名西洋人、八九名中国人,包括最里面站着的那个西崽仆役。这些中国人穿的都是中装,右侧客座第二人,左手扶椅背,还穿着马褂,袖子很短,露出一段盖至手背上的马蹄袍袖。前面露出辫子的那位,没有马褂,宽袍大袖,没有领子,袍襆前后飘洒,十分清晰。这些样式,也都是庚子前的打扮。虽然顶上花灯,地上花砖,在大菜台子边宴请洋人,而所有中国人还全是同、光间老式中国衣冠。坐主位那人的神态,气度不凡,如将其头像剪下,贴在现时穿西装人的颈上,也十分神气。可以看出，当时人对外国人并非个个奴颜屈膝。

本世纪开始，一九○○年庚子前后一二年间，是中国人衣冠打扮的大转折。第一，在庚子之后，在这种豪华洋派的大餐厅里和外国人宴会上，八九个中国人中，不会都是穿中装的，一定有几位赶时髦穿洋装的；而且在光绪三十年前后，在上海、香港这些地方，已有不少由外国回来参与这种宴会的留学生，甚至有剪掉辫子的"二毛子"。第二，庚子之后，直到宣统三年，十年间，大兴学洋之风，办新政、学洋文，大批人出国到东西洋留学；服装上大改宽袍大袖的样式，学习洋装，中式袍子、衫裤也越来越瘦，瘦到不管毛棉以及单夹袍子长衫的袖口都伸不出拳头，穿时必须把手指拢起才伸得出。我十来岁时，年年夏天帮母亲晾晒几大箱子衣服，由曾祖父、祖父、外祖父到父亲年轻时的衣服，由同、光到民国初年样式，无领宽袍大袖到紧身小袖子管，一一都听母亲讲说，都亲自看过、翻弄过，有的还穿着玩过。宣统元年兰陵忧患生（即已逝世的百岁老人萧劳先生之父）《京华百二竹枝词》注云：

　　近今新式衣服，穿几缠身，长能履足，袖仅容肩，形不掩臀，偶然一蹲，动至绽裂，或谓是慕西服而为此者。

宣统元年是一九○九年，当时已再无穿照片中那种老派衣衫鞋袜的了，何况是陪洋人吃大菜的摩登人物呢？因而看这张照片，大似康南海戊戌流亡在港、澳时的打扮，如有其他照片核对，能认出其中一两个人就好了。而且怎么知道这些人是"买办"呢？是否另有资料？如果是广州十三行买办，那可能更早。总之，考证一下，也是十分有趣的。

老城门

十月初,有机会又回北京住了十来天,饱览都城秋色。于流连风景之余,自然也殊得师友亲朋之乐。与青年友人张寇生、叶稚珊、徐城北等位叙旧,他们说就要分到新房子了,在广渠门……这真是好消息。"居者有其屋"嘛,从杜甫时代就梦想的"安得广厦千万间,大庇天下寒士俱欢颜",现在正在一点点地实现着。这时忽然说起广渠门来,现在这"门"早已没有了,但名字还保留着。我忽然想起,前几年有一本书名《老房子》,都是照片,十分畅销,为什么不出一本《老城门》呢?再有只是照片,似乎也不够,如读者只会看照片,而不知其他,那合上书之后,又有什么?长期老看这两张照片,而不知其他,日久天长,照片褪色,思维也就退化到一无所知,岂不大可悲乎?

"老城门"是个好题目。就说广渠门吧,虽在北京有城墙的时候,在外城东面,远没有西面的广安门热闹、名气大、故事多,但也有不少可说的。鸦片战争的头一年,龚定庵就是由这个城门出来,离开北京的。他回到杭州的这年是己亥,道光十九年,著名的《己亥杂诗》中,有一首诗在"沙涡门外五尚书"句后自注道:

> 逆旅夜闻读书声,戏赠。沙涡门即广渠门,门外五里许有地名五尚书坟,五尚书不知皆何许人也。

龚定庵这次是突然离京的,据说因迫于大学士穆彰阿的权势,不敢走热闹的广安门、过卢沟桥,而走东面冷僻的广渠门。他在诗注中说:不携眷属仆从,雇两车,一载书,一自坐出都。可见目的是避人耳目,且是吟着"落红不是无情物,化作春泥更护花"的诗句出都的。当时出城门,里外走几十里路,还行不到现在汽车几十分钟的车程,已经"日晚该投宿",就要住店了。广渠门俗名沙窝门,不但古老,且极荒凉,直到解放初仍然如此。三十年代陈宗蕃《燕都丛考》记云:"自广渠门大街而南以达于左安门,均为荒凉寂寞之区,蔬圃麦畦,颓垣废冢,一望皆是。"我年轻时在北京住了近二十年,从来没到广渠门去过,更不要说出广渠门了。现在东三环路经过广渠门外大桥、劲松小区一带,高楼林立,谁能想象旧日的荒凉呢?古老的城门早已拆除,我当年没去过,也无法描述,不过可想象之。右安门外是通丰台草桥看花胜地的大路,明、清以来,年年春夏之间,出右安门看花的人不知有多少,花之寺就是西顶、碧霞元君祠,年年还要过庙会,文人看花的诗文笔记,收集起来,可编一本书,都与这个古老的城门有关。

　　五十年代,我家住北京电力部宿舍,由灯市口朝阳胡同搬到右安门里里仁街,散步到古老的城门边,不足半里之遥。

　　八十年代初,我曾做过一首五言古诗,写里仁街夏末秋初、雨后新凉的感觉,诗云:

> 炎暑几日蒸,一雨新凉乍。
> 劳人时梦远,听雨宣南夜。
> 朝来天似洗,清风盈庭厦。
> 隔帘两三花,牵牛娇如画。

散策陋巷行，幽思大可话。
街槐花犹香，墙枣已满挂。
居近南西门，胜地人曾写。
古寺龙爪槐，酒家余芳舍。
稍远枣花寺，千年过车马。
俯仰迹皆陈，于今知者寡。
东市起高楼，西市余断瓦。
倚杖立苍茫，街景亦潇洒。
顾盼感流光，蝉鸣又一夏。
安得逢耦叟，相与说禾稼。

　　这诗我自感写得十分成功，抄给俞平伯师、黄君坦丈请益，都得到好评。其中"龙爪槐"说的是陶然亭附近的龙树寺；"余芳舍"说的是右安门外小有余芳；枣花寺是崇效寺。这几处在清代南西门内外，都是极为出名的地方。道光时张际亮（华胥大夫）《金台残泪记》写南西门最清楚，文云：

　　右安门俗曰南西门，陶然亭在门内一里许。康熙间江某所建。尺五庄在门外一里许，乾隆间旗员所建。秋前春后，庄角亭头，水碧衣香，花酣鸟醉，殆无虚日。庄外宴游之地，即"小有余芳"，水榭竹篱，颇似江南村落，每于东风三月，游丝送燕，碧荷一雨，返照传蝉，使人泲然有天涯之感。几日冰盘，谁家团扇，回头若梦，岂必在长板桥边，丁字帘下耶？去"小有余芳"一里而近，三官庙在焉。海棠十四五株，高四五丈。花时移尊，半士大夫。若乃香车载至，绛云堕衣，风燕亦双，洞箫不独。烂醉司空，固亦闲事。有醒眼而

过之者,倍增怅惘耳。枣花寺三月牡丹,悯忠寺九月菊花,
皆极盛……

　　所说"三官庙",也就是龚定庵诗所题的"出丰宜门一里,海
棠大十围者八九十本……"诗句中"如八万四千天女洗脸罢,齐
向此地倾胭脂……"诗人神来之笔,与张氏所说对照看,虽多夸
大句,但可想见右安门内外昔日之繁华。只是这一带在解放前,
也很荒凉,不过比广渠门左安门一带好些。里仁街也是古地名,
清朱一新《京师坊巷志稿》就有记载:"里仁街,在右安门东北,
距盆儿胡同一里许,井九。宛平王志:仁作神,云有宝塔寺,今
圮。"可见古代里仁街又叫里神街。刚解放时,这里还是一片菜
园、乱坟堆等。一九五二年,基建开始,一些部及局在这里盖了
不少宿舍,樱桃园往南右安门大街,两边盖的是红砖楼房,街东
里仁街一带,盖的都是一大片、一大片的平房,一直连到戏剧学
院、第一监狱,直到陶然亭。开初搬来的人不多,一九五五年之
后,才逐渐多起来。我们家是一九五八年春夏之间搬去的,房子
还可以;但这里过去叫南下洼子,地势低,又未修下水道,所以搬
来这一年夏天,下大雨,水就进了屋子,把床底下堆的旧书、信等
都浸烂了;从书籍文献上说,损失是不轻的。
　　当时我已在上海工作,北京家中只有父亲、弟妹及外甥女等
人。我一九五九年春节是回家过的,后来暑假又回去,六十年代
初几年,暑假都回北京去过。当时内外城都有城墙,十路公共汽
车由新车站通南菜园,在樱桃园转弯,五路车从德胜门直到右安
门门脸,还有十九路到动物园,走城外礼士路。虽然有两路车到
城门边,可仍很冷落,乘客很少坐到城门前下车。我每天一大早
遛弯,总爱走到城门边。古老城砖的门洞,城墙砖缝中长出的

草,进出的是骡拉大车,还有挑着花担子卖花的花农。我花两毛钱买过小盆开淡紫花的水浮莲,花一毛钱买过不带花盆的金盏菊、春天芍药、秋天菊花,一定还有别的卖,可是我这几年中春、秋两季都没有时间回北京,只是年年八月,在京居住。靠近城门门脸,路两边有一些破旧老房子,有铺面临街房,也有小院,但没有什么买卖。稍北,两边新盖的楼房,一直向北延伸到牛街南口;便道很阔,种的全是白杨树,夏天早晚散步,十分阴凉。古城门的野趣还是十分潇洒的……

　　十月初,我又回北京,一切都在变着,古老的城门,早已是记忆中的梦痕了,可惜没有留下一张照片。不过当时纵然拍下照片,在三十年前的浩劫中,火烧"四旧"、抄家,也定是一扫而光了,老城门又能剩下什么呢?

《大红灯笼》和乔家大院

在六月廿四日中央电视台午间新闻中,播出了山西祁县乔家大院民俗博物馆的新闻,随着观看荧屏上的画面,不禁想起前一两天从《新民晚报》一则巩俐主演的《大红灯笼高高挂》在日本播映上座率百分之百的新闻,在我思想中把这两条新闻很快地联系在一起,是有原因的。因为我十来天之前,刚刚参观过乔家大院,导游介绍博物馆内容,也介绍了《大红灯笼》剧组在乔家大院拍戏的情况,剧中巩俐卧室的布景、道具大床等都还保留着。借大明星的海内外影响,提高乔家大院的知名度,原是很好的,但对我说来,早已过了崇拜明星的年龄,明星也罢,暗星也罢,均已是春风吹马耳,无所谓了,我感兴趣的、引起我一些思绪的,倒是这乔家大院的本身。

我六月八日由上海飞到太原。十日即承北岳出版社张仁健总编、胡晓清编辑二兄陪同,乘车去祁县参观乔家大院民俗博物馆。我原籍晋东北灵丘,四五岁时在太原住过,但自离开后时隔六十来年从未来过,这次重来,真应了贺知章的诗句"少小离家老大回"了,不但是"老大回",而且是"乡音早改鬓毛衰",山西话一句也不会说了,较之当年的贺知章更逊一层,是一个十足的背井离乡天涯流浪汉了。车行在太原通往祁县的宽阔柏油公路上,两面田野一望无际,麦秋丰收在望,田丰禾茂,感觉似乎不亚于在沪宁公路上。

从太谷县招待所开车直去祁县乔家堡,车行不过三四十分

272

钟,便到了目的地。这里公路虽好,但村路并不佳,停车场四周黄土墙垣,灰尘很多,既不整齐,也无绿化,看来将来还要好好地规划修建一番。下车不远,往前转一个弯,便到了乔家大院——祁县民俗博物馆的正门。坐西面东的高墙上,下面一座拱门,门上嵌一石,刻"古风"二字,再上去是望楼小窗,再上去是门楼出檐,檐下悬着一块匾。整个门楼近三丈高,左右连着近三丈高的院墙,上有垛口,成正方形,是一座小小的十分坚固的城堡。进门一条笔直的巷子,左右两面又是高高的砖墙,南北对面,各有三座院门,门都是嵌在砖墙上的。这种墙森然壁立,很像苏、沪、杭一带老式住宅的风火墙,但这些院门却不像江南的石库门,而是有精美砖雕的马头墙,上面有出檐的京式院门。如同一座嵌在高墙上的垂花门,而在前檐脊上又砌有刻砖门楼。高墙之内又有高墙,大门之内又有坚固精美嵌在高墙上的院门,显见其步步设防的营建目的。

这条东西向的长巷,路北三个院门,除最后一个门进去是个小花园外,其偏东两个院门,进去都是两进正院,左侧有小跨院、厨房、马号等;巷南三门内,都是一进院子,有偏院。因这三处是路南的院门,因而北屋正房是倒座的。六处宅院在一个大围墙中,正院、跨院、偏院、外院,大小共二十个,三百一十个老式房屋的标准间,即两柱一檩算一间,占地八千七百多平方米,排列十分整齐。院落排列及房屋结构,明显不同于北京四合院。其最大特征,就是虽是砖木结构建筑,而其门窗全部是墙上开洞,猛一看如西式建筑,又好像是窑洞建筑的风格。正院里进正房是五间楼房,楼上五间有明柱,有栏杆,有廊子,有隔扇,而楼下前檐却砖砌到底,中间又一精美起脊飞檐小门楼,两边墙上各开两个拱顶西式窗。建筑精美,坚固而别有风格。这种格局在其他地方是很少见到的。

　　乔家大院始建于清代嘉庆年间，经道光、咸丰而后，直至民国初年，经历十九世纪到二十世纪三十年代。乔家堂名"在中堂"，旧时中国南北有些经济实力的殷实人家，总有一个堂名，世代相传，不以人名，而以堂名，代表一个家族实体、经济实体。半个多世纪前，晋人一说"在中堂乔家"，大多是知道的。其创业始祖嘉庆年间在包头、归化城（即现在呼和浩特）一带经商，资金最多时，有上千万两白银，各地分号从业人员有五百多人。如连这些人的家属都算上，赖此商业经营为生的人数就更多了。经营商业，在外面赚了钱，寄回老家，置产业、盖房子。当时山西晋中各县商业资本雄视全国，除北京外，遍及西安、成都、汉口、奉天、内蒙等地，尤其在太平天国时期，十几年中长江以南经济因战争受到破坏和阻碍，商人难以北上，资金难以北来。北京一时大商业、银钱业票号、炉房、典当业当铺、大颜料庄、大南货铺、粮店等等，几乎全是山西资本，由山西人来经营。北京社会上嘲笑山西人的笑话不少都是与钱有关的，最普通的一句就是"山西老西舍命不舍财"，可见其影响多么深远了。乔家只不过旧时大小商人中的一家罢了。乔家在本世纪前期经营大银号"大德通"、"大德恒"，总号在北京前门外打磨厂，天津、上海等许多大城市中，都有分号，资金雄厚，营业面积很广，直到解放后，才停止营业。几十年前我也曾同"大德通"有过一二次来往，现在无意中参观了乔家大院，这却是从未想到的事。

　　乔家大院现作为祁县民俗博物馆，共六大部分，十二个单元，三十一个展室。除这座房子本身就是一个十分有价值的展品而外，其他有关晋中风俗的历史实物收集得很不少，也都很有代表性，很有历史价值和艺术价值。其中也有旧时乔家的遗物，如车房中停放的两辆骡拉轿车,还是本世纪初乔家的旧物,除一些铜饰件脱落外,基本上保存完好。依稀可以想见旧时乔家主人外出时轻车缓辔的风光,御者小鞭一扬,驾辕的优美健骡便蹄声的扬尘而去了……风头之健固不下于今天海外人士自驾一部"宝马"、"奔驰"满街跑了。可惜我拍电视《红楼梦》时,没有觅得这样的实物,让美工部仿制一两辆。巩俐拍的《大红灯笼》不知利用这辆"宝马华车"没有,如果换一副新帷子,驾上一匹漂亮骡子,一定很有看头。

巩俐演的《大红灯笼高高挂》我还没有看过,但其拍摄现场,以及戏中的道具,巩俐作剧中人某位姨太太的眠床我都参观过了。看了戏的幕后,自然也能想象到幕前,收获也是不小的了。

其他各个展厅中,值得介绍的展品还多,只是限于篇幅,不再一一摽索。在这里我想着重说说新开辟的商业资料馆。我想作为祁县民俗博物馆,应该是大概念的"民俗",即不仅限于一般的岁时岁俗、婚丧嫁娶等等,而更有意义的是突出地方重点。晋中各地的商业在近代史中,是十分重要的,在近百年前,形成一时社会风尚,近人太原刘大鹏《退想斋日记》光绪十八年十一月十五日(一八九三年一月二日)记云:

> 近来吾乡风气大坏,视读书甚轻,视为商甚重,才华秀美之子弟,率皆出门为商,而读书者寥寥无几,甚且有既游庠序,竟弃儒而就商者……当此之时,为商者十八九,读书者十一二。余见读书之士,往往羡慕商人……

可见一个多世纪前,这一带人士从商风尚之浓,从商人员之众,如果历史条件许可,这些地方的商业资本是会得到更大的发展的,但由于种种历史原因,不但没有得到应有的发展,反而在种种的外来因素的摧残下,几经风雨飘摇,几经困难挣扎,最后消失在历史的长河中,早已被人遗忘了。现在祁县民俗博物馆开办商业史料馆,际此改革开放之际,我感到是十分有意义的,甚至感到应该以这一展馆作为这个民俗馆的重点部分来收集展品,精心展出,使人们通过展览,能重新真实认识这一地区历史上商业发展的盛况,予以重新估价,鉴往知来,启发人们新的思维,使那些消失在历史长河中的商业经营思想再闪出新的火花……

现在展品中关于旧时商业史料收集了不少,如账簿、匾额、市招、票据、货币等等,但感到远远不够,较之晋中一带,尤其祁、太、平三县的商业辉煌史,那还很不相称。还有待于大大充实,除实物外,也还要多利用图表、石碑拓片、照片(旧照片及现存商号遗址照片)等说明问题。虽然经过几十年、半个多世纪漫长的岁月,历次战火,各种运动,历史遗物毁坏的太多了,收集起来,十分不易,但我想认真访求,还是会收集到一些残存的商业遗物、资料的。这个展馆,值得一提的是那一组新捏的"商业一条街"泥人模型,艺术水平是很高的。不少组人像真是传神阿堵,妙入秋毫,神情有呼之欲动之感,是不可多得的泥塑神品。我看过苏州博物馆保存的虎丘泥人,看过无锡民俗馆新捏的"三百六十行"泥塑,看过《红楼梦》绢人,看过天津当代泥人张的作品,都有很高艺术水平。但在面部表情的容貌动态、眼神逼真上,都比不上这里几组泥人不同的性格神态造型。可惜我时间匆匆,未能多观赏一会儿,也未拍几张照片,甚至连作者的姓名也未仔细问清楚、记下来,未免遗憾了。

归途汽车奔驰在回太原的宽阔公路上,暮色迷蒙,公路车少,车行甚快。我沉思着,想起由上海飞太原时,同机有位在银行工作的女士,闲谈中说山西私人银行存款,是全国第一位。此话不知真假? 我忽然想到:山西财富除了名闻中外的煤而外,不是还有更重要的吗? 大量的存款现金和传统的商业经营思想,这不比黑乎乎的几千万吨煤更有活力、更有吸引力吗? 如果有一天山西新兴的具有时代思维世界眼光的商业新秀,携带山西资金,走出山西,重新开拓新的金融事业,那将是什么局面呢?

五台山佛缘

　　真是想不到:与新加坡友人汪文华兄及其助手同乘一辆白色桑塔纳,奔驰在太原去五台山的路上;记得去年几乎是同一天,我坐着他的紫红色小车,奔驰在狮城繁华的乌节路上,他驾车送我到美丽殿酒店,出席新加坡国大国际汉学会的迎宾晚宴……去年今日当时,今年今日此刻,同在现代化的交通工具中,却共同奔驰在不同的道路上,这本身不必用人世间的逻辑推理来分析,而正是佛家所说的"缘"了。缘——本身也是一个客观存在,自然也是不以人的意志为转移,到时它就来了,正如风,忽然而至,云,随意而行……种种缘分,当亦作如是观。

　　太原北面通向忻县、五台的公路,对远客说是陌生的,对我说也是陌生的,好像我五岁时走过这条路,但那已是六十多年前的事了。印象中只留下坐老式长途汽车颠簸时呕吐的记忆,其他则什么也没有了。车行了一段路,才发现太原北面公路两旁,远没有南面那样禾黍离离、平畴四望的美丽景象,而是尘沙很大、黄土贫瘠的丘陵地带。

　　午饭是在五台县的招待所中吃的。午饭席间县里的有关同志感慨县里钱少,地方经济还没有得到应有的发展,还很穷。看来情况也的确如此。招待所门前正是大路,左通省城,右通朝山公路,海内外闻名的佛教圣地,当年鲁智深出家、醉打山门的地方,与峨眉山普贤菩萨、普陀山观音菩萨、九华山地藏王菩萨齐名的文殊菩萨道场,而且是四大佛教圣地之首;但街面上却没有应有的熙熙攘攘的景象,除去门前柏油公路而外,全是乡间感觉。我在峨眉山下住过个把月,那是普贤菩萨道场,而峨眉街市那要繁荣多了。菩萨如果有灵,那文殊的法力似乎比普贤差远了。

中饭过后,上车就开往上山的路了。在并不险峻的山路上开了近三个小时,到了一座冷落的古寺脚下,建于唐大历年间的金阁寺就在面前了。五台山是东、南、西、北、中五个山峰,峰顶较为平坦,因名"五台"。《太平御览》引《水经注》:"五台山其山五台巍然,故曰五台。"县是因山而得名,是隋大业二年改的。由西南一路上来,蜿蜒而行,经过南台西北山凹,到达金阁寺,下车四望,也是一处比较平坦的坡地,一座较为陈旧的牌楼立在下午淡淡的阳光中,路边两三家十分简陋的小铺子,除卖些一般的饮料罐头外,也有富士、柯达之类的胶卷出售。不过没有人买,因路边除我们两辆车外,再没有第三辆车,真所谓"门前冷落车马稀"了。穿过"金阁古寺"的旧牌楼拾级而上,便入庙门了。友人向布施箱内献了布施,敬了香,施了礼,这就完成了参拜佛寺最起码的程序。

金阁寺规模不小,唐大历年间铸铜为瓦,又镏金所建的佛殿"金阁",早已不见了,所存建筑是明、清所建,自然也很古老,高大的千手千眼观音菩萨高十七米,十分壮观美丽,游人只有我们,安静异常。二重殿门口,一位三十来岁的僧人盘腿端坐方凳上,正在入定,我们进出殿门,他眼也不睁一下。不知是否名僧,但功夫大可敬佩。

逛完金阁寺,上车继续前进,公路宽阔,全是柏油路面,接近五台山中心地带了。先到了九龙岗的龙泉寺。这里游人较多,停车场停了不少车。由车场到寺门,要爬一座小山,路也不整齐,爬了一小段,我落后了,索性告诉他们先去,我坐在转弯处的山石上休息看风景,群山四望,新绿宜人,吹吹山中五月的风,呼吸两口空气也是舒服的。上海人享受不到这点,这比逛庙拜佛还实惠。我坐在羊肠小路青石上,十分潇洒,看看远方,又看看两旁,上下的游客虽不拥挤,但也不断鱼贯而过,这来来往往的众生相,似乎比庄严的佛祖还难观察。这条不大整齐干净的登山小路两旁有不少小贩,都是当地老乡,卖的东西十分可怜,炒黄豆、豌豆、葵花籽,只此而已,别无它物。"靠佛吃饭,赖佛穿衣",可惜卖干炒黄豆的小贩们只会"靠佛",不解自靠,如何动动脑筋,卖点吸引游人的东西呢?弄个爆玉米花的小机器,把黄豆爆爆酥不也比干炒好吗?

休息三十分钟,吹足了山风,精神为之大爽。再爬一点小坡,登龙泉寺几十层台阶,直上汉白玉牌坊下,这是闻名五台山,雕刻最精美的牌楼。九龙岗远望如九龙腾翔,有甘泉清澈见底,谓之"龙泉",傍泉建寺,因名"龙泉寺"。寺原建于宋代,几废几兴,最后一次大修是六十来年前。一排三座大门,最东是寺庙正门,偏西是客房院门,现在看上去,仍然很新,正门汉白玉牌坊不甚高大,但重檐起脊,斗拱花版龙柱,全部镂空精雕细刻,虽是近现代作品,但刻工之细,亦甚惊人,亦可见当时有这些能工巧匠,有营建这样精美建筑的财力。

五台山最大的寺庙群,在台怀镇,是五台山的中心地带,群山环抱之中。当晚我们在这里一家宾馆中晚饭,在一所疗养院的客房中投宿。汽车开进古典式大门,院中"品字"形三座宫殿式大楼,猛然感觉,像车开进海淀北大西门。

第二天早饭后,司机照顾我们,把车开到菩萨顶后面,进菩萨顶后门,依次而下,逛完台怀镇所有的寺庙,就免去我们爬山攀登之劳了。下坡路还是好走的,边走边逛庙,处处结佛缘。

菩萨顶是台怀中心小山最高处,这里的庙始建于北魏,其后兴废,一时说不清。但自清代顺治时,改为喇嘛庙,有康熙御书"五台圣境"石坊,有可烧五百人饭的大锅,我们由最高处的门进去,遇见一二穿僧袍的藏族喇嘛,层层佛殿、顶礼焚香,由前面寺门出去,顺一百零八级台阶下去,省力不少。放眼四望,群山林木葱茂,虽未见如峨眉山的参天古樟,但也万绿照眼,气势宜人,感到这里实在是好地方。当年东汉永平年间,即公元一世纪后期,在此修建寺庙,绵绵至今,已是一千九百多年的岁月,其形势、其历史,作为佛教四大圣地之首,的确是名不虚传了。现存唐代建筑还有几处,可惜未看。

由菩萨顶下来,有广宗寺、圆照寺、塔院寺、罗睺寺、显通寺等。其中显通寺是主要的寺庙,也是五台山建于汉永平年间最早的寺庙,原名大孚灵鹫寺。其后几经兴废,寺名亦几经更换,现在寺院是明、清以来建筑,寺名是康熙二十六年命名的。我们参拜了大文殊殿,参观了精美的铜殿、铜塔,在肃穆的苍松下、没字碑旁照了不少张相,并参观了佛殿藏珍楼。寺里是佛教会所在地,有方丈大和尚主持,可惜没有见面。路上遇到几位年轻的僧人,也遇到两位尼僧,看来这里出家人是不少的,因而想到五台山作为佛教圣地似乎还是比作为旅游胜地影响更大,一般旅游者逛庙拜佛,既无虔诚宗教心态,又无文化历史知识和爱好,只是慕名而来,连走三处,便索然无味了。如吸引海内外广大佛教徒,像朝圣般地年年不断涌向五台山来朝拜,那情况恐怕就完全两样了。以世眼观之,僧俗、宗教与非宗教似乎分得很清,但以法眼观之,还不都是芸芸众生,谁又能成为真的佛祖,金身永在呢? 只要海内外更多的善男信女,涌向灵山,广施布施,那这有近两千年悠久历史的佛教圣地就又将鲜花照眼,黄金铺地,万灯齐明了。

　　吃完中饭,就要离开五台山了。匆匆而来,又匆匆而去,时间虽然短暂,但也总算与灵山结了一点佛缘。可惜没有吃一顿斋饭,吃的仍旧是亵渎佛祖的五荤,有肉有酒,都同鲁智深差不多,只是未吃狗肉而已。吃饭间,说起这里宾馆和疗养院的蔬菜,都是用卡车由太原装来的,听了不禁为之愕然,偌大的五台山、台怀镇难道连种菜的都没有吗?据说是这里土质不好,种菜不长。这就更感到奇怪了。四围山中绿树郁郁葱葱,宾馆门外公路旁,就是一条汩汩东流而去的清水河,河岸两边小树林中平畴在望,是很好的田地,怎么会种不出菜呢?实在令人难以理解。现在化肥发达,改良土壤是很方便的,水源就在眼前,用马达引水喷雾,真可以说是一举手之劳。用塑料大棚育苗种菜、种果树都可以。这里煤又方便、价格又低廉,冬天温室种菜也简而易行。有谁愿意到五台山办科学农场呢?准是发财的买卖。我五台之行,为礼佛而来,带着问题离去,总是佛缘一脉,不虚此行了。

内长城内外

　　灵山五台佛缘,匆匆而来,又匆匆而去。实际前后也不过三十几小时,中饭过后,便要挥手而去了。山中夏日,阴晴不定,片云可以致雨,吃饭时,窗外便已冉冉云起,待到上车时,四山云雨迷蒙、苍翠欲滴,早已淅淅沥沥下起雨来了。车子雨中上路,湿润无尘,车行十分钟左右,转过一个山头,忽然进入迷雾中,迷蒙中看到前面那辆车的尾灯昏黄光晕,便跟着他们走。而前面的车在能见度不过三五米的状态下,爬行山路,的确够悬的。但经验丰富的司机,自是履险如夷,弯弯曲曲、曲曲弯弯,转了几个山头之后,忽然眼前一亮,已经穿出云雾,金黄的阳光灼灼耀眼了,摇下车窗,透一丝山中爽气,对面一片大坡,真是绿草如茵,一群牛正在放青,在阳光照耀下,一派田园风光。

　　盘山公路,蜿蜒而下,在两山之间,是弯弯曲曲的沟,沟中村落、人家,小小的瓦房院子,稀稀疏疏的树,一格一格的小片农田,绿意中还泛着泥土黄色,迥异于江南山中林竹浓郁,自不免有贫瘠之感,但阡陌齐整,新房也不少,一一在眼底驰过,看来山乡人家还都勤劳,日子还过得去。

　　我们的目的地是大同,下山之后,由豆村折向西北,繁峙是必经之路。快要上山,跨越内长城了。不到长城非好汉,我从小生长雁北山乡,后来又到北京,不知多少次经过长城,但从小到老,都是胆小怕事,挨整受气的孬种,少不如人今已老,百无一用是书生,自知是窝囊废,避席惟恐不及,哪里敢望好汉呢? 真感到由衷地对不起长城！而现在又要跨越它了。山西境内内长城，东面平型关，中间雁门关、宁武关，再西偏关，都是历史名关，兵家必争之地，杨家将当年打仗的地方。我们则是由平型关、雁门关之间的一条山沟爬越过去，确切地名未及询问，几十里山路，或入沟下，或盘山上，蜿蜒而行。我猜想或是当年的小石口，五十多年前，日寇侵华，坂垣师团在平型关大败之后，其他侵略军，迂回到西面，似乎就是从这条路侵入晋中的。现在则忙碌奔驰的全是繁峙运煤的天蓝色簇新卡车了。

在山中漫长的公路上，常常有小饭店开在路旁，孤零零地三四间小屋，都很新，看来都是近年新开的，这不是"闻香下马，茶水方便"的行人小店，而近似"停车吃饭"的美国汽车旅馆了。车开到梁上，黄土高坡、各式窑洞村落出现了。新加坡友人经营的酒店，两年前就开办了巨型"卡拉OK"，一曲"我家住在黄土高坡……"是他十分欣赏的。我让停下车来，使他好好看看黄土高坡的窑洞，层层梯田，层层窑洞，有的近些，有的较远，但都有一定距离，未能走进人家去看看。国外友人对之十分感兴趣，以此为背景拍了不少照片。我虽然未走进人家，但我也想到这些老乡的生活情况，在电视片《望长城》中有过不少窑洞人家的生活镜头，这古老的窑洞，似乎和几十年、几百年前没有什么大差别，使人缅怀穴居野处的先民，纵然很伟大，但对居住在现代化大都市中的我来说，下意识地总有些负疚感。四望周围，虽然是农历五月底了，还是一片片黄色的丘陵，一点绿意也显不出，对面隔着沟一处较大的窑洞村庄，陌巷、院门、户牖……一一可见，忽然使我想起"日之夕矣，牛羊下来"的诗句，却没有"绿树村边合，青山廓外斜"的野景……"不管是西北风、东南风"，什么风才能变一变这些贫瘠的面貌呢？

翻越下山，走了不远，便是应县地面，一下子像进入另一世界，笔直的柏油路面，一眼望不到头，两旁全是麦田，绿油油的一望无际，车以百公里时速前进，很快到了应县市区，马路和人行便道都很整齐，我注意到新华书店的楼房正对着应县中学的校门，经过者感到一种新时代的文化气氛，迥非旧时的"雁门关外野人家"了。

在三叉路口上，右转进入应县城区，左转是去大同的公路，遥望有名的建于辽代清宁二年，距今近千年，我国现存最古的高层古建筑应县木塔，正名佛宫寺释迦塔，当年梁思成先生亲自作过测量调查，一望而过，未能一游，至感遗憾。车向右一转，便向大同飞驰而去了。路面更宽，两面麦田更广更茂，我想这大概是引桑干河水灌溉，大得治水之利了。但是后来车过桑干河大桥时，却发现是干河。"无端更渡桑干水，却望并州是故乡"，著名唐诗的桑干水，如今却无水流过，我想或许是把水存在上游水库里了吧。

汽车奔驰在平坦的柏油公路上，望着两面即将收获的麦浪，在这即将夏至季节的雁北高寒地区，丝毫无高寒之感，却有无限爽朗舒适的享受。这时已是下午六时左右，太阳还很高，照在公路上，光灿灿地，忽然发现公路边一位穿咖啡色丝织连衫裙的少妇，带着一位穿短裤花汗衫的小男孩在散步，晚风吹着她的衣裙微微飘拂着，那样悠闲潇洒……周围似乎没有房舍，这样的人物，似乎是晚饭后带孩子随意散步，这与山那面窑洞的人们，看神态简直不成比例了。我恨不得停下车来访问，但刹那间车已急驰而过了。

不一会儿，车转入太原去大同的一级公路，加速奔驰，晚七时左右，停在云冈宾馆门前。由五台山到大同，翻越内长城，走了五个来小时，总的感觉，内长城内似乎远不如内长城外了。"雁门关外野人家"，至少这一路上的"野人家"，已是大变样了。

云中古郡

　　汽车经过陌生的宽广马路,停在云冈宾馆的大楼前,我有些不相信,这里就是大同吗?

　　大同,古地名云中、云州,辽设大同府,明代初年分封代王,也设大同府,与宣化府同为北方边防重地,设有宣大总督。对我来说,这里本来不是陌生的地方,是姥姥家所在地。我记得儿童时住姥姥家的欢乐,小城市的明媚风光,停在巷口等生意挂月白绸小窗帘的骡车、又甜又油的槽子糕、糖饼……但也记得日寇侵略时的黑暗,满街吸料面的毒鬼,满街为糊口而挣扎的土娼……今天,四十三年后重来,对着这些马路、高楼,有些迷惘,这古老的云中,是陌生的新都市了。

　　下榻在云冈宾馆,小小的吊着华灯的大堂中,正有一群西洋客人在办手续,看来生意很不差,客房也还可以,应有尽有,稍感陈旧些,大概开张已不少年了,同来的新加坡友人感到旧些,在我却感到大同有这样的宾馆也很新鲜,因为在我记忆中,大同有这样的宾馆是很难想象的——显见我的这种想法是远远落后于海外朋友的想法,也远远不符合当前改革开放的思潮了。老和过去比,便容易满足;如同世界比,便感到不足,便感到紧迫。不要小看,我这偶然一念之间的思维,也很有代表性呢。

　　第二天早饭后,便驾车去云冈。小时候坐骡车去云冈,出了城门,还要过一条河,似乎很远很远,而今天汽车顺公路不一会儿就到了。由寺门买票进去,走过一两层院落,往左面一转,建在武周山北崖，开凿于北魏和平年间（公元五世纪中叶）的云冈石窟，就展现在面前了。开凿工程是由云昙和尚主持，留下了著名的"云昙五窟"，即第十六至二十窟。北魏拓跋氏建都于此，直到孝文帝大和十八年（公元四九四年）才迁都洛阳，才经营洛阳龙门石刻。据《北史》记载："拓"是土的意思，"跋"是后的意思。拓跋意译即土后。迁都洛阳后，改姓"元"，取《易经》"元亨利贞"第一字。即《三字经》上所说的"北元魏，分东西"了。石窟佛像大小五万多尊，共五十三窟，自然不会全看到，但只这眼前几窟的大小佛像群便已是彩色斑斓、神态各异，不能不感到洋洋大观、叹为观止了。狮城友人惊讶得不得了，一边赞叹，一边说下回一定拉他太太一起来。二十窟最高的十七米的大佛正在搭着架子整修，回忆小时爬上去站在他手掌心够不着他肚脐眼的情景，一晃半个多世纪过去了。妙在他还大耳垂肩，慈眉善目，没有长胡子……

逛完云冈，开车回宾馆吃中饭。饭后去看九龙壁，游上下华严寺。车到九龙壁前时，天下了点小雨，九龙壁前清洁如洗，殊可观赏。朱元璋封他第十三子朱桂为代王，王府在大同东北隅，这是面对府门引路的照壁。王府早已没有了，却留下了一座比北京北海九龙壁早几百年又长许多的九龙壁，成为大同一宝，连唱曲子的情歌，也一张口就是"大同府呀嗨，九龙壁呀哪……"可见大同人多么爱这一宝了。

远方的客人在这古老的龙前照了许多张相，走了出来，观看街景，我忽然明白了，这是古老的四牌楼东街，牌楼虽然没有了，但东街还是古老破旧的老样，临街铺面房也很低，有些屋破了，房顶上还长着草，多未改建过。我想到姥姥家离此不远，上车让司机开过去看看。这一带都还是老样子，各条巷子街门大都未改过,找到李怀角姥姥家旧宅门前,门户依稀,只是高台阶残破、墙砖剥落,六十年岁月,它自是皱纹满脸、老态龙钟了。我走进院看看,各家也像北京老四合院一样,都盖着小房,从窗口玻璃望去,也是电冰箱、洗衣机……现实与古老的时代组合。友人给我在门前照了两张相,算是我回姥姥家的纪念。

离开姥姥家,开车去华严寺,上、下华严寺是海内外知名的辽代木建筑,下寺薄迦教藏殿建于辽重熙七年(一〇三八年),是藏经殿。上寺大殿建于金代天眷三年(一一四〇年),均是我国著名古代木建筑。三十年代初,古建专家梁思成先生都亲自测量过。两座古寺均经不断整修,现保存很好。薄迦殿内辽代塑像仍保存原来的样子,殿外"大雄宝殿"高额下有"调御丈夫"一匾,字大四五尺见方,款署"马林题拜书",前署"万历戊午年",查史书是万历四十六年,公元一六一八年,距今也三百七八十年了。

大同是煤都,其煤是通向世界的,其铁路也是通向国际的。其经济发展,自然是主要靠煤了。我们虽然没有去口泉矿区看看,但在去云冈参观的路上,似乎已感到遍地都是煤了。经过的公路上,路两旁地上全是乌黑的,想来不是黑土,而全是运输车辆掉下的煤了。缺煤的地方的人看到,自然感慨万分;讲清洁的人看到,又觉得马路不清洁。而大同煤毕竟太多了,如何改观呢? 只期待于未来吧。

记忆中的四牌楼,是商店集中的地方,我还记得绸缎铺"恒丽魁"的名字,但那毕竟是很小的,而今全然改观了。灯火辉煌的百货公司、酒楼、服装店、音响电气商店、影剧院、歌舞厅……现代都市的熙熙攘攘、音响节奏应有尽有,这些对我说来完全是陌生的,已感觉不到是云中古都。正像我住在云冈宾馆的房间中,没有感到是在姥姥家的大同一样——变化太大了。

山行偶忆

我常常怀念着早年一次北国山乡的旅游。

五十年前,我还是一个孩子,生活在北国的山村中,那是山连着山,岭接着岭的地方,要想出远门,就得翻山越岭。那时北国的山乡真可以说是穷乡僻壤,虽然当时世界上火车、汽车、飞机、轮船一切现代化的交通工具,已经不是什么稀罕东西了,但在这里却连一辆自行车也难得看见,更不要说什么火车、汽车了。因为这里的山路是只能走骡驮子的,听惯的是头骡的串铃声,哗啦哗啦……二骡的扁梆声,哪——哪——,汽车的喇叭声是从来听不到的,自然也没有废气的污染。山间的空气是清凉的、新鲜的,似乎还保持着宇宙本身的纯洁。

在这样的环境中,我有过一次旅游,是到邻县县城去,旅程是一百来华里,时间是旧历五月天。我们的交通工具是八只脚——一老一小两个人和一头驯良的毛驴。我们上路了,没有像笑话中的傻子那样两个人抬着驴走。我们还是比较聪明的,轮流骑驴,或是让驴空着,两人跟在驴后面慢慢地走,说说笑笑,边走边看,其乐融融,于旅中也颇得游趣。

这一百里旅程要分两站走,中间在一个小山村的野店住一夜。那"野店山村夜,鸡啼曙色清"的五月山村,天亮得特别早,鸡叫二遍,天已大亮了。野店起身,随便用铁脸盆擦把脸,喝口开水,吃点干粮,饮过驴,就又开始了第二天的旅程。

沿着小山沟走在鹅卵石密布的河滩上,小驴缓缓地前进。

这天要过一个分水岭,野店离分水岭约有二三十里路,沿着河沟慢慢走到岭下,地势渐渐地高了。

这是一座面东南的分水岭,由东南上去往西北方向走。北国苦寒,到了数九严冬之季,风雪载途,那行旅是十分苦的,在这条岭上,最为明显。往西北走的人,寒风刺骨,像刀子般地吹在脸上;相反,从西北往东南来的人,却因为是顺风,便迥乎不同了。这使人想起古人"马后桃花马前雪,叫人争得不回头"的诗,虽然有些夸张,但其情如此。而我们这次过岭,景况完全不同,正是最美好的五月天。北国春晚,桃杏花虽然开过,而仍是千山新绿,野花乱放,淑景和熙的季节。

我们没有骑驴,赶着它,缓缓地上得岭来。路的右手是山崖,左面是沟和石坡。我们越走越高,小山沟也越窄,树木也越多,露出树中人家的屋瓦、短墙、院落、门窗……山凹处的小山村全在眼底了:正是烧午饭的时候,人家烟囱中的炊烟,一缕缕地从绿树间飘上来。那院中的鸡在啄食,小黄狗从巷中跑过去,有的人家小棵石榴树正开着火红的花。我们走得又热又渴,在岭的最高处依崖有几间房子,开着两三家行人小店,正是打尖的好地方,便坐在檐前板桌旁。那是没有上过油漆的白茬木条桌条凳,十分干净。店主热情地招待,有现成的茶饭:绿豆水饭,大粗瓷碗盛上来;白煮鸡蛋,小碟里放点盐,剥了蘸着吃;边上还有油锅,正炸着焦香的油条。够了,这朴实、干净、热情的小店中,连酱油之类的东西都没有,但感到已经是很丰盛的了。望着那山凹里的小小山村中,多是乱石砌的泥屋,连一间像样的瓦房都没有,更不用说什么亭台楼阁了,但又感到那是最美好的境界。

我们吃着、看着、看着、吃着,那山,那山路,那绿树,那山凹人家的炊烟,那绿豆水饭、油条,那白木茬条桌、板凳……五十年了,还那样亲切,那样美好,那样香甜。

　　这是我记忆中最好的一次旅游,我常常思念着,似乎从中也悟出一点道理:感到人在世界上需要的东西好像并不复杂,但要美,要有情趣,要香甜。除招人喜爱的美景外,还要有个略事休憩的场所,有点干净、可口、简单的饭食。最好躲开喧闹,寻觅那些清净的地方。如果又热、又饿、又渴、又挤,像刘姥姥逛大观园那样,那还不如在家门口酸枣树下喝着香片茶舒服呢。

西湖美在哪里？

十几年未到湖上，去年五月间，有幸重来杭州，一寻旧日游痕。正所谓"路忆曾经处，桥怜再渡时"，何况不只是"曾经"、"再渡"，而是我几度居住过的地方呢！

这次来湖上，住在葛岭脚下一所饭店旁边的大厅里。我的床在高大的玻璃窗边，窗外有遮满新绿的法国梧桐，树外便是干净的里西湖马路，马路外便是西子的柔波了。我如果是戴着桂冠的诗人，一定会吟出美妙的诗句：

> 西子呀！
> 我的梦痕在你身边，
> 溶化在你的眼波中了……

可惜我不是诗人，也无诗感，想了不够两句半，便呼呼睡着了。一觉真甜，在朦胧中忽然被一阵声音吵醒了，我睡眼尚未睁开，耳旁只听吱吱喳喳，是什么呢——我几乎要埋怨它噪醒我的酣睡。转而一想，啊……此非恶声也，这比使得刘琨起舞的鸡声更可爱，这不是西湖的鸟声吗！

以鸟鸣春，西子之春，西子之晨……

小鸟都在窗外叫人了，我还能酣睡吗？干脆起来，虽然只有四点半钟，但春末夏初天亮得早，窗外已是晨光熹微了。我起来先到楼下正厅，正厅设计得非常好，面对湖面，全是落地的大玻璃窗,坐在厅中的沙发上,正好望着孤山后面的湖面。远处放鹤亭静静的,一线白堤,垂柳如荠,淡淡地浮动在水面上。波光、水气、树色、桥影,直扑入明亮的落地玻璃窗,沾人衣袖,撩人眉睫……时光还早,厅中空荡荡地几十张沙发随便你坐,可以从不同角度欣赏西湖。但我只静静地坐了五分钟便坐不住了,似乎一种强大的力量吸引了我,我为什么不投入西子的怀抱中去呢……

我很快地走出饭店,沿湖慢慢向西泠桥走去。我消失在晨雾中,与四周的景色融在一起了。我闲望着,呼吸着,沉思着……忽然,我好像有了新的发现,不禁想起欧阳永叔《醉翁亭》中的话:"朝而往,暮而归,四时之景不同,而乐亦无穷也。"西湖对我并不陌生,而今天却似乎第一次才发现西湖,发现了春末之晨,在鸟声欢唱、曙色笼罩中的西湖,这是多么意外的发现呢!

美,不是静止的,是动的,是活的。西湖的美,更是动的,是活的,是千变万化的。这个秘密早在九百年前的苏东坡就发现了,所以写下了"欲把西湖比西子,淡妆浓抹总相宜"。西湖的美是变化的,晴有晴的美,雨有雨的美,春有春之美,秋有秋之美。夏日骄阳,斑驳树影;严冬白雪,粉砌湖山;曙色浮荡,小鸟啁啾;夜气迷离,蛙鼓一派……总之,朝暮晴雨,一年四时,无时无刻不在赋予西湖以种种美的景色、美的情趣、美的意境。

所以,要领略西湖的美,也绝不能仅限于一时一处。我虽然是湖山旧客,但过去也没有在春末夏初、早上四时半漫步过西湖,因而还是第一次见到西子的此时此景,这就大感惊奇,是重要的新发现了。

不禁,我又想起许多往事:

记得多年以前,第一次到杭州,正是清明时节,桃红柳绿的最好时候,我住在旗下的一家小客栈中。首次来杭,晚上兴奋得睡不着觉,在六公园外面草地上足足流连了一夜。望着闪着夜光的湖面,极目处黑黝黝一片,看不出是山影还是六桥堤痕。孤山那面有闪动的光芒点点,很像是渔火的意境,但那不是渔火,而是白堤、断桥一带的街灯。我坐在沿湖的石板上,看着那黑影里一字排开的湖船,似乎忙碌了一天,也在甜梦中休息着。动荡的湖水,拍打着船帮,微微有些声音,树影下还有人在窃窃私语,两相呼应,组成了西子的夜曲。

有几年,因静极思动,我一年几次去西湖。

一年春末,我早上起来,由寄宿处羊坝头出发,徒步出清波门绕湖一周。过了柳浪闻莺,被一片小竹林吸引了:遍地是像蒙着一层霜的翠绿的笋,那绿色似乎要化作水滴下来,似乎要流到西湖中去;而透过竹林,望着湖水,又似乎那片竹林就长在绿波上。

又一次秋末,黄昏时我从孤山下走回来,梧桐叶子虽未全部黄落,但不少已飘零了,被风吹到路边。一路已无游人。我走过平湖秋月,绕到边上一座厅的外廊,坐在栏杆上,望着苍茫的湖面,极为潇洒,极为静谧。坐了大约个把钟头,直到夜幕降临之后,我才慢慢离开。我不感到寂寞,更不感到凄凉,只感到沐浴到一种美的境界中。

西湖的美,是活的、动的、变化的;西湖的朝暮与四时,无时无刻不是变化着的美。我熟悉它、热爱它,可说的太多了,但我又如何能说得尽呢?东坡居士对西湖是做过巨大贡献的,他赞美西湖的诗太多了,如前面所引的名句。艳说到今,又何能尽西湖的美于万一呢!西子有美人迟暮之时,西湖却永无湖山衰老之感。苏髯仙去已八九百年了,而今天的西湖不是更明媚吗?从这点说,西湖又是青春常在、美得永恒了!

里西湖赏荷

　　过去，一到盛夏，老北京讲究看广安门外南泡子的荷花，或者什刹海的荷花、北海的荷花；而老杭州自然要讲究看西湖的荷花，但是西湖太大，环湖一周，足足三十里，六桥风月，苏堤五六里长，两边湖水很深，不能种荷花。苏堤北塅是著名的"曲院风荷"，这是有康熙御碑的西湖十景之一，当年立碑，风景最好时情况如何，现在不知道了。而在几十年前所见到的"曲院风荷"的景物，总觉得很平常；水面不大，荷花也不多，情趣自然也有些，南风自然也有些，而距离"接天莲叶无穷碧，映日荷花别样红"的境界，似乎还差得很远呢。在西湖哪个地方的荷花才有这样的风光呢？我记忆当中，要到里西湖卜葛岭下面的湖滨，那才真正能看到苏学士名句所描绘的西湖"六月中"风光呢。

　　如果把西湖比作一轮皓月，那孤山和白堤可以比作那朦胧的桂树影子，那么西湖便是一弯明亮的月牙儿了。东起断桥，西至西泠桥，好比月牙儿的两个尖尖。从里走，经白堤、平湖秋月、孤山、西泠印社一条路，走的是月牙儿的里弦；从外面走，沿初阳台、保俶塔、葛岭脚下，直到苏小小墓，走的是月牙儿外弦。游人习惯走里弦，很少走外弦。这是因为外弦的弧度很大，大约有三四里长，因为走的人少，所以特别安静，而这儿正是看荷花最好的所在。

　　里西湖水浅，种的都是荷花，面积又比北京的什刹海、北海大得多，再衬着周围的峦影山色，那景致自然不是北京的皇家苑围可以与之相比的了。这是真山真水啊!八百多年前,为了"三秋桂子,十里荷花"两句词,金人不是要立马吴山第一峰吗?可见其吸引力之大。北国的荷花,无论如何也比不上杭州的了。

在葛岭脚下的里西湖畔,坐在湖边,往东望是一线白堤,浮动在水光中;两边的桥势随波而起,那半圆的桥洞,透过亮光,像一面镜子闪烁着。画家说,远树如荠。透过堤上如荠的树影,可以望见外西湖的浩瀚波光,再远处是屹立的吴山、南屏,稍近的是柳浪闻莺,还有湖滨的一派市楼……往西望去,则是翼然而起的放鹤亭,孤山上的层层丛树,娟秀的西泠桥……在这样的远近背影下,看荷花,该是一种什么样的感觉呢?

说是看荷花,也要分个阶段。如果按季节来分,可以分作看新荷、看盛荷、看残荷这三个阶段,季节不同,境界不同,观感也不同。

看新荷是五月初,荷钱初出水的时候。这时里西湖畔、葛岭上下,一片新绿;湖中新荷叶也刚刚浮出水面,还看不见荷梗,只见一片片的翠叶,漂浮在水面上;清风徐来,水波粼粼,水波动而叶不动。新荷叶碧绿滚圆,人们自然会想起古诗"莲叶何田田"的句子,这写的正是新荷。新荷圆圆的,但又遮不满水面,所以在荷叶间可以看见游鱼,因而有"鱼戏莲叶东,鱼戏莲叶西……"的天籁体诗句,这"田田"两字,用得再妙也没有了。新荷的绿、树木的绿、水光的绿,不同的绿色,相映成一片绿的世界。这时你如站在湖边赏新荷,人也就被映照成绿衣人了……但偶一回头,啊!竟会在葛岭下人家的短墙垣上,看到耀眼的嫩红蔷薇的繁花!或火一般红的石榴花。

看盛荷是农历六七月间,这正是苗壮的荷叶亭亭玉立,像森林般地遮住整个湖面的季节。按照吴越风俗,农历六月二十四日是"荷花生日"。佛教书《内观日疏》记云:"六月二十四日为观莲节。"《吴郡记》也道:"荷花荡在葑门之外,每年六月二十四日,游人最盛,画舫云集。"这些记载均可见当年吴越一带的观荷盛况。里西湖这时的荷花之盛,如坐在湖边,那是看不见的,因为荷叶长势猛,荷叶高出湖岸好多,望去只是密密麻麻的荷梗。要看那"无穷碧"、"映日红"的奇景,必须在高一些的地方。记得当年蝶来饭店的二楼大阳台,是里西湖看荷花最好的地方。那是以著名电影明星胡蝶、徐来命名的饭店,地址在里西湖北面,背山面湖,正好饱吹湖面的南风。坐在它那大阳台的藤椅上,午梦初回,满耳蝉噪,拂面荷风,里西湖一湖翠蓝,一览无余;红花白花,任你饱看。如果遇上一阵雷雨,雨打万柄荷叶有声有色,无须多说,更足够你想象的了。

　　看残荷是在秋深,里西湖道上,一面是葛岭早染的丹枫,一面是湖中披离的残荷。你踏着街树的落叶,迎着飒飒的秋风,徘徊在冷静的湖畔……这样的梦,你做过几回呢?

杭州上城访旧

　　十一月初应邀到杭州开了几天会,于会务之余的一个下午,抽空去城隍山下四宜路看望了一家亲戚。女主人是亡妻蔡时言的姨甥女,是老亲戚,叫我姨父,实际年龄比我还大三四岁,已是七十六七岁的老婆婆了。她的先生也是年纪七十七八的老人。不过老夫妻身体健康,仍住在老房子中,可能收入不甚多,生活清苦些。但生活环境还是杭州人的老样子。自然这个"老"字,也是相对的。太"老"的不说,我不知道。从五十年代初说起吧。当时还没有公私合营,不但上海私营公司企业十分活跃,杭州一些私营企业、丝、茶、绸缎以及服务行业旅馆、餐馆等都还不错,生意均过得去。我这亲戚家是开茶叶行的,茶厂茶叶出口到外国,先运到上海,交公营公司,价钱都可以,而且不会倒账,按时都能收回货款来,一年生意下来,收入自然比一般工薪阶层好得多。但也不是大豪门,家里只住在二三十年代的老房子中。可以说是住自己宅子的中上阶层人家吧。

　　我去他家时,他家长辈老人已去世,家中几个兄弟已分房单过了。不过都住在一个宅子中。城隍山正名吴山,就是南宋时金完颜亮梦想"立马吴山第一峰"的地方,山很小,名气却很大。城隍山脚下,过去是很繁华的地方,《儒林外史》中有生动的描写,著名的胡庆余堂就在这里。四宜路是一条弯曲的小街,很窄,但是从横路出去,不远就是大路,直通清波门,到了湖滨南山路了。亲戚家在四宜路西头右首,很高的一丈五六的风火墙上,下面双开小门。在杭州老房子中,这种街门是很多的。推开门,两旁是一排平房,中间大门通道,走过来中间天井很亮堂,种着一些冬青,迎面是几间楼房,楼梯由院子中上去,楼窗高敞,光线明亮,因为对面及两旁是平房,因而没有江南常见的那种四面是楼、中间阴暗的天井,而是北方感觉的院子。当时外院是他家兄弟住的,房间中我未进去过。院中左面是里院厢房的后墙,靠里边一个小门,进去,便是里院西厢房了。当时是亲戚的吃饭间,连着里面一间厨房。坐在吃饭间中,一排老式立窗外,是天井,对面便是主人的客堂卧室。而三间连着东西厢房的北房,也是平房,多少年却始终关着。天井是东西长,南北窄的。大约有六七丈见方,自然是长方形了。不过在江南,这样的天井也十分宽了。

　　我最早去他家时,已不是解放前出入坐包车的派头了。但是院子中,仍十分清洁整齐。对着北房高大的风火墙上,爬满了常春藤,一丛高大的蜡梅,一丛南天竹,好像还有一棵枇杷树,都是老主人生前栽种的。我每次去,看见他家这样安静考究的院子,总是十分羡慕的。因为我老家祖宅中,虽然有过十三四进连在一起的房子,有许多青砖墁地、花木扶疏的院子,可是抗日战争之后,毁于战火,被拆除,早已什么都没有了,几十年来,北京、上海赁屋而居,看见人家自己的院子,何况是十分整齐的院子,怎能不羡慕呢? 这自然也是人情之常。可是头几次去,都是在他家吃饭间围着方台子坐一会儿就走了。当年去杭州,都忙着外出逛西湖,有事去亲戚家,一般只是客气几句就告别了。坐不住,因而也没有到主人房间中去看看。

　　大概是六十年代初吧,岳母已离开杭州,住到上海我家,简单说,我杭州已没有家(外家)了。有一次去杭州,就在这位亲戚家住了两三天，这样才到主人房间里看了一遍。主人住的对面的房间，从院子中看，是两大间，而进了屋子，右首还有一大间，是藏在北房右侧的。进入隔扇门，就是左面一间，右面一间，有如北京四合院房子的一明两暗。只是北京不管大小四合院，所有东西南北房，一明两暗都是临窗子的。而江南常常是厢房和主房连在一起的。用文字来象形，北京四合院的里面如"品"字，江南主屋厢房，如一个倒"凹"字。亲戚家这几间住房，中间堂屋四扇玻璃隔扇，中间两扇是门，两边是窗，室中摆藤椅方桌接待客人；边上摆梳妆台化妆、写字桌孩子们做功课；左右板壁通向里屋，右屋暗间，是亲戚夫妻卧室。左面一间，窗临院中，花木映窗，明洁幽雅，是亲戚婆婆的卧室，但其婆婆长年住在上海，不回杭州，平时空着，我去时，就招待我睡在这间中，一堂红木家具十分精美，所嵌大理石是上谱的。临窗一张大理石面子红木写字台，我起得早，坐在写字台边，面对窗外，已是冬天，尚未冷，初阳明艳，而腊梅尚未开放，只是南天竹青枝红豆，我深深感到杭州人家居室的安详宁静。留下了极为深刻的印象……可是过了没有几年，就赶上"文化大革命"抄家，好好的房子、家具被抄了一个光。那位亲戚再来上海到我家作客时，那已是相对如梦寐，一切都提不起来了。但大家都别来无恙，照样吃得饱、睡得香、活得也还那么滋润，这都是鲁迅先生的功劳，因为他老人家写了《阿Q正传》，大家都学会了阿Q精神……沧桑又变，改革开放，大家生活又进入了新境界，八十年代以来，她们老夫妻又到建德茶厂发挥余热，也曾几次托她买茶叶，她们老夫妻也几次到上海我家里来客小住，在三年前妻子去世前一月她还来舍间住了两天，给病体沉重的亡妻以很大的安慰。这次重见还一再说起当时的情况，而亡妻去世三周年纪念日已过了一个多月了。她家房子已经大变样了,原来外院已拆去,原通向里院的门现已变成街门了。街门对面盖起了一幢白色的七层大楼,进了院子,房子还是老样子,不过更破旧了。原来院中的蜡梅、南天竹等花木一样也没有了,是两间搭建的小棚棚,看来搭建起来也不少年,也十分破旧了。进入室中,也不似昔年的一尘不染的清洁,光亮的红木大理石家具一样也没有了。只是几张旧藤椅还干干净净,室中板壁边的五斗橱上,多了一台电视机,门边多了一台双门电冰箱,我和女儿坐在藤椅上和两位老人说着旧事,不一会儿老人儿子端上酒酿水浮蛋,这杭州人常用来待客的点心,仍像老年间一样,我吃了些蛋白和酒酿,感到无限温暖……坐了一个小时,告辞出来,由横街走向河坊街,回头一看,他们那老房子正在即将开工的马路中心,不久也将拆除,杭州古老的民居,也将一所所地被拆除,只留在一些老人的记忆中了。

　　四十多年前,我岳母家住在清泰街过来羊坝头,后来搬到清泰街柴木巷,这里离火车站,杭州人习惯叫"城站"路不远,和四宜路离开也较近,这里都属于杭州上城区,过去都是离繁街市及湖滨都很近的好地方。七十多年前,俞平伯老师曾在这里住过。在其名著《燕知草》中,收有《清河坊》一文,写道:"山水是美妙的俦侣,而街市是最亲切的……这儿名说是谈清河坊,实则包括北自羊坝头,南至清河坊这一条长街。中间的段落,各有专名不胜枚举……清河坊的热闹,无事忙耳。他们越忙,我越觉得他们是真闲散,忙且如此,不忙可知。——非闲散而何?"这里是老街,大多都是老房子,其建筑规模结构,远远不及苏州、无锡老房子宏大、精美。杭州不少老房子的墙都是碎砖头砌的,租房子时,门窗都不全,照样有人租。五十年代后期,岳母住在柴木巷时,很大的客堂间,通向天井,门窗隔扇全无,像戏台一样是敞着的。周遐寿老人《鲁迅的故家》中"灶头"篇记云:"南面为窗,例当有窗门,但在太平天国战役中没有了,后来只有住室算是配上了,厅堂各处一直还是那样……"绍兴这样,杭州也受过太平军战役的洗礼,也是这样。天井檐下放着一口直径五尺、高近一人的大水缸,长年接着檐间的雨溜,雨天缸中总是满的,溢出来的水流在天井石板上,又流向下水道,附近的河流。杭州人过去常年饮用这种水,叫作"天落水"。冬天水面上结薄冰,檐前很长很长的檐溜冰柱,老岳母穿着丝棉袍子、大棉马甲、半截绒线手套,抱着汤婆子,坐在藤椅上,望着檐前的冻雨期待着,盼着孙子、孙女推门进来……记得一九五七年在这个厅中吃年夜饭,天井里飘着雪,我穿着皮大衣,坐在桌边手都发僵,而岳母一家都谈笑自若,其乐融融,杭州人已经习惯这种清冷了。

清末民初以来,杭州的好房子都盖在西湖周围了,数不清的别墅、小筑……有名的汪庄、刘庄、蒋庄、俞楼,这些现在都还在,都是特别招待所了。孤山上面当年杨虎盖的青白山庄,现在作了浙图的藏书楼,其他大部分都拆除了。"平湖秋月"西面的四面厅,有谁知是当年哈同花园旧物呢?

今日曲园

　　在七十多年前,苏州的许多名园中,有四座小而精的园子,同负一时雅望,那就是顾子山的"怡园"、李眉生的"蘧园"、沈秉成的"耦园"以及马医科巷的"曲园"。其中曲园最小,而名气最大。这不单纯是因为建筑的精美与否,更重要的是"园"以"人"名。因为俞曲园老先生的学术名望太大了,当年不只是国内仰望,即在国外也是很有名的,所以曲园在旧时吴下名园中,是最负一时盛名的了。

　　曲园在马医科巷。从景德路斑竹巷进去,往南走不远,左手一转变路北第一家就是曲园和春在堂旧址。

　　六月中,夏景初长,门户幽静,苏州有些里巷变化不多,这里外面看大体上一如昔年。曲园先生去世于一九〇六年,因之七十多年前老人居住时景情,犹可仿佛想象一二。从偏西的新开的一座大门进去,门内东向三间,是一座新盖的汽车房,完全是新东西,看不出旧时的痕迹。再往里走,就都是旧时的老屋了。先是一个小院,房舍都是南北向的。南向的三间已改为玻璃窗,现在是苏州物资协作办公室。北向的两间,仍旧是老式的"和合窗",左右对开,每间六扇,两头三连环木牙子,中间竖楄,选型朴实,看得出还是百年前的旧物。旁边有一树紫荆花,不十分大,是几十年前所植,不是百年老树,旁边还有一口旧石井。平伯夫子曾因看了我的文章,来信说:

读之如身历其境，不胜感慨……南向有玻璃窗者，盖即
昔年之春在堂，其后即曲园。

　　这里房舍未改建，如恢复"曲园先生著书之室"的老样子，并
不困难。据闻湘乡曾氏所书"春在堂"三字尚在，虽然原匾已失，
但只要重新刻块匾挂上就可以了。
　　由物资协作办公室东北隅，走进一个角门，是一座厅，现为
苏州物资协作单位的会场，木架结构仍十分完整，室中四根明
柱，木料、基石均好，我当时误认这里就是"春在堂"，平老信中告
诉我，这里是当年的"乐知堂"，其匾是彭玉麐所书。这座厅前面
有一小天井，天井中的地平砖仍很整齐。迎面是很高的风火墙，
中间一座水磨砖院门，现已封闭，可以看出，是当年正门进来直
入"乐知堂"的第二三进院落的院门。门上有刻砖横额，小篆
"金粲玉桢"四字，十分完好，无款。我原猜想可能是曲园老人所
书，后平老信中说：这原来就有，并非曲园老人书。
　　由物资协作办公室大门出来，往东，旧时曲园正门现已破旧
封闭；再往东，进一屋旁小弄，蜿蜒可至曲园后面各排院落；东北
方向墙外有一老银杏树，望之郁郁葱葱，高约四五丈，颇令人有
故国乔木之思。银杏树龄很长，这株银杏，估计也有二百年上
下。当时我想：曲园老人昔年居住时，这株银杏应已十分婆娑
了。在北京面见平老时，谈起这株银杏，平老莞尔而笑，十分感
兴趣，告诉我说，他小时候这株银杏树就十分高大了。先生已是
高龄，说到这七十多年前的事，不禁使人想到古来的"树犹如此，
人何以堪"的感慨，如果人像银杏那样坚强长寿，又何必有此感
慨呢？
　　东部院落二三排，房屋大都南向，皆为曲园当年旧屋；屋架

木料大多完好，没有经过改建。最后一排老屋，其西北隅有小屋数楹，是昔日园中长廊改建的。这些房屋中住着不少居民，西面一间小屋中住着一对老年夫妇，十分客气，让到屋中参观，见昔日廊间嵌壁石刻尚在，每一小室二方，一排小室三间，应尚有五六方之多。二位老年夫妇室中的两块，字迹完好，上刻"秦会稽刻石"残字、"内惠汶长州"、"咸丰十一年"等字样，虽室中光线昏暗，仍依稀可见。在京时曾讲给平老听，先生极感兴趣，莞尔笑问："还在吗？"真是，如能同先生一起看看多么好呢？关于西部之情况，平老看了我《今日曲园》一文后，信中说道：

> 其西墙嵌有会稽刻石者，其地即达斋外之长廊，已到园的尽西头了，石井非旧物，当初有池子，所谓空心砖为琴桌，故物也，非汉砖。

这里可以看清楚：现在最后一排房子，即当年的"达斋"，隔成小房间住人的，即当年的长廊。这些小屋前，现在有一口井，据信中看，当年这里是水池。再有所谓"空心砖"是怎么回事呢？原来后排房子有一户人家窗下，用一块大空心砖搭了一个花台，上面摆花盆杂花，我猜想是汉砖，是曲园旧物，经平老信中指明，恍然大悟，原来是琴桌。但有一点我居然猜对，这的确还是曲园故物。现在用它作为花台，放置盆花的新主人，大概想不到这是七十多年前，曲园老人的琴桌吧。

所谓"曲园"，因为它是一个西面一长条、北面一长条、曲尺形的园子，面积并不大。现在在曲园旧址西部，即邻斑竹巷一边，盖了一所简易的三层宿舍，占地约二百平方米，正是曲园胜处。如果要修复曲园，这所房子是必须拆除的。不过修复曲园，对保存文化古迹,开展旅游事业,还是很有意义的,不仅在学术文化上有很大的影响,即从旅游经济上考虑,也是值得的。当年苏州四所齐负一时声誉的名园,怡园早已开放,耦园虽在城东一隅,也已修复开放。我想曲园接待参观者,为期也不会太远吧!

明日曲园

　　我在近三年前,写过一篇小文,题目是《今日曲园》,随后不久,接到平伯老师来信,又写了一篇《平老书来话曲园》。光阴荏苒,两年多的时间,流水般地过去了,那时偶然注意到这两篇小文的读者们,今日在随意翻阅报纸时,还会引起偶然的回忆吗?鲁迅先生写文章,曾经用过"忽然想到"的题目,这是很能启发人的思维的。在人生的道路上,"念念不忘"是一种境界,"忽然想到"是一种境界,"偶然忆及"又是一种境界,"啊——想起来了!"这更是一种佛家说的"欢喜境"。当我在此提到这点芝麻绿豆的小事时,有哪位读者会说一句"啊——想起来了"呢?如果有哪位读者真会这样回答一声,我想您这时的感情一定是很喜悦的。为了不辜负您这点喜悦的感情,我将告诉您最近曲园的情况。

　　一个好消息,曲园开始重修了。

　　去年春夏之交,已将重修曲园的事提到议事日程上,并拨了一笔专款,先修曲园前面的两座厅,即以"花落春仍在"命名的春在堂和乐知堂,这是关系到近代文化历史的著名建筑物,曲园老人皓首群经诸子,等身的著作,就称《春在堂全书》。整所房子,旧时门前有匾,题曰"德清俞太史著书之庐"。

　　去年七八月间,苏州园林建筑部门开工将春在堂、乐知堂拆除按原样重建。九月初笔者去现场参观时,见两厅之屋瓦、砖头等均已全部拆去,木屋架不少已抽换新料、加固基础、全部扶正,正在重钉新椽。两厅工程到年底结束,重建一新,美轮美奂,苏州又多了一处可供游览参观的名胜古迹,但局面太小,一时不能开放。

平伯老师对此自然是十分关心的,早在去年夏初,来信谈到此事时,就曾说:"两堂部分,大约何时修复开放? 我想南来,恐力不从心,容于八月晤谈。"两堂修好后,我写信去述及重建后的情况。夫子十分高兴,来信说:"手书并惠印品均到,谢谢。吴下旧居,新堂轮奂,想像见之。费公家款,弥感惭徨。既无园林似亦无所用之。"这后面一句话是什么意思呢? 在此需要稍作解释。

原来名著海内外的曲园,本是春在堂后面的一所曲尺形的小花园,有池塘、亭榭、回廊、花木之属,十几年前,池塘被填没,在被填没的池塘旧址上,盖了一所小的简易宿舍楼,住了十几户人家。这样要恢复曲园原貌,就要拆除这所简易楼;要拆除这所简易楼,就关系到十多户人家的拆迁问题……连锁反应,这种事就比较难办。因而春在堂、乐知堂已重建一新了,而后面的小小的曲园,如何恢复,还在考虑之中。那里有一株一百几十年的老紫薇花,仍是旧物,年年着花,十分葱茂,它似乎在殷切期待着这小园的恢复,以招展春光。

叶圣陶老先生十分关心曲园修复事,去秋即曾函有关人士说:"曲园总须有园。"今年一月底,给我的一封长信中又说:"去秋我向苏州市委表示意见,主要意思为'曲园不能无园,如何恢复小园,可请从周教授斟酌之'。"叶老此函,已在上海《文汇报》上发表,社会上都已知道。原文我不多引了,只是向读者报告一个最新的消息:古建筑园林建筑专家陈从周教授四月中旬参加了苏州的规划会议,现已会罢回沪,谈道曲园的重建工作已经开始,简易楼即将动迁拆除,清除场地,然后堆石开池,莳花艺竹,修整亭榭,补栽树木,恢复小园。春在堂匾额,去春已从北京平老家中照湘乡曾氏所书原件双钩回来,合肥李氏所书"德清俞太史著书之庐"原件亦在,也已裱好,拍了照片,均将重制新匾悬挂。一切工作,都在积极进行中。

明日的曲园,也只能说"明日",因为开工之后,时间不会太久,即将修复一新,接待参观游览的中外人士了。这不只是苏州多了一处新修复的古迹园林,同时也纪念了近代学人曲园先生,显示了社会上越来越认真地重视文化古迹的保存,这不是很有意义的吗?为此,请记得《今日曲园》的读者期待着《明日曲园》吧!

曲园修复小记

　　俞平伯老师以九十一岁高龄去世了。消息传来很突然，但也在意料之中。是年九月二十七日，新加坡周颖南兄自京参加完亚运会观礼后来沪，见面我首先问到俞师近况，他说已昏迷不醒，完全不认识人了，吃东西也很困难……听完之后，深感夫子大去不远，朝露人生，与颖南兄相对唯有叹息而已。

　　九月二十八日，我与颖南兄去苏州，在老友王西野兄和当地主管部门同志引导下，去参观了新修复的曲园，大家还说：送图纸给老夫子去看时，老夫子根据幼年的回忆说，那座小假山很高，现在修复的这座低了。当时大家还笑说：幼小时记忆中的东西，总觉得很"高大"，实际过去的假山也只那么高……当时孰料，转瞬之间，先生已成了古人呢？

　　曲园的修复，确实是先生晚年最关心的事。先生信中说："盼其慢慢实现耳。"现在曲园毕竟修复，但先生已不及待矣，人生遗憾的事太多了，哪能尽如人意呢？

　　曲园是俞平伯先生曾祖父俞樾在同治、光绪年间侨寓苏州时在住宅后面修的一个小园，因其地是曲尺形，故名"曲园"，且以自号。

　　光绪初年，苏州顾子山怡园、李眉生网师园（当时又叫苏东园，因在苏子美沧浪亭之东）、沈秉成耦园和曲园同时齐名，其中曲园最小，而名气最大。主要是园以人重，曲园老人的学术雅望，在当时不但名重东南、载誉全国，而且远及日本、朝鲜。

我是十几年前,有一次在苏州与已故老友叶承丙兄串街巷闲逛,走到竹竿巷、马医科巷转角处,他说这就是曲园,我不禁动了访古之心,就说进去看看。当时西面的春在堂、乐知堂部分,是一个供销社之类的单位占着,好像也没有人办公,只有一位看门的人,征得人家的同意,进去看了看,什么也没有,乐知堂房架已歪斜,十分破旧。然后出来,又由东面小门进去,一条长弄,转到后面,这里住的都是人家。顺弄堂向北远望,可见后面有棵高大的银杏树,向西一转,是一排北房,接着就是《曲园记》中所说的"修廊属焉"。就是原来曲园西北角的十多间长廊,呈曲尺形,当时都装了门窗,住了人家。原来《曲园记》所说的"得一亭,小池环之,周十有一丈,名其池曰曲池"的"池",因修人防工程已填没,并在上面盖了一座很小的三层简易居民楼,住了十来户人家。原有的春在堂匾据传在一个粮店里垫了米包。我参观后,难免有些感慨,便写了《今日曲园》一文,发表在香港《大公报》上。剪报寄给了平伯老师,老夫子来了一封长信,指出我文中说不清楚及错误的地方。老夫子的信写得十分细致,如说远处那棵大银杏树,他小时候就天天看见;院子里那块大的像汉砖一样的东西,是瓦制琴桌等等。老人于此际回忆童年生活,有怡然神往之情趣,是人生最快乐的境界。

　　自此之后,修复曲园的工作便开始了。先是那个小单位搬迁,苏州市园林局邹官甫副局长亲自主持,重建了乐知堂,修复了春在堂,又亲自跑到北京,到俞老家中,按曾国藩写的春在堂匾的原件描了字,回来重做了新匾。几处主要建筑修复后,前面已初具规模,而后面曲园部分,却因盖了一幢简易居民楼,里面住着人家,牵连到拆迁问题、经费问题,一时困难较多,难以解决。老夫子极为关心这一问题,叶圣陶老先生也一再为之呼吁:

"曲园不可以无园。"老夫子特别赞赏这句话,给我来信一再提到这个论点。

后来划归文化局、文物管理部门管理,已修复的乐知堂、春在堂先作为"俞樾故居"开放。近年经过有关各方面的努力,现在已基本上恢复了旧日的格局,一株百年老紫荆树,在我们这次参观时,婆娑在夕阳中,虽然老干权丫,但犹有生机,可惜平伯夫子已不能再来重温童年旧梦了。"树犹如此,人何以堪?""俟河之清,人寿几何!"古语常常概括地说透了人生。

拙政园

八十年代初,苏州古老的拙政园中成立了一个"昆剧展览馆"。这真是一个别致的、值得称赞的展览馆。

几个月前,友人来信,其中一段说:

> 据说西方有一种别致的博物馆,专门贮藏百样千般的古代生活细琐用品。我国的博物馆,大抵只收"重器",民间日常生活中的一切物件,有的尽管极为有趣,却不见保存,大都将历史物品毁掉,令无孑遗,以便后代子孙去做千难万难(也会千错万错)的"考证"工夫。

我对他的话深有同感。过去逛故宫,感到也只是部分宫廷生活和艺术品的展览,名义上是"故宫博物院",实际远远还不够"博物"二字。不要说民间的事物,就以宫廷的来说,过去皇帝天天要吃饭,叫"传膳",传膳是个什么样儿,人们就不知道。传膳用哪些家伙,故宫应该展出,但是没有,连故宫里面的人也不知道用什么。再如皇帝出门要排"銮驾",銮驾是个什么样儿,有哪些东西,故宫应该展览出来,但是没有,现在要找一个懂得摆銮驾的人,自然也找不到了。凡此种种,多得很呢。这正是各种博物馆应该保存的。因为这样才能保存住当前已经没有了的事物,给后代人以历史的知识。在文字上读到的知识,又得到历史实物的印证,就是完整的知识,而我小时候逛故宫,感到除了房子又高又大又多以外，好像逛琉璃厂古玩铺一样。自然房屋是真实的，但总觉得整个博物馆的真实感是不够的。

现在听到苏州成立了昆剧展览馆的消息，而且就把展览馆设在拙政园的西面大戏楼中，这太好了。我在苏州住过两年，对于这些地方是极为熟悉的。根据友人信中的介绍，我闭上眼仔仔细细地想一想，那环境、那气氛、那情韵，就浮现在我眼前了。

中国旧式大第宅、大寺庙、大园林、大会馆，以及皇家的皇宫内苑，在花厅的建筑中，一定要盖上戏台或戏楼，规模大小尽管不同，其格局形式都是一致的。最华丽的如北京颐和园的戏楼，西太后当年经常在那里看戏。这种建筑都是戏台反座，厅堂正座，旧时宴会，一边看戏，一边吃酒，极为爽朗。拙政园的戏台，也是这样的建筑；所不同的，是它在台与厅之间，不是院子，而有高大的木建筑戏棚。

拙政园的戏台在文徵明手植藤花的后面院落中，环境十分幽雅，先是七间大厅，大厅外檐下，本来应该是廊子、院落，但因为戏台，所以院落又盖成高出房檐的大戏棚，也叫戏楼。中国老式的戏园都是这种建筑形式，如早年间北京的广和楼、上海的天蟾楼。比起现在的剧场，自然不够现代化，但比再老式的，或者乡下的戏台，比那些不能遮风挡雨的露天台，要好多了。旧式戏台，有大有小。大台台口要三大开间，好的中间一开间要一丈五六到两丈宽，四根明柱。小的一开间，左右两根明柱。台深一般丈五左右。这样的一个小台，面积约二十五到三十平方米。大台是长方形，小台是正方形，这是前台。前台的背面是用雕花木板隔开的。木板的后面是后台。说句笑话：任何戏台都一样，前台是假的，后台才是真的。而人们却都爱看假的。记得小时候在乡下，看见一个戏台的上、下场门分别挂着"今演古"、"假当真"两块小匾,那是十分有道理的。

隔开前后台的隔扇般的木板叫"风火板",又叫"龙虎板"。左、右两个门,俗名上、下场门。门上照例有匾,最普通的是"出将"、"入相"四字分悬左右,这当然是陈辞滥调了。这块木板前,在正式唱戏时,要挂绣花大幔,叫"大帘"(京剧叫"守旧")。左、右门上,要挂绣花门帘,叫"台帘"。这次苏州昆剧会演,在拙政园这个台上,从寄来的照片上看出,只挂了"台帘",没挂大帘,像旧时不上帷子的轿子一样,是感到有些简陋的。台边上旧时是文场,即乐师的座位。昆剧的乐师并不多,只鼓板、锣、笛子,其中笛子是最重要的,像京剧中的胡琴、梆子剧中的梆子一样。

拙政园的台是两根明柱的小台,但又是小台中的大台,很适合于南昆的演出,适合于唱场面不大、演员不多的折子戏,如《游园惊梦》等等。

保存一个老式的戏楼、戏台,再陈列一些老式戏装、乐器,甚至怀中抱的娃娃(内行名为"喜神")、嘴上挂的胡子(内行名为"髯口"),勾脸的彩笔、颜色,观众坐的长凳、交椅、椅垫、椅披等等,再有点文字资料、照片说明等等,这个昆剧展览馆就成立起来了。不过这还是"死"的,如果在里面再经常演点折子戏,那么,这个展览馆就真正是"活"的展览了。这是十分令人神往的展览馆,我想,其他剧种是不是也该有这样一个展览馆呢?

历史·文化·园林

——谈苏州筹建园林艺术博物馆

悠久的历史、深厚的文化、优美的艺术，三者又都在特定的自然和人文条件下形成，这是苏州园林的特征。游览苏州园林，欣赏它，感受它，应像慢慢地呷一口碧螺春一样，品品滋味，而不同于拿着瓶子，仰着头，伸长脖子喝"可乐"。这要有一个先决条件，就是游览者要有一定的理解、感受水平。这固然要有一些理性的知识，更需要有一些感性的修养。主观上先要有艺术的情思、爱美的心态，才能感受到客观上艺术的气氛，欣赏到客观上美的意境。在对艺术的领会与鉴赏上，感性的修养，比之于理性的知识似乎更重要一些。

陈从周教授说：昆曲、黄酒、园林，代表传统的江南文化。这话就我的感受说，应该是："昆曲、黄酒、绿茶、园林，足以代表传统的江南文化。"具体到苏州园林，那不妨再加一点评弹的丁冬弦索声。蒙蒙细雨中，走在长长巷子的青石板路上，隔着长满苔藓的高墙，从偶然伸出墙头的翠绿的老树叉丫间，传出一两声丁冬弦索声……也像在日本京都小街巷的细雨中，从不高的木楼房二阶的纸窗中传出一二响三味弦的低沉声一样，给人的都是纯东方的盈漾着悠久历史文化的艺术感受。要感受到它，纵然需要有生物学、遗传学所说的遗传基因，但更须有后天的环境熏陶，家庭、学校、社会的文化教育。

苏州园林的特征，大约有三：一是其历史悠久，延续时间长，

绵绵不断。不要说春秋时代的吴王馆娃宫,东晋时的顾辟疆园,
五代时广陵王的金谷园,宋时苏子美的沧浪亭,即使是明、清以
来的狮子林、拙政园及近世的耦园、曲园、怡园等,也都有其明晰
的历史。岁月流逝、沧桑经历,均足以使游客凭吊今古、感慨人
生。如果了解得更具体一些,就可以想象其时、其地、其人、其
事,音容笑貌,人物风流……那游客也就会有后之视今,亦犹今
之视昔之感,把自己也融化在历史的文化长河中了。二是其艺
术的高超与独特。园林是园艺、建筑、绘画的综合艺术。其风格
的形成,除创造者的艺术才思和传统文化的影响外,还与自然地
理有着密切的关系。唐代杜荀鹤诗云:"君到姑苏见,人家尽枕
河。古宫闲地少,水港小桥多……"又道:"有园多种桔,无水不
生莲,夜市桥边火,春风市外船……"这都很形象地说出了苏州
的特征。苏州有山有水,气候温和,四季分明,土地肥腴,给建造
园林提供了非常有利的物质条件。有水易于引水营造池沼,有
山易于取石,且有名贵的太湖石,土地、气候易于花木生长,四季
易于选景、易于莳花,春夏秋冬都有变化不同的景可看、花可赏。
人文荟萃,代有造园名家。由宋代主管花石纲的朱勔,到元代倪
瓒、明代文徵明,清代前期张南垣、戈裕良等累代经营,形成了由
堆石、引水、建亭、置榭、畦花、蓺树等一整套能代表高深江南文
化的苏州园林艺术风格。三是苏州园林,按中国古典园林宫廷、
寺庙、第宅三大类分之,大多是属于私人第宅园林的,大多和住
宅是连在一起的。

在改革开放的今天,苏州园林的游人大量增加,几乎无所谓
淡季、旺季之分,每天世界各地的旅游者涌向苏州,全国各地的
旅游者涌向苏州,苏州当地的游客,反而占少数了。虎丘一片小
小的千人石,现在人多时,有三四万游客,纵然是鱼贯而过,也还

是人潮的浪涌,又如何感受苏州园林的历史文化气氛、品味其艺术境界呢?

苏州园林局在北寺塔举办了苏州古典园林艺术陈列室,并以此为基础,积极筹备在拙政园西侧开办苏州园林艺术博物馆,使慕苏州古典园林之名,不远千里万里而来的广大海内外游客,于游览各处名园,获得大量直接感受之后,在园林博物馆中,更得到系统的有关苏州园林历史的、文化的、艺术的知识,真正感受它文化的深度、艺术的美。

苏州园林博物馆的筹建,对于弘扬中华民族的历史文化,发展江南园林艺术,丰富广大中外旅游者的观光游览内容,都是极为重要的。

苏州刺绣研究所与徐绍青兄

　　第一次去刺绣研究所，是在春末夏初之际，隔壁王鏊祠堂、环秀山庄还是一片工地，当时是一九八○年还是一九八一年记不清了。好友王西野已退休回到苏州狮子林，我正为香港报纸写专栏，每工作数日，就想外出逛逛，因此每月总要去一两趟苏州，去了就住在西野兄家。没有事就和他一起出去寻友问古，各处闲逛，岂只是"潇洒走一回"，简直不知走了多少回。虽然俯仰之间，已成陈迹，但回忆起来，其甜蜜温馨是说不完的。而其间有一个极强的向心力——核心就是对传统文化的眷恋和怡然融入。去刺绣研究所，认识当时的所长徐绍青，一谈便倾盖如故，以后又多少次去所中看望，以及其他诸多来往，都基于这一共同点，这也是一种缘分。

　　那天早上，我和西野兄坐公共汽车到人民路下来，顺景德路走到刺绣研究所门口。当时还是干什么都要介绍信的时代，同门卫一说，找所长徐绍青同志，居然没要介绍信就放行了。西野兄熟门熟路，直接就从西边拆开的围墙豁口处进去。当时环秀山庄假山前的一座办公楼尚在，绕过去，在里面找到了徐绍青兄。西野兄一介绍，大家就熟悉起来，热闹地聊起来了。当时他告诉我们说，这座办公楼要拆掉，重修一座四面厅，恢复原来的样子，西面如何重建等等。看到拆除西面老式危房的工人已经开工，我们转了一圈，又到后面的假山上，在上上下下、小小山洞中钻来钻去地走了一遍。江南谚语："螺蛳壳里作道场。"钻这座

319

假山，真是应了这句话，想起不禁失笑。不过这座小假山却是十分有名的，钱泳《履园丛话》中曾经写到过，据传是乾隆时常州堆石名家戈裕良所堆。其理论是：

> 只将大小石钩带联络，如造环桥法，可以千年不坏。要如真山洞壑一样，然后方称能事。

环秀山庄的假山，就是这样的，不过究竟太小了，人进去只感到是玩艺儿，所以我并不欣赏。西野兄让我代其向俞平老求书"环秀山庄"匾额，后来我写信给平师，寄来后放大制成匾，现在还挂在偏西原王鏊祠堂正门上。我们由西面工地过来，没有走前面，承绍青兄带领，绕到后面，去刺绣工作室参观平绣、绒绣、乱针绣、双面绣、缂丝等等。这些我都是极感兴趣的。我虽然知道一些刺绣艺术的常识，但对其精湛的工艺过程，却无法说清，经过这次及以后若干次的参观操作，才真懂得了"鸳鸯绣罢凭君看，莫把金针渡与人"的奥秘。实际并不是不渡与人，而是有没有这个天分、肯不肯下这份苦功的问题。

我先在绒绣架前观赏，只见绣女正用纤细的手指把一根极细的绿色丝绒反搓破成三股，把一股认在一枚小小的绣花针上。身旁横竹架上，挂着一排由最浅到最深的丝线，一共四十多种不同深浅的绿色，按照画稿竹叶不同的深浅度去配色。俗语常说："绣花容易配色难。"这在学理上是色彩学和光学的范畴，而在绣女的巧手中，却是比来比去，全凭经验了。

一路看过去，看到双面绣。见几位绣女都是一手拿着绣花针，一手托着一面小镜子，上下映照，在薄如蝉翼的纱上，绣出两面都可观赏的图样；或两面相同，或图样各异，小猫、小狗呼之欲出,各种人像神妙奇幻,真令人叹为观止。双面绣中还有"打点绣"、"戳纱绣"等不同针法,工艺极为精妙。

接着去看缂丝操作。缂丝是自宋代就流传下来的丝织工艺,是用小梭子在经线上穿来穿去织成的。其穿梭纬线,按照图稿分作各种色彩,并用一色纬线织底子。宋代一般用白底子或青底子,而明、清以后,又有用金线底子的。如金底五影牡丹,即所谓"玉堂富贵",看上去特别富丽堂皇。当时看到的那位缂丝师傅,正在精心地制作一幅缂丝金地牡丹插屏芯,已完成了半幅多。机床下小筐箩内,有许多绕着各色丝线的滑溜溜的小梭子,特别好玩。织机上的彩色花朵织在底子留空的中间,特别显眼,好似雕刻一般,所以"缂丝",有不少书上,都记作"刻丝"。宋庄绰《鸡肋编》所谓:"随所欲用花鸟禽兽,收以小梭,织纬时先留其处,方以杂色线缀于经纬之上,合以成文不相连,视之为雕镂之像,故名刻丝。"金底子的金线是真金,是用金箔搓在极细的丝线上,南京现在还有这种工艺。绍青兄当时还告诉我,他们刺绣研究所新买了几两,据说还要向有关单位申请,可惜详细情况我忘了。

总之,这次参观,使我增加了不少感性知识,绍青兄也变成了我的刺绣工艺老师了。记得我写《红楼风俗谭》时,写到刺绣部分,遇到"平金打子"这个词,曾写信向他讨教,他回信说:"打子就是一针刺上来,打个结,再刺下去……"这样我才明白"平金打子"的作用:在平金底子上绣花瓣时,每一针都打个结,这样可使花朵表面成为密密的小粒,更增加牢度。作为荷包、扇套等物,掏出掏进,常常磨擦,用打子绣就比一般绒绣耐用多了。就这样简单的东西,你只看字面,就很难想象它的工艺过程。

第二次去刺绣研究所,西面王鏊祠堂的工程造建得已经差不多了,那座办公楼早已拆除,四面厅已经造起来了。西面又盖了新的贵宾厅、展品陈列楼,回廊墙角又堆了山石,添一小景。绍青兄告诉我们,堆石的师傅都是从常州请来的。点景的一些片石,堆得错落有致,大有画意。后来我几次陪海外友人参观刺绣所,都承绍青兄在新建的园林式贵宾厅中招待,并参观了展品陈列室。次数很多,不一一赘述了。

十一年前的一月,我受中央电视台《红楼梦》剧组的委托,去苏州筹拍"十里街"、"火烧葫芦庙"等场景。其时快过旧历年了,天下着雪,在苏州饭店举行专家咨询会,承西野兄帮忙,请了不少人。绍青兄是主要客人,提了不少建议。后来开拍时,"十里街"全装饰成乾隆时模样,什么卖泥菩萨的、卖桃花坞年画的、卖绣货的、支着绣床绣花的,都入了镜头。那些乾隆时的桃花坞年画、大红绣花幛子,都是真的,不少还是刺绣研究所的珍藏,是绍青兄大力支持,拿来拍摄的。两位现场表演刺绣的女师傅,也是绍青兄介绍来帮忙的。后来中国艺术研究院拍《红楼梦》艺术研究资料片,又特地到苏州刺绣所专门拍摄刺绣工艺,乾隆时的各种藏品、荷包、扇套等等,都收入了镜头。当时还请了两位女师傅在西面假山畔一座亭子上支起绣床表演,拍摄各种针法。其时情景,仍历历在目前,而绍青兄已匆匆而去,人天永隔了。

还记得台湾辅仁大学教授潘嘉莹博士,把她指导的硕士生陈贵糖女士介绍来找我。陈女士正在攻读硕士学位,论文题目就是《苏州刺绣研究》。为此我先写信给西野兄,和绍青兄约好到刺绣研究所去。其时绍青兄已退休,这天特地在所里等着我们。我陪同陈女士来了,大家互相介绍。绍青兄还介绍了孙佩兰高级工艺师。一同参观了陈列室,又去资料室,看了不少资料。连朱桂莘先生最著名的藏品——彩色精印《纂组英华》一书,也拿出来给大家观赏了一番。提起这本书,因国内流传极少,也应略作介绍。事起于贵州朱启钤氏,他当过袁世凯时代的代国务总理,有雄厚的财力,特别喜欢收藏古代刺绣,所有藏品曾经在日本彩印一巨册,书名就是这本《纂组英华》,由宝熙署端,印工极为精美。据知这书现只有两部,一在北京,一在苏州。苏州这部是绍青兄用两千元人民币从北京一文物专家手中买来入藏的。朱氏藏品原件后全部以二十万银元作价卖给张汉卿(学良)将军,现均收藏于辽宁博物馆。见不到实物,能看到这本书,也可大开眼界,等于形象地读了一部我国刺绣史,也是很不容易了。春节接陈贵糖信,说论文已完成,硕士已通过了,还说要好好向徐绍青老师道谢。可是前不久,突然接苏州电话,说绍青兄因气喘病去世了。过了两三天,就收到苏州刺绣所寄来的讣告。想想真是无可奈何!一种莫名的哀思涌上心头,接着就是许多关于他的旧事,如电影画面——从眼前掠过。我随想随写,草成此文,作为对绍青兄的悼念吧!

乙亥谷雨完稿于水流云在延吉新屋南窗下

玄武湖泛舟

"春水才添四五尺，野航恰受两三人。"春天一到，又是江南春游划船的好季节了。冬日太冷，夏日太热，划船之乐，最宜春秋。秋日月下泛舟固佳，但讲究舒畅，还是春天最好，"春水船如天上坐"吗。天气暖洋洋地，水儿活泼泼地，和风软绵绵地，小船轻飘飘地，不要说青年爱侣，就是碌碌劳人，此时此刻，拍打两下水面，精神也会为之一爽。

在南京住过两年，别后时时思念玄武湖春日摇船之乐。昔人词云："断崖树，犹倒倚，莫愁艇子曾系。"水西门外莫愁湖，本来是摇小船的好地方，但在我记忆中，却没见过莫愁湖的艇子，而只记得玄武湖的小船，那湖水岸树，那斜阳城郭、那霞光山色……都历历如在眼前，连那双桨的拍水声，似乎也时时在耳边回荡。

南京当地人不大叫玄武湖，也不大叫五洲公园，而叫后湖。近人《友人邀游玄武湖作》诗云：

> 一住金陵逾十日，笑谈哺啜破工夫。
> 疲车羸马招摇过，为吃干丝到后湖。

这个"为吃干丝到后湖"，正是老南京的口吻。但吃干丝并不一定要到后湖，南城夫子庙的干丝更加好吃，而摇小船却一定要到后湖。在风和日丽的天气里，在翠洲岸边租上一条小船，先随意地划着,略微活动活动,看看洲边的芳草,看看络绎的游人。这里湖中没有山,只有几个高出水面的平土堆,三十年代初,开辟为五洲公园时,把城门玄武门就作为公园门,进门用长堤和桥把五处土堆连在一起,象征五大洲,所以叫五洲公园。其中翠洲最大,不过没有什么建筑物,它的好处在于寥廓而爽朗。划船最好的处所,是翠洲西南的水面上,因为这里最开阔,东南一望,紫金山巍巍如迫眉睫,西面是一带城墙,浮动在水光中,逶迤南去,一直可以连到鸡鸣埭,这就是所说的"台城"。猛一回头,又可看到隔着翠洲远处的钟阜,在这里可以把虎踞龙蟠的金陵形势齐收眼底,也可把"六朝如梦鸟空啼"的烟水气领略无余。在夕阳西下的时候,在斜照中望台城,更感到无限苍茫,使人真有六朝如梦之感,我曾有诗纪之云:

脉脉斜晖映涨痕,六朝烟水更谁论。
后湖艇子窈窕甚,望里台城总断魂。

诗是很浅陋的,但记情是实在的,思念是永远的,几十年了,我还怀念着玄武湖的小船。

南京的马车

　　我曾有小文《玄武湖泛舟》,引用了近人的一首诗,其中有一句是"疲车赢马招摇过",不知道这位先生当时去玄武湖坐的是什么车,但他说"疲车赢马",看来似乎像马车,因而我亦不由地想起在南京坐马车的情形,觉得那还是非常写意的。虽然这已是几十年前的旧事了,但其情趣,却仍留在我的记忆中,而且十分惋惜那样的车现在很难再坐到了。

　　当年在南京,阔人很方便,颐和路开出来的都是耀眼的派克、道奇、雪佛兰。年青小伙子亦很方便,弄部单车,出城到远一点的地方去,也无所谓。马达一响或是两脚一蹬,什么孝陵卫、中山陵、雨花台,都说去就去。而年纪大些、又非阔人,或年纪不大,陪一位年长的想到远处走走,这就不免要考虑考虑了。因而我特别赞赏南京的马车,具体地说,就是停在新街口西面靠近汉中路口的几辆旧马车。它们专门拉去中山陵、灵谷寺、孝陵卫的客人。这是几辆很破旧的西式敞篷马车,老实说,我觉得这很可能是废物利用,说不定是民国初年冯国璋、张勋这些人在南京坐过的,辗转卖到车行老板的手中,作为南京城别具一格的交通工具了。

　　这些敞篷马车,车厢内有两排座位,面对面,坐六个人,只要不是特号大胖子,坐着亦并不拥挤。如是单身客人,要等六个人坐齐了才走。如果是一对情侣,包了座,自然亦可以随时走。若在生意冷淡的时候,车夫老远地就招揽你,凑上三四个主顾,亦就吆喝着驱车而去,更觉得热情。人说南京人的口头禅"乖乖咙底咚",是对人不客气,而我在新街口坐过多少次这样的马车,觉得这些御者都很朴实,亦不漫天要价,即使在生意兴隆时多要点钱,亦都用商量的口吻。由新街口到中山陵或灵谷寺,每个人的车资,亦不过是当时六个大饼的代价吧,或者比现在在香港乘巴士还要便宜些。

我有一位父执,从前在孝陵卫农事试验场工作,家亦住在那里。我接他老夫妻进城来做客,或送他们回去,常爱坐这种马车。送他们回去时,先由我住处陪他们走到新街口,大约二三里吧,一路话话家常就到了。然后坐上这种马车,一路看风景,过了逸仙桥,右边看阔人的飞机在明故宫的废墟上一上一落,左边看中央军校的大围墙占了黄浦路大半条街。识途老马跑得斯条慢理,它很知趣地只靠马路的右边走。一出中山门,一路上坡,尤其在夏天,路两边的法国梧桐搭成绿阴阴的凉篷,缓缓而行,直觉得像进入了维也纳森林故事中的影画里,真是舒适到极点了……

山水奇遇

　　山水奇遇，重在一个"奇"字，更重在一个"遇"字。奇在出乎意外，奇在大吃一惊，奇在又惊又喜……登山队做好充分准备，去攀登喜马拉雅山；"阿波罗"飞船做好充分准备去飞上月球；登山队员、宇航员就能看到不少人间少见的奇景。但那只是奇景、奇观，而非"奇遇"之奇。如果在喜马拉雅山的顶峰上真遇到一个雪山野人，全身是毛，餐冰衣雪，来欢迎登山队，握手欢叙；如果我能到月球上，在那黑乎乎的死寂中，真望到一点灯光，闪闪现出了广寒宫的大门，嫦娥姑娘笑容满面地叫声"哈罗"——时至今日，嫦娥姑娘自然也学会英语了——来接待宇航员……这才叫"奇遇"呢！可惜没有，所以十分遗憾，正足见"奇遇"之"难遇"了。

　　贾雨村丢了官，自由自在，带了点钱满处去漫游——他没有参加旅行社，未坐外国旅游车，故只能叫"漫游"，不能叫"旅游"。在扬州野菜馆中，突然遇到冷子兴，二人连叫"奇遇！奇遇！"这真是奇遇，但遗憾还只是人的"奇遇"，而非"山水奇遇"也。山水之奇遇，要在山水之"奇"和偶然之"遇"。而且所说之"奇"，在看惯的人觉得无所谓，"司空见惯浑闲事"，而在你忽然发现，便感到"奇"。所谓之"遇"，亦是你意想不到地碰上，或很熟悉的山一角、水一涯，而平日未发现其"奇趣"，于偶然巧合时，忽然发现你未见到过的场景或情趣，诧为"奇观"，这也可以说是"奇遇"吧。总之，"奇遇"不是强求的，山水奇遇更不是强求的；

而是"有缘千里来相会,无缘对面不相逢"的,又是"踏破铁鞋无觅处,得来全不费工夫"的。

住在上海,黄浦江——自然也是"水"——三天两头见面,本无甚"奇",也无所谓"奇遇"。一天,电车到外滩,正遇下大雨,我在总工会门口跳下来,那雨像倒下来一样,不管"三七二十一",连忙钻进那个转门。忽然想到,一个朋友正在这里办公,打个电话,原来高在八楼,蒙她不弃,领我上去。略坐片刻,想看看雨小了没有,以便在这扰攘的人海中,再去赶路……无意中来推窗一望,啊——大吃一惊,太好了!

大雨狂风中的黄浦江,汹涌澎湃,迷蒙淋漓,那在浪中起伏摇荡的大大小小的船,俯看下去,远望出去,多么壮观……

在上海定居已几十年,居然有缘于此时、此地、此情、此景,一眺黄浦江之"奇观",岂非难得之"奇遇"乎?

飘零旧梦,几十年前,我坐火车经过居庸关,车到青龙桥,正是午夜十二时左右。车忽然停了,那是战争年月,行车无常,车突然一停,不知何时再开。下来到车站问问,说是最少得停三小时,或者天亮再说,唉!没有办法,车上和站台上人都嘈嘈杂杂,都是人生道路上的陌生同路人,未出娘胎之前谁也不认识谁,有什么可谈的呢?我一个人便随便无目的地走走。其时正中秋节近,月色极好。我先站在詹天佑的铜像前,我冷冷地望着他,他也冷冷地望着我,默然无言,唉,太无聊了,这算什么"奇遇"呢?

我扔下了"詹天佑",一个人慢慢走出站去,不知不觉来到长城脚下,便向上走去,四周静得似乎能听到自己心脏的跳动声,迎着冷清的月光,踏着古老的马道,越走越高,抬头看,天上晶蓝幽邃,除亮晶晶冰盘也似的皓月外,简直渺不可测。远眺,黑乎乎的,山连山,垛口一个接一个……极目处,混沌的黑色,茫茫不知所止。我看着月光下,自己的影子,一点点,孤零零地,太渺小了。月光,从什么时候开始照着长城的呢?有谁一个人在午夜月光下登过长城呢?这难道不能算是"奇遇"吗?

龙华古塔

　　龙华寺已经陆续修复,龙华塔亦重修了。这真是一个好消息。这样的古刹能够得到重光,尤其这座古塔能够得到重修,是很有意义的。唐人皮日休《龙华夜泊》诗云:

> 今市犹存古刹名,草桥霜滑有人行。
>
> 尚嫌残月清光少,不见波心塔影横。

　　连一千多年前的皮日休都称它为"古刹",吟诵它的"塔影",可见其年龄的确是十分古老了。最早"波心塔影横"的时候,连松江府的名称亦没有,更不要说上海县,自然亦更不用说十里洋场的黄浦滩了。

　　据传三国孙权称吴大帝的时候,赤乌五年,即公元二四二年,康居国僧人僧会,由西域辗转来到吴地,杖锡募化;到了华亭吴娄一带,见水天一色,藻荇交横,风景非常好,便说道:"此地尘辙不到,愿来兴福。"就靠化募的钱财,奠基修了一座梵刹。孙权听说,有一个外国和尚僧会,在吴娄之间修了一座梵刹,十分高兴,便说:这是汉明帝时佛教传入中国的遗风。僧会受到孙权的称许,也便去晋见这位大帝,并向他宣扬佛法道:如来佛的故事,到现在已经千年了,而佛骨舍利光辉常在,希望能建塔以迎舍利。孙权听信了他的话,便施建塔钱两万缗,在赤乌十年,即公元二四七年,建成了一座舍利塔。开光之时,赐名"龙华会"。这是根据《弥勒下生经》上的说法，因为弥勒菩萨于龙华树下得道成佛，所以叫"龙华会"。寺就名"龙华寺"，塔就名"龙华塔"。皮日休所说的"塔影"就是这个塔影，这已在塔修成六百多年之后了。你说古老不古老呢？

不过这座一千七百年前的舍利塔至唐末五代时，已经被焚毁了。宋代初年，吴越忠懿王钱俶经过这里，访知这是古刹龙华寺的遗址，便出钱叫人在这里重新修了一座佛寺、一座宝塔，赐名"法相寺"。其后经历南宋、元、明、清，几百年中，龙华寺被破坏过很多次。元代曾被著名法师大智、鉴堂两位和尚主持过，僧徒繁衍，成为江南一大名刹，但元末又被焚毁了，只剩下一座古塔。明永乐年间，龙华寺重建，嘉靖中叶，又被焚毁，万历时重建。至清初已残破倾圮。康熙四十年，僧人仁如发愿修塔，劝募四年，大修了六级，剩下一级，因钱不够，没有修。清代最后一次大修宝塔的，是光绪十八年僧人授源。但这都是修，不是建，所以龙华塔的兴建，还要由宋代算起。这样古老的塔，今天还矗立着，可谓佛法无边，佛塔不朽了。

嘉兴半日

明末张岱云："嘉兴人开口烟雨楼，而天下人笑之，然烟雨楼固佳也。"（凭证忆引，字句或有出入，原意不错。）嘉兴最出名的就是南湖烟雨楼，南湖正名鸳鸯湖。俞平伯先生《癸酉南归日记》九月二十五日记云：

> 二十五日晨八时半起，环等改下午行，予仍早行、天又雨，此次出行盖无不遇雨也。九时十五分车开，车中只吸烟两支，闲坐而已。十一时三十分到嘉兴下车，葆珊及其妇均来接，寓香花桥亚东旅店，与葆珊别五六年，欢然道故旧，渠已六十须发尚黑，天阴雨，未出舍，而逆旅主人郑启澄君来，约在楼上唱曲。后雨略止，又约游鸳鸯湖，以小舟渡，烟雨楼品茗，云水迷离，树石苍润，不愧此名，昏暝始返。郑君待客殷至，约在全永泰酒家吃酒后，仍返舍唱曲，散已逾九时……

癸酉是民国二十二年（一九三三年），距今已六十五年，六十五年前由上海到嘉兴，也不过两个钟头零十五分，没有多少时间。而就是这两个多钟头的路程，我到江南已足足四十五年，在上海定居，也足足四十二年，沪杭这条铁路、公路不知走了多少趟，却从来没有去过嘉兴，逛过南湖，岂非"怪事"乎？

近几年，嘉兴开了一个小小的秀州书局，一位没有见过面的朋友范笑我，通过几次信，而且按月寄来他们编辑的《秀州书局简讯》，这是一份自己编写带着油墨香的刊物，内容一条条，三张纸印的满满的，丰子恺先生女儿丰一吟女士说这份刊物"像罐头食品一样……"，说得十分形象，每期书讯四五十条，每条都十分好玩，无时下的官气、广告气、洋俗气……而充满了烟水气。每条读来都有味道，引起我的遐想，为什么呢？因为嘉兴我虽然没有到过，而嘉兴我却是十分熟悉的，老师朋友中，好多人都是嘉兴人，唐兰先生、王蘧常丈、谭其骧先生……这些前辈师友都很熟，有几位去世没有几年。再有嘉兴周围，也就是过去嘉兴府属的各县，海盐、海宁、平湖等地，我都去过多次，因而嘉兴在感觉上好像是一个没有到过的熟地方，可就是没有到过，你说奇怪不？一两年来，范笑我先生几次通电话都约我去逛逛，而一直拖着，今年十月初一天，外甥蔡观兴偕其妻子周毅军开车来，遂邀日本名古屋归来的杨亚平女士同车去作嘉兴、湖州之游。本世纪美国人是生活在汽车上，中国人生活在"？"上，说不清。但有汽车、会开车真正好，外甥的车虽是借的，但他会开，下楼上车，出新村门几分钟就上高架，直驰西南方，向嘉兴而去……

这几年上海附近各个小城市，在感觉上都比上海好，一个多小时就到了嘉兴，近十点钟，高楼明亮，街树荫覆，清爽宜人，找到嘉兴图书馆，预先电话已约好，下得车来，范笑我先生早已在等待，不用介绍，已经十分熟识了。当即又介绍我们认识了馆长。先到馆长办公室坐了一小会儿。图书馆及办公楼都是旧时文庙改建的，楼不高，窗外绿树宜人，桌上还放着一盆盆栽，碧绿的叶子，蜡黄的佛手，雅俗宜人，恰到好处。旧时明伦堂还在，我们略坐片刻，便到下面明伦堂前照了一个相，高大的老屋，门窗如旧，已多年改作它用，堂前数株老树仍葱葱郁郁，文化气氛昼夜绵延不断，我们的留影也包孕在这绵延的气氛中了。

到嘉兴最重要的是驱车去逛南湖,路不远,三转两转到了,现在是南湖公园。到了园门口,秋光正好,又逢周六,游人正多,而最令我欣赏的,是门口几个卖菱的农妇,有担子,也有黄鱼车,正嘈杂地叫卖着,小红菱已经落市,嫩嫩的绿菱还很多,再有是四角老菱,有两个农妇四十来岁,还用头巾包着头,老年间的作裙已经不穿了,但动作、呼叫的口吻还和几十年前江南农村妇女一个样,保存着传统的活力和风格……友人去买门票,我独自欣赏着这片刻卖菱的场景。

　　南湖公园,先进去是参观革命纪念馆,这是政治性很强的地方,留个影也是忠诚于时代的表现。但我更想去看的是烟雨楼。六十五年前俞平伯夫子是乘小舟摆渡过去的,我们今天则是大摆渡汽船。烟雨楼建在南湖水中的一个小洲上,不知是人工堆成,还是自然生成,反正年代是相当久远,总有五百年以上,上千年的历史了。抛开文献不说,只看摆渡船一靠岸,迎面的葱葱郁郁一二百年老树就感到它的古老了。烟雨楼后面的假山,据传还是明末张南垣堆的,太湖石堆成,不大,但不局促,较舒展。烟雨楼二层,上去凭栏远眺,因是上午,秋阳正好,爽朗而一览无余,水面远处,有铁丝网拦起,里面是水,外面全是菱角田,远处高楼烟囱,全非想象中的景致。俞老《日记》中说的“云水迷离,树石苍润”等等,今天看来,全不是那么一回事,烟雨、烟雨,我想一定要在雨天来这里玩,才能充分感受烟和雨的气氛。可惜我的这天,秋阳明艳,天气太好了,天气太好也不好,想想人真难侍候……烟雨楼离开沪杭铁路很近,不知多少次在来往的火车中,望过夜色中的、月光下的、风雨中的烟雨楼,均令人神往,留下遐想的旧梦,今天在阳光下的楼前摄个影,似乎圆了梦,而那点神秘的美似乎全消失了,想想也有些可笑。

离开南湖公园时，买了几兜菱，绿嫩菱生吃十分可口，淡淡的、很嫩、很鲜……然后范笑我先生带我们去看沈曾植故居、沈钧儒故居。沈曾植，字子培，晚号寐叟，光绪六年（一八八〇年）进士，清代曾任刑部主事、安徽布政使等官，经学、佛学、诗学、书法均名著一时，是清末民初大学问家，王国维、王蘧常均曾受业于沈。王蘧常又曾著有《沈曾植年谱》，最早刊登在《东方杂志》上，不过现在很难见到了。这样的学人，如在京、沪等地的旧居，早已消失在瓦砾堆中，因为太多太多，"浪淘尽风流人物"，谁还再记得起呢？而在他的故乡，居然老房子还保存着，可见人文荟萃之乡，毕竟有些不同了。我们承范先生领导，到一条小马路转角处一所古旧老式楼院中停下来，走进去，天井很小，显得二楼木楼窗很高，门窗静寂，风化的部分砖墙上苔藓斑驳，里院外院房子不多也不少，总有二三十间吧。现在住了很多户人家，门牌还是弄堂的名字，可惜我没有记下来。淡淡秋阳，飘然落叶，我在这破旧的院落中仰慕沉思了一番，走了出来。在出二门转角处一家居民门前，一位老年妇女正坐在小竹椅子上翻弄旧丝绵，用自己膝盖当小几，把竹匾中的旧绵絮，一张张绷绷松，铺在膝上，拉拉直，一张张垫起来，在秋阳中准备着冬衣，不知是为了自己，还是为了老伴、女儿、外孙……这江南人家秋日里常见的生活场景，我眷恋注视久之……同行人似乎都未注意到这位尚有沈曾植时代遗风的妇人，宁静安详的江南生活场景。

　　我们离开沈曾植故居，又到沈钧儒先生故居看了看，正在修缮，这位紧密连接新旧时代的民主斗士、长者、学人，他的故乡人们还在纪念他，去年夏天我在北京有幸认识了他的第三代沈宽先生，同行范先生说：沈宽先生也回来过，明年故居修好，要成立纪念馆呢？到时来嘉兴游览的人，又多一个景仰地方前贤的场所了。

中午承嘉兴图书馆馆长厚爱,在文化系统新建的一家酒店的餐厅里,招待我们吃了一桌丰盛的宴席,不但吃到了南湖的蟹,还吃到了远来北欧的挪威的鳕鱼,这闻名已久的鱼,还是第一次吃呢! 真是时代不同,嘉兴远连着全世界了⋯⋯饭后我们告辞了主人,结束了我们这愉快的、难得的嘉兴半日之游,驱车去湖州了! 稍感遗憾的是不是微雨天气,未领略烟雨楼的神秘感。再有未在烟雨楼多坐一会,吃杯茶!

潜园怀古

我站在湖州潜园门口发思古之幽情,拍了一张照片,归来翻阅《艺风堂友朋书札》,潜园主人陆心源写给缪艺风的信道:

> 筱珊尊兄大人阁下……《宋诗纪事补遗》之辑,增多樊榭原书千八百家。樊榭所收三千家,其中无里贯及舛误者不下千余家。长夏无事,与小儿树藩,暨门下士广搜群籍,订正数百家,复成《姓氏补传》一编,今秋均可付梓。……若一行作吏,则此事遂废。是以梦绕觚棱,仍复行迟薄暮。即使将来有以季路君臣义废之言来责,亦当于入都引见后,就部丐疾,策款段出国门耳。弟八九月间不作远游,台从秋深回南,伏望枉驾苕溪,作平原十日之留,已扫榻小园,盼承大教矣……

古人写信,从来不署年份,只写月日,后面写着"七月初三日",具体年份,虽不可知,但可推算。《宋史纪事补遗》据美国恒慕义主编之《清代名人传略》记载,该书刊行于一八九三年,则此信当写于此书出版之前,而他在光绪十八年四月引见,归途患病。此信写在引见之前,当为光绪十七年(一八九一年)初秋,正好是一百零六年前。从信中可以想见陆氏杜门著述,优游林下之乐。还画约好友,深秋来游,在潜园已扫榻而待了。站在潜园门口,就更可想象一百多年前,承平时代,江南民族的生活情况,

338

内心世界,和信中所写的那种气氛,是结合得多么炉火纯青,浑然一体……这在今天离开工资——纵然是名学人、大干部,甚至高级领导人——就无法生活的人是难以想象的。

信中所说"苕溪",苕溪名东苕,霅溪名西苕,源出天目山,同源分流,均经吴兴而入太湖,简单说就是湖州各县的代名词。唐代名臣陆贽、茶圣陆羽,都是湖州人,陆心源据传就是他们的后人。名心源,字刚父,号存斋,晚号潜园老人。陆咸丰九年(一八五九年)中举人,正是太平天国九年,天京在南京的时候。陆咸丰十年到京会试落第,回乡途中遭捻军袭击,仅以身免。其后回乡即练团练,保乡里,被保举为知府衔,即到广东、直隶,又到广东等地督帅幕中参赞军务,曾任粤西高廉道。丁父忧后,又到福州于李鹤年幕中以盐法道衔办财税外交,日寇侵略台湾后,陆去职归里,于湖州城东修了潜园,广收图籍,潜心著述。其时正太平军战争之后,江南战乱之前藏书家图书多有失散,流落坊间,陆广为购求,收得一百二十种宋版书、一百种元版书建"皕宋楼"。明以后书及其他珍籍手稿建"十万卷楼"。一般图书建"守先阁"藏之。于上世纪末,本世纪初成为东南最著名的藏书家。坐拥书城,潜心著述,版本目录之学有《仪顾堂题跋》十六卷、《续跋》十六卷,《群书校补》一百卷,《皕宋楼藏书志》一百二十卷,还刻了《十万卷楼丛书》三辑,收书五十一种(此丛书后均编入《丛书集成初编》中出版发行)。金石考古方面有据其藏品成《金石萃》续编二百卷,未刊。《唐文拾遗》八十卷、续十六卷,据发现金石铭文编。《吴兴金石记》十六卷,一八九〇年刊。《金石学录补》四卷,一八八六年刊。《千甓亭古砖图释》二十卷,《千甓亭砖录》六卷、《补录》四卷。藏画、书法编成《穰黎馆过眼录》四十卷、《续录》十六卷均先后刊行。史学方志方面有

《三续疑年录》、《宋史翼》等四十卷、《元祐党人传》十卷、《归安县志》五十卷，先后刊行。以及前面提到的《宋诗纪事补遗》及其自己的文集《仪顾堂集》，朋友书信汇编《潜园友朋书问》等。总录为《潜园丛书》。真可以说是著作等身，其数量足可媲美曲园老人的《春在堂全集》。而且他光绪二十年（一八九四年）冬即去世了，只活了六十一岁。如天假以年，再多活十年、二十年，在学术上一定会有更大成就。

陆去世后，藏书归其长子陆树藩（字纯伯）所有。陆氏所以有此藏书藏画，又修皕宋楼等建筑，作为藏书楼，又修花园潜园，这都要雄厚的资金，因其家在上海经营丝厂、钱庄、当铺等大商号，均十分发达。财力雄厚，性情爱好，既能买书，又能藏书。而陆心源去世后不久，浙江丝商因在国际上受日本人造丝倾销影响，生意一落千丈，债台高筑，为筹措资金还债，就考虑卖书，原开价五十万两白银，后压低至十余万两就卖给日本伯爵岩崎弥之助，后保存在东京静嘉堂藏书楼。这就是本世纪初有名的"皕宋楼事件"。湖州好友费在山兄送我一本三联出版的、陆氏玄外孙徐桢基先生写的《潜园遗事——藏书家陆心源生平及其他》，对皕宋楼事件记之甚详，在此我就不多说了。阅《艺风堂友朋书札》，张菊老当年实为此事操过心，其写给缪小山函中云：

> 小山老前辈大人阁下……丙午春间，皕宋楼书尚未售与日本，元济入都，力劝荣华卿相国拨款购入，以作京师图书馆之基础。乃言不见用，今且悔之无及。每一追思，为之心痛。

当时有个日本汉学家，叫岛田翰，多次到湖州潜园登楼看书,写过《皕宋楼藏书源流考》,对陆书售予日本,起到过很大作用。中国当时名学者,都跟他有来往。但周养庵(名肇祥)《琉璃厂杂记》民国三年(一九一四年)所记,此人却十分不妙。记云:

> 日本人岛田翰于中国版本之学甚深,陆刚甫藏书即其所媒介,捆载出洋者也。少即狙诈,为木斋星使充书记,冒名向某学校借书以行其骗术。虽以董授经之精核,尚被其侵蚀千余金,以至绝交。近以盗取金泽文库书籍案判处横领罪,执行前一日自缢死。我国旧书之流入东洋者,后此或可少息乎?岛田纂有《古文旧书耆》、《群经拾补》,人多服其渊博焉。

所说木斋是李木斋(名盛铎)、董授经(名康),均官吏,又是著名藏书家、版本目录家。而这位日本学人岛田翰,却以偷书送了命,比起孔乙己来,那就更倒霉了。

站在湖州潜园门口"怀古",一下子说了这么许多话,却只字未说到湖州如何?潜园怎样?岂非无头无脑,语无伦次乎?这里不妨学一学小说家的笔法,先来一个倒插笔,再回过头从头说起。我来到江南已经四十五年,亡妻蔡时言原籍是武康上柏人,现是德清县,而过去是归湖州府管。湖州是浙江有名的地方,可是我从来没有去过。好友费在山兄在五月间就来信邀我去湖州逛逛,可是因为种种原因,一直拖着。直到十月初,才有机会,外甥借了一辆车,偕他爱人邀了日本名古屋归来的女硕士,经嘉兴到湖州作了两日秋游,而在湖州市内只游了两处名胜,一是飞英塔,二是莲花庄。飞英塔是唐代中和四年(八八四年)建的石塔,北宋开宝年间(十世纪末期)在石塔外又建了木塔,所谓塔中塔,原是飞英禅寺的佛塔,取佛语"舍利飞轮,英光普现"之意,名飞英塔。寺已早废,现修饰一新为公园。塔边有一株三四百年之大银杏树,仍郁郁葱葱,可见其古老。莲花庄是元赵孟頫别业,湖州是赵的故乡,修有园庭莲花庄,同北京的万柳堂一样,在历史上都是十分著名的。其后陵谷变迁,沧桑几变,到清末已成为朱氏废园和沈氏义庄。陆心源购朱氏废园改建为潜园。八十年代初湖州市又将小河对面沈氏义庄地改建为莲花庄公园,把新建部分和潜园连在一起,潜园原占地三十六亩,新建莲花庄公园占地扩大为一百一十余亩,水面很大,荷花开时,一定很好看,可惜我们来时已是深秋,是"留得残荷听雨声"的季节了。名石"莲花峰"、"皱云峰"还在,潜园部分,老树葱茂,已一百多年,大有可观。大门挂的是"花莲庄"的匾,另一门外,墙上"潜园"两字,是老友陈从周教授所写,放大为盈尺榜书,十分可观。我和费在山兄以此二字为背景,拍了两张照片。可惜从周教授近年来已缠绵病榻,再不能来作湖州之游了。言之亦大可伤感也。

附记:

又按,皕宋楼主人陆心源去世后,其子陆树藩出售藏书与日本静嘉堂时,有一原则,即藏书不得分散出售。因而日人由湖州将陆氏藏书全部秘密运走。但虽说全部,亦有极少数流入坊间,落入书估之手。三十年代著名编《英语模范读本》之周越然氏,是湖州人,又喜藏书,就购得多种皕宋楼旧藏,写有《皕宋残余》一文,收在其《书与回忆》一书中。文中列有书目,共八种:

宋本纂图互注《南华真经》十卷,有"存斋"、"陆心源审定"诸印。

稿本《吴兴蚕书》一卷,白蘋洲征士撰,有陆树藩手题"吴兴蚕书稿本"六字,有"归安陆树屏珍藏之印"。

明小字本《管子》二十四卷,有"汲古主人"图记,乃汲古阁旧藏。有"臣陆树声印"。

《疑狱集》三卷,吴太初手抄本。有陆心源跋云:

> 此书原本四卷,南宋时已佚一卷……此书从元本录出,乃旧本之可贵者,同治壬申初夏,得之吴兔床先生后人,因识。(下钤陆心源四字朱文方印)

《所安遗集》影写本一卷,后有陆心源手跋,长石录。有"光绪戊子湖州陆心源捐送国子监之书匮藏南学"等图记。

《栲栳山人诗集》三卷,吴兴丁氏乌丝栏抄本。封面有题字云:"月河丁氏藏鲍渌饮先生校正本,今归皕宋楼……"

《三余集》四卷,陆心源手抄本,有"归安陆树声藏书之记"九字朱文方印。

《寒山子诗集》一卷,广州海幢寺重梓本,后有陆心源跋云:"光绪五年岁次己卯,以影印抄本略校一过。宋本多诗八首,字句异者犹多,不暇全改也。存翁。"下钤"陆氏伯子"四字朱文方印。

以上这八种书,都是周越然氏搜求到的。称作"漏网之鱼",十分庆幸。现在这些书则又不知到哪里去了?周氏文中云:"皕宋楼主人陆存斋(心源)先生,余儿时常见之,面团团,体肥胖。福相而兼富相。"周氏生于光绪十年(一八八四年),陆氏逝世于一八九四年,时周氏十岁。现徐著《潜园遗事》前印有陆心源氏画像,虽稍模糊,但与周氏所说"面团团,体肥胖"颇一致。

周文引有《翁同龢日记》光绪十九年三月二十九日所记:送字画未受,称其"著书甚夥,貌则甚俗"。又引《越缦堂日记》光绪元年二月九日记及光绪丁亥(十三年)正月五日跋,语多偏激中伤。周氏谓越缦堂对于陆氏,"似有难解之仇"。周氏以乡人为辩解之,谓"存斋先生归湖后,好做公益之事,积谷、育婴、造桥诸事,无不任之。或是实在的"。周文对《潜园遗事》有参考价值,颇有趣。因录于后。

绍兴台门

　　两辆小车、一辆面包车，一起由杭州去绍兴，我和另外三位坐的一部桑塔纳在最后，是位女司机，开车十分谨慎，没有追上前面的车，一下高速公路，进入绍兴，就不知前面两部车开到哪里去了。同行青年说，可能去大禹陵，我们便驱车向大禹陵而去。绍兴是水乡，有鉴湖，有乌篷船，有塘路，拉纤的人在塘路上，穿着草鞋，戴着阿Q式的毡帽，弓着背用力地拉着……可是汽车开在新开的广阔的马路上，没有树木，房舍也不多，大多是临时房屋，看不见老式青瓦白墙台门，一路灰沙，实在不怎么样……水乡少的是水气，多的是尘土了。路还真不近，司机也不熟悉路，走一段，问一问，问了三四次，才到了大禹陵。外面停车场一看，前头那两辆车不见踪影。再一看，外面停车场离开里面有树木的地方——大概那就是秦始皇封禅后即驾崩的大禹陵，还有老远的一条路，外面车场走进去，一棵树也没有，光秃秃的，虽是秋末冬初，但上午太阳还相当热，走这样一大段路，去看看早已在各种照片上、电视上看惯的那大禹陵一通石碑，实在不感兴趣。一位朋友说，另外两辆车，可能先去兰亭了……对，咱们也去兰亭，上车就走。我坐在司机旁，秋阳晒到车中，暖洋洋的，又七问八问，开到了兰亭，把车停在停车场，而另外两辆车，仍然看不见，不知哪里去了！既来之，则安之，我们只好单独行动了！

　　买票进入兰亭，这个"此地有崇山峻岭、茂林修竹"的地方，倒是一个清凉世界，车上下来很热，而一进兰亭门，忽然一股清冷的风吹了过来,光秃秃的头顶心,十分敏感,抹了一把,有些吃不消,正巧门口卖杂品的小店,一堆阿Q戴的那种黑毡帽在出售,拿一顶放在头上,试试看,不大不小正好,问问多少钱一顶,回答说是四十五元,并说这是纯羊毛的,不是小摊上的"大兴货"(这是一句上海话)。我听了心想王羲之的家门口,想来也不会骗人,便没有还价,欣然买了一顶。"帽子拿在手中,可以随时戴到头上。"这下放心了,不管兰亭里面风有多大,也不怕了。进入里面,先是鹅池。一块不知翻刻了多少的"鹅"字石碑,据传此字是王羲之写的。但看上去却很肥俗,全走样了。小小的水池,五只大白肥鹅把头藏在颈下在晒太阳睡觉,一动也不动,映着碧草很好玩。我先以为是假的,后来一看,原来是真的,倒有些真作假时真亦假了。未免唐突王羲之圣地的"鹅先生",当年王羲之多么爱它呢?

往里走,过一条河,河两边有些沙石滩,有人在滩上野餐,边上还立着野餐的规章牌子。河水不多,也不清,永和九年的"清流急湍",如今已似乎变成浊流,也不那么急了。秋末冬初的兰亭游人不多,几处新旧建筑,曲水流觞处水流静静。前几年看电视,如今也有人学当年王羲之、王献之等位大老远地来修禊,也想作当代的书圣、诗圣,真有些异想天开,日本人也来凑热闹……可惜荧屏上画面一闪就没有了。倒是康熙的那个碑亭有些气势。用碗口大的字临摹的《兰亭集序》,一气呵成,虽然三百多年了,刻石仍未风化,还很精神。碑阴是乾隆的诗字,不及其祖父淳厚。按,康熙二十八年(一六八九年)第二次南巡至会稽,闰三月回。所临《兰亭集序》应是南巡以后的事,不是匆促间留题的。大概"兰亭修禊"是中国历史上最有名的一次诗会,参加者据记载四十二人,有十一人成四言、五言诗一首,有王羲之、谢安、谢前以及王凝之、王肃之、王彬之、王徽之、袁峤之等人。另有十五人各成一篇诗。有十六人诗不成,被罚酒三巨觥。这是一笔老账,记忆所及,顺便记在这里。

逛完兰亭,另两辆车仍不见踪影,我们驱车回市区吃饭,同行青年朋友说,去吃咸亨酒店,在那里一定会遇见他们,可是直到我们吃完臭豆腐干、茴香豆、干菜烧肉、火腿冬瓜汤,仍然不见他们踪影。而那里火腿可真鲜,真正金华陈腿,我在上海好几年未吃到这么香的火腿了,只一片、一放入口中,就知道了,自己也感到不愧为老吃客!

吃完饭,我们就散步去参观鲁迅故居,自然也是知堂老人的故家,可惜老人写《鲁迅的故家》时,只能用"周遐寿"的名字,借鲁迅的光,已不是写《乌篷船》、《娱园》、《故乡的野菜》……的时代了。吴梅村诗云"弃家容易变名难",这里则是"变名容易弃家难"了。总之,生当乱世,总是不容易的。但"故家"写来,却真是到了老人炉火纯青的时候了。什么东昌坊口、新台门、老台门……娓娓道来,无一不是倾诉肺腑之言,细话沧桑之语——今天,我真来到书中所说的实景中来了。我们站在灶间,看那绍兴大户人家有名的双眼灶,那庞大无比的缸……这一切的安排,自然并非原物,因为这房子在鲁迅先生举家迁居北京时,早已卖给"朱文公子孙"了,为纪念鲁迅先生,开辟鲁迅故居供游览者景仰,是解放以后的事。这些房舍的布置,包括灶间的一切,都是据老人们的记忆、文献重新安排的。《鲁迅的故家》中"百草园"第十一《灶头》篇中写道:

> 灶在屋东头靠北墙,东南角为茶炉,用风箱烧砻糠,可烧两大壶。炉与灶下之间放置凉厨。灶的南面置大水缸,

俗名七石缸。半埋土中，用以储井水，西北又是一只，则是腌菜缸，缸前安放方板桌及板凳二三。面南为窗，例当有窗门，但在太平天国战役中都已没有了，后来只有住房算是配上了，厅堂各处一直还是那样。厨房因为防猫狸闯入，装上了竹片的栅栏门，冬夏一样不糊纸。中间窗下放着长板桌，上陈刀砧，是切肉切菜的场所。剥豌豆、理苋菜这些事，则是在方板桌上去做了。往西放着两个鸡厨，是鸡的宿舍，厨房门就是在这西南角。

　　看！老人回忆父亲写的多醇多细，我眼前这个鲁迅故居的灶间，就是按上面这段文字布置的。其他鲁老太太卧房、祖老太太卧房，也都是按书中所写原样修整布置的。东昌坊口周家新台门原是绍兴大户人家规模的大房子，按《故家》所记，这已是"台门里第四进的西端"……那一、二、三进何在？东端又何在？按照北京人讲究房子的格局，现在这个故家的台门，已是不合格局残缺的了。想想五六十年代筹建这个故居时，为什么不找知堂老人凭记忆画一个平面图呢？甚至还可以根据平面图作一个沙盘模型，现在摆出来展览，亦可见当年绍兴台门之规模了。不过绍兴鲁迅纪念馆是什么年代成立的呢？说不清了，当时知堂老人是否健在？也十分模糊！时间过得真快，我每天喝茶用的茶杯，一边印着鲁迅先生手迹："横眉冷对千夫指，俯首甘为孺子牛。"一边印着"参观绍兴鲁迅纪念馆留念"，是外甥"文革"中大串联时到绍兴买来送我的，用了也三十年了，据此这里创建时，周二先生可能还活着吧？

　　从厨房往后面走，就是有名的百草园，按《故家》书中说，这里俗名就是后园，是一个菜园。而且还分大园、小园，我们参观到后面,先是一小片菜园。不知是谁种的菜,菜长的实在好,两畦芥菜大叶子油绿油绿,极为爱人。但再往前走,却不是菜园,而是很好的花园。先是一座四面厅,有人卖茶照相,这我们都没有去管他。而四面厅前面是一个水池,条石修的,很整齐,围着水池,却是半圈堆的还可观的假山,而且都是太湖石堆的。在假山后面及周围,还有十几株嘉树,虽不是参天古木,有几百年树龄,但也郁郁葱葱,将近百年。这些在《鲁迅的故家》中都未写到过,自然都是卖与"朱文公子孙"后改建的了。游人不多,有两个年青人爬到那假山太湖石尖上,像猴子一样蹲在上面照相,像是"美猴王"的子孙,似乎距离鲁迅先生、知堂老人那一档次的文化层次太远了。革命文人自然都奉鲁迅先生为尊师,近些年有些读者又津津乐道知堂老人,出版者纷纷出"周作人文选"之类的书,的确是好生意。而更广大的群众,似乎还都是不看这类书的,十二亿人口,读鲁迅书、周作人书的又有几人呢?

我们又往前走,摆着不少盆栽、树桩接的五针松盆景,盆数倒不少,还有花架子,还有水泥池等不知是做什么用的,这片园子面积还不小,大概就是《故家》一书中所说的"大园"了,但是细看看那个形状以及长、宽度与书中说的不完全吻合,老人记忆中的故家和现在实际接待游人参观的,总有些差距了。到了后门口,一面白墙,爬了些藤藓瓜蔓,秋阳黄叶,静静的,两扇门装着较新的撞锁,但虚掩着,未锁,也无人管。我们开门出去,一条河,四块石板桥,十分干净。对过沿河是一条街,是一户户的小户小家。我想看看绍兴一般人家的生活、居室房舍的样子,便走过桥去,沿着对面那条河边小路走着,见一家家小院都白墙灰瓦,双扉紧闭。房子不高,但都是老房子,住着人,经常修理粉刷,十分整齐。到了一个小巷口,弯进去,见家家门牌上,也写着某某号台门，我想"台门"云者，大概就是有台阶的门口。老大宅门有"老台门"，新大宅门有"新台门"，整净小院住的都是平民百姓，门口也有一两个小台阶，便是"小台门"了。门都关着，不知室内如何，我想一定也都整洁明亮了，这条小巷走不通，转了一个小弯，又走了出来，在转弯处听到"突……突"的声音，还迎进来一位骑微型摩托车的人，在一个门口停下来，掏钥匙开门，是主人回家了——坐惯脚划船的绍兴人，也都是现代化交通工具了。家中一切电气化生活用具自然也都是齐全的，那笨重的七石缸又做何用呢？

我们仍从后门进来，又由鲁迅故居的前门出去，来到大街上，马路很宽，自非当年东昌坊口、覆盆桥周家门前的老路了。想想鲁迅先生、知堂老人当年幼时，留着小辫"从百草园到三味书屋"不知是怎么走的，我们则是穿过马路，沿着对面的房子民居，没走几步就到了。门口也有石板桥，下面有水，也是一段河。进去只是三间厅，有鲁迅小时读书用过的二屉小桌，不知是真是假，纪念而已，不必叫真。一个老年人催我们快点出去，大概是有导游领着才让进去，我们跟着一群人进去的，未付导游费，是揩了人家的油了，被赶也是正常的。其实三味书屋的照片见过太多了，也无兴趣看，我只注意看三味书屋隔壁的人家，也是三味书屋那样的老房，里面还住着人家，大门敞着，有妇人坐在门口聊天，也有一个小烟摊，这些民居都是今天三味书屋的"同龄人"了。顺大街走不远，有新修的豪华公寓新村"百草园公寓"。绍兴民居，老台门、新台门也都要现代化了。

曲园老人到上海

看有人写文介绍翁同龢游上海，十分有趣，不禁又想到另一老人游上海的情况，那就是俞平伯先生曾祖父曲园老人。现在各旅游景点还到处卖寒山寺诗拓片："月落乌啼霜满天……"后面署名俞樾，那个"樾"字，连笔画几个圈圈，草书极为漂亮。一百零五年前，即光绪十八年，他曾同家人到上海来过。比翁同龢来略晚数年。

这年二月初十，他同两个儿媳及孙子陛云（俞平伯先生父亲），自苏州上船，借雅厘局一小火轮曳着，天气很冷，穿两重皮衣，而船上案头，还从曲园带来梅花二盘，水仙一盆，船上有如家中，当时人途中情况可想而知。一路逆风，小轮船拖着坐船走得甚慢，十一日到闵行沙港，十二日下午才到上海。船泊观音阁码头。老人登岸坐轿拜客，先到招商局见沈子梅观察，又到申报馆见何桂笙。十三日坐轿进城拜聂仲芳观察、王竹侯方伯。"观察"是道台的雅称，"方伯"是藩台的雅称。沈是道台衔招商局总办。

这次曲园老人到上海主要目的是送孙子俞陛云坐海轮去天津到北京会试的。所以第二天就去招商局托沈子梅订轮船，先订海晏轮，后改新裕轮。这年因闰六月，立春较迟，北洋开冻，晚于往年，江、浙两省的举人北上参加会试的人很多，已不走运河，都改乘火轮船去天津，招商局船位有限，而客人太多，有点应付不了。曲园老人托人再三相商才为孙子弄到一个官舱，舱中四个铺位,亦很狭窄。据《曲园日记》记载:这条新裕轮船是行驶最快的,由上海到天津走四十点钟。另有海晏轮,走六十二小时;海定轮,走七十点钟,都是当时招商局著名的船。

曲园老人在上海共呆了六天,都住在自己的船上,除去上岸几次到招商局为孙子订船位而外,也还坐马车带着曾孙女琎宝到制造局拜客。出来本想逛张园,因为穿着拜客的衣服,没有换便服,所以不能去,日记中记道:"未易衣冠,故不果往",可以想见一百多年前的中国老学者,在穿衣上多么古板,而在行动上又多么不自由。但是却要到天后宫拈香,把孙子考试得中的命运寄托在神灵上,想想也不免感到好笑。

当时上海已有"十里洋场"之名,曲园老人日记中写道:

> 每日所用之轿及马车,皆蔡二源所供给。二源时为英界会审之员,俗称新衙者是也。甚感其意。然余虽有车轿,只因拜客登岸二次,洋场风景,不一观览。子戴至虹口大花园,见狮子一、虎二、豹一、豺一、猩猩二、狗熊二。或劝余往观之,余笑曰:"余力惜不能驱虎豹犀象而远之耳,何以观为?"子戴言:一虎熟睡积肉满前,一小鼠窃食之。嗟呼!鼠以嗜肉之故,前有虎而不知;虎以贪睡之故,旁有鼠而不觉。是皆可为世鉴矣。

曲园老人对"洋场"的抗拒感情,表现十分生动,而照样坐英租界新衙门会审员提供的轿子和马车,这矛盾也是十分有趣,很值得深思了。

中国公学名人

　　见报上有人写文介绍中国公学,我忽然想起了在中国公学做过教授的李剑华老先生,也想到中国公学的其他教授、毕业生,说起来真是人才济济,在黄浦江畔,大上海的历史长河中,本世纪初直到三十年代中叶,真是够热闹的了。是上海教育史上一所特殊的民办学校。

　　光绪三十一年冬,日本文部省颁布了《取缔清国留日学生规则》,中国留日学生奋起抗议反对,数千名愤然回国。翌年春,在上海创办了中国公学,先是中学,后来增加了专科、大学。由光绪末年直到一九三一年"一·二八"之役,地处吴淞的校舍,为日寇侵略者炮火所毁,再未重建,学校师生云散。其后学校学潮不断,名存实亡,拖了几年,正式结束。前后存在了三十年,现在知者已不多,而其毕业生及一些教授,却不少都是极为有名的人物。

　　在毕业生中,名气最大的是胡适之先生,光绪三十三年丁未届毕业。一九二九年又担任中国公学校长,兼文理学院院长及本科教授。对胡先生说来,这也是服务母校了。至一九三〇年才又离沪回北大任教。和胡适之先生同期在中公毕业的还有任鸿隽氏,也是十分著名的学人,留美得哈佛和麻省理工双学位,后长期任中基会干事长,办中国科学社前后四十余年,可以说为中国科学事业贡献终身。和胡、任二先生同时在中国公学毕业的还有熊克武、但懋辛、盛世才等人,也都是十分有名的。尤其是盛世才，原是甘肃人，后来在新疆，成为统治独裁者，有"新疆王"之称，不少革命者死在他手下，这个反面人物，迄今知道他的还不少。但很少人知道他是和胡适同期毕业的中国公学毕业生了。

至于在中国公学担任过校董、校长、教授的大名家那就更多了。早期的不说，只以三十年代开始几年说吧：陆侃如、冯沅君、郑振铎、高一涵、罗隆基、李剑华等人都在中国公学任过教授。高一涵是社会学院院长，陆侃如是中文系主任，罗隆基是政治经济系主任，其后邵力子、朱经农、马君武都当过校长。曹聚仁教过历史研究法，赵景深教过小说原理，顾仲彝教过英国小说，谢六逸教过文艺思潮，傅东华教过诗歌原理、选读，李青崖教过西洋文学、汉魏六朝文，陈子展教过中国文学史、应用文，龙榆生教过五代、宋词，邵洵美教过英文论选，郁达夫教过英文小说，洪深教过英文戏剧选……现在健在者：周谷城教过心理学、逻辑学，陈沂教过外国近代史……真可以说是名师如林，洋洋大观了。

知堂老人旧事

　　早在十几年前,我写完《鲁迅与北京风土》后,本来还想写一本"鲁迅早期朋友"的书,后来只写了一篇《陈师曾艺事》,就未再写下去。为什么呢? 因为感到说人不大好说,反对他的人或者认为我抬高了他;而拥护他的人也许又认为我是贬低了他。这样,我就左右为难了。比如知堂老人吧,有人自己在他作日伪教育总署督办时,正好做他的学生,而却写"周作人附逆前后"之类的文章,似乎说明他知道他做汉奸的底细,而自己是十分清高的……上过伪学校、作为伪学生的人,对做过两年不到日伪教育总署督办的周作人——这当时众人都知道的事,又何必用伪学生来揭发以表示高明、声讨死人的汉奸罪? 再有一次,就是一再辩白他的出任伪职,似乎是经过地下组织的认可甚或同意等等。这种在对敌斗争中特别机密的事情,或无或有,又岂是一般人能知道的? 而且即使是有,又如何能公开? 中外几千年历史中,神秘的事太多了,谁还管他。况且他的名声早已是见诸最高指示的,看来为之开脱亦大可不必。对于以上这两种关于老人的说法、评价,作为当年的一名伪学生,后来又与老人略有些交往的普通学生,真可以说是游夏不能赞一词,什么也不便多说了。因而"鲁迅早期朋友"这本书必然也要写到老人,以及早期一些学人,如钱玄同先生这样真朴的大学者,也有真正沉沦了的,如早期一同反对杨荫榆氏后在"七七事变"开始急忙出任伪职的史学家李泰棻等人。以后生妄论前辈学人,既易引起纷争,又伤自身厚道。所以写这本书的打算自我取消。其他也未再写什么回忆老人的文章。只是在一九八八年一月，在北京为中央电视台一下属单位主持与日方合作召开的专家咨询会，想请周丰一先生参加此会，重访八道湾，结果周丰一先生未找到，却重游了八道湾老人苦雨斋故居，看到胡同和房子残破的情况，真是感慨万端，不胜黄公酒垆之悲了。在写《北京四合院》这本小书时，附带写了一小篇，略作抒怀，对于老人，也只称"周作人氏"，一笔带过了。

　　老人一生，海内外著名学生，不知有多少，最著名的已成为海内外仰望的宗师，如前两年刚去世的俞平伯先生，现在仍婆婆文苑的冰心老人，当年与另外两位文坛前辈，有老人"四大弟子"之雅号①。我则是数也数不着，只是沾点边，最后一班，最不济的了。一九四五年八月，日本侵略者在其天皇宣布无条件投降的命令下，结束了侵略战争。当时全北京人都欢呼胜利。其时重庆接收人员都未到来，伪北大在八月末，照常注册开学。当时我在中文系大三，知堂老人开的课是"佛教文学"。这时他虽然每天仍坐着白铜饰件的自用洋车到沙滩红楼来，却并未上课，课是由许寿裳先生哲嗣、后来去了台湾师范大学的许世瑛教授代上的。世瑛先生当时讲些"纳须弥于芥子"的佛家宏观、微观的哲理以及《百喻经》故事等等，时间不长，我们却与许先生师生情谊十分融洽。夫人是宝熙孙女，华粹琛教授的姐妹，住在锣鼓巷蓑衣胡同。去台湾临走前，我还和另一同学到先生家送行，说了不少告别的话，不想一别就是几十年，而且是永别，先生早已在台作古了，不过这是后话，回过来还说知堂老人的旧事。

---

　　①　一般认为废名、俞平伯、江绍原、沈启无为"周作人四大弟子"。周作人又曾把俞平伯、废名、冰心称为"得意门生"。——编者注

在九月底、十月初，古城黄叶纷飞之际，有同学拉我想办一个小刊物，想请老人给这个刊物写文章。当时我年青无知，头脑十分简单，也不想想其时是什么时候，老人是什么样心情，居然跑到红楼一楼东头系办公室去找他，请他写稿子。情景清晰如昨日。老人正和陈介白先生谈话，我说了请他写文章的话，老人看我期期艾艾的说话神态，知道我是个不懂事的孩子，对我轻轻地说："现在不是写文章的时候，等将来一定给你写。"说完我就退了出来。似乎我已明白过来，这时哪里是请他写文章的时候呢！他正准备着收拾行李、棉袄、棉裤进监牢，打汉奸官司呢。

自此以后，又过了一个来月，重庆的接收人员陆续到了北京——这时已按"七七"前的叫法，改叫北平了。靠近十二月（此处原稿缺字），已进了炮局监狱，就要押到南京去接受审判了。这时俞平伯先生写给胡适之先生一封信，为老人说情。此信收在《胡适来往书信选》下册，有一些话值得注意。这不只看出三个人的友谊与关系，而且关系中国现代文化史的实际。其中有两三小段云：

> 当芦沟启衅未久，先生曾有一新诗致之，嘱其远引，语重心长，对症发药。如其惠纳嘉诤，见机而作，苕盏未寒，翩然南去，则无今日之患也。此诗平曾在伊寓中见及，钦迟无极，又自愧怍也。以其初被伪命，平同在一城，不能出切直之谏言，尼其沾裳濡足之厄于万一，深愧友直，心疚如何，人之不相及亦远矣。

> 若知堂之学问文章，与其平居之性情行止，先生知之最深，固无待平言矣……

> 若今所言大学实情，乃其最显然者也。当日知堂不出，

357

觇觎文教班首者，以平所闻，即有二三人，皆奸伪也。设令此等小人遂其企图，则北平大学之情形当必有异于今，惜史事不能重演耳……

在昔日为北平教育界挡箭之牌，而今日翻成清议集矢之的，窃私心痛之……

"我不入地狱，谁入地狱？"历史的不幸，使他作完挡箭牌，必然要作阶下囚了，岂止清议集矢之的呢？但其所作虽不利于自己，却对沦陷后文化古城中不能远赴后方求学的穷学生们则稍有裨益……历史的事实，就是这样，既不必为他辩护日伪汉奸之罪名，也犯不上再口口声声老是叫他"汉奸"，来表白或抬高自己，甚至以之博得什么。即使以个人得失之心替他惋惜，觉得他文学高名，自应爱惜羽毛，犯不上，太吃亏等等，亦大可不必。因为他除文学家的大名而外，也还是一位教授，一个教书先生。历史的事实不能改变，历史的复杂也无法说清，"看戏掉眼泪，替古人担忧"，丝毫无补于事实也。老人自然自己也知道出任伪职，甚至在伪北京大学中办学、教书，是什么性质，其时其际，既非为任何权势利益，也非考虑明哲保身、洁身自好等等了。一九四六年十月傅孟真先生致胡适之先生信中说（此信收在《胡适来往书信选》，下同）："记者纷纷来，多数问我北大复文首都高等法院为周作人事。我即照我意思答他们：一、是法院来问，不是北大去信；二、北大只说事实；三、此事与周作人无利无不利之说，因北大并未托他下水后再照料北大产业……报载北大公事上说校产有增无减，此与事实不尽合。若以战前北大范围论，虽建一灰楼，而放弃三院（三院是我们收复的），虽加入李大斋书，而理学院仪器百分之七十不可用（华炽兄言），艺风堂片又损失也。"信中话似乎严

358

正,却殊欠实事求是,因"照料北大产业",不是照料私人房地产或商号古玩,这是举世闻名的政治运动中心策源地北京大学,在日寇统治之下,要照料其产业,而又不与日伪周旋,不担汉奸恶名,可能吗?更不用说还有一大群苦哈哈的穷学生了。但是历史是无情的,文坛盛名和汉奸连在一起,这是永恒的悲哀了。但也有人为有力者所保,一样是伪职高官,如苏象乾等人,秘藏一小方红缎子、盖第几战区关防的护身符,便平安无事,便再无人提起,历史已把这类个别者遗忘了。不过这是个别现象。

自己未考虑明哲保身、洁身自好,但对于要好朋友,则尊重各人的自愿,如俞平伯先生,与老人关系那样深,而且同在沦陷了的文化古城,且经常见面,但老人在几年之内,从未向平伯先生开口,请他到伪北大文学院上几个钟头课。一九八四年末,因谈到"知堂佚文"事,平伯先生还来信说道:

> 知将有知堂佚文刊行,甚为难得,"东郭"先生即沈氏也。当时报纸如是称之。他元旦在苦雨斋挨一枪,以为将交谊愈深,却不料其后破门,不欢而散。想起旧作一诗,即录于后,似可补充笔记材料,即希粲正……

忆录京师坊巷诗八道湾

转角龙头井,朱门半里长(旧庆王府)。

南枝霜后减,西庙佛前荒。

曲巷经过熟,微言引兴狂。

流尘缁客裤,几日未登堂。

甲子闰十月,平书

359

在沦陷八年中，平伯先生是经常去苦雨斋的，从诗中可以看出当时的过从和心态。结尾两句，托意深远，且十分尊重老人。正因为两人八年患难中的过从，相知极深，十分理解知堂老人的处境和心态，故于一九四五年底给胡适之先生写了为知堂老人陈情的长信。这诗和后来的信，都是在平伯先生老宅南小街老君堂七十九号写的。东城老君堂过去坐洋车到西北城八道湾，由东皇城根、北海后门过来，进龙头井，经定阜大街原辅仁大学及旧庆王府，到护国寺，即诗中所说"西庙"，出西口转弯即新街口南，路西曲巷，即是著名的八道湾了。

与俞先生写给胡适之先生信同时，还有一封著名的信，就是容庚先生《与北京大学代理校长傅斯年先生一封公开信》，这都是抗战胜利后有关北大教育史的两封名信，似乎从教育、历史、学术文字三方面都值得好好研究一番。至于傅孟真先生，则远在重庆八年，只是激于同仇敌忾，未作设身处地的深思，只知周作人附逆做汉奸，而没有想他在日伪统治下如何"照料北大产业"了。

我自上次在红楼找过老人写文章后，一晃就是许多年。解放后，一九五〇年春，我在革命大学学习，和现在故宫博物院古瓷专家冯先铭兄一组，房间对门一组就有老人长子周丰一先生也在学习。相处几个月，知道老人已由南方回到北京家中，一切很好。先铭兄尊人冯承钧教授，是海内外著名地理学家，原是北大老教授，因而先铭兄和丰一先生很熟，常常说起老人的情况。

一晃又是几个春秋，一九五六春夏之交，当时我已在上海工作，记不清在什么报纸上看到老人文章说印毛边稿纸的事。文中说现在用毛笔书写的毛边纸稿纸买不到，而自己到纸店中去商量印，却回答说：要印就是大批的，起码几令纸、几罗纸，小张几十万张,如何用得完呢?老人便感慨系之了。我知道过去北京南纸店,随时自印几百或千来张信纸、信封、稿纸之类,是十分方便的。当年北大的老先生们,都有自己专印的稿纸、信纸、信封,这不是什么麻烦的事,却代表了中国悠久的文化气韵。文人自印带款笺纸,起码自明代就有了。似乎不只是一张小小稿纸的事,也反映了传统文化在一点一滴地消失。对此我也深有同感。其时河南路九华堂笺纸店还开着,一天我偶然路过,见窗橱内放着不少旧存毛边稿纸在处理,价钱很便宜,我便买了不少,打了两包,从邮政寄给老人,并写了一封说明旧日师生关系和问候的信。原以为十多年前在一种不合时宜的情况下请老人写文章的小事,老人早已忘了,不想老人记得十分清楚,很快给我来了回信,并用其中格纸,写了两首小楷五言古诗送给我,一首《东郭门》、一首《炙糕担》,正好一张大稿纸差不多写完,后面落了款,盖了章。现在这两首诗都收在《知堂杂诗抄》中印出来了,书中都有简单的注,而写给我的则没有。图章一朱文、一白文。同时信中又告诉我:图章是谈月色夫人所刻。自此之后,便常常通信,信笺、信封大多是旧存的,有宣纸、有毛边,记得有一种蜘蛛垂丝宣纸八行,细丝盘来盘去,最后系着一个小蜘蛛,古意盎然,是北京旧时常用笺纸高雅精品,现在则见不到了。每封信都盖有不同的图章,那个"哑人作通事"闲章,给我写信时也用过。老人并不是书法家,只是老辈人用惯了毛笔,写一笔熟练的学者字而已。同老人的乡先辈李越缦差不多,习惯用行草小字写文、记日记,但草字不多,如出版的《知堂杂诗抄》书名五字,只"堂"、"诗"二字作草书写法。信和文稿亦如是。不过老人很讲究图章,收藏有陈师曾、寿石工、齐白石等名家刻章,所以信中特地向我介绍谈月色刻印。而我当时对图章的鉴赏水平很低,对谈月色夫人所知则是更少了。

这年暑假,我回北京,事先写信联系好,去看望老人。这是自一九四五年深秋后,第一次和老人见面;也是我第一次去八道湾拜访苦雨斋。虽说早已是沧桑之后,但仍保持着过去的安静、祥和气氛,胡同中和大门里外都是十分整洁的。

这是一所先进栅栏车门、再进大门、有一个大四合院、又有一大排后罩房的大宅子。当年在北城这种大房子很多,就是临胡同一溜院墙,一个大栅栏车门,进去先是一片东西五六丈、南北丈许阔的长条空地。当年是停骡拉轿车的地方,自然后来也可以停汽车、洋车,可以停多辆。由车门进来斜穿这一空场才可上台阶进四合院大门。进入大四合由大北屋西山墙绕过去,就到了后院,老人就在后院三间北屋里。

当年这所大房子,自然只是周家一家住,而这时前院除周家外,已住了几户别的人家,不过也都是老人的熟人,好像有江绍原先生吧,或者还有其他人家。我进大门时,已无门房,门大敞着,照直走进去,还不知老人住在哪个屋子里。正迟疑间,一位穿蓝布短衫裤的老年人手里拿着东西迎面走来,一看是北京老茶房或门房的样子,我便问他周老先生住在哪里。他没正面回答我,却问:"您是南长街来的吧?"我说不是,是上海来的,他这才说:"请跟我来!"便领我到后面一排北屋,他先进去,随后打起竹帘说:"请进吧!"完全是老派的作风礼数。到此我才领悟过来,原来他是老人的老佣人。进屋见老人已立在室中了。

当时老人夫人还在世,我进屋见左首日本式幛子中榻榻米上,老太太还坐着,但未打招呼。老人引我到右首转过半段隔扇南窗前坐下,靠北墙全是高大的书架,插满了书,看来好像放了两层,宽大的书架,书已插到边沿了。靠东墙则是比较低的玻璃

362

门书柜,临窗柜中我注意到全是老人自己写的译的书,由最早《域外小说集》、《自己的园地》到《鲁迅的故家》等大概都齐备。书架前放着六七张软椅子,是接待客人的。临窗一张方桌,上铺浅色漆布,只有一方小砚,极为干净。老式窗,上面冷布、东昌纸卷窗,下面玻璃,窗台以下都是北京裱糊匠用大白纸裱的,一色雪白。竹帘、纸窗、瓦砚、绿茶……墙上未挂苦雨斋或苦茶庵的匾,却挂有双凤凰砖的拓片,或者说有晋人风度吧。其气氛是充分显示出来了。

老人让我坐在方桌边,并亲自为我端上一杯有茶碟的茶。我忙着站起来接了,接着便坐下来,寒暄几句之后,静听老人缓缓问长问短,讲说旧事了。自此以后,当年暑假,以后几年暑假回北京,就常去看望老人了。一九五七年夏,有友人在《新闻日报》编"人民广场",听人说我认识知堂老人,可以向老人约稿,他真的找我,我也真的写信为他去约,不久老人就真的寄了两篇短文来。想不到一九四五年我向老人约稿时不合时宜,而这次老人则欣然寄稿,可能是想起旧时的诺言:"到了能写的时候一定写吧!"所以很快就把稿子寄来了……但好景不常,过了不久,"反右"就开始了。

在后来有一个时期,暑假回京未去八道湾看望,也未写信问候。一九六〇年春天,忽然收到一封老人的来信,只简单几句话,我明白老人的意思,几句无关紧要的闲话,却是意味深长的,不放心我,怕我出事。我连忙写信向老人请安,并说自己一切都好,请放心。这年暑假,我回北京,又去八道湾看望,自此两三年中,年年八月回京一月,总去八道湾一两次。这时正是所谓自然灾害年月,老人生活虽然清苦,但很安详,闲谈起来总是怡然忘倦。记得谈过香港印《册府元龟》的事,其他出版物的事,但更多是说沙滩伪北大旧日老师,如赵荫棠、朱肇洛等位,想到什么说什么,老人也常常问起南方的情况……但没有几年,已进入了阶级斗争天天讲的阶段,自然,和老人的联系也无形中断了。

浩劫来临,在数难逃,我被抄家时,老人所有文集和其他书都被捆载而去,老人二三十封信及所写诗笺,自然也全部抄走了。只有十七平方米两间小房,却被反复抄了七次,我自己感到都有些可笑了。批斗时,结交汉奸文人,自然也是一条,好在人家说我是满身疮痍的反动派残渣余孽,虱子多了不咬,这种罪名多一条少一条也算不了什么……一晃又是十来年,直到一九八二年,我去北京大学到燕南园看望商鸿逵先生时,才较详细地知道了老人逝世时的情况。可是后来不久,商先生也因走楼梯失脚,不幸去世。回忆沙滩旧日师长,真使人不胜朝露人生之感了。

在中国半个多世纪,六七十年不停顿地动荡的大变动中,读了几本书的读书人,要想太太平平、安安定定过一辈子,那真是太难了。何况老人这样的盛名和公私处境呢。正像吴梅村诗所吟:"弃家容易变名难。"更何况他家也不能弃,又接受蒋梦麟校长的委托,照料北大产业呢!必然注定是要付出各种代价了。

一个学者,在为人上,在学问上,在大节上,三者有时并不一致,在大动荡的时代里,更是难以周全。以上在第三点上,我以一个沦陷区的伪学生,虽然痛恨日寇汉奸,但对于老人,却不能说这说那。在第二点学问上,更是没有说长道短的水平。在第一点为人上,则深感老人是那样纯朴淡泊,又和蔼诚恳,对家人、对学生、对朋友、对不熟识的人,无一不以和善态度平易近人地对待。旧时接触老人多的师友,如俞平伯老师、谢国桢老师、商鸿逵先生、鲍文蔚丈多位,生前每次见面,总说起老人往事,共同感到这点，不胜惋惜和怀念。

　　一九四九年后，老人是对祖国的未来抱着热情、殷切希望的，这从陈子善先生编的《知堂集外文》和曹聚仁先生编的《知堂回想录》中可以看到。老人有一次信中说正在翻译古希腊悲剧，任重道远，感叹自己年纪大了，不知是否能完成。这是老人晚年的一点心愿，的确完成了一大部分。心愿大部分实现了，自谓"多寿反辱"，最后只能在浩劫中凄凉痛苦地离开人间了。或者也是命中注定的吧。前年友人征文纪念老人出专集，现在出版困难，书不知哪年哪月可出。偶拣旧稿，略加修改，聊当"思旧赋"吧。

　　　　　癸酉落灯日于浦西水流云在新屋南窗下

　　在我写完这篇文章不久，买到了江苏古籍出的《审讯汪伪汉奸笔录》一书，其中最后一篇，收的是民国三十五年审讯周作人的全部卷宗，所有沈兼士等十四名教授，以及顾随、郭绍虞等位的为老人开脱罪行的呈文都已印出，其中最精彩的是义务律师王龙为老人写的《辩护书》，真是一篇妙文奇文，可惜在此不能引用了，未敢自秘，特附笔介绍，有兴趣的读者不妨找来看看。

知堂老人座上

　　偶然到书店里去逛逛，看到重印的、新选的、注解的各种各样知堂老人的书真不少，都印着"周作人"三字，这自然说明经济效益十分好了。真是此一时焉、彼一时焉，想想老人近三十年前凄凉地逝去，以及平生的各种各样遭遇、经历、学识、为人……也真是不胜感慨系之了。思旧先从远处说起吧！

　　解放第二年，即一九五○年春，我和其他十几位年青同事，都是大学刚毕业一二年的新干部，被派到革命大学学习。当时革大在万寿山下西苑，分三大部分：一是二部，普通干部及招收少量失学失业青年；二是政治研究院，都是各大学教授等名人；三是外国语学院，是分派来或招来的学生专学外语的。二部一般学员和政治研究院学员学习内容、方式大体一样，听大课。艾思奇，后来换了李莘（或是"新"字，记不确切了）讲《社会发展史》，然后回到寝室小组讨论。每组十八九个人。五六个女的，十三四名男的，各组分配大多如此。当时正是国民党中国、中央两个航空公司全体起义，自香港归来，都到革大学习，每组都有四五个两航起义人员，机务、票务及空中小姐都有，都是牛仔裤、夹克衫，同现在小青年打扮基本一样。北大教授沈从文、楼邦彦等位先生都在政研院学习，周六坐公共汽车进城，常常遇到。平时他们则在东面大院里。当时我同组的有一熟悉朋友，就是前年刚刚去世的古瓷专家冯先铭兄，他是地理学家冯承钧教授哲嗣，名作家冯牧先生弟弟。同时在另外班组学习的还有历史、鉴赏专家史树青先生,当时大家都只二十多岁。每个小组学员睡觉都打地铺,长方形大房间,两面靠墙各睡六七个人。中间两行带扶手板的课桌椅,二十张,小组讨论、记笔记、写小结、总结均在此。排队听大课时,带一小板凳和一枕头,枕头垫在小板凳上当椅垫,坐两三个钟头屁股不疼……我们小组对门一间小组中,就有知堂老人哲嗣周丰一先生,正好门对门,每天起床洗脸、吃饭、排队听大课、上楼下楼,碰好几回面,但是我认识他,他不认识我。他是北京图书馆派来的,冯先铭是故宫博物院派来的,又因两个人的父亲都是北大教授,所以很熟悉。而冯先铭兄又知我是北大毕业,且是伪北大升上来的,所以常常和我谈起他。一是知堂老人由上海回到北京家中,是先铭兄从周丰一先生那里听到告诉我的,二是当年冬天学习结束,写总结时,冯告诉我说:周写了多少万字,如何批判他父亲……说这话时十分神秘,其紧张神情到现在还如在目前。可惜一晃四十多年过去,先铭兄前年春访问台湾故宫博物院归来不久便突然去世,人天永隔了,在此顺寄哀思。

这是解放后最早听到的知堂老人的消息,距在沙滩红楼一楼东头伪北大文学院中文系办公室与老人见面,也已相隔五年了。但当时毕竟年青,又是一个普通学生,虽负担十分重,收入又很少,月月都闹穷,即过着所谓"富不过一星期,穷不过一个月"的苦日子,但思想上却从无忧虑,只忙眼前的事,抓空闲时间去寻各种乐子,所以听说知堂老人回到北京来了,听过也就算了,从来未想去看望看望老人。我们这期革大学习,时间特别长,前后十个月,后来和周丰一先生见面多了,也有点头之交了。可是十一月份结业后,各自分手回原单位,再也没有联系,只有同组冯先铭兄几位,联系一直不断,直到近年还互通音问。

一晃又是几年,我已在上海工作了。我虽然一九五四年春夏间,已在苏州看过上海文化出版社直行排版的《鲁迅的故家》,署名"周遐寿",知道是老人的新作。但是也未曾想起写封问候的信。一九五六年一月,调到上海工作,安家落户,已是"收拾铅华归少作,摈除弦管近中年"的时候了,能安下心来读读书,看看报。有一次在一张报上,看到老人在北京买不到毛笔稿纸的文章,自己花钱印也不行等等,忽然京华旧梦,浮现眼前,思旧之情,油然而生。自西四到西单,有多少大小南纸店呢?丹明庆、石竹阁、成文厚、永丰德、同懋增、同懋祥……各种各样红格纸、绿格纸,好的毛边纸印的,一般元书纸、竹纸印的,差的毛太纸印的,要多少有多少。自己印,各种规格,带斋名的、带姓名的、大格、小格,一两刀、两三刀,均可承印,三两天取货……怎么会一下没有了呢?北京人的和蔼、周到、服务纯朴、诚恳、实在等等,这些南纸铺伙友的亲切笑容都到哪里去了呢?远在上海的我真感到奇怪——忽然,想起前两天在河南路、福州路闲逛,看见九华堂窗橱里摆着不少处理的元书纸绿格稿纸,还有毛边红格寿文稿纸,价钱很便宜,何不买点给老人寄去呢?——说办就办。教书匠有一好处,时间较为自由,下午没课,就跑到河南路九华堂,花三元六角买了一大包回来,分两包牛皮纸包好,第二天上午就用印刷挂号寄走了。门牌号数我不知道,只写"北京新街口八道湾胡同探交周启明老先生收"。我相信邮务员同志是会送到的。不久就收到老人的回信,这样就和老人联络起来,函件不断了。

　　这年暑假,我回北京家中看望父亲,预先写信给老人,说是要去拜访老人家,等我一到北京家中,父亲说老先生已经来信了。约好时间,去八道湾先生家中看望,其后几年,每年回来,都要去拜访,随便聊聊,我在好多篇文章中都曾写过,现不多赘。只想说几点生活习俗的。

　　老人因"且到寒斋吃苦茶"诗句,及斋名"苦茶庵",以及许多篇谈茶的文章,因此"茶"就出了名,不少报刊上写老人的文章,总要提到苦茶如何如何,或者说老人吃龙井茶等等。这些实际我都没见过,不便乱说。关于茶,我只确切记得两点,一是有一年暑假,我把杭州亲戚替我买的新茶,带去送给老人一包。茶本不是什么好的龙井,只是一般新"旗枪"。而所谓新,也是杭州五月间买来的,七月末我才带到北京送给老人。虽然我是放在石灰缸内的,但也不是真正新茶了。二是每到老人家,家中已无佣人,老人总自己倒杯茶给我。茶杯总是用带碟子的细瓷咖啡杯子;茶则是瓷壶中倒点茶卤,热水瓶中兑些开水。不过茶碟、茶杯擦得是极为干净的。老人家中是从不用玻璃杯泡茶的,也不用盖碗。当时北京人家中,茶馆、茶座,以及澡堂子都不用盖碗,都用茶壶、茶盅。这样考究的茶碟、带把西式茶杯倒茶给客人,是沾点西式的文明讲究。我很欣赏老人这种待客的白彩、素花带碟子的茶杯,也在南京路国华瓷店买过六套,藕和色素花,很是雅致漂亮,可是一直未认真使用过,现在还放在橱中。

　　老人是久住北京的绍兴人,生活习惯大多已京式化,所以过去常用一"京兆布衣"的别号。但是在口味上、思想感情上,还常常依恋于南方。老人写过不少谈吃食口味的文章,有不少我很欣赏其情趣,但其所述口味上,却完全不能同意,如对于鸡、鸭、鹅的态度,我就不能苟同。老人写过赞鸡和鹅的文章,如什么《吃烧鹅》、《花线鸡》等,在《鸡鸭与鹅》文中则说:

　　　　至于鸭,我确实不喜欢,虽然酱鸭与盐水鸭也有可取,

369

但确不能说它比糟鸡或油鸡能好多少，到便宜坊去吃烤鸭子，假如有人请我自然不见得拒绝，不过并不怎么佩服，这脆索索的烤焦的皮，蘸上甜酱加大葱，有什么好吃的。我很怀疑有些人多不免是耳食。

这些我就大多相反，我不喜欢吃鸡，尤其上海人吃的白斩鸡，切成很大块蘸酱油吃，最没有吃头，宫保鸡丁同里脊丁还不是一样，鸡汤太清，没有浓的鸭汤加点好口蘑或野山香菇好喝。我虽是北方人，但从小不吃大葱，一入口就恶心，要呕。但我爱吃烤鸭，趁热蘸酱裹荷叶饼吃，又解馋、又解饥。现在日常买的电烤鸡，就不好。因为鸡肉没有鸭肉嫩。知堂文中对鸭贬低过甚，这实际还是南北口味不同问题。老人是久在北京的绍兴人，而我是久在上海的北方人、北京人。其爱好口味有相同的地方，也多差异的地方。在上海四十年，妻子、内姐都是浙江上柏、莫干山、杭州长大的。知堂老人《鲁迅的故家》里说的"柳豆腐"，在我家也是常吃的菜。而客人来了，我家则是内姐最拿手的菜："八宝鸭子"，这肯定比杭州知味观的好。而知堂老人文中常常提到的干菜烧肉，则又是我家三天两头的必备菜了。"自然灾害"及"文革"后期，没有肉买的时候自然例外。绍兴的霉干菜是十分有名的，实际没有北京的京冬菜好吃。有一年杭州亲戚送我好几斤绍兴干菜，而且都是自己晒的。暑假回京，我也用牛皮纸口袋，给老人带了两大袋。当时猪肉还好买，老人后来烧肉吃，记得一次来信还提起过。

老人在居住上，完全日本化和北京化了。老人八道湾大宅子，是鲁迅先生买的。这社会上都知道，不必多说。后来大先生搬出，二先生一家住，"苦雨斋"、"苦茶庵"、"知堂"、"药堂"等斋名,在鼎盛时期,我没有见过,不便多说。我在老人斋中作座上客时,只剩西北后院五间大北屋中的三间北屋了。进深很深,约有五公尺。中间开门,左手是日本式装修,顺山墙榻榻米,如北方农村顺山大炕,边上一溜日本式幛子,如北京房屋隔扇,与外间隔开。右手进门先是半段隔扇,约二公尺长,外放一老式写字台,贴隔扇,边有茶几,上置茶盘、茶杯、热水瓶等杂物。后墙全是高到屋顶的大书橱,东墙一溜四只玻璃门书橱,比人略高,上露半截白墙,挂两镜框,即"永和砖"拓片。这砖是从阿Q原型阿桂手中买的,砖三面有字,平列八鱼。六面都有文字图像,砖送交了俞阶青先生(俞平伯老师父亲)。俞以拓本题字回赠老人。《鲁迅小说里的人物》六十二则记"跋语"云:

> 永和砖见著录者二十有四,十年甲寅作者,有汝氏及泉文砖。而长一尺一寸,且遍刻鱼文者,惟此一砖,弥可珍矣。

临窗放一小方桌,上铺漆布,极为清洁,什么也不放,只一方小砚。桌旁靠半截隔扇处,一副铺板,夏天席子竹枕。后墙大书架前放几张紫红灯芯绒靠背椅子,是客人多时的坐处。如何显示北京风韵呢?就是纸糊顶棚、纸窗,没有玻璃,上面卷窗、冷布,所谓"四白到底",人生活在里面,特别爽朗,北京人俗话习惯说:"雪洞似的!"窗户、隔扇,一般年年要糊新纸,所以老人房中老是那么白,那么洁无纤尘。

老人写信、写稿、写英文,都是用毛笔,三四十年代老先生,大体都是如此。用毛笔就得用中国纸,一般都很讲究。这是自明、清以来,几百年中养成的京朝风韵。知堂老人也十分讲究,大量的写稿用纸、写日记用纸、写信用纸,都是自己印的。五六十年代间,稿纸用完了,无处买,也不能自己花钱印,老实说,这都是当时除特殊阶层可用外,其他都是在扫除、打倒、批判之列的。老人还眷恋于这些,实际说来已很不应该。买不到,无处印,还写文章埋怨,那就更危险了。碰巧我又买到没人要的处理品,寄了去,使老人能继续用毛笔写这些纸,这就投缘了。老人当时来信很高兴,说够用一个时期。还说只是寿文大幅没有什么用处。最近北京老友马里千先生寄来知堂老人几封信的复印件,有一封正好是裁了三行寿文大幅的天头写的。看来这些"没有什么用处"的寿文大幅也都派上用处了。俗话说"饥不择食",看来什么都一样,到了没有的时候,什么都可对付了。老人信笺收藏得不少,自印地址的旧信封,也存了不少。在六十年代初给我写的信,还都用的是各式精致信笺、自印的信封。可惜抄家时都被"小老爷们"拿走了,后来一封也没有还给我。

老人说话声音不高,慢慢的,基本都是北京音的普通话,没有什么绍兴音,或者是我听不出。至于周丰一先生,则全是北京话了。八八年元月,我主持一个咨询会时,曾请他参加,会上与冯先铭兄谈得很热络,一晃又是八年了,大概也快八十了吧,祝他健康长寿吧!

老人诗缘

　　叶圣老去世已经快四年了,我常常思念他老人家,常想到八十年代初那几年,每次回到北京,总要到东四八条去看看老人家。海棠院落,窗明几净,白发老人,慈祥和蔼,每念及此,便怡然神往,可惜已渺不可追矣。春夏间王湜华兄送来了新出版的《叶圣陶诗词选注》,并带来了至善先生问候的口信。拜读之后,浑如旧日与老人晤对侍座时,情景历历,思念更殷,便想写篇短文,而其时正要去新加坡参加国际汉学会,出国前忙乱中便把此文拖延下来,一晃就是半年。近日又接王湜华兄来信,这样思念老人之情,忽又涌上心头,便摊纸濡笔,藉文字以忆旧缘了。

　　我拜谒老夫子实际很晚,是"十年浩劫"之后。但一开始便已经结下了诗缘,记得和陈从周兄一同到八条初次趋谒时,匆促之际,也没有什么东西面呈,恰巧包中有一份毛笔抄好的词稿,便以之为拜师课稿,这样就和老夫子结下了诗缘。当时因在上海常于从周兄寓中,见老人家为他写的篆书"梓室"小额,十分高雅,便也想请老夫子写篆书"水流云在"小额,以光蓬荜。可惜其时老人家目力因青光眼病,大受影响,心、手、目三者不能很好地配合,作篆书已力不从心了。别后不久,为我寄来很工整的楷书小幅杜甫《江亭》诗,因诗中有"水流心不竞,云在意俱迟"句,这样我请求写的"水流云在"四字都有了。同时附了一封信,信中对不能写篆书还说了许多抱歉的话。老人家对晚辈这样诚恳,古道照人,太使我感动了!

十多年前,香港有"姑苏五老"的称呼,说的是叶老和顾颉刚、俞平伯、章元善、王伯祥五位老前辈。五人少年时,同在苏州读书,是好朋友,老年又同客京华,不但平日过从甚密,而且每年春天叶老东四八条小院海棠花开时,五老总要聚一聚,作赏花之会。其后伯祥先生、颉刚先生先后化去。有一年春间,俞师平伯夫子来信说:去叶老家看花,五老只存其三矣。而且春寒,海棠尚未大开。俞老函中虽只淡淡数语,难免亦有年老凄清之感了。我读信后,情不自禁写了两首小词,一首《永遇乐》、一首《双红豆》,宣纸毛笔抄了两份,分别寄给叶老和俞师。不久二位老人家都有回信来。叶老信中特别写道:

　　本月十三日手书昨日展诵,十一日(非十日)三老友看花小叙,承填长调记之,甚为欣喜。和作怕用心思,勉强和作亦无谓,以二事奉酬。一为寄赠是日所摄照片一张,又一为抄录仅有之关涉海棠之诗词各一首请教。三友中最长者为章元善先生,九十一岁,光绪丙午年高等小学之同学,与平翁亦幼年相识。诗为题平翁《重圆花烛歌》四绝之第一首:
　　　　西湖年少初相见,歇浦鸿光作比邻。
　　　　周甲交情回味永,海棠花下又今春。
　　　　　　　　　　　　　　　　　(作于一九八〇年)
词调为《西江月》,一九七二年海棠谢后作:
　　　　青石繁英一树,少城俊赏三春。八条寄寓岁兼旬,饱看红娇粉晕。　　冉冉星移斗转,年年枝发花新。花开相对固欣欣,谢了也无闷损。(青石谓苏州青石弄旧居,少城谓成都少城公园,八条谓北京今寓。)

承示《乡土记》目录，如此打印件，我目竟毫无办法对
付。将来印成时，亦将捧书兴叹，尤为可惜。余不多叙，即
请　吟安。

信后是老先生签名及日期。叶老给我的信不少封都谈到诗词，
或是信中抄了老人自己的诗。这封是其中之一，内容更能反映
几位老前辈的生活和情趣，因而我全引用了。信中引用的一诗、
一词，在《诗词选注》中，诗未选入，词选在书中了。附有词题
《海棠谢后作》。并引先生一九七二年四月二十四日日记作"本
事"注道：

海棠花已落尽，自开及谢，不足一周。近日作《西江月》
一首，叙余与海棠之因缘。

其他"青石"等地名，均有较详细的注解。且都是引先生自
己的注。叶老是我国新文学界的老前辈，是文学研究会的创始
人之一。老人又是著名教育家、著名民主运动活动家……德高
望重，是我国文化教育界景仰的老前辈，但从不以诗人、词人自
居，在社会上也从不以诗人、词人著称。但是老前辈们幼年传统
文化教育极为扎实，旧学基础和现在一般高级知识分子比，是无
法同日而语的。因而纵然不是专门写旧诗词的，而对旧诗词的
格律、表现手法也是十分熟悉的，不要说文史学人，随时可用旧
诗词表现自己思想感情，即政法、自然科学的学人，也不乏诗人、
词人。叶老在二三十年代，提倡新文学、新诗，偶有所作除在熟
朋友中间传阅外，很少公开发表。这点在孙玄常先生为《叶圣陶
诗词选注》的"序"中说得很清楚，不再赘述。这本《叶圣陶诗词

选注》中，选了一百五十题，二百一十七首。除开头三篇是"七七"战前作品外，其他分别以抗战时期蜀中之作、解放后北京之作为最多。细读先生诗词，感到先生诗词中，诗人词客的感慨少，更多的是学人的通达、教育家的苦心，少风华绮丽之语，多平实感人之言。因而诗味更深醇，意境更妩媚。如信中索引《西江月》最后一句，"谢了也无闷损"，就值得读者再三吟诵玩味，看似宽怀语，实际更是深情语。正与稼轩词"却道天凉好个秋"同一意境也。仔细研读，在《诗词选注》中，这样意味深长的句子还很多。再有老人家写诗态度极为认真，也给我以很大教育。读着这本书，昔日诗缘教诲，一一浮现在眼前，高风厚谊，学识品格，值得怀念学习之处更多，又远在诗缘之外了。

杂忆刚主先生

一、忆谢刚主先生治学

谢国桢刚主先生一生最大的成就,就是他那洋洋八十多万字的《晚明史籍考》,这部历史性的著作,最早成书于一九三一年,经过两次修订,最新版本刊于一九八一年,前后经过了半个世纪,可以说是老夫子一生心血的结晶了。这部书最早是先生在梁任公的启示下编写的。柳亚子先生当年曾评价这部书道:

> 这部书,我叫它是研究南明史料的一个钥匙。它虽然以晚明为号,上起万历,不尽属于晚明的范围。不过要知道南明史料的大概情形,看了这部书,也可以按籍而稽,事半功倍了。

先生治学,一生的精力在于明清史籍,所以其第二部最重要的著作,就是《明清笔记谈丛》,其他著述论文,亦均以此为基轴,触类旁通,精深渊博,其最著者如《东北流人考》、《张南垣父子事迹》等,都是极有历史价值的专著。

刚主先生祖籍江苏阳湖,其祖辈宦游于河南安阳,常自署"安阳谢国桢",或署"罗墅湾乡人",盖其祖宅在安阳罗墅湾,其童年时代即在罗墅湾乡村中度过。先生祖父名谢暄,七十余前为项城袁世凯幕僚，袁在那拉氏死后，回项城洹上作寓公时，先生祖父与袁亦时有往还，袁抱存写印之《圭塘集》中，收有谢暄与袁的唱和诗，我旧有一本。若干年前，先生见了，这一小本书就给了老夫子了。

先生原是吴北江的学生，是保定莲花书院的再传弟子，所以先生对吴汝纶学识一直十分景仰，而且评价很高。前两年来信说，应河北大学之约，还想到保定去讲一次学，讲题就是"莲池书院对北方学术的影响"，可是后来因为身体健康的关系，一直没有去成。

先生青年时从吴北江门下考上了清华大学国学研究所，这是二十年代全国甚至可以说是全世界最高的中国旧学研究学府，主其讲席者为梁启超、王国维、陈寅恪、吴宓、赵元任等大师。先生同崇明陆侃如氏住在一个寝室中。如今，不要说主讲席者均已先后成为古人，即学生中，在世者亦寥寥可数，均属海内之鲁殿灵光矣。

先生生平之趣事颇多，不善饮而喜言"微醺"、"被酒"等等，爱吟小诗而不管平仄，笑着常说："我是瞎来来的。"音容宛在，古道感人，而今均属"广陵散"矣。

二、谢刚主与北京图书馆

谢国桢刚主先生去世了，身后给我们留下许多著作，前两天友人寄来一本《明末清初的学风》，这本书去年刚老就几次写信告诉我，因书中收有《东北流人考》一文，我还函复夫子说：我很想写一本《西北流人考》，夫子对此极赞赏，奖励之词犹在耳畔，而典型已渺不可追矣。《学风》一书，出版已晚，先生已不及再见，良可叹也。

先生这些著作，留给后人，嘉惠来者，自是毫无问题的，但人们往往要问一问：先生这些学问，如何获得的呢？刻苦用功，治学谨严，老而不衰，是一个方面，这是主观的；另外还有客观的一面，那就是上学与工作，既得力于良师益友，又得力于好的学术环境。这方面可说的很多，这里我只说一个机构，一个人，那就是国立北京图书馆和大兴袁同礼氏。

谢老从清华国学研究所毕业之后，即到国立北京图书馆工作。当时北海西岸的图书馆大楼还未造成，北京图书馆暂时在中南海居仁堂办公，袁同礼氏还没有从美国回来。五十年后，谢老在《春明读书记》中，记当时的情况说：

> 我还记得我二十多岁的时候，曾在北京图书馆服务过一个较长的时期。那时这个古代建筑馆阁式的图书馆尚没有建成。我就在中南海居仁堂内办公。及至新馆建成以后，我就到这个新建的馆中作科研工作。我还记得工作休息时间，就依靠着石栏杆旁边，观看苍翠的琼岛和中海太液的秋波。回来之后，就为北京图书馆馆刊上写文章。我写的有《张南垣父子事辑》、《彭茗斋著述考》等篇，偶然翻阅旧的馆刊尚可以见到。

刚主先生当年的工作很有意思，他的工作是什么呢？不是编目，不是买书，更不是当馆长、当主任签字、画圈圈，而只是看书、写文章，这是一个很特殊的职务。当时的馆长，在先生初到馆时，还是梁任公。其时任公还未生病，清华国学研究所去了好几个人：一是王国维的助手海宁赵万里先生，他在清华时不是学生,是职员;二是孙楷第先生;三是谢老;四是许世瑛先生。这些人每月一百块钱工资。（当时北大、清华等校毕业生八十元起薪,因为他们是研究所去的,所以一百元。）工作就是看书、写文章,不久袁同礼回国任馆长,仍然这样培养他们,没有几年,几个人都学问大进,著述惊人,很快成为海内外知名学者,这样也为国家培养出真正的人才了。

书斋思旧

——纪念谢国桢先生

由我住的新村东面巷口，坐公共汽车，只五站地，就到了复旦大学第九宿舍门口，走进绿树成荫的院落，沿着引路，到第二幢比较陈旧的红砖宿舍楼前，按一下楼下一套房子的门铃，我便听到熟悉的声音，就被接待进去，在一间朝东、朝南都有窗、架上堆满了书的书房中，与室主人热情招呼过后，便坐下畅谈起来，不觉就是一两个钟头，又总带着尚未尽兴的依依之情告辞离去……我好像与这间书斋特别有缘，十多年中，不知多少次访问过这个书斋。虽然这幽雅的书斋五六年前已换过主人，但我还是照样沿着杂树葱茂的引路来扣这扇小小的房门——这里现在是贾植芳教授的书斋；而十多年前，这里是谢国桢先生来上海小住时的书房。谢老当时年年不只一次来上海访书、讲学、旅游、探亲。就住在执教于复旦大学的女儿谢纪青同志家，当年只要老人一到上海，这间小小的书斋便谈笑风生，热闹起来，我便也常来看望了。谢老是我北大时的老师，打倒"四人帮"后重逢于上海，短短几年中，过从较密，师生情谊至深；而现在这个书斋的主人贾植芳教授，又是"风义兼师友"的乡长兄，近几年中，访问较便，更是常常见面的了。走熟的路，敲熟的门，宛然如旧的房舍……近二三年中，每次拜访乡长兄植芳教授之后，在走熟的引路上，不免也能触景生情，常常想起谢老，这位到老还勤奋访书、治学、著述……和蔼可亲的老人、老专家、老学长，我的老师。

二十年代中,梁任公主持的清华学校国学研究院一共有多少毕业生,我不知道,现在还有哪位健在,我也不知道。不过我知道谢老是一九二六年由这个研究院以优异成绩毕业的,同学中知名学者甚多,如陆侃如、吴世昌等位都是。谢老当时毕业后,又被梁任公请到天津家中作家庭教师,教任公的年幼子女,一方面又在梁任公直接指导下读书研究学问,为其学术巨著《晚明史籍考》的写作,作了极充分而扎实的准备。谢老直到老年还十分珍惜这段师生情谊,常常说起梁任公的故事,常常吟诵两句诗:"立雪梁门称弟子,白头惭愧老门生……"其思旧之情,真是不胜感慨系之了。

　　谢老一九三一年出版《晚明史籍考》,一九三四年出版《明清之际党社运动考》,两书的出版,很快引起海内外学术、史学界的重视,鲁迅先生在当时对其学术成就和意义,曾给予高度的评价,见《且介亭杂文二集》。但谢老也并未以此自炫,始终未和鲁迅先生见过面,直到老年在给我一本书写的序言中还说:"我虽然承蒙鲁迅先生的谬赏,而地隔南北,始终没有与鲁迅先生见过面。"率真质朴的言词,正是老人的可爱处。

　　说到书斋,自然和书连在一起的。谢老一生最大的乐趣就是访书、买书、看书、介绍书。谢老是历史学家,是明、清史籍专家,晚年又对汉碑产生学术兴趣,各处搜求汉碑拓片、汉画像拓片。研究有得,曾写了《两汉生活概述》一书,在学术上又开拓了另外一个领域。老人访书之乐,老而弥笃。在上海客中,我也多次陪老师到福州路上海古籍书店楼上看书,到南京路朵云轩楼上看拓片。七十年代末、八十年代开头,古籍楼上偶然还有一些杂七杂八零本线装书,一堆堆放在架上,要一本本地耐心翻阅,或者会突然发现一本对你说来十分有价值的宝书,这时这点惊喜得意的感觉,是笔墨难以形容的。不少名家的访书记中都写到过这点,但真正的欢欣要经过者才能有会心之感。

谢老访书、买书、写题跋、写访书记,都涉及版本、目录方面的情况。但谢老不同于专门的版本目录学家。因为他访书、买书的着眼点,首先不在于版本目录上,而在于书的内容、在于书的历史价值和专业需要上。从明、清社会史的角度看,有时一本极不起眼的价钱很便宜的破书,却是很有价值的史料。我记得老人有一次翻到一大本早期《胡庆余堂药目》,有药名,有价格,只用五角钱便买了,老人像孩子一样,脸上堆满了微笑。记得还有苏州王西野兄,我们一同到杏花楼吃白斩鸡,喝一点黄酒,并吃大盆广东炒面。老人基本上没有什么酒量,但却爱喝一点黄酒或啤酒之类的软酒,而且给人写字、给书写题跋,总爱写"被酒"、"薄醉"、"微醺"等字样,老人很爱这种情调,说来又是多么有风趣呢!

我当时住在河间路,老人不只一次地由复旦宿舍经五角场换两次车,到我这个简陋的住处来,吃个便饭,说笑大半天,翻阅一下我书架上的几堆零本破线装书。老人常一边翻阅,一边赞许道:"云乡,你这点玩意不差……"有一次翻到一小本《圭塘集》,老人突然不好意思地急促地说:"这本书有先严的诗,你要割爱……"我第一次看到先生情急的神情,至为感动,连忙告诉先生,这本书是苏州王西野兄的,等我向他说一声再送给您……后来西野兄托友人郑重地把这本书送到北京先生府上,也是一段小小的书缘佳话了。

谢老上海的书斋,因系客中,书并不多,只是临时堆放的。老人北京建国门外寓所的书斋,才是藏书的所在。两间不大的房间中,除门、窗两面而外,周围都是到顶的书架,放得满满的,大多是先生几十年中南北搜求来的明、清史籍珍本,当时我年年暑假回京,不只一次地到此来看望先生,听老人娓娓不断地讲说旧事,情景历历,今已渺不可追矣!

一九八一年冬谢老分到了团结湖比较大的房子,高兴的不得了。事先就和我说过多少次,搬过去之后,又来信约我和西野兄去北京时到家中去住,老人的情谊多么真挚呢!可惜的是,老人团结湖的书斋我没有去过。因为一九八二年六月间先生已生病住在协和医院中,八月间我回北京,最后几次看望先生,都是在病房中……

先生去世一晃已十年了,在先生上海、北京两处书斋谈话的情景,仍常常出现在我的脑海里,感到那样地亲切,这或者就叫作遗爱吧!因写小文,略抒思念之情。

老成凋谢之思

七月初自新加坡回到上海,正遇高温天气,没有别的办法,只好硬斗,说也怪,居然对付过去了。虽然今年热的长些,但时间毕竟是快的,转瞬之间,秋凉了。"凉风起天末,游子正徘徊",高温固然难受,但很快就凉了,又使人有惆怅之感。转眼"七月既望",中元节到了。富察敦崇《燕京岁时记》中虽然记着七月十五烧法船、荷花灯,种种有趣的春明故事,但前面总的一句道:

中元不为节,唯祭扫坟茔而已。

北京过去把七月十五叫作"鬼节"上供、上坟,悼念逝者。陶渊明诗云:"亲戚或余悲,他人亦已歌。"旧时对于亡人,有的是真切的思念哀悼,有的是遵循慎终追远的礼数,行礼如仪,在我感到,总还是一点善良的风俗,当然呵佛骂祖,掘祖坟而自以为革命者,大有人在,但那是另当别论的。

漂泊异乡以来,早已念破家山,无坟可上了,岁时祭祖等迷信也一股脑儿扫掉几十年矣。中元节的种种,那历历在目的儿时趣事,都是华胥梦境,一去不复返矣。"四人帮"时代挨斗时,常常听到一句话:"你们做梦也想恢复失去的天堂。"这其实是一句多余的话,"子在川上曰:逝者如斯夫!"天堂也罢,地狱也罢,失去的总是失去了,流逝的总是流逝了,任何"帮"都一样,"四人帮"也不例外,又何能恢复呢?

失去总是要失去的，流逝总是要流逝，只是看失去、流逝之后，还留下点什么？是什么呢？是瞎扯淡呢？是爱呢？还是恨呢？是丝丝缕缕的思念呢？是缓缓而来的感怀呢？个人的、多人的、全社会的、短暂的、久远的、历史的……多多少少总是有一些，这就是历史。

　　今年中元节，是在苏州过的，其实事先并未想到那天是农历七月十五。八月廿五日应苏州园林局柏传儒局长、老友西野翁之邀，随他们到了苏州，住在东吴饭店绿楼中。楼前老树小池；长廊曲槛，颇有园亭之胜。白天为筹建苏州园林博物馆事，开了一天会，晚间饭后，我坐在楼前池旁山石上小憩，猛抬头看到月亮从树间冉冉升起，十分圆了，忽然意识到：今天不是农历七月十五中元节吗？

　　我望着月亮，望着浮云，遥想着，沉思着，难免有人生之感——想到今年似乎不利老人，前后几个月的时间，几位老先生，相继作古了。依顺序排，先是陈兼于丈，接着是叶圣陶丈，相继是朱东润先生、沈从文先生、梁漱溟先生，这几位文化教育界的老前辈，这些年来，除梁漱溟先生只是间接有过一些联系，未曾亲聆教益外，其他四位，则都是过从较密的师长，这几位老先生，有四位是年过九十作古的。从年龄来说，不能不说是寿近期颐，明时人瑞；但从个人感情，中华文化来讲，又不能不使人感到是巨大的损失，老成凋谢，言之可伤了。

叶圣陶先生

　　叶老圣陶丈是我近几年中请益较多的一位前辈，这几年来，老人家一直十分关心我。可是自从一九八五年先生大病之后，

386

视力已完全不行了,所以再没有收到过先生的来信。

我出差去京时,总要抽时间去八条看望先生。一九八七年六月末,接到新加坡朋友周颖南兄的信,内中附着他六月十四日去看望叶老的照片,神态如昔,笑容可亲,我感到极为欣慰。秋天我去北京,本要去看望先生,却不慎得了胃炎,困顿不堪,在舍妹家饮食调养了几天,便匆匆赶回上海。元旦近了,我按老习惯,自制贺年片,寄给先生,祝先生期颐康乐,不久接到叶至善先生的回信,信中谈到老先生的健康情况说,"父亲身体还可以,精神越发衰弱,几乎整日打瞌睡……父亲头脑虽清楚,但思想无法集中,不能再寻字觅句"云云。我当时读了,虽然感到挂念,但看到"身体还可以"、"头脑虽清楚"数句,觉得九十多岁高龄了,能够这样也真不容易了。并未意识到其他。至善先生在信中最后说:"近来我已收集父亲的信件,准备编入《叶圣陶集》,您如有收藏,请复印一份寄我。"叶老的信,我都是单独收藏着的,我看完至善的信后,便把老先生的信找了出来,数了数,长短一共二十多封,第二天便拿到学校复印了一份,本来想寄,后来因为中央电视台有个任务,让我去北京,我便想自己带到北京,亲自送去。

我是一月十七日去京的,过了一两天,那天有便车,便想好一早先去东四八条送这份复印件,并看望老先生。不想到了之后,平常照顾老先生生活、给老先生读报、读信的孙媳告诉我说:老先生昨晚气急,一早就送进北京医院,住病房检查治疗去了。正巧至善先生也去政协开会去了。我便向至善夫人、老先生孙媳问讯了一些情况,告辞出来了。此后老先生就一直住在医院中。我因忙于开会,曾托王湜华兄问讯康复情况,知道仍住院治疗,我还心里天真地想着:老先生在医院疗养一个时期,可能回家过年吧……我开会紧张，一直到小年夜头一天，才急急忙忙回到上海。第二天晚间看电视新闻，荧屏上突然播出了老先生的照片，传来了老先生作古的消息……

我忽然感到愕然了。因为我思想上并没有想到这点，而是天真地想着老先生回家过年的事。这时不由地黯然感到十分悲伤，老先生再也不会回家过年了。

我久久沉浸在一些往事的回忆中；我只记其中一件，因为当时老先生的一些话，似乎仍在我的耳边回响着。那是一九八四年的夏天，我由上海回北京，陈从周兄托带一个手卷到北京，请各位老先生题跋。叶老因视力关系，已经不能应人之请，题跋书画了。便想请老先生盖个章，不题任何字，也表示鉴赏过了。这在古人也是常有的。那天我带了手卷兴冲冲地去东四八条，不想不巧，老先生和至善先生都到政协开会去了，我寒暄了几句，只好告辞出来——但说来却有缘分，我刚刚走出小小的四合院砖门楼，老先生和至善先生的汽车恰恰由西口开来，刚到门口。老先生下车见是我，欣然拉着我的手缓步又走了进来，一边进垂花门，一边我把手卷请盖章的事说明了。老先生自然同意。进了客厅，没等落座谈话，便先在方桌上打开手卷观看，一看引首是顾起潜先生的篆书，至善先生在旁赞赏道："顾廷龙先生题的不会差……"接着便仔细地观赏，选择好盖章的地方，从书房中取出图章，老先生亲自来盖，盖完了给我看这方图章，并且像讲故事似地对我慢慢说这方图章的来历：

"这还是外公给我的，当年他在观前街开一爿小古董铺……"

我一边赏玩这方抚摩得极为圆润的旧石章，一边听老先生娓娓地讲着旧事，思想和感情都在缓缓地交流着，似乎感受到中华民族历史文化的滋润，看到了中华民族悠久文化的刹那镜头——而这正是当年某些"英雄们"咬牙切齿要扫除的"四旧"。

我听着老先生讲完图章的故事，便随口说道："上海有两位青年朋友，图章刻的很不错。我请他们为您刻两方好不好？"老先生听了，莞尔一笑，喟然叹道：

"唉——我再也用不到图章了！"

我听了这话，感到无限的惆怅，真不知道说什么好了。一九八五年春夏间，老先生住北京医院；康复之后，又回家了。我因去京出差，前去看望，在卧室和老先生谈了话。他的视力已经完全丧失，而说话声还好。其后我在上海，友人来信说，老先生在家养的很好，及至看到颖南兄寄来的照片，老先生在客厅中陪客，老寿星笑容可掬，慈祥神态一如往昔。只隔了几个月，我想老先生纵然住几天医院，疗养一个时期，自然可以回家过年；因为这不比一九八五年住医院动手术呀，那次我倒是十分担心的。可是，荧屏上突然传来不幸的消息，我怎能不愕然沉浸在哀思中呢？

佛家是讲缘法的。我对圣陶仁丈识荆，说来是很晚的，已是几度沧桑之后了，而老先生却十分厚爱，似乎是几十年前就是他老先生的学生一样，教诲十分亲密无间，这不能不说是有缘了。

我第一次拜见老先生，是一九八〇年夏天，那次老友古建筑专家陈从周教授正好到北京开修复圆明园的会议，我正好也在北京。会议结束，相约在京探亲访友，先去到铁狮子胡同（现叫张自忠路）人民大学宿舍，也就是当年著名的段执政府里面，看望冯其庸教授。由那里出来，顺路就到了东四八条胡同看望叶老，是预先约定好的路线。我虽然在半世纪前，作孩子时就读过不少老先生的作品，熟知老先生的大名，但这次去拜谒，却还的的确确是第一次面聆先生的教诲。我因为第一次趋谒请益，不好空着手去,又不便买两包市场上的俗礼。总得有点因头呀,便抄了新作的两首词,作为第一次呈阅的课稿。这样便蒙老先生不弃,得以列门墙了。当然,多蒙老先生厚爱的原因,还有一点因缘,就是叶老是俞老平伯先生最亲密的老友之一,都是本世纪初苏州高中的同学,又都是五四(新文化)运动的主要作家;五十年代初老先生又由上海到了北京,与顾颉刚、王伯祥、章元善三先生,被海外文化界合称"姑苏五老"。而我是俞先生北大的学生,这可能也是老先生特别厚爱的另一原因吧。

我初次拜谒聆教之后,不久就回上海了。以后虽然常有去京的机会,但毕竟是在上海的时间多,去北京的次数少。因而同老先生见面的机会实际是很少的。只是信件来往却较为频繁。有一次我接上海某学会之征稿通知,写了一篇万三千字讨论中文教学的长文,题为《语文教学今昔谈》。写信给老先生请提意见。老先生并其他问题一齐回了我一封三页信笺的长信,其中谈到此事道:

> 尊作《语文教学今昔谈》自宜送去刊载,与足下见面不多,而通信已频,我知尊作必有堪以益人者。写字糊涂,自己作不得主……

老先生信中说"通信已频",自是实际情况,而赞许我的话,我自然不敢当,我只是把这些话当作老师对学生的鼓励。再有我真听了先生的话,把这份《语文教学今昔谈》的长文慎重地寄给上海某学会了。遗憾的是,寄出之后,如泥牛入海,再无消息。去信询问,概不答复;去信讨回,更是相应不理,好像上海市根本没有这个"宝贝学会"一样,时间一长,自然也无时间和耐心再去查问，不是为写此文，翻阅老先生的旧信，也早已把此事忘光了。叶老曾寄给我一张海棠花下拍的照片，是叶老、俞老、章元善先生合拍的。老先生信中曾作介绍，这年顾颉刚、王伯祥先生已去世，"姑苏五老"只剩三位，于今则只剩俞老硕果仅存的一位了。叶老还是文学研究会成员最后一位辞世者。悼念叶老，不只是为了私谊，为了祖国的文化、教育、文学事业、老辈学人的值得珍贵的仪范，也应该寄以深深的哀悼吧！

陈兼于丈

说起陈兼于老先生，《大公报》读者不应该陌生。七八年前，《兼于阁诗话》在《大公报》"艺林"版连载时，海内外学术界誉之为《石遗诗话》之后，半个多世纪之唯一诗话，可见其为世所重了。《兼于阁诗话》刊出时，署名"陈声聪"，这是老先生的名字，"兼于"是其字，自然是取义于"兼听则明，偏听则暗"意思了。

我与兼老第一次见面，也只是七八年前的事。当时是在已故友人李宝森先生的家宴上，介绍人是施蛰存教授。后来因谈的投机，共同语言甚多，蒙老先生不弃，过从就十分密，请益的次数也就非常之多了。一九八七年十二月初，《团结报》社长许宝骙丈来沪，特地相陪趋车前去看望兼老，但保姆说，家中太冷，住医院养病去了。接着十二月中旬，在福州举行海峡诗书画印联谊笔会，我住在外贸中心酒店，福州朋友陪大家出外逛街，青年朋友卢为峰兄指着斜对酒店的一片旧屋说，这就是陈兼于老先生的故居。大家十分景仰，赞叹了一番，接着就谈论起老先生的诗和诗话，也颇有鲁殿灵光之感了。

月底由福州回到上海，不久，就接到了老先生一九八七年十二月廿九日去世的讣告，以九十一龄高龄离开这个人间了。回忆一九八六年虎年春节，老先生写了一副大对子：

新开虎步；再展鸿图。

挂在上海南京路朵云轩的橱窗里，笔酣墨饱，极有精神。后来老先生以梅红笺写了寄给我，我又以此为题，给《人民日报》写了篇春节杂文，还配了一方王运天兄刻的"虎虎有生气"的图章。想来还不到两足年，一位能鼓余勇，写一尺见方大字对联的老人，已走完他人生最后一程，灯尽油干，想来造化是多么无情！一九八八年一月中旬我由于要赶到北京出差，未能参加老先生的追悼会，写了一副挽联，托朋友带去献在老先生灵前。联云：

文物重旧都，白发多情思志略；
艺林传诗话，榕城故里念先生。

上联说的是先生编《旧都文物略》事，这可说是先生生平最重要的事业。一九三四、一九三五年之间，杭州人袁良任北平市长，陈兼于先生任市府机要秘书，鉴于"九一八"之后，敌人对华北侵略的野心与行动，日甚一日，北平作为文化故都，形势极为重要，因思筹款修护故都名胜古迹，吸引国际人士前来游览，使之成为一个有国际意义的名城，一旦敌人入侵，会引起国际注意，加以干涉，或可得到保护。想法虽然天真，用心实为良苦。在修护古迹名胜的同时，就编印了巨形图册《旧都文物略》。

该图册的主编是汤用彬，北大名教授汤用彤先生之弟，编辑是彭一卣、陈声聪。编审是陈宝书、吴承寔、金保康三位，人员虽少,但只用了五个月,有历史意义的巨型图册,就编好了,文字和图片,在当时都是有世界水平的。今天国内从事出版工作的朋友,对这种质量和速度,那真是无从想象了。而时间过了五十多年,最后一位编书者也成为古人了,后继者呢? 言之可伤亦可叹!

我和兼于老人谈起来,最为兴高采烈的就是京华旧事,老先生对于昔时的北京,一往情深,是有原因的。在抗战时期,兼于丈在后方写诗《怀远篇》中有句道:"故京若故里,舅居即我居。当时甥馆连,两家乐蓬蓬。朝事一再变,尽室先南驱。芦沟忽喋血,城社据鼠狐。……"兼老青年时期即到北京,为北洋政府旧人,任职财政部,其妇翁为方策六先生,名兆鳌,铨叙局参事兼帮办。家住宣外菜市口东路北"铁门",是一条南北胡同,北口通西草厂。这条胡同是宣南的大胡同,住的基本上都是宦游京师的南方人,豫章会馆也在这里。所说"舅居即我居",指的就是铁门故居,政府南迁随之离开旧京,过了几年,又随袁良到北平市政府任机要秘书,在此期间,编了这部《旧都文物略》,继袁良之后,任北平市市长者为秦德纯。那已是宋哲元的政务委员会时期,国难当头,时局更为严重了。提到旧事,兼老有一次来信告诉我说:

> 北平当袁任时,与日本人交涉,尚是平起平坐,至秦已屈膝了。《旧都文物略》全是袁手所办,去任时未印好,秦亦插上一手,其序文确为柯燕舲手笔。袁序则为秘书长陈宝书手笔。亦是他所书。

后来老先生又口头告诉我说,因袁匆匆去职,因而是书之编辑,亦匆匆完稿,详于前而略于后,其后面《技艺略》、《杂事略》两部分之外,本有周详的编辑计划,尚有《市廛略》、《饮食略》、《物产略》、《风俗略》等,已拍了大量的照片,包括工艺、风俗、戏剧、特产、饮食、肆市等部分,都未编辑进去,未能将"七七"事变以前旧京的生活画面留传下来,不能不说是最大的遗憾了。

我与兼于丈过从中,最高兴的事,莫过于有一次在福州路旧书店,无意中买到一本破旧的《旧都文物略》,没有回家,直接到茂名南路老夫子府上,请他题诗的事了。他老人家看见此书,像看见多年不见的亲人一样,用手抚摩着破旧的书皮,激动不已。他对我说,把书放在这里,慢慢题,可以吗? 老人的这点痴情,意味多么深长,我自然十分理解,便把书放在先生家中了。

隔了几天,来信说题好了,让我去取,取来展卷拜读,有诗有跋,古意盎然,其跋云:

云乡先生顷自冷摊购得此册,以予附编者之末,携来相视,距今五十年,同寅诸公,无一存者,《塘沽协定》之后,平津险危。袁公文钦先生时绾市政,以北平为五朝国都所在,文物繁富,欲使成为游览区,一新世界耳目,以压日人野心,颇事整修,并有斯著,事虽不济,志犹可取,今已无人知者,属为题墨,因并及之。癸亥清和,兼于陈声聪,时年八十有七。

其诗是两首绝句,句云:

平上通渠筑路长,一番金碧亦周章。
堂堂此意何人会,御敌无兵策救亡。

当时腥秽满城颈，属笔仓皇傍战尘。

如过黄垆增腹痛，孤存犹滞北归身。

读跋和诗，可知老先生思旧之情，感旧之深。我的《燕京乡土记》一书，老先生是三位写序人之一，也是唯一知道民国初年京华旧事的人，可说者太多了。如今先生溘然化去，知道民初京华旧事的人又少一个，如今或仍有硕果仅存者，自然也将相继物化，纵然是记忆中的春明梦华，也必然将全部消失了。

沈从文师

从文先生是我四十一年前，北大文学院的老师。先生当时讲授的是"现代文学选读及习作"，这本是西南联大一二年级开的课。胜利复员，联大师生回到北方，兵分三路，北大、清华、南开，学生任选一校就读。我们这些沦陷时期，限于种种条件未能奔赴后方的伪北大的学生，虽然当时有人呼叫"汉奸学生"，需要甄审等等，但后来在某些热心爱护青年的老先生，如容希白先生等位大声疾呼下，才赦免了这群当了八年亡国奴的苦娃娃，也可自由选择学校。

我仍留在沙滩北大，当时已读四年级，但伪北大没有开过类似的课，要补足学分，必须读沈先生这门课。沈先生的课最使我感兴趣、念念不忘的是习作，先生批改之细，第一次拿到时，是使我大吃一惊的。在稿纸的中间空行中，能再给你补充两三行小字，而且都是蝇头小楷，密如芝麻粒一样，真是一绝。极少勾掉原文，而都是就原文延展补充。先生讲写作技巧，重在联想，就是思维的多角性、广阔性、逻辑性。于此我似乎悟到一点窍门。

先生批改的习作，我曾保存两份一直到一九六六年八月，在那批亘古未有的"英雄们"把我的十平方米的斗室，连抄了七次之多之后，那就什么也没有了。妙在某些当时指挥抄家的人，现在还常常见面，我真不知他们脑袋里装的是什么？——自然，这些人也都是虽有脑子，却大多是不听自己使唤的。因回忆沈老师批改的习作，不由自主地说到这些不愉快的事，虽不能说是箭在弦上，不得不发；也可以说是痛定思痛、积习难除……反正中国成语很多，可以任意使用，不必多说了。我只是时时在思念那珍重保存了二十年的先生批改的习作！

先生的堂房内弟张中和兄，是我中学时期最要好的同学。他艰苦跋涉去了一趟昆明，进了联大，又相随复员回来，在清华读书，因了这点瓜葛，当时沈先生住在中老胡同，我住在西斋，一拐弯就到，有时晚间便拉同学去拜访沈先生。不少次谈话的内容迄今记得还非常清楚。当时先生正在主编天津《大公报》、《益世报》文艺副刊、商务印书馆《文学丛刊》，编辑部就设在中老胡同家中，谈话的内容也常常说到这些副刊上所发的稿件。记得俞平伯夫子的长诗《遥夜闺思引》就是在《大公报》文艺副刊上刊出的。当时我已毕业，为了吃饭，在兵荒马乱的年月里，流落在塞外古城大同一所中学里，在昏暗的煤油灯下，读着这些副刊，回忆着在嵩公府夹道文学院灰楼上课的情况。

一九五〇年，在西苑学习，我和另一些同学在二部，先生和北大不少教授，在政治研究院，是高一级的，实际上都是改造思想，本质上是一样的。星期六进城，坐公共汽车，有时遇到，也只行一般师生之礼，无其他话可谈了。

一九六二年故宫开"曹雪芹逝世二百周年纪念展览会"，暑假我在北京，去东堂子胡同看望先生，先生给我讲了详细展品情况,在那间小正房里,足足谈了两三个钟头。督促我赶快去看。我接连看了四天,作了不少记录,后来这些记录和书稿自然也都被抄走,不必再提了。但二十多年后,我又能重整旗鼓,写几本有关《红楼梦》风俗、名物的书,这不能不感激先生的师传了。

今年六月初,我去新加坡前数日,先在上海报纸上看到为先生开追悼会的报道,感到很悲伤,后来到了北京,听老同学张中和及夫人详细介绍了先生去世时的情况,感到更是莫大的遗憾,莫大的损失。

拨乱反正之后初期,先生还住在小羊宜宾胡同那间小东房中时,我去过两三次,那是间东西两面有窗的斗室,夏天时上午东晒,下午西晒,根本无法工作。书全堆在床下,三个客人有一个就得坐小板凳。后来总算好,第一次乔迁至东交民巷东口社会科学院宿舍楼的五楼上,实际也只是南北各一间,但比起羊宜宾胡同来,那已是大不同了。但是先生在这个新居中,却又增加了不少想不到的负担,就是这里交通过于便利,离开火车站只一站地,各种各样的客人都涌到他府上来,几乎使先生无法应付了。当然这也是有原因的。

近十年中,美国金介甫等因研究先生著述获得博士学位,先生研究服饰的巨著在香港出版,先生去美国讲学,去日本讲学……老树新花,晚晴照耀,声誉更隆,这也就引来各种各样慕名前来的拜访者,中国人、外国人、同乡人、采访的、请益的,甚至有来募捐的、借钱的、借粮票的,真是无奇不有。

先生中过一次风,后来养好了,但春秋已高,毕竟不能再多劳累,据说这次还是因为谈话过多,不幸病发,抢救无效而去世了。说来多么使人悲伤!悲伤的不只是先生这个人,而是先生所带走的那部分中国文化。"江山代有才人出,各领风骚数十年",这是期望的一个方面;"'广陵散',绝响矣",那又是一个非常痛心的方面。在中华民族文化受到长期极左思潮摧残后的今天,后一方面,就使人感到更是当前普遍的现象,老成凋谢,几乎是谢一个少一个了,不亦大可哀乎?

上海《文学报》创刊时,我作为义务帮忙者曾想请先生随便写点文章,曾写了两封信去,后来先生以我送先生的木刻水印梅花笺纸,给我写了一封毛笔信,信中特别说到工作情况云:

> 闭门谢客,不作任何点缀场面应世文章……至今年近八十,还无个稍稍清静可以好好工作一阵的住处,反不如三四十岁后生,精通"世故哲学",一面知用什么"青年"名分,得到种种好处;另一面又可自称"专家老手",得到别的方便,巧佞逢迎,固宠取幸,两面开弓,左右逢源,逍遥欢快,活得如神仙中人也。"不善自处"虽难以改正,"简化关系",不能不尽力而为。

我是景仰先生、非常理解同情先生的心情的,为祖国文化事业多做些工作的迫切希望和不平之气同样溢于言表,那样恳切,那样率真。后来我为了不再打扰先生,去京时几次想去看望,都没有再去。后来听说先生又搬到东交民巷台基厂一带更好的一座楼上。我连门牌号也弄不清楚了。《燕京乡土记》出版时,是托张中和兄转送给先生的。先生也曾寄给我一本《凤凰》,是先生小说和散文的选集,前面有朱光潜先生的序。不过我在几度沧桑、"牛鬼"数变之后,对于所谓"文学"也者,已经冥顽不灵了。

我感到文学好像对于国家经济、人民生活没有什么关系,似乎也不能代表民族文化的一部分，而你争我斗，嘈嘈闹闹而已，倒不如历史更踏实些。手头有本破杂志，是一九五三年九月份的《新建设》，上面有先生一篇长文《中国织金锦缎的历史发展》，更可以看出先生治学的谨严。我知道先生有研究《红楼梦》名物的大量手稿，不知现在是否还在，如果把这一类文章、稿件汇总编辑出版，我想对学术界也是有重要意义的吧。

再想听先生谈话，已是不可能了。过去和先生聊天，越到兴高采烈时，先生乡音越重，越难懂。我有一次笑问先生道："您什么时候到北京的，怎么总说不好北京话？"先生笑道："是一九二一年到北京的。"我接着笑道："您来北京的时候，我还没出生呢！"说完都笑了。陪侍砚席之乐，渺不可追矣，悲夫！

梁漱溟先生

梁漱溟先生也在今年作古了，自然，这也是人们意料之中，或迟或早的事。因为先生寿近期颐，而成名又早，真如《桃花扇》中老赞礼唱的："古董先生谁似我，非玉非铜，满面包浆裹。"历史的沧桑，种种的屈辱，形同古金石的包浆，先生的确太苍老了。纵然长寿，但也究非金石。先生自己文章中写道："我是一八九三年生于北京的，民国初年不过二十岁内外。"算来已足九十五岁高龄，奄然化去，从活人世界来说，前几年，先生在世，也真如人中的秦砖汉瓦，见过的太多了。

"一九一一年，袁世凯作为临时大总统来向临时参议院宣誓就职的那一幕，我是在场的……"试问，这些形同太古的旧事，能亲见过的，不要说在先生去世后的今天，即在前几年，又有谁能与之相比呢？真可说是硕果仅存，绝无仅有了。

这是有条件的，即一要长寿；二要入世早、成名早。梁老十八岁，即一九一一年已担任了《民国报》编辑，兼外勤记者，后来他改任司法总长张耀曾的秘书。这样他虽然年轻，但因工作之便，可以随时旁听参、众两议院会议，可以接触最高层人物，了解政治核心内情，也可能是太谙知民国早期政治内情关系吧，再结合他学养的其他方面，这些奠定了他乡村建设研究的政治理想。其实这种世外桃源般的幻想，在中国以枪杆子争夺政权的社会，又何能实现。如果不是为了自造声誉，那就似乎太天真了；但另一方面，在一九四九年后，几经严批，而依然故我，似乎开思想改造的玩笑，这又是其顽固处，天真加顽固，不正是"真"和"坚定"吗？一般人纵然有，也容易在强力前失去，能够保存住，说来也真不容易了。其事多知者，不多说了。

　　十年前，我在北京有一次访问一位在全国政协工作的熟人。他一度是这些政协委员每周一次学习的主持人，曾告诉我在"四人帮"时期，政协机关等于停顿，极少人来，而这位梁漱溟先生却每周必按时来，把写好的发言稿照念一遍，把发言稿交给主持人离去，数年如一日，并一再声明："我发言不要记录，以免记错。我读完稿子就上缴。"当时我是当笑话听熟人讲说的，本想通过熟人介绍，去拜谒先生，但是一蹉跎又是十年，如今已人天永隔了。想到先生虽然活了九十五岁，似乎仍然太短促。造化真是无情啊！

　　先生虽是广西人，却是出生在北京，其先人梁巨川也是名人，久宦都门。梁老在《记彭翼仲先生》一文中记自己幼年是在北京前门外五道庙蒙养学堂读书的，但后来未上更高级学校，而是靠自学成才的，曾写过一本《我的自学小史》小册子。当年北京大学盛传两位投考北京大学未被取录的学人，后来都成了北京大学的名教授,后者是沈从文先生,前者就是梁漱溟先生。而且据传梁老当年投考京师大学堂三次都未被录取。过了不多几年,蔡孑民先生便礼聘去北大任教授,讲印度佛教哲学课,其时梁老才二十七岁。有人记一九二二年北大情况云:"当时北大同时开了两个公开的哲学讲座,一是胡适主讲的西洋哲学思想史,另一是梁漱溟主讲的孔家哲学……"学贯中西的大师讲学,如今则只能从想象中见之了。能不为当前中国学术文化三叹乎?

一九八五年冬,苏州筹备建城二千五百年纪念,整修虎丘古寺,重挂匾额,派人找我想主意,我建议大殿山门的大匾,找梁漱溟先生去写。后来我写了介绍信,他们出差去北京,先找《团结报》社长许宝骙丈,经许老热心帮助,梁老欣然命笔,现在白地黑字"藏真含古"的大匾,已经挂在虎丘山门上了,海内外游客去时不妨注意一下,也算纪念先生吧。字是大楷放大为榜书的,虽不甚好,但颇精神,其可贵处,是这样一个名胜古寺,请讲印度佛教哲学出名,有世界声誉的学者写个匾,较之请大官或书法家协会成员写有意义多了。何况还可以不花钱呢?在讲经济效益的今天,这点就更可取了。

忆沈从文老师

上月《文汇读书周报》在上海文化宫办第九届书展,开幕时去参观了一番,买了一些新旧书。参观的人很多,十分热闹。只是各地出版的新著不多,可看的更少。而一些改头换面的老先生们的文集还不少,如周作人、沈从文诸先生,均是旧日老师,看着这些新印的文集,或厚厚的几大本,或薄薄的而十分精美的许多种,看来销路都不错,可惜这几位老先生都已是古人了,不能再看看自己这些著作风行的情况,思之不免怅然。

我知道沈从文先生的名字,还是在半个多世纪前,在沦陷区北京读高中时,当时正从头发胡同市立图书馆借大量"七七"前文艺书籍看,而先生堂内弟张中和兄是同班要好同学,这样就常常说起沈先生,当时沈先生在西南联大教书,也没有想到我后来会成为沈先生的学生。

一九四六年西南联大复员归来,一分为三,北大、清华、南开,各回各家。沈先生回到北大,讲"现代文学选读及习作"这门课,本来是一年级的课,我当时已升入四年级,但是我是伪北大、临时大学升上来的,没有读过这门课,要补修,所以这才直接成了沈先生的学生。这时有两件事印象最深刻:

一是到沈先生中老胡同家中作客,当时复员回来的教授,单身的住在红楼,部分有家眷的住在景山东街西斋斜对着一条小胡同几个四合院中,房子并不太好,沈先生住了三间北房,陈设也很简单,不过椅子、茶几等都是红木的。当时开学不久,课已上过几次,师生都认识了,已知我是张中和兄同学,很热情地接待我和另外一个同学。当时先生教课之外,还主编天津《大公报》《益世报》等处文艺副刊,谈话内容就是说这些副刊上当时发表的几篇文章,谈论得十分热烈。后来俞平伯先生的《遥夜闺思引》长诗并序,就是在沈先生编的副刊上发表的。不过这是我毕业以后的事了。

二是先生改的习作,在稿纸的两行间的空格内,能再加两三行密密麻麻、芝麻大小的字进来,而且个个字都是正功小楷。第一次题目记得是一个字"影",一周后我领回卷子,真是大吃一惊,当时我私塾小学、中学、大学,已经看过十几位老师改的作文,从未见这样用蝇头小楷加二三行改卷子的,真是叹为观止,一学年里写了四五次习作,卷子我一直保留着,直到一九六六年八月底被抄家,被捆载而去,大概送到造纸厂去了。

我久在上海,虽然年年都回北京,但时间短暂,且过去简化社会关系,免得双方麻烦,很少与旧日师友有联系,因而沈先生也多年未见,一九六二年故宫在文华殿开《红楼梦》展览会,展出不少珍贵文物,在预展之间,我特地到外交部街去看望老师,了解展出情况。是一所大四合院的两间东耳房中,未走大门,由东边过道走到底,侧门进去,正是先生居室,我们在靠南窗的两张小沙发上坐着,谈了有近两小时,十分尽兴。先生介绍了不少展出珍品,如《南巡图卷》中的各种戏台,乾隆妃子的图像等等,平时很少见到原物。坐处正对着后墙,墙上挂着两个玻璃的仕女画镜框,这是清末时兴的室内装饰品,画在玻璃皮面,现在很少见了……我当时心里还奇怪,沈先生怎么挂这种画呢?

"十年浩劫"后,我在上海听王西野兄告诉我,沈先生"文革"后期,在苏州住过一个时期,常和西野兄在公园见面聊天,还从西野兄处借书看。并且我在西野兄处看到过沈先生一封长函,细述徐志摩诗人失事时情况,当时沈先生在山东大学,是最早赶到济南相帮料理诗人后事的。大概是一九七九年夏天,我回北京,承张中和兄告诉地址,又去小羊宜宾胡同看望先生,住在一间小东房中,但后墙又有大窗户,上午东晒、下午西晒,夏天其热可知。书都堆在床下,无法找、无法看,只一张旧椅子、一个小板凳,三个人,就得有一个坐在床沿上谈话,相对真是不胜感慨。后来回到上海,和赵家璧先生闲谈,也互相叹息不已。后来隔了一年多,先生第一次乔迁到社科院在崇文门东交民巷口上,新侨饭店隔壁新建的宿舍楼五楼,其实也不大,只不过朝南一间,朝北一间加小厨房、厕所而已,还没有再贴隔壁军队宿舍团级干部的房子大呢,但是先生已十分高兴,暑假我去看望,先生笑容婉乐地说:这下好了,我买了四个书橱,这下可以摆书了……真是喜上加喜,不久先生的服饰史专著在香港出版,引起了轰动效应。又不久,美国金介甫研究先生著作,得了博士学位。也令人兴奋感叹不已,先生把那厚厚的五百页里封面英文论文复印本,拿给我看,我也真是叹为观止了。先生高兴时,说的文坛上人心不古之类的掌故很多,可惜常联系到一些戴桂冠的诗人,不便一一列举了。

先生写小楷、章草。爱写,也常常写了送人。我处有一个立轴,一封毛笔章草写的信。西野兄处我带回来两幅,一幅《急就章》立轴,一幅西野兄自己写的律诗。几幅字都是用东昌纸写的。给西野兄写的一幅,后面特地注明,是用两毛钱一支的小学生写仿的笔写的,先生章草功夫很深,深得《急就章》拨镫笔意,不过大多寸楷不到,字较小,很少写大字,施蛰存先生家有一幅大字立轴,款署"上官碧",是在西南联大时写的,更为精神。不过现在知道"上官碧"是沈从文的人已很少了。

　　想起先生,要说的太多了。篇幅所限,就此告一段落吧。或者将来写篇《再忆从文老师》也未可知。

关于林语堂

六十年来天下，东壁打到西壁。

今日收拾归来，依旧水连天碧。

一九九三年八月在台北，亲戚驱车带我到基隆去玩，归途直上阳明山去华岗文化大学找人，结果未找到，顺路就下来了。正好从林语堂先生故居门前经过。故居在下山路的右手，绿阴阴的藤蔓植物，覆盖白墙顶部，看不见里面的房子。大概是一层或二层的小洋房，咖啡色的西式大门掩映在绿树丛中，十分安静。亲戚是在几十万吨级油轮上做过大副的，漂洋过海是他的本行，对于像语堂先生这样的文化名人是不太注意的，所以下山时车速很快，"林语堂故居"那块牌子一闪而过。我也未便让他停车，下得山来，车子在台北高级住宅区士林至善路上驰奔了。而我在车中，忽然想起这首诗。记得好像是林氏《翦拂集》前面引用的，说是济颠和尚的诗，不过我也没有查对过。只是这首诗记得十分牢，是年轻时看《翦拂集》记住的，而《翦拂集》本身的内容却已忘得一干二净了。

我最早知道林语堂其人，是在六十年前，作孩子时看《论语》知道的，当时我已在乡下读过"四书"，上、下《论语》背得最熟，记忆最佳时，真能从"子曰：学而时习之……"一口气背到《尧曰篇》"不知命，无以为君子也；不知礼，无以立也；不知言，无以知人也"。忽然看到又一本摩登《论语》，怎能不注意呢？当第一

406

次父亲从朋友家拿回来一本时,我一下子就注意到它的主编是林语堂了。但是当时林氏不但早已离开北平,而且似乎已买舟东渡,远赴大洋彼岸到美利坚合众国写英文小说去了。

林氏是福建人,幼年在福建教会学校读书,福建清代三百年中,文风最盛,林氏秉承余韵,中英文最佳,后又到上海圣约翰大学读书,毕业后,留学德国,专攻语言学,成为英国语言、文字独步一时的专家,民初北洋政府时期,北京人文荟萃,林氏至北京大学、师范大学担任英文教授,参加了五四运动前后的新文化活动。一九二六年应厦门大学之邀,南下主持该院文学院工作,《鲁迅日记》一九二六年五月十日、十三日、十九日三次记到林氏:

十三日……与耀辰、幼渔、季市饯语堂于宣南春。

十九日……赴女师大饯别林语堂茶话会。

可见当时关系多么融洽。鲁迅去厦门大学任教,完全是林语堂氏聘请的,当时从北京聘请的名教授很多,但是后来多不愉快,鲁迅与许广平合作的《两地书》中多有记载,在此也不必多谈。只是这些名教授都未在厦门呆长久,都纷纷离去了,一些人先到大革命的广州,后来又都北返,或到北平,或去上海,林氏本人也回到上海,一方面教书,一方面写文章,一方面办杂志:《论语》、《宇宙风》、《人间世》,由三十年代初直到一九三六年林氏出国,这期间知道"玉堂金马"林玉堂的人虽少,而"林语堂"三字,在文化教育界中是无人不知的了。

《论语》是讲求幽默的半月刊,创办最早,文字大多出自名家,但通俗易懂。北平的稿件最多,知堂、刘半农、俞平伯、老舍、老向等人,还有不少各地来稿,有不少接触当时当地各种不良现象,以较为辛辣的文字写出,十分迎合一般读者口味。一九八二年去世的女作家苏青最早就以"冯和仪"的笔名在这一刊物上发表文章。其后就是《宇宙风》、《人间世》。三种刊物封面设计,一种风格,左上方直写刊名,或中央直行写刊名,造成一时风气,一直影响到《逸经》、《禹贡》等刊物,以及沦陷后北京的《朔风》,上海的《古今》。《宇宙风》是散文半月刊,以小品、随笔号召,但也有连载。老舍小说《牛天赐传》、《骆驼祥子》都是在《宇宙风》上连载的。当时华北紧张,《宇宙风》曾出北平风土专号《北平乎?》引起全国注意,影响极大。《人间世》以"宇宙之大、苍蝇之微"的小品文来号召,印刷最考究,第一期封面为大红洒金,"人间世"三字选自古碑,华贵典雅。每期封面内一大照片,有当时名家,也有古人,记忆中最清楚的是知堂老人、丰子恺、刘半农、曲园老人、当时去世的女作家黄庐隐等位。林氏曾不只一次写信要刊登鲁迅照片,鲁迅未给,《鲁迅书信集》中有封复信,在此不多引了。写文章仍是《宇宙风》的那批人,但格调更高一些,当时名家均为其写稿,后来同样刊物,再无出其右者。我原收藏有前数期,在北京我父亲处,"文革"亦未被抄。但一九六七年夏,父亲去世,弟弟、弟妹等不懂这些东西的价值,当废纸处理了。文化浩劫也在于无知的人太多了。

林氏去美之后,这些刊物由上海邵洵美、陶亢德等人主持,"七七事变"之后,好像只《宇宙风》继续出版,直到胜利后,又复刊,但已非其旧观了。

林氏在提倡幽默、提倡明人小品文的同时,自己写文章,当时出了《翦拂集》、《大荒集》等,还为开明书局编了《英文教科书》，与周越然商务《模范英语读本》及林汉达英文教材，鼎足而三，成为全国广泛使用的英文课本。去美之后，林氏就大量用英文著述，很少用中文写文章了。《瞬息京华》、《吾国与吾民》等书最早译本，是抗战第二三年开始流行的。抗战期间，林氏曾带女儿回过重庆，并到过西安等处。后来又回到美国，侨居纽约。

解放之后，五十年代初，纽约一些华人知识分子，组织文艺团体"天风社"，林语堂便领导了这一团体，创办了《天风月刊》，由其女儿林太乙主编，聚拢了一批留学在外的文艺青年，唐德刚教授《胡适杂忆》中有清楚的记载。一九二六年间，陈嘉庚氏创办厦门大学，是请林氏主持文学部的，虽然一时号召了不少名教授，但不久就烟消云散，各奔东西了。五十年代中叶，南洋华侨领袖人士，鉴于华侨子弟回国上大学困难较多，便在新加坡倡办南洋大学，慕林语堂氏之大名，请他来担任校长，主持校政。林氏也兴致很高，便率全家离纽约而赴南洋，到新加坡来就南洋大学校长之职了。因其名气甚大，南洋华侨耆旧，一时对其期望甚殷。但不久即不合而去，一时不明真相者，谣传纷纷。近年才听新加坡老朋友告我当时真相。盖林氏是自由主义学人，到校对学生讲演，说什么"可以不上课"、"可以在教室里吸烟斗"等等。校董会华侨耆旧，原希望把子弟送入大学，学成规规矩矩人才，校长号召自由主义，如何能行。又加当时政治形势，自不能留用。因而林氏不久便挂冠而去了。

林氏垂暮之年，曾回到香港，或许也想回京沪及福建故乡看看，但没有实现"池鱼思故渊"之情，去了台湾。世界上只有一个中国，总也算"故国梦重圆"了。

忆废名先生

　　《文汇读书周报》刊载文章,回忆废名先生、赵斐云先生,一下子二位先生的音容笑貌、衣冠形象便浮现在我眼前,真像是昨天的事一样,而实际却是近半个世纪前的往事了。一九四六年秋至一九四七年暑假,废名先生回北大任教,这是西南联大复员后,北大回到沙滩汉花园等旧校址开课的第一年,自然这之前临大二分班,再往前日伪北大文学院也都在这几个地方,但那就不必多说了。

　　废名先生开了三门课,"《孟子》研究"、"陶渊明研究"、"翻译文学",前二门是选修的,后一门是必修的。一般选修的同学们都选了,必修的自然非上不可。每门课都是两个学分。开学时天气还热,废名先生一进教堂,对于我们这些慕名已久的沦陷区青年学生来说,都是瞪大眼睛来看先生。当时先生穿着一件较深一些的月白竹布长衫进入课堂。北京话长衫习惯叫大褂,当时北大先生们一年四季都穿长衣服,夏天绸的或布的大褂,春秋夹袍子,或者再罩一件蓝布大褂(南方叫罩衫),冬天棉袍、皮袍,同样如此,不过城里样子都差不多,一般都五寸左右袖口,长短在脚腕上,肥瘦视身体适度,都较宽松,领子一般高一寸多,领口一枚纽襻。夏末秋初,料子一般杭纺、灰或蓝色,也有考究的用西服料子凡立丁、派立司做的,比较节约,经济差一些的,灰竹布长衫。这时极热时横罗、夏布等长衫已经落令了。而废名先生所着深月白竹布长衫,又长又瘦,领口高,钉了三个纽襻,一看就知道是南方山乡裁缝所缝,或者家中缝制的,而先生谈笑自若,以木讷而带有较浓乡音的语言讲课了。废名先生对待学生特别能体谅,给予同情。当时战火纷飞,通货急剧膨胀,物价不断飞涨,学生大多家中生活困难,前途渺茫,因而能安心用功读书的不多,而考试时要保持平均七十五分以上,才能保住全公费。废名先生在考试评分时总是较宽,自然不是随便送分数,但也从不为难学生。当时有些教授会评出五十九点五的分数,废名先生大概从未给过学生以这样刻薄的分数。

先生说话很慢很低,两个学期下来,先生夹袍、棉袍,穿的都是乡间式样的衣服,但是那样亲切,那样平易近人。先生为什么穿的都是乡间老样式衣服呢?因为先生抗战八年中都是在其家乡湖北黄梅乡间度过的。据一九四六年七月卅一日《俞平伯致胡适》信中说:"冯于事变之年以母丧返里,后避兵乡间,教学为活,去岁始迁回黄梅城内,于旧京前迹颇致怀想。"因为先生抗战八年中,都住在山乡,所以回北大任教时,全是乡下打扮了。

废名先生回北大后,在中文系任课,但在讲课中哲学语言很多,讲孟子、讲陶渊明,加入哲学观点,自然意境很深,可是听起来也感到吃力,好多语言不能理解。连知堂老人都说"生怕看不懂",何况我这些学生,虽然我当时因为小时《孟子》背得很熟,陶渊明的几篇名文和一些诗,分量不多,平时也是背得很熟的,听起先生的"研究"来,所引原文还较熟,还有意思,而一提高到哲学高论,就有些茫然了。我自解放后再未与先生见过面,也无函件联系,只知先生院系调整后到吉林大学教书去了。

思念谭公其骧

　　说起谭公其骧,可思念的甚多,先说几件小事。

　　一次王蘧常先生过生日,运天兄和衡山饭店前经理赵锡堃给王老在衡山十四楼设宴祝寿。很丰盛的一桌菜,而客人很少,运天兄感到不够热闹,问我再请谁好,我说把谭公请来。路很近,弄一部车,我去一会儿便把客人请到。大家尽欢而散。记得最清楚,席上一尾五斤重的大鲫鱼,当时每斤八元。事后谭公私下问我,这钱怎么算?我说算了。当时谭公认真而怀疑的神态,至今如在眼前。

　　一次在谭公家中闲聊,他说起一些三十年代北京学术界旧事,说到去辅仁大学代替柯昌泗先生讲"历史地理",住在陟山门,说到胡适之先生年龄,说到《禹贡》旧事等等。后来说到吴晗先生,感慨地说,他真正研究学问,只用了五六年时间,其他时间,都搞政治了,真可惜呀……

　　一次我送了一本《红楼识小录》给他,同时告诉说:"对不起,这本书的错字太多了,请原谅……"他老先生却回答得十分妙:"没关系!你的这种书,爱看的人,自会看得出里面的错字;如果连错字也看不出,那也看不懂你的书了……"

　　谭公过八十生日,学术界给谭公祝寿,而且事先有通知,用大家凑份子的办法,不用公家钱。我按通知要求,寄了六十元去。在社科院食堂聚餐,酒席很好,席间大家向谭公祝寿。罗竹凤先生说:"我祝你活到一百三十四岁……"据说是外国不晓得谁说的人可活到这个年龄。

一次在谭公家聊天说到吃东西上,谭公忽然意味深长地感慨说:"黄鱼紫蟹不论钱……如今已三年不知蟹味矣。……"

谭公最后一次中风住院,我去看望过两次,第一次昏迷不醒,无话可说,只在签名簿上签了一个名就走了。第二次是同许宝骙先生一起去的。这时他已明白过来,但不能说话,不能动,全身只右手能动,有感觉,许老没有同他握手,我同他拉手,他用力拉着我的手久久不松开,嘴里哇哇乱叫……真是古人说的生人道尽矣! 自此之后,还希望奇迹出现,药物治疗还能拖延,但过了两个来月,收到的却是讣告了,这就是最后一面了。

我的《增补燕京乡土记》完稿之后,曾请谭公写篇序,他欣然执笔,写了一篇五六千字的序,讲的都是三十年代在当时文化古城北平教书时的事,因书迟迟不能出版,我先把序交给《读书》杂志刊出,但文章刊出,先生已住院不省人事,在昏迷状态中了。

我知道谭公大名很早,但认识很晚,他是谢国桢先生的亲戚,和许宝骙先生很熟,是燕京老同学,又都是浙江杭嘉湖同乡。在"十年浩劫"之后,各位老先生又来往频繁,过从亲密。好像是谢老写了介绍信让我去看他,那时他已不住复旦宿舍,搬到淮海中路去了。见面的具体情况记不清了,印象最清楚是陪许老去看望他,大家坐下来谈了没有几句,因为要去王蘧老家,便告辞出去,他忽然兴致很高地问道:"你们是不是有车?"我们说有呀,他便说我也去。这样大家一起到王老家。当时王老还住在宛平路,大家一起去了王老家,坐下来,虽然离得不远,但见面机会不多,一说起来,便兴高采烈,说个不休了。而说的都是一些学人当年在嘉兴的情况,不少又都是北大的先生,如说到唐兰先生,年轻时还做过中医,在嘉兴某一条巷子挂牌等等,只是嘉兴我十分陌生,巷名听过就忘了。

后来我和谭公见面的机会多了,我去顾起潜先生家时,下来总顺便到谭先生家看看,坐下来一聊就是大半天,而聊的多是北京旧事。谭公总是念念不忘三十年代北平的一切。有一年我去北京住在圆明园旧址一个招待所里,常到成府、海甸一带闲遛,回来和他聊起,他马上就问:"你去大蒋家胡同没有? 那里变了样没有?"在他的记忆中,希望中,最好还是当年的老样子——蒋家胡同三号顾颉刚先生的寓所门口还挂着"禹贡学会筹备处"的牌子……可是风云变幻,世事沧桑,哪里能够呢?

谭公名其骧,字季龙,浙江嘉兴人,出生在北方,但很小就回到嘉兴原籍,读书长大,秀州中学毕业后,在上海读大学。一九三〇年大学毕业,到北平燕京大学读研究生,一九三二年春,离研究生毕业还差半年,就因其伯父谭新嘉先生的关系,进国立北平图书馆当了馆员,在其《值得怀念的三年图书馆生活》一文中写道:

> 一九三二年初,我结束了在燕京大学研究院的学习生活,走上了我一生中第一个工作岗位,——进国立北平图书馆当馆员。
>
> 我的从伯父谭新嘉(志贤)先生是这个图书馆的"开国元老",从民初京师图书馆时代起,一直担任着中文编目组组长的职务。由于他的推荐、请求,馆长袁同礼(守和)先生卖他的老面子,录用了我。

燕京大学研究生二年、图书馆三年,这对谭公成为一个名满中外的历史地理专家,成为一位一生研讨学问的学人,关系是至为重要的。在燕京他选了顾颉刚先生的"《尚书》研究",因讨论《尚书·尧典》中"肇十有二州",对顾先生讲法持异议,写信给顾先生,而顾先生第二天就回了六七千字的长信,赞成三点,不赞成三点,他又去信争论,顾又回信答复,这样问题越争论越明显,最后顾在信中说:

> 现在经过这样的辩论之后,不但汉武帝的十三州弄清楚,就是王莽的十二州也弄清楚,连带把尧舜的十二州也弄清楚了。对于这些时期中的分州制度,两千年来的学者再也没有像我们这样清楚了。

以誉满宇内、举世公认的史学界权威、名教授,而能嘉许一个二十出头的研究生的意见,使讨论能深入展开,这就是谭公得之于名师的学术研究的起步。

在图书馆三年,谭公的工作是汇编馆藏方志目录。馆藏方志分载于六种书目之中,查找翻检,殊感不易。他把一张小桌子放在书库书架旁,随时翻检,随时择录,工作起来自是方便。但他在书库中虽是为查方志而来,但所翻却不仅限于方志,看到感兴趣的书名,都要拿下翻阅一下,这样长期翻阅结果,使他阅读了大量的书,那样自由自在,不但扩大了知识面,而且自然也是其乐洋洋的了。当时北平国立图书馆收方志五千二百余部,除去复本三千八百余部,他编成《国立北平图书馆方志目录》,于民国廿二年五月印行。其后又收八百六十二部,由其从伯父谭志贤先生编成《国立北平图书馆方志目录二编》。

谭公在图书馆任馆员的同时,又在辅仁大学兼课,接替柯昌泗先生讲授"中国沿革地理",后又在燕大、北大兼课,在此同时又帮助顾颉刚先生创办"禹贡学会",出版《禹贡》半月刊。这个刊物成为高水平的地理学术专刊。谭公开始两年负责编务,后两年任学会理事。当时理事共七人,顾、谭之外,有冯家昇、钱穆、唐兰、王庸、徐炳昶。当时半月刊很多,有《论语》、《宇宙风》、《人间世》,这是林语堂为主、陶亢德等人办的;有《逸经》,是近代史刊物,简又文主编;再有就是《禹贡》。一个时期这几种刊物封面都是类似的,像古书的样子,左上角一个长条像古书书签一样是刊名,右下方或配一图,或刊简单目录,成为一种流行式样。沦陷初期,北京方纪生、陆离编的《朔风》也学这个样子,上海《古今》好像也是这样的,再后就没有类似的了。

谭公在北图作馆员时,各部还有编纂委员,如向觉明先生达、赵斐云先生万里、谢刚主先生国桢、孙子书先生楷第,他们后来都是北大的老师。当时在图书馆,每月一百大洋工资,只是看书、写文章,另外还有贺昌群、刘节、王庸、王重民等老辈学人。古语说:未观其人,先观其友,就是这些人才济济的同事,谭公和他们朝夕相处在一起,其学术气氛之浓,友朋熏陶切磋之益,可以想见了。

谭公在《文献》十四期《值得怀念的三年图书馆生活》一文中还说:

> 我没有为北平图书馆做多少事,北平图书馆却为我提供了最好的做学问的条件和环境,我之所以懂得一点学问的路子,在结束研究生生活后,紧接着又在图书馆里呆上这三年,是起了很大作用的。
>
> ……那时我还没有结婚,单身住在景山西街陟山门大街图书馆办的宿舍里,但住在这个宿舍里的却并不一定是

馆里的职员,只要是文化界中人,通过介绍,都可以住进来,因而我在宿舍里又结识了女子文理学院教师谢兴尧(五知)、翻译工作者刘国平等几位朋友。我和馆里和宿舍里的同事和朋友除谈论学术外,还经常一起逛旧书铺,一起上小馆子,有时一起看京戏,这三年的图书馆生活,确是我一生最值得怀念的岁月。

看来谭公这段生活,是一生记忆中最潇洒的了,难怪我请他给我的《增补燕京乡土记》写序时,他一口气就写了五六千字。

"七七事变",北平沦陷后,太平洋战争前四年半,燕京大学因为是美国人办的,还照样办着,谭公仍然在燕京教书,至一九四〇年春他离开燕京,辗转到大后方,任教贵州浙江大学。抗战胜利复员,回到杭州,解放后院系调整,来到复旦,一直是教书和从事学术研究。沦陷时期,由沦陷区到后方,南北各省有好多条道路,自然每条道路都要经过所谓"阴阳界",步行跋涉是十分艰苦的,而且要有人带路。可惜当时没有听他谈谈辗转进入后方的过程。

谭公在学术研究上,主要是历史地理方面的,而最大的科研工程,就是《中国历史地图集》编纂出版。这项工作,拖的时间很长,由一九五七年开始,直到八十年代前期才得以顺利出版。出版之后,得了奖,获得了很高荣誉。有一次见面时我向他祝贺,他笑着说:"不少地方是参考了清代顾祖禹的《读史方舆纪要》……"当时《读史方舆纪要》顾氏手定稿本藏上海图书馆,尚未出版。所说参考,大概主要是参考这一稿本了。据说稿本和已刊者比较,差异很大。

谭公一生写的论文很多,但没有出版一种书,八十年代初才将解放前后几十年中所写论文结集出版,取名《长水集》,分上、下两册。谭公嘉兴人,嘉兴据六朝人记载,秦以前古地名"长水",因以名集,无深意也。书前有《自序》,详细叙述了成书过程,各篇长文写作时的情况。谭公送我一套签名本,前几年随意读了几篇,过眼云烟,早已忘了,这次为写此文,又拿出来重读一遍,深感先生治学之勤奋、谨严,抚书思人,感慨万端,"广陵散"岂真绝响乎?

谭公序我"古城……"

一九八六年，我出版过一本书，书名《燕京乡土记》，我自己十分喜欢，朋友们也十分喜爱，只是印数太少，各大书店几乎没有上架就卖光了。自己买到也很少，而海内外友人辗转托人来函要书者仍纷纷不断。我既感到遗憾，又感到兴奋，便鼓余勇就原书作了修改补充，并新写了百余篇，重新编次，完成了《增补燕京乡土记》一书，准备出版。

在上海，前些年中，有几位二三十年代在当时北京、北平生活过的学人，多是我的老前辈，见面时总爱谈谈北京的旧事，如当年各大学的情况呀，逛书摊买旧书呀，公园、北海坐茶座之乐呀，吃饭馆呀，听戏呀……以及谁家住在哪里？谁家房子如何？格局如何呀？等等。一谈到这些，便神采飞扬，怡然忘倦，不觉日之移暑。这些学人中，著名历史地理专家谭其骧教授便是一位经常见面的学长，也是最爱谈这一类话题的人。谭公字季龙，浙江嘉兴人，三十年代初到当时北平入燕京大学研究院，临毕业即进文津街图书馆当馆员，后即到辅仁大学兼课，代柯昌泗先生教"历史地理"。同时编《禹贡》半月刊，是顾颉刚教授的主要传人和助手。后又到北大、燕大、清华讲课，沦陷后仍在燕大执教，直到一九四〇年才去了大后方，任浙大教授。解放后院系调整，到了上海复旦大学，长期任历史系主任，兼历史地理研究室主任。对于"历史地理"来说，自然变化固然重要，人文变化就更应研究，因而黄河故道、东海淤积、洛阳伽蓝、武林旧事，同样都能引起人们的兴趣。我写《增补燕京乡土记》和这项研究，不但沾着边，而且还有密切关系哩！

我完稿之后，一天，和老先生闲谈，就说到这些并请写序，归来，正好读到《文汇报》先生的文章：《积极开展历史人文地理研究》，便又写了封信去说道："大文与拙著似或稍可拉上瓜葛，且夫子眷恋春明旧事"云云，这样，这篇序老先生就非写不可了。自然，这序也正好碰在老夫子的感旧思路上，本来就有许多话要说嘛，有了这篇"序"的题目，正好洋洋洒洒发挥一番了。因而过了一个多星期，就寄来了一篇六千多字的长文。长文开头一大段，引我信中"眷恋春明旧事"一语发端，说明以"燕京乡土"名书，时代限制是北伐以后，解放以前，更确切是"七七事变"之前，是最合适不过，是经过深思熟虑的，而私人书柬中，就不必那么严格认真，说道："虽然我所生活过的燕京是北平时代而不是作为都城的北京时代，却也不妨把我对北平的眷恋说成为眷恋春明旧事"了。

接着先生就说自己对三十年代的北平生活的回忆，不仅是怀念，并且是眷恋。由在北平图书馆当馆员的薪水六十元大洋，到辅仁、北大教零钟点，每课时五元。由包饭每月十元不肯吃，到吃小馆一顿几毛或几吊，由小馆子到大馆子十二元一桌的鱼翅席，到十元一桌鱼唇席、八元一桌海参席，为凑不齐十人，未吃到每桌四十元一碗厚味鱼翅的谭家菜而遗憾。由听马连良、言菊朋等名伶，说到听杨小楼一元二角，说到韩世昌昆剧不过卖五六成座。由逛厂甸书摊，说到逛琉璃厂书铺、西单商场、东安市场书摊，说明逛不一定买，逛本身就是乐趣。由逛书摊、书铺，说到书铺伙计送书上门，要的就留下，不要的下回拿走，三节算账，端午、中秋不一定还，年底结清。不光旧书可送，其他商店也送，燕京离东安市场那么远，要吃稻香村的熟食，照样可派小伙计骑自行车送来。自然都不贵，也不过块儿八毛、一两元钱。回忆公园茶座的风光，夏天五点多钟去，点心当饭，完了喝茶，乘凉聊天，一坐可以到夜间一两点钟。春明馆座上遇到老教授林公铎（损），拉来坐下，说话都是"之、乎、者、也"文言，不时夹上一句："谭公以为然否?"经常见到钱宾四（穆）、汤锡予（用彤）、蒙文通三位老先生坐在一起……谭公的回忆，感情深切。文字简洁而全面，画了一幅三十年代北平文化、教育界的生活速写。以这样感情丰富的长文，来序我的《增补燕京乡土记》，说来自是再荣幸没有的了。可是这年头出书太困难，这部书稿，拖延了数年未能出版。我便先把谭公的序，送到北京《读书》杂志，在一九九二年七月号上，以《一草一木总关情》的题目发表了。令人伤感的是：此文刊出时，谭公第三次大中风，卧病华东医院数月，已在弥留之际，不久就去世了。

直到谭公去世，我的《增补燕京乡土记》出版事尚未落实。而我的另一本书《文化古城旧事》，早已与中华书局签了合同，写明是一九九三年年底出书。这也是一本专写三十年代北平文化教育的书。《乡土记》只写岁时风俗、名胜古迹、市廛饮食等等，不及人事。而这本则专写学校、文化名人、教授生活等等。我一想谭公序的内容，除去开始说到"燕京乡土"而外，后面说的都是当时大学教师的实际生活情况、文化环境、人际关系，与《文化古城旧事》一书的实际内容，更是不谋而合，有直接而密切的关系，因而就移花接木，把谭公序《燕京乡土》的长文，移来作为《文化古城旧事》一书的序，应该说是更为适当的。谭公如果健在，我相信他老先生也一定会点头同意，莞尔而笑。只是人天永隔，不能面陈，只能想象了。悲夫!

附带说一句:《文化古城旧事》按合同本应九三年年末见书,因校对延迟,一再拖延,近接中华书局函,已付型,大概今年年底可见书了。《增补燕京乡土记》合同上写着,明年年底见书,且排版一千页,能否如期出版,也只好等着看了。只可惜,纵然如期出版,谭公也见不到了,谨以此短文,作为纪念。寄托哀思吧!

沙湾郭老故居

　　"江山代有才人出"——介绍了郭老洞房、元配夫人,如不再介绍一下郭老故乡、故居,那真是说不过去,因为这里太美了,而这江山气势的壮美,又和平原地区、沿海地区、江南一带……迥不相同。在郭老故居,最后一进院子的西北角门一转弯出去,呀,眼睛一亮,豁然开朗,这就是郭宅的书房院,郭老小时读书的地方,花木扶疏的小园,似乎有围墙,又似乎无围墙,三间不高的瓦屋,正对着峨眉山主峰大峨山,山又大又高,顶上有白云积雪,书房又低又敞,窗棂静寂,日影冉冉,由朝到夕,山色一直在几案间,一个小孩子,在这样的环境中读书,能不心聪目明、想象万千吗?——所以在这种环境中,宋代才出现过苏东坡……现代才出现过郭沫若——不管你承认不承认:江山形胜是孕育人才的重要条件,这是客观存在的。

　　大渡河和岷江在乐山会合,浩浩荡荡,奔流急湍,一眼望不见边际。看惯了干枯的黄河、平静的长江、妩媚的钱塘江和污浊的黄浦江的我,看到了乐山的水,才感到了水的气魄,而大峨山就在水的转弯怀抱中,山水相依,人才孕育,小小的沙湾镇就在这里,郭宅就在沙湾镇的南北大街上。路西大门一排三间,出檐很深,有似廊子,中间大门,一方大匾:"贞寿之门",黑地金字。两边隶书抱柱:"传家有道唯存厚;处世无奇但率真。"代表了郭家传统气度,文化、道德风格,自然完全是老派的,正代表了元配夫人一世苦辛。

中国各省住宅实际上都是东南西北四合房，只是风格不同。郭老故居是考究的三进四合住宅，进大门长方形的院子，四面房屋连在一起，不同于北京三正两耳、四面不连的院子，但房子深而矮，又不同于江南民宅高爽。这都是因气候、建材、方位等种种原因，几千年形成的规格和工艺。大门内小院子正房前厅；穿过前厅、正院正厅，左、右首即主人卧室，穿过正厅，即后院，正房和两边厢房都连在一起，和正院一样大小，大门进来，到此共三进院子。房子出檐低，院子小，站在院中，并望不到山影，而由后院西北角出去，向左一望，就全是巍峨的大山，直拍眼底了。

　　书房对着山，名"绥山馆"，小额挂在屋檐上，木纹本色地，白字。"绥"是安的意思，"绥山"即安于山居。两边柱子上挂着一副小抱柱，同匾一样，也是白字。词句是："雨余窗竹图书绿；风过瓶梅笔砚香。"三间中间缩进去有廊子、两旁推出来。书房是堂屋和左面一间，旧花格窗糊纸，中嵌玻璃，没有什么陈设，但极为整洁，我去的时候，正是下午四时不到，院中一串红在斜阳下开的正好，更显幽趣和雅韵，我坐在院中石凳上，看看山影，看看寂静的窗棂，似乎听到郭老少年时的琅琅书声——怎么会成都、北京、东京、广州……吟哦声回荡越来越远、越来越远呢？如果今天这里仍有八九十岁的郭老在吟哦，又当如何？汉代名臣马援少年有大志，"愿马革裹尸还"，豪言壮语，千古留为美谈，但他同胞哥哥马少游则说："愿乡里称散人足矣。"同样留为千古美谈。中国知识分子，在旧时或风云际会，志在万里；或颐乐田园，足不出户。在封建社会的漫长过程中，除战争乱世外，都可以各遂其志，都有利于各代传统文化的贡献和延续。而在本世纪以来，这就大成问题了。高级知识分子都集中在大都市，这对农村和未来的文化发展似乎都成问题，而让学人住在乡间，各种生活条件又不具备,又大成问题……想想真是不应该而难解决,但愿不久将来,乡间生活条件和大都市一样。

郭老故乡沙湾,实际并不是偏僻的地方,成昆铁路不经过乐山而走峨眉、沙湾,成都火车直达,只要三个多钟头,汽车也很方便,公路很好,四通八达。所以郭老故居,开放为纪念馆,来参观瞻仰的人很多,门口也卖参观券,里面左、右厢房,都布置为展览室,里面陈列郭老各个时期的照片、著作、剪报、实物,小时候读书用过的笔砚、书籍、作文簿、诗稿、文稿及穿戴过的衣帽、手杖等等。郭老在日本的名气很大,不少日本代表团都来参观过,陈列着不少有纪念意义的赠品。

四川天都之国,最好的就是成都南面内江、岷江这一带平原地区,沙湾、峨眉在西边沿,回疗养院时,汽车穿行在这肥腴田野的公路上,斜阳照耀着碧绿的稻田,农家的草房,一幢幢散在田间,汽车开过,惊走在公路两旁觅食的鸡鸭,情景完全像三四十年前无锡、苏州到上海的公路上,现在又过去了七八年,我想一定也发生了不少变化,不过这情景我仍常常思念着。

我的朋友

读唐德刚教授《胡适杂忆》，有一章题为《"我的朋友"的朋友》，一开头就写胡先生自称是有"考据癖"的人，但对自己的问题却考据不出来，二三十年代间，在北京文化界最流行的一句话，就是"我的朋友胡适之"，想成名者以此标榜，吃不着葡萄说葡萄酸者又以此讽刺……一时引用者纷纷，但到底最初是谁说的呢？唐德刚教授问胡先生，"有人说是傅斯年……但是又有人说，另有其人"，胡先生却笑的非常得意，连忙说："考据不出来！考据不出来！"这大概是胡先生知道不愿意说……亦变相之王顾左右而言他也。"我的朋友"便自此成了新典故，《知堂回想录》缘起一开始就说："我的朋友曹聚仁先生，前几时写信给我，劝我写自叙传……"这也是用这一新典，不过时至今日，"我的朋友胡适之"早已经是古人了，知堂老人、曹聚仁先生，也成了历史人物。长江后浪催前浪，后浪之后又有浪……我的朋友陈从周却还很健康……想想三年前他同某位官开会时拍桌子大发脾气，忽然血压升高手冰凉，中风住医院，危险黄牌挂了半个多月，好不容易从死亡线上拣回一条命，也多亏是医院重视，医生手段高明——再想想真是何苦来？几根傲骨，又值得几何？贴上性命也还不是白搭，所为何来？所以还是心平气和，不要冲动才好；动不动发脾气，吃亏还是自己！

自从妻子去世前后，虽然离的不远，也有三四个月没有去看他了，不过电话时通，知道他近来身体还可以。近半月天气很坏,日日冷雨凄风,家居十分枯寂无聊,前天一夜不大的西北风居然晴了。昨日冬至,阳光很好,也不太冷,下午小睡醒来,忽然想几个月不见了,看看老朋友从周兄,当年王子猷雪夜访戴大概也是这种心情,只是我未坐船,穿过两条马路,再乘一段公共汽车,只三四站地,便到了。同济三村庭院静悄悄的,草地尚未枯黄,但悬铃木叶子都脱落了,遍地黄叶,一派冬情。一按门铃,居然是他自己出来开门,虽然钥匙串上连找三次,才开了安全铁门上的锁,但也很不错了……

几句寒暄之后,便聊了起来,话匣子一开,就落在京华旧事上,他和我都收到刚寄来不久的一本小书《京华胜地什刹海》,由此枝蔓开来,那话就都落在不少前辈学人身上。其实从周兄从小生长在杭州,后来长期在上海教书,从未在北京工作过,为什么他那样遐想于京华旧事呢?这里面有些特殊的机缘:一、他是营造学会创造人朱启钤先生的学生,朱桂老是从清代末年直到六十年代在北京生活了一辈子的元老和学人。二、他和北京其他老一辈学人不少都有深厚的友谊,五六十年代中,每到北京出差,必和老辈们有所往还,受到熏陶,缅怀旧事,怡然神往……而我则是北京长大,四十一年前才调工作到上海的,因而他所怡然神往、遐想不已的,也正是我常眷恋不置、魂梦以思的。比如,他因看书中舒乙先生文章"老舍先生自沉于太平湖"一句,便问我"太平湖"在哪里?我告诉他北京太平湖有两个,一个原来在宣武门里西南城角;一个在德胜门外往西,和城里积水潭原来只隔着一堵城墙。宣武门里西城根的太平湖在过去是光绪父亲醇亲王王府所在地,民国时期,王府租给民国大学,解放后是音乐学院。过去在西南角楼下,水面映着角楼,十分美丽,鲁迅反对杨荫榆时,女师院部分搬到宗帽胡同,离此不远,附近还有家太平湖饭店,在此开会,报上常登,"太平湖"地名很出过一些风头,可是过去人很少走到,现在城墙拆除,角楼没有了,湖也早填平了。《天咫偶闻》所说"平流十顷,地疑兴庆之宫;高柳数章,人疑曲江之苑"的风光早已不存在了。至于老舍先生自沉处德胜门外太平湖,是玉泉山水经昆明湖水关流至西直门外高亮桥,又东流聚于此,经城墙下水关入城为积水潭,又流入后海、什刹海、北海、中南海等处,在东南角出处,为泡子河,出城流向二闸一带……他听我闲聊这些陈年往事,十分感兴趣。

从周最爱说的事是六十年代初,他到北京出差,去拜见老师,正遇朱桂老九十大寿,桂老请他和瞿蜕之去民族饭店便饭,隔壁一张桌子上坐着梅兰芳先生,看见桂老来了,连忙过来行老礼,单腿打千,亲切问候,这种前辈礼数,他看了十分感动,想起了杜甫《江南逢李龟年》的著名绝句,正所谓"岐王宅里寻常见……"打千问候之间,多少往事,尽在不言中。朱桂老最讲究古代刺绣缂丝等艺术品。九十整寿时,曾手书一"寿"字,托从周转托王西野兄在苏州订制百幅缂丝"寿"字分送中外各地亲友,以留纪念。现手书原件裱件,尚挂在西野兄苏州家中。大约十四年前,暑假我回北京家中小住,从周兄去北京开圆明园修复讨论会,会后我和他一齐在北京玩了两天,我请他和几位老先生在萧重梅(劳)仁丈家附近的餐厅便饭,八九个人花了二十多元吃的酒饱饭足,饭后又到重梅丈家中小坐,他拿出他年前刚由美国买回来的"雷朋"高级相机给大家照相,后来又去铁狮子胡同人民大学宿舍看望冯其庸兄,然后去东四八条去看望叶圣陶丈,去东四八条朱桂老家两次,第一次是拜访,第二次是应邀去便饭。自然朱桂老已作古多年,是应桂老哲嗣朱二先生之邀去的。由其夫人朱二奶奶烧拿手菜招待从周,我也借机沾了光。大家边吃边谈，说朱桂老生前及"十年浩劫"期间旧事，吃着吃着，忽然张学良将军令弟张学民先生自后院过来了，大腹便便，十分爱说笑话，从周兄尊称他"张二爷，越来越发福了……"他却拍着肚皮说："这不是胖，这是腹水……"他是朱桂老六小姐丈夫，和从周很熟，我则是四十多年前只见过张学诗，和张二爷则是初会，被这样一说笑，我立刻感到，这位近六十多年前十八岁时作过天津市长的张二爷，原来是个十分有趣的老头儿……只是现在也作古好几年了。这趟京华小聚十分潇洒，当时从周兄只不过六十二三岁，精力充沛，本想约他再玩两天，可是他应大连市之邀，一定要如期赶到大连去，火车票一时买不到软、硬卧铺，买了张硬座，坐一夜硬板车赶了去，口渴了连开水也吃不到……当时说起来我真佩服他这点呆劲儿……可是俯仰之间，他已是七十六七岁的老人了。

从周兄把古建筑、园林建筑和昆曲、黄酒、龙井绿茶……并列，这是中国传统文化艺术的精髓，有时的确是可意会而不可言传的，它是建筑在深厚中华传统文化基础上，甚至是建筑在老庄哲学、禅宗哲学的基础上的艺术。某些方面是难以用现代建筑科学的理论来套的。"心有灵犀一点通"，此从周之所以为从周也。可惜老了！

包身工

夏衍先生去世已快一年了，虽然已过耄耋之年，但仍令人有老成凋谢之感。常常想起他的《包身工》，我不知看过多少遍，讲过多少遍。"小姑娘坏来兮……"、"芦柴棒"，类似这些词句，都记得清楚。可是我却惭愧，在读、讲此文时，都只是就文讲文，毫无感性知识，每每感到遗憾。不想后来在"牛棚"中使我补上这一课，也是意外的收获。

在牛棚中，我有为不识字的、不能写文的"牛"写交代材料的任务，一位母亲做过包身工头、妻子是包身工出身的"牛友"详细给我讲了包身工一切，使我有了感性知识，替他写了详细的交代材料，当然是奉造反派之命来写，不是自作主张写的。他们是苏北人，最早也是逃荒来到上海，先住"滚地龙"（待有机会再写文介绍），乞讨谋生，刻苦度日，其母也做过包身工，等到他十来岁时，其家景况已大大改观，在杨树浦一棚户区中，已有了一所一上一下，后面有灶披间的房子。楼上很低，打地铺住十来个包身工，每天一早，喊包身工起来，到下面倒马桶、洗把脸、吃烧好的菜粥，米是廉价碎米，菜是他和他母亲到小菜场拾来的菜叶子。粥吃好，其母送包身工去工厂。中午碎米烧饭，咸菜或有咸鱼，由其母送到厂中交给包身工吃。晚上再接回来仍吃粥。谓之管吃住，两粥一饭，三年满期，再加谢师半年，共三年满师。在此期间，所有工厂工钱，全部由其母领取。每到八月半，由其母带包身工去白相一趟大世界。到过年时，每人给一丈五尺花洋布。

除此之外，一年做到头，没有什么假日，也不能回乡探亲，是有合同的。

　　工厂年年要招新工人，他们早已和厂内东洋大班联系好，花两三元钱买个牌子，就可补一个工人进去。他们再带信给乡下，亲戚邻居，有愿意来的到他家来顶替那些已满师的姑娘。当时工钱是三至五角一天，每月做满，无假日，平均每人都有十二三元工资。当时物价极低，两粥一饭，碎米烂菜叶子，一月伙食用不了三元，房钱、灯水等于不开支。一丈五尺花洋布加大世界门票不到两元。这样平均一人年收入百五六十元，开支三十五六元。每一名包身工他家稳赚一百二三十元，多时他家有十五六个，少时也十二三人。那些年他家平均每年从包身工身上可赚一千五六百银元。几年里，就在苏北老家乡下买了十五六亩好地，他妈又从包身工中选了一个漂亮姑娘给他作媳妇，结了亲，他媳妇继续在纱厂做挡车工。他家的那些包身工满师后，大多继续在纱厂做工，后来都嫁了人，与他家都有来往……

清华老学生

我表哥贾林放同志去世了，消息自北京传来，我感到十分哀伤，他活了八十一岁，位置做到煤炭工业部副部长，以寿命和地位说来，总也是无憾了。我对他的思念却更深、更远，想到的还是三十年代前期，清华园中的一名大学生的形象。

正是五十八年前的农历三月末，我还是一个孩子，随父母从遥远的山乡来到当时号称"文化古城"的北平，住在打磨厂一家老式客栈兴顺店，一间没有家具，只有一条土炕的小屋。写信到清华，他第二天便来看望，穿一件咖啡色夹袍子，咖啡灯芯绒西裤，在肩头钮扣边挂着一个校徽，还别着一支自来水笔……

后来我家定居北平，住在西皇城根陈家大院，他几乎每个礼拜天都到家里来。清华校车一早进城，在西单下车，坐洋车十大枚就到皇城根了，九十点钟到来，大家热闹地聊上一会儿，吃中饭，饭后他常常先走了，大多是去东城、逛市场、看朋友、买东西然后在米市大街青年会门口坐校车回清华园。

夏天有时下午他带我到公园长美轩坐茶座。平时和父亲来大都在上林春茶座上，只喝茶，可我十分羡慕喝红红的樱桃水的，我便让他给我买一瓶，扑地一声打开盖，倒在玻璃杯中，我拿起来大口地喝，冰凉地、甜甜地，可又有一种苦涩的怪味。等我大了，才知道这是色素和糖精兑的，并不真是樱桃，所以发苦。

当时颐和园门票一元一张，等于一百枚鸡蛋，一百十五个芝麻酱大烧饼的价钱，十分可观。春假期间，优惠清华学生，两角一张，他买了几张票，请我们全家逛颐和园，这是我这个乡下孩子第一次进入这个皇家苑囿，其印象之深，自是终生难忘。记得归途，我们等大汽车，他先坐洋车回清华园。等我们大汽车开过牌楼时，我爬在车窗上向外看，他悠然地坐在洋车上面，天色已近黄昏，衬着西山暮色，转瞬已消失在视线之外了……

抗战爆发之后，一别就是十二年，再度重逢，已是北京解放后的一九四九年的八月。他回到北京再到家中来，当时全家正经历了八年抗战、四年解放战争的困苦生活，面临的是失业、吃了上顿没下顿的日子。而我在北大已毕业了两年，东一头西一头，没有固定工作，已换了三四个地方了。他介绍我到当时燃料工业部前身燃料工业处做了个小职员，先是试用三个月，不算起薪，只领二百斤小米生活费，几年后调到江南来教书，一晃四十多年过去了。去年夏天，他还关心我的离退休问题，来信问我，特地给我写了证明，说是他介绍的，待遇是照供给制标准，和薪金根本不同等等。但单位中据文说：拿了小米便不能办离休。好像是忘了人在任何时候都要吃饭，也不问小米多少。单位让我再写信，但他已在病榻缠绵之际，我虽知他对我那样关心，又怎能告诉他呢？古人云："一死一生，乃见交情。"何况有血缘关系的至亲骨肉呢？

他几十年献身煤炭事业，做到煤炭部副部长，官也不算小了，但这官也不是好做的。"文革"中一次去京看他，室中只一桌一椅，伏案写检查，每说一句话，都胆颤心惊。后来去了贵州……直到"文革"后，才安定下来。近十来年中，我因拍《红楼梦》电视及其他会议，去京次数较多，每到北京，都和他盘桓几次，谈的大都是家中旧事，尽兄弟之乐。我出版的一些书，每册都先寄给他一本，去年香港、台湾两地商务印书馆同时出版我的

《草木虫鱼世界》，印得十分精美，寄给他一册，他高兴得不得了。六月十九日我在京去看他，他还一再叮咛再有书出版，务必及时送他。我说中华书局明年要出版我的《文化古城旧事》，专写三十年代北平学校教育文化的，自然包括清华大学在内，一出版就寄来。他听了极为兴奋，说了不少清华老学生的事，如姚依林、荣高棠几位老校友……可惜书尚未出版，他已去了。书出版时，我该寄给谁呢？人生遗憾的事太多了。

去年六月回京，一日中午在他家吃水饺，他倒了茅台酒，端起酒杯硬叫我喝一口，我勉强在他杯中吃了一点，辣得我直敛嘴，他不由地笑了，然后一边说笑，一边自己喝起来……迄今正好一年，谁想这就是他留在我记忆中的最后笑容呢？真是"但有音容留梦里，再无杯酒笑灯前"了。人天永隔，权当以这两句诗哀悼他。

经师人师

——怀王蘧常先生

"经师人师,乃国之珍,侍座欢情惊一瞬;王帖晋帖,为书苑法,文章道德已千秋!"以上是我哀悼王蘧常老夫子的一副挽联。

十月二十六日早上,小友李青君突然来电话问我看到报纸没有;接着说:王老故世了。我当时还问哪个王老。他便告诉我是蘧常夫子。我听了十分惊愕,因为前不久没有多少天,大家还去看望老夫子,谈笑风生,怎么忽然会故去呢?后来一想,是事实,王老有心脏病,一个多月前,发过一次,抢救过来了。这次却突然而去了。到底是九十岁的老人了……奄然而化,归诸大造,原是必然的。想到此间,不免更感到黯然,无限地怀念了,积习难除,不由地想起上面这副挽联。

上联的句子,是用的王老生前几次对我说过的一段故事。"经师人师,乃国之珍",是蔡元培先生的话。在三十年代前期,王老正在青壮年时期,在江南文化教育界已负盛名,因字"瑗仲",与钱仲联先生被人誉为"江南二仲",当时在上海光华大学执教,一年暑假将届,有友人告他其教席为有力者图谋夺去,下学期将得不到教授聘书。王老十分发愁,不知如何挽回。后来想到,蔡元培先生在上海,是王老父执,有通家之好,便去请求蔡先生帮助说说。蔡先生一听情况,当时便用信笺写了几句话:"经师人师,乃国之珍。想贵校执事必能重用也。"

王老见蔡先生写了这封短信,十分高兴。便说:这封信我回去用挂号寄给学校。蔡先生说：你寄不好，为郑重起见，我派专人送给他们校长。这样，王老第二天去学校时，不但顺利拿到下学期的聘书，而且还加了三十块大洋的薪水。

这个故事王老对我前后说过二三次，最早一次谈此故事在数年前，我还把这话写在诗稿中送给老夫子。不久前，冯其庸兄来沪，我去看他，吃完中饭休息后，一起去看望老夫子，我住在上海东北角，有一年多没有去给老人家请安了，这次见面，十分欢快，老夫子又笑着提起这段旧事，感谢前辈学者奖掖后进之诚恳与厚道，而现在这种高风是很难见到了。当时老夫子谈笑时精神很好，一直到我们告辞时还和蔼地说笑着相约再见……而转瞬之际，已人天永隔，再也看不到老夫子和蔼的笑容了，能不悲夫！

下联所写仍旧是那天侍座时的故事。晋代王羲之有《十七帖》，王老要写一份"十八帖"，那天座上拿出来看，已写了不少，排在桌上，冯其庸兄照了不少相片，大家轮流立在王老身后，还拍了几张合影，老夫子十分高兴。其时王运天兄、朱淡文女士都在座。运天是近年王老私淑弟子，经常侍砚身边，知道王老所写章草内容，因而还笑着说这份"十八帖"要让运天注出释文，以便大家阅读。这些帖文字有长有短，都是老夫子近来所写，只是当时我未详细看"十八帖"是否都写完了。如果写完了，这自然是书苑的传世神品；如果没有写完，那就是人间憾事，未完成的杰作，永远不能完成了。

王老近年所作，多是章草，学术文化界亦以"书法家"称王老，其实王老又岂止是书法家呢？著述等身，享誉海内外，执教六十多年，真可以说是桃李满天下。其学术、文章、道德，均足为后辈的楷模，尤其在当前传统文化不绝如缕的时刻，怀念王老，我想应该称之为一代经师，就不仅限于书法一端了。

忆辅仁　怀守俨

　　中华书局副总编赵守俨兄去世已一年了。他只活了六十八岁。守俨兄是辅仁大学毕业的，我和他虽然不是同学，但同是在沦陷后的古城成长起来的，我也考上过辅仁，而且还交过十元伪币的学籍保留费，往事历历，如在目前，年岁越大，记忆却越来越清晰了……

　　考辅仁是我生平第一次考大学，时间是一九四二年暑假，距今已是半个多世纪前的旧事了。当时太平洋战争初起，日寇虽然更形猖狂，但形势已出现转机，曙光已在望了。当时北京，高中毕业能投考的大学，有伪北大、伪师大、教会办的辅仁、私立中国大学、天津工商学院，其他还有什么私立华北大学、土木工程学校、新闻学院、外国语专科、艺术专科、日伪官吏养成所新民学院等等。各中学毕业生首先考虑的是报考伪北大工、医、理、农、文、法及辅仁大学；经济特别困难的，考虑考师大，管饭、住宿舍，一切都不要钱。少数考天津工商学院，是燕大封门后部分教授任教的，要求既高，学费也高。退而求其次，就是中大及各个学院。伪新民学院招不到正式学生，大家都知道那是汉奸养成所。私立华北大学等，似有若无，几乎没有学生。沦陷区北京各高校情况，大致如此。

　　那年我高中毕业，报考五个大学，即辅仁、北大、师大、中大、天津工商。最后一个未考取，北大、师大考期在同一天，只考了师大，北大是后来转学进去的。辅仁考期最早，中大最后，我误打误撞,都考取了。

　　辅仁我报的是中文系,中学同学中同时报考的,有不少家庭有名或自己后来成名的,如名医萧龙友的侄孙萧承龄兄,报考经济系,后来成为世界著名加速器专家的邓昌黎博士,报考物理系,还有报考外文系的、教育系的⋯⋯当时都一榜及第,统统录取了,其时管翼贤办的《实报》上,还刊登了录取新生全部名单。笔试两天,我的考场在定阜大街辅大大楼东北隅二楼,教室很小,单行排座位,顶多二十来人,笔试两天,第一场数学,好像是六道或八道大题,我做到第二道时,忽听走廊里电铃大响,我大吃一惊,感觉时间并不长,怎么会响铃呢? 监场的先生说话了:大家不要慌,这是第一遍铃声,要响四遍铃声才下课呢⋯⋯这样我提到喉咙口的心才掉下去,继续做我的卷子⋯⋯

　　笔试放榜之后,是口试。中文系口试在进大门二楼右转弯临街一教室,窗上有雕刻精美的窗棂。口试是周祖谟先生主持,正问着,系主任沈兼士先生进来了,纺绸大褂,拿着扇子,戴着茶色眼镜,神采奕奕,极为潇洒,这是我第一次见到沈先生,也是我最后一次见到。这年春节前后,先生就辗转去了重庆,三年后,抗战胜利,先生重回北京(当时又改为北平),已是教育部特派员,回来接收日伪文化教育单位,不久就去世了。口试时,校长陈援庵先生又进来了,飘洒着长髯,灰绸大褂,也拿着扇子,中等身材,十分敦实,和沈先生比,是另一种体型。当时问话的周祖谟先生还十分年轻,儒雅严俊,不苟言笑⋯⋯俯仰间,现在想来也已是八十多岁的老人了,先生是音韵学、文字学大师,而我则是五音不分的音盲,所以后来虽然听过先生的课,却仍是一无所知的朽木之材,真是愧对师门了。近年常在报纸上读到先生的小诗,却一直没有机会再见面,在遥远的江南,惟祝健康长寿吧!

我考上辅仁，因经济原因，没有去读，交了十元钱学籍保留费，第二年如果愿意读，可以缴费注册上课，不必再考。可是后来我再没有去，因而这十元钱算白交了。这个时期前后，辅仁出了不少世界学术名人，除前面提到的邓昌黎博士外，如加拿大叶嘉莹教授，新加坡前《星洲日报》副总编叶世美兄，国内的如历史专家史树青教授，及前不久去世的古瓷专家冯先铭教授等位，都是辅仁毕业的。赵守俨兄在世时，曾面告我是一九四八年毕业的。入学年限，比我还晚两年。不想在学术上正有作为的年纪，就为病魔所困，药石无灵，匆匆离开人世，不只为个人友谊而悲哀，亦深感是学术苑囿的一大损失了。

守俨兄是清末东三省总督、民初清史馆馆长赵尔巽氏的文孙，真可以说是门第华赡，世有令名。既秉承家学，又接受现代高等教育，长期在中华书局，从事古籍整理出版工作，参加标点"廿四史"、标点《清史稿》等大书的实际领导工作，贡献是很大的。被选为第七、第八届全国人大代表……如说他的贡献和荣誉，自然很多，那当另有人去介绍，而我只是说说我和他的个人友谊，以抒悼念之情。在中华书局的各位领导中，我和守俨兄认识得并不是最早，最早结成文字友谊的，是傅璇琮、张忱石、许逸民三兄，当时他们合编《学林漫录》，我是该刊的作者。和守俨兄相识，记得好像是因为许宝骙丈的介绍，后又因其嗣君赵珩世兄来沪出差，到家来访，我为其介绍住在文艺会堂招待所，这样一下子就十分熟悉起来。他主编中华书局的书刊介绍刊物《书品》，我给他主编的刊物写点小文章，又结下深厚的文字缘。有一次一篇文献中一个类似典故的词语，怎么看也讲不通，查许多书都找不到，在文中我注明"存疑"，他看了后，便来信告诉我，这是一个日本地名，他刚从日本访问归来，还到过这个地方。经他一说,我恍然大悟,真可说是一字师了,可惜是个什么词语,我已忘记了。

近十年中,我每到北京,或他每到上海,总要见见面。一九九三年六月,我由太原经大同到北京,只住了两三天,临走那天去中华书局在张忱石兄办公室,正好他来谈工作,大家兴高采烈地谈了一顿。这是我和他见的最后一面,真是情景历历,如在目前,谁想今天便人天永隔呢?

一九九三年春苏州开会纪念顾颉刚先生,我想他一定会来,结果没有来,写信去问,回信说:"苏州纪念顾先生的会,会期仅三日,而往返路程需要两天,弟近心慌气短,症状加急,考虑结果,决定不参加了……今年十月,弟有意到无锡参加唐史学会的年会,如能成行,当谋一晤……"

这是他给我的最后一封信,时间是五月十七日,迄今已近两年了。他想十月来江南,但这点愿望也未实现,十月间他已住在医院中了。前年九月、十月,我两次回北京,都想到医院去看望他,可是告诉我不便看望,恐影响病人养病,但我心中常常挂念着,遇到中华书局朋友,总要问一问,总希望出现奇迹,还会恢复健康……不料,去年四月十三日下午便传来噩耗。他信中说"当谋一晤",从此是再也见不着了。逝者长已矣,思念又有什么用呢?只能在小文中寄托一点哀思吧!

爱听白头吟诵声

上海电视台《诗与画》专栏播出苏渊雷夫子吟诗的节目,看了不禁喝彩,真是"爱听白头吟诵声",如此拾得半联,也可凑成一律,吟一首歪诗了。不过且慢:不想在"孔夫子门前卖《三字经》"或在"关老爷面前耍大刀",不必吟诗,还是先说几句话好。

首先想起一九八七年末,在福州一起参加"海峡笔会"时,在外贸中心酒店应"海峡之声"电台约,大家用各自乡音吟诗的情景,苏老用温州乡音,已故虞愚老先生用福建乡音,杜宣公用江西乡音,我原籍山西灵丘,但从小离家,不会打乡谈,只能用北方音吟诵。当时是在酒店的咖啡座上举行的,苏老当时酒香拂拂,曼声长吟,白发醉颜,比这次电视上形象还精彩,这次好像酒喝得不够,有点过于严肃了。

电视主持小姐说苏老吟诗的时候,有的字听不懂,其实这是难怪的。第一苏老吟诵有温州口音;第二吟诗有腔有韵有四声,与普通话现代朗读不同,纵使用北京口音,按照中原音韵吟诵古诗词,只听惯朗读的人,也不一定每个字都听得懂。如何用文字说明这种感觉呢?习惯听京戏或昆剧的人比较容易理解。京戏用韵白念引子,不就是吟诗的调吗?如《坐宫》杨延辉一出场坐着念:"金井锁梧桐,长叹空随一阵风。""金井锁梧桐"五字,用韵白腔调一读,不就是用北京音吟诗吗?念定场诗更是京音吟诗了。

早年北京小孩识字,老师教读音一定分清字音和语音,字音

441

是字典的反切音，即诗韵的四声正音，在各韵部，一定要读正记熟。语音则是北京话的音。前者四声很清楚，后者没有入声字。笼统地说北京音没有入声字，是错误的，只能说北京语音没有入声字音。如北京人识字读书，还要按标准字音去读。不信，问京剧演员，韵白唱腔四声都全，"入声短促莫高扬"的入声字音，在唱词、韵白当中都有声音。不但入声字，其他也有不少字字音、语音不相同。如"落日酒旗斜"的"斜"字，入麻韵，一定要读作"沙"音。现在都读成"闲"音，所有诗词遇到这个字就都错韵不好听了。

中国诗、词不论读，或是学习写作，都要先学会吟诵，才有味道，才能显现感情，才能体会理解。其实很容易，就是不管用什么语音，北京音、江南音、广东音都可以，只要按节奏拖长音声轻声反复诵读，日久便会自然形成自己吟诗的韵调，一点也不难，并不神秘。学作旧诗词，也在反复吟诵当中推敲成篇。即所谓"口占"，去秋我写《并州吟》，最早就是在飞机上下望太行山脉，一重重不知多少，忽然产生真情实感，随口吟出"太行山万叠"，一边思维，一边反复吟味，很快就哼成篇了。写诗词不像写文章，常常是最后句子或中间一联先想到，反复吟诵补缀成篇的。

梅兰芳戏单

　　偶见报载,远在美国西雅图的周志辅老先生去世了,活了九十九岁,差一年没有成为百岁老人。现在海内外的长寿老人很多,我说周老先生,可能一般读者不知道,但我把老先生和杨小楼、梅兰芳等位联系在一起,读者也许就明白了。现在京、沪等地在纪念梅兰芳、周信芳诞生一百周年,在此我介绍一张周老先生收藏的民国十年梅兰芳和杨小楼合演的《霸王别姬》戏单,不过不是原件,而是《几礼居制戏目笺》的再版品。此笺是为了纪念杨小楼逝世,于一九三八年在北京琉璃厂水印木刻印制的。那是连史纸,是初版。此件是一九七七年在美国西雅图周志良书画馆用洋纸重印的。我所得到的是柳存仁教授自堪培拉寄赠的。一盒十张,可惜寄到我手中时,不知在邮寄途中哪个环节上,被人开封顺手牵羊拿去七张,我只剩三张了。值得庆幸的是这三张中,居然有一张梅大王的,使我今天能写这篇小文,如果一张也不给我,我也是没有办法。也就无此小文了。

　　周志辅先生,名明泰,安徽至德人。祖父是清代两江总督周馥,父亲是民国初年曾两度担任财政总长的周学熙。周学熙是北方著名企业家,当年长芦盐务、开滦煤矿、启新洋灰、耀华玻璃、华新纱厂、兴华棉业等,他家都是主要股东,不少都是他亲手创办的。周学熙五个儿子,周志辅先生行二。另外第三代周家"良"字辈人也很多,不但富有资财,而且家庭教育好,子孙中都好学爱读书,出了不少学者,周志辅先生学问极好,淹通经史,早岁对《易经》、《三国志》都有深邃研究,有专著出版。而且爱好京剧,注意收集京剧资料。当年北京自光绪年间起,各大戏馆每天演出,都印有木板戏单,随座位奉送,大多数人看完戏就随手丢了,而他却把这些戏单广泛收集起来,按年代编好次序。由光绪七年的戏单收集起,直到民国三十六年,积累了上万张。三十年代初曾编印过一次,书名《五十年来北平戏剧资料》,全书六册,当时就卖大洋四元。等于两袋面粉的价格,约合现在百六七十元之谱。另外老先生几礼居戏剧著述还多,我有他一九三四年出版的《清升平署存档事例漫抄》一大册,由胡适之先生题签。这是由五百多册海盐朱氏旧藏的清代升平署档案中抄出的。对研究清代戏剧史极有价值,其中就记有梅兰芳祖父梅巧玲进宫供奉内廷的年月,俸银数目。

　　一九三八年为纪念杨小楼去世,印制的这一套十张《纪念杨小楼供奉——几礼居制戏目笺》中,有两张是和梅兰芳合演的。这套戏目笺是按时间顺序编排的。梅兰芳的两张是原第二张,民国六年杨小楼、梅兰芳、王凤卿三个挂并牌的《长坂坡·汉津口》,是三国戏,杨小楼的赵子龙,梅兰芳的糜夫人,王凤卿的刘备。这出戏也叫《子龙救主》,写刘备兵败,君臣逃命时都走失散了,糜夫人抱着小刘禅,躲在一破土墙边正无可奈何之际,忽遇赵云匹马赶来,赵云让糜夫人上马,他步行护送,但糜夫人不肯,把小孩交给赵云,自己跳井自杀。赵云怀抱小孩,杀出重围,见到刘备,刘备接过小孩,故意掉在地上,说几乎为你又折损我一员大将……表演者演出刘备的虚伪性,使北京谚语中,留下了一句"刘备摔孩子,邀买人心"的歇后语。我得到的这一张是第七张,民国十年阳历二月十五,阴历正月十九第一舞台夜戏戏单,大轴是杨小楼、梅兰芳挂并牌的《霸王别姬》,这自然是杨小楼饰霸王,梅兰芳饰虞姬了。当时正是梅兰芳廿三及廿七岁,正是梅兰芳大红大紫的鼎盛时代。演出地点都是前外西珠市口第一舞台,其时和平门尚未开通。第一舞台是当时最新最大的舞台,一九三七年春不慎被火烧掉,后来再未盖过,没有了,因而这两张戏单十分珍贵。杨小楼是演长靠武生的,赵云是正工戏。但是也演楚霸王,也演红生关羽。和梅兰芳合演《霸王别姬》时,照过去说法,两个人都是伶界泰斗,旗鼓相当,所以都是挂并牌,就是在戏院门口及戏单上,两个人的姓名写的一样大小,并在一起。后来梅兰芳和别人唱《霸王别姬》时,那就是以梅兰芳为主,扮成古装,又设计了舞剑的身段,变成了梅派的拿手戏。那时担任饰演楚霸王的演员,自从杨小楼而后,就再没有人能和梅挂并牌,而只是配合演出的地位,就是行话所说的"给某某人挎刀"了。《霸王别姬》一剧,在杨小楼演唱时,本为《楚汉争》一出,自梅派《霸王别姬》后,则专为虞姬而设,金少山曾为梅配过戏。但等金少山在沦陷时期大红大紫时,梅先去香港,后返沪家居,蓄胡明志,不再演唱。金少山经常唱《霸王别姬》,就是别人饰虞姬,此时自然又以金为主了。只是过去常听词曲家顾羡季(随)老师说起:"当年杨小楼唱《霸王别姬》,全是帝王气度;等到金少山一上台,那就是山大王了。"可见气质是大有差别的。

梅蓄胡明志之后,再度登台,那就是抗战胜利后,在上海美琪大戏院演出昆剧:《贩马记》、《贞娥刺虎》等,共五出,十年前,听俞振飞先生详细介绍过,谈话情况,如在昨日,而俞大师也已去年作古了。如果是百岁老人,或能在纪念梅先生百年诞辰盛会上高歌一曲,可惜的是:人无百年寿,常怀千载忧。这一矛盾也是永恒的了。缅怀前贤,谨以这一小文,纪念梅先生,纪念俞振飞先生,也纪念远在西雅图逝世的周志辅先生吧。

津沽师情

　　俞平伯老师哲嗣俞润民学兄日前寄来了新出版的《俞平伯家书》。我忽然想起了上面这个题目。俞润民学兄长期在天津工作，而平伯夫子一直住在北京，这样就有了这本不算薄的《家书》。自然这不是唯一的原因，其他因素还多。如果专以此书为内容，写篇《俞平伯与天津》也可以。但是专门整理俞师资料、研究俞师的天津社科院孙玉蓉女士，已经写过这样题目的文章，我远在上海，东抄西引，再写此题，岂非班门弄斧？因而想到其他老师与津门的关系。

　　第一位想到的就是谢国桢老师。七十年代末、八十年代初，在上海见面，除谈北京旧事而外，就常常说到天津。谢老二十年代中后期间，在天津梁任公家做过家庭教师，是任公的学生，又是任公小女儿的老师，任公晚饭到书房里聊天，一聊就讲起书来。有一天，大谈董仲舒，大讲董的《天人三策》，在地上走来走去，一边背，一边讲……谢老道："老师真了不起，连董仲舒的文章背得都这么熟？"任公笑道："当然罗，不然我怎么可以上万言书呢？"……老辈豪情，历历如绘，谢老每说到这种地方，也每每眉飞色舞。解放后，谢老在南开史学系教书，常去逛天祥市场书摊，听张寿臣说单口相声。常同我说起张寿臣的相声的确不错，不俗，故事都有根据，说老年间事，不是信口开河，有听头。使我也常常想起张寿臣说相声的慢条斯理劲儿。

　　我毕业于一九四七年北大，"文革"中被烧的那张毕业证书

（不是文凭，文凭当时南京教育部没有发下来）上面有两位学人的橡皮图章，都与天津有关系。一位是校长胡适，一位是教务长郑天挺。胡先生没有在天津工作过，可是旧时乘轮船、乘火车去北京，都要经过天津。而且京津之间，火车极便，早上去，晚上便可回来。他是南开董事，"七七事变"前，先生儿子又在南开上学，因此胡先生来来往往，不知去过多少次天津，记在日记中的就很多。如一九三七年三月二十八日记云："八点上车到天津，看了儿子祖望，到南开大学开董事会。会后与颜惠庆大使稍谈。搭三点四十五分的车回北平。"

四月十一日又记云："前托颜骏人代问徐世昌先生有无关于颜李学派的新材料……今天到天津，下午三时见徐总统，谈了半点钟。他是八十多岁的人了，记忆还很清楚。但他实无新材料……毫无所得。"

短文不能多引资料，只引两则，说明胡先生与天津的关系吧。郑天挺先生解放后，多年担任南开大学校长，与天津关系至深。八十年代初，因讨教汪辉祖事，说到清代府县官师爷，给先生写了一封信，不久就收到回信。正要进一步通信问候，可是不久先生就去世了。郑先生与萧劳老夫子、任二北先生是北大同班的，而萧老夫子活了一百岁，今春作古。

旧日老师顾随、华粹琛二位，解放后久在天津工作，可是没有联系。二位也作古多年了。加拿大叶嘉莹教授是顾羡季先生嫡传女弟子，近年在天津南开作客座教授，一月份接到她来信后，我还和她通过两次电话。今年下半年，不知何时再来？薪火相传，北方词人顾随夫子的词学，要靠嘉莹教授来光大津门了。

关于高阳

读周劭先生文章,谈到最近播放的电视剧《戏说慈禧》,我也断续看到几集,似乎比《戏说乾隆》好多了。当然这个"好",也是我的观点,就是感到这戏拍得比较认真,只是稍感平铺直叙一些。如说是"戏说",倒有些套用"戏说乾隆"的味道,因为我看到的还是严肃得多,并无"戏"意。当然,加个"戏"字,或能吸引一些观众,但如遇只想看"戏",而又不知"史",或只爱连狗打架都不如的莫名其妙功夫片的观众,是不对胃口的。这样说未免言重,不说也罢。自然它也与教育水平有关,年龄有关,男女小青年爱看的就不多。

这是高阳先生的原作,我不禁想起这位多产而又对清史极熟的著名作家。想起四年前在上海豫园得月楼见面的情况。那是北京许宝骙丈介绍的。高阳是宝骙丈的族侄——在此要简单介绍一下他的家世。高阳姓许,名鸿儒,字雁冰,有时也写作"晏骈","高阳"是笔名,为什么用这个笔名,未曾问起过,宝骙丈说是"郡望",如陇西李、琅玡王等;也许是因郦生高阳酒徒的故事……总之说不清。许家是杭州大家,清季,许家弟兄多,都有科名,官也做得大,世居横河桥,门有"七子登科"匾,即兄弟七人先后同为进士,且一为第二名榜眼,一为第四名传胪,从"学"字辈开始,排行为"学乃身之宝,儒为席上珍",子孙以此命名,"乃"字辈许乃普官至尚书,许乃钊官至巡抚。"身"字辈光绪时著名的是许庚身,官至尚书,入军机。俞平伯先生母亲许之仙是许家"之"字辈的,俞先生夫人许宝驯师母,是"宝"字辈的,前说许宝騄丈,是俞师母的弟弟,另外还有在清华、北大多年教数学的名学人许宝騄教授,也是俞师母弟弟,在平伯师诗词文章中多曾谈到。至于高阳,则是"儒"字辈中最出名的了。(排行十字,据徐珂《清稗类钞》,但现又有"以"字辈,就不知为何了。或徐珂所记"儒为……"为"儒以……"之误。)

我在许宝騄丈处,很早就知道高阳名字叫许鸿儒,也看过他写的胡庆余堂故事《红顶商人》。后来海峡两岸关系渐渐宽松,说是他要回大陆探亲。一次在北京于许宝騄丈处看到他的长信,信内有两句说:"五千年历史,四十载暌违……"见面也很不易,他每天有三家报纸连载小说,要写稿,十分忙,一时还无法回来等等。自然这也都是实情。后来他毕竟回来了,京、沪两地,接待都是名人,许宝騄丈在北京,我在上海,也没有机会一起见面。一九九〇年春天,五月间,许丈来上海,约几位画家应富阳友人之约,去游览千岛湖。其时高阳也为台湾筹拍《红楼梦》,去过北京,又来到上海探亲。许丈想约他和陈从周兄一起去千岛湖,大家欢聚几天,便约会先在豫园得月楼见面,吃茶谈谈。我和许丈、从周兄先到,因为约了从边门进来,等了一会儿,怕他找不到,便和宝老去边门处望望,不想走到假山旁,他已经吸着大雪茄烟进来了。许丈老远就喊他,他隔着丈许远也看到了,抢上几步,便屈膝、垂手行了一个清代的请安礼,北京叫"打千"。这礼数使我大吃一惊,因为我除去戏台上,在生活中已经近半个世纪未见此礼了,想不到"老派礼"今天照样有人行,而且在游人堆里,那样从容,那样自然,说明是从小行惯的了。

豫园得月楼是贵宾接待室,一般游人不接待,比较安静。我们因为陈从周兄的关系,有时借这里接待一些朋友。那天去得很早,只是吃茶清谈,中午他们都有应酬,所以饭也未吃,到十一时多就散了。那天高阳先生谈锋很健,主要和我说了一些北京的事,如预备借恭王府戏台拍元妃省亲啦,故宫一位老先生作武生票友功夫多么深啦,台湾筹拍的《红楼梦》由哪些人主持啦,预备如何找宝玉、黛玉啦等等。同时也说到我参加拍摄的《红楼梦》电视剧录像带他都看过,和他的同事也都讨论过,感到场面很大,十分热闹,但是戏不够多,他们重拍,希望能把"戏"拍出来……我听了也表示同意,希望他们拍出更高水平的《红楼梦》……后来我送他出了得月楼,由拥挤的城隍庙商业街出来,握手告别,替他截了一辆车回锦江饭店去了。不想这是仅有的而且是最后的一面了,真是无限遗憾。

去年我去台北,遇到著名作家何伟康先生,在一次小聚会上,闲谈起高阳先生,说到他如何成为清史专家。原来五十年代初,大陆部分机构、人员刚到台北时,尚未建立初步秩序,中研院史语所运去的过去著名的"八千麻袋清宫旧档"堆在那里,无人过问。有人偶然发现,告诉高阳。他大感兴趣,正好无事,每天带几个馒头,就到那里去借阅,一看一整天,一边看,一边抄,这样连续看了两三年,积累了不知多少资料,使他后来写系列清史小说,所有情节都有根据,不过是演义化了,而非凭空捏造……我听了何先生介绍,真是至惊至佩。可惜的是,这位清史专家、清史小说家过早地离开我们而去了,真是海峡两岸文坛共同的巨大损失。

我的朋友周颖南

如今的世界,又大又小,又远又近,在几十亿的芸芸众生中,每个人能接触到的、能认识的人,实在太少,而在认识的极有限的一些熟人中,能够成为见面有话可谈,而且所谈双方都有兴趣,越谈越高兴、能够浑然忘倦,再因各种前因后果、新知旧雨的联系,能得朋友之乐,成师友之风义,建忘机之友谊的也实在不多。有时甚至是可遇而不可求的,或者说,这也叫作机缘吧。我能与万里之遥的新加坡人士周颖南兄成为好友,说来也是偶然的机缘。不然,在茫茫人海中,距离那样遥远,各种条件又相差那样悬殊,怎么能倾盖订交,十一二年中,过从又那样多,友谊又那样与日俱增呢?

人在社会上,是很难被所有知道你的人都有所理解的。颖南兄在新加坡和中国文化艺术界都是闻人,知道他的人很多很多,但并非知道他的人都能够理解他,在新加坡其他友人中,有的人说他出风头,有的人说他是"我的朋友胡适之"式的人物,我听了只是笑笑,未便多言,也许正如元代倪云林的名言:"一说便俗。"其实不说的原因,也还主要是说不清楚,你无法靠言辞说清人际的相互理解。因为这是靠缘分和友谊以及互通的心声才能做到的,诗云:"嘤其鸣矣,求其友声。"古人是深切理解这点意思的。对颖南兄,我自觉对他是有所理解的,正如俞平伯老师当年来信介绍他时所说:"关心宗邦文化。"我对颖南兄的理解,也是理解他对中华传统文化的由衷热爱,对于文化前辈的真挚景仰。

基于这两点,才能对他有较真实的理解。比如,在七十年代初,"四人帮"凶焰正炽的恐怖时期,他有机会到上海来,冒着危险,到街道医院中,探望病床上的丰子恺、刘海粟等位老人,回新加坡时,到了广州,除身穿衣服外,把所有衣服邮寄给丰子恺先生,雪里送炭,这种带有侠义感的友谊,就不是一般人能够办得到的。当时这二位老人虽然在海内外名气很大,但正是戴着各种"帽子"的特殊时期,如明末张岱《陶庵梦忆》序言中所说:"故旧见之,如毒药猛兽,愕窒不敢与接。"划清界限惟恐不及,谁还敢去接近他们,况且海外归来待不了几天,何必多惹麻烦。但他却本着上述的那种情感去看望二位老人,置嫌疑、危险于不顾,去接近他们,照顾他们。自然他当时也不可能是"杨半仙",能算定"四人帮"倒台,海粟老人又飞来飞去,红遍海内外……社会上知道他名字的朋友,如能也理解到这些,恐怕就不会说他是"我的朋友胡适之"式的人物了。他在万里之遥,拜在俞平伯师门下为私淑弟子,尊叶老圣陶为父辈,友谊是那样真挚。他为什么呢?他在新加坡开染整厂,开许多酒家,他做生意、办企业,这些本与文学、艺术没有关系。当年俞老、叶老在世时,也不会帮他多赚钱,但他那样地尊敬二位老人,在他的感情深处,对于宗邦文化、文学艺术的爱好与感受,是远远超过做生意的。他是企业家、老板,要经营商业,但那只是谋生的手段;他又是——或者应该说本是文化人、作家,宗邦文化、文学艺术才是他乐生的源泉,情愫的寄托。

改革开放之后,政治环境大不同于过去。十来年中,他每来上海,兴奋地忙于看望的首先是文化艺术界的前辈及众多的同辈朋友。中国文人是穷的,自古皆然,于今为甚。几十年前,学者教授,虽无巨资,但朋友来了,请两桌客不成问题,近年则早已无此力量了。颖南深知这点，每次来沪，总找一个合适的场所，设宴聚聚大家，宾主得饮宴之乐，尽一日之欢。在整年忙着生意的他，以及整年穷忙平日很少来往的应邀各位，都是难得的欢聚，能舒畅地互通款愫，快谈艺事，增进了友谊，也促进了文化的交流。沪上学者、作家、画家、艺术家出国访问新加坡时，他都一一热情在他所经营的同乐鱼翅酒家、百乐酒家、楼外楼、金玉满堂等豪华酒楼盛宴招待。我两次去新加坡，几乎每天都作他的座上客。他所经营的酒家，辉煌的大厅、高雅的客室，所到之处，无不琳琅满目，挂满了海上名家的书画精品，坐在他经营的酒家中饮宴，像是坐在博物馆的书画展览会上一样，到处都吹拂着中华传统文化艺术的柔风，熏陶着每一位座上客。新加坡国家提倡高雅的社会，但是没有高雅的主人，也难以办成高雅的企业、构成高雅的社会。而"高雅"又是高深文化的显现。颖南兄生长在中华传统文化最发达的福建仙游，在其先德子溪先生庭训教诲、熏陶之下，家学源渊，在学校读书时，就爱好文学艺术，很早就从事写作，几十年的人生经历和文学艺术修养，他不但散文才思雅俊，简洁明快，而且对书画文字的鉴赏也眼光敏锐，评论中肯。他与海上文化耆旧的友谊还不只表现在觥筹交错的杯酒间，更重要的是在对文化建设事业的热心支持上。他十几年中，热心为各家出资印书：已故潘伯鹰的《玄隐庐录印》、《玄隐庐诗》，已故沈尹默的《秋明遗墨》，俞平伯师的《重圆花烛歌》；健在的苏仲翔教授的《钵水斋绝句论诗一百首》等。这些书在国内，大多是极少有可能出版的，而他都精心编辑。自己写跋或后记，出资付印，陆续出版了。他曾和我不只一次地说：他根据自己的财力，每一二年中，拿出一些钱来，印一两种有价值的书，为中华文化艺术在海外的传播尽自己一点力，这是他最感欣慰的事。

记得一九八八年春，上海豫园东园落成，这里原是明代古迹，荒废已久，经同济大学教授、古建筑专家陈从周兄营建施工，古意出新，为海上新添胜景。其年正逢颖南兄花甲初周、从周兄古稀初度，海上同仁在颖南兄提供经济赞助的情况下，在得月楼作文酒雅会，祝豫园东园落成，兼为他二人称觞祝嘏。海上同仁、文化艺术前辈，均欣然应邀前来参加。如汪道涵、苏步青、朱屺瞻、俞振飞、顾廷龙、周碧初……各方面的代表人物、老前辈、老寿星都出席了这次雅集，可谓一时之盛。但这不是公家请客，而是他自己在上海私人举办的。如从国籍上说，也是中、新两国朋友一次小小的文化交流。其后在他的热心赞助下，直到今年已经举办了五次。每次都记录了珍贵友谊——人生在世，众多乐事中，文化艺术的友谊之乐，不是最令人怡然欢畅、眷眷常思吗？

　　作为企业家的周颖南及文化人、文学艺术家的周颖南，我更爱第二点的颖南，感到他的确是中华传统文化艺术的可人老手，而不是鲁迅先生告诫人们所说的那种"空头文学家"。他经常来信，只看他的那些信，用陈子奋白描花卉印的自用信笺，"颖南欢喜"满白章的位置和款式，信中明快至极，时而又有幽默语句的内容，信笔挥洒，率真而又严整，浑然一体，虽习惯横写，但表现的却是传统文化的芬芳。这不只是有钱无钱的经济实力问题。没有中华传统文化艺术长期熏陶的功底和才思，又何能懂得用这样的纸，盖这样的章，写这样的信呢？可惜的是："古调虽可爱，今人多不弹。"又有几人能懂得欣赏他每一封信呢？因此在某种程度上讲：颖南也难免有寂寞之感了。一九九一年夏天，在狮城他染整厂董事长的办公室中，桌架上全是书，我忽然注意到一套孤桐老人的《柳文指要》，他一边处理公事一边忽然意味深长地说："你看——这里连个说话的人也没有……"无可奈何之情,溢于言表。这种感慨,我是深深理解的。颖南兄子女俊秀,家庭幸福,事业顺手,资产雄厚……但他还会喟然感叹,这就是中华传统文化艺术性灵爱好的一面了。

英国汉学家霍克思教授

英国学者霍克思教授（David Howkes）托柳存仁教授写信给我，询问他收藏的一些金石拓片，上面有许多印章，分别为"王氏铁盒藏三代器"、"北平王氏铁厂藏三代器"、"王庆谔藏鼎彝碑碣故迹遗文"。又收有齐侯钟拓片，有"竹松堂吴氏藏"、"越千古绿"等图章，后面又有冯汝玠先生的跋。这些图章都是谁的图章，收藏背景如何？历史情况如何？我学识浅陋，不能回答，又深感这位异国学人，执著认真，十分可敬。惭愧之余，便写信去再讨教北京的各位老先生。但一般学人，金石之学，久已不讲，年代久远，所知亦均有限。除得知冯汝玠先生是三十年代前期，北京大学文学院金石学教授外，其他到现在还未问出所以然。真是十分惭愧了。我把问到的一些情况，函复远在澳洲堪培拉的柳存仁教授，请其转告，并致歉意。下余问题等问到后再继续报告。后来过了一个时期，又收到柳公的来信，附了霍克思教授的回信。信中一段说：

> 一九四八年至一九五一年，我在北京的"旧北大"——国立北平大学——留学，这期间曾上过一年故唐兰先生的课，因之对古器铭文发生了很多兴趣。有钱时，往往买了些古金彝器的拓本。当然我那样的一个年青的、见识全无的、外国的外行者很容易上当，可是在当时的情况之下，卖书、卖画、卖拓片的人很多，而顾客相当少，既然有那么多真货

上市,那些琉璃厂的贩人未必犯得上卖假的。总之,我虽然收集的拓片之中一定有假的,可是有的一定可靠,例如……楚王酓忎簠、楚豆、虢叔编钟等彝器,都在郭沫若、容庚和刘节诸君的参考书中找得到。

关于函中提到的那些盖王氏印记的拓片,数目相当多,而其中有好几个觚和爵的拓片,拓得非常讲究细腻,很像是一个专门家收集或手拓的。不大像贩人的捏造。或者这位王辰和、王庆谔、王铁盦是个无名的藏者,也未可知……

一位英国学人,近半世纪前,就在琉璃厂收购金石拓片,正像信中所说,当时是卖的人多,买的人少,这种情况,我全经过,琉璃厂卖拓片的掌柜的,能遇到这样的外国买主,那是很不容易的了。这些碑帖铺的掌柜的,对于这些收藏家的印鉴、题跋,以及流传经过,是十分清楚的。可惜霍克思教授当时没有向这些掌柜的了解清楚,时隔四十六七年,现在再想了解,就十分困难了。我还记在心里,为他询问,但愿把这位"王铁盦氏"早日问清楚。

霍克思教授,是一位多才多艺的汉学家。留学北京时期,不只从唐兰先生学金石学,而且还从游国恩先生学《楚辞》,且有考证《楚辞》之英文专著出版。英国教育制度,大学每专业只设一正教授,牛津大学设一中国学讲座教授,历来是很有权威的。四十年代陈寅恪先生曾应聘此讲座,但未就任。其后此讲座即聘曾在湖南长沙传教之传教士美国人 HomesH Dubs 担任。这任先生能说一口湖南腔之华语,曾将《汉书》译为英语。霍克思教授于一九六一年又接任此讲席。但不数年,即辞职而去,专门翻译《红楼梦》前八十回,已于一九七三年出版,为《企鹅丛书》之一

种。据柳存仁教授来函云：译笔甚佳。后四十回由其学生及女婿
John Min Ford 译出，也早已出版。《企鹅丛书》(*Pemguin Ceassics*)
是英国著名的文学丛书，这套英国学人译的英文《红楼梦》(*The Dream of the stone*)，不知比杨宪益先生译的如何？

　　霍克思教授在来信的结尾处写着"威尔斯山中，十一月二十
九日"。据说这是他隐居的地方，威尔斯（Wales）山中的
Theganon，这是一个很偏僻的山村，交通非常不便，而且连自来水
也没有，要自己从井中汲水来饮用。存仁教授来信说，这位渊博
的英国汉学教授，也是当代的一位奇人。在中国史书中，这是进
入隐逸传的人物。而且欧洲这样风景优美的古老村庄还不少，
而且有不少知名学者放弃都市生活，来到山村过这种古老生活，
大概这也是返璞归真吧。

书的友谊

常常想起两句前人的诗："不爱诣人喜客过，每迟作复盼书来。"这是一种年事稍高、居住稍远、生性疏懒的心情，实在也是不得已、力不从心的关系，心里常想朋友，却每迟写信，不大找人，即使电话吧，也不大去打。但电话铃响了，却是一种喜悦，只要不是我刚要睡觉睡着的时候，即使打错了，也无关系，在寂静中，电话铃铃……一响，总是一种佳音。一天晚间，电话响了，拿起一听，原来是书友曹正文兄，说是前年出版的《珍藏的签名本》一书，反响很好，现在又继续收到许多作者馈赠的签名本，每收到一种，便写一篇介绍文字，这样又写了不少，已编成续集，即将出版，要我写篇序言，我听了自是十分高兴，电话中约好了过两三天来找我，把清样带来我看，以便写序时有依据。这样隔了一两天上午，门铃一响，他来了……而且是第一次到我家来。我与他虽然见过多次面，通过多次信，可是都是在外面各种聚会上，未曾深谈过。这次承他犯暑枉驾，不但深得友朋之乐，且得略述其生平，进一步增加了相识，归纳为一句话，增加了书的友谊，这是一种功名利禄、声色狗马之外的最佳友谊。

正文兄看上去很年轻，但年龄正是赶上该读书时，却无书可读，到处烧书，读书有罪、越读越蠢的时代。偏是少年时代的他，又是个读书种子，读书种子遇到这样的时代，其如饥似渴想找本书读一读的心情，迫切要求可想而知了。"廿七年华始有师"、"夜烧松火读唐诗"……这是白石老人当年因为封建时代家里穷,投师读书的困难情况,可是正文兄却是在"丢掉的是铁锁链"、"换来的是全世界",无产阶级富有四海的时代里……不能读书的困难,那就更有想象不到的艰辛和危险了,当他作为个少年学生每天省下的早点钱买的几百本心爱的书,被抄家者捆载而去,恐惧、号呼、茫然……的愁云笼罩全家,压迫在他少年时代幼小的心灵上时,其绝望的感觉,现在的青年们,还能想象于万一吗?能想象到这就是他们父兄辈当年的亲身经历,记忆犹新的现实历史吗?……而正文兄,他就是在这样的逆境中,千方百计找书来读,以读书为乐的,改革开放的政策和时代,又使以百千万计的同他有同样读书爱好的读书种子,各舒其长,各得其所,这样正文兄为《新民晚报》主编了《读书乐》专刊,一晃就是十几年过去了,正是如鱼得水,其乐洋洋……

自然,读书乐也是多种多样的。学书不成去学剑,去学万人敌、去学帝王术、去学革命伟人……亿万人仰望,其乐无穷……"书中自有黄金屋,书中自有颜如玉……"苦读到博士后,飞到大洋彼岸,拥有专利、美金无穷,娇妻美艳,又是乐子……总之,这也都是因多少读了一些书所得的无穷欢乐。即使"读书无用论"的创导者,也非舶来品,三百几十年前的颜李学派颜习斋就提倡过,不过提倡此论者,也不是真不读书,多少从小也读熟"《三》、《百》、《千》"、"四书"、"五经"那套老书,大字不识,从小未受教育,这"读书无用论"的高论也是创造不出来的。……不过说来说去,这些都还不是真的读书乐,或读书乐的真乐。大抵从小受教育读书,小、中、大学,直到出洋留学,取得硕士、博士学位读书是一回事;从小把读书当作嗜好,不管在什么环境下,都想找本书读,把书当作思想,感情的寄托,自小而大,自壮而老,始终离不开书的、把书当作最好业余、工余生活消遣的是另一回事。这后一种思想、感情的人，或才是真正读书乐的享有者。"读书破万卷，下笔如有神"、"书到用时方恨少"……这些似乎都不是真正读书乐者；"百药难医书史淫……"似乎又太沉重，也难得其乐；"好读书不求甚解……"、"手卷抛书午梦长，此中与世暂相忘"、"亡书久似忆良朋"……似此等等，才是真的读书乐者。按佛教规律讲：有所谓而去读书，不管多大学者，整天抱着问题去查书本，那始终是下乘；只有把读书当作生活，像吃饭、睡觉一样，无所谓而读书，才真正得到读书乐的三昧，才是上乘。自然这是我个人的感受，并不要别人同意。正文兄主编《读书乐》，自然是面向全社会，是多层次，广角度，并不仅限于我的感受，不过他既然属序于我，我也应该先说清楚我个人的感受。因为他这个"读书乐"，也包含着我的乐在其中的啊！友谊也就因此而加深了。

主编《读书乐》，自然结交不少读书人，写书人。建立不少书的友谊。"秀才人情纸半张"，友谊间馈赠是免不了的，只是写书人送礼也不外自己一本书，写上受书人、送书人的名字，记上年月，这就是目前十分流行的签名本，自然这也是古已有之的，不过不必多谈，只是沉寂了多少年，近年又为社会读者所重视起来了。正文兄爱书入迷，自号"米舒"。米舒者，"迷书"也。书的友谊越结越广，各方学人馈赠的签名本也就越多。已收藏了两千多本。前两年，从中选出一百本，一一写文介绍，汇编出版，书名《珍藏的一百本》，初版一万册，很快卖完。这次又选了一百位作者签名本，继续写文介绍，汇编成书，名曰《珍爱的签名本》，虽属前书续编，而书名却与前书形同双璧，实姊妹篇也。两书所选，自都是海内大家，学术前辈。有的因老成凋谢，已成古人，如郑逸梅、曹聚仁、唐圭璋、陈学昭、廖沫沙等位。而大多则姗姗玉骨,犹婆娑人间,如巴金、施蛰存、冰心、钱仲联、柯灵、张中行等位,不只文坛寿星,亦时代之人瑞也。因而正文兄这两本书,不只是他个人的珍藏秘籍,也是一个时代的珍藏,亦可见改革开放以来祖国文坛艺苑的辉煌成果了。属序于余,自亦感到十分欣慰,其中写到我的几种书,亦可与各位前辈广结文缘了。

听小提琴演奏

　　我不懂音乐，大概是天分的关系，就是说在先天上没有乐感，自然也十分羡慕人家懂音乐的人，比如唱唱歌，弹弹琴，甚至哼两句京戏……但是都不会，而且又不会不懂装懂，因而有时处境十分尴尬，比方说为了礼貌的关系，必须去听某一个盛大的音乐会，在听的时候，先要聚精会神，然后半眯双眼，如醉如痴，装作十分投入的样子，把灵魂融入音符中，等到演出结束，全体起立，热烈地向演出者鼓掌，甚至预先买了花束，用力抛到舞台上……而这些我本来不懂，不会迸发出由衷的激情，便也不会装出非常激动的感情，真是感到自己这方面太笨、太笨……既不能真懂，又不能装懂……

　　年轻时一位最要好的音乐家朋友邓昌国兄，去世已好几年了。他是二十年代北师大校长邓芝园的儿子，又是美国原子加速器专家邓昌黎的四哥，高中、大学前期同我是最好的朋友。他是学音乐的，高中就拉提琴，大学又读音乐系，后又到比利时留学。解放前夕，邓芝园先生全家去了台湾，他由比利时学成回到台湾，成为台湾国立音乐院院长。一九八八年春曾回到北京举办过音乐会，其时正逢我随团出访新加坡，未能见面。一九九〇年初他就去世了。一九九三年八月我去台北"中研院"文哲所访问时，他早已成为古人，黄公酒垆，已无处寻访，也永远见不到了。言之可伤！

　　五十年前春末，他大学音乐系即将毕业，在北京饭店礼堂举行小提琴独奏音乐会，伴奏的是他同班的一位女钢琴演奏家。

463

在这次音乐会的前两周,他就告诉了我,又把印的很考究的请柬送到我家中,邀我参加他的演奏会。他家本来就有钱有地位,这时他大哥邓健飞又自重庆回到当时北平在信托局长任上,这是最有钱的机构,自有财力办此音乐会。而我家当时则是农村经济断绝,生活极为困难,惶惶不可终日的时候。本无心也无力听他的音乐会,但想起考大学时同时报名,一起骑车去考场,及中学时的种种旧事,一晃七年友谊,这样隆重,自然一定要出席,这就是常说的"舍命陪君子"了。于是我在高贵华丽的北京饭店大礼堂,穿着旧蓝布大褂,坐在第一排,不懂装懂,听他穿着燕尾服,一遍又一遍地演奏……一晃又半个世纪,人天永隔,却因读《胡适的日记》手稿本而忽然想起听邓昌国兄毕业演奏会的旧事。

在《日记》第十册中,有一则记道:

> 与王君同赴××的晚餐,饭后同听 Heifetg 的提琴独奏。此君至今日可算是最伟大的提琴家,我今天第一次听他奏琴,虽不懂此道,也极为倾倒。

"虽不懂此道,也极为倾倒。"这句话说得极妙。我因为和昌国兄是中学、大学要好的同学,为友谊和礼貌去听演奏会。胡先生因是文化名人,为文化友谊而听演奏会。都不懂此道。我只是衷心祝贺好友大学毕业、演奏成功。胡先生却是以名人为世界级提琴名家捧场,我忽又想起一句俗话:"行家看门道,力把凑热闹。"懂小提琴的人去听演奏会,那是真听。"不懂此道"的去听,那实际是凑热闹。江湖卖艺、花拳绣腿尚如此,况高雅的小提琴演奏乎?"虽不懂此道,也极为倾倒。"真是妙极了,是倾倒艺技呢?还是倾倒盛名呢……《日记》中未记,就说不清了。

我与北京福建人

皇城根寻梦

写下题目,先作个解释:

题目意思之一,这是我今年出版的一本书的书名,不过书名虽然如此,而书的内容却并非专讲"皇城"或"寻梦",而是选了我一些八十年代出版的书的篇章,也有两三篇近年所写的,简言之一本自选集而已。而少年时在皇城根住过十几年,书中所写多系曩时旧事,昔人诗云:"事如春梦了无痕。"……这样就起了这样一个书名,笼统、朦胧而已。

题目的意思之二,却是近期实事。五月间北大百年校庆,虽然我没有被任何方面所邀约,但是中外老学长,新学友很多,不少朋友来信来电约我去见面,凑热闹。凑巧有北京学友来沪出差,就约我一同回京,参加校友返校。一位福建年青朋友卢为峰也电话约我在北京见面。这样就在北京欢聚了。近年来"老照片"很吃香,年青朋友没有经过见过,都想看看听听。我稍微大些岁,童年少年又在北京长大,住在皇城根福建名人的房子中,福建青年朋友前几年听我常常讲说,极为神往。这天北京大学百年校庆返校盛会参加过后,未吃午饭,便相偕回城到西四牌楼吃中饭,酒饱饭足之后出来,站在马路边上,左顾右盼,忽然注意到,这正是六十七年前钱玄同、马寅初诸先生宴请章太炎先生的地方……北京真是个到处都有历史文化古迹的地方:这年三月初太炎先生到北京,四月二十,北大校长蒋梦麟氏在德国饭店宴请章太炎;四月二十二太炎先生去北大研究所讲演……(均见《周作人日记》下册)这都是比"老照片"还老的老事了。心想"皇城根"近在咫尺,何不带这位福建年青朋友到皇城根一带转转,以当饭后余兴节目呢? 何况这位福建年青朋友,那样景仰、憧憬他的乡先辈,而且这次见面,刚刚送我一本美国陈立鸥教授新印的《闽县陈公宝琛年谱》呢? ……我一提议,他便赞同,说去就去,招手停下一辆出租车,我们上去,告诉他,先开向西安门,到了没有门的门脸儿,右手转弯(北京话叫拐弯),沿着西皇城根慢慢走,走到灵境胡同,再右手转弯,慢慢开,开到甘石桥大街上,再右手拐弯,往北开,再回到西安门大街上,一直走,穿过金鳌玉蝀桥、北海、景山、故宫后门、北池子、沙滩北大红楼(现在叫五四大街)、美术馆,再右手转弯……再右手转弯,回到东厂胡同翠园招待所。告诉车,慢慢开,越慢越好,车钱照算……这时在车中,我指给我的福州青年友人看,这是当年邮传部尚书陈璧的宅子,这是辛亥革命后,徐州知府林开謩的宅子,这是当年陈宝琛太傅住过的八宝坑……都是福建人,都是近代史上留下名字的大官,你送我的那本美国华裔教授编的《年谱》,编者陈立鸥教授小时候,就是在这里长大的……自然还有不是你们福建同乡的历史名人,西安门往南右手高墙,现在民政部的地方,当年是礼王府。过了陈璧尚书宅子,曾有大门是盛宣怀的北京宅子,甘石桥大街转弯,当年是梁士诒的房子,有名的"甘石桥俱乐部",再往北,缸瓦市朗毓"朗贝勒府"……就这样小小的一圈,就有这么些王公达官府邸,而其中就有三大家福建人,足以抗衡那些王公贝勒,你说福建人在世纪初影响大不大?

466

这几年,电视上一天到晚演清宫戏,那些大长头发演员装上假辫子,在荧屏上摇摇晃晃装假皇上、王爷……骗弄老百姓。有皇上,就有皇宫、紫禁城、皇城、内城、外城……当年的北京城,是大圈套小圈、小圈又套小圈,是一圈一圈套着的。说到拆城墙,可不是"伟大的新发明",早在三十年代初期,杭州人袁良做北平市市长时,就把皇城拆了。皇城也是明代永乐年间修的,四面的门:北地安门、东东安门、西西安门、南面长条伸出去的门明代叫大明门、清代叫大清门、民国叫中华门……有皇城就有皇城墙(不过不是那种带垛口的高城墙,是一丈多高上盖黄琉璃瓦的宫墙,现在还有不少残存者),有皇城墙就有内外紧贴城墙的走道,俗名"城根",因是皇城墙,所以叫"皇城根"。城是四面的,本应四面东西南北都有,可是皇城根自地安门(俗名后门)东西分开,东面叫东皇城根,先向东走,折而南至东长安街。西面叫西皇城根,先向西走,再折而南……历史上没有北皇城根、南皇城根。西安门往南这段,只是西皇城根的南面一段而已……这可是中国几百年来最核心的、最重要的地方的贴边,离中南海、国务院不过三四百米,直到今天还是中枢要地!

我十来岁住到这里时,已是袁良拆皇城之后了,每天出大门,就对着对面拆去外面一半,留着里面一批砖的残垣,这样自十岁出头,直到二十来岁,在这一圈中转悠了十三四年,每一个门楼的变化,每一株树木的枝叶,每一堆脏土的起伏,每一个车辙的印痕,都在我脑中留有老照片的底片,半个世纪过去了,我在车中一一指点给我这位三十多岁的福州青年好友卢为峰看,向他讲说过去,如何如何……在我是寻童年少年青年时代的梦,在他是寻想象中的乡先贤福建名人的梦……但总的说来是寻京华的世纪之梦,历史之梦,思古之梦……梦岂可寻乎? 花了不到二十元,让出租车慢慢绕皇城根、灵境胡同走一圈,是之谓"皇城根寻梦",岂非十分便宜的一堂生动历史课乎?

搬进"陈家大院"

我是六十三年前三月间,住进当时北平内二区西皇城根二十二号陈家大院的。房东是陈玉苍尚书的长房长孙陈同孙先生。一个刮大黄风的日子的上午,我家父亲、母亲和我、家庭教师王成邦先生,厨子兼听差邓文德叔叔(都是由家乡带出来的)一行连箱子、行李,八九辆洋车由打磨厂兴隆店浩浩荡荡进前门,走草帽胡同、西长安街、府右街一路进了皇城根陈家大院大门,门房老雷早在门前等候,洋车到来,进门慢慢走,他在前面引路,引到正院后面一大排带宽大走廊北房前,这一排是九大间,我家住东面四大间,我家东头前面有门,其他三间从后门进,后门外没有院子,只是一条长过道,宽约两公尺,对面是两间厨房、一间厕所,也朝南,但过道窄,前面房子高,因之厨房照不到阳光,过道顶头,是个月亮门,门口三株刺柏,挡住后院的门,而对面就是房东的厨房……

刚刚搬进来,大人们忙着抬箱笼,收拾床铺等等,十分杂乱,我一个刚到北平,进入一个陌生环境、昔日尚书宅第的乡下孩子,睁大眼睛,四下张望,想找个引起我注意的……忽然见我家前门廊子转过去人家后门口,一个小小孩头戴大红绒结缎帽盔、身穿蓝布棉袍罩,一人抱皮球玩……他是小小孩,我是大小孩,我马上走过去就逗他玩,我们就成朋友了……这是我进入皇城根陈家大院认识的第一个福建人,他是谁呢?他是房东陈同孙先生的七公子,小名"小七子",我随他家弟兄称呼他"七弟",学

468

名陈渊,后在上海外国语学院工作,现已退休,那天还通过电话,他说已六十七足岁了,如此前推六十三年,我认识他时,只叫叫名五岁而已……你说这多么有趣?

我搬进皇城根"尚书门第"时,老太爷去世已好多年了。老尚书六个儿子,三个女儿。北京官场规矩,老太爷下一代叫老爷,女儿叫姑奶,再下一代叫爷、叫姑。我家房东是长房长孙,称大爷。他的儿子叫大少爷、二少爷……我住进大院时,老尚书同代人有四老姨太、五老姨太,第二代长子、二子即大老爷、二老爷均已去世。只有三老爷陈伯庚在天津、四老爷在家赋闲、五老爷在外地,只见过两三面,孤身一人,沦陷后不知哪里去了。六老爷是大名鼎鼎的法国博士,教授,名导演。老爷的夫人称太太、爷的夫人称奶奶,少爷夫人称少奶奶,福建人在北京做官的多,讲求福建人物史,必须把这些"官场称谓"弄清楚。老尚书的第二代女儿辈,我住进皇城根时,有六姑太、九姑太,没有七、八姑太,而且有六老爷,又有六姑太,他们是平辈,而且都"行六",为什么,我没有打听过。我家房东是大房。房租先是付给大太太,后来搬到后院,住小了,付给大奶奶。都是通过门房付,每月再给门房两元钱(收发信件、引见客人等酬劳)。当时院子虽大,但房子已全部分开了,计八份:六房各一份,长房长孙一份,老姨太一份,门房、木匠等是公用的。其他各家厨房、车夫、女佣都是自己的。各房多余的房又租给介绍来的房客,大多是各大学教授,还有法国人、日本人。像我家这样乡下来的当时是独无仅有的,后来直到沦陷后,房客就越来越多越杂了。

我家搬进去时,还在"七七"战前二年,北京大宅门,旧日仪型还在,美丽的花园,考究的排场,官场的礼数,文化的气氛,这些我在以前各种书中多已写过,在此不多说了。不妨引点文献来证实一下我的叙述。还引福建人的。陈宗蕃字莼衷，福建闽侯人，清光绪五年生，光绪二十八年举人，光绪三十年进士，又留学日本东京帝大习法政经济，宣统时曾在邮传部任职，后长期住北京任银行经理、秘书等职，在后门米粮库（胡适曾住过的地方）修有淑园，古木花柳，十分考究，他晚年著书自娱，写成一部重要的北京地理历史著作《燕都丛考》，对二三十年代北京名人，尤其是福建名人，大多都有记载。其中"内二区各街市"章，记皇城根道：

> 顺皇城根而西曰灵境，旧名灵清宫。灵境之间小胡同曰井儿胡同，吾师陈弢庵、宝琛太傅居于是，亦吾师陈苏版（璧）尚书之故居也。其西曰八宝坑，又西曰东斜街……东斜街之东，即西安门外南、皇城根亦名西皇城根，苏版尚书等宅于是，园林甚广。

关于陈玉苍尚书，陈莼衷曾为他编过一部《陈玉苍尚书奏议》，叶恭绰为他写的序。他做邮传部尚书是光绪三十三年春天的事，孙宝瑄《忘山庐日记》有详细记载。人才众多，关系中国近代建设事业甚巨，我一直想写篇关于邮传部的影响的长文。但一直未能写出。先抛开不谈。再有林琴南《畏庐文集》，有专文记皇城根花园，其中说"苏坂"的意思是福州郊区有"苏坂乡"，就是陈家故乡的地名，现在不知还有此地名否？

我由小学到成年，在这院中生活了十三四年，陈家的人都是福建籍北京人，老少我都认识，有来往，要一一介绍，自不可能，也无必要。但总要介绍几位，近读《吴宓日记》，民国十九年四月十一日记云：

晚……至交通大饭店,宴华夫人、陈绵君及陶煥民于此。陈绵君字伯早,福建,妻为法国人,住西皇城根二十二号,电话西局一○○四。系新识,谈其所著(法文)中国戏剧概论及中国戏剧目录之内容。又述葛兰言(MorcelGranel)为中国学院(巴黎大学附设)院长,允作画介绍宓等。

这年暑假吴宓要到法国、英国等地游览,出国前先向法国归来的陈伯早先生讨教。陈是法国巴黎大学艺术博士,其博士论文就是法文写的关于中国戏剧的。这时刚由法国回来不久,只在北大、中法等大学任法文教授,还没有作话剧导演。我和老先生过从较密,在《文化古城旧事》一书中曾有专文介绍,在此不赘。不过想象一下当时皇城的风光,和"文革"以后先生的结局,真是感慨万千,不妨作一点补充。

伯早先生的房子是皇城根大院中的一个独立院落。进二门右面,先是一片花木林,再是一个网球场,再是一片高台,上面一带短墙,一个小门,进去却又是半中半西的院落,中间一个三东、三西、迎面五间北房的干净院落,东房西面、西房东面背后,又各有一个小院落,一大二小三个院落外面,一个东西长条院,一排南房。而在南房的后墙,有四扇临操场的门,一冬可照充足阳光。而在中间正院北房后墙却有四大扇落地玻璃窗,开出去是整个后花园,而在玻璃门外,是遮满三间房的西式藤萝架,下面是墁了碎石子三间大露台院子,再往前是杏树菜畦,再前是草地石桌、三四株松树,再前是大假山,右面是小假山,再过去花厅、引路、秋千架,通向边上祠堂、园门……陈伯早先生住在中间院落及里面小院,偏东小院原住张凤举法国太太,后住法国人屠太太,《吴宓日记》中也屡次写到,但与本文无关,略过不谈。

伯早先生后来作中旅导演,其他剧团导演,春夏之间,就在他屋花园排戏,名演员白杨、石挥、张瑞芳、孙道临及去了外国的白光等,当年都是常客。现在上海有时和孙道临遇到,还常说皇城根陈大导演旧事。他们都比我大五六岁,张瑞芳今年八十岁了。一九三七年四月间陈先生为她导《干吗?》(又名《天罗地网》),陈先生翻译的法国戏,剧本商务印书馆出版。

几经沧桑而后,一九六七年八月,"文革"中武斗正烈时期,"牛鬼"没人管,我父亲去世,我回京奔丧,处理完父亲丧事四处探望师友,去外国语学院看望陈伯早、鲍文蔚二先生。先到陈先生宿舍楼,上了二楼,敲他的门,敲了半天无人应,这时对面门开了一条缝,一个瘦老头向外张望,见只我一个人,向我招招手,轻声说道:"别敲了,没人了,被抓进去了……"我没有敢再向老人打招呼,便连忙下楼,骑车去找鲍文蔚先生去了。

陈伯早先生法国太太回法国去了,法国太太生的女儿名"亦彩",早在沦陷时就生肺炎死了。中国太太生的女儿名陈澂莱,"文革"中也自杀了。六老爷只有一个外孙,现在不知做什么?

我直接的房东是长房长孙陈同孙先生,在交通银行服务了一辈子。先生单名"传",字同孙,后以字行。先生是早期北大经济系毕业的,和黎世衡(字子鹤、稚鹤)最要好,是把兄弟,黎是八道湾知堂老人的门下客,《周作人日记》中三十年代前期所记,三天两头记到"子鹤"的名字,日伪时做过师范大学校长。同孙先生老兄弟三人,解放后都在上海,我都认识,二弟名陈苏孙,留美。《吴宓日记》民国九年三月在美国记道:"上午偕陈君宏振、陈君苏孙……"下面注道:"陈苏孙……清华学校一九一一年选派幼年生留美,哈佛大学商业管理学士,后在上海交通银行总行服务。"我见老先生时已经退休多年了。

屯绢胡同郑风胡

　　在北京的福建名人很多,各家都有联络,亲戚关系。读《郑孝胥日记》,宣统三年、民国十三年等处,多次记到"过陈玉苍"或"陈玉苍来"等。一九三六年九月,我到小口袋胡同志成中学读初一,同座位一个小同学,滚圆的头,白里透红的脸,斯斯文文,极为好玩……回顾我乡下来的又土又野的样子,真感到不好意思。但很快就熟起来了,我知道他名叫郑风胡。他家住南沟沿屯绢胡同,出校门往西出小口袋胡同西口,过马路往西不远就是,比我家近多了。我中午放学不回家,只在校门口小饭铺吃中饭,他却每天回家吃饭。而下午放学我往东走,他往西走,也不能在一起,因之他几次约我到他家去玩,我都没有时间。有一天上午第四节课老师告假,我们没有课,便到他家玩了。他家在屯绢胡同进口不远路北,高台阶大门,两进大四合,他住后面院,出来时他带我穿过中间客厅,墙上挂一对大红木框郑孝胥写的楷书,给幼小的我留下极深刻的印象。当时我在家中常说起,父亲早已给我讲过郑孝胥的字写的多么好,我早已知道郑孝胥的名字了。我当时知道他是郑孝胥孙子,后来又听人说是侄孙。是孙子,还是侄孙?到现在我也弄不清,郑孝胥和他弟弟郑孝柽、字稚辛,子女孙男众多。《郑孝胥日记》有两处记到"风胡"的名字,读其《日记》,最使人愤慨的是民国二十六年阴历十月的这一段所记。这时已是一九三七年阳历十一月底,日本侵略者已进入北平三个多月,他仗日本侵略者和伪满势力,伪满"国际观光局长陈觉生(此人抗战开始不久即被刺死)"送他免费车票到北平,他《日记》中说:"辛未十月朔,自天津崦从至营口,至此实六

年过五日。"无耻地以"胜利归来"自居,至前门车站,他弟弟及子、侄们均来接,《日记》写道:

> 余与稚辛(即其胞弟郑孝桴)同车至屯绢胡同宅小坐,即同来西直宅。太田、角出(日人太田世雄、角出正则,实际是日寇随行监视他的)来晚饭,留宿东屋。

屯绢胡同是他家在北京老宅子,他弟弟、五儿子多年做虎坊桥京华印书馆(商务印书馆经营)经理,就住在这里。西直门大街路南大宅子,是他三十年代初买了新建的。日记中记有"西直门大街三四号,五男郑何居之"。有灰色宫殿式二层楼,很大,树木很多。他像"衣锦还乡"一样,回到这里……一时群魔乱舞,来看他的人,他去看望的人,天天乱成一团,他去看日寇侵略者,日本使馆森岛、日寇特务处头子根本喜多、日寇警备司令山下、日寇同文会水野梅晓、顾问西田……见他的就更多了:江朝宗、池宗墨、瞿宣颖(即瞿兑之)、潘燕生(即潘毓桂)、恽宝惠、高凌霨、傅增湘、何庭流、柯昌泗、李景铭、程砚秋……知名人士,上百人。其时正是陈寅恪先生父亲陈散原老诗人去世不久,十月十三日记:"至姚家胡同吊陈伯严之丧……赙二十元。"这些日子《日记》,两处记到郑风胡。十八日记云:

> 淑璋、小兰、风胡来,得小七十七日信。

二十日记云:

> 殷叔详送席一,召淑璋、行夏、风胡、刘迪生来共食。

《郑孝胥日记》此行所记甚详，还记他临行在同和居请客，同乡亲友共四桌。听戏听马连良《苏武牧羊》、听富连成、听梁秀娟《十三妹》、听谭富英《卖马》、《碰碑》、听金少山《铡美案》，又到天津家（他天津也有家在英租界）见王揖唐、曹润田（即曹汝霖）、章一山、金息侯、郭小麓等人（当时正酝酿北京汉奸政府），还听小采舞（现还健在）大鼓、乔清秀坠子……都是研究抗战初期，日寇汉奸上层活动的好资料，但与我的同学郑风胡无关，所以不多引了。郑第五子郑何，还有女儿名"昆仑"，应是郑风胡姐姐，也在志成中学女校，也读初一。我不认识，现在不知在何处？

　　正在郑家宴乐之际，不要说当时南北战场，日寇侵略炮火，百姓血肉横飞，即北京城内老百姓，亦遑遑不可终日，不知如何生活，当时《郑孝胥日记》即记有"杨子勤使其子持刺来告急，子勤七十三岁，日食面少许。其室七十七岁，则与家人同食窠窠头，有仆，从之三十余年，为向街头放重息者以三分利借数元度日……"这样的穷困，也是他笔下记到的，其他可想而知了。当时我和郑风胡读书的志成中学，直到十月间才勉强开学，原来初一五个班，这时勉强开了两个班，我和他也不坐同座位了。他比较内向，抗战后更少言寡语，说话就少多了。我也再未到他家去过。高中时，我坐在第三排，他坐在最后一排，不知为什么？毕业后，即一九四二年夏，当时沦陷区，上海、北京火车畅通，他就回上海家中了。自此就再未见过面。一九五六年我到上海工作，有一次在《解放日报》上，读到一篇谈医药卫生的长文，署名"郑风胡"……自此之后，就再未见到、听到这一名字。直到八十年代末，有一次晚间开电视，忽见镜头上介绍一医生，说是去过西藏，还有一个老医生的镜头，说是名叫"郑风胡"……可是节目已近结束，一闪而过了。我未及时与电视台联络，又若干年过去，记不清了。想来郑风胡还在上海？可是"万人如海一身藏"，找不到啊！

巡捕厅邓家

我和曾经于二十年代末做过北京师范大学校长邓萃英氏的儿子邓昌民、邓昌国、邓昌黎都是志成中学同学，邓昌民比我高三四班，后来上辅仁大学经济系，好像和王光英是同班的。而邓昌国、邓昌黎则和我是同班的，都是一九四二年高中毕业考大学的，邓昌国比我大一岁，邓昌黎比我小一岁。他们二人初中是在育英上的，由高一开始，在志成上。他们父亲邓萃英氏是志成中学董事会董事长。但我认识他们却很早，却是很偶然的。

邓昌黎母亲姓何，是我家房东陈同孙先生夫人（我们一般称她为大奶奶）的妹妹，都是福州何刚德家的姑娘。经常来皇城根打牌。陈家孩子们都叫她"三姨"，而佣人们不称她"邓太太"，却称她作"何先生"，因为她是北京市立医院医生，后来又做院长。再有邓萃英先生另有大太太。而何是留学日本学医的知识妇女，所以在家中地位特殊，称谓特殊。我与邓氏兄弟做同学已是沦陷后的第三年暑假后。而我认识他们却在"七七事变"前一年多。当时我由乡下到北京不到一年，在家中由家庭教师补习功课，暑假期间报许多学校的名，考各种学校，有一次在考西城一个学校时，已考完了，人都走了，忽见邓昌黎母亲带着邓昌黎、邓昌国兄弟二人也在校门口一间空教室坐着休息。我和家庭教师也进去休息，一看这不是在皇城根大院中见过的吗？这样就谈了起来，她们才知我是皇城根陈家大院房客家的小孩……至于她们常去皇城根，但他们是什么关系，我也不大注意，只是以一个乡下孩子的眼光,注视他们样子而已。当时邓昌黎也不过十一二岁,小矮个子,眉毛很浓,是其特征。邓昌国,十二三岁,十分白洁和蔼。后来在高中及大学中都曾做过我的好朋友,在其他书中都曾写文记到,在此就不多说了。邓昌国后来又名"邓健华",因其大哥名邓健飞。抗日战争胜利后,做北京中央信托局局长。"昌国"、"健华"亦可叫建华的音,邓昌国解放前夕,随其家人去了台湾,后到比利时留学,学音乐,拉小提琴。后回台北,做到台国立音乐院院长。太太日本人,没有小孩。我后来再未与他见过面。一九八八年邓昌国曾回北京举行过音乐会,其时我正随《红楼梦》展览团"出访新加坡,一九九三年,我应台湾"中央研究院"文哲所之邀,出访台北,而邓昌国已经作古了。住在"中研院"招待楼三楼,隔壁房住一自美国归来的物理教授。早晚常见面,说起来原是新竹清华毕业后留美的,是邓昌黎的学生,常常说到"邓先生如何、如何……"可惜我未问这位先生的姓名……邓昌黎是沦陷时期辅仁大学物理系毕业不久,即去留美的。这两年每次回北京,还常遇到他小学(北师附小)、大学同系同学李宗宝,常常说起邓昌黎,回北京他们还常见面,都是七十多岁人了。

"七七"前邓氏兄弟到皇城根来,都是到同孙先生家走亲戚。到沦陷中期读高中时,邓昌国有时到皇城根来我家,虽不像另几位熟同学,三天两头来,有时坐的很晚才走。但也来过不少次,灰布校服、光头,骑个旧自行车,他那辆车很好骑,我常借来骑。因为我的车常坏。他家有个同乡亲戚,由北京到南京参加汪伪政权,做伪官。姓什么,我忘了,好像姓李? 大概是他母亲的近亲。邓昌国小名"四宝",和邓健飞、邓昌民一个母亲,娘家也是福建大家,但姓什么? 不知道。这个亲戚是戏迷,到了南京,写信让给他买京剧唱片,他母亲把这任务交给他,他拉了我陪他骑车西单商场、东安市场。到处买杨小楼、余叔岩、梅兰芳……的唱片,买了几十张,又到邮局打包寄。那人也很有名,可是因穷(或其他原因)到南京做伪官。他说他父亲就不去做伪官,不给日本人做事。北京、南京都派人几次找过他父亲,可是就未出山,只在家赋闲。自然经济条件也好。他父亲字芝园,留日又留美,做教育厅长、大学校长,民国十年,欢迎杜威,去美国出席美总统召开之太平洋会议,均是代表,资格很老,声望很高,住锦什坊街巡捕厅,是教育界名人,八年沦陷,蛰居北京,很不容易。大高个子,花白头发,一九四八年秋去了台湾。

税务专家李景铭

有位李景铭先生,福建闽侯人,光绪三十年甲辰,中国科举制度最后一科会试中进士,与刘春霖同年。后又到日本早稻田大学留学四年,学财税。由宣统末年回国参加财政部任税务工作多年,是税务专家,是皇城根陈玉苍尚书的门生,他有《瞲斋日记》三十三函,数百万字,未出版。他自己据日记编写之《六二回忆》,记民国初年北洋政府财政界十几年情况极详。记到皇城根老尚书的情况不少,有两点十分有趣。一是记民国四年袁世凯做洪宪皇帝,各省有筹安会劝进表,都是有名的领衔列名,如江苏是缪荃孙领衔(据说酬金是两万银元)、湖南是王湘绮领衔,福建则陈玉苍领衔。二是民国十三年五月二十五日,是甲辰会试发榜二十周年纪念。在聚贤堂(已拆,原在西单报子街东口路北,是住客、宴会的大饭庄)唱堂会,程砚秋唱《碧玉簪》,座客皆满。同年唱和,其陈玉苍师亦有诗二首云:

舸稜旧梦尚依然，一曲《霓裳》集众仙。

自笑选名参末座，曾看射策着先鞭。

春风桃李今犹羡，人间芙蓉景已迁。

裙屐少年燕市酒，雪泥留爪有鸿篇。

壮年十度予文衡，喜此珊瑚尽盛名。

中禁老臣几凋谢，沉香新侣半耆英。

西风紫蟹愁边句，秋日黄花宦后情。

愿与故人常聚首，金台坛坫续前盟。

这是我仅见的皇城根老尚书两首诗，沉郁工稳，有翰苑风范。但他是哪一年乡会试？我一直未查找过。他的岁数比郑孝胥大十多岁，科甲成名可能郑早。从诗中"自笑选名参末座"及"壮年十度予文衡"两句看，甲辰科会试，（按是科考官是大学士裕德［旗人］、吏部尚书张百熙、左都御史陆润庠、户部左侍郎戴鸿慈）他可能是同考官，即房师。李景铭是否是他房中所荐得中，就不知道了。再有庚子前他正在顺天府府尹任上，北京东城贡院秋天北闱乡试、春天会试，地方官是负重要责任的。他所说"十度予文衡"，即十次参加考试工作，是否都是作同考官，或外放过正副主考等，则未注意考证过，说不清楚，我作为他长房的房客，十三四年住在皇城根，后在上海，直到现在，几十年与他的后人来往，友谊很深，却说不清老尚书的科第，是很遗憾的。老尚书在李景铭、陈宗蕃等人文中，都称他老师。因为陈、李二人是同年。是同时留学日本，陈在东京帝国大学学政治经济。

李前后管了十四五年税务，做到北洋政府财政部财赋司长，印花税处总办，美国太平洋会议财政专门委员，地方上及各大银行都拉拢他,请他兼差,地方上报税方便些,银行中可以多吸收一些存款……因而他最多时,兼差十三处,每处都送他少则月三四百,多则上千干薪,兼职兼到绥远都统、华懋银行身上,因而他的钱也不少,他和陈宗蕃都修很精美的房子花园。陈宗蕃的花园叫"淑园",在米粮库。他的住宅花园名"适园",陈宗蕃《燕京丛考》"内二区各街市"篇中有"……在南曰罗圈胡同,民国十七年改乐全胡同(石驸马大街西头),李石芝之适园在焉"。所说"石芝"即李景铭的号。李由清末民初在北京做官管税,人能干精明,几十年不但他自己是北京出名的福建人,他还有不少兄弟,也都在北京税务界工作。我父亲汉英公由"七七"战前,经他老人家好友南京财政部蔡公(名字忘了,五十年代初,我到南京,还去拜访过他后人)介绍,在统税局做个小事,"七七"战前,北京家用全靠乡间接济,父亲做小职员工资,只补贴家用或应酬同事而已。战后,乡间经济来源断绝,家中七口人,就主要靠他微薄工资作养命之源,自然十分困难了。李景铭一个弟弟,和父亲同事,知家父在皇城根陈家大院住,家父又爱作旧诗,因而和父亲来往很密切,又介绍给李景铭,一次李在其适园大请客,也请了父亲,参观其适园,父亲回来大夸其适园修的多么精美,比皇城根陈家花园好多了,我听了十分神往,可是始终没有机会去过,真是太遗憾了。他那个弟弟住在背阴胡同过去太仆寺街,是衍圣公府大院的偏院,有一天父亲身体不适,写了封请假信,让我一早上学,先弯到他家托他上班时带去。我早去十多分钟,先到他家送信,开门的是个姑娘。岁数和我相仿,十分白洁,说话轻声轻气,小伙子见着姑娘,不免多看几眼,她一边说话,一边也注意着我,我感到有点惭愧,但看她却十分美丽而显着憔悴……留下深刻印象,希望有机会再见到,可是不想过了两三个礼拜,父亲晚间下班回来，说他同事这位女儿自杀了……我听了没有出声，可是不愉快了好几天。今天还能想起她扶着那扇破大门说话的形象……冥冥之中，这算什么缘呢？想想人生真难思议？

林氏诸家

福建人在北京当年声望最高的，是几户林家。最出名先是林文忠公的后人，光绪年间旧刻的《滇轺纪程》、《荷戈纪程》二书，一是嘉庆二十四年放云南正考官的行纪，一是道光二十二年谪赴新疆的行纪，书的扉页牌子上都刻有"宣南林寓"的字样。就是说文忠簪缨世家，后人一直有在北京做官的，北京一直有家。北京文忠后人也和皇城根陈家有亲戚关系。有位在志成中学教数学的林老师（没有教过我，名字忘了），就三天两头到皇城根老姨太太房中打牌，还有陈家的本家侄子等几位先生，是牌搭子常客，这本不稀奇，也不会引我的注意。而这位林老师的出名，却是以"鸟迷"为笔名，在小报上写长篇章回小说，皇城根大中小学生都知道"鸟迷"的名字，有一次我外出走到二门口，正遇到陈家寄居侄子的儿子，比我小一二岁，在四存中学上学，经常在一起玩，很熟，手中拿一大信封，我问你拿的是什么？他说是"鸟迷"的稿子，我说你给我看看，他真从信封中掏出来给我看，大张红格毛边纸稿纸，毛笔小楷书写，十分工整，大概二十页左右，有标题，有回目，匆匆一看，过后就忘记了，当时我高中二年，已向各刊物投稿，几家杂志已经常刊发我的短文。可惜没有哪家报纸，约我写连载，我看了"鸟迷"老师的稿子，十分羡慕，教的是数学，写的是连载小说，真是多才多艺，当时志成中学的数学教师，大多也是教师大附中的，如萧佩苏、申介人等先生。在北京相当有名。可惜不知"鸟迷"先生是否也兼附中的课……直到解放后一九五〇年我在"革大"学习时，去京畿道朋友家玩，听说同院住的是志成老师"鸟迷"先生……后来就再未听人说起过，当时皇城根房子已卖给公家半年多了。这位林老师就是林文忠公嫡系后人，可惜不知哪一房？前驻联合国大使凌青先生，是文忠公五世孙，当时正在燕京大学上学，一定知道这位又教数学、又写小说的林老师。去年有位在西宁的胡其伟先生，还寄来一张他与凌青先生的合影，这样我也沾间接认识之荣了。

畏庐老人林琴南先生，住宣外永光寺街，是世纪之初办五城学堂（即师大附中旧址）时，因玉苍尚书的延聘，由杭州到北京教书的，其后又译小说，又画画，又任京师大学堂教习，又在新文学运动中，勇于捍卫传统文化……在学术、艺苑享了盛名，享誉中外的。在《畏庐文集》收有为苏坂尚书"苏园"写的记，我在其他文章中写到过，不再多赘。民国初年我父亲在北京是认识畏庐老人的，家中墙上直到解放后搬出皇城根，还挂着畏庐老人用赭石画的山水，老人还题着"余画此幅，舍墨用赭……"这是民国八年老人画的，与另一幅樊山的字："守墙雨过蛛成字，古寺无僧燕作家……"两个镜框挂在皇城根后院我家中外屋墙上，但当时畏庐老人早去世许多年，自然我没有见过……而畏庐老人的五儿子，北京人称"林五"，却来过好多次，他是民国初年，与父亲一起玩的好朋友，那年月他们都是"少爷"、"大爷"，声色狗马，有的是钱，样样都来……而十七八年过去了，沦陷后故友重逢，无限沧桑，我家五个孩子，一位老母亲（其时我生母已去世），要靠父亲微薄工资糊口，而这位林五爷大概也十分困难，每次来衣服都很旧，人也瘦小寒酸，却总带几张畏庐老人译稿来送我，小张红格纸毛笔写的，行草不按格写，他在天头空白写着小说的名字，并注明畏庐老人译稿,送我作纪念云云。自然这些在"文革"中早已在北京家中当"四旧"烧了。

林宰平先生,名志钧,日本中央大学毕业,学的是法律,在北洋政府时代做过司法部司长。沦陷时期在北京一次会上我曾听过他为日本一位学者作翻译。陈宗蕃《燕都丛考》有他写的一篇序,前面说"光绪丁未(按,即光绪三十三年),余始北游京师,寓宣武门外老墙根,与老友莼衷居同院……"这篇很长,内容对北京内外城掌故介绍极为详实,不同于一般泛泛捧场之序,可见宰平先生学养之深厚,序是民国十九年一月写的,已近七十年了。宰平先生是皇城根陈家亲戚,北京大学名教授林庚先生,是宰平先生哲嗣,是我房东陈同孙先生表弟。五六十年代,我去上海永嘉新村同孙先生家中,老人还常常说起:"小时候来皇城根拜年,叫我大表兄,我就看他有出息……果不其然?"当时同孙老伯七十岁左右,转瞬之间,三年前我与卢为峰兄去北京,到北京看望各位老先生,特地去看林庚先生,老教授也已八十多了……可惜匆匆之间,未能向老夫子细述皇城根旧事,至此顺祝老教授健康长寿吧!

林长民、林语堂,这都是民十前后在北京的福建名人,可惜我住皇城根时,这二位一死,一离京先去沪,后去美了。而在解放后一九五三年在广安门外办中国贸易促进会去苏展览会时,预展期间,除中央领导外,文化名人来了不少,徐悲鸿、沈从文等位都来了,林徽音教授也来了,我代表燃料部展台接待时,曾有一面之缘,介绍展品……当时林教授已是五十多岁人了。工艺品展台上不少景泰蓝图案据说都是林教授设计的。当时她是清华建筑系室内装饰教研室负责人。——可能有的读者不知道,顺便说一句:林徽音教授是林长民女儿,是梁思成教授夫人。

老墙根郭氏及其他

　　前面说到林序中的"老墙根",这是地名,在宣外下斜街。陈宗蕃、林志钧都在这里住过。另外福州郭家也在这里住过。皇城根陈同孙先生家小孩常叫老墙根来打牌的两位老小姐叫"×姨、×姨",一位后来上海工作,工作是郭化若将军介绍的。是化若将军的近本家,辈分如何叫? 我就弄不清了,五六十年代,我还常在永嘉路同孙先生府上,见到这位老墙根郭家×姨,十分熟。她家和福州诗人郭啸麓也是近本家,常说郭啸麓先生在北海团城上作诗的旧事。郭娶的又是俞平伯先生姐姐,八十年代初,我在上海认识了上海图书馆副馆长郭学群先生,写信告诉平伯师,老人来信说:

　　　　承告以沪滨交游近况,殊有趣味,谢谢。郭学群是我外甥,姊婿郭则沄(啸麓)之长子,近亦八旬。

　　郭学群先生是老北大地质系毕业的。住在徐家汇万体馆对面的高群宿舍楼中,这还是"四人帮"时期上海造反派头头陈阿大等人盖的。郭学群先生不知是哪一年搬进去的? 有一次我陪北京许宝骙先生去学群先生家访问,上去看那房子,十分粗糙,学群先生不在家,另一位先生说是学群先生弟弟,说谈之间,极为谦虚诚恳,自己说是早年清华经济系毕业的,不知因为什么问题,劳改了许多年,平反出来住在哥哥家……我和许老听了感到无限同情,但亦只是感叹而已,因为当时这样高程度,而又这样遭遇的人太多了。这位郭先生叫什么名字,当时说了一声,未听清，过后也再未见过面。

王世襄先生也是郭家近亲，我听许宝骙先生细说过，但听过就忘记了。前两年我在苏州旧书店买到一套福建漳州康熙八年的《红案册》，是当时福建地方报礼部的生员花名册，是残卷，主要是长汀一部分生员名单，每三个人名上盖一个"福建提学使关防"长方形红印，因黑笔名字上都盖红印，所谓"红压黑"以防假冒，所以叫"红案册"。所谓"红案"，即红印案卷也；所谓"册"，即花名册也。是清代科举制度最基层的报礼部的案卷实物，虽系残卷，亦颇珍贵，且装裱极好，装成两巨册，配以蓝布书函。前后空白页，我想找几位状元公后人题一题，先找苏州大学钱仲联教授，他老夫子是翁同龢状元的最小的甥孙。盖一引首章，为"瓶庐离孙"白文四篆字。"离孙"即最小之甥孙也。另外找王世襄先生题了一页。他是光绪三年状元福建闽县王仁堪的侄曾孙。王仁堪字可庄，有弟字旭庄，郑孝胥是光绪八年福建乡试第一名，俗称"解元"，同王氏兄弟过从很多，《郑孝胥日记》记光绪十几年间，在北京、上海两地常常见面。世襄先生可能是王旭庄的嫡曾孙，不过我没有请教过他，不知我说的对不对？今年五月去北京，还到他新买公寓中去看望过他，八十多岁人了，仍健壮如昔。回忆给我题《红案册》时，还在南小街芳嘉园老房子中，匆匆又三年过去了。

清末民初福建诗人特别多，虽说诗派宗江西，而海藏楼却是盟主，这点是学术界公认的，不必多谈。其中有三个姓黄的。黄濬，字秋岳，一部《花随人圣庵摭忆》，是讲清末民初掌故最好的笔记，直到今天仍为人们所称道，其诗集名《聆风簃诗》，已刻到第八卷，现在不知还有收藏者否？可惜正如陈寅恪诗中所说："奈何美人偏作贼？""七七"抗日战争初起时，就因汉奸罪，向日本侵略者出卖情报,被南京政府枪决了。老诗人陈石遗的两名得意弟子,一个黄秋岳,一个梁鸿志,都作了汉奸,都被判刑处决,说明乱世中文人的危险命运。一是自取,一是客观日寇侵略,如日寇不侵略,又哪来汉奸呢?……另一姓黄的,黄公渚先生,民国十年前后,在上海和郑孝胥往来极密。《郑孝胥日记》中三天两头记到他。沦陷时期,先生在伪北大文学院教书,给我们讲《楚辞》,当时先生住在金鱼胡同那桐后人房子中。有好几个同学都到先生家去过。我则没有去,只记得先生上课时,在黑板上以粉笔写草书,极为熟练,我中学时就写熟《草诀歌》,能认识,有的同学不认识,我讲给他们听。黄先生形状很憔悴,当时大概有"嗜好"(那时指有鸦片烟瘾者叫"嗜好")。解放后,长期在山东大学教书,据知直到"文革"时好像还健在,可是没有联系。只是在有两次大型图画展览会上,看到先生两张立轴,画宗明末三王,功力深细,另外先生主要是骈文专家,长期在南浔刘氏嘉业堂研究,著有《南浔嘉业堂藏书纪略》,只不知出版过没有?

先生弟弟黄君坦先生,诗词也十分有名。二十年代末天津《大公报》旧诗词专刊,印有两大本《采风录》,福州三位黄姓诗人在名单及诗选中均有著录,虽然没有多读过先生作品,但解放前就知道。一九四九年秋,我为公家买房子,经中介人介绍,去看鼓楼后豆腐池胡同一所大房子,十分气派,正院两大进磨砖大四合,东面后院新盖磨砖大四合,北屋钻山游廊,三间大正房内中一堂新雕黄杨落地罩,极为精美(后来我家及一亲戚老太太,即后来担任北京市委书记吴德的岳母在这一溜北屋中住过近一年)……看到东面前院,更漂亮,一大溜大花厅,前面两侧均有宽大的走廊,阶下牡丹、芍药,院中一片太湖石假山,还有两株老槐,及三四株梧桐,北京梧桐很少,而这里却长的很好,下午三四时左右,斜阳庭院,极为宁静潇洒……廊子上一位咖啡色夹袍的中青年人正躺在藤椅上看书,也没有打招呼……陪我看房子的一位中年房东太太,轻声告诉我说:"这是黄君坦先生,住在这里养病……"一九八〇年暑假,我因俞平伯老师预先打电话介绍,到后门东南锣鼓巷蓑衣胡同去看望黄君坦先生,已经是一个小老头了。说起许多旧事,相顾莞尔一笑。其后过从不少,而可恨已是"夕阳无限好,只是近黄昏",匆匆数年之间,先生已归道山了。先生曾说过黄秋岳在一个艺术性刊物上,连载过不少谈书画古玩的文章,很值得收集编印。只是那个刊物名字我忘记了。有心人如果要找,查考起来,想也不难?

北京福建的名人还很多很多,姓力的力医隐,给光绪治过病,当过几任北洋政府总长。后来又组织维新政府的汉奸梁鸿,曾毓隽、曾宗鉴的曾氏,方兆鳌,字策六,做过铨叙局长的方氏,海军萨镇冰氏,物理学家萨本栋、萨本铁氏,协和医院妇科专家林巧稚氏,燕大教授后去美国的洪业即洪煨莲老先生,著名的谢婉莹女士冰心老人……以及皇城根南面一墙之隔的陈太傅家、林开謩家,这些福建在北京的人家,我都知道,但是都没有来往。在皇城根住时,经常看见老姨太等各位老太太从前院墙上一小门到陈太傅家、林开謩家去打牌,可是我们孩子们没有过去过,只隔着树林中的高墙望那院高高的屋脊……

解放后,北京有不少领导大干部,也是福建人,如陈伯达、邓子恢、邓拓、郑振铎等知名人士,我均无缘识荆。只是八十年代前期,偶有机会,因为要办"诗词刊物",被郭化若将军派座车接去见了他一次,十分荣幸,但匆匆亦未细谈,其后刊物亦未办成,我只坐了一趟"大红旗"而已。

八十年代,在上海有机会认识了陈兼于老诗翁,他是民国初年北洋政府财政部的老部员,李景铭《六二回忆》中几次提到他,名叫"陈声聪"。三十年代初黄郛、袁良在北平当市长时,他是北平特别市政府机要秘书。八十年代中老人与我讲了不知多少京华旧事,说起来总是神采飞扬。如说长安街福建馆子忠信堂,是他岳父方兆鳌家的厨子开的,谁能知道这种珍闻呢?我在上海与客居上海的北京福建老人谈京华旧梦,亦有无限欢乐之感了!